A. J. Cronin, 1896 in Cardoss/Schottland geboren, stammte aus einfachen Verhältnissen, studierte Medizin und promovierte 1919. Er arbeitete als Arzt in einer Nervenheilanstalt, als Schiffsarzt, als Armenarzt im Bergbaugebiet von Wales und als Gesellschaftsarzt in London. 1930 begann er zu schreiben. Er starb 1981 in Montreux/Schweiz.

›*Die Schlüssel zum Königreich*‹: Früh verliert Francis Chisholm seine Eltern, und er ist fortan auf das Wohlwollen seiner Großeltern und seiner Tante, der einzigen Schwester seiner Mutter, angewiesen. Er hat es schwer, sich zu entscheiden, welchen Weg er einschlagen will, ob er wirklich Pfarrer und Missionar werden soll.
Als er endlich Kaplan in einer walisischen Gemeinde ist, ist ihm sein hitziges Temperament, sein skurriles Wesen immer wieder im Weg, und seinem Bischof ein Dorn im Auge. Er wird strafversetzt in ein Dorf im Inneren von China. Dort soll er eine Mission aufbauen. Ruhiger geworden, läßt er sich nicht beirren in seiner Liebe zu den Menschen, nimmt Rückschläge gelassen hin, erträgt Seuchen und Hungersnöte, behauptet sich mutig gegen Banditen, bis er nach 35 Jahren wieder in seine Heimat zurückkehrt.

Im Fischer Taschenbuch Verlag sind bisher folgende Titel von A. J. Cronin erschienen: ›Die Zitadelle‹ (Bd. 11431), ›Der Judasbaum‹ (Bd. 11551), ›Die Sterne blicken herab‹ (Bd. 11552), ›Die Bewährung‹ (Bd. 11569). Weitere Bücher folgen.

A. J. CRONIN

DIE SCHLÜSSEL ZUM KÖNIGREICH

ROMAN

Aus dem Englischen von
Wilhelm Michael

FISCHER TASCHENBUCH VERLAG

Ungekürzte Ausgabe
Veröffentlicht im Fischer Taschenbuch Verlag GmbH,
Frankfurt am Main, Juni 1993

Lizenzausgabe mit freundliche Genehmigung
der Scherz Verlags AG Bern / München

Umschlaggestaltung: Buchholz / Hinsch / Hensinger
Gesamtherstellung: Clausen & Bosse, Leck
Printed in Germany
ISBN 3-596-11565-5

Gedruckt auf chlor- und säurefreiem Papier

»Und will dir des Himmelreichs Schlüssel geben.«
Christus zu Petrus

I
DER ANFANG VOM ENDE

1

An einem Spätnachmittag im September 1928 humpelte der alte Father Francis Chisholm den steilen Weg von der St.-Columban-Kirche zu seinem Haus auf den Hügel hinauf. Trotz seiner Gebrechlichkeit zog er diesen Weg dem weniger beschwerlichen Aufstieg durch die Mercatgasse vor. An dem Pförtchen in der Mauer seines Gartens hielt er mit einer Art kindlichen Triumphs inne, suchte zu Atem zu kommen und freute sich des Anblicks, den er seit jeher geliebt hatte.

Unter ihm lag der Tweed, ein mächtiges, breit geschwungenes Band, in ruhigem Silberglanz, da und dort von dem safranfarbenen Glast der sinkenden Herbstsonne leicht getönt. Den Abhang auf dem nördlichen, bereits zu Schottland gehörenden Ufer bedeckte die Stadt Tweedside, deren rosa und gelbe Ziegeldächer sich wie eine abgenutzte Steppdecke über das Winkelwerk der mit Kopfsteinen gepflasterten Gassen legten. Noch immer umschlossen diese Grenzstadt hohe Wälle, auf denen Kanonen – Beutestücke aus dem Krimkrieg – standen und den Möwen, die von ihnen aus nach Krabben stießen, bequeme Sitze boten. An der Flußmündung lag ein leichter Nebel über der Sandbank und ließ die Umrisse der zum Trocknen aufgehängten Netze und die Masten der Küstenschiffe im Hafen, die in gebrechlicher Schlankheit regungslos gegen den Himmel ragten, verschwimmen. Landeinwärts sank die Dämmerung schon über die noch bronzebraunen Wälder von Derham, und Father Chisholm sah, wie ein einsamer Reiher schwerfällig auf sie zuflog. Die dünne, klare Luft duftete nach Holzfeuer, Fallobst und baldigem frühen Frost.

Mit einem Seufzer der Zufriedenheit trat Father Chisholm in seinen Garten – ein Stückchen Erde bloß im Vergleich mit seinem Lustgarten auf dem Hügel der Glänzenden Jade! – der aber reizvoll und, wie alle schottischen Gärten, ertragreich war. An der bröckligen Mauer standen ein paar prächtige Obstbäume, und das Spalier mit Frühbirnen in der Südecke war eine reine Freude. Da sich Douglas, der Haustyrann, nirgends blicken ließ, stahl er, nach einem vorsichtigen Blick auf das Küchenfenster, die schönste Birne von seinem eigenen Baum und steckte sie in die Soutane. Sein gelbes, runzliges Gesicht war voll Triumph, als er den Kiesweg hinunterhumpelte. Dabei stützte er sich auf einen neuen – es war sein einziger Luxus – mit schottischem Wollstoff bespannten Schirm, der den längst schäbig gewordenen, obgleich geliebten alten aus Pai-tan ersetzte. Und dort, vor dem Haupteingang, stand der Wagen.

Sein Gesicht legte sich langsam in Falten. Trotz seiner Gedächtnisschwäche und den Augenblicken völliger Geistesabwesenheit, die ihn immer wieder in Verlegenheit brachte, erinnerte er sich genau, daß ein Brief ihn beunruhigt hatte, ein Brief, in dem der Bischof den Besuch Monsignore Sleeths, seines Sekretärs, vorschlug, oder besser, ankündigte. Nun eilte Father Chisholm, seinen Gast willkommen zu heißen.

Monsignore Sleeth, vornehm, schlank und dunkel, stand im Wohnzimmer mit dem Rücken zum leeren Kamin und fühlte sich offenbar unbehaglich. Der armselige Raum, der im Widerspruch zu seinen Begriffen von geistlicher Würde stand, erhöhte seine jugendliche Ungeduld. Er hatte sich nach einer persönlichen Note umgesehen: Souvenirs aus dem Fernen Osten, Gegenstände aus Porzellan vielleicht, oder Lackarbeiten. Aber das Zimmer war kahl und unpersönlich, mit dem schäbigen Linoleum, den Roßhaarstühlen und einem Kaminsims voller Sprünge, auf dem er mit mißbilligendem Seitenblick bereits einen Kinderkreisel neben einem Haufen herumliegender Münzen von der Kollekte entdeckt hatte. Trotzdem war er entschlossen, umgänglich zu sein, entwölkte seine Stirn und wehrte Father Chisholms Entschuldigungen mit einer freundlichen Handbewegung ab.

»Ihre Haushälterin hat mir schon mein Zimmer gezeigt. Ich hoffe, es wird Sie nicht stören, wenn ich ein paar Tage bei Ihnen bleibe. Was war das doch heute für ein wunderbarer Nachmittag. Diese Färbung! – Als ich von Tynecastle herüberfuhr, war mir fast, als wäre ich in dem lieben San Morales.« Der Wirkung wohl bewußt, wandte er den Blick ab und sah durch das Fenster in die wachsende Dämmerung hinaus.

Der Einfluß Father Tarrants und des Seminars zeigte sich dabei so deutlich, daß es dem alten Mann beinahe ein Lächeln entlockte – Sleeths Eleganz, der messerscharfe Blick, sogar die Härte, die sich in den Nasenflügeln andeutete, machte ihn zu Tarrants vollkommenem Ebenbild.

»Ich hoffe, Sie werden sich wohl fühlen«, murmelte er. »Wir werden bald etwas zu essen bekommen. Es tut mir leid, daß ich Ihnen keine richtige Abendmahlzeit bieten kann, aber wir sind irgendwie in die schottische Gewohnheit verfallen, spät und ausgiebig zu vespern.«

Halb abgewandt, nickte Sleeth unverbindlich. In diesem Augenblick erschien auch schon Miss Moffat, zog die graubraunen Chenillevorhänge zu und begann geräuschlos den Tisch zu decken. Er konnte sich des ironischen Gedankens nicht erwehren, wie vorzüglich das unscheinbare Geschöpf, das ihm einen einzigen furchtsamen Blick zuwarf, in diesen Raum paßte. Einen Moment war ihm unbehaglich zumute, als er sah, daß für drei gedeckt wurde, aber ihre Gegenwart gestattete ihm, das Gespräch sicher in allgemeine Bahnen zu lenken.

Als sich die beiden Priester zu Tisch setzten, sang er gerade ein Loblied auf den ausgesucht schönen Marmor, den der Bischof für das Querschiff der neuen Tynecastler Kathedrale aus Carrara hatte kommen lassen. Herzhaft nahm er sich dabei von dem Schinken, den Eiern und gebratenen Nieren, die vor ihm standen, und ließ sich aus der Zinnkanne eine Tasse Tee eingießen. Während er gerade braunen Toast mit Butter bestrich, hörte er seinen Gastgeber mit sanfter Stimme sagen:

»Sie haben doch nichts dagegen, daß Andreas seinen Haferbrei mit uns ißt. Andreas – das ist Monsignore Sleeth!«

Sleeth hob rasch den Kopf. Ein Junge von ungefähr neun Jahren war leise ins Zimmer gekommen, stand einen Augenblick unentschlossen und zupfte an seinem blauen Sweater. Das blasse, längliche Gesicht verriet deutlich seine Befangenheit. Schließlich schlüpfte er an seinen Platz und griff mechanisch nach dem Milchtopf. Als er sich über seinen Teller beugte, fiel ihm eine Locke des feuchten braunen Haares – unverkennbar war Miss Moffats Schwamm an der Arbeit gewesen – über die häßliche knochige Stirn. In seinen auffallend blauen Augen stand eine kindliche Vorahnung kommenden Unheils geschrieben – sie waren so von Unruhe erfüllt, daß er sie nicht zu erheben wagte.

Der Sekretär des Bischofs lockerte seine straffe Haltung und begann langsam wieder zu essen. Der Augenblick war jetzt wirklich nicht günstig. Aber von Zeit zu Zeit stahl sein Blick sich zu dem Knaben hinüber.

»Du bist also Andreas!« Die Schicklichkeit erforderte ein Gespräch, ja sogar ein gewisses Wohlwollen. »Und du gehst hier zur Schule?«

»Ja...«

»Schön, dann wollen wir einmal sehen, was du schon alles kannst.« Nicht unfreundlich stellte er ein paar einfache Fragen. Der Knabe errötete, fing an zu stottern, war viel zu verwirrt, um nachzudenken, und verriet eine beschämende Unwissenheit. Monsignore Sleeth hob die Brauen. Schrecklich, dachte er. Ein richtiger Gassenjunge.

Er nahm sich noch etwas Niere – dann kam ihm plötzlich zum Bewußtsein, daß er sich achtlos an alle Fleischgerichte hielt, die auf dem Tisch standen, während die beiden andern einfach ihren Haferbrei aßen. Das Blut stieg ihm zu Kopf, diese betonte Askese des alten Mannes war eine unerträgliche Heuchelei.

Vielleicht ahnte Father Chisholm diesen Gedanken, denn er schüttelte den Kopf: »Ich habe richtigen schottischen Hafer so viele Jahre entbehren müssen, daß ich ihn esse, wann ich ihn bekomme.«

Sleeth hörte die Bemerkung schweigend an. Stumm und niedergeschlagen war Andreas dagesessen, nun bat er mit einem raschen, verschüchterten Blick um die Erlaubnis, sich entfernen zu dürfen. Als er aufstand, um das Dankgebet zu sprechen, warf er mit dem Ellbogen einen Löffel zu Boden. Dann polterte er mit seinen derben Schuhen ungeschickt zur Tür hinaus.

Eine Weile blieb es still. Schließlich hatte Monsignore Sleeth seine Mahlzeit beendet, erhob sich elastisch und nahm scheinbar ohne besondere Absicht seinen Platz auf dem abgeschabten Teppich vor dem Kamin wieder ein. Die Beine gespreizt, die Hände auf dem Rücken verschränkt, musterte er verstohlen seinen bejahrten Kollegen, der noch am Tisch saß und seltsamerweise aussah, als warte er. Du lieber Gott, dachte Sleeth, was für ein erbärmlicher Vertreter der Priesterschaft war dieser schäbige, alte Mann mit der verfleckten Soutane, dem schmutzigen Kragen und der fahlen, vertrockneten Haut! Auf der einen Wange saß ein häßlicher Striemen, eine Art Narbe, die das untere Augenlid herausstülpte und den Kopf schräg nach abwärts zu ziehen schien. Es sah aus, als hätte er einen steifen Hals, als Gegengewicht zu dem lahmen, verkürzten Bein. Die Augen hielt er gewöhnlich gesenkt, hob er sie aber einmal – was selten genug geschah –, so traf einen schräg von unten her ein durchdringender Blick, der etwas seltsam Verwirrendes hatte.

Sleeth räusperte sich. Er meinte, nun sei es für ihn an der Zeit zu sprechen, und fragte mit gezwungener Herzlichkeit: »Wie lange sind Sie schon hier, Father Chisholm?«

»Zwölf Monate.«

»Ach ja, richtig. Es war eine freundliche Geste Seiner Gnaden, Sie nach der Rückkehr in Ihre Heimatgemeinde zu senden.«

»Und in die seine.«

Sleeth neigte verbindlich den Kopf. »Es war mir bekannt, daß Seine Gnaden mit Ihnen den Vorzug gemeinsam hat, hier geboren zu sein. Sagen Sie... wie alt sind Sie eigentlich, Father? Doch nahe an die Siebzig?«

Father Chisholm nickte und fügte mit dem milden Stolz des Alters hinzu: »Ich bin nicht älter als Anselm Mealey.«

Sleeths Stirnrunzeln über diese Vertraulichkeit ging in ein halb mitleidiges Lächeln über. »Kein Zweifel – aber das Leben hat Sie recht verschieden behandelt. Um es kurz zu sagen –«, er richtete sich auf und brachte fest, aber keineswegs unfreundlich vor: »der Bischof und ich, wir haben beide den Eindruck, daß Ihre langjährigen treuen Dienste nun den Lohn finden sollten. Mit anderen Worten, Sie sollten sich zur Ruhe setzen.«

Einen Augenblick war es eigentümlich still.

»Aber ich möchte mich gar nicht zur Ruhe setzen.«

»Es ist eine peinliche Aufgabe für mich, hierher zu kommen« – Sleeth richtete seinen Blick diskret zur Decke – »eine Untersuchung anzustellen... und Seiner Gnaden Bericht zu erstatten. Aber man kann über gewisse Dinge nicht hinwegsehen.«

»Über welche Dinge?«

Gereizt machte Sleeth eine Bewegung. »Sechs – zehn – ein Dutzend! Es ist nicht an mir, Ihre – Ihre östlichen Absonderlichkeiten aufzuzählen!«

»Es tut mir leid.« Langsam glomm ein schwacher Funken in den Augen des alten Mannes auf. »Sie müssen bedenken, daß ich fünfunddreißig Jahre in China verbracht habe.«

»Die Angelegenheiten Ihrer Pfarrei sind in hoffnungslosem Durcheinander.«

»Bin ich verschuldet?«

»Wie sollen wir das wissen? Seit sechs Monaten haben wir über Ihre vierteljährlichen Kollekten keine Aufstellung mehr erhalten.« Sleeth hob die Stimme und sprach etwas rascher: »Alles ist so... ungeschäftsmäßig... Als Blands Reisender zum Beispiel im letzten Monat seine Rechnung vorlegte – drei Pfund für Kerzen und so weiter –, zahlten Sie ihm den ganzen Betrag in Kupfermünzen!«

»Ich bekomme aber auch nichts anderes.« Father Chisholm betrachtete den Besucher nachdenklich, als sähe er geradewegs durch ihn hindurch. »Ich habe mit Geld nie umzugehen verstanden, ich habe nie welches gehabt, wissen Sie... Aber schließlich... Glauben Sie, daß Geld so schrecklich wichtig ist?«

Zu seinem Ärger fühlte Monsignore Sleeth sich erröten. »Es wird darüber geredet, Father.« Er sprach rasch weiter. »Und auch über andere Sachen. Manche Ihrer Predigten... die Ratschläge, die Sie erteilen... gewisse Punkte Ihrer Lehre.« Er zog ein in Saffianleder gebundenes Notizbuch, das er bereits in der Hand hielt, zu Rate. »Gerade letztere scheinen von gefährlicher Eigenart.«

»Unmöglich!«

»Am Pfingstsonntag sagten Sie Ihrer Gemeinde: Glaubt nicht, daß der Himmel hoch über uns sei... er ist hier, in der Höhlung eurer Hand... er ist allüberall.« Sleeth runzelte mißbilligend die Stirn, als er umblätterte. »Und hier... noch eine unglaubliche Bemerkung, die Sie während der Karwoche machten: Vielleicht kommen gar nicht alle Atheisten in die Hölle. Ich kannte einen, der jedenfalls nicht dorthin kam. Die Hölle ist nur für die bestimmt, die Gott ins Gesicht spucken! – Und hier, du lieber Himmel, was für eine Abscheulichkeit: Christus war ein vollkommener Mensch, aber Konfuzius hatte mehr Sinn für Humor! Und dieser unglaubliche Vorfall... Als eines Ihrer besten Pfarrkinder, Mrs. Glendenning, die schließlich für ihren ungeheuren Leibesumfang nicht verantwortlich gemacht werden kann, zu Ihnen kam und um geistige Anleitung bat, schauten Sie sie an und gaben zur Antwort: Essen Sie weniger, die Pforten des Paradieses sind schmal. – Aber wozu soll ich fortfahren?« Entschlossen klappte Monsignore Sleeth das Büchlein mit dem Goldschnitt zu. »Um es milde auszudrükken: Sie scheinen jede Gewalt über Seelen verloren zu haben.«

»Aber...«, ruhig kam die Antwort: »Ich will ja keiner Seele Gewalt antun.«

Sleeths Gesicht wurde beängstigend rot. Er hatte kein Verlangen nach einer theologischen Diskussion mit dem alten Tatterich.

»Dann ist da noch die Geschichte mit diesem Knaben. Es war ein arger Mißgriff, ihn zu adoptieren.«

»Wer würde sich um ihn kümmern, wenn ich es nicht täte?«

»Unsere Schwestern in Ralstone. Es ist das beste Waisenhaus in der ganzen Diözese.«

Wieder hob Father Chisholm die Augen, die so verwirrend blicken konnten. »Würden Sie Ihre eigene Kindheit gern in diesem Waisenhaus verbracht haben?«

»Müssen wir persönlich werden, Father? Ich habe Ihnen schon gesagt ... selbst unter Berücksichtigung der besonderen Umstände ... die Situation ist äußerst regelwidrig und muß ein Ende haben. Außerdem ...«, seine Hände vollführten eine große Bewegung, »wenn Sie weggehen – müssen wir doch einen Platz für ihn finden.«

»Sie sind also entschlossen, uns loszuwerden. Soll ich auch in die Obhut der Schwestern kommen?«

»Natürlich nicht. Sie können in das Altersheim für Priester nach Clinton gehen. Das ist eine Stätte vollkommener Ruhe.«

Der alte Mann lachte jetzt ganz einfach – ein kurzes, trockenes Lachen. »Ich werde genug vollkommene Ruhe haben, wenn ich tot bin. Solange ich lebe, möchte ich nicht mit einem Haufen alter Priester zusammengesteckt werden. Sie mögen es vielleicht sonderbar finden, aber Geistlichkeit in Masse habe ich nie ertragen können.«

Sleeth lächelte gequält und verwirrt. »Ich wundere mich über nichts, was aus Ihrem Munde kommt, Father. Verzeihen Sie, aber um es vorsichtig auszudrücken ... Ihr Ruf, selbst bevor Sie nach China gingen ... Ihr ganzes Leben war etwas sonderbar.«

Nach einer längeren Pause sagte Father Chisholm mit ruhiger Stimme: »Ich werde Gott über mein Leben Rechenschaft geben.«

Der jüngere Mann senkte die Lider in dem peinlichen Gefühl, sich einer Indiskretion schuldig gemacht zu haben. Er war zu weit gegangen. Er war zwar eine kalte Natur, strebte aber immer danach, gerecht, ja rücksichtsvoll zu sein. Daher zeigte er jetzt offen seine Verlegenheit. »Natürlich maße ich mir nicht an, Ihr Richter – oder Inquisitor sein zu wollen. Bisher wurde nichts entschieden. Deswegen bin ich hier. Wir müssen sehen, was in der nächsten Zeit zutage kommt.« Er wandte sich zur Tür. »Ich gehe jetzt in die Kirche. Bitte bemühen Sie sich nicht, ich weiß den Weg.« Mit einem gezwungenen Lächeln auf den Lippen verließ er das Zimmer.

Father Chisholm blieb regungslos am Tisch sitzen und stützte die Stirn in die Hand, als sei er in tiefes Nachdenken versunken. Er fühlte sich ganz erdrückt von der Drohung, die so plötzlich über seinem schwer errungenen Ruhesitz hing. Lange hatte er gemeint, alles mit stiller Resignation auf sich nehmen zu können, das aber war zu viel. Er fühlte sich plötzlich leer und verbraucht, ohne Nutzen für Gott oder die Menschen. Quälende Trostlosigkeit füllte sein Herz. So geringfügig war diese Angelegenheit und doch bedeutete sie so viel. Er hätte schreien mögen: Mein Gott, mein Gott, warum hast du mich verlassen? Schwerfällig erhob er sich und ging die Treppe hinauf.

In der Dachkammer über dem Fremdenzimmer lag Andreas bereits im Bett und schlief. Er hatte sich auf die Seite gedreht. Einer seiner mageren Arme lag zusammengebogen auf dem Kissen, als wollte er sich schützen. Ohne ihn aus den Augen zu lassen, nahm Father Chisholm die Birne aus seiner Tasche und legte sie zu den Kleidern des Jungen, die neben dem Bett auf dem Rohrstuhl zusammengefaltet waren. Was hätte er sonst noch für ihn tun können.

Ein schwacher Luftzug bewegte die Musselinvorhänge. Father Chisholm ging zum Fenster und zog sie zur Seite. Sterne blinkten am frostklaren Himmel. Unter diesen Sternen erstreckte sich die kurze Spanne seines Lebens in all seiner Ungereimtheit, aufgebaut aus stetem, kläglichem Bemühen, ohne Form, ohne Größe. So wenig Zeit schien vergangen, seit er selbst ein Junge war und in diesem gleichen Tweedside lachend herumgespielt hatte. Seine Gedanken eilten zurück. Wenn sein Leben überhaupt nach einem vorgezeichneten Plan verlaufen war, dann wurde die erste schicksalhafte Linie gewiß vor sechzig Jahren gezogen, an jenem Samstag im April, in so ungetrübter, tiefer Glückseligkeit, daß niemand es sah ...

II
SELTSAME BERUFUNG

1

Zeitig an jenem Frühlingsmorgen saß er in der gemütlichen dunklen Küche beim Frühstück, das Feuer wärmte seine bestrumpften Füße, der Geruch des knisternden Holzes und der heißen Haferküchlein machte ihn hungrig. Trotz des Regens fühlte er sich glücklich, denn es war Samstag, und der Wasserstand günstig für den Lachsfang.

Die Mutter legte den Holzlöffel, mit dem sie kräftig umgerührt hatte, beiseite und stellte die Suppenschüssel mit den blauen Streifen auf den gescheuerten Tisch zwischen ihn und seinen Vater. Francis nahm den Hornlöffel, tauchte ihn erst in die Schüssel mit Erbsensuppe und dann in seine Tasse voll mit Buttermilch. Er ließ das glatte, goldene Mus auf der Zunge zergehen. Wie gut war es doch bereitet, ohne alle Brocken oder Mehlklümpchen!

Der Vater saß ihm gegenüber in einer abgetragenen blauen Wolljacke und mit den gestopften Socken, die er zum Fischen anzog. Den mächtigen Körper vorgeneigt, löffelte er schweigend, wobei er seine roten Hände ruhig und langsam bewegte. Die Mutter schüttelte den letzten Schub Haferküchlein aus der Pfanne und setzte sich zu ihrer Teetasse. Die gelbe Butter rann über das zerbröckelnde Küchlein, das sie sich genommen hatte. Stille und Kameradschaftlichkeit erfüllten die kleine Küche, über den blanken Rost und den gescheuerten Herd tanzten die Flammen. Francis war neun Jahre alt und würde gleich mit seinem Vater zu den Bootsschuppen gehen.

Dort war er bekannt als Alex Chisholms Junge und wurde von den Männern in ihren Wolljacken und hüfthohen Lederstiefeln mit einem ruhigen Nicken oder, was noch besser war, mit freundlichem Schweigen aufgenommen. Er glühte vor geheimem Stolz, wenn er mit ihnen hinausfuhr. Weit um das Ende des Dammes lagen die großen flachen Kiesel, die Rudergabeln knirschten, vom Heck aus ließ sein Vater geschickt das Schleppnetz ins Wasser gleiten. Zurück zum Damm, wo ihre Schuhnägel auf den feuchten Steinen kratzten und die Männer sich tief gegen den Wind zusammenduckten, einige hockten da mit einem verblichenen Segel über den Schultern, andere sogen ein wenig Wärme aus einer kurzen, geschwärzten Tonpfeife. Er stand mit seinem Vater abseits. Alex Chisholm war der Obmann, der Wächter der Tweed Fischerstation Nr. 3. Schweigend, vom Wind gepeitscht, standen sie beisammen und beobachteten in der Ferne den Kreis der tanzenden Korke, dort wo Fluß und Meer in schäumendem Gischt zusammentrafen. Oft machte der Sonnenglanz auf dem Wellengekräusel Francis schwindlig. Aber er wollte, er durfte nicht blinzeln. Versäumte man eine einzige Sekunde, konnte ein Dutzend Fische verloren sein – und die waren in diesen Tagen so selten, daß sie den Fischereigesellschaften im entlegenen Billingsgate gut eine halbe Krone für das Pfund einbrachten. Der Vater hatte den Kopf ein wenig zwischen die Schultern gezogen, kühn zeichnete sich das Profil unter der alten Schirmmütze ab, die Haut über den starken Backenknochen war windgerötet; die ganze hohe Gestalt von Spannung erfüllt. Das Gefühl unausgesprochener Kameradschaft trieb dem Jungen manchmal das Wasser in die schmerzenden Augen und vermengte sich in seinem Bewußtsein wunderbar mit dem Geruch von Tang, dem fernen Schlag der Kirchturmuhr und dem Krächzen der Krähen von Derham.

Plötzlich stieß sein Vater einen lauten Ruf aus. Wie er sich auch anstrengte, es gelang Francis nie, als erster das Sinken eines Korks zu bemerken, und zwar nicht das Auf und Ab in der Flut, das ihn manchmal dummerweise auffahren ließ, sondern den langsamen Zug in die Tiefe, der bei langer Erfahrung den Fisch im Netz verrät. Auf den kurzen, schrillen Ruf folgte sogleich ein lautes Gerassel, denn die Männer sprangen an die Winde, um das Netz einzuholen. Diesen Augenblick stumpfte keine Gewohnheit ab: obwohl den Leuten eine Gewinnbeteiligung an jedem Pfund ihrer Beute zustand, war es nicht der Gedanke an Geld, der sie in Aufregung versetzte. Ihre tiefe Leidenschaft wurzelte in viel ursprünglicheren Regungen. Langsam, triefend, mit Tang behangen, kam das Netz herein. Die Schleppseile knarrten auf der hölzernen Trommel. Ein letztes Anheben und dann, in der schwellenden Buchtung des Netzes, ein verfließender Glanz, mächtig, prachtvoll – die Lachse.

An einem denkwürdigen Samstag hatten sie vierzig mit einem Zug gefangen. Die großen, schimmernden Leiber krümmten sich und kämpften, brachen durch das Netz, rutschten von den schlüpfrigen Planken zurück in den Fluß. Francis warf sich mit den andern nach vorn und griff verzweifelt nach den wertvollen, entgleitenden Fischen.

Schließlich hatten die Männer ihn aufgehoben, über und über mit runden Schuppen bedeckt, naß bis auf die Haut, aber ein richtiges Fischungeheuer fest in den Armen. Als sie an diesem Abend nach Hause gingen – seine Hand lag in der des Vaters – und ihre Schritte in der rauchgrauen Dämmerung widerhallten, machten sie wortlos bei Burleys Laden in der Hauptstraße halt, um für einen Penny Muschelbonbons mit Pfefferminzgeschmack zu kaufen, die Francis besonders liebte.

Ihre Kameradschaft ging noch weiter. An Sonntagen nahmen sie nach der Messe ihre Angelruten und schlüpften heimlich – um empfindlichere Gemüter nicht zu kränken – durch die Hintergäßchen der in Feiertagsruhe liegenden Stadt hinaus in das grüne Tal von Whitadder. In seiner Blechbüchse, in Sägemehl verpackt, ringelten sich leckere Würmer, die sie in der Nacht zuvor aus dem Knochenhaufen der Mealey-Fabrik geholt hatten. Der Rest des Tages stieg ihm wie ein Rausch zu Kopf: der Gesang des Stromes – der Duft der Weiden – sein Vater, der ihm die ergiebigsten Wirbel zeigte – die rotgesprenkelten Forellen, die sich über gebleichten Kieseln hin- und herwanden – sein Vater, der sich über ein Reisigfeuer beugte – die süße Köstlichkeit des frisch gebratenen Fisches.

Zu anderen Jahreszeiten gingen sie Blaubeeren und Walderdbeeren pflücken oder die wilden gelben Himbeeren, aus denen sich so gute Marmelade machen ließ. Wenn die Mutter mitkam, war es ein richtiger Festtag. Der Vater kannte die besten Plätze und führte sie tief in abgelegene Wälder, wo unberührt im Dickicht Unmengen der saftigen Früchte zu finden waren.

Wenn der Schnee gefallen war und der Winter den Boden umklammert hielt, stapften sie zwischen den erstarrten Bäumen des Derhamschen Gutsbesitzes dahin. Der Atem gefror vor dem Mund zu Reif, die Haut prickelte in Erwartung von des Wildhüters Pfiff. Francis konnte sein eigenes Herz schlagen hören, wenn sie ihre Schlingen nahezu unter den Fenstern des großen Gutshauses ausräumten – und dann heimkehrten, mit der schweren Jagdtasche, ein Lächeln in den Augen und schmunzelnd beim Gedanken an die Kaninchenpastete. Seine Mutter war eine großartige Köchin, eine Frau, die mit ihrer Sparsamkeit, ihrem Sinn für die Hauswirtschaft und ihrem Geschick das widerwillig gespendete Lob einer schottischen Gemeinde verdiente: »Elisabeth Chisholm ist eine tüchtige Frau!«

Während er seine Suppe auslöffelte, wurde ihm bewußt, daß die Mutter sprach und dabei den Vater über den Frühstückstisch hinweg anblickte.

»Bitte vergiß nicht, daß du heute bald heimkommen mußt, Alex. Es ist Bürgerabend.«

Eine Pause entstand. Offenbar hatte der Vater seine Gedanken bei anderen Dingen gehabt – vielleicht bei dem hochgehenden Fluß und bei der Jahreszeit, die dem Lachsfang nicht günstig war – und es kam ihm unerwartet, an das übliche jährliche Bürgerkonzert erinnert zu werden, das sie an diesem Abend über sich ergehen lassen mußten.

»Liegt dir sehr viel daran hinzugehen, Frau?« fragte er.

Sie errötete leicht, und ihr eigentümliches Benehmen setzte Francis in Erstaunen. »Es gehört zu den wenigen Dingen im Jahr, auf die ich mich freue. Und schließlich bist du ein Bürger der Stadt. Es... es ist nur recht und billig, wenn du deinen Sitz auf der Tribüne einnimmst, mit deiner Familie und deinen Freunden.«

Sein Lächeln wurde stärker und mit diesem die freundlichen Falten um die Augen. Francis hätte für sein Leben gern dem Vater ein solches Lächeln abgewonnen. »Dann schaut's so aus, als ob wir gingen, Lisbeth.« Er hatte immer eine Abneigung gegen »den Bürger« gehabt, so wie gegen Teetassen, steife Kragen und seine knarrenden Sonntagsschuhe, aber seine Neigung zu der Frau, die ihn jetzt bat mitzukommen, war groß.

»Ich verlasse mich auf dich, Alex. Weißt du«, sie bemühte sich, gleichgültig zu sprechen, aber ihre Stimme klang merkwürdig erleichtert, »ich habe Polly und Nora eingeladen, von Tynecastle heraufzukommen – leider dürfte Ned nicht wegkönnen.« Sie machte eine Pause. »Du wirst jemand andern mit der Abrechnung nach Ettal schicken müssen.«

Er richtete sich auf und warf ihr einen raschen Blick zu, der durch und durch ging, bis auf den Grund ihrer zärtlichen Vorwände. Zuerst merkte Francis in seiner Begeisterung gar nichts. Die verstorbene Schwester seines Vaters war mit Ned Bannon verheiratet gewesen, dem

Besitzer des Gasthauses »Zur Union« in Tynecastle, einer geschäftigen Straße etwa sechzig Meilen südlich. Polly, Neds Schwester, und Nora, seine zehnjährige verwaiste Nichte, waren nicht gerade nahe Verwandte, ihre Besuche aber zählten immer zu den Freudenfesten des kleinen Haushalts.

Plötzlich hörte Francis seinen Vater mit ruhiger Stimme sagen: »Ich werde doch nach Ettal gehen müssen.«

Eine jähe Stille, in der man die Herzen klopfen hörte, trat ein. Francis sah, daß seine Mutter blaß geworden war.

»Es ist nicht nötig, daß du gehst... Sam Mirlees oder irgendeiner der Männer würde gern für dich hinaufrudern.«

Er antwortete nicht, sondern schaute sie nur an. Sein Stolz war verletzt, die stolze Eigenart seiner Rasse. Ihre Aufregung wuchs. Sie gab alles Versteckenspielen auf, beugte sich vor, ihre Finger faßten ihn nervös am Ärmel.

»Mir zuliebe, Alex. Du weißt, was das letztemal geschehen ist. Es geht dort wieder arg zu – ganz arg, hat man mir erzählt.«

Seine große Hand legte sich über die ihre, herzlich, beruhigend.

»Du möchtest doch nicht, daß ich davonlaufe, nicht wahr, Frau?« Er lächelte und stand mit einem Ruck auf. »Ich werde bald aufbrechen und bald wieder hier sein... früh genug für dich, unsere braven Freunde und dein schönes Konzert obendrein.«

Sie gab sich geschlagen, aber ihr Gesicht behielt den Ausdruck schmerzlicher Spannung, als sie ihn seine hohen Fischerstiefel anlegen sah. Fröstelnd und bedrückt wartete Francis in schrecklicher Ahnung auf das, was kommen mußte. Als der Vater sich aufrichtete, wandte er sich an ihn und sagte sanft und ungewöhnlich verlegen:

»Wenn ich mir's überlege, mein Junge, bleibst du heute besser zu Hause. Die Mutter kann dich sicher gut brauchen. Es gibt noch eine Menge zu tun, bevor unser Besuch kommt.«

Francis war vor Enttäuschung wie vor den Kopf geschlagen, aber er widersprach nicht. Er fühlte, wie die Mutter den Arm fest um seine Schultern legte und ihn zurückhielt.

Der Vater stand einen Augenblick in der Tür, die Augen voll tiefer Liebe auf sie gerichtet, dann ging er schweigend hinaus.

Obwohl der Regen um die Mittagszeit aufhörte, schleppten sich die Stunden für Francis trostlos dahin. Während er tat, als bemerkte er den kummervollen Ausdruck seiner Mutter nicht, wurde ihm ihre Lage quälend klar. Hier in diesem ruhigen Ort beurteilte man sie nach ihrem eigenen Wert, man ließ sie in Frieden, schätzte sie sogar. Aber in Ettal, dem vier Meilen weit entfernten Marktflecken, wo sein Vater im Hauptbüro der Fischerei allmonatlich die Fangerträgnisse abrechnen mußte, nahm man eine ganz andere Haltung ein. Vor hundert Jahren hatte das Blut schottischer Protestanten die Moore um Ettal rot gefärbt. Jetzt schlug das Pendel der Unterdrückung unbarmherzig nach der andern Seite aus. Eine wütende Verfolgung hatte vor kurzem unter dem neuen Bürgermeister eingesetzt. Konventikel wurden gebildet, Massenversammlungen auf dem Hauptplatz abgehalten, die religiösen Gegensätze bis zur Weißglut geschürt. Als der Mob zu Gewalttätigkeiten überging, jagte man die wenigen Katholiken in der Stadt aus ihren Häusern und verwarnte die anderen im Bezirk feierlich, sich ja nicht in den Straßen von Ettal blicken zu lassen. Sein Vater mißachtete diese Drohung gelassen und wurde dadurch zum Gegenstand besonderen Hasses. Im vergangenen Monat war es zu einem Kampf gekommen, in dem der handfeste Lachsfänger sich mannhaft gehalten hatte. Nun war er wieder auf dem Weg dorthin, obwohl man neuerlich gedroht, obwohl man zu Hause so sorgfältig geplant hatte, ihn davon abzuhalten. Francis erschrak vor seinen eigenen Gedanken und ballte krampfhaft seine kleinen Fäuste. Warum konnten die Menschen einander nicht in Ruhe lassen? Sein Vater und seine Mutter hatten nicht denselben Glauben und doch lebten sie in vollkommener Eintracht zusammen. Sein Vater war ein guter Mann, der beste auf der Welt, warum sollten sie ihm etwas zuleide tun wollen? Wie eine Klinge bohrte sich Entsetzen in sein Inneres, ein Schreck vor dem Wort »Religion«, ein schauerndes Staunen, daß Menschen es fertigbrachten, einander zu hassen, weil sie den gleichen Gott mit verschiedenen Worten verehrten.

Um vier Uhr kamen sie vom Bahnhof zurück. Nora, seine lustige kleine Cousine, forderte ihn immer auf, über die Pfützen zu springen, aber heute hatte er keinen Spaß daran. Seine Mutter ging neben Tante Polly, die im Sonntagsstaat gelassen hinter ihnen herschritt. Der Tag, das fühlte er deutlich, stand unter einem Unstern. Noras Fröhlichkeit, ihr hübsches neues braunes Kleid mit den Borten, ihre offensichtliche Freude, ihn zu sehen – all das vermochte ihn kaum von seinen Gedanken abzulenken.

Mit erzwungener Ruhe näherte er sich der Wohnung seiner Eltern. Da stand das niedere, saubere Häuschen aus grauem Stein, die Vorderseite der Cannelgasse zugekehrt, ein hübsches grünes Gärtchen vor der Tür, wo sein Vater im Sommer Astern und Begonien zog. Der glänzende Türklopfer aus Messing und die fleckenlosen Stufen waren ein Beweis, wie leidenschaftlich seine Mutter auf Sauberkeit bedacht war. Drei Geranientöpfe leuchteten als scharlachrote Flecken hinter den schneeweißen Vorhängen der Fenster.

Als sie ankamen, war Nora erhitzt und außer Atem. Ihre blauen Augen leuchteten vor Lebenslust und Wagemut, sie hatte die Lustigkeit eines Kobolds. Bis zur Teestunde sollten sie mit Anselm Mealey im Garten hinter dem Haus spielen, so hatte seine Mutter es angeordnet. Als sie um die Ecke bogen, neigte sich Nora dicht zu Francis' Ohr und flüsterte ihm etwas zu, während ihr die Haare über das schmale, lachende Gesichtchen fielen. Die Pfützen, in die sie fast hineingesprungen war, die tropfnasse Erde hatte sie auf einen Einfall gebracht.

Zuerst wollte Francis nichts davon hören – das war seltsam, denn Noras Gegenwart stachelte ihn sonst zu scheuem Eifer auf. Jetzt stand er da, klein und schweigsam, und schaute sie zweifelnd an.

»Natürlich wird er«, drängte sie. »Er will immer den Heiligen spielen. Komm, Francis, machen wir's, los!«

Der Schatten eines Lächelns huschte über seine Lippen. Halb gegen seinen Willen holte er einen Spaten, eine Gießkanne und altes Zeitungspapier aus dem kleinen Schuppen am Ende des Gartens. Unter Noras Anleitung grub er ein zwei Fuß tiefes Loch zwischen den Lorbeersträuchern, goß Wasser hinein und breitete dann das Papier darüber. Nora streute kunstvoll eine Schicht trockener Erde auf die Zeitungsblätter. Sie hatten kaum den Spaten zurückgebracht, als Anselm Mealey in einem prächtigen weißen Matrosenanzug erschien. Nora warf Francis einen schadenfrohen Blick zu.

»Hallo, Anselm«, begrüßte sie ihn strahlend. »Was hast du für einen schönen neuen Anzug! Wir haben auf dich gewartet. Was sollen wir spielen?«

Mit freundlicher Herablassung bedachte Anselm Mealey die Frage. Für seine elf Jahre war er ein großer Junge, gut ausgepolstert mit rosigen Backen. Er hatte blonde Locken und einen seelenvollen Blick. Als einziges Kind reicher und zärtlicher Eltern – seinem Vater gehörte die einträgliche Knochenmehlfabrik auf der andern Seite des Flusses – war er dazu bestimmt, in Holywell, dem berühmten katholischen Internat in Nordschottland, einzutreten, und sich dort auf die Priesterwürde vorzubereiten. Er folgte dabei seiner eigenen Wahl und der seiner frommen Mutter. Gemeinsam mit Francis ministrierte er in der St.-Columban-Kirche. Häufig fand man ihn dort auf den Knien, Tränen der Inbrunst in seinen Augen. Nonnen, die in die Kirche kamen, streichelten seinen Lockenkopf. Er galt mit gutem Grund als ein wahrhaft heiligmäßiger Knabe.

»Wir wollen eine Prozession veranstalten«, sagte er. »Zu Ehren der heiligen Julia. Heute ist ihr Namenstag.« Nora klatschte in die Hände. »Wir stellen uns vor, daß die Kapelle bei den Lorbeersträuchern ist. Sollen wir uns verkleiden?«

»Nein.« Anselm schüttelte den Kopf. »Wir wollen mehr beten als spielen. Aber denkt euch, daß ich einen Chorrock anhabe und eine juwelenbesetzte Monstranz in Händen trage. Du bist eine weiße Karthäuserschwester. Und du, Francis, bist der Ministrant. Nun, sind wir so weit?«

Francis fühlte sich plötzlich höchst unbehaglich. Er war noch nicht alt genug, ihre Beziehungen zu analysieren und wußte nur, daß Anselm ihn zwar nachdrücklich als seinen besten Freund bezeichnete, daß dessen überschwengliche Frömmigkeit in ihm aber ein seltsam schmerzliches Gefühl der Scham auslöste. Gott gegenüber wahrte er eine Art verzweifelter Zurückhaltung. Ohne sich über diese Empfindung Rechenschaft zu geben, ohne zu wissen, was ihn dazu bewegte, hütete er sie tief in seinem Innern wie einen feinen, bloßliegenden Nerv. Wenn Anselm im Religionsunterricht glühend erklärte »Ich liebe unsern Heiland und bete ihn an aus tiefstem Herzen«, ließ Francis in seiner Tasche die Murmeln durch die Finger gleiten, wurde dunkelrot, ging mürrisch aus der Schule nach Hause und schlug ein Fenster ein.

Am nächsten Morgen erschien Anselm, schon jetzt geübt in Krankenbesuchen, mit einem gekochten Hühnchen in der Schule und bezeichnete Mutter Paxton hoheitsvoll als den Gegenstand seiner christlichen Bruderliebe – jenes von Leberzirrhose und Scheinheiligkeit ausgedörrte alte Fischweib, dessen Gekeif die Cannelgasse am Samstagabend in ein Tollhaus verwandelte. Francis ritt der Teufel. Er ging während der Stunde hinaus, öffnete das Päckchen und steckte an Stelle des köstlichen Vogels – den er mit seinen Kameraden verzehrte – den verwesten Kopf eines Stockfisches hinein. Anselms Tränen und Meg Paxtons Verwünschungen erfüllten später die dunklen Gründe seiner Seele mit tiefer Befriedigung.

Doch jetzt zögerte er, als ob er dem andern Jungen die Möglichkeit geben wollte, ohne Schaden davonzukommen. Langsam sagte er: »Wer soll zuerst gehen?«

»Ich natürlich«, Anselm warf sich in die Brust. Er stellte sich an die Spitze: »Nora, sing jetzt: Tantum ergo.«

Zu Noras durchdringendem Gesang setzte sich die Prozession im Gänsemarsch in Bewegung. Sobald sie sich den Lorbeerbüschen näherte, erhob Anselm seine gefalteten Hände zum Himmel. Im nächsten Augenblick durchtrat er das Papier und stürzte der Länge nach in den Kot.

Zehn Sekunden lang rührte sich keiner. Anselms Geheul brachte Nora in Bewegung. Während dieser tränenverschmiert plärrte: »Das ist eine Sünde, das ist eine Sünde!« hüpfte sie lachend herum und hetzte: »Kämpf doch, Anselm, wehr dich. Warum prügelst du Francis nicht?«

»Nein«, heulte Anselm, »ich will nicht. Ich werde die andere Wange hinhalten.«

Damit lief er nach Hause. Halb von Sinnen klammerte sich Nora an Francis – sie schnappte hilflos nach Luft, und die Tränen liefen ihr vor Lachen die Wangen hinunter. Aber Francis lachte nicht. Stumm und niedergeschlagen starrte er auf den Boden. Warum hatte er sich zu einem solchen Unsinn hergegeben, während sein Vater sich in den Straßen des feindlichen Ettal befand? Er schwieg noch immer, als sie zum Tee hineingingen.

In dem gemütlichen Vorderzimmer, wo der Tisch schon nach den hohen Riten der schottischen Gastfreundschaft mit dem besten Porzellan und allem, was der kleine Haushalt an Neusilber aufbringen konnte, gedeckt war, saß Francis' Mutter mit Tante Polly. Ihr offenes Gesicht, vom Feuer leicht gerötet, war recht ernst. Von Zeit zu Zeit straffte sich ihre etwas untersetzte Gestalt, wenn sie sich wieder einmal der Uhr zuwandte.

Den ganzen ruhelosen Tag über hatte sie sich immer wieder gesagt, wie unsinnig ihre Furcht sei, und dann doch von neuem gebangt – jetzt aber war ihr ganzes Wesen ein einziges angespanntes Lauschen auf den Schritt ihres Mannes. Eine unbändige Sehnsucht nach ihm hatte sie gepackt. Ihr Vater, Daniel Glennie, war Bäcker von Beruf, der Besitzer eines kleinen und schlechtgehenden Ladens, von Berufung aber war er Freiluftprediger und Führer einer eigenen, sonderbaren christlichen

Bruderschaft in Darrow, der einige zwanzig Meilen von Tynecastle entfernten, unsäglich schmutzigen und trostlosen Schiffbauerstadt. Mit achtzehn, während eines einwöchigen Urlaubs vom väterlichen Ladentisch, hatte die Tochter sich stürmisch in den jungen Tweedsidefischer Alex Chisholm verliebt und ihn auch gleich geheiratet.

In der Theorie sprach alles gegen eine solche Verbindung – in der Praxis wurde es eine sehr glückliche Ehe. Chisholm war kein Fanatiker, und in seinem ruhigen, einfachen Sinn erwachte niemals der Wunsch, den Glauben seiner Frau zu beeinflussen. Sie wiederum, von Jugend an mit Frömmigkeit übersättigt, von ihrem absonderlichen Vater in einer seltsamen Doktrin allgemeiner Duldsamkeit erzogen, war keineswegs kampflustig.

Selbst als die erste große Leidenschaft verebbt war, blieb sie zutiefst glücklich. Sie fand, um es mit ihren Worten zu sagen, in ihrem Mann einen angenehmen Hausgenossen, er war ordentlich, immer dienstfertig, nie in Verlegenheit, wenn es galt, ihre Wringmaschine zu reparieren, Geflügel auszunehmen oder den Honig aus den Bienenstöcken zu holen. Seine Astern waren die schönsten in Tweedside, seine Hühner erhielten auf jeder Ausstellung einen Preis, und der Taubenschlag, den er kürzlich für Francis gemacht hatte, war ein Wunderwerk geduldiger Handwerkskunst. An Winterabenden, wenn sie strickend am Herd saß, Francis behaglich im Bett lag, der Wind traulich um das kleine Haus blies, der Kessel am Feuer brodelte und ihr langer hagerer Alex in Strümpfen in der Küche herumstapfte, in Gedanken mit irgendeiner Bastelei beschäftigt, gab es Augenblicke, in denen sie sich mit einem sonderbar zärtlichen Lächeln ihm zuwandte: »Du, Mann, ich hab' dich so gern!«

Unruhig schaute sie auf die Uhr. Ja, es war spät, weit über die Zeit, zu der er gewöhnlich heimkam. Draußen ballten sich die Wolken zusammen, ließen es früher dunkel werden als sonst, und schwere Regentropfen schlugen gegen die Scheiben. Gleich darauf kamen Nora und Francis herein. Sie ertappte sich dabei, wie sie dem sorgenvollen Blick ihres Sohnes auswich.

»Also, Kinder!« Tante Polly winkte sie zu ihrem Sessel und wandte sich dann wohlweislich an die Luft über ihren Köpfen. »Habt ihr schön gespielt? Das ist recht. Hast du dir die Hände gewaschen, Nora? Du freust dich sicher auf das Konzert heute abend, Francis. Ich habe auch nichts dagegen, ein wenig Musik zu hören. Du lieber Himmel, Kind, kannst du nicht still stehen? Zeig, daß du gute Manieren hast, junge Dame – wir wollen jetzt unseren Tee trinken.«

Diese Anspielung konnte man nicht überhören. Elisabeth stand auf, mit einem Gefühl der Verzweiflung, das um so schlimmer war, weil sie es zu verbergen suchte.

»Wir warten nicht länger auf Alex. Wir fangen einfach an.« Sie zwang sich zu einem Lächeln. »Er muß jeden Augenblick hier sein.«

Der Tee war köstlich, und auch das Obstgelee zu den hausgemachten schottischen Gerstenmehl- und Haferkuchen hatte Elisabeth selbst eingekocht. Aber rund um den Tisch blieb die Stimmung gedrückt. Tante Polly machte keine ihrer trockenen Bemerkungen, die sonst Francis' stille Freude waren, sondern saß gerade aufgerichtet, hielt die Ellbogen an den Leib gepreßt und krümmte einen Finger um den Henkel ihrer Tasse. Sie war ein Abbild bewußter Vornehmheit, wie sie dasaß, eine alte Jungfer von noch nicht vierzig, mit einem langen, verwelkten, sympathischen Gesicht, etwas eigentümlich gekleidet, würdig, fein und gesetzt in ihrem Benehmen, ihr Spitzentaschentuch auf dem Schoß, ihre Nase vom heißen Tee menschlich gerötet und einen Vogel auf dem Hut, der das alles warm bebrütete.

»Wenn ich es mir überlege, Elisabeth –« taktvoll bemühte sich Tante Polly, eine Pause auszufüllen, »sie hätten den kleinen Mealey mit hereinbringen können – Ned kennt seinen Vater. Eine wunderbare Berufung zeigt sich bereits bei Anselm.« Ohne den Kopf zu wenden, streifte sie Francis mit ihren freundlichen, allwissenden Blicken. »Wir sollten dich wohl auch nach Holywell schicken, junger Mann. Elisabeth, würdest du gern deinen Jungen sehen, wie er von einer Kanzel mit dem Kopf nickt?«

»Nicht meinen einzigen.«

»Der Allmächtige liebt die einzigen Kinder.« Tante Polly sprach mit tiefer Überzeugung.

Elisabeth lächelte nicht. Ihr Sohn würde ein großer Mann werden, das war für sie eine beschlossene Sache, ein berühmter Rechtsanwalt, vielleicht auch ein Chirurg, sie ertrug den Gedanken nicht, daß er das Dunkel und die schmerzlichen Härten des geistlichen Lebens erdulden sollte. Überwältigt von ihrer wachsenden Aufregung rief sie aus: »Ich wünsche nur, Alex wäre schon da! Es ist – es ist sehr rücksichtslos von ihm. Wir werden noch alle seinetwegen zu spät kommen, wenn er sich nicht beeilt.«

»Vielleicht ist er mit der Abrechnung noch nicht fertig«, meinte Tante Polly verständnisvoll.

Elisabeth schoß das Blut in die Wangen, sie verlor alle Fassung. »Er muß jetzt schon beim Bootsschuppen sein... dort geht er immer hin, wenn er von Ettal zurückkommt.« Verzweifelt versuchte sie, ihrer Befürchtungen Herr zu werden. »Es sollte mich nicht wundern, wenn er uns einfach vergessen hat. Er ist so gedankenlos.« Sie hielt inne. »Wir geben ihm noch fünf Minuten Zeit. Eine Tasse Tee, Tante Polly?«

Aber die Stimmung der Teestunde war verflogen und ließ sich nicht mehr einholen. Alle schwiegen bedrückt. Was war mit ihm geschehen...? Würde er denn nie mehr kommen? Elisabeth war krank vor Angst und konnte sich nicht länger beherrschen. Mit einem letzten Blick auf die Marmoruhr, in dem ihre bösen Ahnungen nun offen zu lesen standen, erhob sie sich. »Du wirst entschuldigen, Tante Polly, ich muß hinunterlaufen und sehen, was ihn so lange aufhält. Ich bin gleich zurück.«

Francis hatte in diesen Augenblicken angstvollen Wartens sehr gelitten – das Schreckbild einer engen Gasse, voll von Dunkel, auf und ab wogenden Gesichtern und Verwirrungen bedrängte ihn. Sein Vater eingekreist... kämpfend... stürzend, die Menge über ihm... das grausige Aufschlagen seines Kopfes auf Pflastersteinen. Ein unerklärliches Zittern überfiel Francis. »Laß mich gehen, Mutter«, sagte er.

»Unsinn, Junge.« Sie lächelte mit blassen Lippen. »Du bleibst und unterhältst unsere Gäste.«

Überraschenderweise schüttelte Tante Polly den Kopf. Man hatte ihr bisher nicht angemerkt, daß ihr die wachsende Beunruhigung aufgefallen war. Man merkte es ihr auch jetzt nicht an, als sie einsichtig und gelassen meinte: »Nimm den Jungen mit, Elisabeth. Nora und ich können gut eine Weile allein bleiben.«

Niemand sprach, Francis sah seine Mutter nur mit flehenden Blicken an.

»Also schön... du kannst mitkommen.«

Seine Mutter zog ihm seinen warmen Mantel an, dann schlug sie ihren Umhang fest um sich, nahm ihn bei der Hand, und sie verließen das warme, helle Zimmer.

Die Nacht war regennaß und pechschwarz. Schwere Güsse peitschten das Pflaster und schäumten im Rinnstein der verlassenen Straße. Als sie sich die Mercatgasse hinaufkämpften, am Stadtplatz und an dem verschwommenen Lichterglanz des Gemeindehauses vorbei, griff aus dem stürmischen Dunkel der Nacht neues Entsetzen nach Francis. Er versuchte, es niederzuringen, biß die Zähne zusammen und paßte sich behend, entschlossen den Schritten seiner Mutter an, die immer rascher wurde.

Zehn Minuten später überquerten sie den Fluß auf der Borderbrücke und tasteten sich auf dem überspülten Kai entlang zur Bootshütte Nr. 3. Hier blieb seine Mutter bestürzt stehen. Die Hütte war verschlossen, niemand dort. Unschlüssig wandte sie sich um. Da sah sie plötzlich durch die regnerische Dunkelheit einen schwachen Lichtschein: Bootshütte Nr. 5, eine Meile flußaufwärts, wo Sam Mirlees wohnte, der zweite Wächter. Er war ein unsteter, vertrunkener Kerl, aber sicher konnte er ihnen Auskunft geben. Festen Schrittes machte sie sich wieder auf den Weg, stapfte durch triefnasse Wiesen, stolperte über Grasbüschel und Zäune und trat in Gräben, die nicht zu sehen waren. Francis, der sich dicht neben ihr hielt, spürte, wie ihre Angst mit jedem Schritt wuchs.

Endlich erreichten sie die andere Bootshütte, einen aus geteerten Planken auf die Uferböschung hingebauten festen Schuppen, hinter einem hohen Steinwall und einem Dickicht von aufgehängten Netzen. Francis hielt es nicht länger aus. Mit klopfendem Herzen stürzte er hin und riß die Tür auf. Die Angst, die er den ganzen Tag über ausgestanden hatte, preßte ihm einen halb erstickten Schrei ab, und seine Augen weiteten sich vor Entsetzen. Sein Vater war bei Sam Mirlees, er lag ausgestreckt, mit blassem, blutigem Gesicht auf einer Bank, einen Arm ungeschickt in einer Schlinge hochgebunden, eine große klaffende Wunde quer über der Stirn. Die Männer hatten ihre Wolljacken und Fischerstiefel an, Gläser und eine Schnapsflasche standen in der Nähe auf einem Tisch neben einem schmutzigen, blutigen Schwamm und einem Becken mit trübem Wasser. Von der Decke warf die Sturmlaterne einen flackrigen gelben Lichtschein auf die beiden, während ringsum tiefblaue Schatten krochen und in den dunklen Ecken und unter dem Dach, auf das der Regen trommelte, spielten.

Seine Mutter stürzte vorwärts und warf sich neben der Bank auf die Knie. »Alex... Alex... Hast du dir wehgetan?«

Obwohl er nicht klar sehen konnte, lächelte er, oder versuchte es wenigstens, mit seinen bleichen, zerschundenen Lippen. »Nicht schlimmer als ein paar von denen, die mir zu Leibe wollten, Frau.«

Tränen traten ihr in die Augen. Sie weinte, weil er halsstarrig war, weil sie ihn liebte, weil eine wilde Wut sie gegen alle erfüllte, die ihn so zugerichtet hatten.

»Als er hereinkam, war's fast vorbei mit ihm«, mischte sich Mirlees ein und machte eine unsichere Bewegung. »Aber mit einem Schluck oder zwei hab' ich ihn wieder auf die Beine gebracht.«

Sie warf dem Mann, der, wie gewöhnlich am Samstagabend, betrunken war, einen flammenden Blick zu. Ganz elend wurde ihr vor Ärger über diesen besoffenen Narren, der Alex nach seiner furchtbaren Verletzung auch noch mit Schnaps angefüllt hatte. Er mußte sehr viel Blut verloren haben, das sah sie... es war nichts hier, was sie ihm hätte geben können... sie mußte ihn gleich von hier wegbringen... gleich.

In größter Anspannung murmelte sie:

»Schaffst du es, mit mir heimzukommen, Alex?«

»Ich denke schon, Frau... wenn wir uns Zeit lassen.«

Sie versuchte, ihrer panischen Angst und Verwirrung Herr zu werden, und überlegte fieberhaft. Sie hatte instinktiv nur den einen Wunsch, ihn in die Wärme, in Licht und Sicherheit zu bringen. Die schlimmste Wunde, die bis zum Schläfenknochen ging, hatte aufgehört zu bluten. Da wandte sie sich zu ihrem Sohn.

»Lauf rasch zurück, Francis. Sag Polly, sie soll alles für uns bereit halten. Und dann hole sofort den Doktor.«

Wie von Fieber geschüttelt, deutete Francis mit einer unbestimmten, krampfartigen Bewegung an, daß er verstanden hatte. Er warf noch einmal einen Blick auf seinen Vater, senkte den Kopf und raste den Kai entlang.

»Versuchen wir's, Alex, ich helfe dir.« Mirlees' Angebot, ihr zu helfen, wies sie scharf zurück, da sie wußte, daß dies schlimmer als gar keine Hilfe wäre, und half ihrem Mann beim Aufstehen. Gehorsam kam er langsam auf die Beine, war aber entsetzlich schwach und wußte kaum, was er tat. »Ich werde jetzt gehen, Sam«, murmelte er schwankend, »Gute Nacht.«

Von Unsicherheit gequält, biß die Frau sich auf die Lippen. Dennoch ließ sie nicht locker und führte den Mann ins Freie, wo der Regen ihnen mit voller Gewalt entgegenschlug. Als die Tür sich hinter ihnen schloß, Alex schwankend dastand und von dem Wetter offenbar gar nichts merkte, machte sie der Gedanke an den endlosen Rückweg durch die schlammigen Felder, mit dem hilflosen Mann an ihrer Seite, völlig mutlos. Während sie noch zögerte, kam ihr plötzlich eine Erleuchtung. Warum hatte sie nicht früher daran gedacht? Den Abkürzungsweg über die Brücke bei den Ziegelwerken mußte sie einschlagen! Dann konnte sie fast eine Meile sparen, ihren Mann in einer halben Stunde zu Hause haben und zu Bett bringen. Entschlossen ergriff sie seinen Arm. Energisch schritt sie in den Regenguß hinein, stützte Alex und führte ihn langsam flußaufwärts, der Brücke zu.

Offenbar erriet er zunächst ihre Absicht nicht. Erst als das Rauschen des Stromes an sein Ohr drang, blieb er mit einemmal stehen.

»Was ist denn das für ein Weg, Lisbeth? Wir können nicht bei den Ziegelwerken hinüber, wenn der Tweed so hoch geht.«

»Sei still, Alex... sprich jetzt nicht, du vergeudest nur Kraft damit«, sagte sie beruhigend und führte ihn weiter.

Sie kamen zur Brücke – ein paar aufgehängte Planken mit einem Drahtseil als Geländer –, die, seit die Ziegelei stillstand, nur mehr wenig benutzt wurde, aber noch immer als begehbar galt. Dennoch ließ die Dunkelheit, das ohrenbetäubende Rauschen des Wassers oder eine Vorahnung leise Zweifel in Elisabeth aufsteigen, sobald sie den Fuß auf die Brücke setzte. Sie hielt inne, denn sie konnten nicht nebeneinander über den schmalen Steg gehen, und umfaßte seine gebeugte Gestalt, an der das Wasser herunterlief, mit einem Blick tiefster mütterlicher Zärtlichkeit.

»Hast du das Drahtseil?«

»Ja, ich habe das Drahtseil.«

Sie sah deutlich, daß seine große Faust das dicke Seil umklammert hielt. Jetzt gab es kein Überlegen mehr, sie war zu verstört, zu atemlos und zu sehr von dem Gedanken besessen, ihn heimzubringen. »Bleib ganz nahe bei mir.« Sie wandte sich wieder und ging voraus.

Sie begannen die Brücke zu überqueren. Als er in der Mitte angekommen war, glitt sein Fuß auf einem der schlüpfrigen Bretter aus. In jeder andern Nacht hätte das kaum etwas ausgemacht. In dieser aber war der hochgehende Tweed bis zu den Planken der Brücke gestiegen. Im Nu hatte die reißende Strömung seinen Fischerstiefel gefüllt. Er wehrte sich verzweifelt gegen den Zug, das übermächtige Gewicht. Doch die Schlägerei in Ettal hatte ihn alle Kraft gekostet. Auch sein anderer Fuß glitt aus, jetzt waren beide Stiefel voll Wasser und schwer wie Blei.

Er rief laut, sie drehte sich mit einem Aufschrei um und faßte nach ihm. Ihre Arme umschlangen ihn, als der Fluß das Drahtseil aus seinem

Griff riß. Hart und verzweifelt kämpfte sie einen endlos scheinenden Augenblick lang, ihn festzuhalten. Dann zog das Wasser die beiden in sein Dunkel und sein Brausen hinab.

Francis wartete die ganze Nacht. Aber sie kamen nicht. Am nächsten Morgen bei Ebbe fand man sie, eng umschlungen, im ruhigen Wasser bei der Sandbank.

2

Vier Jahre später, an einem Donnerstagabend im September, als Francis Chisholm wie jeden Tag von der Darrow-Schiffswerft heimging und müde auf das verbeulte Schild von Glennies Bäckerei zusteuerte, hatte er einen bedeutsamen Entschluß gefaßt. Während er sich durch den mehlbestäubten Gang, der die Backstube vom Laden trennte, schleppte, durch die Hintertür trat und seinen leeren Eßnapf auf den Ausguß stellte, glühten seine dunklen Kinderaugen vor Begeisterung über sein Vorhaben. Ein viel zu großer blauer Arbeitsanzug hing um die kleine Gestalt und verhüllte sie auf lächerliche Weise, und auch die Tuchmütze, die, mit dem Schirm im Nacken, über dem schmutzigen Gesicht saß, gehörte eigentlich einem Erwachsenen.

Wie immer stand auf dem Küchentisch mit der schmutzigen Decke Geschirr herum. Malcom Glennie, ein träger siebzehnjähriger Junge, lümmelte mit aufgestütztem Ellbogen über Lockes Obligationenrecht. Mit einer Hand wühlte er in seinem öligen schwarzen Haar, daß die Schuppen nur so auf seinen Kragen regneten, mit der andern machte er sich über die Brieschen her, die ihm seine Mutter gekocht hatte, als er vom Armstrong-College nach Hause kam. Francis nahm sein Abendessen vom Herd – eine Zwei-Pfennig-Pastete und Kartoffeln, die dort seit Mittag verkohlten – und machte sich einen Platz frei. Das undurchsichtige Papier auf der verglasten Verbindungstür zum Laden war zerrissen, und er konnte Frau Glennie sehen, die einen Kunden bediente. Der Sohn des Hauses warf ihm einen mißbilligenden Blick zu. »Mußt du so viel Lärm machen, wenn ich studiere? Du lieber Himmel, und was für Hände! Wäschst du sie dir nie, bevor du ißt?«

Gleichmütig schweigend – besser konnte er sich nicht verteidigen – nahm Francis Messer und Gabel in seine schwieligen Hände, die er sich oft beim Nieten verbrannt hatte.

Die Verbindungstür ging auf, und Frau Glennie schlurfte besorgt herein. »Bist du schon fertig, Malcom, mein Liebling? Ich habe noch einen wunderbaren überbackenen Eierkuchen – nur frische Eier und Milch –, das kann deinem Magen nicht schaden.«

Er murrte: »Ich habe den ganzen Tag Schmerzen gehabt.« Dann pumpte er sich den Bauch ordentlich voll und ließ die Luft wieder heraufsteigen, wobei er ein Gesicht zog, als litte er wirklich. »Hör dir das an!«

»Das kommt vom vielen Studieren, Sohn.« Sie lief zum Herd. »Aber das wird dich kräftigen ... versuch es ... mir zuliebe.«

Er duldete, daß sie seinen Teller entfernte und ein große Schüssel mit Eierkuchen vor ihn hinstellte. Sie sah ihm zärtlich zu, als er die Speise in sich hineinschlabberte, und freute sich über jeden Bissen, den er nahm. Zaundürr, in einem schadhaften Mieder und schlampigem, zerrissenen Rock, lehnte sie sich zu ihm hinüber, und das bissige Gesicht mit der langen dünnen Nase und den verkniffenen Lippen zerfloß vor mütterlicher Verliebtheit.

Gleich darauf murmelte sie: »Ich bin froh, daß du heute schon so früh zu Hause bist, mein Sohn. Der Vater hat eine Versammlung.«

»Nein!« Malcom richtete sich auf, überrascht und verärgert. »In der Missionshalle?«

Sie schüttelte den hageren Kopf. »Im Freien. Auf dem Anger.«

»Wir müssen doch nicht hingehen?«

Sie antwortete mit eigentümlich verbitterter Eitelkeit: »Es ist das einzige, was Vater uns zu bieten hat, Malcom. Solange er nicht auch als Prediger versagt, müssen wir es hinnehmen.«

Er widersprach hitzig: »Dir mag das vielleicht gefallen, Mutter, aber für mich ist es ganz scheußlich, dort zu stehen, während Vater Bibelworte hinausposaunt und die Kinder ›Heiliger Dan‹ kreischen. Als kleiner Junge war es für mich nicht so arg, aber jetzt, da ich mich auf den Anwaltsberuf vorbereite!« Verdrossen brach er ab, als sich die Außentür öffnete und sein Vater, Daniel Glennie, still ins Zimmer kam.

Der heilige Dan trat zum Tisch, schnitt geistesabwesend ein Stück Käse herunter, goß sich ein Glas Milch ein und begann, immer noch stehend, sein einfaches Mahl. Er hatte seine Arbeitskleidung und die ausgetretenen Hausschuhe abgelegt, aber er blieb trotzdem ein unscheinbares, verhärmtes Männchen in spiegelnden schwarzen Hosen, einem Gehrock, der ihm zu eng und zu kurz war, einer Hemdbrust aus

Celluloid und einer zerfransten schwarzen Krawatte. Auch seine Manschetten waren aus Celluloid, um die Wäsche zu sparen, sie waren voller Risse, und seine Schuhe gehörten längst geflickt. Sein Rücken war leicht gebeugt. Die Augen hinter den stahlgefaßten Brillengläsern hatten meist einen gequälten Ausdruck, oft aber starrten sie auch ekstatisch in die Ferne. Jetzt ließ er sie, während er kaute, freundlich und nachdenklich auf Francis ruhen.

»Du siehst müde aus, Enkel. Hast du schon zu Abend gegessen?« Francis nickte. Seit der Bäcker hereingekommen war, schien ihm das Zimmer heller geworden zu sein. Die Augen, die auf ihm ruhten, waren die seiner Mutter.

»Ich habe gerade einen Schub Kirschkuchen herausgezogen. Hol dir einen vom Backofengestell, wenn du willst.«

Frau Glennie rümpfte die Nase über diese irrsinnige Verschwendung. Zweimal hatte es bereits zu Glennies Bankrott geführt, daß er mit seinem Gut so um sich warf. Sie senkte den Kopf in noch tieferer Resignation.

»Wann willst du von hier fort? Wenn wir jetzt schon weggehen, schließe ich den Laden.«

Er blickte auf seine große silberne Taschenuhr mit dem gelben beinernen Schutzdeckel. »Wohl, Mutter, schließe jetzt, zuerst kommt die Arbeit des Herrn. Und überdies« – setzte er betrübt hinzu – »kommen heute abend doch keine Kunden mehr.«

Während sie den Rolladen vor dem mit Fliegen bedeckten Backwerk herunterließ, stand er beiseite und überlegte seine Ansprache für den heutigen Abend. Dann mahnte er zum Aufbruch: »Komm, Malcom!« Und zu Francis gewandt: »Gib auf dich acht, mein Kind. Bleib nicht zu lange auf!«

Malcom brummte etwas, schloß das Buch, nahm seinen Hut und folgte mürrisch seinem Vater. Frau Glennie zog enge schwarze Glacéhandschuhe an und setzte eine Märtyrermiene auf – ihr »Versammlungsgesicht«. »Vergiß das Geschirr nicht, hörst du.« Sie schenkte Francis ein bedeutungsvolles, bläßliches Lächeln. »Schade, daß du nicht mit uns kommst!«

Als sie gegangen waren, hätte Francis am liebsten den Kopf auf den Tisch gelegt. Aber sein neuer heldenhafter Entschluß stärkte ihn, und der Gedanke an Willi Tulloch elektrisierte seine müden Glieder. Er schichtete das Geschirr im Ausguß auf und begann es rasch abzuwaschen. Dabei überdachte er grollend, die Brauen zusammengezogen, seine Lage.

Der Meltau erzwungener Wohltaten lag auf seinem Leben, seit Daniel sich vor dem Begräbnis verzückt an Polly Bannon gewandt hatte: »Ich nehme Elisabeths Jungen zu mir. Wir sind seine einzigen Blutsverwandten. Er muß zu uns kommen!«

Der unbesonnene Ausdruck guten Willens allein hätte ihn nicht heimatlos gemacht, dazu bedurfte es später noch der abscheulichen Szene, als Frau Glennie das kleine Besitztum, die Versicherungssumme seines Vaters und den Erlös aus dem Verkauf der Möbel mit Beschlag belegte und Pollys Angebot, die Vormundschaft zu übernehmen, nicht bloß ablehnte, sondern unter Hinweis auf das Gesetz sogar einen Einschüchterungsversuch unternahm.

Damit hörte jeder Kontakt mit den Bannons auf – plötzlich und schmerzvoll, als ob Francis mittelbar ein Vorwurf zu machen gewesen wäre. Polly war verletzt und beleidigt und hatte ihn, zweifellos in dem Bewußtsein, ihr Bestes getan zu haben, aus dem Gedächtnis ausgelöscht.

Nach seiner Ankunft im Haus des Bäckers, die den ganzen Reiz der Neuheit besaß, wurde er, mit einem neuen Schulranzen auf dem Rükken, von Malcom in die Darrow-Schule gebracht, nicht ohne vorher von Frau Glennie gestriegelt und gebürstet worden zu sein. Dann stand sie unter der Ladentür und sah den beiden Schuljungen mit einer Art Besitzerfreude nach.

Aber ach! Die menschenfreundliche Aufwallung erlosch bald. Daniel Glennie war ein Heiliger, eine sanfte, edle, verlachte Seele. Mit seinen Kuchen händigte er Traktate aus, die er selbst verfaßt hatte, und jeden Samstagabend führte er sein Wagenpferd durch die Stadt, mit einem großen gedruckten Plakat auf der Kruppe des Tieres: »Liebe deinen Nächsten wie dich selbst.« Er lebte dabei in einem himmlischen Traum, aus dem er in regelmäßigen Abständen erwachte, sorgenbeladen, den Angstschweiß auf der Stirn, wie er seinen Gläubigern entgegentreten sollte. Er arbeitete unablässig, seinen Kopf in Abrahams Schoß, seine Hände in einem Backtrog, und so war es nicht zu verwundern, daß er nicht an seinen Enkel dachte. Tat er es, so führte er den kleinen Jungen an der Hand in den Hinterhof, mit einer Tüte voll Krümel, um die Spatzen zu füttern.

Frau Glennie, schäbig, ungeschickt, aber habgierig, sah zu, wie ihr

Mann immer tiefer ins Elend geriet und tat sich dabei selbst sehr leid. Der Kutscher mußte entlassen werden, dann die Verkäuferin. Ein Backofen nach dem anderen wurde stillgelegt, bis sie sich schließlich mit dem mageren Ertrag von Zwei-Penny-Pasteten und Groschenkuchen begnügen mußten. Angesichts dieser Lage wurde Francis für Frau Glennie bald zu einem Alptraum. Die Anziehungskraft der siebzig Pfund, die er ihr eingetragen hatte, ließ bald nach, ja die Summe schien teuer erkauft. Bei den verzweifelten Einschränkungen, die sie sich auferlegen mußten, war jede Ausgabe für Francis' Kleidung, Essen oder Schulbesuch eine wahre Leidensstation. Als seine Hosen durchgewetzt waren, wurde ein alter grüner Anzug von Daniel »zurechtgemacht«, eine Reliquie aus ihres Mannes Jugendzeit, so ausgefallen in Musterung und Farbe, daß die Leute auf der Straße laut darüber lachten und Francis das Leben mit ihren Scherzen vergällten. Malcoms Schulgeld wurde auf den Tag bezahlt, aber es gelang Frau Glennie gewöhnlich zu vergessen, daß es auch für Francis fällig war, bis man ihn öffentlich vor der Klasse als säumigen Zahler anprangerte und er zitternd, blaß vor Demütigung, gezwungen war, sie darum zu bitten. Dann pflegte Frau Glennie nach Luft zu ringen, die Hände auf ihren welken Busen zu pressen und einen Herzanfall vorzutäuschen, um ihm schließlich die Schillinge vorzuzählen, als wären es Tropfen ihres eigenen Blutes.

Obwohl er das alles mit unerschütterlicher Ruhe erduldete, war das Gefühl, allein – ganz allein – zu sein, für den kleinen Jungen schrecklich. Er machte lange, einsame Spaziergänge, halb verrückt vor Kummer, und suchte in diesem trostlosen Landstrich vergeblich nach einem Fluß, aus dem er sich ein paar Forellen hätte greifen können. Von Sehnsucht verzehrt blickte er den ausfahrenden Schiffen nach und stopfte sich die Mütze in den Mund, um seine Verzweiflung nicht laut hinauszuschreien. Da er zwischen zwei einander befehdenden Glaubensbekenntnissen stand, wußte er nicht, wohin er gehörte. Sein aufgeweckter, lernbegieriger Geist stumpfte sich ab, sein Gesicht nahm einen ewig mürrischen Ausdruck an. Einzig an den Abenden, die Malcom und Frau Glennie auswärts verbrachten, war er glücklich. Dann saß er Daniel gegenüber am Küchenherd und schaute dem kleinen Bäcker zu, wie er in tiefem Schweigen, mit einem Ausdruck unaussprechlicher Seligkeit die Seiten der Bibel umwandte.

Daniels ruhige, aber unerschütterliche Entschlossenheit, sich nicht in die religiösen Anschauungen des Kindes einzumischen – wie hätte er, der völlige Duldsamkeit predigte, dies gekonnt! –, war für Frau Glennie ein zusätzlicher, unablässig fühlbarer Stachel. Die Erinnerung an die Unbesonnenheit ihrer Tochter kam für eine »gerettete Christin«, wie sie selbst, einem Bannfluch gleich. Es gab den Nachbarn Anlaß zu reden!

Zur Krisis kam es nach achtzehn Monaten, als Francis jeden Takt vermissen ließ und sich undankbarerweise gescheiter als Malcom zeigte, den er in einem Aufsatzwettbewerb der Schule aus dem Felde schlug. Das konnte nicht hingenommen werden. Wochen ständigen Keifens zermürbten den Bäcker. Ein neuer Bankrott stand bevor. Man einigte sich, Francis' Erziehung als abgeschlossen zu betrachten. Frau Glennie lächelte das erste Mal seit Monaten und versicherte schelmisch, nun sei er ein kleiner Mann, könne zum Haushalt etwas beitragen, den Rock ausziehen und den Adel der Arbeit erweisen. So kam er mit zwölf Jahren in die Darrow-Schiffswerft und half dort nieten für drei und einen halben Schilling in der Woche.

Um Viertel nach sieben war er mit dem Geschirr fertig. Er wurde etwas heiterer, machte sich vor einem Stückchen Spiegel sauber und verließ das Haus. Es war noch hell, aber die Abendluft reizte ihn zum Husten, und er schlug seinen Kragen hoch, als er in die Hauptstraße einbog und, an dem Tattersall und den Kellereien von Darrow vorbei, dem Laden des Doktors an der Ecke zustrebte, wo die beiden bauchigen roten und grünen Phiolen hingen und das Messingschild: *Dr. Sutherland Tulloch: Praktischer Arzt und Chirurg.* Ein schwaches Lächeln spielte um Francis' Mund, als er eintrat.

Der Laden war dunkel und roch stark nach Aloe, Asafötida und Lakritzensaft. Gestelle voll mit dunkelgrünen Flaschen füllten die eine Wand, und an einem Ende gelangte man auf drei hölzernen Stufen zu dem kleinen Hinterzimmer, in dem Dr. Tulloch Sprechstunde hielt. An dem langen Ladentisch stand der älteste Sohn des Arztes, ein kräftiger, sommersprossiger Junge, von sechzehn Jahren, mit großen Händen, roten Haaren und einem unbeholfenen, stillen Lächeln. Auf einer Marmorplatte, die überall Spuren von rotem Siegellack zeigte, wickelte er Medikamente ein.

Auch jetzt lächelte er treuherzig, als er Francis begrüßte. Dann schauten die beiden Jungen aneinander vorbei, es machte sie beide scheu, die Zuneigung in des andern Augen zu sehen.

»Ich bin spät dran, Willi!« Francis' Blick haftete am Rand des Ladentisches.

»Ich bin selbst spät dran ... und mein Vater will, daß ich diese Medikamente noch austrage, der Gute!« Willi hatte eben sein Medizinstudium im Armstrong-College begonnen, weswegen ihn Dr. Tulloch mit gespielter Feierlichkeit seinen Assistenten nannte.

Sie schwiegen. Dann warf Willi seinem Freund einen verstohlenen Blick zu.

»Hast du dich entschlossen?«

Francis schaute noch immer nicht auf. Ohne die Lippen zu öffnen, nickte er nachdenklich. »Ja.«

»Das ist recht, Francis.« Willi stimmte so eifrig zu, daß ihm die Röte in sein häßliches, unbewegliches Gesicht stieg. »Ich hätte es nicht so lange ausgehalten.«

»Ich hätte es auch nicht... ertragen«, murmelte Francis, »wenn nicht... weißt du ... mein Großvater und du.« Als er die letzten Worte herausstieß, wurde sein schmales, verschlossenes und trübes Gesicht dunkelrot.

Willis Farbe vertiefte sich aus Zuneigung gleichfalls wieder, und er sagte leise: »Ich habe den Zug für dich herausgefunden. In Alstead fährt jeden Samstag um sechs Uhr fünfunddreißig ein Schnellzug ab ... Still. Da kommt Vater.« Warnend blickte er Francis an und brach ab. Die Tür der Ordination öffnete sich. Dr. Tulloch begleitete den letzten Patienten hinaus. Dann wandte er sich den beiden Burschen zu. Er trug einen Pfeffer-und-Salz-Anzug, und sein offenes, kampfbereites Gesicht mit dem buschigen Haupthaar und dem glänzenden Backenbart sprühte gleichsam Funken von Lebenskraft... Für jemanden, der den schrecklichen Ruf genoß, der Stadt erklärter Freidenker und ein offener Anhänger von Robert Ingersoll und Professor Darwin zu sein, hatte er einen entwaffnenden Charme, und man sah es ihm an, wie tüchtig er am Krankenbett war. Francis' eingefallene Wangen erfüllten ihn mit Sorge, und so machte er gleich einen furchtbaren Scherz. »Siehst du, mein Junge – wieder einer, der um die Ecke gebracht wird. Oh, er ist noch nicht tot, aber er wird's bald sein! Ein netter Kerl, hinterläßt eine große Familie.« Des Jungen Lächeln fiel zu kläglich aus, um ihm Freude zu machen. Mit seinen klaren herausfordernden Augen blinzelte er ihm zu und dachte an die Kümmernisse seiner eigenen Jugendzeit. »Kopf hoch, junger Schwielenträger – in hundert Jahren macht das alles gar nichts mehr.« Bevor Francis antworten konnte, lachte der Doktor kurz auf, stülpte seinen steifen Hut auf den Hinterkopf und begann seine Fahrhandschuhe anzuziehen. Beim Einsteigen in sein Gig rief er zurück: »Daß du ihn ja zum Abendessen mitbringst, Willi. Um neun Uhr gibt's heiße Blausäure!«

Eine Stunde später waren alle Medikamente abgeliefert, und die Jungen schlenderten einträchtig, in stummer Kameradschaft zurück zu Willis Heim, einer großen baufälligen Villa am Rand des Angers. Leise besprachen sie das unerhörte Wagnis, das übermorgen stattfinden sollte, wobei sich Francis' Stimmung merklich hob. In Willi Tullochs Gesellschaft schien das Leben nie ganz so feindlich zu sein. Und dabei hatte ihre Freundschaft widersinnigerweise mit einem Streit begonnen. Als Willi eines Tages nach der Schule mit einem Dutzend Klassenkameraden die Schloßstraße hinunterschlenderte, war sein Blick an der katholischen Kirche haften geblieben, die häßlich, aber unauffällig neben den Gaswerken stand. »Kommt mit«, rief er ausgelassen. »Ich hab' einen halben Schilling bei mir. Gehen wir hinein und kaufen wir uns unsere Sünden los!« Er sah sich um und bemerkte, daß Francis mit in der Gruppe war. Natürliches Schamgefühl trieb ihm das Blut in die Wangen. Er hatte den dummen Scherz nicht ernst gemeint, und niemand hätte sich weiter darum gekümmert, wenn Malcom Glennie sich nicht darauf gestürzt und geschickt die Gelegenheit ergriffen hätte, einen Streit anzufachen.

Auch die andern hetzten sie gegeneinander, und Francis und Willi trugen eine blutige, unentschiedene Schlacht auf dem Anger aus. Es war eine gute, ordentliche Balgerei, bei der mancher Klagelaut mutig unterdrückt wurde, und als die Dunkelheit ihr ein Ende machte, hatten beide offensichtlich genug, wenn auch keiner von ihnen Sieger geblieben war. Die Zuschauer aber, grausam wie die Jugend nun einmal ist, wollten die Sache nicht auf sich beruhen lassen. Die Gegner wurden am nächsten Abend nach der Schule wieder zusammengebracht, durch den Schmähruf »Feigling« aufgestachelt und aufeinander losgelassen, um sich die zerbeulten Köpfe noch weiter zu zerschlagen. Blutend, ausgepumpt, aber hartnäckig wollte wieder keiner von ihnen dem andern den Sieg überlassen. Eine ganze schreckliche Woche lang wurden sie so wie Kampfhähne gegeneinander gehetzt, um ihren niederträchtigen Kameraden einen Zeitvertrieb zu bieten. Der grundlose, endlose und grausame Zwist wurde für jeden der beiden zum Alptraum. Am Samstagabend standen sie sich dann unerwartet allein gegenüber. Ein qualvoller Augenblick folgte, dann öffnete sich die Erde, der Himmel brach ein, und sie fielen einander um den Hals, während Willi schluchzend hervorstieß: »Ich will ja gar nicht mit dir kämpfen, ich kann dich so gut leiden, du!« – und Francis sich die rotgeweinten Augen rieb und zurückplärrte: »Willi, ich mag dich am liebsten von ganz Darrow!«

Der öffentliche Platz, der sich poetisch Anger nannte, war mit einem schmutzigbraunen Grasteppich bedeckt, in der Mitte stand ein armseliger Musikpavillon, an einem Ende eine verrostete eiserne Bedürfnisanstalt, und da und dort gab es noch ein paar Bänke, die meisten davon ohne Lehnen. Blasse Kinder spielten herum. Nichtstuer rauchten und diskutierten laut. Die beiden Jungen hatten den Platz schon halb überquert, als Francis plötzlich bemerkte, daß sie an der Versammlung seines Großvaters vorbei mußten. Es lief ihm kalt über den Rücken. In der Ecke, die von der Bedürfnisanstalt am weitesten entfernt lag, war eine kleine rote Fahne aufgepflanzt, die in verblichenen Goldbuchstaben die Aufschrift trug: »Friede den Menschen auf Erden, die guten Willens sind.« Der Fahne gegenüber stand ein tragbares Harmonium mit einem Klappstuhl, auf dem Frau Glennie saß. Sie hatte ihre Opfermiene aufgesetzt. Malcom hielt verdrießlich ein Gesangbuch in den Händen. Zwischen Fahne und Harmonium, auf einem niedrigen hölzernen Podium, umgeben von etwa dreißig Leuten, stand der heilige Dan.

Die beiden Jungen waren am äußersten Rand der Versammlung angekommen. Daniel hatte gerade das Gebet beendet, das er immer zu Anfang sprach, und begann nun barhäuptig, mit emporgewandtem Antlitz, seine Predigt. Es war eine schöne, schlichte Ansprache. Sie gab Daniels glühender Überzeugung Ausdruck und zeigte seine kindliche Seele. Seine Lehre beruhte auf Brüderlichkeit, der Liebe zum Nächsten und zu Gott. Der Mensch sollte seinen Mitmenschen helfen, Friede auf Erden verbreiten und guten Willens sein. Oh, könnte er nur die Menschheit dieser höchsten Vollendung zuführen! Er bekämpfte die Kirchen nicht, sondern wies sie bloß milde zurecht: Nicht auf die Form käme es an, sondern auf das Wesentliche, Demut und Barmherzigkeit. Und auch auf Duldsamkeit! Es sei nutzlos, sich zu diesen Grundsätzen zu bekennen, wenn man nicht auch nach ihnen lebe.

Francis hatte seinen Großvater schon früher sprechen hören, und die Ansichten, die den heiligen Dan zum Gelächter für die halbe Stadt machten, weckten in seinem Herzen einen starken Widerhall. Gerade jetzt, da Francis von seinem kühnen Vorhaben zutiefst aufgerüttelt war, fühlte er sich seinem Großvater innig verbunden in der Sehnsucht nach einer Welt, in der es keinen Haß und keine Grausamkeit gab. Wie er so dastand und zuhörte, sah er auf einmal Joe Moir, den Vorarbeiter seiner Gruppe in der Schiffswerft, sich an die Versammlung heranschleichen. Mit Joe war die Bande erschienen, die gewöhnlich um die Darrowkellereien herumlungerte. Sie hatten sich mit Ziegeln, verfaulten Früchten und öligen Lumpen aus dem Kesselhaus bewaffnet. Moir war ein wüster und zugleich sympathischer Riesenkerl, der mit dem größten Vergnügen Versammlungen der Heilsarmee oder ähnliche Freiluftveranstaltungen störte, wenn er betrunken war. Er hielt eine Handvoll triefendes Zeug in der Faust und schrie: »Hallo, Dan! Sing und tanz uns ein bißchen was vor!«

Die Augen in Francis' blassem Gesicht weiteten sich. Die Burschen wollten die Versammlung sprengen! Schon glaubte er, Frau Glennie zu sehen, die eine überreife Tomate aus ihrem besudelten Haar klaubte, und Malcom mit einem fettigen Lappen im ekelhaften Gesicht.

Da sah er Daniels Antlitz, das vor innerer Bewegung leuchtete. Noch keiner Gefahr bewußt, holte der alte Mann jedes seiner bebenden Worte aus dem Born unstillbarer Wahrheitsliebe, aus dem tiefsten Grund seiner Seele.

Francis setzte sich in Bewegung. Ohne zu wissen, wieso und warum, stand er plötzlich an Moirs Seite, hielt ihn am Ellbogen zurück und flehte atemlos: »Nicht, Joe! Bitte nicht! Wir sind doch Freunde, nicht?«

»Zum Teufel!« Moir sah sich um, Rausch und Zorn wichen freundschaftlichem Erkennen. »Herrgott, Francis!« Dann, langsam: »Ich hab' vergessen, daß er dein Großvater ist.« Tödliche Stille. Dann, im Befehlston zu seinem Gefolge: »Los, wir gehen auf den Hauptplatz und werden es den Hallelujas geben!«

Das Harmonium quäkte erleichtert auf, als sie sich entfernten. Nur Willi Tulloch wußte, warum das Gewitter sich nicht entladen hatte.

Als sie ein paar Augenblicke später nach Hause kamen, fragte er verblüfft, aber sichtbar beeindruckt: »Warum hast du's getan, Francis?«

Francis antwortete mit unsicherer Stimme: »Ich weiß nicht. Es ist etwas dran, an dem, was er sagt... Ich habe genug Haß gespürt in den vergangenen vier Jahren. Mein Vater und meine Mutter wären nicht ertrunken, wenn die Leute ihn nicht gehaßt hätten...« Er fand keine Worte mehr und brach beschämt ab.

Schweigend ging Willi voraus in das Wohnzimmer, das nach der Dunkelheit draußen von Licht, Lärm, Unordnung und Behaglichkeit überzuquellen schien. Es war ein langer, hoher, brauntapezierter Raum, überall standen schadhafte rote Plüschmöbel herum, die Sessel hatten keine Laufrollen, die Vasen waren zerbrochen und wieder zusammengeleimt, der Glockenzug war herausgerissen, auf dem Kaminsims lagen Phiolen, Etiketten und Medizinschachteln herum; auf dem abgetretenen, fleckigen Axminsterteppich Spielzeug, Bücher und Kinder. Es war bedenklich spät, fast neun Uhr, aber noch war niemand von der Familie Tulloch im Bett. Willis kleinere Geschwister, sieben an der Zahl, Hanna, Tom, Richard – eine so komplizierte Liste, daß sogar der Vater zugab, sie nicht behalten zu können –, beschäftigten sich mit den verschiedensten Dingen; sie lasen, schrieben, zeichneten, balgten sich und schluckten ihr Abendessen, geröstetes Brot und Milch, hinunter. Agnes Tulloch, die Mutter, eine üppige, träumerische Frau mit halb aufgelöstem Haar und offener Bluse, hatte inzwischen das Baby aus seiner Wiege beim Feuer genommen, entfernte die feuchten Windeln und ließ nun geruhsam im Schein der Flammen den kleinen Nackedei an ihrer milchweißen Brust saugen.

Ohne sich stören zu lassen, hieß sie Francis mit einem freundlichen Lächeln willkommen. »Schön, daß ihr beide da seid. Hanna, gib noch Teller und Löffel heraus. Richard, laß Sophie in Ruhe. Und Hanna, Liebes, hol mir eine frische Windel für Sutherland von der Leine! Sieh bitte auch nach, ob das Wasser für Vaters Grog kocht. Was jetzt für schönes Wetter ist. Dr. Tulloch sagt zwar, daß es trotzdem viele Lungenentzündungen gibt. Setz dich, Francis. Thomas, hat der Vater dir nicht gesagt, daß du den andern nicht in die Nähe gehen sollst!« Der Doktor brachte immer irgendeine Krankheit ins Haus. Einmal waren es Masern, dann wieder Windpocken. Diesmal war der sechsjährige Thomas das Opfer. Mit geschorenem Kopf und nach Karbol duftend, steckte er seelenvergnügt alles ringsum mit seinem Ekzem an.

Francis drückte sich auf das vollbesetzte quietschende Sofa, aß sein Brot und trank die mit Zimt gewürzte Milch. Er saß neben Hanna, die mit vierzehn schon das Abbild ihrer Mutter war, mit derselben milchweißen Haut und dem gleichen geruhsamen Lächeln. Francis war noch ganz verwirrt von dem Gefühlsausbruch, den er eben gehabt hatte, und ein großer Klumpen steckte ihm im Hals. Sein schmerzendes Denken kreiste hier gleich wieder um ein neues Problem. Warum waren diese Menschen so freundlich, so glücklich und zufrieden? Ein ungläubiger Rationalist erzog sie doch dazu, die Existenz ihres Gottes zu leugnen, sie waren verdammt, die Flammen der Hölle züngelten schon um ihre Füße.

Um Viertel nach neun hörte man die Räder des Wagens auf dem Kies knirschen. Dr. Tulloch kam mit langen Schritten herein, großes Geschrei erhob sich, er wurde augenblicklich zum Mittelpunkt einer angreifenden Meute. Nachdem sich der Tumult gelegt hatte, küßte der Doktor seine Frau herzlich ab und ließ sich bequem in seinem Sessel nieder, ein Glas Grog in der Hand, Hausschuhe an den Füßen, den jungen Sutherland auf den Knien.

Als sein Auge auf Francis fiel, hob er das dampfende Glas in freundlichem Spott.

»Hab' ich dir nicht gesagt, daß es hier Gift gibt! Starke Getränke erregen Ärgernis – wie, Francis?«

Willi sah, daß sein Vater bei bester Laune war und erzählte die Geschichte von der frommen Versammlung auf dem Anger. Der Doktor schlug sich auf die Schenkel und lächelte Francis zu. »Bravo, mein kleiner katholischer Voltaire. Bis zum Tod werde ich verwerfen, was du sagst, aber mit meinem Leben will ich dein Recht verteidigen, es zu sagen! Hanna, hör auf, den armen Jungen mit Schafsaugen anzusehen. Ich habe immer geglaubt, du willst Krankenschwester werden! Du wirst mich zum Großvater machen, ehe ich vierzig bin. Na schön...« Er seufzte plötzlich und trank seiner Frau zu. »Wir werden nie in den Himmel kommen, Frau – aber wenigstens kommen wir hier zu unserm Essen und Trinken.«

Später an der Haustür faßte Willi Francis bei der Hand.

»Alles Gute... schreib mir, wenn du dort bist.«

Noch war alles dunkel, als um fünf Uhr am nächsten Morgen die Sirene der Schiffswerft lang und schmerzlich über Darrows alles durchdringende Trostlosigkeit heulte. Noch ganz benommen vom Schlaf taumelte Francis aus dem Bett in seinen Arbeitsanzug und stolperte die Stiegen hinunter. Die Kälte des Morgens, der fahl und trüb heraufdämmerte, empfand er wie einen Schlag, als er sich den stillen, fröstelnden

Gestalten anschloß, die mit gesenktem Kopf und hochgezogenen Schultern den Toren der Werft zueilten.

Über die Brückenwaage, am Fenster des Kontrolleurs vorbei, in das Tor hinein... Hagere Schiffsskelette, die ringsherum auf Stapel lagen, ragten verschwommen vor ihm empor. Neben dem halbfertigen Rohbau eines neuen Panzerschiffs sammelte sich Joe Moirs Arbeitstrupp: Joe, der Vorschläger, die Gegenhalter, zwei andere Jungen und Francis für die Handlangerdienste.

Er entzündete das Holzkohlenfeuer und trat den Blasebalg unter der Esse. Schweigend und unwillig, wie im Traum, begann der Trupp zu arbeiten. Moir hob den schweren Hammer, die Schläge klangen, schwollen an, dröhnten in der ganzen Werft.

Francis nahm die Nieten noch weißglühend aus dem Feuer, eilte damit die Leiter hinauf und steckte sie rasch durch die Nietlöcher der Spanten. Dort wurden sie flach gehämmert und hielten so die großen Metallplatten fest zusammen, die den Schiffsrumpf bildeten. Die Arbeit war grausam, in der Nähe der Esse wurde man gebraten, auf den Leitern erstarrte man zu Eis. Die Männer erhielten Stücklohn. Rasch wollten sie ihre Nieten, rascher als die Jungen sie heranschaffen konnten. Und die Metallstücke mußten richtig in Glut gebracht werden. Konnte man sie nicht schlagen, so warfen die Männer sie den Jungen zurück. Den ganzen Tag über versorgte Francis die Arbeiter mit Nieten, raste die Leiter hinauf und hinunter, lief zwischen den Feuerstellen hin und her, versengt, verrußt, keuchend, schwitzend, mit entzündeten Augen.

Am Nachmittag wurde noch schneller gearbeitet, die Männer gingen achtloser vor und holten unter Anspannung jedes Nervs aus sich das Letzte heraus. Die Stunde vor Feierabend verging in einer Art Betäubung, während die Ohren angestrengt auf den Ton der Sirene lauschten.

Endlich, endlich heulte sie. Welche Erlösung! Francis blieb stehen und befeuchtete seine aufgesprungenen Lippen. Das Aufhören des entsetzlichen Getöses machte ihn ganz taub. Verschmiert und verschwitzt dachte er auf dem Nachhauseweg trotz all seiner Müdigkeit nur: morgen... morgen. Der eigentümliche Glanz kam wieder in seine Augen, sein Körper straffte sich.

An diesem Abend nahm er die Holzschachtel aus ihrem Versteck im unbenützten Backofen und tauschte seinen Schatz von Silber- und

Kupfermünzen, den er sich mit qualvoller Langsamkeit zusammengespart hatte, gegen einen halben Sovereign um. Die goldene Münze, die er tief in seiner Hosentasche umklammert hielt, versetzte ihn in fieberhafte Aufregung. Die Wangen seltsam gerötet vor Hochgefühl, bat er Frau Glennie um Nadel und Faden. Sie fuhr ihn an, warf ihm dann aber plötzlich einen verstohlen abschätzenden Blick zu.

»Wart' einmal! In der obersten Lade ist eine Spule – neben dem Briefchen Nähnadeln. Die kannst du nehmen.« Sie beobachtete ihn scharf, als er hinausging.

Allein in seiner nackten, elenden Kammer über der Backstube, faltete er die Münze in ein Stück Papier und nähte sie fest in das Futter seines Rockes ein. Er fühlte sich froh und sicher, als er herunterkam, um ihr den Zwirn zurückzubringen.

Am nächsten Tag, einem Samstag, schloß die Werft um zwölf Uhr. Der Gedanke, daß er nie wieder durch dieses Tor hereinkommen würde, stimmte ihn so glücklich, daß er zu Hause kaum sein Essen hinunterbrachte. Seine Unruhe, sein ständiges Erröten konnten, das fühlte er, Frau Glennie Anlaß zu unliebsamen Fragen geben. Zu seiner Erleichterung machte sie keine Bemerkung. Sobald das Essen vorüber war, drückte er sich aus dem Haus, stahl sich die Straße hinunter und verschwand so rasch wie möglich.

Sobald er die Stadt hinter sich gelassen hatte, schritt er kräftig aus. Das Herz sang ihm in der Brust. Im Grunde geschah etwas ganz Alltägliches: jede unglückliche Kindheit versinkt einmal in der Vergangenheit. Für ihn aber tat sich damit der Weg in die Freiheit auf. War er einmal in Manchester, so würde er dort Arbeit in den Baumwollspinnereien finden, dessen war er ganz sicher. Die fünfzehn Meilen bis zum Bahnknotenpunkt legte er in vier Stunden zurück. Es schlug sechs Uhr, als er den Bahnhof von Alstead betrat.

Auf einem zugigen, verlassenen Bahnsteig setzte er sich unter eine Öllaterne, zog sein Taschenmesser, trennte die Naht an seiner Jacke auf und nahm die schimmernde Münze aus dem gefalteten Papier... Ein Träger erschien auf dem Bahnsteig, einige Reisende, dann wurde der Schalter geöffnet.

Er stellte sich ans Gitter und verlangte seine Fahrkarte.

»Neuneinhalb Schilling«, sagte der Beamte und lochte das grüne Stückchen Karton mit seiner Maschine.

Francis stieß einen Seufzer der Erleichterung aus, er hatte sich in der

Berechnung des Fahrgeldes also nicht getäuscht. Er schob das Geldstück durch das Gitter.

Kurzes Schweigen. »Was soll denn das! Neuneinhalb, habe ich gesagt.«

»Ich habe Ihnen einen halben Sovereign gegeben.«

»So, hast du! Wenn du das noch einmal versuchst, mein Söhnchen, werde ich dafür sorgen, daß man dich ins Loch steckt!« Empört warf ihm der Beamte die Münze wieder zu.

Es war nicht ein halber Sovereign, sondern ein glänzender neuer Groschen.

In angstvoller Betäubung sah Francis den Zug hereinbrausen, seine Fracht aufnehmen und pfeifend wieder in die Nacht verschwinden. Dann plötzlich, während er dumpf vor sich hinbrütete, kam er auf des Rätsels Lösung. Es waren nicht seine eigenen, ungeschickten Nähversuche gewesen, die er eben aufgetrennt hatte, sondern feste, sichere Stiche. Es durchzuckte ihn wie ein Blitz: Frau Glennie hatte sein Geld genommen.

Um halb zehn, außerhalb des Bergwerkdorfes Sanderston, in einem naßkalten Nebel, den das Licht der Wagenlampen kaum durchdrang, fuhr ein Mann in einer Gig fast die einsame kleine Gestalt nieder, die mitten auf der Straße dahintrottete. Nur einen Mann gab es, der in einer solchen Nacht in einer solchen Gegend dahinfuhr. Dr. Tulloch hielt den erschreckten Gaul an, starrte in den Nebel und brach plötzlich mitten in einem wohlgelungenen Fluch ab.

»Großer Hippokrates! Du bist's. Steig ein. Rasch, rasch – bevor mir das Vieh die Arme aus den Gelenken reißt.« Tulloch wickelte die Decke um seinen Fahrgast und fuhr los, ohne viel zu fragen. Die Tugend heilsamen Schweigens war ihm bekannt.

Um halb elf trank Francis heiße Brühe vor dem Kamin in des Doktors Wohnzimmer, das von seinen Bewohnern verlassen, in so unnatürlicher Stille da lag, daß die Katze friedlich auf der Matte vor dem Feuer schlief. Gleich darauf erschien Frau Tulloch mit hängenden Zöpfen, den gesteppten warmen Schlafrock offen über ihrem Nachthemd. Sie beobachtete mit ihrem Mann den todmüden Knaben, der so apathisch war, daß er ihre Gegenwart und ihr Geflüster offenbar gar nicht merkte. Trotz aller Mühe brachte er kein Lächeln zustande, als der Doktor zu ihm trat, sein Stethoskop hervorzog und im Scherz sagte: »Ich wette meinen Kopf, daß dieser Husten ein purer Schwindel ist.«

Er duldete aber alles, öffnete sein Hemd und ließ den Doktor ihn abklopfen und an seiner Brust horchen.

Tullochs dunkles Gesicht hatte einen merkwürdigen Ausdruck, als er sich wieder aufrichtete. Seine gute Laune war auf einmal verschwunden. Er warf seiner Frau einen Blick zu, biß sich auf die Lippen und versetzte plötzlich der Katze einen Tritt.

»Hölle und Teufel!« schrie er. »Wir lassen unsere Schlachtschiffe von unseren Kindern bauen, wir lassen sie sich in den Bergwerken und in den Spinnereien schinden. Wir sind ein christliches Land. Wahrhaftig, ich bin stolz, ein Heide zu sein.« Ganz wild wandte er sich jäh zu Francis. »Hör zu, mein Junge, wer sind diese Leute, die du in Tynecastle gekannt hast? Wie war das – Bannon, ja? Gasthof zur Union. Jetzt schau, daß du nach Hause kommst und in dein Bett, wenn du nicht eine dreifache Lungenentzündung bekommen willst.«

Francis ging heim, in ihm war jeder Widerstand zerbrochen. Die ganze nächste Woche trug Frau Glennie eine Märtyrermiene zur Schau, Malcom aber trug eine neue karierte Jacke: Ladenpreis ein halber Sovereign.

Es war eine schauderhafte Woche für Francis. Seine linke Seite tat ihm weh, besonders, wenn er hustete. Mühsam mußte er sich zur Arbeit schleppen. Undeutlich merkte er, daß sein Großvater einen Kampf für ihn ausfocht. Aber Daniel gewann ihn nicht, er wurde besiegt. Es blieb dem kleinen Bäcker nichts anderes zu tun übrig, als Francis demütig ein paar Kirschkuchen anzubieten, die der arme Junge nicht essen konnte.

Als der Samstagnachmittag herankam, hatte er nicht mehr die Kraft, auszugehen. Er lag auf dem Bett in seiner Kammer und starrte hoffnungslos und stumpf aus dem Fenster.

Plötzlich fuhr er auf, er wollte seinen Augen nicht trauen, und sein Herz setzte aus. Langsam, wie eine Barke, die durch fremde und gefährliche Gewässer schifft, näherte sich unten auf der Straße ein Hut... ein unvergeßlicher, einmaliger, unverkennbarer Hut. Ja, ja, da war auch der fest zusammengerollte Regenschirm mit dem goldenen Griff und die kurze Seehundjacke mit den geflochtenen Knöpfen. Mit blassen Lippen stieß er einen schwachen Ruf aus: »Tante Polly!«

Unten klingelte die Ladenglocke. Er taumelte auf die Füße, schlich die Stiegen hinunter und stellte sich zitternd hinter der Glastür auf.

Kerzengerade stand Polly mitten im Raum und blickte sich mit aufgeworfenen Lippen um, als ob sie, leicht belustigt, den Laden einer Besichtigung unterzöge. Frau Glennie hatte sich halb erhoben, um ihr entgegenzutreten. Malcom lümmelte am Ladentisch und sah mit offenem Mund von einer zu anderen.

Irgendwo über dem Kopf der Bäckerin blieben Tante Pollys Augen schließlich haften. »Frau Glennie, wenn ich mich recht entsinne.«

Frau Glennie war in ihrem ärgsten Aufzug, sie hatte ihren schmutzigen Morgenkittel noch nicht abgelegt, ihre Bluse stand halb offen, von der Taille hing ihr ein loses Band herunter.

»Was wollen Sie hier?«

Tante Polly zog die Augenbrauen in die Höhe. »Ich bin gekommen, um Francis Chisholm zu sehen.«

»Er ist nicht zu Hause.«

»So! Dann werde ich warten, bis er wiederkommt.« Polly ließ sich auf einem Sessel neben dem Ladentisch nieder, als wäre sie willens, den ganzen Tag dort zu verbringen.

Eine Weile blieb es still. Ein schmutziges Rot überzog Frau Glennies Gesicht. Sie sagte halblaut: »Malcom! Lauf hinüber in die Backstube und hole deinen Vater.«

Malcom erwiderte kurz: »Er ist vor fünf Minuten in das Stadthaus gegangen. Er wird erst zum Tee wieder hier sein.«

Polly ließ ihren Blick von der Decke heruntergleiten und kritisch auf Malcom ruhen. Sie lächelte leicht, als er errötete, und sah belustigt wieder weg.

Frau Glennie gab zum erstenmal Zeichen wachsenden Unbehagens von sich. Ärgerlich legte sie los: »Wir haben hier alle etwas zu tun und können nicht den ganzen Tag herumsitzen. Ich hab' Ihnen gesagt, daß der Junge nicht da ist. Es kann Stunden dauern, bis er wiederkommt – bei der Gesellschaft, in der er sich immer herumtreibt. Das späte Heimkommen ist eine rechte Plage, genau wie seine andern schlechten Gewohnheiten. Stimmt's nicht, Malcom?«

Malcom nickte mürrisch.

»Sehen Sie!« Frau Glennies Worte überstürzten sich. »Wenn ich Ihnen alles erzählen würde – Sie wären entsetzt. Aber das spielt keine Rolle, er ist hier unter christlichen Leuten, wir sorgen schon für ihn. Sie können mir aufs Wort glauben – er ist vollkommen gesund und glücklich.«

»Das freut mich«, Polly sprach geziert, gähnte leicht und hielt sich höflich den Handschuh vor, »denn ich bin gekommen, um ihn mitzunehmen.«

»Was!« Bestürzt zerrte Frau Glennie am Halsausschnitt der Bluse, ihr Gesicht wurde erst rot, dann blaß.

»Ich habe ein ärztliches Zeugnis«, Tante Polly sprach die schrecklichen Worte mit ungeheurem Vergnügen aus, ja, sie zerkaute sie förmlich, »daß der Junge unterernährt und überarbeitet ist und die Gefahr einer Brustfellentzündung droht.«

»Das ist nicht wahr.«

Polly zog einen Brief aus ihrem Muff und klopfte mit dem Griff ihres Schirmes bedeutsam darauf. »Sie werden wohl Englisch lesen können?«

»Es ist eine Lüge, eine böswillige Lüge. Er ist so dick und wohlgenährt wie mein eigener Sohn.«

Hier wurde die Szene jäh unterbrochen. Francis hatte ihr in quälender Ungewißheit gelauscht, sich flach an die Tür gedrückt und sich dabei zu fest gegen das gebrechliche Schloß gelehnt. Die Tür flog auf, und er schoß mitten in den Laden hinein. Einen Augenblick blieb alles still.

Tante Pollys übernatürliche Ruhe vertiefte sich noch. »Komm her, mein Junge. Und höre auf, zu zittern. Willst du hierbleiben?«

»Nein, das will ich nicht.«

Polly rief mit einem Blick die Decke zum Zeugen ihrer Rechtfertigung an. »Dann geh und packe deine Sachen.«

»Ich habe nichts zu packen.«

Polly stand langsam auf und zog ihre Handschuhe an. »Wir haben hier nichts mehr verloren.«

Frau Glennie trat einen Schritt vor, bleich vor Wut. »So können Sie nicht mit mir umspringen. Ich werde Sie vor Gericht bringen.«

»Nur zu, gute Frau.« Polly schob den Brief vielsagend wieder in ihren Muff zurück. »Dann werden wir vielleicht herausbekommen, wieviel von dem Erlös aus den Möbeln der armen Elisabeth für Francis verwendet wurde und wieviel für Ihren Sohn.«

Wieder trat eine peinliche Stille ein. Bleich, bösartig und besiegt stand die Bäckerin da und preßte eine Hand auf die Brust.

»Ach, laß ihn doch gehen, Mutter«, jammerte Malcom, »sei froh, wenn wir ihn loswerden.«

Tante Polly wiegte ihren Schirm und betrachtete Malcom vom Kopf bis zu den Zehen. »Junger Mann, Sie sind ein Narr!« Sie drehte sich zu Frau Glennie um. »Und Sie, Frau« – dabei schaute sie geradewegs über ihren Kopf hinweg – »sind nichts Besseres!«

Triumphierend packte sie Francis an der Schulter und schob ihn, wie er war, aus dem Laden.

Auf diese Art wanderten sie bis zum Bahnhof, wobei ihre behandschuhten Finger den Stoff seiner Jacke hielten, als sei er ein seltenes, gefangenes Wild, das jeden Augenblick sich wieder davonmachen könnte. Beim Bahnhof kaufte sie ihm wortlos eine Tüte mit Kümmelbiskuits, ein paar Hustenbonbons und eine funkelnagelneue Melone. Aufrecht, heiter, einzigartig saß sie ihm gegenüber im Zug und sah zu, wie er die trockenen Biskuits mit Tränen der Dankbarkeit befeuchtete, fast verschwindend unter seinem neuen Hut, der ihm bis auf die Ohren fiel. Dann bemerkte sie mit halbgeschlossenen Augen kritisch:

»Ich habe immer gewußt, daß dieses Geschöpf keine Dame ist, ich sah es ihrem Gesicht an. Es war ein schrecklicher Fehler von dir, mein lieber Francis, daß du dich in ihre Fänge begabst. Zuallererst werden wir dir jetzt die Haare schneiden lassen.«

3

Es war wunderbar, an einem kalten Morgen im warmen Bett zu liegen und zu warten, bis Tante Polly das Frühstück brachte: einen großen Teller voll brutzelndem Speck mit Ei, kochend heißem schwarzen Tee und einen Haufen warmes, geröstetes Brot, auf einem ovalen Metalltablett mit der Inschrift »Allgoods Spezialbier«. Manchmal wachte er am frühen Morgen jäh mit einem tödlichen Schrecken auf, bis es ihm selig bewußt wurde, daß er sich nicht mehr vor der Sirene fürchten mußte. Mit einem Seufzer der Erleichterung vergrub er sich tiefer in die dicken, gelben Decken in dem behaglichen Schlafzimmer mit der Kletterrosentapete, den gebeizten Dielen und dem bestickten Bettvorleger. An der einen Wand hing die Lithographie von Allgoods berühmter Brauerei Dray Horse, an der andern die von Papst Gregor und neben der Tür ein kleines, porzellanenes Weihwasserbecken, hinter dem schräg ein Palmzweig von Ostern steckte. Das Stechen in der Seite hatte aufgehört, er hustete selten, und seine Wangen rundeten sich. Die Neuigkeit des Faulenzens war wie eine ungewohnte Liebkosung, die er dankbar genoß, obwohl die Ungewißheit, was mit ihm werden sollte, ihm noch immer Sorge bereitete.

An einem strahlenden Morgen spät im Oktober saß Tante Polly auf der Kante seines Bettes und munterte ihn zum Essen auf. »Greif zu, mein Junge, das wird an deinen Rippen hängenbleiben!« Drei Eier und gut durchzogener, knuspriger Speck lagen auf seinem Teller. Er hatte vergessen, daß Essen so gut schmecken konnte.

Während er das Tablett auf den Knien balancierte, spürte er eine ungewöhnliche Fröhlichkeit in ihrem Gehaben. Und bald nickte sie ihm bedeutungsvoll zu. »Heute habe ich Neuigkeiten für dich, junger Mann – wenn du sie ertragen kannst.«

»Neuigkeiten, Tante Polly?«

»Eine kleine Überraschung, um dich aufzuheitern – nach diesem langweiligen Monat mit Ned und mir.« Sie lächelte verschmitzt, als sie den Widerspruch in seinen Augen aufblitzen sah. »Kannst du nicht erraten, was es ist?«

Er betrachtete sie aufmerksam, mit tiefer Zuneigung, die ihre nimmermüde Güte in ihm geweckt hatte. Das reizlose, knochige Gesicht mit dem schlechten Teint, der langen, behaarten Oberlippe, der borstigen Warze auf der Backe – für ihn war es jetzt vertraut und schön.

»Ich komme nicht darauf, Tante Polly.«

Das brachte sie zum Lachen, ihrem kurzen, seltenen Lachen, das wie ein Schnaufen der Genugtuung klang, daß sie seine Neugier so erfolgreich gereizt hatte.

»Was ist bloß aus deinem Verstand geworden, Junge! Ich glaube, das viele Schlafen hat ihn benebelt.«

Francis lächelte glücklich und zustimmend. Sein Leben als Rekonvaleszent war bisher wirklich äußerst ruhig verlaufen. Polly hatte es sehr begrüßt, daß er gewöhnlich bis zehn Uhr im Bett liegenblieb. Sie fürchtete für seine Lungen, denn vor der »Schwindsucht«, die in ihrer Familie »umging«, hatte sie einen heillosen Schreck. Sobald er angezogen war, begleitete er sie beim Einkaufen. Mit großer Würde schritt man die Hauptstraße von Tynecastle hinunter, und da Ned viel und immer nur das Beste aß, mußte reichlich in Geflügel hineingestochen und kritisch an Steaks gerochen werden. Diese Ausflüge waren sehr aufschlußreich. Er merkte, daß es Tante Polly Vergnügen machte, in den besten Geschäften »bekannt« zu sein und ehrerbietig behandelt zu werden. Abseits und erhaben pflegte sie zu warten, bis der von ihr bevorzugte Verkäufer frei war und sie bedienen konnte. Denn vor allem hielt sie darauf, damenhaft zu sein. Dieses Wort war für sie der Prüfstein, das Kennzeichen aller ihrer Handlungen und selbst ihrer Kleider. Die Schneiderin des Ortes nähte ihr derart ungeheuer geschmackloses Zeug, daß dieses bei gewöhnlichen Leuten manchmal ein unterdrücktes Gekicher hervorrief. Auf der Straße verfügte sie über eine ganze Reihe verschieden abgestufter Grußformen. Erkannt und von einer Lokalgröße – dem Feldmesser, dem Sanitätsinspektor, dem Polizeiwachtmeister – gegrüßt zu werden, erfreute sie tief, wenn sie diese Freude auch streng geheimzuhalten trachtete. Sie schritt aufrecht dahin, und nur der Vogel auf ihrem Hut zitterte vor Vergnügen, wenn sie Francis zuflüsterte: »Das war Herr Austin, der Direktor der Straßenbahn ... ein Freund deines Onkels ... ein vortrefflicher Mann.« Der Höhepunkt des Glücks und der Befriedigung wurde erreicht, wenn Father Gerald Fitzgerald, der schöne stattliche Pfarrer von St. Dominik, ihr im Vorübergehen ein freundliches, leicht herablassendes Lächeln schenkte. Jeden Vormittag machten sie einen kurzen Besuch in der Kirche, knieten nieder, und Francis sah von der Seite, wie Polly stumm die Lippen bewegte und in sich gekehrt ihr energisches Gesicht über die rauhen, andächtig gefalteten Hände neigte. Nachher kaufte sie für ihn ein: ein Paar feste Schuhe, ein Buch, eine Tüte Anisbonbons. Er wehrte sich dagegen, häufig sogar mit Tränen in den Augen, wenn sie wieder einmal ihre abgenützte Geldbörse öffnete, aber sie drückte nur seinen Arm und schüttelte den Kopf. »Dein Onkel duldet kein ›Nein‹.« Sie war rührend stolz auf ihre Verwandtschaft mit Ned, auf ihre Verbindung zum Gasthaus »Union«.

Das Gasthaus stand in der Nähe der Docks, Ecke Kanal- und Dykestraße, mit freiem Blick auf die angrenzenden Grundstücke, auf Kohlenfrachter und die Endstation der neuen Pferdebahn. Zwei Stockwerke hatte der braungetünchte stuckierte Bau, und die Bannons wohnten über der Gaststätte. Jeden Morgen um halb acht sperrte Maggie Magoon, die Putzfrau, den Schankraum auf und fing an, ihn unter mancherlei Selbstgesprächen zu reinigen. Punkt acht kam Ned Bannon in Hosenträgern die Stiege herunter, war aber schon sauber rasiert und hatte Haaröl in den Locken. Aus einem Kistchen hinter dem Schanktisch nahm er frisches Sägemehl und streute es auf den Boden. Nötig war es zwar nicht, sondern lediglich eine Art ritueller Handlung. Dann hielt er nach dem Wetter Ausschau, holte die Milch herein und ging über den Hinterhof, um seine Windhunde zu füttern. Er hielt dreizehn – als Beweis, daß er nicht abergläubisch sei.

Bald kamen die ersten Stammgäste. Scanty Magoon bildete immer die Vorhut und humpelte auf seinen mit Lederpolstern geschützten Stümpfen zu seiner Lieblingsecke. Ein paar Dockarbeiter folgten ihm, ein oder zwei Trambahnschaffner, die von der Nachtschicht kamen. Diese Leute blieben nicht lange, sie kippten nur ein Glas Schnaps und spülten es mit einem Seidel oder einer Halben Bier hinunter. Aber Scanty war ein Dauergast, eine Art Wachhund. Wohlwollen heischend saß er da und starrte zu Ned hinüber, der freundlich und nichts merkend hinter dem Schanktisch stand. Dieser war aus dunklem Holz und trug die gerahmte Aufschrift: »Gentlemen benehmen sich – andern bringt man's bei.«

Ned mit seinen Fünfzig war ein großer, starker Mann. Aus seinem vollen, gelblichen Gesicht quollen die Augen hervor, ernst und geruhsam, zu seinem dunklen Anzug passend. Er war weder heiter noch schlagfertig, wie man sich gewöhnlich einen Gastwirt vorstellt, sondern hatte eher eine Art feierlicher, galliger Würde. Auf seinen Ruf und seine Wirtschaft war er stolz. Seine Eltern waren von der Kartoffelhungersnot aus Irland vertrieben worden, er hatte als Junge Armut und Entbehrungen kennengelernt, sich aber trotz größter Widrigkeiten zäh hinaufgearbeitet Sein Haus war schuldenfrei, mit den Behörden und Bierbrauern stand er gut und besaß eine Menge einflußreicher Freunde. Mit Vorliebe sagte er: Das Schankgewerbe ist höchst ehrenwert, ich bin der Beweis dafür.« Er war dagegen, daß junge Männer tranken, und lehnte es grob ab, Frauen unter Vierzig etwas auszuschenken. Im Gasthaus zur Union gab es kein »Familienzimmer«. Unstimmigkeiten haßte er, beim ersten Anzeichen davon klopfte er zornig mit einem alten Schuh – der zu diesem Zweck schon griffbereit dalag – auf den Schanktisch und fuhr so lange fort zu klopfen, bis sich alles wieder in Wohlgefallen aufgelöst hatte. Er selbst war ein starker Trinker, aber man konnte ihm nie etwas anmerken. Höchstens, daß sein Gesicht vor Vergnügen aus dem Leim ging und seine Augen leicht verschwommen in die Runde wanderten, aber auch das geschah nur an seltenen Abenden, die er für »eine Gelegenheit« hielt: am Fest St. Patrick vor Allerheiligen, zu Silvester, oder wenn einer seiner Windhunde bei einem Rennen eine neue Medaille gewonnen hatte. Sie wurde dann feierlich der glänzenden Sammlung zugesellt, die schon an der schweren Uhrenkette über seinem Bauch hing. Am Tag nach einer solchen Feierlichkeit sah er immer lammfromm aus und pflegte Scanty um Father Clancy, den Kaplan von St. Dominik, zu schicken. Er beichtete, erhob sich schwerfällig von dem Bretterboden des Hinterzimmers, bürstete den Staub von den Knien und drückte dem jungen Priester einen Sovereign für die Armen in die Hand. Er hatte einen heilsamen Respekt vor der Geistlichkeit. Vor Father Fitzgerald, dem Pfarrer, hatte er sogar eine heilige Scheu.

Man hielt Ned für wohlhabend, er aß gern und gut, war freigebig und hatte sein Geld in »Ziegeln und Mörtel« angelegt, da er Aktien und Dividenden mißtraute. Was Polly betraf, konnte er beruhigt sein, denn sie hatte von Michael, dem verstorbenen Bruder, ein eigenes Einkommen geerbt.

Ned brauchte lange, bevor er jemand ins Herz schloß, aber er war, wie er es vorsichtig ausdrückte, von Francis »eingenommen«. Es gefiel ihm, daß der Knabe bescheiden war, wenig sprach, ein ruhiges Benehmen hatte und seine Dankbarkeit ohne viel Worte bezeugte. Wenn Francis sich unbeobachtet glaubte, trug sein Gesicht allerdings noch immer einen düster schwermütigen Ausdruck, der Ned veranlaßte, nachdenklich die Stirn zu runzeln und sich am Kopf zu kratzen.

Schläfrig vom reichlichen Essen saß Francis nachmittags gewöhnlich bei Ned im halbleeren Schankraum und hörte mit Scanty Neds munteren Reden zu, während die Sonnenstrahlen schräg wie in der Kirche die dumpfige Luft durchkreuzten. Scanty Magoon, der »spärliche« Magoon, Gatte und Hauskreuz der würdigen und humorlosen Maggie, war so genannt worden, weil nicht sehr viel, ja eigentlich nur mehr ein Torso von ihm vorhanden war. Eine undefinierbare Zirkulationsstörung hatte seine Beine brandig werden lassen und schließlich zu ihrem Verlust geführt. In dem Bestreben, seine Krankheit auszuwerten, hatte er sich sogleich »an die Ärzte verkauft« und ein Dokument unterschrieben, das seinen Körper dem Seziertisch überlieferte, sobald er das Zeitliche gesegnet haben würde. Nachdem der Kaufpreis vertrunken war, wurde das triefäugige, schwatzhafte, schlaue, unglückselige alte Wrack, von einer düsteren Aura umgeben, zum Gegenstand öffentlicher Ehrfurcht. Wenn er zu tief ins Glas geschaut hatte, erklärte er empört, er sei betrogen worden. »Nie im Leben hab' ich genug für mich bekommen. Diese verdammten Skalpierer! Aber sie werden meinen guten alten Adam nicht zwischen die Finger kriegen! Zum Teufel mit der Angst! Ich lasse mich anheuern und stürz' mich ins Meer.«

Hin und wieder erlaubte Ned dem Jungen, ein Bier für Scanty einzuschenken, zum Teil aus Mitleid, zum Teil aber auch, damit er Francis an die »Maschine« lassen und ihm dieses aufregende Vergnügen verschaffen konnte. Der Elfenbeingriff glitt zurück, der Becher füllte sich – nicht ohne daß Scanty ängstlich ausrief: »Gib ihm eine ordentliche Haube, mein Junge!« und das schäumende Getränk roch so lecker und gut, daß Francis gerne davon kosten wollte. Ned nickte zustimmend und lächelte dann entzückt, als der Neffe sein Gesicht verzog. »Mit der Gewohnheit kommt der Geschmack«, versicherte er feierlich. Er verfügte über eine Reihe solcher Zitate von »Frauen und Bier vertragen sich schlecht« bis »Eines Mannes bester Freund ist das Pfund in seiner Tasche«, die er so häufig und tiefsinnig zum besten gab, daß sie schließlich das Gewicht von Epigrammen erhielten.

Seine tiefste und zärtlichste Zuneigung aber sparte Ned für Nora auf, Michael Bannons Tochter. Die innig geliebte kleine Nichte war drei Jahre alt, als ihr Bruder an Tuberkulose starb. Zwei Jahre später verlor sie ihren Vater durch die gleiche mörderische Krankheit. Ned hatte sie erzogen und später, in ihrem dreizehnten Jahr, nach St. Elisabeth geschickt, der besten Klosterschule in Northumberland. Es bereitete ihm ein ehrliches Vergnügen, das hohe Schulgeld zu zahlen. Liebevoll und nachsichtig unterrichtete er sich über ihre Fortschritte. Kam sie in den Ferien nach Hause, war er ein anderer Mensch, er bewegte sich elastischer, war nie in Hemd und Hosenträgern zu sehen, zerbrach sich den Kopf über Ausflüge und Lustbarkeiten und hielt noch strengere Zucht in seiner Wirtschaft, damit nichts Anstößiges während ihrer Anwesenheit geschähe.

»Nun –«, Tante Polly betrachtete Francis über das Frühstücksbrett hinweg mit einem fast vorwurfsvollen Blick, »ich sehe schon, ich werde dir sagen müssen, um was es sich handelt. Erstens hat dein Onkel beschlossen, heute abend eine Gesellschaft zur Feier des Allerheiligenfestes zu geben und« – sie schlug die Augen nieder – »auch noch aus einem anderen Grund. Wir werden eine Gans haben, einen vierpfündigen Kuchen, Rosinen für das Drachenfangen und natürlich Äpfel – in Langs Großgärtnerei in Gosforth bekommt dein Onkel eine besondere Sorte. Vielleicht könntest du sie heute nachmittag holen. Es ist ein hübscher Spaziergang.«

»Gern, Tante Polly. Ich weiß nur nicht genau, wo es ist.«

»Es wird dir schon jemand den Weg zeigen.« Polly rückte gelassen mit ihrer größten Überraschung heraus. »Jemand, der aus der Schule heimkommt, um ein ausgedehntes Wochenende mit uns zu verbringen.«

»Nora!« rief er plötzlich.

»Niemand anderer.« Sie nickte, nahm das Tablett fort und stand auf. »Dein Onkel freut sich wie ein Schneekönig, daß sie Urlaub bekommen hat. Steh jetzt rasch auf und zieh dich an, wie ein braver Junge. Um elf Uhr gehen wir alle zum Bahnhof, um unser Äfflein abzuholen.«

Sie ging. Francis lag und starrte seltsam verwirrt vor sich hin. Die unerwartete Ankündigung von Noras Kommen hatte ihn bestürzt und in eine merkwürdige Erregung versetzt. Natürlich hatte er sie immer gern gehabt. Aber jetzt fühlte er sich schüchtern und gehemmt bei dem Gedanken, sie wiederzusehen, und dennoch empfand er ein heftiges Verlangen danach. Überrascht und verlegen merkte er auf einmal, daß er bis über beide Ohren rot geworden war. Er sprang auf und begann sich anzuziehen.

Um zwei Uhr machten Francis und Nora sich auf den Weg, fuhren quer durch die Stadt mit der Straßenbahn bis zum Vorort Clermont und gingen dann nach Gosforth. Jedes von ihnen hatte mit einer Hand den Henkel des großen Weidenkorbes gefaßt, der zwischen ihnen hin und her baumelte.

Vier Jahre lang hatte Francis Nora nicht gesehen, und bei Tisch brachte er die ganze Zeit kein Wort heraus, während Ned sich an erprobten Scherzen überbot. Auch jetzt quälte ihn noch seine Schüchternheit. In seinem Gedächtnis war sie ein Kind geblieben. Jetzt aber war sie fast fünfzehn und kam ihm in ihrer einfachen dunkelblauen Bluse und dem langen blauen Rock ganz erwachsen vor, ungreifbarer und schwerer zu durchschauen als je zuvor. Sie hatte kleine Hände und Füße und ein schmales, lebendiges, herausforderndes Gesichtchen, aus dem die Angriffslust blitzte und das sich mit einemmal wieder scheu verschloß. Sie war fein und zart gebaut, obwohl sie hoch aufgeschossen war und dementsprechend unbeholfen in ihren Bewegungen. Tiefblau wirkten die Augen in ihrem blassen Teint, neckisch schauten sie in die Welt und leuchteten jetzt in der Kälte, während die Nasenspitze sich rötete.

Über dem Henkel des Korbes berührten sich manchmal ihre Finger. Francis empfand dabei eine seltsam süße und lebhafte Verwirrung. Ihre Hände waren das Netteste, das er je berührt hatte. Er konnte nicht sprechen und wagte nicht, sie anzusehen, obwohl er merkte, daß sie ihn von Zeit zu Zeit lächelnd betrachtete. Der goldene Glanz des Herbstes war schon vorbei, aber immer noch glühten die Wälder in strahlend rotem Schimmer. Francis hatte niemals die Bäume, die Felder und den Himmel in so leuchtenden Farben gesehen. Ihm war zumute, als hörte er singen.

Plötzlich lachte sie laut heraus, warf ihr Haar zurück und begann zu laufen. Durch den Korb mit ihr verbunden, rannte Francis wie der Wind neben ihr her, bis sie atemlos stehenblieb. Ihre Augen funkelten jetzt wie Eiskristalle an einem sonnigen Wintermorgen.

»Kümmere dich nicht um mich, Francis, ich muß mich manchmal austoben. Ich kann nicht anders. Vielleicht bin ich heute so wild, weil ich nicht in der Schule sein muß.«

»Bist du nicht gern dort?«

»Ja und nein. Komisch geht es dort zu und streng. Möchtest du das glauben?« Sie lachte in aller Unschuld. »Sie lassen uns Nachthemden anziehen, wenn wir ein Bad nehmen! Sag mir, hast du je an mich gedacht in der ganzen langen Zeit, die du fort warst?«

»Ja.« Das Wort entfuhr ihm.

»Das freut mich... Ich habe oft an dich gedacht.« Sie warf ihm einen kurzen Blick zu, setzte noch einmal zum Sprechen an, blieb aber schließlich stumm.

Sie langten bald bei der Handelsgärtnerei in Gosforth an. Der Eigentümer, Geordie Lang, Neds Freund, stand im Obstgarten unter den fast kahlen Bäumen und verbrannte welkes Laub. Er nickte ihnen freundlich und einladend zu, ihm dabei Gesellschaft zu leisten. Sie rechten die raschelnden braunen und gelben Blätter zu dem großen glimmenden Haufen hin, den er schon aufgetürmt hatte, bis ihre Kleider vom Geruch des qualmenden Laubes durchdrungen waren. Es war keine Arbeit, sondern ein herrliches Vergnügen. Ihre Verlegenheit war vergessen, und sie wetteiferten lustig, wer am meisten herbeischaffen würde. Als Francis einen großen Berg zusammengerecht hatte, holte Nora sich diesen mutwillig als ihre Beute. Die reine, klare Luft hallte wider von ihrem Gelächter. Geordie Lang grinste teilnehmend: »So sind die Frauen, mein Junge. Nehmen dir alles weg und lachen dich aus.«

Zum Schluß deutete Lang auf den Apfelschuppen, am Ende des Obstgartens.

»Ihr habt es euch wohl verdient. Lauft und füllt ein!« rief er ihnen nach. »Und Herrn Bannon lasse ich mich bestens empfehlen. Sagt ihm, im Laufe der Woche würde ich einmal vorbeischauen wegen eines guten Tropfens.«

Im Apfelschuppen herrschte dämmriges Zwielicht. Sie stiegen die Leiter zum Oberboden hinauf, wo auf Stroh in langen Reihen die Ribston Pippins lagen, die Sorte Äpfel, für die der Garten berühmt war. Während Francis gebückt unter dem niedrigen Dach den Korb füllte, hockte Nora mit gekreuzten Beinen im Stroh, holte sich einen Apfel, rieb ihn blank und begann zu essen.

»Ist der aber gut«, sagte sie. »Willst du auch einen, Francis?«

Er setzte sich ihr gegenüber und nahm den Apfel, den sie ihm reichte. Er schmeckte köstlich. Sie sahen einander beim Essen zu. Als ihre kleinen Zähne durch die bernsteinfarbene Haut in das weiße Fleisch bissen, spritzte der Saft heraus und lief ihr über das Kinn. Auf dem dunklen Speicher empfand Francis keine Schüchternheit mehr, sondern nur Verträumtheit, Wärme und Lebensfreude. Noch nie war er so glücklich gewesen wie hier in diesem Garten, während er den Apfel aß, den sie ihm gereicht hatte. Ihre Augen trafen sich immer wieder und lächelten, das leichte, seltsam in sich gekehrte Lächeln, das um Noras Lippen spielte, war, als gehörte es ihr allein.

»Zeig, ob du auch Kerne essen kannst«, hänselte sie ihn plötzlich; fügte aber rasch hinzu: »Nein, Francis, tu es nicht! Schwester Maria Margarete sagt, man bekommt Krämpfe davon. Außerdem soll ein neuer Apfelbaum aus jedem dieser Kerne wachsen. Ist das nicht komisch? Hör zu, Francis... hast du Polly und Ned gerne?«

»Sehr gerne.« Er starrte sie an. »Du nicht?«

»Doch, natürlich... außer wenn ich einen Husten habe und Tante Polly mich verhätschelt... und wenn Ned mich auf die Knie nimmt und zärtlich ist – das hasse ich.«

Sie zögerte und schlug die Augen nieder. »Es ist natürlich gar nichts dabei, ich sollte überhaupt nicht davon sprechen. Schwester Maria Margarete findet, daß ich unverschämt bin – findest du das auch?«

Er sah verlegen zur Seite und faßte seine tiefe Empörung, daß man ihr überhaupt einen Vorwurf zu machen wagte, in ein einziges ungeschicktes »Nein!« zusammen.

Mit einem fast schüchternen Lächeln fuhr sie fort: »Wir sind Freunde, Francis, also werde ich doch alles sagen, der Maria Margarete zum Trotz. Was wirst du werden, wenn du ein Mann bist?«

Verwirrt blickte er sie an. »Ich weiß nicht. Warum?«

Nervös zupfte sie auf einmal an ihrem Kleid herum. »Ach, nichts... nur so... du... ich hab' dich sehr gern. Ich habe dich immer gern gehabt. Die ganzen Jahre über habe ich viel an dich gedacht, und es wäre nicht hübsch, wenn du... sozusagen wieder verschwinden würdest.«

»Warum sollte ich verschwinden?« Er lachte.

»Du wirst dich wundern!« Weit geöffnet und wissend blickten ihre immer noch kindlichen Augen. »Ich kenne Tante Polly... ich habe sie heute wieder davon sprechen hören. Sie würde alles darum geben, aus dir einen Priester zu machen. Dann müßtest du alles aufgeben, sogar mich.« Bevor er antworten konnte, sprang sie auf und schüttelte sich mit betonter Lebhaftigkeit. »Komm, es ist ja zu dumm, daß wir hier den ganzen Tag herumsitzen. Draußen scheint die Sonne, und heute abend feiern wir ein Fest.« Er wollte aufstehen. »Nein, warte einen Augenblick. Mach die Augen zu, dann bekommst du vielleicht ein Geschenk.«

Noch bevor er der Aufforderung nachkommen konnte, hatte sie sich zu ihm hinübergelehnt und ihm einen raschen Kuß auf die Wange gedrückt. Die kurze Berührung, der warme Hauch, die Nähe des schmalen Gesichtchens mit dem kleinen braunen Mal auf der Wange, benahmen ihm fast den Atem. Sie errötete tief, glitt die Leiter hinunter und lief aus dem Speicher. Er folgte ihr langsam, mit hochrotem Kopf, und rieb die kleine feuchte Stelle auf seiner Wange, als ob es eine Wunde wäre. Sein Herz schlug heftig.

Das Fest zu Ehren des Allerheiligentages begann um sieben Uhr. Ned nahm sich die Vorrechte eines Sultans und schloß die Wirtschaft schon fünf Minuten vorher. Mit Ausnahme einiger bevorzugter Stammgäste wurden alle höflich gebeten, das Lokal zu verlassen. Die Gesellschaft versammelte sich oben im Wohnzimmer, wo wächserne Früchte unter Glasstürzen herumstanden, das Bildnis Parnells über blauen Kristallleuchtern hing, wo es, in samtenem Rahmen, eine Fotografie von Ned und Polly auf dem Riesendamm in Irland gab, ein zweirädriges Torfwägelchen – ein Andenken aus Killarney –, eine Aspidistra, einen lackierten irischen Knüppelstock, mit grünen Bändern an der Wand befestigt, und die schweren Polstermöbel, die eine Staubwolke von sich gaben, wenn man sich gewichtig darauf niederließ. Der Mahagonitisch, der

Beine wie eine wassersüchtige Frau hatte, war in voller Länge ausgezogen und trug Gedecke für zwanzig Personen. Man hatte den Kamin bis zur halben Höhe mit Kohlen gefüllt, und das Feuer verbreitete eine Hitze, die einen Afrikaforscher zu Boden gezwungen hätte. Von weither schwebte der Duft gebratener Vögel heran. Maggie Magoon, in Häubchen und Schürze, schoß herum wie eine Wahnsinnige. Im Zimmer drängten sich Father Clancy, der junge Kaplan, Thaddeus Gilfoyle, einige Geschäftsleute aus der Nachbarschaft, Herr Austin, der Direktor der Straßenbahn, mit seiner Frau und drei Kindern, und natürlich Ned, Polly, Nora und Francis.

Mitten im Getöse, strahlend vor Wohlwollen, eine Sechs-Penny-Zigarre in der Hand, stand Ned und sprach auf seinen Freund Gilfoyle ein. Thaddeus Gilfoyle war ein blasser junger Mann von dreißig Jahren, prosaisch, immer leicht erkältet, Angestellter bei den Gaswerken und in seiner freien Zeit damit beschäftigt, die Mieten von Neds Häusern in der Varrelstraße einzukassieren. Er war Mitglied der Kirchengemeinde von St. Dominik, ein zuverlässiger Bursche, bei dem man sicher sein konnte, daß er jede Extraarbeit übernehmen, in die Bresche springen, kurz »bei der Hand« sein würde, wie Ned sich ausdrückte. Nie hatte er einen Geistesblitz oder einen Gedanken, der seinem eigenen Kopf entstammte, aber er brachte es fertig, immer da zu sein, herumzustehen, sich bereit zu halten, wenn man ihn brauchte. Er nickte zustimmend, schneuzte sich, zupfte an dem Abzeichen seiner Bruderschaft, war langweilig, fischäugig, plattfüßig, feierlich und zuverlässig.

Jetzt fragte er Ned: »Sie werden heute abend doch eine Rede halten?« in einem Ton, der andeutete, daß die Welt untröstlich sein würde, wenn Ned keine Rede hielt.

»Ah, ich weiß noch nicht recht.« Bescheiden und tiefsinnig betrachtete Ned das Ende seiner Zigarre.

»Ach, Ned, natürlich werden Sie!«

»Man wird es nicht erwarten.«

»Sie entschuldigen, wenn ich da anderer Meinung bin, Ned.«

»Meinen Sie, ich sollte?«

Feierlich: »Ned, Sie sollen und Sie müssen!«

»Sie meinen ... es wäre meine Pflicht?«

»Jawohl, Ned, Sie müssen und Sie werden reden.«

Entzückt schob Ned die Zigarre von einem Mundwinkel in den andern. »Ich muß gestehen, Thad«, er kniff bedeutungsvoll ein Auge zusammen, »ich habe eine Mitteilung... eine wichtige Mitteilung zu machen. Ich werde später ein paar Worte sagen, da Sie mir so zureden.«

Als eine Art Ouvertüre zu dem Hauptereignis des Abends begannen die Kinder unter Tante Pollys Leitung mit Allerheiligenspielen – erst »Drachenfangen« – bei dem in Branntwein getauchte, brennende Rosinen aus einem großen, flachen Porzellanteller gefischt wurden – dann »Äpfeltauchen«. Bei diesem Spiel wurde eine Gabel zwischen die Zähne genommen und über die Lehne eines Stuhls auf die in einem Eimer herumschwimmenden Äpfel fallen gelassen.

Um sieben Uhr kamen die »Gäuche« herein, Arbeiterjungen aus der Umgebung, mit rußgeschwärzten Gesichtern, grotesk vermummt, die einen Rundgang durch das Viertel machten und nach altem Brauch am Allerheiligenabend für ein paar Kupfermünzen Lieder zum besten gaben. Sie wußten, wie Ned zu gewinnen war. Sie sangen »Dear little Shamrock«, »Kathleen Mavourneen« und »Maggie Murphy's Home«, lauter schottische Lieder, und wurden reichlich belohnt. Dann trampelten sie wieder hinaus. »Danke schön, Herr Bannon! Hoch die Union! Gute Nacht, Ned!«

»Brave Jungen. Alle miteinander brave Jungen!« Ned rieb sich die Hände, und seine Augen glänzten feucht, denn er war ein gefühlvoller Kelte. »Polly, die Mägen unserer Freunde werden bald denken, daß man ihnen die Gurgel durchgeschnitten hat.«

Die Gesellschaft setzte sich zu Tisch, Father Clancy sprach das Gebet, und Maggie Magoon schwankte mit der größten Gans von Tynecastle herein. Francis hatte noch nie eine solche Gans gegessen – sie zerschmolz auf der Zunge in eitel Wohlgeschmack. Sein Körper glühte, der lange Spaziergang in der frischen Luft tat jetzt das Seine und auch eine besondere, tiefinnere Freude. Über den Tisch hinweg trafen sich hin und wieder Noras und seine Blicke, schüchtern, aber in vollstem Einverständnis. Obwohl er so still dasaß, durchschauerte ihn ihre Fröhlichkeit. Das Wunder dieses beglückenden Tages, des geheimen Bündnisses zwischen ihnen, empfand er fast schmerzlich stark.

Unter dem Beifall der Runde stand Ned nach dem Essen langsam auf. Er warf sich in Positur wie ein Redner, klemmte einen Daumen in das Armloch der Weste und war lächerlich aufgeregt.

»Hochwürden, meine Damen und Herren, ich danke Ihnen allen und jedem einzelnen von Ihnen. Ich kann nicht viel Worte machen« – ein lautes »Doch, doch« von Thaddeus Gilfoyle –, »ich sage, was ich denke, und ich meine, was ich sage!« Ned unterbrach sich kurz und rang um größeres Selbstvertrauen. »Ich freue mich, wenn ich meine Freunde glücklich und zufrieden um mich versammelt sehe – gute Gesellschaft und gutes Bier haben noch keinem Manne geschadet.« Hier wurde der Redner von der Tür her durch Scanty Magoon unterbrochen, dem es gelungen war, mit den »Gäuchen« hereinzuschleichen und nicht wieder fortzugehen. »Gott segne Sie, Herr Bannon«, schrie er und schwang eine Gänsekeule. »Sie sind ein feiner Mann!« Ned ließ sich nicht aus der Ruhe bringen – jedem großen Mann wird von Schmarotzern geschmeichelt. »Wie ich eben bemerkte, als Frau Magoons Ehemann einen Ziegelstein nach mir warf« – Gelächter –», bin ich für ein frohes Beisammensein. Ich bin sicher, daß wir alle hier glücklich und stolz sind, in unserer Mitte den Jungen des Bruders meiner armen Frau willkommen zu heißen.« Lauter Beifall und Pollys Stimme: »Mach eine Verbeugung, Francis!« – »Ich will nicht von der jüngsten Vergangenheit sprechen. Was vorbei ist, gehört begraben, sage ich. Aber ich sage und das will gesagt sein: Seht ihn euch jetzt an, sage ich, und wie sah er aus, als er herkam!« Beifall und Scantys Stimme im Flur: »Maggie bring mir doch um Gottes willen noch mehr von der Gans!« – »Ich bin wirklich nicht einer, der sein eigenes Lob singen will. Ich versuche, jedem gerecht zu werden, Gott und Mensch und Tier. Seht meine Windhunde an, wenn ihr mir nicht glaubt.« Gilfoyles Stimme: »Die besten Hunde in Tynecastle!« Eine längere Pause, in der Ned den Faden seiner Rede verlor. »Wo war ich nur?« »Francis!« soufflierte Tante Polly rasch. »Ach richtig.« Ned erhob seine Stimme. »Als Francis herkam, sagte ich mir, das ist ein Junge, sagte ich, der sich nützlich machen kann. Soll ich ihn hinter den Schanktisch stellen und sein Brot verdienen lassen? Herrgott noch einmal – entschuldigen Sie, Father Clancy – nein, so sind wir nicht. Wir haben es miteinander beredet. Polly und ich. Er ist jung, er ist schlecht behandelt worden, er hat eine Zukunft vor sich, der Junge ist der Junge des Bruders meiner armen seligen Frau. Schicken wir ihn ins Internat, sagten wir; miteinander können wir schon dafür aufkommen.« Ned machte eine Pause. »Hochwürden, meine Damen und Herren, ich bin froh und stolz, Ihnen mitteilen zu können, daß Francis nächsten Monat nach Holywell geht.« Ned machte diesen Namen zum triumphalen Schlußakkord der ganzen Rede und sank in Schweiß gebadet und unter lautem Applaus auf seinen Sessel.

4

Die langen Schatten der Ulmen fielen auf den gemähten Rasen von Holywell, aber der Juniabend in diesen nördlichen Breiten war noch so hell wie der Mittag. Die Dämmerung kam spät und ging so rasch ins Morgengrauen über, daß das Nordlicht nur kurz am hohen blassen Himmel aufleuchtete. Francis saß am Fenster des hochgelegenen kleinen Studierzimmers, das er seit seiner Wahl zu den »Philosophen« mit Laurence Hudson und Anselm Mealey teilte. Er fühlte, wie seine Aufmerksamkeit sich von dem Notizbuch abwandte, angezogen von dem lieblichen Bild vor seinen Augen, und in Gedanken an die Vergänglichkeit alles Schönen betrachtete er es fast mit leiser Trauer.

Von seinem hohen Sitz aus konnte er die Schule sehen, das herrschaftliche Gebäude aus grauem Granit mit seinen edlen Formen; 1609 für Sir Archibald Frazer erbaut, hatte man es zwei Jahrhunderte später in ein katholisches Internat umgewandelt. Die im gleichen strengen Stil erbaute Kapelle stand im rechten Winkel zum Hauptgebäude und war mit der Bibliothek durch einen Kreuzgang verbunden, wodurch das viereckige Stück historischen Bodens ganz von ehrwürdigem Gemäuer umschlossen wurde. Jenseits von diesem lagen die Plätze und Wiesen für Handball und andere Spiele – eines davon wurde gerade noch zu Ende geführt –, dann schweifte der Blick über weites Weideland, auf dem stämmiges, schwarzes und hornloses Angusvieh graste und der Fluß, der Stinchar, seine vielen Windungen zog. Gruppen von Eichen, Buchen und Ebereschen standen um das Pförtnerhaus, und in der Ferne konnte man noch die leicht gezackten Ausläufer des Grampiangebirges erkennen.

Francis seufzte, ohne es zu wissen. Es schien ihm, als sei er erst gestern in Doune angekommen, dem zugigen Bahnknotenpunkt im Norden des Landes. Unsinnig vor Angst hatte er sich damals als neuer Schüler all dem Unbekannten gegenüber gesehen und der ersten schrecklichen Unterredung mit Father Hamish Mac Nabb, dem Rektor der Schule. Er erinnerte sich, wie der »Rostige Mac«, ein kleiner Mann, der zur großen Hochlandaristokratie gehörte, ein Blutsverwandter der Mac Nabbs von den Inseln, im schottischen Umhang hinter seinem Pult hockte – und ihn äußerst furchterregend unter buschigen roten Augenbrauen hervor ansah. »Nun, mein Junge, was kannst du?«

»Bitte, Sir... nichts.«

»Nichts! Kannst du nicht den Hochländer tanzen?«

»Nein, Sir.«

»Was! Wenn man einen so großen Namen trägt wie Chisholm?«

»Es tut mir leid, Sir.«

»Hm! es ist nicht viel aus dir herauszuholen, mein Junge, wie?«

»Nein, Sir, nur, Sir...«, zitternd: »vielleicht kann ich fischen.«

»So, vielleicht?« Ein Lächeln erschien langsam. »Dann werden wir vielleicht Freunde sein.« Sein Lächeln vertiefte sich. »Die Klans der Chisholm und der Mac Nabb haben zusammen gefischt, jawohl, und zusammen gekämpft, bevor man noch an dich oder an mich gedacht hat. Lauf jetzt, bevor ich den Stock hole.«

Und nun dauerte es nur mehr ein Semester, bevor er Holywell verließ. Wieder glitt sein Blick zu den kleinen Gruppen hinunter, die auf den kiesbestreuten Terrassen neben dem Brunnen auf und ab gingen. Das war Brauch im Seminar. Und was weiter? Die meisten von ihnen würden von hier aus in das Seminar von San Morales nach Spanien gehen. Er unterschied seine beiden Stubengenossen, wie sie da unten zusammen herumwanderten: Anselm trug wie gewöhnlich seine Gefühle offen zur Schau, hatte sich zärtlich mit einem Arm in seinen Begleiter eingehängt und gestikulierte mit dem andern – aber gemessen, wie es einem zustand, dem einstimmig der Frazerpreis für gute Kameradschaft zugesprochen worden war. Hinter ihnen, umgeben von seinem treuen Gefolge, schritt Father Tarrant – groß, dunkel, mager... innerlich glühend und doch spöttisch... von vollendeter Unnahbarkeit.

Beim Anblick des noch jungen Priesters verzogen sich Francis' Züge in seltsamer Weise. Er betrachtete das offene Notizbuch vor sich auf dem Fensterbrett mit Widerwillen, nahm seine Feder und begann nach einem Augenblick des Zögerns die ihm auferlegte Arbeit. Er brauchte dazu so viel Entschlußkraft, daß sich seine Brauen zusammenzogen. Doch konnte das weder die gutgeschnittene Form des sonnenverbrannten Gesichts noch den dunklen Glanz der haselnußbraunen Augen beeinträchtigen. Er war jetzt achtzehn, und das reine, kühle Licht unterstrich die Grazie seines sehnigen Körpers, den Reiz seines Aussehens, das Unverdorbene, Rührende an ihm, das – unausweichlich – oft zu Demütigungen Anlaß gab.

»14. Juni 1887. Heute ereignete sich ein Vorfall von so außerordentlicher und aufregender Ungehörigkeit, daß ich mich an diesem blödsinnigen Tagebuch und an Father Tarrant rächen muß, indem ich davon berichte. Ich sollte diese Stunde vor der Vesper wirklich nicht vergeuden – nachher wird mich Anselm sicher wieder pflichtgemäß zum Handballspiel schleifen –, ich sollte nur hinkritzeln: Donnerstag, Himmelfahrt; ein schöner Tag; bemerkenswertes Abenteuer mit dem Rostigen Mac... und es gut sein lassen. Aber unser Studienpräfekt mit seiner ätzenden Schärfe hat die Tugend meines Schlages – Gewissenhaftigkeit – anerkannt, als er mir nach der Stunde sagte: ›Chisholm! Ich würde vorschlagen, daß Sie ein Tagebuch führen. Natürlich nicht, um es zu veröffentlichen‹ – da brach wieder einmal seine verdammte Spottlust durch –, ›sondern als eine Art Prüfung. Sie leiden, Chisholm, an einer ganz ungewöhnlichen Art geistiger Halsstarrigkeit. Schreiben Sie nieder, was Sie zuinnerst im Herzen bergen... sofern es Ihnen möglich ist... und Sie werden sie vielleicht verringern können.‹

Natürlich errötete ich wie ein Idiot, und mein unseliges Temperament ging mit mir durch. ›Meinen Sie, daß ich nicht tue, was man mir sagt, Father Tarrant?‹

Er sah mich kaum an, hatte die Hände in den Ärmeln des Habits verborgen und stand da, mager, dunkel, die Nasenflügel gespannt und oh, so unbeschreiblich gescheit. Als er versuchte, seine Abneigung mir gegenüber zu verbergen, wurde ich mir deutlich seines harten Panzers bewußt, der eisernen Disziplin, die er, wie ich weiß, sich selbst gegenüber schonungslos anwendet. Er sagte unbestimmt: ›Es gibt auch Ungehorsam im Geiste...‹ und ging fort.

Ist es überheblich, wenn ich mir einrede, daß er es nur deshalb auf mich abgesehen hat, weil ich ihn mir nicht zum Vorbild nehme, wie die meisten von uns? Seit er vor zwei Jahren hierherkam, wird ein wahrer Kult mit ihm getrieben, und Anselm tut es allen zuvor. Vielleicht kann Tarrant einen Vorfall nicht vergessen: als er uns über die ›eine wahre und apostolische Religion‹ belehrte, bemerkte ich plötzlich: ›Der Glauben, Sir, hängt doch so sehr mit dem Zufall unserer Geburt zusammen, daß Gott nicht ausschließlich darauf Wert legen kann.‹ In der Stille der Empörung, die meinen Worten folgte, stand er verblüfft, aber eiskalt da. ›Was Sie für einen großartigen Häretiker abgegeben hätten, mein guter Chisholm.‹

Über einen Punkt sind wir uns wenigstens einig: daß mir niemals die Berufung zuteil werden wird.

Ich schreibe lächerlich pompös für einen grünen Jungen von achtzehn Jahren. Vielleicht ist das die sogenannte Affektiertheit meines Alters. Aber ich mache mir Sorgen... verschiedener Dinge wegen. Erstens bin ich in einer schrecklichen, vermutlich lächerlichen Unruhe wegen Tynecastle. Es ist, glaube ich, wohl unvermeidlich, daß man nicht mehr richtig in Fühlung miteinander ist, wenn sich der ›Urlaub‹ auf vier kurze Sommerwochen beschränkt. Nur darin ist Holywell streng, daß es uns im Jahr nicht mehr Ferien zugesteht. Das mag seinen Zweck erfüllen und uns in unserer Berufung festigen, aber es nimmt auch die Einbildungskraft arg in Anspruch. Ned schreibt niemals. Während der drei Jahre, die ich hier in Holywell bin, bestand seine Korrespondenz nur in plötzlichen und phantastischen Sendungen unerwarteter Genüsse: dem riesigen Sack mit Walnüssen aus den Lagerhäusern zum Beispiel, der in meinem ersten Winter hier ankam, und im letzten Frühjahr die Kiste mit Bananen, die zu drei Viertel überreif waren und hier unter ›Geistlichkeit und Laienvolk‹ eine wenig würdevolle Epidemie auslösten.

Aber sogar in Neds Schweigen ist irgend etwas Merkwürdiges. Und Tante Pollys Briefe machen mich nur noch unruhiger. Ihr lieber, unnachahmlicher Tratsch über die Ereignisse in der Gemeinde ist durch magere Wetterberichte ersetzt worden. Und so plötzlich hat sich ihr Ton geändert! Nora hat mir natürlich nicht geholfen. Sie ist das echte Postkartenmädchen, das einmal im Jahr am Strand in fünf Minuten ihre Briefschulden erledigt. Jedenfalls kommt es mir endlos lange vor, daß ich ihren letzten strahlenden ›Sonnenuntergang von Scarborough Pier‹ erhielt, und auf zwei Briefe von mir hat sie nicht einmal mit einem ›Mond über der Whitleybucht‹ geantwortet. Liebe Nora! Ich werde deine Gebärde nie vergessen, wie du oben im Apfelspeicher Eva spieltest. Deinetwegen wünsche ich die kommenden Ferien so sehr herbei. Ob wir wieder zusammen nach Gosforth wandern werden? Mit angehaltenem Atem habe ich dich heranwachsen sehen – habe beobachtet, wie dein Charakter – ich meine damit alle deine Gegensätzlichkeiten – sich entwickelte. Ich kenne dich als ein lebhaftes, schüchternes, kühnes, gefühlvolles und heiteres Wesen, ein wenig durch Schmeichelei verdorben, voll Unschuld und Schalkhaftigkeit. Auch jetzt noch. Ich sehe dein schmales, freches, kleines Gesicht, wie es sich von innen aufhellt, wenn du deinem erstaunlichen Nachahmungstalent freies Spiel läßt – und Tante Polly kopierst... oder mich – die mageren Arme in die Hüften gestemmt, die blauen Augen voll Herausforderung, rücksichtslos und unbekümmert, bis du dich am Ende in einen Tanz voll heiterer Boshaftigkeit steigerst. Alles an dir ist so – menschlich und voll Leben – sogar der aufflammende Mutwille und die plötzlichen Ausbrüche, die deinen zarten Körper schütteln und in Tränenströmen enden. Und ich weiß, wie warm und impulsiv du bist, trotz deiner Fehler, wie du rasch und beschämt errötend auf jemand zuläufst, dem du weh getan hast ... ohne es zu wollen. Ich liege wach und denke an dich, an den Blick deiner Augen, an die rührend zarten Schlüsselbeine über deinen kleinen, runden Brüsten ...«

Hier brach Francis ab und strich, jäh errötend, die letzte Zeile aus. Dann fuhr er gewissenhaft fort.

»Zweitens bin ich höchst selbstsüchtig mit meiner Zukunft beschäftigt. Ich bin jetzt – auch darin würde Father Tarrant mit mir übereinstimmen – in einer Weise erzogen, die meinem Stand nicht zukommt. Ich habe nur noch ein Semester in Holywell vor mir. Soll ich nachher gnädig zu den Bierhähnen der ›Union‹ zurückkehren? Ich kann mich nicht weiter von Ned erhalten lassen – oder richtiger von Polly, denn ich habe neulich ganz zufällig entdeckt, daß diese prachtvolle Frau mein Schulgeld aus ihrem bescheidenen Einkommen bezahlt hat. Ich bin mir über meine Pläne und Wünsche durchaus nicht im klaren. Aus Liebe zu Tante Polly und aus dem Gefühl überströmender Dankbarkeit würde ich ihr gerne vergelten, was sie an mir getan hat. Und ihr sehnlichster Wunsch ist, mich als Priester zu sehen. An einem Ort wie diesem, wo drei Viertel aller Studenten und die meisten der eigenen Freunde für diesen Beruf bestimmt sind, kann man schwer dem Zug der allgemeinen Neigung widerstehen. Man möchte auch dazugehören. Abgesehen von Tarrant, meint Father Mac Nabb, daß ich einen guten Priester abgeben würde – ich merke es an seiner schlauen, freundlichen Art, mich anzufeuern und an seiner gottähnlichen Fähigkeit, abzuwarten. Und als Rektor dieses Internats müßte er verstehen, wer berufen ist und wer nicht.

Natürlich bin ich heftig, mein Temperament geht leicht mit mir durch, und meine so uneinheitliche Erziehung hat mich zu einem etwas spitzfindigen Schismatiker gemacht. Ich kann nicht so tun, als ob ich einer jener heiligen Jünglinge wäre – unsere Bibliothek wimmelt von ihnen –, die in ihrer Kindheit Gebete lispeln, als Jungen Altärchen in den Wäldern errichten und für kleine Mädchen, die am Jahrmarkt an sie anstoßen, nur die sanfte Zurückweisung haben: ›Haltet euch fern, Therese und Annabella, ich bin nicht für euch bestimmt.‹

Und doch – wie kann man beschreiben, was einen in manchen Augenblicken plötzlich überkommt, allein auf der Seitenstraße nach Doune, beim Erwachen in der dunklen Stille des eigenen Zimmers, oder wenn die scharrende, hustende, flüsternde Menge gegangen ist und man einsam in der leeren und doch Leben atmenden Kirche zurückbleibt. Es sind Augenblicke eigentümlicher Ergriffenheit und Eingebung, nicht der ekstatischen Gefühlsduselei, die mir genauso widerlich ist wie zuvor – Frage: Warum wird mir übel, wenn ich den Ausdruck der Verzückung auf dem Gesicht des Novizenmeisters sehe? –, sondern des Trostes und der Hoffnung.

Ich bin sehr unglücklich, daß ich mich dabei ertappe, derartiges niederzuschreiben – auch wenn es für kein anderes Auge bestimmt ist, als das meine. Was man mit heimlicher Inbrust erlebt, gefriert auf dem Papier zu Geschwätz. Und doch muß ich berichten, wie mich aus dem Dunkel, unentrinnbar, das Gefühl überfällt, Gott zu gehören, und wie tief meine Überzeugung ist, daß der Mensch in dem abgemessenen, geordneten, unerbittlichen Gang des Weltalls nicht aus dem Nichts kommt und wieder dorthin zurückkehrt. Und dabei – ist das nicht seltsam? – spüre ich den Einfluß von Daniel Glennie, dem lieben, verrückten heiligen Dan, fühle seinen warmen unirdischen Blick auf mir ruhen...

Verdammt noch einmal, dieser Tarrant! Da schütte ich nun wirklich mein Herz aus. Wenn ich aber so ein ›Heiliger‹ bin, warum mache ich mich dann nicht auf und tue etwas für Gott, greife die ungeheuren Mengen von Gleichgültigkeit, von hohnlachendem Materialismus in der Welt von heute an... kurz, warum werde ich nicht Priester? Nun... ich will ehrlich sein. Ich glaube, es ist Noras wegen. Die Schönheit und Zärtlichkeit meines Gefühls für sie zersprengt mir die Brust. Ihr Gesicht schwebt vor mir, hell und süß, selbst wenn ich in der Kirche zu Unserer Lieben Frau bete. Liebe, liebe Nora! Du bist der eigentliche Grund, warum ich mir keine Fahrkarte für den Himmelsexpreß nach San Morales löse!«

Er hörte auf zu schreiben und ließ den Blick in die Ferne schweifen, die Brauen leicht gerunzelt, aber ein Lächeln auf den Lippen. Mit Mühe sammelte er sich dann wieder und fuhr fort.

»Ich muß, muß endlich auf den heutigen Morgen und auf den Rostigen Mac zurückkommen. Da heute ein gebotener Feiertag ist, hatte ich den Vormittag frei. Ich machte mich auf den Weg zum Pförtnerhaus, um dort einen Brief aufzugeben, und lief geradewegs in den Rektor hinein, der vom Stinchar heraufkam, mit der Angelrute, aber ohne Fisch. Er blieb stehen, klein und untersetzt, stützte sich auf den Fischhaken, schien verstimmt, und sein rotbackiges Gesicht unter der Fackel der roten Haare hatte einen verkniffenen Zug. Ach, ich habe den Rostigen Mac sehr gern! Ich glaube, auch er hat eine gewisse Zuneigung zu mir, und die einfachste Erklärung dafür ist vielleicht, daß wir beide mit Leib und Seele Schotten sind und... Fischer, die einzigen in der Schule. Als Lady Frazer dem Internat ihre Ländereien am Stinchar übertrug, beanspruchte der Rostige den Fluß als sein Eigentum. Der Knittelvers im ›Holywell Monitor‹

›Am Fluß mit seinen Schleifen
Soll sich kein Narr vergreifen...‹

beschreibt seine Einstellung genau – denn er ist ein passionierter Fischer. Man erzählt sich eine schöne Geschichte von ihm. Schloß Frazer wird von Holywell kirchlich betreut. Mitten in einer Messe, die Mac dort las, steckte sein getreuer Freund, der Presbyterianer Gillie, platzend vor unterdrückter Erregung, den Kopf durch ein Fenster der Kapelle. ›Hochwürden! Im Lochaber Teich kommen sie wie verrückt an die Oberfläche!‹ Noch nie ging eine Messe rascher zu Ende! Mit halsbrecherischer Geschwindigkeit wurden die Gebete über die verblüffte Gemeinde gesprochen und der Segen erteilt. Dann sah man einen dunklen Strich aus der Sakristei sausen, der den ortsüblichen Vorstellungen des Teufels nicht unähnlich war. ›Jack! Jack! Auf welche Fliege gehen sie?‹

Jetzt traf mich ein ärgerlicher Blick. ›Nicht ein Fisch zu sehen. Gerade wenn ich für die hohen Herrschaften einen gebraucht hätte!‹ Der Bischof der Diözese und der Vorsteher unseres englischen Seminars in San Morales, der im Begriff war, seinen Posten dort aufzugeben, wurden an diesem Tag in Holywell zum Essen erwartet.

Ich sagte: ›Ein Fisch ist im Glebeteich, Sir.‹

›Es gibt keinen Fisch im ganzen Fluß, nicht einmal einen zweijährigen... Ich bin seit sechs Uhr früh draußen.‹

›Es ist ein großer.‹

›In deiner Phantasie!‹

›Ich habe ihn gestern dort gesehen, unter dem Wehr, aber ich habe mich natürlich nicht an ihn herangewagt.‹

›Du bist ein Querulant, Chisholm.‹ In seinen Augen unter den roten Brauen blitzte es lächelnd und starrköpfig auf. ›Wenn du deine Zeit vergeuden willst – meinen Segen hast du.‹ Er reichte mir seine Angelrute und ging.

Ich kam zum Glebeteich hinunter, und mein Herz schlug höher, wie immer beim Klang von rauschendem Wasser. Die Fliege am Vorfach, eine ›Silberdoktor‹, war für Größe und Farbe des Flusses wunderbar geeignet. Ich begann zu fischen, ich fischte eine Stunde lang. Lachse sind in dieser Jahreszeit betrüblich selten. Einmal glaubte ich, eine dunkle Flosse sich im Schatten des gegenüberliegenden Ufers bewegen zu sehen. Aber es biß nichts an. Plötzlich hörte ich ein diskretes Räuspern. Ich drehte mich rasch um. Der Rostige Mac stand hinter mir, in seinem besten schwarzen Staat, mit Handschuhen und Zylinder. Er wollte seine Gäste in Doune am Bahnhof abholen und hatte haltgemacht, um mir sein Beileid auszusprechen.

›Diese ganz Großen, Chisholm‹, sagte er mit Grabesstimme und grinste – ›die sind immer am schwersten zu erwischen!‹

Während er sprach, machte ich einen letzten Wurf, gut 25 Meter weit über den Teich hinüber. Die Fliege fiel genau auf den schäumenden Strudel, draußen am Rand des Wehrs. Im nächsten Augenblick spürte ich den Fisch, hieb an und hatte ihn fest.

›Du hast einen dran!‹ schrie Mac. Dann sprang der Lachs – vier Fuß hoch in die Luft. Obwohl ich selbst fast auf den Boden fiel, war die Wirkung auf den Rostigen noch viel erstaunlicher. Ich spürte, wie er neben mir erstarrte. ›Bei Gott!‹ murmelte er ehrfurchtsvoll und betroffen. Der Lachs war der größte, den ich je gesehen hatte, im Stinchar wie in meines Vaters Fischerhütte am Tweed. ›Halt seinen Kopf hoch!‹ brüllte Mac auf einmal, ›Menschenskind – zieh die Angel an!‹

Ich tat, was ich konnte, aber jetzt hatte der Fisch die Führung übernommen. Stürmisch, unwiderstehlich, rasend zog er flußabwärts davon. Ich folgte. Und der Rostige folgte mir.

Der Stinchar hier bei Holywell ist nicht wie der Tweed. Seine braunen Fluten stürzen durch Kiefernwäldchen und Schluchten und machen ganz beachtliche Purzelbäume über schlüpfrige Felsblöcke und hohe Schieferklippen. Nach zehn Minuten hatten der Rostige Mac und ich, stromabwärts laufend, eine halbe Meile zurückgelegt und fühlten uns etwas mitgenommen. Aber wir hielten noch immer Fühlung mit dem Fisch.

›Halt ihn, halt ihn!‹ Mac hatte sich heiser geschrien. ›Du Narr, laß ihn nicht in die Gumpe hinein!‹ Das Biest war natürlich schon drinnen und hatte sich in ein tiefes Loch zurückgezogen, während die Schnur in einem Haufen ins Wasser ragender Wurzeln festhing.

›Nachlassen, nachlassen!‹ Mac sprang angstvoll herum. ›Nur nachgeben, von mir bekommt er inzwischen einen Stein an den Kopf.‹

Obgleich atemlos, begann er vorsichtig, Steine zu werfen, und versuchte, auf diese Weise den Fisch herauszutreiben, ohne die Schnur zu verletzen. Endlos lange dauerte dieses Spiel. Dann pffft! – schoß der Fisch heraus, die Schnur lief surrend über die Rolle, und Mac und ich rannten wieder mit. Ungefähr eine Stunde später, an der breiten, seichten Stelle gegenüber Doune, schien der Lachs endlich der Erschöpfung nahe. Keuchend, völlig aufgerieben durch die hundert gräßlichen und beseligenden Möglichkeiten dieses Glücksspiels gab der Rostige sein letztes Kommando.

›Jetzt, jetzt! Auf diese Sandbank!‹ Er krächzte: ›Wir haben keinen Fanghaken. Wenn er dich weiter hinunterzieht, ist er endgültig weg.‹

Ich schluckte mühsam, mein Mund war völlig ausgetrocknet. Bebend drillte ich den Fisch näher heran. Er kam, ganz ruhig, dann machte er plötzlich eine letzte, rasende Anstrengung. Mac stöhnte dumpf. ›Langsam... langsam! Wenn er dir jetzt durchgeht, werde ich es dir nie verzeihen!‹

Im seichten Wasser wirkte der Fisch geradezu unglaublich. Ich konnte die durchgewetzte Darmsaite am Ende der Leine sehen. Wenn er mir durchging! – Es lief mir eiskalt über den Rücken. Behutsam landete ich ihn auf der kleinen Sandbank. In tiefstem Schweigen beugte Mac sich hinunter, krallte seine Hände in die Kiemen und hob den ungeheuren Fisch auf das Gras.

Das mehr als vierzig Pfund schwere Tier, das erst seit so kurzer Zeit im Fluß war, daß noch die Meerläuse auf seinem gewölbten Rücken saßen, bot auf dem grünen Rasen einen prächtigen Anblick.

›Ein Rekord, ein Rekord!‹ jubelte Mac, der so wie ich auf einer Woge himmlischer Wonnen dahingetragen wurde. Wir faßten uns an den Händen und tanzten Fandango. ›Zweiundvierzig Pfund, wenn nicht mehr... das werden wir ins Buch schreiben.‹ Jetzt gab er mir sogar ein Kuß. ›Junge, Junge – du bist wirklich ein zünftiger Fischer.‹

In diesem Augenblick ertönte von der eingleisigen Bahnlinie jenseits des Flusses der schwache Pfiff einer Lokomotive. Mac hielt inne und starrte verwirrt das Rauchwölkchen an und das rote und weiße Spielzeugsignal, das eben am Bahnhof von Doune gesenkt wurde. Jäh brach die Erinnerung über ihn herein. Er angelte bestürzt nach seiner Uhr. ›Um Himmels willen, Chisholm!‹ Sein Ton war der des Rektors von Holywell. ›Das ist der Zug des Bischofs.‹

Es war klar, in welcher Zwangslage er sich befand: er hatte noch fünf Minuten Zeit, um seinen vornehmen Gästen entgegenzueilen und mußte auf der Straße einen Umweg von fünf Meilen machen, um den Bahnhof zu erreichen – der in Blickweite, nur zwei Felder weit weg, jenseits des Stinchar lag.

Ich konnte zusehen, wie er langsam einen Entschluß faßte. ›Trag den Fisch nach Hause, Chisholm, sie sollen ihn ganz kochen. Rasch jetzt. Und denke an Lots Weib und die Salzsäule. Was immer du tust, *umsehen darfst du dich nicht!*‹

Aber ich konnte nicht anders. Sobald ich die erste Biegung des Flusses erreicht hatte, riskierte ich hinter einem Busch ein salziges Ende. Father Mac hatte sich bereits bis auf die Haut ausgezogen und seine Kleider in ein Bündel geschnürt. Den Zylinder fest auf dem Kopf, das Bündel wie einen Bischofsstab erhoben, stieg er jetzt splitterfasernackt in den Fluß. Watend und schwimmend erreichte er das andere Ufer, kroch in seine Kleider und eilte mannhaft dem einfahrenden Zug entgegen.

Ich lag im Gras, wälzte mich vor Lachen und war beinahe völlig außer mir; und zwar nicht über den Anblick des Zylinderhutes, der kühn auf dem männlichen Haupt dahinschwamm – obwohl ich ihn mein Lebtag nicht vergessen werde! –, sondern wegen des sittlichen Mutes, der hinter diesem Streich steckte. Ich dachte: auch er muß unsere fromme Prüderie hassen, die beim Anblick menschlichen Fleisches schaudert und den weiblichen Körper verhüllt, als wäre er eine Schmach.«

Francis hörte draußen ein Geräusch, unterbrach sich und legte die Feder endgültig weg, als die Tür aufging. Hudson und Anselm Mealey traten ins Zimmer. Hudson, ein dunkelhaariger stiller Junge, setzte sich und zog andere Schuhe an. Anselm hatte die Abendpost in der Hand.

»Ein Brief für dich, Francis«, sagte er überschwenglich.

Mealey war zu einem hübschen jungen Mann herangewachsen, mit einem Gesicht wie Milch und Blut. Seine glatten Wangen verrieten eine wunderbare Gesundheit, seine Augen waren sanft und rein, und ständig hatte er ein Lächeln bereit. Immer eifrig, geschäftig und heiter, war er zweifellos der beliebteste Student in der Schule. Seine Arbeiten fielen nie besonders glänzend aus, aber seine Lehrer hatten ihn gerne – und sein Name stand meist auf der Liste der Preisgekrönten. Er bewährte sich bei allen Spielen, bei denen es nicht allzu rauh zuging. Die Formen der parlamentarischen Auseinandersetzung beherrschte er in vorbildlicher Weise und leitete deswegen ein halbes Dutzend Klubs, gleichgültig, ob es sich um den der Philatelisten oder der Philosophen handelte. Er kannte Ausdrücke wie »Beschlußfassung«, »Protokoll«, »Herr Vorsitzender« und gebrauchte sie zungenfertig. Wann immer eine neue Vereinigung gebildet werden sollte, ließ man sich sicher von Anselm beraten – und ganz automatisch wurde er dann Präsident. Zum Ruhm des geistlichen Lebens konnte er sogar lyrisch werden. Sein einziger Kummer lag in der unverständlichen Tatsache, daß der Rektor und einige wenige Einzelgänger ihn ganz und gar nicht leiden konnten. Für alle andern war er ein Held, der seine Erfolge mit einem offenen und zugleich bescheidenen Lächeln hinnahm.

Als er jetzt Francis den Brief hinüberreichte, schenkte er auch ihm dieses warme, entwaffnende Lächeln. »Hoffentlich stehen lauter gute Neuigkeiten darin, mein Lieber.«

Francis öffnete den Brief. Er war undatiert und mit Bleistift auf eine Rechnung mit der Anschrift gekritzelt:

An Edward Bannon
Gasthaus zur Union

Ecke Dyke- und Kanalstraße, Tynecastle

Lieber Francis!

Dieses Schreiben wird Dich hoffentlich so wohl antreffen, wie es mich verläßt. Bitte entschuldige auch den Bleistift. Wir sind alle etwas durcheinander. Nur ungern teile ich Dir mit, Francis, daß Du in diesen Ferien nicht nach Hause kommen kannst. Für niemand ist das ärger und trauriger als für mich, wo ich Dich doch seit dem letzten Sommer nicht gesehen habe und überhaupt. Aber glaube mir, es ist unmöglich, und wir müssen uns dem Willen Gottes beugen. Ich weiß, Du bist nicht einer, der ein »Nein« gelten läßt, aber dieses Mal mußt Du es, die Heilige Jungfrau Maria ist mein Zeuge. Ich will nicht leugnen, daß wir Kummer haben, wie Du ja erraten wirst, aber es ist nichts, wobei Du helfen oder etwas abwenden kannst. Es handelt sich nicht um Geld oder Krankheit, also mache Dir keine Sorge. Und es wird alles vorübergehen, mit Gottes Hilfe, und vergessen werden. Du kannst es leicht einrichten, daß Du die Ferien im Internat bleibst. Ned wird alle Extraausgaben zahlen. Du wirst Deine Bücher haben und die schöne Umgebung und das alles. Vielleicht läßt es sich machen, daß Du zu Weihnachten herkommst, also kränke Dich nicht zu sehr. Ned hat seine Windhunde verkauft, aber es ist nicht wegen Geld. Herr Gilfoyle ist uns allen ein Trost. Du versäumst nicht viel bei dem Wetter, es hat dauernd geregnet. Also vergiß nicht, Francis, wir haben Leute im Haus, es gibt nirgends einen Platz, Du sollst nicht (zweimal unterstrichen) herkommen.

Gott segne Dich, mein lieber Junge, und entschuldige die Eile.

Deine Dich liebende

Polly Bannon.

Francis stand beim Fenster und las den Brief ein paarmal durch: der Zweck war klar, doch der Sinn blieb verwirrend dunkel. Betroffen faltete er das Blatt und steckte es in die Tasche.

»Nichts Unerfreuliches, hoffe ich?« Mealey hatte sein Gesicht besorgt betrachtet.

Francis schwieg bedrückt, er wußte nicht recht, was er sagen sollte.

»Mein Bester, es tut mir wirklich leid.« Anselm trat zu Francis und legte ihm den Arm leicht und tröstend um die Schultern. »Wenn ich irgend etwas tun kann, laß es mich um des Himmels willen wissen... Vielleicht« – er überlegte eifrig –, »vielleicht ist dir heute abend nicht nach Handball zumute?«

»Nein«, sagte Francis leise. »Ich möchte lieber nicht spielen.«

»Geht in Ordnung, mein lieber Francis!« Die Vesperglocke läutete. »Man sieht, daß dich etwas quält. Ich werde dich heute abend in mein Gebet einschließen.«

Während der ganzen Vesper zerbrach Francis sich über Tante Pollys unverständlichen Brief den Kopf. Nach der Andacht entschloß er sich plötzlich, mit seinem Kummer zum Rostigen Mac zu gehen. Langsam stieg er die breite Treppe hinauf.

Als er das Studierzimmer betrat, sah er, daß der Rektor nicht allein war. Father Tarrant saß bei ihm hinter einem Stoß von Papieren. Das sonderbare plötzliche Schweigen, das sein Erscheinen bewirkte, rief in Francis das merkwürdige Gefühl hervor, die beiden hätten gerade über ihn gesprochen.

»Entschuldigen Sie, Sir.« Er warf einen verlegenen Blick auf den Rostigen Mac. »Ich wußte nicht, daß Sie zu tun haben.«

»Das macht nichts, Chisholm. Setz dich.«

Die Antwort erfolgte so rasch und herzlich, daß Francis, der sich schon wieder halb der Tür zugewandt hatte, umkehrte und in dem Korbstuhl neben dem Schreibtisch Platz nahm. Macs dicke Finger fuhren fort, Tabak in die zernagte Stummelpfeife zu stopfen. »Nun! Was können wir für dich tun, mein Junge?«

Francis errötete. »Ich... ich habe eigentlich gedacht, Sie wären allein.«

Aus irgendeinem unerfindlichen Grund wich der Rektor seinem flehenden Blick aus. »Es wird dir doch nichts ausmachen, daß Father Tarrant hier ist? Um was handelt es sich?«

Jetzt gab es kein Zurück mehr. Francis machte keinen Versuch, neue Ausflüchte zu erfinden, und stammelte: »Es ist wegen eines Briefes, den ich bekommen habe... von zu Hause.« Er hatte die Absicht gehabt, dem Rostigen Mac Pollys Brief zu zeigen, aber in Tarrants Anwesenheit hielt ihn sein Stolz davon ab. »Es ist mir völlig unklar, warum, aber sie scheinen nicht zu wollen, daß ich in den Ferien heimfahre.«

»Ach!« Irrte er sich, oder tauschten die beiden nicht wieder einen raschen Blick? »Das ist sicher eine Enttäuschung.«

»Das ist es, Sir. Und ich bin so beunruhigt... Ich habe gedacht... ich bin hergekommen, um Sie zu fragen, was ich tun soll.«

Tiefe Stille. Father Mac Nabb verkroch sich tiefer in seinen alten Umhang und spielte noch immer mit seiner Pfeife. Er hatte viele junge Menschen gekannt, und zwar in- und auswendig; der Jüngling aber neben ihm besaß so viel Feinheit, Schönheit und unbedingte Ehrlichkeit, daß sein Herz warm wurde. »Wir alle müssen mit Enttäuschungen fertig werden, Francis.« Seine nachdenkliche Stimme war traurig und milder als gewöhnlich. »Auch Father Tarrant und ich haben heute eine erlitten. In unserem Seminar in Spanien wurde mancher Rücktritt beschlossen.« Er schwieg einen Augenblick. »Wir sind dorthin berufen worden, ich als Rektor und Father Tarrant als Spiritual, als Studienleiter.«

Francis stammelte eine Antwort. San Morales war an sich eine begehrte Beförderung, die Vorstufe zu einem Bistum, doch wie immer auch Tarrants Einstellung dazu war – Francis warf rasch einen Blick auf das ausdruckslose Gesicht –, Mac Nabb würde die Versetzung anders ansehen. Wie fremd mußten die dürren Ebenen Aragons einem Mann sein, der die grünen Wälder und rauschenden Gewässer Holywells von ganzem Herzen liebte! Mac lächelte milde. »Ich wäre für mein Leben gerne hiergeblieben. Du hast dich danach gesehnt, fortzureisen. Sollten wir beide nicht eine Züchtigung von Gott dem Allmächtigen hinnehmen? Was meinst du?«

Francis bemühte sich, in seiner Verwirrung die passenden Worte zu finden. »Es ist nur... ich habe Angst... ich weiß nicht, ob ich nicht herausfinden sollte, was los ist, ob ich nicht versuchen sollte zu helfen?«

»Ich weiß nicht, ob ich das täte«, antwortete Father Mac Nabb rasch. »Was würden Sie dazu sagen, Father Tarrant?«

Im Dunkel machte der junge Lehrer eine leichte Bewegung. »Nach meiner Erfahrung wird man mit Kummer und Verdruß am besten ohne äußere Einmischung fertig.«

Dem war nichts mehr hinzuzufügen. Der Rektor entzündete seine Schreibtischlampe, die zwar den dunklen Raum erhellte, das Gespräch aber zum Erlöschen zu bringen schien. Francis stand auf. Er wandte sich an beide, die zögernden Worte, die aus tiefstem Herzen kamen, galten indessen dem Rostigen Mac allein.

»Ich kann nicht sagen, wie leid es mir tut, daß Sie nach Spanien gehen. Die Schule... ich... ich werde Sie sehr vermissen.«

»Vielleicht werden wir dich dort wiedersehen?« Hoffnung und stille Zuneigung klangen aus diesen Worten.

Francis antwortete nicht. Wie er so unentschlossen dastand, nicht recht wußte, was er sagen sollte, und von einander widersprechenden Gefühlen hin und her gerissen wurde, fiel sein zu Boden gesenkter Blick plötzlich auf einen Brief, der offen auf dem Tisch lag. Nicht der Brief selbst – der auf diese Entfernung unleserlich war –, wohl aber der leuchtende, blaugedruckte Briefkopf zog ihn an. Rasch schaute er wieder fort. Doch vorher entzifferte er noch: Pfarrei von St. Dominik, Tynecastle.

Ihn schauderte. Zu Hause war etwas nicht in Ordnung. Jetzt war er seiner Sache sicher. Sein Gesicht verriet nichts, und keiner der beiden Lehrer hatte etwas von seiner Entdeckung gemerkt. Aber als er zur Tür ging, wußte er, daß ein Weg zumindest klar und deutlich vor ihm lag – es war nicht gelungen, ihm das auszureden.

5

Um zwei Uhr, an einem schwülen Nachmittag im Juni, kam der Zug an. Einen kleinen Koffer in der Hand, verließ Francis rasch den Bahnhof, und sein Herz schlug um so heftiger, je näher er dem vertrauten Viertel kam.

Eine eigentümliche Stille lag über dem Gasthaus. Er wollte Tante Polly überraschen, lief leichtfüßig die Seitentreppe hinauf und betrat das Haus. Auch hier war es still und seltsam düster nach der blendenden Helligkeit des staubigen Pflasters; Vorraum und Küche waren leer, nichts als das laute Ticken der Uhr ließ sich vernehmen. Er trat ins Wohnzimmer.

Ned saß am Tisch, beide Ellbogen auf die rote Wolldecke gestützt, und starrte die leere Wand an. Nicht allein die Haltung, sondern die Veränderung, die mit dem ganzen Mann vor sich gegangen war, entlockte Francis einen unterdrückten Ausruf. Ned hatte vielleicht vierzig Pfund an Gewicht verloren, seine Kleider hingen lose an ihm herunter, das runde strahlende Gesicht war jetzt leichenblaß und traurig.

»Ned!« Francis streckte ihm die Hand hin.

Es dauerte eine Weile, dann drehte Ned sich schwerfällig um. Langsam schien er zu begreifen und aus seiner jammervollen Erstarrung aufzuwachen. »Du bist es, Francis.« Er lächelte freundlich ausweichend. »Ich wußte nicht, daß du erwartet wirst.«

»Eigentlich werde ich auch nicht erwartet, Ned.« Trotz seiner Angst versuchte Francis zu lachen. »Ich konnte es einfach nicht mehr aushalten, als die Schule geschlossen wurde. Wo ist Tante Polly?«

»Sie ist fort... ja... Polly ist auf ein paar Tage an die Whitleybucht gefahren.«

»Wann kommt sie zurück?«

»Wahrscheinlich... morgen.«

»Und wo ist Nora?«

»Nora!« Neds Stimme klang matt. »Sie ist mit Tante Polly fort.«

»Ach so!« Francis wurde es leichter ums Herz. »Deshalb hat sie mein Telegramm nicht beantwortet. Aber Ned... bist du... dir geht es hoffentlich gut?«

»Mit mir ist alles in Ordnung, Francis. Das Wetter setzt mir vielleicht ein wenig zu... aber einer wie ich trägt deshalb noch keinen Schaden davon.« Plötzlich seufzte er sonderbar auf, und Francis sah zu seinem Entsetzen, daß ihm Tränen über das eiförmige Gesicht liefen. »Geh jetzt und hole dir etwas zu essen. Im Küchenschrank gibt's genug. Thad wird dir bringen, was du willst. Er ist unten im Schankraum. Thad war für uns alle eine große große Hilfe.« Neds unsteter Blick wanderte langsam wieder zurück zur gegenüberliegenden Wand.

Wie betäubt ging Francis hinaus und stellte den Koffer in seinem eigenen kleinen Zimmer ab. Als er den Korridor entlang ging, stand die Tür von Noras Zimmer offen – vor der reinen, weißen Unberührtheit des stillen Raumes schlug er in plötzlicher Verwirrung die Augen nieder und eilte hinunter.

Niemand war in der Gaststube, sogar Scanty fehlte, an dessen leerem Eckplatz die Augen ungläubig haften blieben, als hätte sich dort ein Loch in den festen Mauern aufgetan. Hinter dem Schanktisch aber stand in Hemdsärmeln Thaddeus Gilfoyle und rieb Gläser trokken.

Als Francis eintrat, hörte Thad auf, leise vor sich hin zu pfeifen. Leicht verblüfft wie er war, brauchte es eine kleine Weile, ehe er seine schlaffe, feuchte Hand zum Willkomm ausstreckte.

»Nein, so etwas!« rief er. »Ein wahrer Augentrost!«

Es war unerträglich, Gilfoyle den Besitzer spielen zu sehen. Aber Francis brachte es fertig, Gleichgültigkeit vorzutäuschen, obwohl er aufs äußerste beunruhigt war. Leichthin sagte er: »Ich bin überrascht, Sie hier zu treffen, Thad. Was ist mit den Gaswerken?«

»Ich habe meine Stelle dort aufgegeben«, antwortete Thad gemessen.

»Warum?«

»Um hier zu bleiben. Für immer.« Er nahm ein Glas auf, betrachtete es fachmännisch, hauchte es leicht an und begann es zu polieren.

»Als sie mich baten, ihnen beizuspringen ... konnte ich nichts anderes tun!«

Francis ertrug die Spannung nicht länger.

»Um des Himmels willen, Gilfoyle, was soll das alles?«

»H e r r Gilfoyle, wenn ich bitten darf, Francis!« Thad kostete den Vorwurf genießerisch aus. »Ned zerreißt es das Herz, wenn man mich nicht behandelt, wie es mir zukommt. Er ist nicht mehr der alte, Francis. Ich zweifle, ob er je wieder so sein wird wie früher.«

»Was ist mit ihm geschehen? Sie sprechen, als ob er von Sinnen wäre!«

»Er war es, Francis, er war es«, Gilfoyle seufzte, »aber jetzt ist er wieder zu sich gekommen, der arme Kerl.« Er behielt Francis im Auge und kam einem ärgerlichen Einwurf mit seinem Gejammer zuvor. »Nein, Sie dürfen nicht so über mich herfallen. Ich tue das Rechte. Fragen Sie Father Fitzgerald, wenn Sie mir nicht glauben. Ich weiß, Sie haben mich nie recht leiden mögen. Als Sie größer wurden, haben Sie sich in den Ferien über mich lustig gemacht. Aber ich will Ihnen wohl, Francis, und wir sollten zusammenhalten ... jetzt ganz besonders.«

»Warum ganz besonders jetzt?« Francis biß die Zähne zusammen.

»Ach ja, ja ... Sie können es noch nicht wissen ... natürlich.« Thads Gesicht verzog sich zu einem abscheulichen Grinsen. »Das Aufgebot ist letzten Sonntag das erste Mal verkündet worden. Ich und Nora, Francis, wir werden heiraten!«

Tante Polly und Nora kamen erst spät am nächsten Abend zurück. Seit Gilfoyle aalglatt allen Fragen ausgewichen war, hatte Francis ihre Ankunft in quälender Ungeduld erwartet. Er versuchte sofort, Tante Polly zu stellen.

Polly jammerte im ersten Schreck auf: »Francis, ich schrieb dir doch, du solltest nicht kommen!« und eilte dann mit Nora die Treppe hinauf. Sie blieb auch für alle weiteren Fragen taub und wiederholte bloß in einem fort: »Nora fühlt sich nicht wohl ... ich sage dir doch, daß sie krank ist ... geh mir aus dem Weg ... ich muß sie jetzt pflegen.«

Nach dieser Zurechtweisung blieb Francis nichts übrig, als verzweifelt sein Zimmer aufzusuchen. Das unbekannte Schrecknis griff mit eiskalter Hand nach seinem Herzen und seine Beklemmung wuchs. Nora hatte ihn kaum angesehen und war sofort zu Bett gegangen. Er hörte noch eine Stunde lang Polly mit Tabletts und Wärmeflaschen hin und her laufen, er hörte, wie sie Nora mit leiser Stimme beschwor und ihr erregt verschiedene Aufmerksamkeiten aufdrängte. Nora, blaß und erschreckend schmal, hatte irgendwie nach Krankenzimmer ausgesehen. An Polly, die erschöpft, verhärmt und noch nachlässiger gekleidet als sonst aussah, war ihm eine ungewohnte Bewegung aufgefallen – sie drückte immer wieder rasch die Hand gegen die Stirn. Bis spät in die Nacht hörte er sie im Nebenzimmer Gebete murmeln. Gepeinigt von all diesen Rätseln warf Francis sich unruhig hin und her und biß sich die Lippen blutig.

Klar und schön brach der nächste Morgen an. Wie Francis es gewöhnt war, stand er auf und ging in die Frühmesse. Bei seiner Rückkehr saß Nora draußen auf den Stufen des Hinterhofs und wärmte sich in dem spärlichen Sonnenschein, während zu ihren Füßen ein paar Hühner herumstiegen und gackerten. Sie machte keine Bewegung, um ihn vorbeizulassen, sondern hob bloß, nachdem er einen Augenblick vor ihr stehengeblieben war, nachdenklich den Kopf.

»Sieh einmal, den heiligen Mann... schon fort gewesen, damit er seine Seele rette!«

Francis errötete bei ihrem Ton, der von völlig unerwarteter stiller Bitterkeit war.

»Hat der hochwürdige Father Fitzgerald die Messe gelesen?«

»Nein, der Kaplan.«

»Der dämliche Ochse im Stall. Ach, wenigstens ist er harmlos.«

Sie senkte wieder den Kopf, starrte die Hühner an und stützte ihr mageres Kinn auf ein noch magereres Handgelenk. Sie war immer zart gewesen, jetzt aber erschütterte es ihn, ihre fast kindliche Zerbrechlichkeit zu sehen, die ebenso schlecht zu dem finsteren, wissenden Blick paßte wie zu dem neuen fraulichen Kleid aus kostbarem grauem Material, das sie mit steifen Falten umhüllte. Sein Herz schmolz, weißglühend brannte ein unerträglicher Schmerz in seiner Brust. Er zögerte und fragte dann mit leiser Stimme, ohne sie anzusehen:

»Hast du schon gefrühstückt?«

Sie nickte. »Polly hat mir etwas hineingestopft. Mein Gott! Wenn sie mich nur in Ruhe lassen würde!«

»Was machst du heute?«

»Nichts.«

Wieder schwieg er eine Weile, dann stieß er hervor – und seine ganze namenlose Liebe und Angst stand dabei in seinen Augen geschrieben:

»Warum gehen wir nicht spazieren, Nora? So wie früher? Es ist ein so wundervoller Tag!«

Sie rührte sich nicht. Aber ein leises Rot schien ihre blassen, eingefallenen Wangen zu beleben.

»Laß mich in Frieden«, sagte sie schwermütig, »ich bin müde!«

»Ach, Nora, komm doch... bitte.«

Dumpfes Schweigen, dann: »Also schön.«

Sein Herz schlug hart und schmerzlich. Er lief in die Küche und machte in aller Eile ein paar Brötchen zurecht, schnitt Kuchen ab und wickelte alles ungeschickt zu einem Paket zusammen. Polly ließ sich nirgends sehen, und ihm lag viel daran, ihr nicht zu begegnen. Binnen zehn Minuten saßen Nora und er in der roten Straßenbahn, die rasselnd quer durch die Stadt fuhr. Eine Stunde später schritten sie Seite an Seite, ohne miteinander zu sprechen, den Hügeln von Gosforth zu.

Was hatte ihn bloß veranlaßt, diese vertraute Gegend aufzusuchen? Unendlich lieblich war die blühende Landschaft heute, aber gerade ihre Lieblichkeit konnte das bangende Herz nur schwer ertragen. Langs Obstgarten war ein einziges Blütenmeer, und als sie sich ihm näherten, versuchte er, das drückende Schweigen zu brechen, das zwischen ihnen lag.

»Nora! Sieh doch hin! Wollen wir nicht hineingehen und ein paar Worte mit Lang sprechen?«

Sie warf einen einzigen Blick auf den Obstgarten, dessen Bäume in genau bemessenen Abständen steif wie Schachfiguren um den Apfelschuppen standen. Dann sagte sie abweisend und bitter: »Nein, ich habe keine Lust. Ich hasse diesen Ort.«

Er antwortete nicht. Undeutlich fühlte er, daß nicht er die Ursache ihrer Bitterkeit war.

Um ein Uhr erreichten sie die Höhe von Gosforth Beacon. Er merkte, daß sie müde war, und machte ohne zu fragen, unter einer großen Buche zum Mittagessen halt. Der Tag war ungewöhnlich warm und klar. Unter ihnen in der weiten Ebene breitete sich funkelnd im goldenen Licht die Stadt mit ihren Kuppeln und Türmen – wie schön war sie, wenn man sie so von oben sah!

Sie rührte die Brötchen kaum an, die er hervorzog, und er redete ihr nicht zu, weil er an Pollys aufdringliche Tyrannei dachte. Im Schatten war es kühl und ruhevoll. Zitternd spielte das Licht im jungen grünen Laub und ließ sanft immer wechselnde Muster über das Moos zu ihren

Füßen gleiten, das noch voll dürrer Bucheckern lag. Die steigenden Säfte dufteten, von einem Zweig über ihren Köpfen erklang der Ruf einer Drossel.

Nach einer Weile lehnte sie sich an den Stamm des Baumes, neigte den Kopf zurück und schloß die Augen.

Ihm war, als hätte sie ihm mit dieser Entspannung das größte Lob gespendet. Mit noch tieferer Zärtlichkeit betrachtete er sie und fühlte sich beim Anblick der Nackenlinie in ihrer zarten Hilflosigkeit zu niegekanntem Mitleid hingerissen. Seine überströmende Zärtlichkeit erweckte den heißen Wunsch in ihm, sie zu beschützen. Als ihr Kopf ein wenig vom Stamm herabglitt, wagte er kaum, sie zu berühren. Aber da er dachte, sie sei eingeschlafen, hob er ganz unbewußt den Arm, um sie zu halten. Im nächsten Augenblick befreite sie sich gewaltsam, schlug ihn ein paarmal mit der geballten Faust ins Gesicht und gegen die Brust und rang hysterisch nach Luft.

»Laß mich in Ruhe! Du Rohling! Du Vieh!«

»Nora, Nora! Was hast du denn?«

Schwer atmend wich sie zurück mit bebendem, verzerrtem Gesicht. »Versuche ja nicht, mich auf diese Weise herumzukriegen. Ihr seid alle gleich. Jeder einzelne von euch!«

»Nora!« Verzweifelt redete er ihr zu. »Um Gottes willen... laß uns einmal damit ins reine kommen.«

»Womit?«

»Mit allem... warum du dich jetzt so benimmst... warum du Gilfoyle heiratest.«

»Warum sollte ich ihn nicht heiraten?« In heftig abwehrendem Ton warf sie ihm die Frage an den Kopf.

Seine Lippen waren so trocken, daß er kaum sprechen konnte. »Aber Nora, er ist ein so jämmerliches Geschöpf... Er paßt nicht zu dir.«

»Er ist so gut wie irgendein anderer. Habe ich nicht gesagt, daß ihr alle gleich seid? Ihn werde ich wenigstens im Zaum halten.«

Francis wurde auffallend blaß und starrte sie in größter Verwirrung an. Der ungläubige Ausdruck in seinen Augen verwundete sie so tief, daß sie selbst noch grausamer verwunden wollte.

»Vielleicht meinst du, daß ich dich heiraten sollte... den Ministranten mit den strahlenden Augen... den unausgebackenen Salonpriester!« Ihre Lippen verzogen sich bei den bitteren Spottworten. »Laß mich dir eins sagen: ich finde, daß du ein Witz bist... zum Schreien bist du in deiner Scheinheiligkeit. Los, schlag deine gottgesegneten Augen zum Himmel auf. Du weißt nicht, wie komisch du bist... du heiliges Vaterunser. Nicht, wenn du der letzte Mann auf Erden wärest, würde ich...« Die Luft ging ihr aus, sie begann heftig zu zittern und versuchte mühselig, wenn auch vergeblich, die Flut ihrer Tränen mit dem Handrücken aufzuhalten, um endlich, schluchzend, den Kopf an seine Brust sinken zu lassen. »O Francis, lieber Francis, es tut mir so leid! Du weißt, daß ich dich immer geliebt habe. Bring mich um, wenn du willst... es ist mir alles gleich.«

Er bemühte sich, sie zu beruhigen, indem er ungeschickt über ihr Haar strich. Dabei zitterte er genauso stark wie sie. Das Schluchzen, das sie schüttelte, ließ langsam nach. Wie ein verwundeter Vogel lag sie in seinen Armen, erschöpft, ohne sich zu rühren, und barg ihr Gesicht an seinem Rock. Dann richtete sie sich langsam auf, wandte sich ab, nahm ihr Taschentuch, fuhr über ihr verwüstetes, tränenverschmiertes Gesicht, richtete ihren Hut und sagte in müdem, unbeteiligtem Ton: »Wir gehen jetzt besser nach Hause.«

»Nora, sieh mich an!«

Aber sie hob den Blick nicht und bemerkte nur in der gleichen, seltsam eintönigen Sprechweise: »Sag, was du sagen willst.«

»Gut, Nora.« Heftig brach sein jugendliches Ungestüm aus ihm hervor. »Ich denke nicht daran, das zuzulassen. Ich merke doch, daß da etwas dahintersteckt. Aber ich werde der Sache schon auf den Grund kommen. Du wirst Gilfoyle, diesen Idioten, nicht heiraten. Ich liebe dich, Nora! Und ich werde dir beistehen.«

Es blieb mitleiderregend still.

»Lieber Francis«, sagte sie dann, und ihr Lächeln war merkwürdig leer, »wenn ich dich höre, ist mir, als hätte ich Jahrmillionen gelebt.« Und sie erhob sich, beugte sich zu ihm und küßte ihn, wie sie es schon einmal getan hatte, auf die Wange. Als sie den Hügel hinuntergingen, hatte die Drossel hoch oben im Baum zu singen aufgehört.

An diesem Abend begab Francis sich in ganz bestimmter Absicht zu dem Haus in der Nähe der Docks, in dem die Magoons wohnten. Maggie war noch auswärts mit einer Scheuerarbeit beschäftigt. Der verbannte Scanty jedoch hockte allein in der Wohnung, einem Hinterzimmer, und wob, beim Schein eines Talglichts, griesgrämig an einer Wolldecke. Die trüben Augen des Ausgestoßenen leuchteten vor Freude, als er seinen Besuch erkannte, und ihr Glanz erhöhte sich noch wesentlich, als Francis die Viertelliterflasche Schnaps herauszog, die er heimlich vom Schanktisch hatte mitgehen lassen. Rasch war eine angeschlagene Steinguttasse bei der Hand, und Scanty trank seinem Wohltäter feierlich zu.

»Ah, das ist das Wahre!« murmelte er und wischte den Mund an seinem zerrissenen Ärmel ab. »Ein Teufelszeug habe ich saufen müssen, seit Gilfoyle, dieser Geizhals, hinter dem Schanktisch steht.«

Francis zog einen hölzernen Hocker heran. Er hatte tiefe Schatten unter den Augen und sprach finster, eindringlich:

»Scanty! Was ist in der Union geschehen – mit Nora, mit Polly, mit Ned? Ich bin jetzt seit drei Tagen wieder hier und bin noch immer nicht klüger geworden. Du mußt es mir sagen!«

In Scantys Augen trat ein erschrockener Ausdruck. Er blickte von Francis auf die Flasche – von der Flasche wieder zu Francis zurück.

»Du liebe Zeit, wie soll ich das wissen?«

»Du weißt es! Ich kann es dir am Gesicht ansehen.«

»Hat denn Ned nichts gesagt?«

»Ned! Er war die ganze Zeit wie ein Taubstummer.«

»Armer, alter Ned!« Scanty stöhnte, nahm eine Herzstärkung und goß sich Whisky nach. »Gott helfe uns! Wer hätte es sich je träumen lassen. Ja, das Böse steckt in den Besten von uns.« Plötzlich erklärte er heiser und nachdrücklich: »Ich kann's dir nicht sagen, Francis, man schämt sich, wenn man daran denkt, und es hilft nichts.«

»Es wird helfen, Scanty«, drängte Francis. »Wenn ich es weiß, kann ich etwas unternehmen.«

»Du meinst wegen Gilfoyle...« Scanty legte den Kopf auf die Seite und dachte nach, dann nickte er langsam. Er nahm noch einen Schluck, um sich Kraft anzutrinken, sein verwüstetes Gesicht war merkwürdig nüchtern, sein Ton gedämpft. »Also ich werd's dir sagen, Francis, wenn du schwörst, daß du es bei dir behältst. Die Wahrheit ist... Gott erbarme sich... daß Nora ein Kind bekommen hat.«

Scanty konnte sich noch einen Schnaps genehmigen, so lange blieb es still. Francis fragte: »Wann?«

»Vor sechs Wochen. Sie ist hinunter in die Whitleybucht gefahren. Die Frau dort hat das Kind bei sich... eine Tochter... Nora kann es nicht ausstehen.«

Unbeugsam kämpfte Francis mit dem Aufruhr in seiner Brust. Er zwang sich, zu fragen: »Dann ist also Gilfoyle der Vater?«

»Dieser ausgeweidete Fisch!« Scantys Haß war stärker als seine Vorsicht. »Nein, nein, er ist derjenige, der ›bei der Hand war‹, wie er das zu nennen beliebt, um dem Kleinen einen Namen zu geben und die Union als Draufgabe zu bekommen, der Halunke! Father Fitzgerald steht hinter ihm, Francis. Es geht alles wie am Schnürchen, so wie sie die Sache gedeichselt haben. Der Trauschein liegt in der Lade, niemand ahnt etwas, und die Tochter wird später hierher gebracht, wenn man einmal länger auf Urlaub gewesen ist. Gott soll mich tot umfallen lassen, wenn sich dabei nicht einem Schwein der Magen umdreht!«

Ein eisernes Band, eine unerträgliche Beklemmung krampfte Francis' Herz zusammen. Seine Stimme drohte zu brechen. Er bemühte sich verzweifelt, ruhig weiterzusprechen.

»Ich habe nie geahnt, daß Nora in jemand verliebt war. Scanty... weißt du, wer es gewesen ist... ich meine... der Vater ihres Kindes?«

»Gott sei mein Zeuge, ich weiß es nicht!« Das Blut stieg Scanty in die Stirn, als er mit den Füßen auf den Boden schlug und wortreich beteuerte: »Ich weiß gar nichts von der ganzen Geschichte. Woher sollte ich armer Teufel es auch wissen! Und Ned weiß es auch nicht, das ist die reine Wahrheit! Ned hat mich immer gut behandelt, er ist ein feiner Mann, freigebig und aufrecht, nur manchmal nicht, zum Beispiel, wenn Polly weg war und er zu trinken begann. Nein, nein, Francis, laß dir sagen, es ist keine Hoffnung, daß man den Mann findet!«

Wieder breitete sich eisiges, langes Schweigen aus. Vor Francis' Augen schob sich ein Nebel, es war ihm todübel. Mit großer Anstrengung stand er schließlich auf.

»Ich danke dir, Scanty, daß du es mir gesagt hast.«

Er ging hinaus und taumelte die Steinstufen der Treppe hinunter. Seine Stirn, seine Handflächen waren mit kaltem Schweiß bedeckt. Ein Bild verfolgte und quälte ihn: Noras Schlafzimmer, rein, weiß und unberührt. Er fühlte keinen Haß, nur brennendes Mitleid und ein schreckliches Sichzusammenkrampfen seines Herzens. Draußen in dem schmutzigen Hof wurde ihm plötzlich übel. Er mußte sich an eine einsame Laterne lehnen und in den Rinnstein erbrechen.

Danach war ihm eiskalt, doch sein Entschluß stand noch fester als zuvor. Er schlug den Weg nach St. Dominik ein.

Die Haushälterin des Pfarrers empfing ihn mit der lautlosen Diskretion, die ein besonderes Kennzeichen des Pfarrhauses war. Nach kaum einer Minute kam sie bereits wieder leise in die halbdunkle Halle zurück, wo sie ihn verlassen hatte, und schenkte ihm zum erstenmal ein schwaches Lächeln. »Sie haben Glück, Francis. Hochwürden ist frei und erwartet Sie.«

Als Francis eintrat, erhob sich Father Fitzgerald, die Schnupftabaksdose in der Hand, mit einer Miene, die zugleich Herzlichkeit und fragende Verwunderung ausdrückte. Seine stattliche Erscheinung paßte wunderbar zu den französischen Möbeln, dem alten Betpult, den ausgesuchten Kopien früher italienischer Meister an den Wänden und der Vase mit Lilien auf dem Schreibtisch, die den geschmackvollen Raum mit ihrem Duft erfüllten.

»Nun, junger Mann, ich dachte, Sie seien im hohen Norden? Setzen Sie sich! Wie geht es allen meinen lieben Freunden in Holywell?« Er unterbrach sich, um eine Prise zu nehmen, dabei ruhte sein Auge in liebevoller Billigung auf der Krawatte in den Farben des Internats, die Francis trug. »Ich war selbst dort, bevor ich in die Heilige Stadt ging... ein prächtiger, vornehmer Aufenthaltsort. Guter alter Mac Nabb. Und Father Tarrant! Im englischen Seminar in Rom ging er mit mir in die gleiche Klasse. Das ist ein feiner Mann – der kommende Mann! Ja also, Francis.« Die Verbindlichkeit eines Hofmannes verhüllte die stechende Schärfe seines Blickes. »Was kann ich für Sie tun?«

In qualvoller Angst hielt Francis die Augen niedergeschlagen, atmete rasch und sagte: »Ich komme Noras wegen.«

Die gestammelten Worte zerrissen die heitere Ruhe des Raumes, seine Atmosphäre ausgewogenen Behagens.

»Was ist mit ihr?«

»Die Heirat mit Gilfoyle... sie möchte doch gar nicht... sie ist elend... es scheint alles so unsinnig und ungerecht... eine unnötige und schreckliche Geschichte.«

»Was wissen Sie über die schreckliche Geschichte?«

»Ja... eigentlich alles... daß es nicht ihre Schuld war.«

Ein kurzes Schweigen. Fitzgeralds wohlgeformte Stirn bewölkte sich. Dennoch betrachtete er den verzweifelten jungen Menschen mit einer Art würdevollen Mitleids.

»Mein lieber Junge, wenn Sie den geistlichen Beruf erwählen, wie ich hoffe, und dabei halb soviel Erfahrungen sammeln, wie ich sie unglückseligerweise machen mußte, werden Sie begreifen, daß es gewissen Vorkommnissen gegenüber, welche die gesellschaftliche Ordnung gefährden, eben auch ganz besonderer Heilmittel bedarf. Sie sind bestürzt über diese« – er wiederholte den Ausdruck – »schreckliche Geschichte«, wobei er den Kopf neigte. »Ich bin es nicht. Ich habe sie sogar vorausgesehen. Ich kenne und verabscheue den Handel mit Whisky wegen der Wirkung dieses Getränks auf die groben und dummen Tölpel, aus denen sich diese Gemeinde zusammensetzt. Sie und ich, wir können uns hinsetzen und geruhsam wie Gentlemen unsern Lacrimae Christi trinken. Mit Herrn Edward Bannon ist das etwas anderes. Genug! Ich stelle keine Behauptungen auf. Ich sage lediglich, das Problem, dem wir uns gegenübersehen, steht unglücklicherweise nicht vereinzelt da – das werden alle bestätigen, die lange, unerquickliche Stunden im Beichtstuhl verbringen.« Fitzgerald unterbrach sich, um erneut, mit eleganter Handbewegung, eine Prise zu nehmen. »Was sollen wir tun? Ich will es Ihnen sagen. Erstens das Kind legitimieren und taufen. Zweitens die Mutter wenn möglich verheiraten, und zwar mit einem so anständigen Mann, als man für sie finden kann. Ordnung muß gemacht werden, Ordnung, damit ein gutes katholisches Heim aus diesem Durcheinander entsteht. Die losen Enden müssen wieder in den gesunden Stoff unserer Gesellschaft verwoben werden. Glauben Sie mir, Nora Bannon kann sich glücklich schätzen, Gilfoyle zu bekommen. Er ist nicht gerade ein Licht, aber er ist verläßlich. In ein paar Jahren werden Sie sehen, wie sie mit Mann und Kindern zur Messe kommt – als glückliche Frau.«

»O nein.« Francis' zusammengepreßten Lippen entschlüpfte der Ausruf. »Sie wird niemals glücklich, sondern nur gebrochen und elend sein.«

Fitzgeralds Kopf hob sich ein wenig höher. »Ist Glück das Endziel unseres irdischen Lebens?«

»Sie wird etwas Verzweifeltes tun. Man kann Nora nicht zwingen. Ich kenne sie, besser als Sie.«

»Sie scheinen sie sehr gut zu kennen.« Fitzgerald lächelte mit vernichtender Liebenswürdigkeit. »Ich hoffe, Sie selbst haben kein physisches Interesse an der Dame.«

Ein dunkles Rot stieg in Francis' Wangen. Er sagte leise: »Ich habe Nora sehr gern. Aber nichts an meiner Liebe würde die Stunden in Ihrem Beichtstuhl noch unerquicklicher machen. Ich bitte Sie«, verzweifeltes Flehen klang aus den leisen Worten, »zwingen Sie sie nicht zu dieser Heirat. Sie ist nicht aus gewöhnlichem Stoff – sie ist ein heiterer, lieblicher Geist. Sie können ihr nicht ein Kind und einen Mann aufbürden, bloß weil sie – in ihrer Unschuld –«

Fitzgerald fuhr auf. Krachend warf er die Schnupftabaksdose auf den Tisch.

»Halten Sie mir keine Predigt, junger Mann!«

»Entschuldigen Sie, Hochwürden, ich weiß nicht mehr, was ich sage. Ich wollte Sie nur bitten, von Ihrer Macht Gebrauch zu machen.« Francis sammelte seine schwindenden Kräfte zu einer letzten Anstrengung. »Geben Sie ihr wenigstens noch etwas Zeit.«

»Nun ist es genug, Francis!«

Der Pfarrer, der zu sehr Herr seiner selbst und anderer war, um sich hinreißen zu lassen und seinen Gleichmut länger als wenige Augenblicke zu verlieren, erhob sich rasch und blickte auf seine flache goldene Uhr. »Ich habe um acht eine Bruderschaftssitzung – Sie müssen mich entschuldigen.« Vorwurfsvoll klopfte er Francis, der ebenfalls aufgestanden war, auf den Rücken. »Mein lieber Junge, Sie sind noch sehr unreif, oder wenn ich so sagen darf, etwas unklug. Gottlob haben Sie eine weise alte Mutter an unserer heiligen Kirche. Rennen Sie nicht mit dem Kopf gegen die Wand, Francis. Sie steht seit Generationen – und es haben Stärkere daran gerüttelt als Sie. Lassen wir das – ich weiß, Sie sind ein gutes Kind. Kommen Sie einmal zu mir, wenn die Hochzeit vorbei ist, damit wir uns über Holywell unterhalten können. Bis dahin – wollen Sie als bloße Buße für Ihre Grobheit ein Salve Regina für mich beten?«

Kurzes Schweigen. Es war alles umsonst, ganz umsonst. »Ja, Hochwürden.«

»Dann gute Nacht, mein Sohn... und Gott segne Sie!«

Die Nachtluft war rauh und kalt. Francis schleppte sich völlig vernichtet vom Pfarrhaus weg, erdrückt von der Machtlosigkeit seiner Jugend. Dumpf hallten seine Tritte auf dem gepflasterten Weg. Als er an den Stufen der Kapelle vorüberging, schloß der Sakristan eben die Seitenpforten. Der letzte Schimmer von Licht erlosch. Francis stand barhäuptig in der Dunkelheit, seine Augen hingen an den gespenstischen Fensterhöhlen des Kirchenschiffes. In äußerster Verzweiflung schluchzte er auf: »O Gott! Tu, was für uns alle das Beste ist.«

Der Hochzeitstag nahte, Francis verzehrte sich in tödlicher fieberhafter Erregung, die ihm den Schlaf raubte, die Atmosphäre der Gaststätte aber hatte sich unmerklich beruhigt wie ein stehendes Gewässer. Nora war still, Polly von unbestimmter Hoffnung erfüllt; und obwohl Ned sich immer noch in seine Einsamkeit verkroch, hatte sich die Angst und

Verwirrung in seinem Blick gemildert. Die Feierlichkeit sollte natürlich in kleinstem Kreis stattfinden. Keinerlei Zurückhaltung aber mußte man sich auferlegen, was die Ausstattung, die Mitgift und die sorgfältige Vorbereitung der Hochzeitsreise nach Killarney betraf. Überall im Hause lagen Kleider und teure Stoffe herum. Den Mund voll Stecknadeln, den Geist von barmherzigen Nebeln umhüllt, flehte Polly um eine neue »Anprobe«, während sie sich zwischen Ballen von Tuch und Leinen durchwand.

Geschniegelt und geputzt sah Gilfoyle sich das alles an, rauchte die besten Zigarren der Union und hielt gelegentlich mit Ned eine Beratung über finanzielle Fragen ab. Ein Vertrag über die Teilhaberschaft wurde aufgesetzt und unterschrieben, dann wurde lang und breit über einen Anbau gesprochen, in dem das junge Paar wohnen sollte. Schon lungerte Thads zahlreiche arme Verwandtschaft im Hause herum und machte kriecherisch, aber bestimmt ihre Rechte geltend. Frau Neily, seine verheiratete Schwester, und ihre Tochter Charlotte waren die schlimmsten.

Nora sagte nicht viel. Einmal, als sie Francis im Gang traf, blieb sie stehen.

»Du weißt es jetzt... nicht wahr?«

Das Herz wollte ihm brechen, er wagte nicht, ihr in die Augen zu sehen.

»Ja, ich weiß es.«

Eine atemraubende Stille entstand. Er vermochte die Qual seines Innern nicht länger zu ertragen. Tränen stiegen ihm in die Augen wie einem kleinen Jungen, und er stieß unzusammenhängend hervor: »Nora... Wir dürfen nicht zulassen, daß es geschieht. Wenn du wüßtest, wie ich mit dir gelitten habe... ich könnte für dich sorgen... für dich arbeiten. Nora... geh mit mir fort.«

Sie betrachtete ihn mit ihrer sonderbaren, mitleidsvollen Zärtlichkeit. »Wohin sollten wir gehen?«

»Irgendwohin.« Er sprach heftig, seine Wangen schimmerten feucht vor Tränen.

Nora antwortete nicht. Wortlos drückte sie ihm die Hand und ging dann rasch weiter. Ein neues Kleid mußte probiert werden.

Am Tag vor der Hochzeit wurde sie ein wenig zugänglicher und verlor etwas von der steinernen Ruhe, mit der sie alles über sich hatte ergehen lassen. Während sie eine der vielen Tassen Tee in der Hand hielt, die ihr Polly aufdrängte, erklärte sie plötzlich: »Ich glaube, ich möchte heute in die Whitleybucht fahren.«

»In die Whitleybucht?« wiederholte Polly erstaunt – und fügte gleich beruhigend hinzu: »Ich werde mit dir fahren.«

»Das ist nicht nötig!« Nora schwieg einen Augenblick und rührte ruhig in ihrer Tasse. »Aber natürlich, wenn du möchtest...«

»Ja, mein Liebes, ich möchte gern!«

Eine gewisse Unbeschwertheit war in Noras Gehaben zurückgekehrt – als töne aus ihrem Wesen ein Nachhall jener alten mutwilligen Fröhlichkeit wie ein wenig Musik – das beruhigte Polly, und sie sah dem Ausflug ohne Sorge entgegen. Sie hatte die zwar unklare, doch befriedigende Vorstellung, daß Nora sich »eines Besseren besinne«. Sie trank ihren Tee aus und erzählte von dem herrlichen Killarneysee, den sie einmal als Mädchen besucht hatte. Die Bootsleute dort waren besonders lustig gewesen.

Die beiden Frauen zogen sich nach dem Essen für ihren Ausflug um und gingen zur Bahn. Francis stand am Fenster, und Nora blickte zu ihm hinauf, bevor sie um die Ecke bog. Einen Augenblick hatte es den Anschein, als wollte sie innehalten. Sie lächelte ernst und winkte. Dann war sie verschwunden.

Die Nachricht von dem Unfall traf vor Tante Polly ein, die mit einem Nervenschock im Wagen nach Hause gebracht wurde. In der ganzen Stadt gab es ein gewaltiges Aufsehen. Der bloßen Ungeschicklichkeit einer jungen Frau, zwischen Bahnsteig und fahrenden Zug zu geraten, hätten die Leute niemals soviel Interesse entgegengebracht. Aber daß sie gerade den Tag vor ihrer Hochzeit dazu gewählt hatte, gab der Sache besonderen Reiz. Rings um die Docks liefen die Frauen aus den Häusern, ein Tuch umgeworfen, die Arme in die Hüften gestemmt, standen sie in Gruppen beisammen. Man gab schließlich den neuen Schuhen des Opfers die Schuld an der Tragödie. Ungeheure Anteilnahme wurde Thaddeus Gilfoyle entgegengebracht, der ganzen Familie und allen jungen Frauen, die im Begriff standen, zu heiraten und gezwungen waren, die Eisenbahn zu benutzen. Man sprach von einer feierlichen Beisetzung – unter Mitwirkung der Bruderschaftscapelle – der zermalmten Überreste.

Ohne zu wissen wie, war Francis in dieser Nacht in die St. Dominikskirche geraten, die völlig verlassen lag. Sein schmerzerfüllter Blick blieb an dem flackernden Schein des Ewigen Lichtes haften, wie an einem schwachen Leuchtfeuer. Kalt und steif lag er auf den Knien und fühlte, wie sich die Arme seines Schicksals unbarmherzig um ihn schlossen. Niemals noch hatte er einen Augenblick solcher Verzweiflung, solcher Verlassenheit erlebt. Er konnte nicht weinen. Seine bleichen, kraftlosen Lippen vermochten keine Gebete zu sprechen. Aber aus seiner gemarterten Seele stieg das Opfer schmerzlicher Gedanken empor. Erst seine Eltern, und jetzt Nora. Er konnte nicht länger verkennen, welchen Auftrag der Himmel ihm damit gab. Er würde fortgehen... er mußte es... zu Father Mac Nabb... nach San Morales. Sein Leben gehörte Gott, er mußte Priester werden.

6

In den Ostertagen des Jahres 1892 ereignete sich im englischen Seminar von San Morales ein Vorfall, der Schrecken und allgemeine Aufregung verursachte. Ein Student, ein Subdiakon, war für vier ganze Tage verschwunden.

Seit man das Seminar vor fünfzig Jahren hier im Hochland von Aragonien gegründet hatte, war es natürlich schon mehrfach Zeuge von Auflehnung gewesen. Studenten hatten etwa eine Stunde lang gemeutert, sich zur Posada jenseits der Mauern geschlichen und dort in aller Eile ihr Gewissen und ihre Verdauung mit langen Cigarros und dem ortsüblichen Aguardiente in Unordnung gebracht. Ein- oder zweimal war es nötig gewesen, einen schwankenden Meuterer an den Ohren aus den schmutzigen Salons der Via Amorosa zu ziehen. Daß aber ein Student am hellichten Tag durch die offene Pforte schritt und eine halbe Woche später durch die gleiche Pforte bei noch hellerem Tageslicht wieder hereinhinkte, staubig, unrasiert, völlig aufgelöst, offensichtlich nach schrecklichen Ausschweifungen – das war noch nicht dagewesen. Und daß er dann als einzige Entschuldigung hervorbrachte: »Ich habe mir Bewegung gemacht!« sich auf sein Bett warf und zwölf volle Stunden schlief – das war Apostasie.

Scheu flüsternd besprachen die Studenten in der Pause den Fall. In kleinen Gruppen standen dunkle Gestalten beisammen auf den sonnigen Abhängen, inmitten der mit Kupfervitriol bespritzten leuchtend grünen Weinstöcke. Weiter unten hob sich das Seminar in seinem blendenden Weiß von dem blaßrosa Boden ab.

Alle waren sich darüber einig, daß man Chisholm ausschließen würde.

Die Untersuchungskommission war unverzüglich gebildet worden. Wie immer, wenn es sich um ein schweres Disziplinarvergehen handelte, bestand sie aus dem Rektor, dem Spiritual, dem Novizenmeister und dem Oberseminaristen. Das Tribunal hatte vorher einige Diskussionen, eröffnete aber dann das Verfahren im theologischen Atrium gleich am Tag nach der Rückkehr des Abtrünnigen.

Draußen blies der Solano. Die reifen, schwarzen Oliven fielen von den dolchblättrigen Bäumen und zersprangen in der Sonne. Aus dem Orangenhain drang der Duft der Blüten herüber in das Krankenzimmer. Die ausgedörrte Erde knisterte vor Hitze. Francis betrat das weiße, säulengetragene Atrium, dessen polierte Bänke jetzt leer, kühl und dunkel waren. Er sah ganz ruhig aus. Die schwarze Soutane aus Alpaka ließ deutlich erkennen, wie schmal er war. Das kurzgeschnittene Haar mit der Tonsur hob die Wirkung der vorspringenden Backenknochen, der dunklen Augen und der eigenartigen Zurückhaltung noch mehr hervor. Auch die Hände waren seltsam ruhig.

Auf der Tribüne, die sonst den Rednern vorbehalten war, standen vier Pulte, an denen bereits Father Tarrant, Monsignore Mac Nabb, Father Gomez und Diakon Mealey Platz genommen hatten. Francis merkte eine Mischung von Mißfallen und Besorgnis in den Blicken, die nun auf ihm ruhten und ließ den Kopf hängen, während der Novizenmeister Gomez rasch die Anklage herunterlas.

Nach einer kurzen Pause ergriff Father Tarrant das Wort.

»Was haben Sie als Erklärung vorzubringen?«

Trotz seiner Ruhe errötete Francis nun plötzlich. Er blickte nicht auf.

»Ich machte eine Wanderung!« Die Worte klangen lahm und schwach.

»Darüber kann kein Zweifel sein. Wir gebrauchen unsere Beine, ob unsere Absichten gut oder schlecht sind. Waren – abgesehen von dem eindeutigen Vergehen, das Seminar ohne Erlaubnis verlassen zu haben – auch Ihre Absichten schlecht?«

»Nein.«

»Haben Sie während Ihrer Abwesenheit sich dem Trunk ergeben?«

»Nein.«

»Haben Sie den Stierkampf, den Jahrmarkt oder das Kasino besucht?«

»Nein.«

»Haben Sie sich mit Frauen von schlechtem Ruf eingelassen?«

»Nein.«

»Was haben Sie denn getan?«

Wieder eine Pause, dann kam undeutlich, halb gemurmelt, die Antwort.

»Ich habe es bereits gesagt. Sie können es nur nicht verstehen. Ich... bin gewandert!«

Father Tarrant lächelte säuerlich. »Wollen Sie uns weismachen, daß Sie die ganzen vier Tage damit verbracht haben, unablässig durch die Gegend zu wandern?«

»Ja... mehr oder minder schon.«

»Wohin sind Sie schließlich dabei geraten?«

»Ich – ich kam nach Cossa!«

»Cossa! Aber das ist fünfzig Meilen weit weg!«

»Ja, so weit ist es wohl.«

»Waren Sie zu einem bestimmten Zweck dort?«

»Nein.«

Father Tarrant biß sich auf die dünnen Lippen. Verstocktheit solcher Art konnte er nicht ertragen. Ein wildes Verlangen nach der Streckfolter, dem spanischen Stiefel, dem Rad durchzuckte ihn plötzlich. Kein Wunder, daß die Leute im Mittelalter zu solchen Instrumenten Zuflucht genommen hatten. Unter gewissen Umständen waren sie völlig gerechtfertigt.

»Ich glaube, Sie lügen, Chisholm.«

»Warum sollte ich lügen – Sie anlügen?«

Ein unterdrückter Ausruf von Diakon Mealey. Seine Anwesenheit war eine reine Formsache. Er, der Oberseminarist, saß als Symbol hier, sollte nicht mehr sein als der offizielle Vertreter der Studentenschaft. Und doch konnte er sich nicht enthalten zu flehen:

»Francis, bitte! Um aller Studenten willen... um unser aller willen, die dich lieben... ich bitte... ich beschwöre dich, gestehe alles ein!«

Da Francis sein Schweigen nicht brach, beugte Father Gomez, der junge spanische Novizenmeister, sich zu Father Tarrant hinüber und flüsterte: »Aus der Stadt habe ich kein Beweismaterial... nicht das geringste. Aber wir könnten dem Pfarrer von Cossa schreiben.«

Tarrant blickte den schlauen Spanier an.

»Ja, das ist ein Gedanke.«

Der Rektor nutzte die Pause. Er war älter geworden und auch bedächtiger als in Holywell. Er beugte sich vor und sprach langsam und freundlich.

»Du mußt dir darüber klar sein, Francis, daß eine Erklärung so allgemeiner Art unter diesen Umständen kaum genügt. Es ist eine ernste Sache, wenn man davonläuft – nicht nur, weil du die Regeln des Seminars mißachtet hast – weil du ungehorsam warst – sondern wegen der Beweggründe, die dich dazu veranlaßt haben. Sag mir, bist du nicht glücklich hier?«

»Doch, ich bin glücklich.«

»Gut! Und du hast keinen Grund, an deiner Berufung zu zweifeln?«

»Nein! Ich möchte mehr denn je versuchen, in der Welt Gutes zu tun.«

»Das ist eine große Freude für mich. Du willst also nicht fortgeschickt werden?«

»Nein.«

»Dann sage uns mit deinen eigenen Worten, wie es zu – zu deinem bemerkenswerten Abenteuer kam.«

Als er so ruhig ermutigt wurde, hob Francis den Kopf. Sichtlich gab er sich die größte Mühe, aber sein Ausdruck war verwirrt, sein Blick in weite Ferne gerichtet.

»Ich ... ich war gerade in der Kapelle. Aber ich konnte nicht beten, irgendwie konnte ich mich nicht sammeln. Ich war so ruhelos. Der Solano blies – und der heiße Wind machte mich offenbar noch ruheloser. Der gewohnte Gang des Lebens im Seminar schien mir plötzlich kleinlich und quälend. Auf einmal sah ich draußen vor den Gittern die Straße, weiß und weich vor Staub. Ich konnte nicht anders. Ich war mit einemmal auf der Straße und wanderte. Ich wanderte die ganze Nacht, Meile um Meile. Ich wanderte –«

»Den ganzen nächsten Tag«, warf Father Tarrant mit beißender Ironie ein, »und den übernächsten auch noch!«

»Ja, das tat ich.«

»In meinem ganzen Leben habe ich noch nie so viel Unsinn auf einmal gehört. Es ist eine Beleidigung für den Verstand der Kommissionsmitglieder.«

Der Rektor richtete sich plötzlich kerzengerade in seinem Sessel auf und sagte ernst und entschlossen:

»Ich schlage vor, die Sitzung zu vertagen.« Die beiden Priester sahen ihn überrascht an, aber er hatte sich schon mit aller Entschiedenheit zu

Francis gewendet: »Du kannst vorläufig gehen. Wenn wir es für notwendig halten, werden wir dich noch einmal rufen.«

Tödliches Schweigen herrschte, als Francis den Raum verließ. Jetzt erst wandte der Rektor sich zu den andern. »So kann man nicht mit ihm umspringen«, erklärte er kalt, »das tut nicht gut. Wir müssen behutsam vorgehen. Da steckt mehr dahinter, als es den Anschein hat.«

Father Tarrant traf diese Einmischung empfindlich. Gereizt erwiderte er: »Es ist der Höhepunkt seiner Widersetzlichkeit, sonst nichts.«

»Davon kann keine Rede sein«, widersprach der Rektor. »Seit er hierher kam, war er immer eifrig und ausdauernd. Steht irgend etwas Belastendes in den Berichten über ihn, Father Gomez?«

Gomez wandte die Blätter um, die vor ihm auf dem Pult lagen.

»Nein.« Er las langsam aus den Papieren vor. »Einige etwas derbe Späße. Vorigen Winter zündete er die englische Zeitung an, während Father Despard sie gerade las. Nach dem Grund befragt, lachte er und sagte ›Der Teufel findet immer Arbeit für müßige Hände!‹«

»Das ist völlig bedeutungslos«, sagte der Rektor scharf. »Wir wissen alle, daß Father Despard jede Zeitung mit Beschlag belegt, die in dieses Seminar kommt.«

Father Gomez fuhr fort: »Als die Reihe an ihm war, im Refektorium laut vorzulesen, ersetzte er ›Das Leben des hl. Petrus von Alcantara‹ durch ein Traktätchen mit dem Titel ›Als Eva den Zucker stahl‹, das er hereingeschmuggelt hatte. Damit rief er – bis man ihn unterbrach – viel unziemliche Heiterkeit hervor.«

»Harmloser Unfug.«

»Weiter...«, Gomez blätterte um. »... fand der heitere Umzug der Studenten statt, bei dem die Sakramente dargestellt wurden – Sie werden sich noch erinnern, der eine, als Säugling verkleidet, verkörperte die Taufe, zwei andere stellten den Ehestand dar, und so fort – alles natürlich mit unserer Erlaubnis. Aber«, zweifelnd warf Gomez Tarrant einen raschen Blick zu, »auf den Rücken des Leichnams, der als Darstellung der Letzten Ölung hereingetragen wurde, hatte Chisholm einen Zettel geheftet:

Für Father Tarrant, der hier ruht,
Hab' ich signiert mit frohem Mut
Die hohe Ladung fürs Gericht,
wenn je –«

»Genug!« Tarrant unterbrach in schneidendem Ton. »Wir haben uns um andere Dinge zu bekümmern, als um solche albernen Schmähschriften.«

Der Rektor nickte. »Albern, ja. Aber nicht bösartig. Ich habe es gern, wenn ein junger Mann dem Leben ein wenig Spaß abgewinnt. Wir können uns nicht der Tatsache verschließen, daß Chisholm ein ungewöhnlicher Mensch ist – ein sehr ungewöhnlicher Mensch. Er hat Tiefe und Leidenschaft. Er ist empfindsam und neigt zu Anfällen von Melancholie. Das verbirgt er hinter diesen ausgelassenen Späßen. Sehen Sie, er ist eine Kämpfernatur, er wird nie nachgeben. Er ist eine seltsame Mischung von kindlicher Einfachheit und unbeirrbarem logischem Draufgängertum. Vor allem aber ist er ein ausgesprochener Individualist!«

»Individualismus ist eine eher gefährliche Eigenschaft für einen Theologen.« Tarrant machte einen seiner ätzenden Einwürfe. »Er bescherte uns die Reformation.«

»Und der Reformation verdanken wir eine besser funktionierende katholische Kirche.« Der Rektor lächelte sanft zur Decke hinauf. »Aber wir wollen beim Thema bleiben. Ich leugne nicht, daß ein grober Verstoß gegen die Disziplin vorliegt. Er muß bestraft werden. Aber die Bestrafung darf nicht übereilt erfolgen. Ich kann einen Studenten von Chisholms Fähigkeiten nicht ausschließen, bevor ich nicht ganz sicher weiß, daß er diesen Ausschluß verdient hat. Darum möchte ich noch einige Tage zuwarten.« Er stand auf und sagte ganz unschuldig: »Ich bin sicher, daß Sie alle meiner Meinung sind.«

Als die drei Priester das Podium verließen, gingen Gomez und Tarrant gemeinsam hinaus.

Die dunkle Drohung einer bloß aufgeschobenen Verurteilung schwebte in den nächsten beiden Tagen über dem unglückseligen Francis. Man hatte ihm keinerlei Einschränkungen auferlegt. Er konnte scheinbar ohne Acht und Bann seinen Studien nachgehen. Aber wo immer er war – in der Bibliothek, im Refektorium, im Aufenthaltsraum – stets senkte sich unnatürliches Schweigen auf seine Kameraden, und dann folgte rasch ein übertrieben unbefangenes Gespräch, von dem sich niemand täuschen ließ. Das Bewußtsein, im Mittelpunkt der allgemeinen Aufmerksamkeit zu stehen, verlieh Francis ein schuldbewußtes Aussehen. Hudson, sein Kamerad aus Holywell, verfolgte ihn mit

Freundlichkeiten und besorgter Miene. Anselm Mealey stand an der Spitze einer anderen Partei, die sich offensichtlich tief gekränkt fühlte. In der Pause berieten sie miteinander und näherten sich dann der einsamen Gestalt. Mealey war der Wortführer.

»Wir möchten niemand stoßen, der am Boden liegt, Francis. Aber das geht uns alle an. Es ist ein Makel am Körper der ganzen Studentenschaft. Wir haben das Gefühl, es wäre wesentlich anständiger und männlicher, wenn du dich aussprechen und frei zu allem bekennen würdest.«

»Wozu soll ich mich bekennen?«

Mealey zuckte die Achseln. Alles schwieg. Was blieb für ihn noch zu tun? Als er sich mit den andern abwandte, sagte er:

»Wir haben beschlossen, für dich eine Novene zu halten. Es geht mir näher als den andern. Ich habe immer gedacht, daß du mein bester Freund bist.«

Francis fiel es immer schwerer, so zu tun, als führe er weiter sein normales Leben. Hatte er begonnen, im Gelände des Seminars herumzuwandern, so ließ ihn der Gedanke plötzlich mit einem Ruck stehenbleiben, daß eine Wanderung ja sein Verderben gewesen war. Er trieb sich ziellos herum und merkte, daß er für Tarrant und die anderen Lehrer aufgehört hatte zu existieren. Bei den Vorlesungen entdeckte er, daß er nicht imstande war aufzupassen. Die Vorladung zum Rektor, auf die er halb und halb gehofft hatte, traf nicht ein.

Er fühlte den Druck, der auf ihm lastete, stärker und stärker werden. Er konnte sich selbst nicht mehr begreifen und empfand sich als ein sinnloses Rätsel. Hatten nicht alle recht gehabt, die ihm voraussagten, er sei nicht berufen? Er zerbrach sich den Kopf darüber und stellte sich in wilden Phantasien vor, wie er als Laienbruder an eine ferne und gefährliche Missionsstation ging. Er begann, die Kirche häufiger zu besuchen, aber nur insgeheim. Vor allem kam es darauf an, seiner kleinen Welt gegenüber Haltung zu bewahren.

Am Morgen des dritten Tages, an einem Mittwoch, erhielt Father Gomez den Brief. Empört, zugleich aber hoch befriedigt, daß sein Einfall sich als so nützlich erwiesen hatte, lief er in das Arbeitszimmer des Spirituals. Während Father Tarrant den Brief las, stand er da wie ein intelligenter Hund, der nun erwartet, mit einem freundlichen Wort belohnt zu werden.

Mi Amigo,

in Beantwortung Ihres werten Schreibens vom Weißen Sonntag bedaure ich tief, Ihnen mitteilen zu müssen, daß meine Nachforschungen zu dem Ergebnis führten, daß ein Seminarist, genau wie Sie ihn nach Haltung, Größe und Haarfarbe beschrieben, am 14. April in Cossa gesehen wurde. Man hat beobachtet, wie er spätabends das Haus einer gewissen Rosa Oyarzabal betrat und es am nächsten Morgen in aller Frühe wieder verließ. Die erwähnte Frau lebt allein, hat einen allgemeinen schlechten Ruf und ist seit sieben Jahren nicht bei der Kommunion gewesen.

Ich empfehle mich Ihnen, lieber Padre, als Ihr ergebener Bruder in Jesu Christo

Salvador Bolas P. P. Cossa

Gomez erkundigte sich leise: »Sind Sie nicht auch der Meinung, daß es eine gute Strategie war?«

»Ja, ja!« Tarrant sah aus wie das leibhaftige Donnerwetter und schob den Spanier achtlos beiseite. Den Brief in Händen haltend, als könnte dieser ihn beschmutzen, eilte er zum Zimmer des Rektors am Ende des Ganges. Doch der Rektor las eben Messe und war vor Ablauf einer halben Stunde nicht zu sprechen.

Father Tarrant jedoch konnte nicht warten. In Windeseile überquerte er den Hof und stürmte, ohne anzuklopfen, in Francis' Zimmer. Es war leer.

Offenbar war auch Francis in der Messe, sagte sich der Spiritual, dem die Wut zu schaffen machte wie die Kandare einem unbändigen Pferd. Unvermittelt nahm er Platz und zwang sich zu warten, wobei die schmächtige dunkle Gestalt den Eindruck erweckte, als wäre sie elektrisch geladen.

Die Zelle war noch kahler als andere ihresgleichen. Ihre Einrichtung bestand aus einem Bett, einem Kasten, einem Tisch und dem Stuhl, auf dem er saß. Auf dem niederen Kasten stand eine einzige verblichene Fotografie, eine eckige Frauensperson mit einem schrecklichen Hut, die ein kleines weißgekleidetes Mädchen an der Hand hielt: »In Liebe von Tante Polly und Nora.«

Tarrant unterdrückte ein Lächeln. Er verzog bloß spöttisch den

Mund, als er das einzige Bild an der weißgetünchten Wand entdeckte, eine kleine Reproduktion der Sixtinischen Madonna, der reinen Jungfrau.

Plötzlich sah er auf dem Tisch ein offenes Notizbuch liegen: ein Tagebuch. Wieder fuhr er auf wie ein nervöses Pferd, seine Nasenflügel zuckten, in seinen Augen glühte es dunkel. Einen Augenblick noch blieb er sitzen und kämpfte mit seinen Skrupeln, dann stand er auf und näherte sich langsam dem Buch. Er war ein Gentleman. Er fand es abstoßend, wie ein gewöhnliches Dienstmädchen eines andern Privatangelegenheiten zu durchschnüffeln. Aber diesmal gebot es die Pflicht. Wer konnte ahnen, was in diesen Aufzeichnungen noch an Missetaten verborgen war? Sein Gesicht trug den Ausdruck unbeugsamer Strenge, als er das Büchlein aufnahm.

»... war es der hl. Antonius, der von seinem ›unvernünftigen, widersetzlichen und verkehrten Verhalten‹ sprach? In der tiefsten Mutlosigkeit, die mich je befiel, muß ich mich allein mit diesem Gedanken trösten! Wenn sie mich von hier fortschicken, ist mein Leben zerbrochen. Ich habe einen elenden, schwierigen Charakter, ich kann nicht einfach denken, wie die andern, ich kann mich nicht daran gewöhnen, mit dem Rudel zu laufen. Aber aus ganzer Seele wünsche ich mir, für Gott arbeiten zu dürfen. In unseres Vaters Hause sind viele Wohnungen! Es gab Platz für so verschiedene Wesen wie Jeanne d'Arc und... etwa den seligen Benedikt Labre, der sogar die Läuse über sich hinlaufen ließ. Gewiß wird es auch Platz für mich geben!

Sie wollen eine Erklärung von mir. Wie kann man ein Nichts erklären – oder etwas so Selbstverständliches, daß es schon beschämend ist? Franz von Sales sagte: ›Eher will ich zu Staub zermahlen werden, als eine Regel brechen.‹ Aber als ich aus dem Seminar hinauswanderte, dachte ich nicht an Regeln oder daran, sie zu brechen. Zu manchen Dingen werden wir unbewußt getrieben.

Es ist eine Hilfe für mich, das alles niederzuschreiben, es verleiht meiner Übertretung den Anschein der Vernunft.

Wochen hindurch habe ich schlecht geschlafen und mich in diesen heißen Nächten in fieberhafter Unruhe hin und her geworfen. Vielleicht fällt es mir schwerer, hier zu sein als den andern – zumindest nach der umfangreichen Literatur zu schließen, die den Weg zur Priesterschaft als eine Stufenfolge süßer, ungetrübter Freude beschreibt. Wenn unsere teuren Laien nur wüßten, wie man zu kämpfen hat!

Das Eingesperrtsein, die körperliche Untätigkeit bereitet mir hier die größte Schwierigkeit – was wäre ich für ein schlechter Mystiker! – und sie wird noch erhöht durch den Widerhall verirrter Klänge, die aus der Außenwelt hereindringen. Dann wird mir klar, daß ich dreiundzwanzig bin und noch nichts getan habe, um auch nur einem Menschenkind zu helfen, und dann fiebere ich vor Unruhe.

Willi Tullochs Briefe sind – um mit Father Gomez zu reden – die verderblichsten Reizmittel. Willi ist jetzt fertiger Doktor, seine Schwester Hanna ausgebildete Krankenpflegerin, und beide arbeiten für die Armenbehörde in Tynecastle. Sie haben ihre helle Freude an vielen spannenden Abenteuern in den Elendsvierteln (wenn auch das Ungeziefer dabei eine Rolle spielt), und mich überkommt bei ihren Berichten immer das Gefühl, ich müßte auch draußen sein und mitkämpfen.

Das werde ich natürlich eines Tages ... ich muß nur Geduld haben. Aber was ich von Ned und Polly höre, verstärkt noch den Aufruhr, in dem ich mich jetzt befinde. Ich war glücklich, als sie sich entschlossen, aus dem Stockwerk über der Gastwirtschaft fortzuziehen und mit dem Kind Judy in einer kleinen Wohnung zu leben, die Polly in Clermont, am Rande der Stadt, gemietet hatte. Aber Ned war krank, mit Judy haben sie ihre liebe Not, und Gilfoyle, dem die Führung der Wirtschaft anvertraut wurde, ist ein höchst unerfreulicher Teilhaber. Jetzt ist Ned völlig verstört, weigert sich auszugehen und will niemand sehen. Ein Augenblick blinder, unausdenkbarer Dummheit hat ihn zugrunde gerichtet. Ein schlechterer Mensch hätte es überlebt.

Auf den verschlungenen Wegen unseres Daseins bedarf es manchmal eines großen Glaubens. Liebe Nora! Hinter dieser zärtlichen Banalität verbergen sich tausend verschiedene Gedanken und Gefühle. Als Father Tarrant mit uns über die zu übende Abwehr sprach – agendo contra – sagte er sehr einsichtsvoll: ›Manche Versuchungen kann man nicht bekämpfen – man muß ihnen seine Seele verschließen und vor ihnen fliehen!‹ Mein Ausflug nach Cossa muß wohl diese Art von Flucht sein.

Obwohl ich rasch ausschritt, hatte ich zunächst nicht die Absicht, weit zu gehen, als ich die Pforten des Seminars hinter mir ließ. Aber die Erleichterung, das Gefühl, mir selbst zu entrinnen, das mir die heftige körperliche Anstrengung gab, trieb mich vorwärts. Ich schwitzte prachtvoll, wie ein Bauer auf dem Feld – rinnenden, salzigen Schweiß, der von allem menschlichen Schmutz zu reinigen scheint. Mein Geist fühlte sich erhoben, mein Herz begann zu jubeln. Ich wollte weiter, immer weiter laufen, bis ich vor Müdigkeit umfiel!

Ich ging den ganzen Tag, ohne zu essen oder zu trinken. Ich legte eine große Strecke zurück, denn als es Abend wurde, spürte ich die Nähe des Meeres. Und als die Sterne in dem blassen Himmel aufleuchteten, kam ich über die Düne und sah Cossa zu meinen Füßen liegen. Das Dorf lag in einer geschützten Bucht, leise plätscherten die Wellen an den Strand, blühende Akazien säumten die einzige Straße. Der Anblick war von fast himmlischer Schönheit. Ich war todmüde, und an der Ferse hatte ich eine riesige Blase. Aber als ich den Hügel herunterkam, umfing mich die wohltuende Ruhe des Ortes.

Auf dem kleinen Platz genossen die Dörfler die kühle, nach Akazien duftende Luft, die Lampen des kleinen Gasthauses leuchteten in der Dämmerung. Dort, neben der offenen Tür, standen zwei einfache Bänke, und davor spielten in dem sanften Schein einige alte Männer mit Holzkugeln Boccia. Vom Wasser her klang das Quaken der Frösche. Kinder lachten und spielten herum. Es war ein unbeschwertes und schönes Bild. Obwohl ich nicht eine Peseta in der Tasche hatte, setzte ich mich auf eine der Bänke neben der Tür nieder. Wie gut tat die Ruhe. Ich war zum Umfallen müde. Da erklang aus dem stillen Dunkel zwischen den Bäumen der Ton katalanischer Flöten, nicht laut – sanft wie die Nacht. Wer diese Rohrpfeifen noch nie gehört hat, noch nie die süßen ländlichen Melodien, der kann das Glück dieses Augenblicks nicht voll verstehen. Ich war entzückt, es mag sein, daß mir als Schotten der Klang der Pfeifen im Blut liegt. Wie berauscht durch die Musik, durch die Schönheit der dunklen Nacht saß ich da und war grenzenlos müde.

Schließlich entschloß ich mich, am Strand zu schlafen, aber gerade in diesem Augenblick fiel Nebel von der See ein und legte sich wie ein Schleier über das Dorf. In fünf Minuten war der Platz voll ziehender Schwaden, die Feuchtigkeit tropfte von den Bäumen, und alle gingen nach Hause. Obwohl ich keine Lust dazu hatte, war mir klar, daß ich jetzt zum Ortspfarrer gehen mußte, um zu ›bekennen‹ und ein Bett zu finden. Da sprach mich plötzlich eine Frau an, die auf der anderen Bank saß und deren Blick ich schon einige Zeit gefühlt hatte. Sie sah mich an mit jener Mischung von Mitleid und Geringschätzung, die der Anblick eines Geistlichen in christlichen Landen herauszufordern scheint, und sagte, als ob sie meine Gedanken hätte lesen können: ›Das sind harte Leute hier, man wird Sie nirgends einlassen.‹

Sie war ungefähr dreißig, ihre eher füllige Gestalt steckte in einem einfachen schwarzen Kleid, in ihrem Gesicht standen zwei dunkle Augen. Gleichmütig fuhr sie fort:

›In meinem Hause ist ein Bett, wenn Sie darin schlafen wollen.‹

›Ich habe kein Geld für ein Quartier.‹

Sie lachte spöttisch: ›Sie können mich durch Ihre Gebete bezahlen.‹

Inzwischen hatte es begonnen zu regnen. Die Fonda war geschlossen worden. Wir saßen auf den feuchten Bänken unter den tropfenden Akazien, auf dem verlassenen Platz. Die Sinnlosigkeit dieser Situation schien ihr zu Bewußtsein zu kommen, denn sie stand auf:

›Ich gehe nach Hause, und wenn Sie kein Narr sind, werden Sie meine Gastfreundschaft annehmen.‹

Meine dünne Soutane triefte, ich schlotterte und dachte, ich könnte ihr ja das Geld für das Zimmer nach meiner Rückkehr in das Seminar schicken. So erhob ich mich und ging mit ihr die schmale Straße hinunter.

Auf halbem Wege lag ihr Haus. Zwei Stufen führten in die Küche hinab. Nachdem sie eine Lampe angezündet und ihr schwarzes Schultertuch abgelegt hatte, setzte sie einen Topf mit Schokolade an das Feuer, nahm einen frischen Brotlaib aus dem Ofen und breitete ein rotkariertes Tischtuch aus. Die kochende Schokolade und das heiße Brot erfüllten den kleinen, sauberen Raum mit köstlichem Duft.

Während sie die Schokolade in die dicken Tassen goß, sah sie mich über den Tisch hinweg an. ›Sie sollten ein Tischgebet sprechen, das verbessert den Geschmack.‹ Obwohl ihr Spott nicht mißzuverstehen war, sprach ich das Gebet. Dann begannen wir zu essen. Der Geschmack bedurfte keiner Verbesserung.

Sie beobachtete mich fortwährend. Einst mußte sie eine sehr hübsche Frau gewesen sein. Doch was von dieser Schönheit geblieben war, ließ ihr gelbliches Gesicht mit den dunklen Augen hart erscheinen. In den kleinen Ohren, die flach am Kopf lagen, trug sie schwere goldene Ringe, und ihre Hände waren mollig wie die Hände einer Rubensmadonna.

›Nun, kleiner Padre, Sie haben Glück, mich hier zu treffen. Ich habe für Priester nichts übrig. In Barcelona lache ich ihnen im Vorübergehen ins Gesicht.‹

Ich konnte nicht umhin, zu lächeln. ›Sie überraschen mich nicht, denn das ist das erste, was wir lernen – ausgelacht zu werden. Der beste

Mann, den ich je kannte, predigte gewöhnlich im Freien, und die ganze Stadt kam, um ihn auszulachen. Sie gaben ihm den Spitznamen Heiliger Daniel, denn man zweifelt heute kaum, daß jemand, der an Gott glaubt, entweder ein Heuchler oder ein Narr ist.‹

Sie nahm langsam einen Schluck Schokolade und sah mich dabei über die Tasse weg an: ›Sie sind kein Narr. Sagen Sie mir, gefalle ich Ihnen?‹

›Ich finde Sie reizend und gütig.‹

›Die Güte ist mir angeboren. Ich hatte ein trauriges Leben. Mein Vater war ein kastilianischer Adeliger, dem die Madrider Regierung alles nahm. Mein Gatte war Kapitän eines großen Kriegsschiffes und kam auf hoher See um. Ich selbst bin Schauspielerin, im Augenblick lebe ich allerdings hier in der Stille, bis mir der Besitz meines Vaters zurückerstattet wird. Sicher merken Sie, daß ich lüge.‹

›Vollkommen.‹

Sie nahm das nicht als Scherz auf, wie ich gehofft hatte, sondern errötete leicht. ›Sie sind zu gescheit, aber ich weiß doch, warum Sie hier sind, Sie durchgebranntes Pfäfflein! Ihr seid alle gleich.‹ Sie überwand ihren Anflug von Gereiztheit und spottete: ›Für Mutter Eva laßt ihr die Mutter Kirche im Stich.‹

Ich war verwirrt, dann begriff ich langsam. Es war so absurd, daß ich am liebsten gelacht hätte. Aber es war auch ärgerlich – denn vermutlich mußte ich fortgehen. Mit Brot und Schokolade war ich fertig, so erhob ich mich und nahm meinen Hut. ›Meinen besten Dank für das Abendessen, es war ausgezeichnet.‹

Ihr Gesichtsausdruck wechselte, alle Bosheit schien durch die Überraschung ausgelöscht zu sein. ›Also sind Sie doch ein Heuchler.‹ Sie nagte ärgerlich an ihrer Lippe. Als ich zur Tür ging, sagte sie plötzlich: ›Gehen Sie nicht fort!‹ Nach einer Pause sprach sie herausfordernd weiter:

›Sehen Sie mich nicht so an. Ich kann tun, was mir paßt, ich lasse es mir gut gehen. Sie sollten mich an den Samstagabenden in der Hofkellerei zu Barcelona sehen – da gibt's mehr Spaß, als Sie in Ihrem armseligen kleinen Leben je haben werden. Gehen Sie hinauf und legen Sie sich schlafen!‹

Es entstand eine Pause. Ihre Haltung schien jetzt vernünftig. Draußen hörte ich den Regen, so zögerte ich und wandte mich dann zu den schmalen Stufen. Meine geschwollenen Füße schmerzten. Ich muß arg gehinkt haben, denn plötzlich sagte sie kalt: ›Was ist los mit Ihrem reizenden Fuß?‹

›Nichts Besonderes ... nur eine Blase.‹

Sie musterte mich mit ihren seltsamen, unergründlichen Augen.

›Lassen Sie mich ihn baden.‹

Trotz aller Proteste mußte ich mich niedersetzen. Sie füllte ein Bekken mit warmem Wasser, kniete nieder und zog mir die Schuhe aus. Die Socke klebte an der Wunde, sie löste sie mit Wasser und zog sie herunter. Ihre unerwartete Güte überraschte mich. Sie badete meine beiden Füße und rieb sie mit irgendeiner Salbe ein. Dann stand sie auf.

›Jetzt müßte es besser sein. Ihre Socken werden für Sie in der Frühe bereit liegen.‹

›Wie kann ich Ihnen danken?‹

Unerwartet sagte sie mit einer seltsam dumpfen Stimme: ›Was soll man mit einem Leben wie dem meinigen anfangen!‹ Bevor ich antworten konnte, hob sie den Krug in ihrer rechten Hand. ›Halten Sie mir keine Predigt oder ich schlage Ihnen den Schädel ein. Ihr Bett ist im zweiten Stock. Gute Nacht.‹

Sie wandte sich zum Fenster zurück. Ich ging die Stiegen hinauf und fand einen kleinen Raum unter der Dachluke. Dort schlief ich wie erschlagen.

Als ich am nächsten Morgen hinunterkam, kochte sie in der Küche Kaffee. Nach dem Frühstück verabschiedete ich mich und versuchte ihr zu danken. Aber sie ließ mich nicht ausreden, mit einem sonderbar traurigen Lächeln sagte sie: ›Sie sind zu unschuldig für einen Priester. Sie werden ein Versager werden.‹

Ich machte mich auf den Rückweg nach San Morales, lahm und recht besorgt über den bevorstehenden Empfang. Ich hatte Angst und ließ mir Zeit.«

Eine Weile blieb Father Tarrant regungslos am Fenster stehen, dann legte er sachte das Tagebuch auf den Tisch zurück. Flüchtig erinnerte er sich, daß er selbst seinerzeit Francis dazu angeregt hatte, es zu führen. Den Brief des spanischen Priesters zerriß er sorgfältig in kleine Fetzen. Der Ausdruck seines Gesichts war erstaunlich verändert, alle Kälte war daraus verschwunden, nichts von jener eisernen Strenge geblieben, die mitleidlose Selbstkasteiung in jede Falte eingegraben hatte. Jung sah dieses Gesicht aus, nachdenklich und überaus großmütig. Mit der geballten Faust, in der er noch die Papierschnitzel hielt, schlug er sich langsam, als wüßte er nicht, was er tat, dreimal an die Brust. Dann machte er kehrt und verließ das Zimmer.

Während er die breite Treppe hinunterging, tauchte an einer Biegung des Geländers Anselm Mealeys kräftiger Schädel auf. Beim Nahen von Father Tarrant, den er grenzenlos bewunderte und von dem bemerkt zu werden himmlischen Freuden gleichkam, wagte der Musterseminarist stehenzubleiben und in aller Bescheidenheit zu fragen:

»Verzeihen Sie, wir sind alle sehr besorgt, gibt es vielleicht etwas Neues... Chisholm betreffend?«

»Was soll es Neues geben?«

»Ich meine... wegen seines Ausschlusses.«

Tarrant betrachtete seinen Bewunderer mit leichtem Widerwillen. »Chisholm bleibt hier.« Und mit plötzlicher Heftigkeit fügte er hinzu: »Sie Narr!«

Am gleichen Abend, als Francis in seiner Zelle saß, schwindlig von dem unfaßlichen, wunderbaren Glück seiner Errettung, übergab ihm einer der Angestellten des Seminars schweigend ein Päckchen. Es enthielt eine wunderbare Ebenholzfigur der Jungfrau von Montserrat, ein zierliches spanisches Meisterwerk aus dem 15. Jahrhundert. Keine Botschaft begleitete die kostbare Gabe, kein Wort der Erklärung. Plötzlich verschlug es Francis den Atem, als er sich erinnerte, die Figur über dem Betschemel in Father Tarrants Zimmer gesehen zu haben.

Als der Rektor Francis am Ende der Woche begegnete, brachte er die Sprache auf die offenbare Ungereimtheit. »Junger Freund, ich habe den Eindruck, du bist viel zu leicht davongekommen, geschützt durch eine etwas zweifelhafte Heiligkeit. Zu meiner Zeit war das Schulschwänzen – wir nannten es blaumachen – ein strafwürdiges Verbrechen.« Er blinzelte Francis verschmitzt an. »Als Buße kannst du einen Aufsatz schreiben – zweitausend Worte – über ›Die Wunderkraft des Wanderns‹.«

In der kleinen Welt eines Seminars haben die Wände Ohren und die Schlüssellöcher ein teuflisches Sehvermögen. Die Geschichte von Francis' Ausreißen sickerte langsam durch und wurde Stück für Stück zusammengestellt. Beim Weitererzählen von Mund zu Mund wurde sie ausgeschmückt, bis sie leuchtete wie ein geschliffener Edelstein und reif war, als klassisch in die Geschichte des Seminars einzugehen. Sobald Father Gomez alle Einzelheiten beisammen hatte, schrieb er einen ausführlichen Bericht an seinen Freund, den Dorfpfarrer von Cossa. Father Bolas war sehr beeindruckt. Er antwortete mit einer flammenden Epistel, fünf Seiten lang, von denen der letzte Absatz vielleicht Erwähnung verdient:

›Die Krönung der Heldentat wäre natürlich die Bekehrung dieses Weibes, der Rosa Oyarzabel, gewesen. Wie wunderbar, wenn sie zu mir gekommen wäre, schluchzend, auf den Knien, in wahrhafter Zerknirschung, als Ergebnis der Heimsuchung durch unseren jungen Apostel. Aber ach! Sie hat sich mit einer anderen Madame zusammengetan und in Barcelona ein Bordell eröffnet, von dem ich leider berichten muß, daß es blüht und gedeiht.‹

III
EIN ERFOLGLOSER KAPLAN

1

An einem Samstagabend im Januar kam Francis in Shalesley an, das, etwa vierzig Meilen von Tynecastle entfernt, an einer Nebenlinie liegt. Es regnete in Strömen, aber nichts konnte seinen Eifer dämpfen, das helle Feuer, das in seinem Herzen brannte. Während der Zug im Nebel entschwand, stand er erwartungsvoll auf dem nassen, offenen Bahnsteig und musterte mit raschem Blick die trostlose Leere. Niemand war gekommen, ihn abzuholen. Unverzagt nahm er sein Gepäck auf und ging die Hauptstraße zwischen den Häusern der Kohlenarbeiter entlang. Die Erlöserkirche konnte nicht schwer zu finden sein.

Es war seine erste Anstellung als Kaplan. Er konnte es noch kaum fassen. Sein Herz jubelte... Endlich, endlich! Er hatte vor kurzem erst die Weihen empfangen, und nun gab man ihm Gelegenheit, sich in die Schlacht zu stürzen und um menschliche Seelen zu kämpfen.

Obwohl er gewarnt und vorbereitet worden war, hatte Francis dennoch den Eindruck, als übertreffe seine neue Umgebung an Häßlichkeit alles, was er bisher gesehen hatte. Shalesley bestand aus langen grauen Häuserreihen und armseligen Läden mit billigem Kram, dazwischen gab es Streifen nackten Bodens, Schlackenhaufen – die auch im Regen noch rauchten –, eine Müllablagerung, mehrere Schenken und Kapellen, das alles überragt von den hohen, schwarzen Fördertürmen der Renshaw-Kohlengruben. Aber heiter sagte er sich, daß sein Interesse ja den Menschen galt, nicht dem Ort.

Die katholische Kirche stand am östlichen Ende des Dorfes, nahe beim Kohlenbergwerk, und paßte sich ihrer Umgebung völlig an. Es war ein großer Bau aus unverputzten roten Ziegeln mit gotischen Fenstern aus blauem Glas, einem dunkelroten Wellblechdach und einem rostfarbenen Turm, der aussah, als hätte man ihn abgesägt. Auf der einen Seite lag die Schule, auf der anderen das Pfarrhaus mit einem kleinen Vorgarten voll Unkraut und einem Zaun, an dem viele Latten fehlten.

Francis holte tief Atem, näherte sich aufgeregt dem kleinen, baufälligen Haus und zog die Glocke. Nach einer Weile, als er schon ein zweites Mal läuten wollte, wurde die Tür von einer dicken Frau in einer blaugestreiften Schürze geöffnet. Sie musterte ihn und nickte dann.

»Da sind Sie also, Father! Hochwürden erwartet Sie. Dort drinnen!« Mit betonter Gutmütigkeit wies sie auf die Tür des Wohnzimmers. »Was für abscheuliches Wetter. Ich werde rasch die Fische aufs Feuer setzen.«

Francis faßte Mut und trat ins Zimmer. Ein dicklicher Priester von etwa fünfzig Jahren saß an dem bereits weiß gedeckten Tisch. Als der Geistliche seinen neuen Kaplan erblickte, hörte er auf, ungeduldig mit dem Messer auf die Platte zu klopfen und begrüßte ihn.

»Da sind Sie ja endlich. Kommen Sie herein.«

Francis streckte ihm die Hand entgegen. »Father Kezer, nicht wahr?«

»Richtig geraten. Wen haben Sie denn hier erwartet? König Wilhelm von Oranien? Na, Sie kommen gerade recht zum Abendessen. Das hab' ich mir gedacht!« Er lehnte sich zurück und rief in die benachbarte Küche hinüber: »Miss Cafferty! Sollen wir vielleicht die ganze Nacht warten?« Dann wandte er sich zu Francis: »Setzen Sie sich hin und schauen Sie nicht so weltverloren drein. Ich hoffe, Sie spielen Cribbage. Am Abend bin ich gern für eine Partie zu haben.«

Francis setzte sich an den Tisch, und bald darauf eilte Miss Cafferty mit einer großen zugedeckten Schüssel voll Bücklingen und verlorenen Eiern herein. Während Father Kezer sich zwei Eier und ein paar Bücklinge herausholte, legte sie ein Gedeck für Francis auf. Father Kezer schob die Schüssel hinüber und sagte mit vollem Mund:

»Jetzt nehmen Sie sich ordentlich. Zieren Sie sich nicht. Sie werden hier viel Arbeit haben, da ist es besser, Sie essen auch entsprechend viel.«

Er selbst aß rasch, seine kräftigen Kinnbacken kauten unablässig, seine schwarzbehaarten Hände blieben keinen Augenblick ruhig. Er war vierschrötig, sein Schädel rund und borstig, sein Mund schmal. Aus den weiten Löchern der flachen Nase sprossen zwei dunkle, von Schnupftabak gefärbte Haarbüschel. Er machte den Eindruck, stark und gebieterisch zu sein. Jede Bewegung war ein Meisterstück unbewußter Selbstbehauptung. Während er ein Ei entzweischnitt und die eine

Hälfte in den Mund schob, ruhten seine kleinen Augen prüfend auf Francis und beurteilten ihn etwa wie der Metzger die Qualitäten eines jungen Ochsen abschätzt.

»Sie sehen nicht sehr widerstandsfähig aus. Kaum hundertfünfzig Pfund, was? Ich weiß nicht, wo das hin soll, mit euch jungen Kaplänen. Mein letzter war ein knieweiches Bürschchen! Hieß Low – aber man hätte ihn Floh nennen sollen, so wenig war an ihm dran. Es ist dieses kontinentale Getue, das euch ruiniert. Zu meiner Zeit – nun, die Burschen, die mit mir aus Maynoot kamen, waren andere Kerle.«

»Ich hoffe, Sie werden sich überzeugen, daß ich gesund an Leib und Seele bin.« Francis lächelte.

»Das werden wir bald sehen«, brummte Father Kezer. »Gehen Sie hinüber und hören Sie Beichte, wenn Sie fertig sind. Ich komme später nach. Es werden heute ohnehin nicht viele sein... bei dem Wetter. Sie brauchen nur die kleinste Entschuldigung, dann sind sie stinkfaul... meine kostbaren Schäflein!«

Francis' Zimmer im Oberstock hatte nur dünne Wände, aber die Einrichtung war äußerst massiv, ein schweres Bett stand da und ein mächtiger viktorianischer Schrank. Er wusch sich Gesicht und Hände an dem fleckigen Waschtisch. Dann eilte er hinunter in die Kirche. Der Eindruck, den Father Kezer auf ihn gemacht hatte, war nicht günstig, aber er wollte nicht vorschnell sein – zu häufig fällt ein Urteil dann ungerecht aus. Lange saß er im kalten Beichtstuhl, an dem noch der Name seines Vorgängers, Fr. Low, stand, und hörte die Regentropfen auf das Blechdach trommeln. Endlich trat er heraus und machte einen Rundgang durch die leere Kirche. Sie bot einen niederdrückenden Anblick – kahl wie eine Scheune und nicht besonders sauber. Ein unglücklicher Versuch war gemacht worden, das Schiff mit dunkelgrüner Farbe zu marmorieren. Die Statue des hl. Josef hatte eine Hand verloren, die man ungeschickt wieder angeflickt hatte. Die Stationen des Kreuzweges waren armselige kleine Kleckserеien. Auf dem Altar standen einige kitschige Papierblumen in schmutzigen Messingvasen, die das Auge beleidigten. Aber je mehr solcher kleiner Unzulänglichkeiten es gab, desto günstiger war für ihn die Gelegenheit, sich hier zu bewähren. Dort stand das Tabernakel, und Francis kniete bebend vor Inbrunst nieder und opferte von neuem sein Leben auf.

Francis war an die kultivierte Atmosphäre von San Morales gewöhnt, eine Stätte, die Gelehrte und Prediger in ihren Mauern empfing, eine Zwischenstation für feine und gebildete Leute auf ihren Reisen nach London, Madrid und Rom. Das machte die nächsten Tage in Shalesley für ihn zusehends schwieriger. Es war nicht leicht, mit Father Kezer auszukommen, der von Natur aus jähzornig und schroff, durch Alter, schlechte Erfahrungen und das Unvermögen, die Zuneigung seiner Herde zu gewinnen, hart wie Stahl geworden war.

Früher einmal hatte er die schöne Pfarre des Seebads Eastcliffe verwaltet, sich dabei aber so unbeliebt gemacht, daß einflußreiche Leute den Bischof baten, ihn seines Amtes zu entheben.

Dieser Zwischenfall kränkte ihn zuerst bitter, dann aber legte sich ein Glorienschein herum, und er wurde zu einem Akt persönlicher Aufopferung. Seelenvoll bemerkte Father Kezer: »Aus eigenem freiem Willen stieg ich vom Thron zum Fußschemel herab ... Aber ach, wie waren jene Zeiten schön!«

Nur Miss Cafferty, Köchin und Haushälterin in einer Person, hielt unerschütterlich zu ihm. Sie betreute ihn seit Jahren. Sie verstand ihn, sie war vom gleichen Schlag, sie war seinen Schimpfkanonaden gewachsen und zahlte ihm in gleicher Münze zurück. Die beiden achteten einander. Wenn er alljährlich zu seinem Sechs-Wochen-Urlaub nach Harrogate abreiste, gestattete er ihr, die Ferien ebenfalls in ihrer Heimat zu verbringen.

Sein Benehmen war keineswegs besonders fein. Er stampfte in seinem Schlafzimmer herum, öffnete und schloß die Tür des einzigen Badezimmers jedesmal mit einem Krach, und das Streichholzschachtelhaus erzitterte unter seinen Bewegungen.

Unbewußt hatte er seine Religion auf die einfachste Formel gebracht, ohne Rücksicht auf tiefere Bedeutung, auf das Unwägbare, auf die Möglichkeit weitherziger Beurteilung. »Tue dies oder sei verdammt«, diese Worte standen tief in seinem Herzen eingeprägt. Man mußte bestimmte Dinge tun, sei es mit Worten, Wasser, Öl oder Salz. Unterließ man es, öffnete die Hölle ihren glühenden Rachen. Er steckte voller Vorurteile und verkündete laut seinen Abscheu vor jedem andern Bekenntnis – eine Haltung, die wenig dazu beitrug, ihm Freunde zu gewinnen.

Selbst die Beziehungen zu seiner eigenen Gemeinde waren durchaus nicht friedlich. Die Pfarre war arm, auf der Kirche ruhte eine schwere Schuldenlast, und trotz äußerster Sparsamkeit mußte er sich oft verzweifelt bemühen, sein Auskommen zu finden. Seiner Gemeinde gegenüber hatte er eine gerechte Sache zu vertreten. Aber sein Jähzorn war ein armseliger Ersatz für das fehlende Taktgefühl. Breitbeinig stand er auf der Kanzel, den Kopf angriffslustig vorgestreckt, und geißelte die spärliche Zuhörerschaft ob ihrer Nachlässigkeit.

»Wie könnt ihr von mir erwarten, daß ich die Miete bezahle und die Steuern und die Versicherung? Und wie soll ich das Kirchendach über euren Köpfen in Ordnung halten? Ihr gebt es ja nicht mir, ihr gebt es Gott, dem Allmächtigen. Nun hört mir gut zu, jeder Mann und jede Frau da unten. Silber möchte ich auf dem Sammelteller sehen, nicht eure schäbigen Kupfermünzen. Die meisten von euch Männern haben Arbeit, dank der Großzügigkeit von Sir George Renshaw. Ihr habt keine Entschuldigung! Und was die Frauen der Gemeinde betrifft – ihnen würde es besser anstehen, mehr für den Opferstock und weniger für ihre Fähnchen auszugeben.« So donnerte er weiter, nahm dann selbst die Kollekte vor und schaute jeden einzelnen vorwurfsvoll an, wenn er ihm den Sammelteller unter die Nase hielt.

Seine Forderungen hatten einen Zwist heraufbeschworen, einen bitteren Kampf zwischen ihm und seinen Gemeindemitgliedern. Je mehr er sie schalt, desto weniger gaben sie. Voll Zorn kam er auf den Gedanken, kleine, gelbe Umschläge zu verteilen. Wurden sie leer zurückgelassen, ging er wütend herum: »So behandeln sie Gott, den Allmächtigen!«

Eine strahlende Sonne gab es an diesem düsteren Himmel der Finanzen.

Sir George Renshaw, der Eigentümer der Shalesley-Kohlengruben und noch fünfzehn weiterer Schächte im Bezirk, war nicht nur ein Mann von ungeheurem Reichtum und ein Katholik, sondern auch ein unverbesserlicher Philanthrop. Obwohl sein Landsitz, Renshaw Hall, siebzig Meilen weit entfernt am andern Ende der Grafschaft lag, hatte die Erlöserkirche doch Platz auf seiner Spendenliste gefunden. Jedes Jahr zu Weihnachten traf mit größter Regelmäßigkeit ein Scheck über hundert Guineas beim Gemeindepfarrer ein. »Guineas, ich bitte Sie!« Father Kezer ließ das Wort auf der Zunge zergehen. »Nicht bloß schäbige Pfunde. Ach, das ist ein echter Gentleman!« Er hatte Sir George nur zweimal bei öffentlichen Veranstaltungen in Tynecastle gesehen, und das war viele Jahre her, aber er sprach von ihm mit Hochachtung und Verehrung. Insgeheim war er voll Angst, es könnten, ohne sein Verschulden, die Spenden des Magnaten eines Tages ausbleiben.

Gegen Ende des ersten Monats in Shalesley begann das enge Zusammenleben mit Father Kezer sich auf Francis auszuwirken. Er war ständig in einem Zustand der Überreizung und wunderte sich nicht, daß Father Low einen Nervenzusammenbruch erlitten hatte. Schatten senkten sich auf Seele und Geist. Er ertappte sich dabei, daß er Father Kezer mit wachsender Feindseligkeit betrachtete. Heimlich stöhnend nahm er sich dann wieder zusammen und mühte sich verzweifelt um Gehorsam und Demut.

Seine Arbeit in der Pfarrgemeinde war entsetzlich schwer, besonders bei diesem Winterwetter. Dreimal wöchentlich mußte er mit dem Fahrrad nach Broughton und Glenburn hinüber, zwei abgelegenen, jämmerlichen Weilern, um Messe zu lesen, Beichte zu hören und im Gemeindehaus Religionsunterricht zu erteilen. Daß sich die Gemeindemitglieder völlig unzugänglich zeigten, vermehrte noch seine Schwierigkeiten. Sogar die Kinder waren stumpf und wichen ihm aus. Es gab viel Armut und herzzerreißendes Elend. Die ganze Gemeinde schien apathisch, müde und gleichgültig. Leidenschaftlich schwor er sich selbst, daß er nicht in den üblichen Trott verfallen würde. Obwohl er seine Unzulänglichkeit fühlte, brannte in ihm das Verlangen, zu diesen armseligen Herzen vorzudringen, sie aufzumuntern und neu zu beleben. Er wollte einen Funken zum Glimmen bringen, Feuer aus der erloschenen Asche blasen, und wenn es sein Leben kosten sollte.

Die Sache wurde noch dadurch verschlimmert, daß der Pfarrer seinen grimmigen Spaß an den Schwierigkeiten des Kaplans hatte, denn er meinte zu wissen, daß des andern Idealismus seinen eigenen praktischen und vernünftigen Anschauungen eines Tages weichen werde. Einmal kam Francis müde und naß zurück, nachdem er zehn Meilen durch Regen und Wind zu einem Kranken weit draußen in Broughton gefahren war. Father Kezer gab seiner Auffassung in einem einzigen höhnischen Satz Ausdruck: »Das Austeilen von Heiligenscheinen haben Sie sich wohl anders vorgestellt – was?« Und er fügte ganz selbstverständlich hinzu: »Eine nichtsnutzige Bande.«

Francis errötete heftig. »Christus ist für diese nichtsnutzige Bande gestorben.«

Völlig aus der Fassung gebracht, fing Francis nun an, sich zu kasteien. Zu den Mahlzeiten nahm er wenig, oft nur etwas Brot und eine Tasse Tee. Erwachte er in der Nacht, von Zweifeln gequält, so stahl er sich häufig in die Kirche hinunter. Dann lag der schmucklose Raum schweigend im Dunkel, nur da und dort in blasses Mondlicht getaucht, und erschien nicht so trostlos nüchtern wie bei Tag. Er warf sich auf die Knie und flehte inbrünstig um Mut und Kraft, dieser anfänglichen Widerwärtigkeiten Herr zu werden. Beim Anblick der Gestalt, die, wund und leidend, geduldig und sanft am Kreuze hing, zog endlich wieder Frieden in seine Seele ein.

Als er einmal nach einem solchen Kirchgang kurz nach Mitternacht auf Zehenspitzen die Stiege heraufkam, erwartete ihn Father Kezer. Einen Mantel über das Nachthemd geworfen, eine Kerze in der Hand, hatte er sich mit seinen dicken, behaarten Beinen auf dem Treppenabsatz aufgepflanzt und versperrte den Weg.

»Was soll denn das heißen?«

»Ich gehe in mein Zimmer.«

»Wo waren Sie?«

»In der Kirche.«

»Was! Mitten in der Nacht?«

»Warum nicht?« Francis zwang sich zu einem Lächeln. »Dachten Sie, ich könnte unsern Herrgott aufwecken?«

»Das nicht, aber mich wecken Sie auf.« Father Kezer geriet in Wut. »Ich dulde so etwas nicht. Mein Leben lang habe ich keinen solchen Unsinn gehört. Ich leite eine Pfarre und nicht einen religiösen Orden. Sie können am Tag beten, soviel Sie wollen, aber solange Sie mir unterstehen, werden Sie in der Nacht schlafen.«

Francis unterdrückte die heftigen Worte, die ihm auf der Zunge lagen und ging still in sein Zimmer. Er mußte sich fügen und sich die größte Mühe geben, mit seinem Vorgesetzten auszukommen, wenn er in der Gemeinde irgend etwas erreichen wollte. Er versuchte, einzig Father Kezers gute Seiten zu sehen: seine Aufrichtigkeit, seinen Mut, seinen etwas skurrilen Humor, seine sittliche Haltung, die über jeden Zweifel erhaben war.

Ein paar Tage später nutzte er einen Augenblick, der ihm günstig erschien, zu einem diplomatischen Vorstoß aus und wandte sich an den älteren Priester.

»Glauben Sie nicht, Father... unser Bezirk ist so ausgedehnt, die einzelnen Orte sind so entlegen, nirgends gibt es eine Möglichkeit, zusammenzukommen und sich zu unterhalten... glauben Sie nicht, wir sollten einen Klub für die jüngeren Mitglieder der Gemeinde gründen?«

»Aha!« Father Kezer war zum Scherzen aufgelegt. »Sie möchten also populär werden, mein Junge!«

»Gott bewahre.« Francis antwortete im gleichen herzhaft munteren Tonfall, so begierig war er, sein Ziel zu erreichen. »Das würde ich mir nie zutrauen. Aber ein Klub könnte die Leute von der Straße fernhalten – und die älteren von den Lokalen. Sie hätten körperliche Entwicklungsmöglichkeiten und auch gesellschaftliche.« Er lächelte. »Man könnte vielleicht in ihnen sogar den Wunsch wecken, zur Kirche zu kommen.«

»Ha, ha!« Father Kezer lachte schallend. »Gut, daß Sie so jung sind. Ich glaube, Sie sind noch schlimmer als Low. Nun gut, tun Sie, was Sie nicht lassen können. Alles, was Sie von der nichtsnutzigen Bande da draußen an Dank ernten werden, bringen Sie leicht in einem einzigen Korb unter.«

»Danke, danke, Father. Ich wollte nur Ihre Zustimmung.«

Mit flammender Begeisterung machte sich Francis sofort daran, seinen Plan auszuführen. Der Betriebsleiter der Renshaw-Kohlengruben, Donald Kyle, war Schotte und ein aufrechter Katholik, der schon mehrfach seinen guten Willen gezeigt hatte. Zwei andere Angestellte der Grube, der Kontrollwagenmeister Morrison, dessen Frau gelegentlich zur Aushilfe ins Pfarrhaus kam, und der Sprengmeister Creeden waren auch Angehörige der Kirche. Durch den Betriebsleiter erhielt Francis die Erlaubnis, den Raum der Unfallstation drei Abende in der Woche zu benützen. Mit Hilfe der beiden anderen begann er, für seinen Klub zu werben. Was er aus seinen eigenen Mitteln aufbringen konnte, war nicht ganz zwei Pfund, aber er wäre lieber gestorben, als die Kirchengemeinde um Hilfe zu bitten. Doch an Willi Tulloch schrieb er – der durch seine Tätigkeit mit allen Stellen in Tynecastle in Berührung kam, die für Sport- und Jugendklubs zuständig waren – und bat ihn, doch einige alte ausrangierte Sportgeräte herüberzuschicken.

Mit welcher Veranstaltung sollte er sein wagemutiges Unternehmen beginnen? Er zerbrach sich den Kopf und verfiel schließlich auf einen Tanzabend, der sicher auf die jungen Leute die größte Anziehungskraft ausüben würde. Ein Klavier war vorhanden, und Creeden spielte ausgezeichnet Geige. Francis heftete also einen Anschlag an die Tür der Unfallstation, und als der Donnerstag kam, legte er seine ganze Barschaft in einem Büffet mit Kuchen, Obst und Limonaden an.

Zuerst ging es etwas steif zu, aber dann übertraf der Erfolg des

Abends seine kühnsten Erwartungen: es waren so viele Leute gekommen, daß sie zur Quadrille acht Gruppen aufstellen konnten. Die meisten Burschen hatten keine leichten Schuhe, sondern tanzten in ihren Grubenstiefeln. Zwischen den einzelnen Tänzen saßen sie mit glühenden Gesichtern auf den Bänken an der Wand, strahlend glücklich, während die Mädchen zum Büfett gingen und Erfrischungen holten. Beim Tanzen sangen sie alle den Refrain mit. Eine kleine Gruppe von Kumpeln versammelte sich nach Schichtwechsel am Eingang. Weiß blitzten ihre Zähne im Gaslicht aus den schwarzen Gesichtern. Auch sie fielen zum Schluß in den Gesang mit ein, und ein paar ganz Schlaue schlängelten sich sogar herein und wagten ein Tänzchen. Es war ein vergnügter Abend.

Francis stand an der Tür, nachdem sie gegangen waren, ihr »Gute Nacht« klang ihm noch in den Ohren, bebend vor Freude dachte er: Sie fangen an, lebendig zu werden. Gott sei Dank, der Anfang ist gemacht.

Wutschäumend erschien Father Kezer am nächsten Morgen beim Frühstück. »Schöne Dinge hör' ich da! Eine feine Wirtschaft! Wirklich ein prächtiges Beispiel. Sie sollten sich schämen!«

Verblüfft starrte Francis ihn an. »Was in aller Welt meinen Sie nur?«

»Sie wissen genau, was ich meine! Dieses teuflische Treiben, das Sie gestern veranstaltet haben.«

»Sie gaben mir doch die Erlaubnis dazu – vor einer Woche erst.«

Father Kezer knurrte: »Ich gab Ihnen nicht die Erlaubnis, unmittelbar vor meiner Kirchentür eine Tanzerei zu veranstalten. Es fällt mir schwer genug, die Unschuld meiner Mädchen zu bewahren, auch ohne daß Sie Ihr unanständiges Tätscheln und Herumhüpfen einführen.«

»Der ganze Abend war vollkommen harmlos.«

»Harmlos! – Bei Gott, dem Allmächtigen!« Father Kezer lief dunkelrot an vor Zorn. »Wissen Sie denn nicht, wo diese Art von Unterhaltung hinführt, dieses Berühren, Umschlingen, die Körper und Beine aneinanderpressen? Das bringt die jungen Leute nur auf schlechte Gedanken. Das führt zu Begierde, Sinnlichkeit und Fleischeslust.«

Francis war totenbleich, seine Augen sprühten vor Entrüstung.

»Verwechseln Sie nicht Wollust und Geschlechtstrieb?«

»Heiliger Josef! Wo ist da der Unterschied?«

»Es ist ein Unterschied wie zwischen Krankheit und Gesundheit.«

Father Kezers Hände krampften sich zusammen. »Wovon in Dreiteufelsnamen sprechen Sie da?«

Die aufgespeicherte Bitterkeit der letzten zwei Monate brach wie eine Sturmflut aus Francis heraus. »Sie können die Natur nicht unterdrücken. Wenn Sie es tun, wird sie sich gegen Sie kehren und sich an Ihnen rächen. Nichts ist natürlicher für junge Männer und Mädchen, als zusammenzukommen und zusammen zu tanzen. Es ist ein natürliches Vorspiel für Werbung und Ehe. Sie können den gesunden Geschlechtstrieb nicht unter einer schmutzigen Decke verbergen wie einen stinkenden Leichnam. Das führt zu dem verstohlenen Lachen, dem unzüchtigen Grinsen. Wir müssen lernen, diesen Trieb in uns zu erziehen und zu verwandeln und nicht damit umzugehen, als wäre er eine giftige Natter. Das muß fehlschlagen, und außerdem zieht man damit etwas in den Schmutz, was rein und schön ist!«

Die Stille war beängstigend. An Father Kezers Hals schwollen die Adern purpurrot an. »Sie gotteslästerlicher junger Laff«! Ich werde nicht dulden, daß meine jungen Leute sich auf Ihren Tanzdielen paaren!«

»Dann werden Sie sie dazu treiben, sich im Dunkeln hinter den Hekken und auf den Feldern zu paaren – wie Sie es nennen.«

»Sie lügen«, stammelte Father Kezer. »Das Mädchentum in dieser Gemeinde soll unangetastet bleiben. Ich weiß – warum ich rede.«

»Ohne Zweifel«, antwortete Francis bitter. »Aber dadurch wird die Tatsache nicht aus der Welt geschafft, daß laut Statistik Shalesley in der ganzen Diözese den höchsten Prozentsatz an unehelichen Kindern hat.«

Einen Augenblick schien der Gemeindepfarrer nahe daran, einen Wutanfall zu bekommen. Seine Hände öffneten und schlossen sich, als wollten sie jemand erwürgen. Er wippte leicht hin und her, hob den Finger und wies auf Francis.

»Laut Statistik wird man bald etwas anderes erfahren: und zwar, daß es im Umkreis von fünf Meilen um den Fleck, auf dem ich stehe, keinen Klub gibt. Ihr sauberer Plan ist erledigt, aus, zu Ende. Das sage ich Ihnen. Und in diesem Fall spreche *ich* das letzte Wort.« Er ließ sich in den Sessel fallen und machte sich wütend an sein Frühstück.

Francis beendete rasch seine Mahlzeit und ging bleich und tief betroffen in sein Zimmer hinauf. Durch die schmutzigen Scheiben konnte er die Unfallstation sehen und vor ihrer Tür noch die Kiste mit den Boxhandschuhen und Schlaghölzern, die Tulloch gestern geschickt hatte. Alles nutzlos jetzt, alles verboten! Furchtbare Erregung bemächtigte sich seiner. Er dachte erbittert: ich kann mich nicht länger fügen, Gott kann diese Unterwürfigkeit nicht von mir verlangen, ich muß kämpfen, auf der gleichen Ebene wie Father Kezer, kämpfen, nicht für mich selbst, sondern für die bedauernswerte, trostlose Gemeinde. Er war aufgewühlt, überströmende Liebe erfaßte ihn, ein niegekanntes Verlangen, diesen armen Leuten zu helfen, den ersten Seelen, die Gott ihm anvertraut hatte. Während er in den nächsten Tagen den üblichen Dienst in der Pfarre versah, suchte er fieberhaft nach einer Möglichkeit, den über seinen Klub verhängten Bann aufzuheben. Dieser Klub war für ihn zum Symbol der Emanzipation der Gemeinde geworden. Aber je mehr er darüber nachdachte, desto unangreifbarer erschien ihm Father Kezers Stellung.

Der ältere Priester zog seine eigenen Schlüsse aus Francis' Schweigen und konnte seine Freude nur schlecht verhehlen. Er war der Richtige, die jungen Hunde zu zähmen, er brachte sie dazu, daß sie parierten. Wahrscheinlich wußte der Bischof, wie tüchtig er war, sonst hätte er ihm nicht so viele geschickt, einen nach dem andern. Sein saures Lächeln wurde zu einem breiten Grinsen.

Plötzlich hatte Francis eine Idee. Übermächtig nahm sie von ihm Besitz, verdrängte jeden andern Gedanken. Ein Ausweg – vielleicht nur ein schmaler Pfad –, aber möglicherweise führte er zum Erfolg! Sein bleiches Gesicht bekam wieder etwas Farbe, fast hätte er laut aufgeschrien. Mit großer Mühe zwang er sich zur Ruhe. Er dachte: Ich will es versuchen, ich muß es versuchen ... sobald Tante Pollys Besuch vorüber ist.

Er hatte mit Tante Polly und Judy vereinbart, daß sie während der letzten Juniwoche ein paar Tage zur Erholung nach Shalesley kommen sollten. Gewiß war Shalesley kein Kurort, aber es lag hoch und die Luft war gut. Das frische Grün des Frühlings hatte der trostlosen Öde einen Schimmer vergänglicher Schönheit verliehen. Und Francis lag besonders daran, Polly das wohlverdiente Ausruhen zu ermöglichen.

Der Winter hatte große Anforderungen an sie gestellt sowohl körperlich als auch finanziell. Thaddeus Gilfoyle war nach ihren eigenen Worten der Ruin der Union. Er trank mehr, als er verkaufte, legte keine Rechnung ab und trachtete, die Reste des Geschäftes selbst in die Hand zu bekommen. Neds chronische Erkrankung hatte eine eigentümliche Wendung genommen, schon seit zwölf Monaten war er nicht mehr imstande, seine Beine zu gebrauchen, und war vollkommen arbeitsunfähig. An seinen Rollstuhl gefesselt, saß er da, sprach irre und war in letzter Zeit ganz unzurechnungsfähig. Er erzählte dem grinsenden, schleimigen Thaddeus von seinem Dampfboot und seiner Privatbrauerei in Dublin. Eines Tages war er Pollys Aufsicht entschlüpft und kam, in Begleitung von Scanty – wie grotesk mußte dieses Paar ausgesehen haben! – bis zum Clermonter Warenhaus, wo er zwei Dutzend Hüte bestellte. Auf Francis' Wunsch hatte Dr. Tulloch ihn untersucht und Neds Zustand nicht auf einen Schlaganfall, sondern auf einen Gehirntumor zurückgeführt. Er ließ dann auch den Wärter kommen, der Polly jetzt entlastete.

Francis hätte es vorgezogen, Polly und Judy im Gästezimmer des Pfarrhauses unterzubringen – träumte er doch davon, einmal eine eigene Pfarre zu haben, wo Tante Polly die Wirtschaft führte und Judy unter seiner besonderen Obhut stand. Father Kezers Haltung aber machte eine Bitte um gastfreundliche Aufnahme unmöglich. Francis fand ein nettes, bequemes Zimmer bei Frau Morrison, und am 21. Juni kam Tante Polly mit Judy an.

Als er sie am Bahnhof abholte, wurde ihm weh ums Herz. Wie immer hielt Polly sich tapfer aufrecht. Ein kleines Kind mit dunklem, seidigem Haar an der Hand, so wie sie seinerzeit Nora geführt hatte, kam sie auf ihn zu.

»Polly, liebe Polly«, sagte er vor sich hin. Sie war kaum verändert, nur vielleicht ein wenig armseliger und das hagere Gesicht noch spitzer. Sie trug denselben kurzen Mantel, dieselben Handschuhe, denselben Hut. Nie gab sie für sich einen Groschen aus, immer nur für die andern. Sie hatte für Nora gesorgt und für ihn selbst, für Ned und schließlich für Judy. Ihre unglaubliche Selbstlosigkeit rührte ihn tief. Er trat auf sie zu und umarmte sie.

»Polly, ich bin so froh, dich zu sehen. Du bist wirklich einzig.«

»Oh, du liebe Zeit.« Sie kramte in ihrem Beutel nach dem Taschentuch. »Es ist windig hier, und mir ist gerade etwas ins Auge geflogen.«

Er nahm sie am Arm und geleitete sie zu ihrem Zimmer.

Er tat sein möglichstes, ihnen ein paar glückliche Tage zu bereiten. Am Abend führte er mit Polly lange Gespräche. Es war rührend, wie stolz sie auf ihn war, auf seinen Beruf und sein Amt. Von ihren eigenen Sorgen wollte sie nicht viel Aufhebens machen.

Sie gab indessen zu, einen Kummer zu haben – Judy war äußerst schwierig.

Das Kind war jetzt zehn Jahre alt und besuchte in Clermont die Schule. Sein Wesen setzte sich aus eigenartigen Widersprüchen zusammen: äußerlich war es von gewinnendem Freimut, darunter aber verbarg sich Mißtrauen und Verschlossenheit. Judy sammelte allen möglichen Kram in ihrem Zimmer und bekam einen Wutanfall, wenn man daran rührte. Sie geriet rasch in Begeisterung, kühlte jedoch ebenso rasch wieder ab und konnte dann schüchtern und unsicher sein. Sie brachte es nicht über sich, einen Fehler einzugestehen, sondern log lieber das Blaue vom Himmel herunter. Schenkte man ihr dann keinen Glauben, brach sie in Tränen der Entrüstung aus.

Auf all das war Francis vorbereitet und gab sich die größte Mühe, ihr Vertrauen zu gewinnen. Er nahm sie häufig ins Pfarrhaus mit, und in jugendlicher Unbefangenheit benahm sie sich dort, als wäre sie daheim. Oft lief sie in Father Kezers Zimmer, kletterte auf sein Sofa, spielte mit seinen Pfeifen und dem Briefbeschwerer. Francis war das zuerst sehr unangenehm, aber da der Pfarrer keinen Einspruch erhob, ließ er das Kind gewähren.

Am letzten Tag ihres kurzen Urlaubs machte Tante Polly noch einmal einen Spaziergang, und Judy, der unruhige Geist, ließ sich schließlich mit einem Bilderbuch in einer Ecke von Francis' Zimmer nieder. Da klopfte es an die Tür. Es war Miss Cafferty. Sie wandte sich an Francis:

»Hochwürden möchte Sie sofort sprechen.«

Bei dieser unerwarteten Aufforderung runzelte Francis die Stirn. Die Worte der Haushälterin hatten irgendwie unheilverkündend geklungen. Er erhob sich zögernd.

Father Kezer stand wartend in seinem Zimmer. Zum erstenmal seit Wochen schaute er Francis gerade ins Gesicht.

»Das Kind stiehlt.«

Francis sagte kein Wort, aber es wurde ihm elend zumute.

»Ich vertraute ihr, ich ließ sie überall herumspielen, ich dachte, sie sei ein nettes, kleines Ding, obwohl sie ...« Kezer brach ärgerlich ab.

»Was hat sie genommen?« fragte Francis. Die Zunge gehorchte ihm kaum.

»Was nehmen Diebe gewöhnlich?« Father Kezer wandte sich zum Kaminsims, wo eine Reihe kleiner Säulen stand. Jede enthielt zwölf Pennies, die er mit eigenen Händen sorgsam in weißes Papier gewickelt hatte. Er nahm eines der Säulchen herunter. »Sie hat Geld von der

Kollekte gestohlen, das ist schlimmer als gewöhnlicher Diebstahl. Das ist Simonie. Sehen Sie sich das an.«

Francis untersuchte die Rolle. Sie war geöffnet und an einem Ende ungeschickt wieder verschlossen worden. Drei Pennies fehlten.

»Warum glauben Sie, daß es Judy war?«

»Ich bin kein Dummkopf«, fauchte Father Kezer. »Die ganze Woche über haben mir schon Pennies gefehlt. Jedes Kupferstück in diesen Rollen ist gekennzeichnet.«

Wortlos kehrte Francis in sein Zimmer zurück. Der Pfarrer folgte ihm.

»Judy, zeig mir deine Geldbörse.«

Judy sah aus, als hätte man sie ins Gesicht geschlagen. Aber sie faßte sich rasch wieder. Unschuldig lächelte sie.

»Ich ließ sie bei Frau Morrison.«

»Nein, hier ist sie.« Francis beugte sich herab und nahm die Börse aus der aufgesetzten Kleidertasche. Es war ein neuer, kleiner Beutel, den ihr Tante Polly vor der Reise geschenkt hatte. Francis öffnete ihn schweren Herzens. Drei Pennies waren darin. Alle hatten ein Kreuz eingekratzt.

Empört und triumphierend zugleich brach Father Kezer los. »Was habe ich Ihnen gesagt? Pfui, du verdorbener, kleiner Balg, du hast Gott bestohlen!« Seine Augen funkelten Francis an. »Wenn ich für sie verantwortlich wäre, würde ich sie sofort zur Polizei bringen.«

»Nein, nein.« Judy brach in Tränen aus. »Ich wollte es wieder zurückgeben, ganz bestimmt wollte ich...«

Francis war sehr bleich. Es war eine schreckliche Situation für ihn. Er nahm sein Herz in beide Hände.

»Also gut«, sagte er ruhig. »Wir wollen hinunter zur Polizeiwache gehen und sie sogleich bei Wachtmeister Hamilton anzeigen.«

Judys Schluchzen wurde hysterisch. Father Kezer spottete verblüfft: »Möchte sehen, ob Sie es wirklich tun.«

Francis nahm seinen Hut und faßte Judy bei der Hand.

»Komm, Judy. Du mußt jetzt tapfer sein. Wir gehen hinunter zu Wachtmeister Hamilton und sagen ihm, daß Father Kezer dich wegen Diebstahls von drei Pennies anzeigen will.«

Als Francis das Kind zur Tür führte, stand in Father Kezers Gesicht zuerst Verwirrung, dann aber deutliche Bestürzung geschrieben. Seine Zunge war ihm durchgegangen. Wachtmeister Hamilton, ein irischer

Protestant, war keineswegs sein Freund. Sie hatten schon oft heftige Auseinandersetzungen gehabt. Diese lächerliche Anzeige würde ihn zum Gespött des Dorfes machen. Mit einemmal brummelte er:

»Sie brauchen nicht zu gehen.« Francis tat so, als hörte er ihn nicht.

»Halt!« schrie Father Kezer. Er beherrschte sich mühsam und würgte hervor. »Wir wollen... wollen es vergessen. Sprechen Sie selbst mit ihr.«

Dann verließ er wütend das Zimmer.

Als Tante Polly und Judy nach Tynecastle zurückgekehrt waren, besann Francis sich eines Besseren, er wollte eine Erklärung geben, wollte sagen, wie leid ihm Judys kleiner Diebstahl getan habe. Father Kezer aber war nichts als eisige Ablehnung. Seiner Meinung nach war er hintergangen worden, und das hatte den alten Mann noch mehr verbittert. Außerdem wollte er jetzt bald auf Urlaub gehen, und es lag ihm daran, den Kaplan vorher gründlich in seine Schranken zu weisen.

Mürrisch und übelgelaunt beachtete er Francis kaum mehr. Er hatte Miss Cafferty angewiesen, dem jüngeren Priester erst später das Essen zu bringen und nahm seine Mahlzeiten allein ein. Am Sonntag vor seiner Abreise hielt er eine flammende Predigt über das siebente Gebot: »Du sollst nicht stehlen.« Jedes Wort war auf Francis gemünzt.

Nach dieser Predigt gab es für Francis kein Überlegen mehr. Kaum war der Gottesdienst vorüber, ging er zu Donald Kyle, nahm den Betriebsleiter beiseite und sprach lange und eindringlich mit ihm. Langsam hellte Kyles Gesicht sich auf, noch schienen nicht alle Zweifel daraus geschwunden, aber sein Ausdruck war lebhaft und hoffnungsvoll. Schließlich sagte er halblaut: »Ich bin zwar nicht sicher, ob wir das tun können. Aber jedenfalls mache ich mit!« Die beiden Männer schüttelten sich die Hände.

Am Montagmorgen reiste Father Kezer nach Harrogate ab, um dort eine sechswöchige Kur zu machen. Am gleichen Abend fuhr Miss Cafferty nach Hause, nach Roßlare. Am Dienstag früh aber trafen sich Francis und Donald Kyle wie verabredet am Bahnhof. Kyle hatte eine Mappe mit Papieren bei sich und eine wunderschöne neue Broschüre, die eben erst von den Vereinigten Kohlengruben in Nottingham, einem großen Konkurrenzunternehmen, herausgegeben worden war. Er hatte seinen besten Anzug an und sah kaum weniger entschlossen drein als Francis. Sie verließen Shalesley mit dem Elf-Uhr-Zug.

Langsam verstrich der Tag, spät am Abend erst kehrten sie wieder zurück. Schweigend gingen sie nebeneinander die Straße entlang und blickten gerade vor sich hin. Francis schien müde, sein Gesichtsausdruck verriet nichts. Eine gewisse Bedeutung hatte es vielleicht, daß der Betriebsleiter mit grimmiger Feierlichkeit lächelte, als sie sich »Gute Nacht« wünschten.

In den nächsten Tagen ereignete sich nichts Besonderes. Dann begann ganz unvermutet eine Zeit seltsamer Geschäftigkeit.

Diese Geschäftigkeit konzentrierte sich offenbar auf das Gelände der Grube, was weiter nicht verwunderlich war, da diese den Mittelpunkt des Bezirkes bildete. Francis hielt sich viel dort auf, wenn ihm seine Tätigkeit in der Pfarre dazu Zeit ließ, er beriet mit Donald Kyle, studierte die Blaupausen des Architekten, sah den Männern bei der Arbeit zu. Es war erstaunlich, wie rasch das neue Gebäude in die Höhe wuchs. Nach vierzehn Tagen ragte es schon über die danebenliegende Unfallstation hinaus, nach einem Monat war der Rohbau fertig. Dann kamen die Zimmerleute und Gipser. Der Lärm der Hammerschläge war Musik für Francis' Ohren. Tief atmete er den Duft der frischen Hobelspäne ein. Hin und wieder griff er selber zu und half den Männern bei der Arbeit. Alle hatten ihn gern. Seine Vorliebe für eigener Hände Arbeit war ein Erbteil seines Vaters.

Einmal am Tage erschien unauffällig Frau Morrison, die ihm in dieser Zeit die Wirtschaft führte. Sonst war er allein im Pfarrhaus, der Nörgeleien seines Vorgesetzten ledig. Sein Inneres glühte, er fühlte den Kontakt mit den Leuten wachsen, die Schranken des Mißtrauens brachen nieder. Nach und nach fand er den Zugang zu ihrem abgestumpften Dasein und sah in eingesunkenen matten Augen ein plötzliches überraschtes Aufleuchten. Es war ein herrliches Gefühl, eine Mischung von Wollen und Erreichen – es war, als bringe ihn die Hingabe an die Armut und das Elend ringsum den Stufen von Gottes unsichtbarem Thron näher.

Fünf Tage bevor Pfarrer Kezer zurückkehrte, setzte sich Francis hin und schrieb einen Brief folgenden Inhalts:

Shalesley, 15. September 1897

Verehrter Sir George,

die neue Erholungsstätte, die Sie in so großzügiger Weise für das Dorf Shalesley gestiftet haben, ist nahezu fertiggestellt Sie wird sich gewiß als unendliche Wohltat nicht nur für Ihre eigenen Bergarbeiter und deren Familien erweisen, sondern für jedermann in diesem weitverzweigten Industriebezirk, ungeachtet seiner Klasse oder seines Glaubens. Ein Komitee wurde bereits gebildet und ein Programm im Sinne unserer Besprechungen ausgearbeitet. Die beigeschlossene Abschrift soll Sie davon unterrichten, was für den kommenden Winter geplant ist: Kurse in Boxen und Fechtstock, Turnen, Erste Hilfe bei Unglücksfällen und ein Tanzabend an jedem Donnerstag.

Wenn ich bedenke, wie großzügig Sie auf Herrn Kyles und meinen zögernden und ungebührlichen Vorschlag ohne langes Zaudern eingingen, fühle ich mich ganz bedrückt. Jedes Wort des Danks, das ich aussprechen könnte, wäre Ihrer Güte keinesfalls angemessen. Möge das Glück, das Sie der arbeitenden Bevölkerung von Shalesley bereiten, das Gute, das dem verstärkten Zusammengehörigkeitsgefühl entwachsen muß, Ihr wahrer Dank sein.

Am 21. September soll zur Eröffnung ein Galaabend stattfinden. Unsere Freude wäre vollkommen, wenn Sie uns mit Ihrer Gegenwart beehren würden.

Mit den ergebensten Empfehlungen

Ihr
Francis Chisholm,
Kaplan der Erlöserkirche

Er gab den Brief mit seltsam angespanntem Lächeln auf. Seine Worte kamen aus tiefstem Herzen und waren vollkommen ehrlich gemeint. Aber seine Knie zitterten.

Am 19. mittags, einen Tag nach der Rückkehr seiner Haushälterin, erschien Pfarrer Kezer wieder auf der Bildfläche. Die Salzwasserkur hatte ihn gestärkt, er war mit Energie geladen – oder wie er selbst sagte, er brannte darauf, die Zügel wieder in die Hand zu nehmen. Das Pfarrhaus füllte sich wieder mit seiner lauten, schwarzen Gegenwart, er begrüßte Miss Cafferty schallend, verlangte nach kräftigem Essen und sah seine Post durch. Dann ging er geräuschvoll zu Tisch und rieb sich die Hände. Auf seinem Teller lag ein Briefumschlag. Er riß ihn auf und zog eine gedruckte Karte heraus.

»Was soll das bedeuten?«

Francis feuchtete seine trockenen Lippen an und nahm seinen ganzen

Mut zusammen. »Es scheint eine Einladung zum Eröffnungsabend des neuen Sport- und Jugendklubs von Shalesley zu sein. Ich habe auch eine bekommen.«

»Jugendklub? Was haben wir damit zu schaffen?« Er hielt die Karte auf Armeslänge von sich entfernt und starrte sie böse an. »Was soll das heißen?«

»Es ist eine schöne neue Erholungsstätte. Sie können sie vom Fenster aus sehen.« Mit leicht zitternder Stimme fügte Francis hinzu: »Sie ist ein Geschenk von Sir George Renshaw.«

»Sir George...« Verblüfft verstummte Pfarrer Kezer und stapfte zum Fenster. Lange schaute er sich durch die Scheiben die eindrucksvollen Ausmaße des neuen Gebäudes an. Dann kehrte er um, setzte sich nieder und begann langsam zu essen. Man konnte nicht behaupten, daß sein Appetit der eines Mannes mit gereinigter Leber war. Immer wieder warf er Francis aus seinen kleinen verkniffenen Augen einen raschen Blick zu. Sein Schweigen füllte den Raum wie eine Verwünschung.

Schließlich ergriff Francis das Wort – ungeschickt, einfach, aber drängend: »Sie müssen sich entscheiden, Father. Sie haben Tanzen und jede Art gemeinsamer Unterhaltung von Burschen und Mädchen in Acht und Bann getan. Wenn aber unsere Leute nicht mitmachen, wenn sie den Klub meiden und den Tanzabenden fernbleiben, wird Sir George tödlich beleidigt sein.« Francis hob die Augen nicht von seinem Teller. »Morgen, am Donnerstag, kommt er selbst zum Eröffnungsabend.«

Father Kezer brachte keinen Bissen mehr hinunter. Das dicke saftige Beefsteak auf seinem Teller hätte ebensogut ein Wischlappen sein können. Er stand unvermittelt auf und zerdrückte plötzlich die Karte in seiner haarigen Faust mit schrecklicher Gewalt. »Wir werden nicht zum Eröffnungsabend des bösen Feindes gehen! Wir werden nicht hingehen, haben Sie mich verstanden? Ich sage das ein für allemal!« Tobend stürzte er aus dem Zimmer.

Am Donnerstagabend stolzierte Father Kezer frisch rasiert, mit sauberem Hemd und in seinem besten schwarzen Gewand hinüber zu der Feier. Heiterkeit und Düsternis hatten auf seinem Antlitz einen schrecklichen Kompromiß geschlossen. Francis folgte ihm.

Die Wärme vieler Lichter und große Aufregung füllten die Halle, in der sich das Arbeitervolk der Gemeinde drängte. Auf der erhöhten Estrade saßen einige Honoratioren, Donald Kyle und seine Frau, der Betriebsarzt, der Lehrer und zwei andere Geistliche. Als Francis und

Pfarrer Kezer ihre Plätze einnahmen, gab es lang anhaltenden Beifall, dann ein paar schrille Pfiffe und lautes Gelächter. Pfarrer Kezer biß mit saurer Miene die Zähne zusammen.

Als draußen ein Wagen vorfuhr, stieg die Spannung aufs höchste. Ein paar Augenblicke später erschien Sir George auf der Estrade, wo ihm eine wahre Ovation dargebracht wurde. Er war ein mittelgroßer Mann von ungefähr sechzig Jahren, um eine spiegelnde Glatze trug er einen Kranz silberweißer Haare. Auch sein Schnurrbart schimmerte silbrig, doch seine Wangen waren lebhaft gefärbt. Er besaß jene bemerkenswerte rosa und weiße Frische, die manchen blonden Typen in späteren Jahren zuteil wird. Fast nicht zu glauben schien es, daß so viel Macht in den Händen eines Mannes lag, dessen Benehmen so unauffällig war wie seine Kleidung.

Er hörte freundlich zu, während die Feier ihren Fortgang nahm, ließ Herrn Kyles Willkommensgruß über sich ergehen und sprach dann selbst einige Worte. Er schloß liebenswürdig:

»Um der Wahrheit die Ehre zu geben, möchte ich feststellen, daß die erste Anregung zu diesem sehr lobenswerten Projekt vor allem Father Chisholms Weitblick und Weitherzigkeit zu danken ist.«

Der Applaus war ohrenbetäubend, Francis errötete tief und richtete die Augen flehend auf seinen Vorgesetzten.

Pfarrer Kezer hob automatisch die Hände, schlug sie zweimal aneinander, ohne daß ein Ton hörbar wurde, und lächelte dazu wie ein kränklicher Märtyrer. Später wurde ein Tänzchen improvisiert, und er sah zu, wie Sir George mit der jungen Nancy Kyle sich rund um die Halle drehte. Dann verschwand er in die Nacht hinaus. Der Klang der Geigen folgte ihm.

Als Francis zu später Stunde heimkehrte, fand er den Pfarrer noch wach. Er saß im Wohnzimmer am kalten Kamin, die Hände auf die Knie gelegt.

Father Kezer schien seltsam stumpf. Aller Kampfgeist war aus ihm gewichen. In den letzten zehn Jahren war er mit mehr Kaplänen fertig geworden, als Heinrich VIII. mit Frauen. Und jetzt hatte ein Kaplan ihn fertiggemacht. Er sagte tonlos:

»Ich werde dem Bischof über Sie Bericht erstatten müssen.«

Francis fühlte, wie sich ihm das Herz in der Brust umkehrte. Aber er blieb standhaft. Was auch mit ihm geschah, Pfarrer Kezers Autorität war ins Wanken gekommen. Düster fuhr der ältere Geistliche fort: »Vielleicht wird Ihnen ein Wechsel guttun. Darüber soll der Bischof entscheiden. Dean Fitzgerald braucht noch einen Kaplan in Tynecastle ... Ihr Freund Mealey ist auch dort, nicht wahr?«

Francis schwieg. Nur ungern wollte er die Pfarre verlassen, in der es sich langsam zu regen begann. Doch wenn man ihn dazu zwang, hatte es sein Nachfolger wenigstens leichter. Der Klub blieb bestehen. Ein Anfang war gemacht, weitere Veränderungen würden folgen. Er empfand keinerlei persönliche Genugtuung, aber eine stille Hoffnung stieg in ihm auf wie ein fernes Traumbild. Leise sagte er: »Es tut mir leid, Herr Pfarrer, wenn ich Sie verärgert habe. Glauben Sie mir, ich habe nur versucht, zu helfen ... unserer nichtsnutzigen Bande zu helfen.«

Die Augen der beiden Geistlichen trafen sich. Pfarrer Kezer senkte die seinen zuerst.

2

An einem Freitag, gegen Ende der Fastenzeit, saßen Francis und Father Slukas schon im Eßzimmer des Pfarrhauses von St. Dominik beim spärlichen Mittagsmahl, als Father Mealey von einem morgendlichen Krankenbesuch heimkam. Es gab nur Stockfisch und ungebutterten braunen Toast, allerdings auf viktorianischem Silber und feinem blauem Worcesterporzellan serviert. Anselms Zurückhaltung und seine Gleichgültigkeit gegenüber dem Essen waren so groß, daß Francis sofort dachte, er müsse etwas auf dem Herzen haben. Dean Fitzgerald aß während der Fastenzeit im oberen Stockwerk, so daß die drei jungen Geistlichen unter sich waren. Dennoch kaute Father Mealey ohne rechte Lust und blieb bis zum Ende des Mahles mit leicht geröteten Wangen in Schweigen versunken sitzen. Erst als der Litauer sich erhob, die Krumen aus seinem Bart bürstete, sich verneigte und fortging, lockerte sich Anselms angespannte Haltung. Er holte tief Atem und stieß hervor:

»Francis! Ich möchte, daß du heute nachmittag mit mir kommst. Hast du irgendwelche Verpflichtungen?«

»Nein ... bis vier Uhr bin ich frei.«

»Dann mußt du unbedingt kommen. Ich möchte, daß du als mein Freund, als mein geistlicher Bruder, der erste bist ...«, er brach ab und wollte nichts mehr sagen, seine Worte blieben in dunkles Geheimnis gehüllt.

Zwei Jahre war Francis jetzt schon der zweite Kaplan von Sankt Dominik, wo Gerald Fitzgerald nun als Dean Fitzgerald immer noch amtierte, unterstützt von Anselm, dem rangältesten Kaplan. Slukas, den Priester aus Litauen, nahm man als notwendige Belastung hin, weil der Strom der polnischen Einwanderer, der sich nach Tynecastle ergoß, nicht abriß.

Der Wechsel von dem hinterwäldlerischen Shalesley zu dieser ihm vertrauten Stadtpfarre, in der die Gottesdienste mit der Regelmäßigkeit eines Uhrwerks abliefen und die Kirche von eleganter Vollkommenheit war, hatte sich auf Francis recht eigentümlich ausgewirkt. Er war glücklich, in Tante Pollys Nähe zu sein, ein Auge auf Ned und Judy zu haben und die Tullochs, Willi und seine Schwester, ein- oder zweimal in der Woche zu sehen. Trost und ein schwer zu beschreibendes Gefühl der Geborgenheit verlieh ihm auch der Gedanke, daß Monsignore Mac Nabb aus San Morales kürzlich zum Bischof dieser Diözese ernannt worden war. Trotzdem war Francis in letzter Zeit viel reifer geworden, feine Linien zogen sich um seine ruhig blickenden Augen, und auch seine überschlanke Gestalt ließ erkennen, daß sich der Übergang nicht leicht vollzogen hatte.

In seiner verfeinerten, wählerischen Art und in seinem Stolz, ein Gentleman zu sein, war Dean Fitzgerald das genaue Gegenteil von Pfarrer Kezer. Dafür hatte er gewisse hochmütige Vorurteile, obgleich er sich Mühe gab, unparteiisch zu sein. Anselm, der jetzt sein erklärter Liebling war, erntete immer wärmstes Lob – Father Slukas übersah er einfach. Der Litauer sprach gebrochen Englisch, hatte keine Tischmanieren und steckte sich die Serviette bei jeder Mahlzeit unter den Bart. Dazu kam noch eine merkwürdige Vorliebe, einen steifen Hut zur Soutane zu tragen, kurz, man konnte ihn keineswegs für voll nehmen. Seinem andern Kaplan gegenüber aber war Dean Fitzgerald eigentümlich vorsichtig. Francis begriff bald, daß seine einfache Herkunft, seine Verbindung mit dem Gasthof »Zur Union«, ja mit der ganzen Bannon-Tragödie eine Voreingenommenheit erzeugten, der er nur sehr schwer würde Herr werden können.

Und wie schlecht hatte er sich eingeführt. Er war der abgedroschenen Plattheiten müde, der gleichen alten, abgeleierten Predigten, die man wie ein Papagei fast mechanisch an den bestimmten Sonntagen des Jahres hersagte, und so hatte er kurz nach seiner Ankunft gewagt, in einer einfachen, frischen und ursprünglichen Rede seine eigenen Gedanken über persönliche Lauterkeit von der Kanzel zu verkünden. O weh! Dean Fitzgerald hatte mit scharfen Worten diese gefährliche Neuerung gerügt. Auf seinen Wunsch war am nächsten Sonntag Anselm auf die Kanzel gestiegen und hatte das Gegenmittel verabreicht; eine prachtvolle Tirade über den Stern der Meere, in der Hirsche nach Wasser dürsteten und Barken sicher über Untiefen glitten. Er schloß die Rede mit ausgebreiteten Armen, als bildhübscher Bittender um christliche Liebe, und mit der Aufforderung: »Kommet!« Alle Frauen der Gemeinde waren in Tränen aufgelöst, und nachher, als Anselm ein herzhaftes Frühstück mit Hammelkoteletts verzehrte, beglückwünschte ihn der Dean besonders nachdrücklich. »Das, Father Mealey, war wahre Beredsamkeit! Nahezu die gleiche Predigt hörte ich unsern verewigten Bischof vor zwanzig Jahren halten.«

Vielleicht waren diese einander entgegengesetzten Predigten bestimmend für die Laufbahn der beiden jungen Priester. Die Monate verstrichen, und Francis konnte nicht umhin, sein eigenes mittelmäßiges Auftreten mit Anselms glänzenden Erfolgen zu vergleichen. Father Mealey war eine bekannte Persönlichkeit in der Gemeinde, immer freundlich, ja heiter, immer bereit, zu lachen und allen tröstlich auf die Schulter zu klopfen, die in Bedrängnis waren. Er arbeitete angestrengt und mit großem Ernst, trug ein kleines Notizbuch in der Westentasche, worin alle seine Verpflichtungen verzeichnet standen, und schlug keine Einladung aus, bei einer Versammlung oder nach einem Essen eine Rede zu halten. Er gab das kleine St.-Dominikus-Wochenblatt heraus, das oft recht humorvoll und mit Neuigkeiten gespickt war. Er ging viel aus und obwohl ihn niemand einen Snob nennen konnte, wurde er zum Tee in die besten Häuser eingeladen. Wann immer ein hervorragender Mann der Kirche in der Stadt predigte, konnte man sicher sein, daß Anselm ihn aufsuchen und bewundernd zu seinen Füßen sitzen würde. Später verfaßte er dann einen prachtvollen Brief, in dem er mit glühenden Worten den geistigen Gewinn pries, der ihm aus der Begegnung erwachsen war. Diese Aufrichtigkeit hatte ihm viele einflußreiche Freunde gesichert.

Natürlich waren auch seiner Arbeitskraft Grenzen gesetzt. Den Posten eines Sekretärs der in Tynecastle befindlichen ausländischen Missionsstelle der Diözese – einem Lieblingsprojekt des Bischofs – übernahm er mit größtem Eifer und arbeitete unablässig, um Seiner Gnaden gefällig zu sein. Dafür aber hatte er sich widerstrebend entschließen müssen, die Leitung des Klubs der Arbeiterjugend in der Shandstraße abzulehnen und Francis zu übertragen.

Die Gegend rings um die Shandstraße war die ärgste in der ganzen Stadt, Mietskasernen und große Wohnblöcke, ein richtiges Elendsviertel, das man nach und nach als das für Francis' passende Arbeitsfeld ansah. Dort gab es mehr als genug zu tun, wenn das Ergebnis seiner Bemühungen auch gering und bedeutungslos schien. Er mußte sich daran gewöhnen, dem nackten Elend ins Auge zu sehen und den Anblick von Jammer und Schande, die wie Hohn ewig der Armut folgen, ohne Schauder zu ertragen. Es war keine Gemeinschaft der Heiligen, die da um ihn aufwuchs, sondern eine Gemeinschaft der Sünder, und sie erweckten solches Mitleid in ihm, daß er manchmal nahe daran war, in Tränen auszubrechen.

»Sag' nicht, daß du ein Mittagsschläfchen hältst«, bemerkte Anselm vorwurfsvoll.

Francis schrak aus seinen Träumen auf und sah Father Mealey, Stock und Hut in der Hand, wartend neben dem Mittagstisch stehen. Bereitwillig lächelnd erhob er sich.

Der Nachmittag war frisch und schön, es wehte ein kräftiges Lüftchen. Anselm schritt munter aus, gewandt, ehrbar und gesund und hatte für jedes seiner Pfarrkinder einen freimütigen Gruß. Seine Beliebtheit in der Pfarre von St. Dominik hatte ihn nicht verdorben. Seine zahlreichen Bewunderer hielten es für seinen hervorstechendsten Charakterzug, daß er seine Leistungen in gewinnender Weise herabsetzte.

Francis merkte bald, daß es zu dem neuen Vorort ging, der erst kürzlich in die Pfarre eingemeindet worden war. Jenseits der Stadtgrenze hatte man begonnen, auf dem Gelände eines alten Gutsbesitzes Häuser zu errichten. Überall sah man Arbeiter mit Mörteltrögen und Schubkarren. Ohne daß es ihm recht bewußt wurde, fiel Francis ein großes weißes Schild auf: »Hollis-Gut. Anfragen an Malcom Glennie, Anwalt.« Aber Anselm drängte vorwärts, über den Hügel hinüber, an einigen grünen Feldern vorbei, dann zur Linken einen Waldweg hinunter. Es war eine hübsche ländliche Gegend, obwohl Fabrikschlote in nächster Nähe standen.

Plötzlich blieb Father Mealey bewegungslos und doch erregt wie ein witternder Jagdhund stehen.

»Du weißt, wo wir sind, Francis? Du hast von diesem Ort gehört?«

»Natürlich.«

Francis war hier oft vorbeigekommen. Moosbedeckte Felsen bildeten eine kleine Höhle, die von gelbem Ginster überwuchert und von dichtgedrängten, im Halbkreis herumstehenden Blutbuchen umschlossen wurde. Es war die hübscheste Stelle in weitem Umkreis. Er hatte sich oft gewundert, warum man sie »die Quelle«, ja manchmal sogar »Marienquelle« nannte. Das Becken war seit fünfzig Jahren ausgetrocknet.

»Schau hin!« Father Mealey umklammerte Francis' Arm und zog ihn vorwärts. Aus den trockenen Felsen sprang ein kristallklarer Strahl. Ein paar Augenblicke vergingen in eigentümlichem Schweigen, dann beugte Mealey sich nieder, formte die Hände zur Schale und nahm einen Trunk, fast als vollziehe er eine heilige Handlung.

»Koste, Francis. Wir sollten für den Vorzug dankbar sein, zu den ersten zu gehören.« Francis beugte sich hinunter und trank. Das Wasser war köstlich und frisch. Er lächelte. »Es schmeckt gut.«

Mealey betrachtete ihn mit milder Weisheit, die der Gönnerhaftigkeit nicht entbehrte. »Ich würde es einen himmlischen Wohlgeschmack nennen, mein Bester.«

»Fließt es schon lange?«

»Es begann gestern nachmittag bei Sonnenuntergang zu strömen.«

Francis lachte. »Du bist heute das reinste delphische Orakel, Anselm – voll von Zeichen und bedeutungsvollen Geheimnissen. Komm, laß mich schon die ganze Geschichte hören. Wer hat dir davon erzählt?«

Father Mealey schüttelte den Kopf. »Ich kann es nicht... noch nicht.«

»Du hast mich aber schrecklich neugierig gemacht.«

Anselm lächelte erfreut, legte aber sein Gesicht rasch wieder in feierliche Falten. »Noch kann ich das Siegel nicht brechen, Francis. Ich muß mich an Dean Fitzgerald wenden. Er ist der Mann, der sich dieser Sache annehmen muß. Bis dahin verlasse ich mich natürlich ganz auf dich... ich weiß, daß du mein Vertrauen nicht mißbrauchen wirst.«

Francis kannte seinen Begleiter zu gut, um ihn noch länger zu drängen.

Auf dem Rückweg nach Tynecastle trennte sich Francis von Mealey und ging dann in die Glanville-Straße, wo er einen Krankenbesuch zu machen hatte. Ein Mitglied seines Klubs, ein Junge namens Owen Warren, hatte vor ein paar Wochen beim Fußballspiel einen Tritt gegen das Bein bekommen. Der Junge war arm und unterernährt und hatte die Verletzung vernachlässigt. Als man schließlich den Armenarzt rief, war die Sache bereits zu einem bösen Geschwür am Schienbein geworden.

Francis ging die Geschichte nahe – um so mehr, als Dr. Tulloch ihres Ausgangs gar nicht sicher war. Er blieb den Abend über bei Warrens und bemühte sich, Owen und seiner besorgten Mutter etwas Trost zu spenden. Darüber geriet der seltsame und ergebnislose Ausflug am Nachmittag völlig in Vergessenheit.

Laute und bedrohliche Geräusche, die aus Dean Gerald Fitzgeralds Zimmer drangen, erinnerten ihn jedoch am nächsten Morgen wieder daran.

Die Fastenzeit bedeutete für den Dean eine fürchterliche Buße. Er war ein gerechter Mann und hielt sich an die Vorschriften. Aber das Fasten bekam seiner wohlgenährten Eleganz gar nicht, zu sehr war er an den Genuß von gehaltvollen und nahrhaften Speisen gewöhnt. Während dieser schweren Prüfung für seine Gesundheit und seine Laune lebte der Dean sehr zurückgezogen, schritt durch das Pfarrhaus, ohne daß seine umflorten Augen irgend etwas wahrnahmen, und zeichnete jeden Abend in seinen Kalender ein neues Kreuz ein.

Wenn Father Mealey bei Fitzgerald auch hoch in Gunst stand, so bedurfte es doch beträchtlicher Geschicklichkeit, um mit dem Dean in dieser Zeit überhaupt sprechen zu können, und Francis hörte, wie Anselms Stimme, bittend und überredend, immer wieder Ausbrüche der Gereiztheit besänftigen mußte. Am Ende trug die sanftere Stimme den Sieg davon – wie der Wassertropfen, dachte Francis, stetig und beharrlich den Granit höhlt. Äußerst schlecht gelaunt, kam der Dean eine Stunde später aus seinem Zimmer. Father Mealey wartete im Flur auf ihn. Zusammen fuhren sie in einem Wagen in die Stadt. Sie blieben drei Stunden aus, so daß es Essenszeit war, als sie zurückkehrten. Ausnahmsweise wich der Dean von der Regel ab, indem er sich am Tisch der jungen Priester niederließ. Allerdings aß er nichts, sondern verlangte nur eine große Kanne schwarzen Kaffee, den einzigen Luxus, den er sich in der Wüstenei seiner Selbstverleugnung gönnte. Wie er so, leicht zur Seite gewandt, mit übereinandergeschlagenen Beinen dasaß und das schwarze, duftende Getränk schlürfte, sah er wirklich gut und elegant aus und verbreitete eine Wärme, ja Kameradschaftlichkeit um sich, als hätte ihn eine freudige innere Erregung aus seiner Reserve gelockt. Nachdenklich sagte er, zu Francis und dem litauischen Priester gewandt – es war deutlich zu merken, daß sein freundlicher Blick diesmal auch auf

Slukas ruhte: »Wir müssen Father Mealey für seine Beharrlichkeit dankbar sein... er ließ sich nicht einmal beirren, als ich mein Mißtrauen recht heftig äußerte. Natürlich ist es meine Pflicht, gewissen – Phänomenen mit dem äußersten Skeptizismus gegenüberzutreten. Aber ich hatte niemals eine derartige Offenbarung gesehen oder in meiner Pfarre zu sehen gehofft.« Er brach ab, nahm seine Tasse in die Hand und wies mit einer großzügig entsagenden Gebärde auf Anselm. »Ihnen, Father, gebührt das Vorrecht, die Geschichte zu erzählen.«

Father Mealeys Wangen waren vor Erregung leicht gerötet. Er räusperte sich und begann bereitwillig und ernsthaft zu sprechen, als erfordere der Vorfall, über den er berichtete, größte, formvollendete Beredsamkeit:

»Ein Mitglied unserer Gemeinde, ein junges Weib, das seit längerer Zeit kränkelte, ging am Montag dieser Woche spazieren. Das Datum, da wir vor allem mit größter Genauigkeit vorgehen wollen, war der 15. März, die Zeit halb vier Uhr nachmittag. Kein müßiger Wunsch veranlaßte diesen Spaziergang – das Mädchen ist eine fromme, gottergebene Seele und neigt nicht dazu, sich leichtfertig herumzutreiben. Sie ging, den Vorschriften ihres Arztes entsprechend, spazieren, um frische Luft zu schöpfen. Es handelt sich um Dr. William Brine, wohnhaft Boyle Crescent Nr. 42, den wir alle als einen Arzt von untadeliger, ich kann wohl sagen, von allerhöchster Redlichkeit kennen. Nun denn!« Father Mealey nahm einen Schluck Wasser und fuhr fort. »Als sie von ihrem Spaziergang zurückkehrte und ein Gebet vor sich hin sprach, kam sie zufällig an dem Ort vorbei, der, wie wir wissen, Marienquell genannt wird. Schon nahte die Dämmerung, aber die letzten Strahlen der Sonne lagen noch in reinstem Glanz auf der lieblichen Szenerie. Das junge Mädchen hielt an, um sich bewundernd umzublicken, als es plötzlich zu seinem Erstaunen und zu seiner Überraschung eine Dame in einem weißen Gewand, mit einem blauen Mantel und einem Sternendiadem auf der Stirne vor sich stehen sah. Von heiligem Gefühl geleitet fiel unser katholisches Mädchen sogleich auf die Knie. Die Dame lächelte ihr mit unaussprechlicher Zärtlichkeit zu und sagte: ›Mein Kind, wenn du auch kränklich bist, so sollst du doch die Auserwählte sein!‹ Dann wandte sie sich halb ab, sprach aber noch zu dem in tiefer Ehrfurcht erstarrten Mädchen, das indessen schon begriffen hatte: ›Ist es nicht traurig, daß diese Quelle versiegt ist, die meinen Namen trägt? Merke wohl! Für dich und deinesgleichen soll es geschehen.‹ Mit einem letzten wunderbaren Lächeln verschwand sie. In diesem Augenblick entsprang dem dürren Felsen ein herrlicher Quell.«

Als Father Mealey geendet hatte, war es ganz still.

Dann ergriff der Dean das Wort: »Wie ich schon sagte, haben wir diesen heiklen Angelegenheiten zunächst größtes Mißtrauen entgegengebracht. Wir erwarten nicht, daß Wunder auf jedem Stachelbeerstrauch wachsen. Es ist bekannt, wie romantisch junge Mädchen sind. Und das plötzliche Hervorsprudeln der Quelle hätte bloßer Zufall sein können. Jedoch« – und hier klang tiefe Befriedigung aus seiner Stimme – »ich habe gerade, gemeinsam mit Father Mealey und Dr. Brine, das betreffende Mädchen einer langen Befragung unterzogen. Wie Sie sich denken können, war das feierliche Erlebnis der Vision ein großer Schock für das junge Geschöpf. Es hat sich sofort zu Bett gelegt und ist seither darin verblieben.« Die Stimme wurde langsamer und ungeheuer bedeutungsschwer. »Obwohl es sich, ganz wie sonst, glücklich und wohlgenährt fühlt, hat es in diesen fünf Tagen weder Speise noch Trank angerührt.« Er gab der erstaunlichen Tatsache durch einige Augenblicke tiefen Schweigens gebührenden Nachdruck. »Außerdem... außerdem habe ich zu berichten, daß es deutlich, nicht zu verkennen und nicht zu leugnen, die heiligen Stigmata trägt!« Triumphierend fuhr er fort: »Noch ist es zu früh, davon zu sprechen, erst müssen endgültige Beweise gesammelt werden, aber ich habe die deutliche Vorahnung, ja fast schon die Überzeugung, daß die Gnade des Allmächtigen Gottes uns in dieser Gemeinde an einem Wunder teilhaben läßt, vergleichbar mit jenen, die unserer Religion die Grotte von Digby oder das ältere, schon länger bekannte Heiligtum von Lourdes schenkten – vergleichbar und vielleicht von gleicher Tragweite.«

Es war unmöglich, von der edlen Größe dieser Ansprache nicht tief berührt zu werden.

»Wer ist das Mädchen?« fragte Francis.

»Es heißt Charlotte Neily!«

Francis starrte den Dean an. Er öffnete den Mund und schloß ihn wieder. Das eindrucksvolle Schweigen dauerte an.

In den nächsten Tagen stieg die Erregung im Pfarrhaus immer mehr. Niemand aber war besser geeignet, der Krisis Herr zu werden, als Dean Fitzgerald, ein Mann von ehrlicher Frömmigkeit, der auch in den Dingen dieser Welt gut Bescheid wußte. Lange und schwer errungene Erfahrungen als Mitglied der Schulbehörde und des Stadtrats befähigten ihn, sich weltlicher Angelegenheiten mit der nötigen Schläue anzunehmen. Es wurde dafür gesorgt, daß diese Neuigkeit nicht in die Öffentlichkeit drang, und selbst im Pfarrhaus durfte über die Sache kein Wort gesprochen werden. Der Dean erledigte alles Nötige selbst und wollte das Zeichen erst geben, wenn alles soweit war.

Der völlig unerwartete Vorfall flößte ihm neues Leben ein. Seit Jahren hatte ihn keine so tiefe geistige und körperliche Befriedigung erfüllt. Frömmigkeit und Ehrgeiz waren in ihm eine seltsame Mischung eingegangen, und es schien, als ob seine außergewöhnlichen Eigenschaften des Leibes und der Seele ihn zwangsläufig zu einer großen Karriere innerhalb der Kirche bestimmten. Dieses persönliche Emporrücken auf der Stufenleiter ersehnte er vielleicht nicht weniger leidenschaftlich als die Ausbreitung der heiligen Kirche. Zeitgenössische Geschichte war ein Gebiet, das er eifrig durchforschte, und er verglich sich häufig im Geist mit Newman. Obgleich er es verdient hatte, ebenso berühmt zu sein, blieb er ruhig und vergessen in St. Dominik. Die einzige Auszeichnung, die man ihm als Lohn für zwanzig Jahre vorbildlichen Wirkens verlieh, war die bedeutungslose Erhebung in den Rang eines Deans. Der Titel ist in der katholischen Kirche wenig gebräuchlich, und wenn Fitzgerald sich außerhalb der Stadt auf Reisen befand, wurde er oft dadurch in Verlegenheit gesetzt, daß man ihn irrtümlicherweise für einen anglikanischen Geistlichen hielt – eine Unterstellung, die ihn tief kränkte.

Möglicherweise war er sich darüber klar, daß er zwar bewundert, aber nicht geliebt wurde, und empfand deswegen eine von Tag zu Tag ärgere Enttäuschung. Er bemühte sich, sein Schicksal ergeben zu tragen, aber wenn er sein Haupt neigte und sprach: »Herr, Dein Wille geschehe!« so brannte tief unter seiner Demut der Gedanke: »Es wäre höchste Zeit, daß sie mir meine Mozetta geben.«

Jetzt war alles anders geworden. Mochte man ihn in St. Dominik lassen. Er würde aus St. Dominik ein strahlendes Heiligtum machen. Lourdes schwebte ihm vor Augen, dann aber auch das zeitlich und räumlich näher liegende Beispiel des Ortes Digby in den Midlands. Seit es dort die wunderwirkende Grotte gab, in der sich viele beglaubigte Heilungen vollzogen hatten, war aus dem öden Nest eine blühende Stadt und aus der unbekannten, wenn auch findigen Pfarrgemeinde ein nationaler Begriff geworden.

Der Dean vertiefte sich in die herrliche Vision einer neuen Stadt, einer großen Basilika, eines feierlichen Triduums, er sah sich selbst in prunkvollen Gewändern auf dem Thron ... dann riß er sich zusammen und überprüfte die Vertragsentwürfe. Als erstes hatte er unverzüglich Schwester Teresa, eine vertrauenswürdige und kluge Dominikanerin, in Charlotte Neilys Haus untergebracht. Ihre einwandfreien Berichte klangen völlig beruhigend.

Es war ein Glück, daß die Marienquelle und das umliegende Land zu dem Besitz der alten und reichen Familie Hollis gehörten. Hauptmann Hollis war zwar selbst kein Katholik, hatte aber die Schwester Sir George Renshaws, eine Katholikin, geheiratet und erwies sich als überaus freundlich und entgegenkommend. Er und Malcom Glennie, sein Anwalt, saßen eine lange Reihe von Tagen, zusammen mit dem Dean, hinter verschlossenen Türen und hielten bei Sherry und Kuchen lange Beratungen ab. Schließlich wurde ein gutes und freundliches Übereinkommen erzielt. Der Dean hatte kein persönliches Interesse an Geld, er betrachtete es verächtlich als Unrat. Aber die Dinge, die man damit kaufen konnte, waren wichtig, und er hatte die Zukunft seines glänzenden Projekts sicherzustellen. Wer kein Narr war, mußte einsehen, daß der Wert des Landes in schwindelhafte Höhen schnellen würde.

Am letzten Tag der Verhandlungen traf Francis im Oberstock mit Glennie zusammen. Er war recht überrascht, daß Malcom mit den Angelegenheiten der Familie Hollis betraut worden war. Aber der Anwalt hatte sich nach der Beendigung seiner Studien, in kluger Voraussicht, mit dem Geld seiner Frau die Teilhaberschaft in einer alteingesessenen Kanzlei erkauft und in aller Stille eine ausgezeichnete Klientel übernommen.

»Sieh an, Malcom!« Francis streckte die Hand hin. »Ich freue mich, dich wiederzusehen.«

Glennie schüttelte die Hand mit mäßiger Begeisterung.

»Aber ich bin höchst erstaunt«, Francis lächelte, »dich im Haus des Babylonischen Weibes zu sehen!«

Der Anwalt antwortete mit säuerlichem Lächeln. Er murmelte: »Ich bin ein freidenkender Mann, Francis ... und außerdem gezwungen, jedem Penny nachzujagen.«

Sie schwiegen beide. Francis hatte oft daran gedacht, seine Beziehungen zu den Glennies wiederherzustellen, aber die Nachricht von Daniels Tod hatte ihn davon abgehalten. Dazu kam noch ein zufälliges

Zusammentreffen mit Frau Glennie in Tynecastle. Sie erspähte ihn aus dem Augenwinkel, als er die Straße überquerte, um sie zu begrüßen, und war vor ihm zurückgefahren, als hätte sie den Leibhaftigen erblickt.

Er sagte: »Ich war sehr betrübt, vom Tode deines Vaters zu hören.«

»Ach ja! Er geht uns natürlich ab, der alte Herr. Aber er war ein schrecklicher Pechvogel.«

»In den Himmel zu kommen, ist eigentlich kein so großes Pech«, scherzte Francis.

»Nun ja, es ist wohl anzunehmen, daß er dort ist.« Glennie fingerte unruhig an dem Anhänger seiner Uhrkette herum.

Er näherte sich nun den mittleren Jahren, hielt sich schlecht, ließ die Schultern hängen und hatte einen kleinen Bauch. Sein schütteres Haar trug er in ein paar Strähnen an den Schädel geklebt. Sein Blick war messerscharf, wenn er auch ständig ausweichend zur Seite glitt. Als er sich zur Stiege wandte, lud er Francis ohne sonderliche Herzlichkeit ein:

»Besuche uns einmal. Ich bin verheiratet, wie du weißt – wir wären noch immer unser zwei – wenn Mutter nicht bei uns lebte.«

Malcom Glennie hatte sein eigenes, besonderes Interesse an der beseligenden Vision der Charlotte Neily. Seit frühester Jugend hatte er sich geduldig nach einer Möglichkeit umgesehen, reich zu werden. Seine Mutter hatte ihm ihre grenzenlose Habgier ebenso wie etwas von ihrem Spürsinn und ihrer Schläue vererbt. Er witterte Geld in diesem lächerlichen Plan der römischen Kirche. Gerade die Einmaligkeit der ganzen Sache überzeugte ihn von ihren Möglichkeiten. Hier bot sich ihm eine Gelegenheit, wie vielleicht nie wieder in seinem Leben. Er brauchte nur zuzugreifen und die reife Frucht zu pflücken.

Malcom, der skrupellos für eigene Zwecke ausnützte, was ihm durch die Arbeit für seine Klienten bekannt geworden war, erinnerte sich einer Geschichte, die alle anderen vergessen hatten. Heimlich und mit beträchtlichen Kosten ließ er eine geologische Überprüfung durchführen. Sie bestätigte seine Vermutung: der Wasserzufluß kam ausschließlich aus einem Stück Heideland, das in einiger Entfernung über dem Hollis-Besitz lag.

Malcom war kein reicher Mann. Noch nicht. Aber er raffte alle Ersparnisse zusammen, er belastete Haus und Geschäft mit Hypotheken und hatte auf diese Weise gerade genug, um sich eine Option auf dieses

Stück Land für drei Monate zu sichern. Er wußte, was eine artesische Bohrung für Wirkung haben würde. Er hatte nicht im Sinn, sie durchführen zu lassen. Aber man konnte mit ihr drohen und auf diese Weise ein Geschäft zuwege bringen, das Malcom Glennie zu einem begüterten Gentleman machen würde.

Inzwischen aber floß immer noch der reine, frische Quell. Charlotte Neily behielt immer noch ihre Verzückung und ihre Stigmata bei und lebte ohne irdische Nahrung. Und Francis, in tiefes Grübeln versunken, betete immer noch um die Gnade des Glaubens.

Warum konnte er nicht glauben wie Anselm, der ohne inneren Kampf, milde lächelnd, alles hinnahm, von Adams Rippe bis zu den weniger wahrscheinlichen Einzelheiten von Jonas' Aufenthalt im Walfischbauch! Auch Francis glaubte, ja, auch er... aber nicht an der Oberfläche, nur in den Tiefen... nur wenn er in barmherziger Liebe sich abmühte, wenn er seiner zermürbenden Arbeit in den Elendsvierteln nachging, wenn er die Flöhe aus seinen Kleidern in die leere Wanne schüttelte... nie fiel es ihm leicht, niemals... außer wenn er bei den Kranken, bei den Krüppeln, bei den Geschlagenen mit ihren aschfarbenen Gesichtern saß. Die Grausamkeit der jetzigen Prüfung, ihre Unbilligkeit, zerrte an seinen Nerven und ließ die Freude am Gebet in ihm verdorren.

Das Mädchen selbst ließ Zweifel in ihm wachwerden. Natürlich war er voreingenommen, denn er kam nicht darüber hinweg, daß Charlottes Mutter die Schwester Thaddeus Gilfoyles war und ihr Vater ein unsteter, windiger Geselle, dessen Frömmigkeit sich als ebenso groß erwies wie seine Faulheit. Täglich stahl er sich aus seiner kleinen Kerzenhandlung fort und zündete vor dem Seitenaltar in der Kirche Lichter an als Opfergabe, die seinem vernachlässigten Geschäft den Erfolg bringen sollte. Charlotte hatte ihres Vaters ganze Liebe für die Kirche geerbt. Aber Francis konnte den beunruhigenden Verdacht nicht loswerden, daß die Nebensächlichkeiten sie anzogen, der Duft des Weihrauchs und des warmen Kerzenwachses, und daß die dämmrige Dunkelheit des Beichtstuhls einen Kitzel für ihre Nerven bedeutete. Doch fand er weder an ihrer makellosen Moral etwas auszusetzen noch an der Regelmäßigkeit, mit der sie ihren Pflichten nachkam. Gegen sie sprach lediglich, daß sie sich nur flüchtig wusch und einen ranzigen Atem hatte.

Als Francis am folgenden Samstag äußerst niedergeschlagen die Glanville-Straße hinunterging, sah er Dr. Tulloch aus dem Haus Nr. 143

herauskommen, in dem Owen Warren wohnte. Er rief, der Doktor wandte sich um, blieb stehen und ging dann mit seinem Freund weiter.

Willi war mit den Jahren breiter und kräftiger geworden, hatte sich aber sonst wenig verändert. Langsam, zäh und zuverlässig, war er ein ebenso treuer Freund wie hartnäckiger Feind. Er besaß jetzt, wo er erwachsen war, die ganze Ehrlichkeit seines Vaters, aber wenig von seinem Charme und nichts von seinem Äußeren. Er sah ein wenig beschränkt aus mit seinem roten, stumpfnasigen Gesicht und dem widerspenstigen Haarschopf darüber und hatte eine gewisse schwerfällige Anständigkeit. Seine Karriere als Arzt war keineswegs glänzend, aber er war tüchtig, seine Arbeit machte ihm Freude, und er verachtete die übliche ehrgeizige Streberei. Wohl sprach er manchmal davon, daß er sich »die Welt ansehen« und in fernen Ländern romantische Abenteuer suchen wolle, aber dann ging er weiter seiner Praxis im Armenviertel nach. Sie zwang ihn nicht zu den verhaßten Heucheleien am Krankenbett, sondern erlaubte ihm in den meisten Fällen, sich offen auszusprechen. Das tägliche Einerlei ließ ihn nicht los, und er hatte die praktische Fähigkeit erworben, von einem Tag auf den andern zu leben. Außerdem gelang es ihm nie, Ersparnisse zu machen. Sein Gehalt war nicht groß, und ein beachtlicher Teil davon ging für Whisky auf.

Auf sein Äußeres hatte er nie besonderen Wert gelegt, und an diesem Morgen war er nicht einmal rasiert. Seine tiefliegenden Augen blickten düster, sein Ausdruck hatte nichts von seiner üblichen Gelassenheit, er sah aus, als ob er heute auf die ganze Welt schlecht zu sprechen sei. Kurz berichtete er, daß es dem kleinen Warren nicht gut gehe. Er war bei ihm gewesen, um ein Stück Gewebe für die pathologische Untersuchung zu holen.

Sie gingen gemeinsam die Straße hinunter in schweigendem Einverständnis. Dann begann Francis plötzlich, von einem unerklärlichen Impuls getrieben, Charlotte Neilys Geschichte zu erzählen.

Tullochs Ausdruck veränderte sich nicht. Er stapfte weiter, die Fäuste tief in seinen Manteltaschen vergraben, den Kragen aufgestellt und den Kopf gesenkt.

»Ja«, sagte er schließlich, »das hat mir schon mein kleiner Finger erzählt.«

»Was hältst du davon?«

»Warum fragst du mich?«

»Du bist wenigstens aufrichtig.«

Tulloch sah Francis merkwürdig an. Der Doktor war ein durchaus bescheidener Mensch und sich der Grenzen seiner geistigen Fähigkeiten klar bewußt, aber den Gottesmythos lehnte er mit einer eigentümlichen Bestimmtheit ab. »Religion ist nicht mein Gebiet, ich habe einen äußerst zufriedenstellenden Atheismus geerbt... der sich im Seziersaal stets bestätigt sah. Aber wenn du eine ehrliche Meinung hören willst – ich habe meine Zweifel, um mit meinem guten alten Vater zu sprechen. Warum sehen wir uns das Mädchen nicht an? Wir sind nicht weit von ihrem Haus entfernt. Gehen wir zusammen hinein.«

»Wirst du dadurch nicht Unannehmlichkeiten mit Dr. Brine haben?«

»Nein. Ich kann das morgen mit Saly in Ordnung bringen. Im Umgang mit meinen Kollegen habe ich die Erfahrung gemacht, daß es besser ist, erst zu handeln und sich dann zu entschuldigen.« Er lächelte Francis eigenartig an. »Oder hast du am Ende Angst vor der kirchlichen Hierarchie?«

Francis errötete, beherrschte sich aber und antwortete nicht gleich. Ein paar Augenblicke später erst sagte er: »Ja, ich habe Angst, aber wir wollen doch hingehen.«

Es war erstaunlich, wie leicht man in das Haus eindringen konnte. Frau Neily schlief, todmüde von einer durchwachten Nacht. Vater Neily war ausnahmsweise einmal im Geschäft. Die kleine dicke Schwester Teresa öffnete ruhig und liebenswürdig wie immer die Tür. Da sie aus einem anderen Bezirk von Tynecastle kam, war ihr Tulloch völlig fremd, Francis jedoch hatte sie öfter gesehen und erkannte ihn sofort. Sie ließ die beiden Freunde in das gebohnerte, peinlich saubere Zimmer treten, wo Charlotte auf blütenweißen Kissen ruhte. Sie war frisch gewaschen, trug ein hochschließendes weißes Nachthemd, und das Bettgestell aus Messing blitzte. Schwester Teresa beugte sich, sichtlich stolz auf das makellose Werk ihrer Hände, über das Mädchen.

»Charlotte, mein liebes Kind, Father Chisholm ist gekommen und hat einen Arzt mitgebracht, der ein guter Freund von Dr. Brine ist.«

Charlotte Neily lächelte. Es war ein bewußtes Lächeln, etwas matt, aber doch voll seltsamer Verzückung. Es erhellte das blasse, regungslose Gesicht auf dem Kissen, das schon vorher geleuchtet hatte, ungemein eindrucksvoll. Francis fühlte eine Regung echter Reue. Kein Zweifel, hier in diesem stillen, weißen Zimmer existierte etwas, das jenseits der Grenzen menschlichen Wissens lag.

»Sie haben nichts dagegen, wenn ich Sie untersuche, Charlotte?« fragte Tulloch freundlich.

Das Lächeln wich nicht von Charlottes Gesicht bei seinen Worten. Sie rührte sich nicht. Sie ruhte auf ihren Kissen in der Haltung eines Menschen, der beobachtet wird und sich dessen bewußt ist. Aber er empfindet es nicht störend, sondern eher erhebend, denn die innere Kraft und Sicherheit läßt ihn auf eine sanfte, träumerisch gesteigerte Art den Eindruck wahrnehmen, den er auf die Beobachter macht, die Ehrfurcht, die in ihnen ausgelöst wird. Charlottes blasse Lider hoben und senkten sich. Ihre Stimme kam unbeirrt aus weiter Ferne.

»Warum sollte ich etwas dagegen haben, Herr Doktor? Ich bin nur froh darüber. Ich bin nicht wert, auserwählt zu sein zum Gefäß Gottes... aber da ich erwählt wurde, kann ich mich nur freudig fügen.«

Sie gestattete Tulloch, sie in aller Ehrfurcht zu untersuchen.

»Sie nehmen keine Nahrung zu sich, Charlotte?«

»Nein, Herr Doktor.«

»Sie haben keinen Appetit?«

»Ich denke gar nicht an Essen. Es scheint, daß die Gnade mich einfach erhält.«

Schwester Teresa sagte ruhig: »Ich kann versichern, daß sie keinen Bissen zum Mund geführt hat, seit ich in dieses Haus gekommen bin.«

In dem stillen, weißen Zimmer breitete sich ein tiefes Schweigen aus. Dr. Tulloch richtete sich auf und strich seine widerspenstigen Haare zurück. Er sagte:

»Danke schön, Charlotte. Danke schön, Schwester Teresa. Ich bin Ihnen für Ihre Freundlichkeit sehr verbunden.« Er ging zur Tür des Schlafzimmers.

Als Francis sich anschickte, dem Doktor zu folgen, huschte ein Schatten über Charlottes Gesicht.

»Wollen Sie es nicht auch sehen, Father? Hier... meine Hände! Meine Füße sind genauso.«

Mit sanfter Gebärde, als brächte sie ein Opfer dar, streckte sie ihre beiden Arme aus. Auf den blassen Handflächen zeichneten sich unverkennbar die blutigen Male von Nägeln ab.

Dr. Tulloch behielt auch draußen seine reservierte Haltung. Er tat den Mund nicht auf, bis sie das Ende der Straße erreichten. Dort, wo ihre Wege auseinandergingen, sagte er rasch: »Du möchtest jetzt meine Meinung hören, nehme ich an. Da hast du sie. Ein Grenzfall –

vielleicht schon jenseits der Grenze: manisch-depressiv in einem vorgeschrittenen Stadium. Sicher eine hysterische Bluterin. Wenn sie nicht im Irrenhaus landet, wird man sie vermutlich heiligsprechen!« Dann ließen ihn seine Gelassenheit und seine Selbstbeherrschung im Stich. Das Blut schoß ihm zu Kopf, er würgte bloß hervor. »Hölle und Teufel! Wenn ich denke, wie sie da hübsch zurechtgemacht liegt in ihrer Heiligkeit mit dem gezierten Lächeln, wie ein anämischer Engel in einem Mehlsack – und der kleine Owen Warren steckt in seiner schmutzigen Dachkammer, sein brandiges Bein macht ihm mehr Schmerzen als euer ganzes Höllenfeuer, wahrscheinlich hat er mit einem bösartigen Sarkom zu rechnen – ach, ich könnte zerplatzen! Beiß dir die Zähne daran aus, wenn du jetzt heimkommst und deine Gebete sagst, wie ich vermute. Ich gehe nach Hause, eins trinken.« Rasch schritt er aus, bevor Francis antworten konnte.

Als dieser am Abend von der Andacht zurückkehrte, fand er eine dringende Vorladung auf der Schiefertafel, die im Gang des Pfarrhauses hing. Voll böser Ahnungen stieg er zum Studierzimmer hinauf. Der Dean ließ seine üble Laune an dem Teppich aus, indem er, höchst gereizt, mit kurzen Schritten hin und her lief.

»Father Chisholm! Ich bin ebenso verblüfft wie empört. Ich habe von Ihnen wirklich ein besseres Verhalten erwartet. Daß Sie – von der Straße weg – einen atheistischen Doktor – dort einführen, nehme ich Ihnen sehr übel!«

»Das bedaure ich.« Francis fiel das Antworten schwer. »Nur handelt es sich – zufällig handelt es sich um meinen Freund.«

»Das allein ist höchst tadelnswert. Ich finde es mehr als unpassend, daß einer meiner Kapläne mit einem Menschen wie Dr. Tulloch in Verbindung steht.«

»Wir... wir sind zusammen aufgewachsen.«

»Das ist keine Entschuldigung. Ich bin verletzt und enttäuscht. Ich bin sehr und mit vollem Recht erbost. Von allem Anfang an war Ihre Haltung diesem großen Ereignis gegenüber kühl und ohne Sympathie. Wahrscheinlich sind Sie eifersüchtig, daß die Ehre der Entdeckung dem älteren Kaplan zugefallen ist. Oder sollte der Beweggrund Ihres offensichtlichen Widerstands tiefer liegen?«

Francis war jämmerlich zumute. Er fühlte, daß der Dean recht hatte. Leise sagte er:

»Es tut mir schrecklich leid. Ich bin nicht unloyal – nichts wäre mir ärger als das. Aber ich gebe zu, daß ich lau war. Es geschah, weil ich in Sorge bin. Darum nahm ich Tulloch heute mit. Ich habe Zweifel...«

»Zweifel! Leugnen Sie die Wunder von Lourdes?«

»Nein, nein! Sie sind unantastbar. Ärzte aller Glaubensbekenntnisse haben sie bestätigt.«

»Warum wollen Sie uns dann die Möglichkeit nehmen, ein neues Zeugnis des Glaubens zu schaffen – hier – mitten unter uns?« Der Dean runzelte die Brauen. »Wenn Sie die geistigen Zusammenhänge nicht zu übersehen vermögen, lassen Sie wenigstens die körperlichen gelten.« Er spottete. »Glauben Sie wirklich, daß ein junges Mädchen neun Tage lang Speise und Trank entbehren kann – und dabei gesund und frisch bleibt – wenn sie nicht andere Nahrung erhält?«

»Was für Nahrung?«

»Geistige Nahrung.« Der Dean schäumte. »Hat die heilige Katharina von Siena nicht einen mystischen, geistigen Trunk erhalten, der alle irdische Nahrung ersetzte? Diese unerträglichen Zweifel! Wundern Sie sich, wenn ich die Geduld verliere?«

Francis ließ den Kopf hängen. »Der heilige Thomas zweifelte. In Gegenwart aller Jünger. Ja, er ging so weit, die Finger in des Herrn Wunde zu legen. Aber niemand verlor die Geduld.«

Ein jähes, betroffenes Schweigen entstand. Der Dean erblaßte, faßte sich dann aber wieder. Er beugte sich über seinen Schreibtisch und kramte in den Papieren, ohne Francis anzusehen. Zurückhaltend sagte er dann:

»Es ist nicht das erste Mal, daß Sie sich als ein Hemmnis erweisen. Sie bringen sich in der Diözese in einen sehr schlechten Ruf. Gehen Sie jetzt!«

Francis verließ den Raum im schrecklichen Bewußtsein seiner eigenen Unzulänglichkeit. Er hatte plötzlich ein überwältigendes Verlangen danach, mit seinen Sorgen zu Bischof Mac Nabb zu eilen. Aber er unterdrückte es. Der Rostige Mac schien ihm nicht mehr erreichbar. Er hatte in seinem neuen hohen Amt gewiß zuviel zu tun, um sich mit den Kümmernissen eines armseligen Kaplans abzugeben.

Am nächsten Sonntag, um elf Uhr, beim Hochamt, verkündete Dean Fitzgerald die Neuigkeit in der schönsten Predigt, die er je gehalten hatte.

Die Sensation war ungeheuerlich. Die gesamte Gemeinde stand vor der Kirche, unterhielt sich im Flüsterton, und niemand wollte heimgehen. Spontan bildete sich eine Prozession und begab sich unter Führung von Father Mealey zum Marienquell. Am Nachmittag sammelte sich die Menge vor dem Haus der Neilys. Eine Gruppe junger Mädchen von der Kongregation, der Charlotte angehörte, kniete auf der Straße und betete den Rosenkranz.

Am Abend willigte der Dean ein, von den äußerst neugierigen Vertretern der Presse interviewt zu werden. Er benahm sich dabei würdevoll und zurückhaltend, und da er in der Stadt bereits große Achtung genoß und als aufgeschlossener Geistlicher galt, hinterließ er einen sehr günstigen Eindruck. Die Zeitungen widmeten ihm am nächsten Morgen einen großzügig bemessenen Teil ihres Platzes. Er stand auf der ersten Seite der »Tribune«, hatte im »Globe« einen Zweispalter voll des Lobes, und der »Northumberland Herald« schrieb: »ein neues Digby.« »Yorkshire Echo« verkündete: »Wundergrotte gibt Tausenden Hoffnung.« Der »Weekly High Anglican« konnte sich natürlich eine boshafte Einschränkung nicht versagen: »Wir erwarten weitere Beweise.« Aber die Londoner »Times« war großartig. Sie brachte einen gelehrten Artikel ihres theologischen Korrespondenten, der die Geschichte des Quells bis zu Aidan und S. Ethelwulf zurückverfolgte. Der Dean errötete vor Befriedigung. Father Mealey konnte das Frühstück nicht hinunterbringen, und Malcom Glennie war außer sich vor Freude.

Acht Tage später besuchte Francis Polly am Abend in ihrer kleinen Wohnung in Clermont, am Nordende der Stadt. Er hatte einen langen mühevollen Arbeitstag in den schmutzigen Häusern seines Viertels hinter sich, er war müde und entsetzlich niedergeschlagen. An diesem Nachmittag hatte er von Dr. Tulloch eine Nachricht erhalten, die in kurzen Worten das Todesurteil des kleinen Warren besiegelte. Es stand nun fest, daß es sich bei ihm um ein bösartiges Sarkom des Beines handelte. Keine Hoffnung blieb für den Jungen, er lag im Sterben und würde vielleicht diesen Monat nicht mehr überleben.

In Clermont fand er die alte unverwüstliche Polly, während Ned vielleicht noch etwas anstrengender war als gewöhnlich. Er hockte in seinem Rollstuhl, eine Decke über den Knien und sprach rasch unsinniges Zeug vor sich hin. Man hatte aus Gilfoyle endlich eine Art endgültiger Regelung herausgequetscht, da Ned ja noch immer gewisse Rechte an der Gastwirtschaft gehörten. Es handelte sich um eine erbärmliche Summe, aber Ned frohlockte, als wäre es ein Vermögen. Eine Folge seiner Krankheit war, daß er glaubte, die Zunge sei zu groß für seinen Mund, weshalb er die ärgsten Schwierigkeiten hatte, sich verständlich zu machen.

Judy schlief schon, als Francis ankam, und obwohl Polly kein Wort darüber sagte, gab sie doch deutlich zu verstehen, daß sich das Kind schlecht benommen hatte und deshalb früher zu Bett geschickt worden war. Das machte Francis noch trauriger.

Es schlug elf Uhr, als er die Wohnung verließ. Die letzte Straßenbahn nach Tynecastle war fortgefahren. Mit hängenden Schultern – der Verdruß wegen Judy lastete nun auch auf ihm – marschierte er nach Hause. Als er in der Glanville-Straße an der Wohnung der Neilys vorbeikam, bemerkte er, daß das Doppelfenster von Charlottes Zimmer im Erdgeschoß noch erleuchtet war. Gestalten bewegten sich als schwache Schattenrisse auf dem gelben Vorhang.

Eine Welle der Reue schlug über ihm zusammen. Bedrückt wurde er sich seiner Verstocktheit bewußt, und plötzlich ergriff ihn das Verlangen, die Neilys zu sehen und sein Verhalten wiedergutzumachen. Dieses Gefühl verstärkte sich, als er die Straße überquerte und die drei Stufen zum Haustor emporstieg. Er hob seine Hand zum Türklopfer, besann sich aber und drückte die altmodische Klinke nieder. Wie allen Geistlichen und Ärzten war es auch ihm zur Gewohnheit geworden, seine Krankenbesuche unangemeldet zu machen.

Die Tür zum Schlafzimmer stand offen, und ein breiter Streifen des hell brennenden Gaslichtes fiel in den kleinen Vorraum. Er klopfte leise an den Balken der Tür und betrat das Zimmer. Dann blieb er plötzlich wie angewurzelt stehen. Charlotte saß aufgerichtet im Bett, hatte ein ovales Tablett vor sich, das mit Hühnerbrust und Eierspeise beladen war, und stopfte einen Bissen nach dem andern in den Mund. Frau Neily, in einem verblichenen blauen Schlafrock, beugte sich fürsorglich zu ihr und schenkte geräuschlos ein Glas starkes dunkles Bier ein.

Die Mutter erblickte Francis zuerst. Sie gab einen Angstschrei von sich, fuhr sich mit der Hand an die Kehle, ließ das Glas fallen, und das Bier ergoß sich über das Bett.

Charlotte hob ihren Blick vom Tablett. Die blassen Augen weiteten sich. Sie starrte ihre Mutter an, öffnete den Mund und begann zu wimmern. Dann glitt sie nieder auf das Bett und verbarg ihr Gesicht unter der Decke. Das Tablett fiel klirrend zu Boden. Noch hatte niemand ein Wort gesprochen. In Frau Neilys Kehle arbeitete es krampfhaft. Sie machte eine schwache, lächerliche Anstrengung, die Flasche in ihrem Schlafrock zu verbergen. Schließlich stieß sie hervor: »Ich muß sie doch irgendwie bei Kräften halten ... nach allem, was sie durchgemacht hat ... es ist Krankenbier!«

Der angstvolle, schuldbeladene Blick verriet alles. Francis fühlte sich angewidert und gedemütigt. Nur mit Mühe konnte er Worte finden.

»Ich nehme an, daß Sie ihr jede Nacht Essen gebracht haben ... wenn die Schwester fortgegangen war und dachte, sie schliefe jetzt?«

»Nein, Father! Gott ist mein Zeuge!« Sie machte einen letzten verzweifelten Versuch, alles zu leugnen, brach dann aber zusammen und verlor völlig den Kopf. »Und wenn ich's getan habe? Ich konnte nicht zusehen, wie mein armes Kind verhungert, für niemanden auf der Welt. Heiliger Joseph ... niemals hätte ich das zugelassen, wenn ich gewußt hätte, was es bedeutet ... die vielen Menschen ... die Zeitungen ... ich bin glücklich, daß es damit jetzt vorbei ist ... Seien Sie ... seien Sie nicht zu streng mit uns, Father.«

Er sagte leise: »Nicht ich werde Ihr Richter sein, Frau Neily.«

Sie weinte.

Geduldig wartend, bis ihr Schluchzen nachließ, saß er auf einem Sessel neben der Tür und starrte seinen Hut an, den er zwischen den Händen hielt. Die Unsinnigkeit ihres Tuns, die Unsinnigkeit alles menschlichen Daseins, die er in diesem Augenblick empfand, entsetzte ihn. Als sich die beiden etwas beruhigt hatten, sagte er: »Erzählen Sie mir alles.«

Nun kam die Geschichte heraus – es war hauptsächlich Charlotte, die sie nach und nach hervorstammelte.

Sie hatte ein so hübsches Buch aus der Pfarrbibliothek über die selige Bernadette gelesen. Eines Tages machte sie wieder ihren Lieblingsspaziergang am Marienquell vorbei und merkte, daß dort Wasser sprudelte. Das ist merkwürdig, dachte sie. Dann fiel ihr die Übereinstimmung auf, zwischen dem Wasser, Bernadette und sich selbst. Es war ein großer Schock. Sie hatte sich sogar irgendwie eingebildet, die Heilige Jungfrau vor sich zu sehen. Als sie nach Hause kam, wurde sie dessen immer sicherer, je mehr sie darüber nachdachte. Es erschütterte sie tief. Sie wurde schneeweiß, zitterte, mußte sich ins Bett legen und nach Father Mealey schicken. Und bevor sie noch recht wußte, was sie tat, erzählte sie ihm schon die ganze Geschichte.

Die Nacht darauf lag sie in einer Art Ekstase, ihr Körper schien zu erstarren und steif zu werden wie ein Brett. Als sie am nächsten Morgen erwachte, waren die Wundmale da. Seit jeher hatten sich blutunterlaufene Stellen da und dort bei ihr gezeigt, aber diese waren anders.

Das überzeugte sie nun selbst. Den ganzen Tag über wies sie das Essen zurück, winkte einfach ab. Sie war viel zu glücklich und zu aufgeregt, um zu essen. Außerdem hatten viele Heilige ohne Nahrung gelebt. Auch dieser Gedanke setzte sich in ihr fest. Als Father Mealey und der Dean hörten, daß sie von der Gnade lebe – und vielleicht lebte sie wirklich von dieser –, war es ein wunderbar erhebendes Gefühl. Und die Aufmerksamkeit, die man ihr erwies, als ob sie eine Braut wäre! Natürlich wurde sie nach einer Weile schrecklich hungrig. Aber sie konnte Father Mealey und den Dean nicht enttäuschen, besonders Father Mealey nicht, der so ehrfürchtig zu ihr aufsah. Sie sagte es nur ihrer Mutter. Inzwischen war alles so weit gediehen, daß ihre Mutter ihr helfen mußte. Sie nahm bei Nacht eine, manchmal auch zwei reichliche Mahlzeiten zu sich.

Aber dann, o du lieber Himmel, gingen die Dinge sogar noch weiter. »Zuerst, wie ich Ihnen sagte, Father, war es wundervoll. Das Schönste waren die Mädchen von der Kongregation, die draußen vor dem Fenster zu mir beteten!« Aber als es mit den Zeitungen und dem anfing, wurde ihr angst und bange. Sie wünschte, bei Gott, sich nie in die Sache eingelassen zu haben. Es wurde auch immer schwieriger, Schwester Teresa zu hintergehen. Die Wundmale an den Händen verblaßten, ihre Stimmung war nicht gehoben, sie wurde im Gegenteil immer niedergeschlagener und elender...

Ein neuer Tränenstrom beendete die jämmerliche Enthüllung. Das alles hatte nicht mehr Bedeutung als ein unleserliches Gekritzel an der Wand und war doch irgendwie von der Tragik aller menschlichen Dummheit erfüllt.

Die Mutter mischte sich ein.

»Sie werden Dean Fitzgerald nichts verraten, nicht wahr, Father?«

»Ich werde ihm nichts erzählen, Frau Neily, ich werde kein Wort sagen. Aber –« Er machte eine Pause, »ich fürchte, Sie müssen es tun.«

Wieder spiegelte sich Entsetzen in ihren Augen. »Nein, nein... um des Himmels willen, Father, nur das nicht.«

Ruhig begann er zu erklären, warum sie beichten mußte, warum es unmöglich sei, den Plan des Deans auf einer Lüge aufzubauen, noch dazu einer Lüge, die bald offenkundig werden würde. Er tröstete sie mit dem Gedanken, daß das neuntägige Wunder bald vergessen und in keines Menschen Mund mehr sein würde.

Nach einer Stunde verließ er sie in etwas ruhigerer Verfassung, und sie versprachen feierlich, seinen Rat zu befolgen. Doch während er heimging und seine Schritte in den leeren Straßen widerhallten, tat ihm das Herz in Gedanken an Dean Fitzgerald bitter weh.

Der nächste Tag verging, ohne daß er den Dean zu Gesicht bekam, denn er hatte viele Krankenbesuche zu machen. Im Pfarrhaus aber herrschte eine seltsame Leere, eine Art Stillstand des Lebens. Und Francis, der für Stimmungen ein feines Gefühl besaß, empfand das sehr deutlich.

Am nächsten Morgen um elf Uhr stürzte Malcom Glennie zu ihm ins Zimmer.

»Francis! Du mußt mir helfen. Er macht nicht mehr weiter. Komm um Gottes willen herein und sprich mit ihm.«

Glennie war in größter Verzweiflung. Er war blaß, seine Lippen zitterten, seine Augen blickten wild. Er stammelte:

»Ich weiß nicht, was mit ihm los ist. Er muß rein von Sinnen sein. So ein schöner Plan, der so viel Gutes bewirken wird.«

»Ich habe keinerlei Einfluß auf ihn.«

»Natürlich hast du – er hält viel von dir. Und du bist ein Geistlicher. Du bist es deiner Gemeinde schuldig. Es wird zum Nutzen der Katholiken sein –«

»Das kann dich doch kaum interessieren, Malcom.«

»O doch«, Glennie plapperte sinnlos. »Ich bin ein Freidenker. Ich bewundere die Katholiken. Es ist eine wunderbare Religion. Ich wünschte oft – oh, Francis, geh hinüber um Gottes willen, schnell, bevor es zu spät ist.«

»Es tut mir leid, Malcom. Es ist für uns alle eine Enttäuschung.« Francis wandte sich dem Fenster zu.

Daraufhin verlor Glennie alle Selbstbeherrschung. Er klammerte sich an Francis' Arm, er winselte unterwürfig:

»Laß mich nicht im Stich, Francis. Du verdankst uns alles. Ich habe ein kleines Stück Land gekauft, alle meine Ersparnisse hineingesteckt; wenn der Plan nicht ausgeführt wird, ist es wertlos. Laß meine arme Familie nicht zugrunde gehen. Meine arme alte Mutter! Denke daran, wie sie dich aufgezogen hat, Francis. Bitte, bitte, rede ihm zu. Ich würde alles tun, ich würde sogar deinetwegen katholisch werden!«

Immer noch starrte Francis zum Fenster hinaus. Die Hand griff in die Falten des Vorhangs, die Augen waren starr auf den Giebel der Kirche gerichtet, der ein graues, steinernes Kreuz trug. Ein Gedanke wollte ihm nicht aus dem Kopf: was würde die Menschheit tun um des Geldes willen? Alles. Selbst ihre unsterbliche Seele verkaufen...

Glennie hatte bis zur Erschöpfung gefleht und gebettelt. Nun war er endlich überzeugt, daß er bei Francis nichts erreichen konnte und suchte die kläglichen Reste seiner Würde zusammen.

»Du willst mir also nicht helfen? Gut! Aber das werde ich dir nie vergessen.« Er ging zur Tür. »Ich werde es euch allen heimzahlen. Und wenn es die letzte Tat meines Lebens ist.«

Noch einmal drehte er sich in der Tür um, sein blasses Gesicht von Haß verzerrt. »Ich hätte wissen müssen, daß du die Hand beißen wirst, die dich gefüttert hat. Was soll man von euch dreckigem Papistenpack auch erwarten!«

Er schmetterte die Tür hinter sich ins Schloß.

Die Lähmung und Leere im Pfarrhaus hielt an, jene Art von Vakuum, in dem die Menschen ihren klaren Umriß verlieren und zu substanzlosen, flüchtigen Erscheinungen werden. Die Dienstleute bewegten sich auf Zehenspitzen, als befänden sie sich in einem Totenhaus. Der litauische Priester sah vollkommen verwirrt aus. Father Mealey ging mit niedergeschlagenen Augen umher. Er war tief getroffen. Aber er schwieg, und das war bei seinem überschwenglichen Naturell ein besonderer Reiz. Wenn er sprach, sprach er von anderen Dingen. Leidenschaftlich suchte er Zerstreuung bei seiner Arbeit im Sekretariat der Auslandsmissionen.

Nach dem Auftritt mit Glennie verging mehr als eine Woche, ehe Francis Fitzgerald sah. Dann, eines Morgens, kam er in die Sakristei, als der Dean gerade dabei war, sein Meßgewand abzulegen. Die Ministranten hatten sich bereits entfernt. Die beiden Männer waren allein.

Was immer der Dean auch an persönlicher Demütigung erlitten haben mochte, er hatte den unglückseligen Zwischenfall vollendet gemeistert. Hauptmann Hollis zerriß bereitwillig die Kontrakte. Man fand für Neily eine Beschäftigung in einer entlegenen Stadt, ein erster Schritt, die ganze Familie diskret zu entfernen. Das Geschrei in den Zeitungen wurde taktvoll zum Schweigen gebracht. Dann bestieg der Dean am Sonntag wieder die Kanzel und hielt der stumm harrenden Gemeinde eine Predigt über die Bibelstelle: »Oh, ihr Kleingläubigen!«

Ruhig und mit eindringlicher Kraft entwickelte er seine These: Was bedurfte die Kirche noch zusätzlicher Wunder – hatte sie sich denn nicht schon auf wunderbarste Weise bewährt und gerechtfertigt? Ihre Fundamente ruhten fest und unerschütterlich auf den Wunden Christi. Angenehm war es und zweifellos aufregend, einer solchen Offenbarung wie dem Marienquell zu begegnen. Alle, auch er selbst, waren von ihr hingerissen worden. Überlegte man es sich aber in aller Nüchternheit, was sollte dann dieses Geschrei einer einzigen Blüte wegen, wenn die Blumen des Himmels selbst hier vor ihren Augen in der Kirche blühten? Waren sie so schwach, so kleimütig in ihrem Glauben, daß sie anderer, greifbarer Beweise bedurften? Hatten sie die erhabenen Worte vergessen: »Selig sind die, die nicht sehen und dennoch glauben?« Es war ein kunstvolles Wunder an Beredsamkeit und der Triumph noch größer als am vergangenen Sonntag. Doch Gerald Fitzgerald, der Dean, wußte allein, was er ihn gekostet hatte.

In der Sakristei hatte es zuerst den Anschein, als ob der Dean bei seiner starren Zurückhaltung bleiben wollte. Den schwarzen Mantel um die Schultern gelegt, war er schon im Begriff, die Sakristei zu verlassen, als er sich mit einemmal umdrehte. Francis erschrak tief, als er in dem hellen Licht der Sakristei die tiefen Furchen in dem schönen Gesicht sah und die Müdigkeit in den großen grauen Augen.

»Nicht eine Lüge, Father, ein ganzes Gewebe von Lügen war es. Nun, Gottes Wille geschehe!« Er schwieg einen Augenblick. »Sie sind ein guter Kerl, Chisholm. Schade, daß Sie und ich so wenig zusammenpassen.« Hoch aufgerichtet verließ er die Sakristei.

Nach den Osterfeiertagen war das Ereignis nahezu vergessen. Das schmucke weiße Gitter, das der Dean in der ersten Begeisterung rings um die Quelle hatte errichten lassen, stand zwar noch, aber das Eingangstürchen blieb unverschlossen und pendelte im leichten Frühlingswind beinahe rührend hin und her. Ein paar gute Seelen kamen gelegentlich hin, um zu beten und sich mit dem klaren, sprudelnden Wasser zu bekreuzigen.

Francis steckte tief in Arbeit für die Pfarrgemeinde und freute sich über seine Fähigkeit, zu vergessen. Langsam verblaßte der dunkle Flekken, den die ganze Geschichte hinterlassen hatte. Was zurück blieb, war eine kleine, häßliche Stelle in seiner Erinnerung. Doch unterdrückte er jeden Gedanken daran rasch und würde sie wohl bald begraben haben. Sein Plan, für die Knaben und jungen Männer der Gemeinde einen neuen Spielplatz zu bauen, nahm greifbare Formen an. Der Gemeinderat hatte ihm einen Teil des Stadtparks angeboten, und Dean Fitzgerald hatte seine Zustimmung erteilt. Nun vergrub sich Francis in einem Stoß von Katalogen.

Am Vorabend des Himmelfahrtstages wurde er dringend gebeten, Owen Warren aufzusuchen. Sein Gesicht verdüsterte sich. Er erhob sich sofort, eine Broschüre über Cricket fiel von seinen Knien. Obgleich er die Botschaft seit einigen Wochen erwartet hatte, bangte ihm doch vor diesem Gang. Rasch ging er in die Kirche, nahm das Viatikum an sich und eilte durch die von Menschen überfüllte Stadt zur Glanville-Straße.

Mit starrer und trauriger Miene sah er Dr. Tulloch ruhelos vor dem Haus auf und ab gehen, in dem die Warrens wohnten. Auch Tulloch hatte Owen gern. Er machte einen völlig fassungslosen Eindruck, als Francis sich ihm jetzt näherte.

»Ist es soweit?« fragte Francis.

»Ja, es ist soweit!« Und, zur näheren Erklärung: »Gestern ist ein Thrombus in die Hauptarterie gedrungen. Man konnte nichts mehr machen – nicht einmal amputieren.«

»Bin ich zu spät gekommen?«

»Nein.« Tulloch war deutlich anzumerken, daß er eine heftige Bewegung unterdrückte. Er drängte sich gewaltsam an Francis vorbei. »Ich war schon dreimal bei dem Jungen, während du herangeschlendert bist. Komm herein, verdammt noch einmal... wenn du überhaupt herein willst.«

Francis folgte ihm die Treppe hinauf. Frau Warren öffnete die Tür. Sie mochte um die Fünfzig sein, eine hagere Frau in einem einfachen grauen Kleid, abgehärmt von wochenlanger Sorge. Er sah, daß ihr Gesicht feucht von Tränen war. Voll Mitgefühl drückte er ihr die Hand.

»Es tut mir so leid, Frau Warren.«

Sie lachte ein schwaches, halb ersticktes Lachen.

»Gehen Sie nur hinein, Father!«

Er war entsetzt und dachte, der Kummer habe sie plötzlich um den Verstand gebracht. Dann ging er hinein.

Owen lag im Bett auf seiner Decke. Seine Unterschenkel waren bloß, ohne Verband. Sie waren dünn und abgezehrt von der Krankheit, aber gesund und ohne Gebrechen.

Bestürzt beobachtete Francis, wie Dr. Tulloch das rechte Bein hob und mit der Hand fest über das gerade, gesunde Schienbein fuhr, das gestern eine einzige, bösartig schwärende Masse gewesen war. Er fand keine Antwort in des Arztes herausfordernden Augen und wandte sich benommen zu Frau Warren. Sie weinte, wie er jetzt sah, vor Freude und nickte ihm unter Tränen zu.

»Ich habe ihn warm eingepackt, in den alten Kinderwagen, heute morgen, bevor noch jemand auf war. Wir wollten es nicht aufgeben, Owen und ich. Immer hat er geglaubt... wenn er nur dort hinaufkommen könnte, zur Quelle... Wir haben gebetet und sein Bein ins Wasser getaucht... Als wir zurückkamen... hat Owen... selbst den Verband heruntergenommen!«

Man hätte in dem Zimmer eine Stecknadel fallen hören. Schließlich brach Owen das Schweigen.

»Vergessen Sie nicht, Father, mich für Ihre neue Cricketmannschaft aufzuschreiben.«

Draußen auf der Straße starrte Willi Tulloch seinen Freund störrisch an.

»Es muß eine wissenschaftliche Erklärung dafür geben, jenseits der Reichweite unserer gegenwärtigen Kenntnisse. Ein intensiver Wunsch nach Heilung – eine psychische Regenerierung der Zellen.« Er brach kurz ab, seine kräftige Hand zitterte auf Francis' Arm. »O Gott! – wenn es einen Gott gibt! – laß uns alle unsere verdammten Mäuler halten!«

In dieser Nacht fand Francis keine Ruhe. Schlaflos blickten seine Augen in die Dunkelheit über seinem Haupt. Das Wunder des Glaubens! Ja, der Glaube selbst war das Wunder. Die Wasser des Jordans, der Lourdes-Grotte, des Marienquells – nicht um sie ging es. Jeder schlammige Tümpel war wirksam, wenn er zum Spiegel von Gottes Antlitz wurde.

Leise verzeichnete der Seismograph seiner Seele in diesem Augenblick eine Erschütterung, einen Schimmer des Wissens um die Unfaßlichkeit Gottes. Er betete inbrünstig. Lieber Gott, nicht einmal vom Anfang wissen wir etwas. Wie winzige Ameisen sind wir in einem unermeßlichen Abgrund. Watte bedeckt uns in Abermillionen von Schichten, und wir mühen uns – mühen uns, den Himmel zu sehen. O Gott... lieber Gott, gib mir Demut... und gib mir Glauben!

3

Drei Monate später kam die Vorladung zum Bischof. Francis hatte sie seit einiger Zeit erwartet, aber als sie wirklich eintraf, brachte sie ihn doch etwas außer Fassung. Es begann heftig zu regnen, als er den Hügel zum bischöflichen Palast hinaufstieg, und nur dadurch, daß er das letzte Stück im Laufschritt zurücklegte, konnte er vermeiden, bis auf die Haut naß zu werden. Atemlos, naß und kotbespritzt, wie er war, fehlte es seinem Auftreten einigermaßen an Würde. Unmerklich wuchs seine Angst, als er leicht fröstelnd in dem formellen Empfangszimmer saß und seine kotigen Schuhe betrachtete, die so gar nicht zu dem Teppich paßten.

Endlich erschien der Sekretär des Bischofs, führte ihn die flachen Stufen einer breiten Marmortreppe hinauf und wies schweigend auf eine dunkle Mahagonitür. Francis klopfte an und trat ein.

Seine Exzellenz saß am Schreibtisch, nicht über die Arbeit gebeugt, sondern ruhevoll und entspannt, den Ellbogen auf die Lehne des ledernen Stuhles gestützt, das Kinn in die Hand gelehnt. Das Licht des sinkenden Tages fiel seitwärts durch die Samtdraperien des großen Fensters und vertiefte die violette Farbe des Biretts, ließ aber das Gesicht im Schatten.

Unsicher blieb Francis stehen, die regungslose Gestalt verwirrte ihn, er fragte sich, ob er wirklich seinen alten Freund aus Holywell und San Morales vor sich habe. Nur das schwache Ticken der schönen, mit Messing und Schildpatt eingelegten Uhr auf dem Kamin unterbrach die Stille. Dann sagte eine strenge Stimme:

»Nun, Father, keine Wunder heute abend? Und außerdem, bevor ich es vergesse, wie läßt sich das Geschäft mit dem Tanzboden jetzt an?«

Francis fühlte einen Klumpen in der Kehle, er hätte vor Erleichterung weinen mögen. Seine Exzellenz fuhr fort, die Gestalt genau zu mustern, die da verloren auf dem großen Teppich stand. »Ich muß gestehen, es ist für meine alten Augen eine gewisse Erholung, einen Geistlichen zu erblicken, der offensichtlich so wenig mit Glücksgütern gesegnet ist, wie du. Gewöhnlich kommen sie hier herein und sehen aus wie erfolgreiche Unternehmer. Übrigens hast du einen scheußlichen Anzug an – und auch die Schuhe sind gräßlich!« Langsam stand er auf und ging auf Francis zu. »Mein lieber Junge, ich bin sehr glücklich, dich zu sehen. Aber du bist schrecklich mager.« Er legte ihm die

Hand auf die Schulter. »Du lieber Himmel, schrecklich naß bist du auch!«

»Der Regen hat mich überrascht, Eure Exzellenz.«

»Was, du hast auch keinen Regenschirm? Komm herüber zum Feuer. Wir müssen dir etwas Warmes holen.« Er ließ Francis stehen, ging zu einem kleinen Schreibpult und zog eine Karaffe und zwei Likörgläser hervor. »Ich habe mich noch nicht ganz meiner neuen Würde angepaßt. Ich sollte klingeln und einen der erlesenen Weine kommen lassen, die alle Bischöfe trinken, von denen in Büchern berichtet wird. Das ist nur Glenlivet, aber für zwei Schotten ist es der geeignete Tropfen.« Er reichte Francis ein kleines Glas von dem reinen Branntwein, sah zu, wie er es trank und leerte dann das seine. Er setzte sich Francis gegenüber, an die andere Seite des Kamins. »Um noch einmal auf die Würde zurückzukommen – sieh nicht so verschüchtert aus. Ich bin jetzt schön aufgeputzt – ich gebe es zu. Aber darunter steckt noch das gleiche plumpe Gestell, das du durch den Stinchar waten sahst!«

Francis errötete. »Ja, Euer Exzellenz.«

Sie schwiegen eine Weile. Dann sagte Seine Exzellenz ruhig und ohne Umschweife: »Du hast keine sehr üppigen Zeiten gehabt, nehme ich an, seit du San Morales verlassen hast.«

Francis antwortete leise: »Ich bin ein ziemlicher Versager gewesen.«

»So?«

»Ja. Ich fühlte, daß das kommen würde... diese Disziplinaruntersuchung. Ich wußte, daß ich Dean Fitzgerald in der letzten Zeit keine Freude bereitete.«

»Nur Gott, dem Allmächtigen, was?«

»O nein. Ich bin wirklich beschämt und unzufrieden mit mir. Es ist meine unverbesserliche, rebellische Natur.« Kurzes Schweigen.

»Der Gipfelpunkt deiner Missetaten scheint zu sein, daß du dich bei einem Bankett zu Ehren von Stadtrat Shand nicht eingefunden hast... der doch eben für den neuen Hochaltar großartig fünfhundert Pfund spendete. Solltest du mit dem guten Stadtrat nicht einverstanden sein – der, wie ich höre, mit den Mietern seiner Elendsquartiere in der Shand-Straße etwas weniger fromm und christlich umzugehen pflegt?«

»Das...« Francis wußte aus Verlegenheit nicht weiter. »Ich weiß nicht. Es war nicht richtig, daß ich nicht hingegangen bin. Dean Fitzgerald hat uns eigens geraten, zu erscheinen... er legte großen Wert darauf. Aber es kam etwas dazwischen.«

»So?« Der Bischof wartete.

»Ich wurde an jenem Nachmittag zu jemandem gerufen.« Francis sprach mit großem Widerstreben. »Vielleicht erinnern Sie sich... Edward Bannon... freilich ist er jetzt nicht wiederzuerkennen, krank, gelähmt, eine Karikatur des Menschen, den Gott nach seinem Ebenbild schuf. Als ich fortgehen wollte, packte er mich bei der Hand und flehte, ihn nicht zu verlassen. Ich konnte nicht anders... ich konnte auch ein schreckliches, mich ganz elend machendes Mitgefühl mit diesem Ausgestoßenen... der in Krämpfen zugrunde geht, nicht unterdrücken. Während er einschlief, murmelte er ›Johann der Vater, Johann der Sohn, Johann der Heilige Geist‹, Speichel lief ihm über sein graues, unrasiertes Kinn, er hielt meine Hand... ich blieb bei ihm bis zum Morgen.«

Längeres Schweigen. »Kein Wunder, daß der Dean ungehalten war, wenn du den Sünder dem Heiligen vorzogst.«

Francis ließ den Kopf hängen. »Ich ärgere mich selbst über mich. Immer wieder versuche ich, es besser zu machen. Es ist merkwürdig – als Knabe war ich der festen Überzeugung, alle Geistlichen seien unfehlbar gut...«

»Und nun entdeckst du, wie schrecklich menschlich wir alle sind. Ja, auch deine ›rebellische Natur‹ flößt mir eine sicher sehr unheilige Freude ein, aber sie ist ein so wunderbares Gegenmittel gegen die eintönige Frömmigkeit, der ich hier ausgesetzt bin. Du bist die verlaufene Katze, Francis, die durch das Kirchenschiff spaziert, während sich alles bei einer langweiligen Predigt totgähnt. Das ist kein schlechter Vergleich – denn du *bist* in der Kirche, selbst wenn du nicht zu denen gehörst, die überallhin auf gebahnten Wegen gelangen. Ich schmeichle mir nicht, wenn ich sage, daß ich wahrscheinlich der einzige Geistliche in dieser Diözese bin, der dich wirklich versteht. Es ist ein Glück, daß ich jetzt dein Bischof bin.«

»Das weiß ich, Euer Gnaden.«

»Für mich«, Seine Exzellenz überlegte, »für mich hast du nicht versagt, sondern warst höchst erfolgreich. Du kannst eine kleine Aufmunterung brauchen und sollst sie haben, selbst auf die Gefahr, daß sie dir zu Kopf steigt. Du bist keiner unserer kirchlichen Putzmacher, die alles fein säuberlich verpackt haben müssen – wie sie es für die Kundschaft brauchen. Und das Netteste an dir, mein lieber Junge, ist, daß du nicht jene anmaßende Sicherheit hast, die mehr vom Dogma kommt als vom echten Glauben.«

In der darauffolgenden Stille fühlte Francis, wie sein Herz dem alten Mann warm entgegenschlug. Er hielt die Augen gesenkt. Ruhig fuhr die Stimme fort.

»Wir müssen etwas tun, sonst kommst du noch zu Schaden. Wenn weiter mit Knüppeln geschlagen wird, gibt es zu viele blutige Köpfe – deinen eigenen mit eingeschlossen! Oh, ich weiß schon – du fürchtest dich nicht. Aber ich. Du bist zu wertvoll, um den Löwen vorgeworfen zu werden. Darum möchte ich dir einen Vorschlag machen.«

Rasch hob Francis den Kopf und begegnete Seiner Exzellenz weisem und zärtlichem Blick. Der Bischof lächelte.

»Du bildest dir doch nicht ein, ich würde dich wie einen lustigen Zechgenossen behandeln, wenn ich nicht etwas von dir wollte!«

»Alles...« Francis stolperte über seine Worte.

Es entstand eine lange Pause. Des Bischofs Antlitz war jetzt ernst, wie aus Stein gemeißelt. »Ich verlange Großes von dir... eine gewaltige Veränderung... wenn es zuviel ist... mußt du es mir sagen. Aber ich glaube, daß es das richtige Leben für dich sein wird.« Wieder eine Pause. »Unserer Ausländischen Missionsgesellschaft ist endlich ein Vikariat in China versprochen worden. Wenn alle Formalitäten erledigt sind und du einigermaßen vorbereitet bist, willst du als unser erster, von allem Formelkram freier Glücksritter dorthin gehen?«

Francis war völlig starr vor Überraschung. Die Wände schienen über ihm zusammenzustürzen. Die Frage kam so unerwartet, sie war so ungeheuerlich, daß es ihm den Atem benahm. Seine Heimat, seine Freunde verlassen, um in das Leere, in das große Unbekannte hinauszuziehen... Er vermochte nicht zu denken. Aber langsam, geheimnisvoll ergriff eine seltsame Bewegung von seinem ganzen Wesen Besitz. Stockend antwortete er: »Ja – ich will gehen.«

Der Rostige Mac beugte sich vor und nahm Francis' Hand in die seine. Aus feuchten Augen blickte er Francis durchdringend an. »Das dachte ich mir, mein lieber Junge. Und ich weiß, du wirst mir Ehre machen. Aber auf Lachsfang wirst du dort nicht gehen können, das sage ich dir gleich.«

IV
ZWISCHENSPIEL IN CHINA

1

Zu Beginn des Jahres 1902 arbeitete sich in der Provinz Kansu, nicht weniger als tausend Meilen landeinwärts von Tientsin, eine windschiefe Dschunke die Wasser des Ta-Huang-Flusses hinauf, die sich endlos weit erstreckten. Sie trug eine etwas ungewöhnliche Galionsfigur in Gestalt eines mittelgroßen katholischen Priesters, dessen Füße in Pantoffeln aus Tuchstreifen steckten und der einen schon ziemlich abgenutzten Tropenhelm auf dem Kopfe trug. Francis saß mit gespreizten Beinen auf dem breiten Bugspriet, balancierte sein Brevier auf einem Knie – ließ die braune und ockerfarbene Landschaft an seinen Blicken vorüberziehen und gönnte seinen Stimmbändern einen Augenblick Ruhe. Denn nach seinem Kehlkopf zu schließen, besaß jede Silbe des Chinesischen so viele Modulationsfähigkeiten wie eine chromatische Skala. Schon zehn Nächte hatte er in der drei Fuß langen Bude des Zwischendecks verbracht, die sich seine Kabine nannte. Nun hoffte er, am Bug ein wenig frische Luft schöpfen zu können, und hatte sich durch die dichtgedrängte Schar seiner Mitpassagiere einen Weg nach vorne gebahnt. Bauern, Korbflechter und Lederarbeiter aus Hsin-Hsiang, Banditen, Fischer, Soldaten und Kaufleute, die nach Pai-tan reisten, hockten einer neben dem andern, rauchten, schwatzten und sahen nach ihren brodelnden Kochtöpfen, mitten zwischen Körben mit Enten, Verschlägen mit Schweinen und dem Netz, das die einzige, störrische Ziege festhielt.

Francis hatte sich geschworen, nicht empfindlich zu sein, aber alles, was er auf dieser letzten, endlosen Etappe seiner Reise sah, hörte und roch, hatte ihm doch arg zugesetzt. Er dankte Gott und dem heiligen Andreas, daß er heute abend endlich in Pai-tan ankommen würde.

Noch immer konnte er nicht fassen, daß er jetzt ein Teil dieser neuen, phantastischen Welt sei, die so fern und fremd war und so unglaublich verschieden von allem, was er gekannt oder je gehofft hatte, kennenzulernen. Es war ihm, als hätte sein Leben plötzlich auf groteske Art die Form verändert. Er unterdrückte einen Seufzer. Das Dasein anderer verlief in glatten, gewohnten Bahnen. Er blieb Einzelgänger, der Mißratene, der kleine, verschrobene Kerl.

Der Abschied von den Seinen war ihm nicht leicht geworden. Ein barmherziges Geschick hatte Ned vor drei Monaten abberufen und dem lächerlichen und jammervollen Epilog dieses Lebens ein Ende gesetzt. Aber Polly... er hoffte und betete, daß er Polly einmal wiedersehen würde. Judy hatte eine Stellung als Stenotypistin in der Stadtverwaltung von Tynecastle bekommen – der Gedanke tröstete ihn, denn das war ein sicherer, guter Posten mit Aussicht auf Beförderung.

Er zog jetzt den letzten Brief aus der Rocktasche, der sich auf seine Mission bezog, als könnte das Schreiben ihm neue Kraft verleihen. Es kam von Father Mealey, den man seiner Arbeit in der Pfarrgemeinde von St. Dominik enthoben hatte, damit er sich ausschließlich in der Leitung der Missionsgesellschaft betätige.

Der Brief war Francis an die Universität von Liverpool geschickt worden, wo er sich in den vergangenen zwölf Monaten angestrengt mit Sprachstudien beschäftigt hatte, und lautete folgendermaßen:

Mein lieber Francis!

Es macht mich überglücklich, der Überbringer froher Botschaften zu sein. Wir haben soeben die Nachricht bekommen, daß Pai-tan, im Vikariat von Kansu, das uns, wie Du weißt, im Dezember von der Apostolischen Missionsgesellschaft angeboten wurde, nunmehr von der Congregatio di Propaganda Fidei bestätigt worden ist. Die Versammlung, die heute in der M. G. in Tynecastle tagte, hat beschlossen, daß Deine Abreise keinen Aufschub mehr erleiden soll. Endlich, endlich kann ich Dich nun auf Deine glorreiche Mission in den Osten senden.

Soweit ich festzustellen vermag, ist Pai-tan ein reizender Ort, etliche Meilen landeinwärts, aber an einem hübschen Fluß gelegen. Die Spezialität der aufblühenden Stadt ist Korbflechterei, es gibt viel Getreide dort, Fleisch, Geflügel und tropische Früchte. Das wichtigste aber ist die beglückende Tatsache, daß sich die Mission selbst, obwohl etwas abgelegen und während der letzten zwölf Monate bedauerlicherweise ohne Priester, in blühendem Zustand befindet. Wir besitzen leider keine Fotografien, aber ich kann Dir versichern, daß die Anlage sehr befriedigend ist, sie umfaßt die Kapelle, das Haus des Geistlichen und den Compound. (Wie aufregend dieses Wort ›Compound‹ klingt! Erinnerst Du Dich noch, wenn wir als Knaben Indianer spielten? Vergib meine enthusiastischen Ausbrüche.)

Die Crème de la Crème aber sind unsere beglaubigten Statistiken. Beiliegend findest Du den Jahresbericht des Geistlichen, der zuletzt in Pai-tan war. Father Lawler ist vor einem Jahr nach San Franzisko zurückgekehrt. Ich habe nicht die Absicht, den Bericht für Dich zu analysieren, da Du ihn zweifellos überprüfen, ja Dich bis in die frühen Morgenstunden hinein verbeißen wirst. Bloß folgende Zahlen möchte ich hervorheben: die Missionsstation in Pai-tan wurde erst vor drei Jahren errichtet, kann sich aber rühmen, vierhundert Kommunikanten zu besitzen und über tausend Taufen vollzogen zu haben, nur ein Drittel davon in *articulo mortis*. Ist das nicht höchst befriedigend, Francis? Ein Beispiel, wie die Gnade Gottes selbst auf heidnische Herzen inmitten heidnischer Tempelglocken ihren Einfluß ausübt.

Ich bin hocherfreut, mein Lieber, daß Dir dieser Gewinn anheimfallen soll. Und ich zweifle nicht daran, daß Deine Arbeit den Ertrag des Weinbergs sichtbar vervielfältigen wird. Ich sehe mit Freuden Deinem ersten Bericht entgegen. Ich fühle, daß Du endlich Deinen Platz gefunden hast und daß die kleinen Eskapaden von Zunge und Temperament, die Dir in der Vergangenheit zu schaffen machten, kein Teil mehr haben werden an Deinem täglichen Leben. Demut, lieber Francis, ist das Herzblut von Gottes Heiligen. Ich bete jede Nacht für Dich.

Ich werde Dir später nochmals schreiben. Vernachlässige inzwischen nicht Deine Ausrüstung. Besorge Dir gute, starke, dauerhafte Soutanen. Am besten sind kurze Hosen, auch rate ich zu einem Leibgurt. Geh zu Hanson & Söhne, es sind anständige Leute und Vettern des Organisten der Kathedrale.

Es besteht die Möglichkeit, daß ich Dich früher wiedersehe, als Du denkst. Mein neuer Posten macht einen richtigen Globetrotter aus mir. Wäre es nicht großartig, wenn wir uns im schattigen Compound von Pai-tan treffen würden?

Ich gratuliere Dir nochmals und bin, mit den besten Wünschen, Dein ergebener Bruder in Christo

Anselm Mealey,
Sekretär der Ausländischen Missionsgesellschaft,
Diözese von Tynecastle

Gegen Sonnenuntergang merkte man an der zunehmenden Bewegung unter den Passagieren der Dschunke, daß die Ankunft unmittelbar bevorstand. Das Schiff schwankte um eine Flußbiegung in ein weites Hafenbecken voll schmutzigen Wassers, in dem sich eine Menge chinesischer Barken drängten, und Francis blickte gespannt auf die niedrigen Häuser der Stadt. Hinter der Fläche voll Schlamm und Röhricht, dem Gewimmel von Flößen und Booten und vor einer Wand von rosa Bergen, die perlmutterfarben leuchteten, sah der Ort wie ein großer Bienenstock aus, schwirrend von Lärm und gelbem Licht.

Er hatte gehofft, daß die Mission ihm ein Boot schicken würde, aber der einzige private Kahn war für Herrn Tschia bestimmt, einen Kaufmann und reichen Bürger von Pai-tan, der jetzt zum erstenmal in einem Gewand aus Seidenatlas schweigend aus den Tiefen der Dschunke auftauchte.

Der Mann mochte fünfunddreißig Jahre alt sein, trat aber so gelassen auf, daß er älter wirkte. Seine glatte, geschmeidige Haut hatte einen goldenen Ton, und sein tiefschwarzes Haar glänzte, als wäre es feucht. Während sich der Kapong um ihn bemühte, stand er mit lässiger Gleichgültigkeit an Deck. Nicht ein einziges Mal blickte er unter seinen Lidern hervor nach dem Geistlichen, und doch hatte Francis das eigentümliche Gefühl, daß er genauestens gemustert wurde.

Der Zahlmeister war so beschäftigt, daß einige Zeit verstrich, ehe der neue Missionar sich und seinem lackierten Blechkoffer die Überfahrt an Land sichern konnte. Als er in das kleine chinesische Boot stieg, hielt er seinen großen, seidenen Schirm fest umklammert. Es war ein herrliches Stück, in einem Futteral aus schottischem Tartan mit Chisholmmuster, ein Abschiedsgeschenk, das Bischof Mac Nabb ihm aufgenötigt hatte.

Seine Aufregung wuchs, als sie sich dem Ufer näherten, denn eine Unzahl von Leuten drängte sich an den Landungsplatz. War es der Willkommensgruß seiner Gemeinde? Was für ein wunderbarer Abschluß dieser langen, langen Reise! Vor freudiger Erregung begann sein Herz fast schmerzlich rasch zu schlagen. Aber ach – bei der Landung sah er, daß er sich geirrt hatte. Niemand begrüßte ihn. Er mußte sich mühsam einen Weg durch die Menge bahnen, die ihn teilnahmslos anglotzte.

Am Ende der aufwärtsführenden Treppe aber hielt er plötzlich inne. Glücklich strahlend stand ein chinesisches Paar vor ihm. Mann und Frau trugen saubere blaue Baumwollkleider... und schwangen als Symbol ihres Glaubens ein grellfarbiges Bild der Heiligen Familie. Die beiden Gestalten näherten sich ihm, ihr Lächeln vertiefte sich, sie waren höchst erfreut, ihn zu sehen und verneigten und bekreuzigten sich mit größtem Eifer.

Verständigung und Vorstellung begann – es war weniger schwierig, als er gedacht hatte. Herzlich fragte er:

»Wer seid ihr?«

»Wir sind Hosianna und Philomena Wang – Ihre geliebten Katecheten im Herrn, Father.«

»Von der Mission?«

»Ja, ja, Father Lawler hat eine ausgezeichnete Mission gemacht, Father.«

»Werdet ihr mich zur Mission führen?«

»Gewiß, gewiß, gleich werden wir gehen. Aber vielleicht gibt uns der Father die Ehre und kommt zuerst zu unserer bescheidenen Hütte.«

»Ich danke euch. Aber ich möchte so rasch wie möglich zur Mission.«

»Natürlich. Wir werden zur Mission gehen. Wir haben Träger und eine Sänfte für den Father.«

»Ihr seid freundlich, aber ich möchte lieber gehen.«

Noch immer lächelnd, wenn auch weniger deutlich, wandte Hosianna sich um und schickte, nach raschem, unverständlichem Hin- und Herreden, das einem Streit nicht unähnlich klang, die Sänfte und eine Schar Träger fort, die hinter ihm stand. Nur zwei Kulis blieben zurück, der eine schulterte den Koffer, der andere den Regenschirm, und die kleine Gesellschaft machte sich zu Fuß auf den Weg.

Obwohl es durch gewundene und schmutzige Straßen ging, war Francis glücklich, seine Beine wieder bewegen zu können, die von dem langen Eingepferchtsein in der Dschunke ganz steif geworden waren. Jäh durchströmte ihn Wärme. Mitten in einer fremden Umwelt fühlte er den Pulsschlag menschlichen Daseins. Hier gab es Herzen, die man gewinnen, Seelen, die man retten konnte!

Da merkte er, daß einer der Wangs stehenblieb, um ihm etwas zu sagen. »Es gibt eine angenehme Unterkunft in der Straße der Netzmacher... nur fünf Taels im Monat... wenn der Father vielleicht dort die Nacht verbringen möchte.«

Belustigt und überrascht blickte Francis auf Hosianna. »Nein, nein. Gehen wir nur weiter zur Mission!«

Kurzes Schweigen. Philomena hüstelte. Es wurde Francis bewußt, daß sie jetzt alle stillstanden. Hosianna lächelte höflich.

»Hier, Father, ist die Mission.«

Zuerst begriff Francis nicht ganz.

Von der Sonne gedörrt, vom Regen ausgewaschen, von einem niedergetrampelten kleinen Wall aus Kaolinerde umgeben, lag vor ihnen am Flußufer ein Stück verlassenes Land. An einem Ende standen die Überreste einer Kapelle aus Schlammziegeln, das Dach hatte der Wind heruntergeweht, eine Wand war eingestürzt, die andern zerbröckelten. Ein Haufen Schutt, der einmal ein Haus gewesen sein mochte, lag daneben. Hohes federartiges Unkraut sproß daraus hervor. Eine einzige dürftige Behausung war zwischen den Ruinen stehengeblieben, windschief, aber noch mit einem Strohdach versehen – der Stall.

Drei Minuten lang verharrte Francis in einer Art von Betäubung, dann wandte er sich langsam den Wangs zu, die eng beisammen standen und ihn beobachteten – zierlich, unergründlich und einander so ähnlich wie siamesische Zwillinge.

»Wie ist es dazu gekommen?«

»Es war eine wunderschöne Mission, Father. Sie hat viel gekostet – und es war gar nicht leicht, die Geldmittel für den Bau aufzutreiben. Aber leider hat der gute Father Lawler sie in der Nähe des Flusses errichtet. Und der Teufel hat viel bösen Regen geschickt.«

»Aber wo sind denn die Leute von der Gemeinde?«

»Es sind böse Leute, die nicht an den Herrgott im Himmel glauben.« Die beiden sprachen jetzt rascher, halfen sich gegenseitig und gestikulierten lebhaft. »Der Father muß begreifen, wieviel von den Katecheten abhängt. Ach, seit der gute Father Lawler fort ist, haben wir von unserm gesetzlichen Lohn von 15 Taels im Monat nichts mehr zu sehen bekommen. Es war unmöglich, den Unterricht dieser bösen Leute ordnungsgemäß fortzusetzen.«

Bedrückt, verstört wandte Father Chisholm den Blick ab. So sah also seine Mission aus, und diese beiden waren seine einzigen Pfarrkinder. Beim Gedanken an den Brief in seiner Tasche fühlte er, wie eine leidenschaftliche Aufwallung ihn durchflutete. Er ballte seine Hände, stand regungslos und dachte nach.

Die Wangs schwätzten immer noch unermüdlich weiter und versuchten, ihn zur Rückkehr in die Stadt zu überreden. Mit einer gewaltsamen Anstrengung befreite er sich von ihrer salbungsvollen zudringlichen Gegenwart. Es war zumindest eine Erleichterung, allein zu sein.

Entschlossen trug er seinen Koffer in den Stall. Ein Stall war einst gut genug für Christus gewesen. Er blickte sich um. Auf dem Boden lag noch etwas Stroh. Nun hatte er zwar weder Speise noch Trank, aber wenigstens ein Bett. Er packte seine Decken aus und begann, sich so wohnlich wie möglich einzurichten. Plötzlich erklang ein Gong. Er lief aus dem Stall. Ein Hügel jenseits der eingestürzten Mauern war von Tempeln übersät. Vor dem zunächstgelegenen stand ein alter Bonze in dicken Strümpfen und einem gelben, gesteppten Gewand und schlug in der rasch einfallenden Dämmerung mit gemessener Langeweile auf die metallene Scheibe. Die Priester – Buddhas und Christus' – betrachteten einander schweigend, dann wandte der alte Mann, ohne das Gesicht zu verziehen, sich um, stieg die Tempelstufen hinauf und verschwand.

Mit einemmal war es Nacht geworden. Francis kniete in der Dunkelheit des verwüsteten Compounds und hob seine Augen zu den langsam emporsteigenden Sternbildern. Er betete leidenschaftlich, mit schrecklicher Inbrunst. »Lieber Gott, du willst, daß ich mit nichts beginne. Das ist die Antwort auf meine Eitelkeit, auf meine verbohrte menschliche Anmaßung. Es ist besser so! Ich werde arbeiten, und ich werde es niemals aufgeben ... nie ... nie!«

In den Stall zurückgekehrt, versuchte er, Ruhe zu finden, und während das Surren der Moskitos und das Geräusch fliegender Käfer die glühendheiße Luft durchdrang, zwang er sich zu einem Lächeln. Er kam sich nicht heldenhaft vor, sondern wie ein ausgemachter Narr. Die heilige Theresa hatte das Leben mit einer Nacht in einer Gaststätte verglichen. Die Gaststätte, in die sie ihn geschickt hatten, war jedenfalls nicht das Ritz-Hotel!

Endlich kam der Morgen. Er erhob sich, nahm seinen Kelch aus dem Zedernholzkästchen, machte seinen Koffer zum Altartisch, und auf dem Stallboden knieend, opferte er seine Messe auf. Er fühlte sich erfrischt, stark und glücklich. Sogar die Ankunft von Hosianna Wang konnte ihn nicht aus der Fassung bringen.

»Der Father hätte mich bei seiner Messe ministrieren lassen sollen.

Das war immer in unserer Bezahlung mit inbegriffen. Und nun – sollen wir in der Straße der Netzmacher ein Zimmer suchen?«

Francis überlegte. Er war eisern entschlossen, weiter im Compound zu leben, bis sich die Lage geklärt hatte, aber für seine priesterlichen Verrichtungen mußte er doch einen geeigneteren Ort finden. Daher sagte er: »Wir wollen jetzt hingehen.«

In den Straßen herrschte bereits lebhaftes Gedränge. Hunde liefen ihnen zwischen den Beinen herum, Schweine durchwühlten den Rinnstein nach Abfällen. Schreiend und spottend folgten ihnen die Kinder. Bettler jammerten und hielten ihnen zudringlich die Hände hin. Ein alter Mann, der in der Straße der Laternenmacher seine Waren ausbreitete, spie dem fremden Teufel mürrisch auf die Füße. Vor dem Gerichtsgebäude stand ein herumziehender Barbier und klapperte mit seinen langen Zangen. Viele Arme gab es, viele Krüppel und manche, die durch Pocken erblindet waren und jetzt mit Hilfe eines langen Bambusstocks und eines eigenartigen hohen Pfeifens ihren Weg dahin tappten.

Das Zimmer, zu dem Wang ihn führte, lag im oberen Stockwerk eines Hauses und war einfach mit Bambusstäben und Papier abgeteilt, genügte aber vorläufig für alle religiösen Handlungen. Er zahlte dem Ladeninhaber namens Hung eine Monatsmiete aus seinem kleinen Geldvorrat, hing das Kruzifix auf und breitete sein einziges Altartuch aus. Daß er weder Meßgewänder noch Altargeräte besaß, machte ihm rechte Sorgen. In der Annahme, die »blühende« Mission gut ausgerüstet zu finden, hatte er fast nichts mitgenommen. Aber seine Fahne hatte er jetzt wenigstens aufgepflanzt.

Wang war in den Laden vorausgegangen, und Francis konnte beim Hinuntersteigen beobachten, wie Hung zwei von den Silbertaels nahm, die er für die Miete erhalten hatte, und sie Wang mit einer Verbeugung überreichte. Obwohl er den Wert von Father Lawlers Hinterlassenschaft rasch genug erkannt hatte, fühlte Francis doch, wie ihn der Zorn packte. Draußen auf der Straße wandte er sich ruhig an Wang.

»Es tut mir leid, Hosianna, aber ich kann dir dein Gehalt von 15 Taels im Monat nicht bezahlen.«

»Father Lawler konnte zahlen. Warum kann der Father nicht bezahlen?«

»Ich bin arm, Hosianna. Genauso arm, wie es mein Herr und Meister war.«

»Wieviel will der Father bezahlen?«

»Nichts, Hosianna! Auch ich erhalte keine Bezahlung. Der Herr im Himmel wird uns entlohnen.«

Wangs Lächeln blieb unverändert. »Vielleicht müssen Hosianna und Philomena dorthin gehen, wo man sie schätzt. In Hsin-Hsiang zahlen die Methodisten sechzehn Tael für hochangesehene Katecheten. Aber der gute Father wird es sich zweifellos noch überlegen. Es gibt viel Feindseligkeit in Pai-tan. Die Leute meinen, daß das Fengschui – die geheiligte Ordnung von Wind und Wasser – durch das Eindringen des Missionars zerstört ist.«

Er wartete auf die Antwort des Geistlichen. Aber Francis sagte kein Wort. Es entstand eine Pause voll verhaltener Spannung. Dann verneigte sich Wang und ging fort.

Ein Gefühl der Kälte beschlich Francis. War es richtig gewesen, die freundlichen Wangs zu vertreiben? Er sagte sich, daß die Wangs nicht seine Freunde, sondern speichelleckerische Opportunisten waren, die an den christlichen Gott wegen des christlichen Geldes glaubten. Und doch... sein einziger Kontakt mit der Umwelt war nun zerrissen. Er wurde sich in jähem Schrecken bewußt, wie allein und einsam er war.

Ein Tag um den andern verging, die schreckliche Einsamkeit wuchs, und eine lähmende Hilflosigkeit kam hinzu. Lawler, sein Vorgänger, hatte auf Sand gebaut. Untüchtig, leichtgläubig und mit reichlichen Mitteln versehen, war er eifrig herumgelaufen, hatte Geld verteilt, Namen aufgeschrieben, ohne Unterschied da und dort getauft, eine Schar von »Reis-Christen« gewonnen, lange Berichte geschrieben, war unbewußt das Opfer von hunderterlei schlauen Schröpfungen geworden und dabei heiter und überheblich seines herrlichen Triumphes sicher gewesen. Er hatte nicht einmal die Oberfläche geritzt. Nichts blieb von seinem Werk außer vielleicht – in den offiziellen Kreisen der Stadt – eine nachhaltige Verachtung für solche erbärmlichen Verrücktheiten.

Abgesehen von der kleinen Summe, die für seinen Lebensunterhalt ausgesetzt war, und einer Fünf-Pfund-Note, die Polly ihm bei der Abreise zugesteckt hatte, besaß Francis überhaupt kein Geld. Dazu hatte man ihn ausdrücklich darauf aufmerksam gemacht, daß es völlig vergeblich sein würde, die neugegründete Gesellschaft zu Hause um eine Unterstützung zu bitten. Aber von Lawlers Beispiel angewidert, freute er sich über seine Armut. Er gelobte mit aller Kraft, daß er sich seine Gemeinde nicht kaufen werde. Was geschehen mußte, sollte mit Gottes Hilfe durch die Arbeit seiner beiden Hände geschehen.

Bisher aber hatte er nichts getan. Er hing vor seiner Aushilfskapelle ein Schild auf, doch es blieb ohne jede Wirkung, niemand erschien, um ihn die Messe lesen zu hören. Die Wangs hatten überall verbreitet, daß er mittellos sei und nichts als bittere Worte zu verteilen habe.

Er versuchte es mit einer Versammlung unter freiem Himmel vor dem Gerichtsgebäude. Man lachte ihn aus und beachtete ihn dann nicht mehr. Sein Fehlschlag demütigte ihn. Ein chinesischer Wäscher, der in den Straßen von Liverpool in seinem englischen Kauderwelsch die Lehre des Konfuzius verkündete, hätte mehr Erfolg gehabt als er. Mit größter Anstrengung bekämpfte er den bösen Geist, die innere Stimme, die ihm ständig zuflüsterte, er sei unbrauchbar.

Francis betete voll Verzweiflung. Er glaubte von ganzem Herzen an die Wirksamkeit des Gebetes. »O Herr, du hast mir in der Vergangenheit geholfen. Hilf mir auch jetzt, ich bitte dich, um Gottes Willen.«

Es gab Stunden, in denen eine rasende Wut ihn packte. Warum hatten sie ihn mit glaubhaften Zusicherungen in dieses fremdländische Loch geschickt? Die Aufgabe ging über jedes Menschen Kraft, selbst über die Gottes! Abgeschnitten von allen Verbindungen, im Hinterland begraben, der nächste Missionar, Father Thibodeau in Hsin-Hsiang, vierhundert Meilen weit entfernt – der Platz war völlig unhaltbar.

Die allgemeine Feindseligkeit gegen ihn wurde von den Wangs geschürt und wuchs ständig. An den Spott der Kinder war er schon gewöhnt. Ging er aber jetzt durch die Stadt, so folgte ihm eine Schar junger Kulis und beschimpfte ihn laut. Blieb er stehen, trat einer von der Bande vor und verrichtete in nächster Nähe seine Bedürfnisse. Als er eines Nachts zu seinem Stall zurückkehrte, flog ein Stein durch die Dunkelheit und traf ihn an der Stirne.

Das stachelte Francis' ganzen Kampfgeist wieder heftig auf. Als er die Verletzung an seinem Kopf verband, gab ihm seine eigene Wunde einen tollen Gedanken ein, so daß er innehielt und krampfhaft überlegte. Ja... er mußte... mußte in näheren Kontakt mit dem Volk kommen... und dieser... dieser neue Versuch... war er auch noch so primitiv... konnte ihm dazu verhelfen.

Am nächsten Morgen mietete er für zwei Taels im Monat den Raum hinter Hungs Laden und eröffnete dort eine Armenapotheke. Er war weiß Gott kein Fachmann. Aber er hatte einen Kurs für Erste Hilfe genommen und war durch seine lange Freundschaft mit Dr. Tulloch mit den Grundlagen der Hygiene wohl vertraut.

Zuerst wagte sich niemand in seine Nähe, und er schwitzte vor Verzweiflung. Aber nach und nach, von Neugier getrieben, kam der eine und andere herein. Es gab immer Krankheiten in der Stadt, und die Methoden der einheimischen Ärzte waren barbarisch. Er hatte einigen Erfolg. Er verlangte weder Geld noch Frömmigkeit. Langsam kamen immer mehr Patienten. Er schrieb einen dringenden Brief an Dr. Tulloch, legte Pollys Fünf-Pfund-Note hinein und flehte um einen zusätzlichen Vorrat an Verbandmaterial, Binden und einfachen Medikamenten. Die Kapelle stand leer, aber die Apotheke war jetzt häufig gedrängt voll.

Nachts, inmitten der Ruinen der Mission, zermarterte er sich den Kopf. Niemals konnte er auf diesem unterwaschenen Boden wieder etwas aufbauen. Und mit brennender Sehnsucht blickte er über die Straße zu dem schönen »Hügel der Glänzenden Grünen Jade« hinüber. Im Schutz eines Zedernhains dehnte sich dort über den verstreuten Tempeln ein wunderbarer Hang – welche herrliche Lage für einen Bau zu Ehren Gottes!

Man bekam den Eigentümer dieses Besitztums selten zu Gesicht. Es war ein Richter namens Pao, ein Mitglied jenes engen Kreises von Kaufleuten und Beamten, die alle miteinander verschwägert waren und die gesamten Angelegenheiten der Stadt unter Kontrolle hielten. Sein Vetter aber, ein großgewachsener würdevoller Mandarin von vierzig Jahren, der den Besitz für Herrn Pao verwaltete, kam fast jeden Nachmittag, um die Männer zu beaufsichtigen und zu bezahlen, die in den Lehmgruben im Zedernwäldchen arbeiteten.

Erschöpft von Wochen der Einsamkeit, verzweifelt und verfolgt, war Francis zweifellos nicht mehr zurechnungsfähig. Er hatte nichts und war nichts. Trotzdem hielt er eines Tages, einem Impuls folgend, den großen Mandarin an, als dieser über die Straße zu seiner Sänfte ging. Er begriff nicht, wie ungehörig diese direkte Annäherung war. Er gab sich überhaupt nicht mehr ganz Rechenschaft über das, was er tat. Er hatte nicht genügend gegessen, und sein Kopf war benommen von einem Fieberanfall.

»Ich habe oft den wunderschönen Besitz bewundert, den Sie so weise verwalten.«

Völlig überrascht betrachtete Herrn Paos Vetter die kleine fremdartige Gestalt mit den brennenden Augen und dem schmutzigen Verband um die Stirne. Mit kalter Höflichkeit ertrug er des Geistlichen andauernde Verstöße gegen die chinesische Grammatik, setzte mit kurzen Worten sich selbst, seine Familie und seine elenden Besitztümer herab, machte einige Bemerkungen über das Wetter, die Ernte und die Schwierigkeiten, die es der Stadt im vergangenen Jahr bereitet hatte, sich von den Wai-Tschu-Banditen loszukaufen, und öffnete dann, mit deutlich erkennbarer Absicht, die Tür seiner Sänfte. Als Francis, in dessen Kopf sich alles drehte, den Versuch machte, das Gespräch wieder auf den Grünen-Jade-Hügel zu lenken, lächelte Herrn Paos Vetter eisig.

»Der Grüne-Jade-Besitz ist eine Perle, die keinen Preis hat... seine Ausdehnung beträgt mehr als sechzig Mu... Schattige Plätze, Wasser, Weideland... dazu eine ergiebige und beachtliche Lehmgrube, deren Material sich zur Herstellung von allerlei Ziegeln und Töpferwaren eignet. Herr Pao hat nicht den Wunsch, zu verkaufen. Er hat schon eine Summe von... fünfzehntausend Silberdollar für diesen Besitz ausgeschlagen.«

Bei Nennung des Preises, der Francis' ärgste Befürchtungen um das Zehnfache übertraf, begannen seine Knie zu zittern. Das Fieber verließ ihn, er fühlte sich plötzlich schwach und schwindlig und schämte sich der Unsinnigkeit, zu der ihn seine Träume verleitet hatten. Sein Kopf schmerzte, als ob er zerspringen wollte, er bedankte sich bei Herrn Paos Vetter und murmelte verwirrt eine Entschuldigung.

Die Enttäuschung des Geistlichen entging dem schlanken Chinesen nicht, und er ließ einen Schimmer von Verachtung unter seiner Zurückhaltung sichtbar werden.

»Warum kommt der Schang-Fu her? Sind in seinem eigenen Land keine bösen Menschen zu bekehren? Denn wir sind keine bösen Menschen. Wir haben unsere eigene Religion. Unsere Götter sind älter als seine. Der andere Schang-Fu hat viele zu Christen gemacht, indem er Wasser aus einer kleinen Flasche auf Sterbende goß und ›Ja... ja!‹ dazu sang. Er verteilte auch Lebensmittel und Kleider an gewisse Leute, die überall mitsingen würden, um ihren Leib zu bedecken und ihre Bäuche zu füllen. Wünscht der Schang-Fu dies auch zu tun?«

Schweigend blickte Francis den andern an. Sein schmales Gesicht war blaß vor Erschöpfung, unter seinen Augen lagen tiefe Schatten. Ruhig sagte er: »Glauben Sie, daß dies mein Wunsch ist?«

Es blieb eigentümlich still. Plötzlich senkte Herrn Paos Vetter den Blick.

»Entschuldigen Sie«, sagte er leise. »Ich habe nicht begriffen. Sie sind ein guter Mensch.« Eine kaum merkliche Freundlichkeit schwang in den zerknirschten Worten mit. »Ich bedaure, daß meines Vetters Besitz nicht käuflich ist. Vielleicht kann ich Ihnen in anderer Weise behilflich sein?«

Herrn Paos Vetter verneigte sich von neuem, als läge ihm daran, sein Benehmen wiedergutzumachen. Francis überlegte einen Augenblick und fragte dann niedergedrückt: »Da wir ehrlich miteinander sind, sagen Sie mir... gibt es keine wahren Christen hier?«

Herrn Paos Vetter antwortete langsam: »Vielleicht. Aber ich würde nicht in Pai-tan nach ihnen suchen.« Er machte eine Pause. »Ich habe aber von einem Dorf in den Kwang-Bergen gehört.« Er wies mit unbestimmter Gebärde auf die fernen Gipfel. »Ein Dorf, das seit Jahren christlich ist... aber es ist weit weg, viele, viele Li von hier entfernt.«

In die Düsternis von Francis' Gemüt fiel ein Lichtstrahl.

»Das interessiert mich sehr. Können Sie mir nähere Angaben machen?«

Der andere schüttelte bedauernd den Kopf. »Es ist ein kleiner, nahezu unbekannter Ort im Hochland. Mein Vetter hat nur durch seinen Handel mit Schaffellen von ihm gehört.«

Der Wunsch, mehr zu erfahren, hielt Francis aufrecht. »Könnten Sie ihn danach fragen? Könnten Sie mir Weisungen geben... mir vielleicht eine Karte verschaffen?«

Herrn Paos Vetter dachte nach und nickte dann ernst. »Das müßte möglich sein. Ich werde Herrn Pao fragen. Außerdem werde ich nicht verfehlen, ihm zu berichten, daß Sie mit mir in höchst ehrender Weise gesprochen haben.«

Er verneigte sich und ging.

Überwältigt von dieser gänzlich unerwarteten Hoffnung, kehrte Francis in den zerstörten Compound zurück, wo er mit einigen Decken, einem Wasserschlauch und ein paar in der Stadt gekauften Geräten sein primitives Lager aufgeschlagen hatte. Wie nach einer schweren Erschütterung zitterten seine Hände, als er sein einfaches Reisgericht zubereitete. Ein christliches Dorf! Er mußte es finden – koste es, was es wolle. Zum erstenmal in diesen mühseligen Monaten fruchtlosen Bemühens hatte er das Gefühl göttlicher Inspiration und Führung. Während er in tiefes Nachdenken versunken im Dunkeln saß, wurde er immer wieder von dem heiseren Gekrächze der Krähen aufgestört, die sich am Flußufer um irgendein Aas stritten. Schließlich ging er hin, um sie zu verscheuchen. Die häßlichen Vögel schlugen mit den Flügeln, krächzten ihn an, und er sah, daß ihre Beute der Körper eines neugeborenen Mädchens war.

Schaudernd zog er den zerfetzten Körper des Kindes aus dem Wasser – es war erdrosselt und dann in den Fluß geworfen worden. Er wickelte das kleine Geschöpf in ein wenig Leinwand und begrub es in einer Ecke des Compound. Dann sprach er Gebete und dachte: sie brauchen mich – ich habe daran gezweifelt – aber sie brauchen mich doch, die Menschen hier in diesem fremden Land.

2

Zwei Wochen später, im Frühsommer, als die Knospen trieben, war er bereit. Er hing an seinen Räumlichkeiten in der Straße der Netzmacher ein gemaltes Schild auf »Vorübergehend geschlossen«, schnallte einen Pack Decken und Proviant auf seinen Rücken, nahm seinen Schirm und machte sich frischen Mutes zu Fuß auf den Weg.

Die Karte, die Herrn Paos Vetter ihm gegeben hatte, war wunderbar ausgeführt, mit schnaubenden Drachen in den Ecken und reichen topographischen Einzelheiten bis zum Fuß der Berge. Dann wurde sie etwas skizzenhaft, und an Stelle der Ortsnamen standen kleine Zeichnungen von Tieren. Aber gestützt auf ihre Gespräche und seinen Orientierungssinn, konnte sich Francis einen ziemlich klaren Begriff von seinem Weg machen. Er wandte sich der Kwang-Schlucht zu.

Zwei Tage lang führte seine Wanderung ihn durch angenehmes Gebiet. Fichtenwälder traten an die Stelle der nassen grünen Reisfelder, und die abgefallenen Nadeln breiteten sich wie ein weicher federnder Teppich unter seinen Füßen aus. Knapp vor den Kwang-Bergen durchschritt er ein geschütztes Tal, das von den roten Blüten wilder Rhododendren flammte. Im träumerischen Licht des gleichen Nachmittags kam er über eine Lichtung mit blühenden Aprikosen, deren Duft ihm wie spritziger Wein in der Nase prickelte. Dann begann er die steile Wand der Schlucht emporzuklimmen.

Mit jedem Schritt auf dem schmalen steinigen Pfad wurde es kälter. Des Nachts kauerte er sich im Schutz eines Felsens zusammen, wo er das Sausen des Windes und das Tosen des Schneewassers in der Schlucht hörte. Bei Tag brannte das kalt leuchtende Weiß der hohen Berge seine Augen. Die dünne, eisige Luft tat seinen Lungen weh.

Am fünften Tag überquerte er den höchsten Grat, eine eisige Wildnis, halb Gletscher, halb Fels, und stieg dankbaren Herzens auf der anderen Seite wieder hinab. Der Paß führte zu einem ausgedehnten Plateau unterhalb der Schneegrenze, das sich frisch und grün in sanft gerundeten Hügeln ausbreitete. Das war das Weideland, von dem Herrn Paos Vetter gesprochen hatte.

Bis hierher hatten die Berge durch ihre Formen den gewundenen Lauf seines Weges bestimmt. Nun mußte er sich auf die Vorsehung, einen Kompaß und seinen guten schottischen Hausverstand verlassen. Er wandte sich nach Westen. Die Gegend erinnerte ihn an das Hochland in seiner Heimat. Er begegnete großen Herden von ruhig grasenden Ziegen und Bergschafen, die bei seinem Nahen in wilder Flucht davonstoben. Flüchtig sah er eine Gazelle vorüberhuschen. Aus den Grasbüscheln eines weiten, bräunlichen Sumpfes stiegen schreiend Tausende von brütenden Enten und verdunkelten den Himmel. Da seine Vorräte zu Ende gingen, füllte er seine Tasche dankbar mit den warmen Eiern.

Ohne Pfad, ohne Baum dehnte sich die Ebene. Langsam verzweifelte er daran, jemals auf das Dorf zu stoßen. Aber am Morgen des neunten Tages, als er schon fürchtete, bald wieder umkehren zu müssen, erblickte er eine Schäferhütte, die erste menschliche Behausung, seit er die Hänge im Süden verlassen hatte. Voll Eifer eilte er auf sie zu. Die Tür war mit Lehm verklebt, niemand war in der Hütte. Aber als er sich umwandte, sahen seine von Enttäuschung geschärften Blicke einen Knaben, der, hinter seiner Herde schreitend, über den Hügel auf ihn zukam.

Der junge Schäfer mochte siebzehn Jahre alt sein. Er war klein und sehnig wie seine Schafe, und der Ausdruck des freundlichen, intelligenten Gesichtes schwankte jetzt zwischen Verwunderung und Lachen. Er trug kurze Hosen aus Schafleder und einen wollenen Umhang. An seinem Hals hing ein kleines bronzenes Yuan-Kreuz, das durch langes Tragen papierdünn geworden war. Mit groben Strichen war darauf das Symbol der Taube eingeritzt. Schweigend blickte Father Chisholm von dem offenen Gesicht des Knaben auf das uralte kleine Kreuz. Endlich gehorchte ihm die Stimme wieder, er begrüßte den Jungen und fragte, ob er aus dem Dorf Liu sei.

Der Bursche lächelte. »Ich bin aus dem christlichen Dorf. Ich bin Liu-Ta. Mein Vater ist der Dorfpriester.« Und um nicht für einen Prahler gehalten zu werden, fügte er hinzu: »Einer der Dorfpriester.«

Wieder schwiegen sie eine Weile. Father Chisholm hielt es für besser, den Jungen nicht weiter auszufragen. Schließlich sagte er: »Ich bin von weit hergekommen, und auch ich bin ein Priester. Ich wäre dir dankbar, wenn du mich zu deinem Haus führen würdest.«

Das Dorf, eine Gruppe von etwa dreißig Häusern, lag, umgeben von kleinen, mit Steinen eingefaßten Getreidefeldern, fünf Li weiter westlich, in dieser Falte des Hochlands verborgen. Auf einer zentral gelegenen Anhöhe befand sich hinter einem merkwürdigen kegelförmigen Steinhaufen, im Schatten eines Gingkobaumes, eine kleine steinerne Kirche.

Als er das Dorf betrat, war er sofort von der ganzen Gemeinde umgeben, Männer, Frauen, Kinder und Hunde, alles drängte sich neugierig und mit aufgeregtem Willkommensgruß um ihn. Sie zogen an seinen Ärmeln, berührten seine Schuhe und musterten seinen Schirm mit lauten Rufen der Bewunderung, während Ta in einem Dialekt, den Francis nicht verstand, rasch etwas erklärte. Dieser sah sich einer Menge von vielleicht sechzig einfachen und gesunden Menschen gegenüber, deren unbefangene, freundliche Augen und Gesichter den Stempel gemeinsamer Familienzugehörigkeit trugen. Mit stolzem Besitzerlächeln schob Ta seinen Vater Liu-Tschi nach vorn, einen kleinen, stämmigen Mann von fünfzig Jahren mit einem grauen Bärtchen, der sich ebenso schlicht wie würdevoll benahm.

Langsam, um sich gut verständlich zu machen, sprach Liu-Tschi: »Wir heißen Sie mit Freuden willkommen, Father. Kommen Sie in mein Haus und ruhen Sie sich vor dem Gebet ein wenig aus.«

Vor ihm hergehend, geleitete er Father Chisholm zu dem größten Haus, das nahe der Kirche auf steinernem Fundament stand, und führte ihn höflich und liebenswürdig in ein kühles, niederes Zimmer. In diesem befanden sich ein Spinett aus Mahagoni und eine portugiesische Räderuhr. Auf dem Messingzifferblatt war »Lissabon 1623« eingraviert.

Francis hatte keine Zeit zu eingehender Betrachtung, denn Liu-Tschi sprach von neuem zu ihm: »Wollen Sie die Messe lesen, Father? Oder soll ich es tun?«

Wie im Traum nickte Father Chisholm dem andern zu. Irgend etwas in ihm antwortete: »Tun Sie es... bitte!« Er war in großer Verwirrung. Diesem Geheimnis konnte man nicht mit groben Worten auf die Spur kommen. Sanft und geduldig mußte er es mit seinen Augen zu durchdringen versuchen.

Eine halbe Stunde später versammelten sich alle in der Kirche, die trotz ihrer Kleinheit geschmackvoll in einem Stil erbaut war, der den maurischen Einfluß auf die Formen der Renaissance erkennen ließ. Es gab drei einfache Arkaden mit prachtvoller Kehlung, Eingang und Fenster wurden von flachen Pilastern getragen, und die Wände waren mit zum Teil unvollendeten Mosaiken geschmückt.

Francis saß in der ersten Reihe der aufmerksamen Gemeinde. Alle hatten sich, bevor sie eintraten, feierlich die Hände gewaschen. Die meisten Männer und einige Frauen trugen Gebetsmützen auf dem Kopf. Plötzlich wurde eine Glocke ohne Klöppel geschlagen. In eine verblichene, gelbe Alba gekleidet, trat Liu-Tschi, von zwei jungen Männern gestützt, zum Altar. Er wandte sich um und verneigte sich feierlich vor Father Chisholm und der Gemeinde. Dann begann der Gottesdienst.

Aufrecht kniend, beobachtete Father Chisholm gebannt, was sich da vor ihm abspielte, als folge er dem langsamen Ablauf eines Traumes. Gerührt erkannte er, daß die Zeremonie ein Überbleibsel, eine seltsam gewandelte Form der Messe war. Sicher konnte Liu-Tschi kein Latein, denn er betete chinesisch. Zuerst kam das Confiteor, dann das Credo. Als er die Altarstufen emporstieg und das Meßbuch aus Pergament auf seinem hölzernen Pult öffnete, hörte Francis deutlich einen Teil des Evangeliums, der feierlich in der Sprache der Einheimischen vorgetragen wurde. Die ursprüngliche Übersetzung... Ehrfürchtig hielt er den Atem an.

Die ganze Gemeinde trat vor, um zu kommunizieren. Selbst Säuglinge an der Brust wurden zu den Stufen des Altars getragen. Liu-Tschi stieg herab, einen Kelch mit Reiswein in den Händen. Er benetzte seinen Zeigefinger und ließ einen Tropfen auf die Lippen jedes einzelnen fallen.

Bevor sie die Kirche verließ, versammelte sich die Gemeinde vor der Statue des Erlösers und legte auf den schweren Kandelaber vor deren Füßen brennende Räucherstäbchen. Dann beugte jeder dreimal das Knie und zog sich ehrfürchtig zurück.

Father Chisholm blieb mit feuchten Augen in der Kirche zurück, tief bewegt von der einfachen, kindlichen Frömmigkeit – der gleichen Frömmigkeit, der gleichen Einfachheit, die er oft im bäuerlichen Spanien beobachtet hatte. Gewiß war diese Zeremonie nicht gültig – er lächelte schwach, als er sich Father Tarrants Entsetzen bei diesem Schauspiel vorstellte, aber er zweifelte nicht daran, daß sie trotz allem Gott wohlgefällig war.

Liu-Tschi erwartete ihn draußen, um ihn in sein Haus zu führen, wo ein Mahl bereit stand. Ausgehungert wie er war, tat Father Chisholm dem Gericht aus Berghammelfleisch volle Ehre an – kleinen würzigen Klößen, die in einer Kohlsuppe schwammen – und auch der eigenartigen Speise aus Reis und wildem Honig, die nachher aufgetragen wurde. Er hatte in seinem Leben noch nie von einer so herrlichen Süßigkeit gekostet.

Nachdem beide gegessen hatten, richtete er behutsam einige Fragen an Liu-Tschi. Er hätte sich lieber die Zunge abgebissen, als irgendein Ärgernis erregt. Der sanftmütige alte Mann antwortete voll Vertrauen. Sein Glauben war christlich, völlig kindlich und seltsam vermengt mit taoistischen Überlieferungen. Vielleicht, dachte Father Chisholm und lächelte im geheimen, kam auch noch etwas Nestorianismus hinzu, um die Sache wertvoller zu machen...

Tschi erklärte, daß dieser Glaube durch viele Generationen vom Vater auf den Sohn überliefert worden sei. Das Dorf lag nicht vollkommen von der Welt abgeschlossen. Aber es war weit genug entfernt, und so klein, so sehr in sein Familienleben verkapselt, daß Fremde nur selten störend eindrangen. Sie lebten alle wie eine große Familie, ein ganz auf sich selbst gestelltes, rein ländliches Dasein. Sie hatten Getreide und Hammelfleisch in Hülle und Fülle, auch in der härtesten Jahreszeit, dazu Käse, den sie in Schafmägen gepreßt aufbewahrten, und eine butterartige Masse, die einmal von roter, einmal von schwarzer Farbe war, aber immer aus Bohnen hergestellt wurde und Tschiang hieß. Sie kleideten sich in selbst gekrempelte Wolle und Schafspelze, wenn es besonders kalt war. Aus den Häuten hämmerten sie eine eigene Art von Pergament, die in Peking sehr geschätzt wurde. Auf dem Hochland gab es viele wilde Ponys. Und hin und wieder machte sich ein Mitglied der Familie mit einer Ponyladung Pergament auf den Weg.

Bei dem kleinen Stamm gab es drei Priester, die bereits in der Kindheit zu diesem Ehrenamt bestimmt wurden. Für bestimmte religiöse Handlungen bezahlte man mit Reis. Ihre besondere Verehrung galt den drei Kostbaren – der Heiligen Dreifaltigkeit. Seit Menschengedenken hatten sie niemals einen geweihten Priester gesehen.

Father Chisholm hatte hingerissen und aufmerksam zugehört und stellte nun die Frage, die ihm vor allem auf der Zunge brannte.

»Sie haben mir noch nicht erzählt, wie dies alles begonnen hat!«

Liu-Tschi blickte seinen Besucher noch einmal prüfend an. Dann erhob er sich, beruhigt und leise lächelnd, und ging in das anstoßende Zimmer. Als er zurückkehrte, trug er ein mit Schafhäuten umwickeltes Bündel unter dem Arm. Schweigend überreichte er es Father Chisholm, sah zu, wie dieser es öffnete und zog sich still zurück, als er bemerkte, daß der Geistliche sich in den Inhalt vertiefte.

Es war das Tagebuch von Pater Ribiero, in portugiesischer Sprache geschrieben, braun, verfleckt und zerrissen, aber zum größten Teil noch lesbar. Seine spanischen Kenntnisse erlaubten Francis, es langsam zu entziffern. Das Dokument war so ungeheuer interessant, daß ihm die mühevolle Arbeit gar nicht zu Bewußtsein kam. Wie festgenagelt saß er völlig regungslos da und bewegte nur ab und zu langsam die Hand, um eine gewichtige Seite umzuwenden. Die Zeit eilte dreihundert Jahre zurück: die alte Uhr, die längst stehengeblieben war, nahm ihr gemessenes Ticken wieder auf.

Manuel Ribiero war ein Missionar aus Lissabon, der im Jahre 1625 nach Peking kam. Francis sah den Portugiesen deutlich vor sich: ein Mann von neunundzwanzig Jahren, mager, mit olivenfarbener Haut, ein wenig ungestüm, die dunklen Augen jedoch voll Glut und Demut. In Peking hatte der junge Missionar Glück gehabt und Pater Adam Schall zum Freunde gewonnen, den großen deutschen Jesuiten, der Missionar, Hofmann, Astronom, vertrauter Freund und außerordentlicher Kanonengießer des Kaisers Tschun Tschin war.

Während einiger Jahre hatte Pater Ribiero einigen Anteil an dem Ruhm dieses erstaunlichen Mannes, der sich unangefochten im Gewirr der Intrigen am Hofe des Himmelssohnes bewegte, den christlichen Glauben bis in den Harem des Kaisers trug, die haßerfülltesten Gegner mit seinen genauen Voraussagen von Kometen, von Sonnen- und Mondfinsternissen zuschanden machte, einen neuen Kalender aufstellte, Freundschaften nebst Titeln und Auszeichnungen für sich und alle seine Vorfahren gewann.

Dann bemühte der Portugiese sich eifrig darum, als Missionar an den fernen königlichen Hof der Tatarei entsandt zu werden. Adam Schall hatte seinem Wunsch stattgegeben. Eine reich ausgerüstete, schwerbewaffnete Karawane verließ Peking am Maria Himmelfahrtstag des Jahres 1629.

Doch die Karawane erreichte den tatarischen Königshof nie. An den Nordabhängen der Kwang-Berge geriet sie in einen von Barbaren gelegten Hinterhalt. Die schreckeinflößende Bedeckungsmannschaft floh, nachdem sie die Waffen fortgeworfen hatte, und die wertvolle Karawane wurde ausgeplündert. Pater Ribiero entkam, von Feuersteinpfeilen schwer verwundet, mit seiner Habe und einigen wenigen Stükken seiner kirchlichen Ausrüstung. Die Nacht überraschte ihn mitten im Schnee, er dachte, seine letzte Stunde sei gekommen und brachte sich, aus vielen Wunden blutend, Gott zum Opfer dar. Aber durch die Kälte schlossen sich seine Wunden. Er schleppte sich am nächsten Morgen zur Hütte eines Schäfers, wo er sechs Monate lang zwischen Leben und Tod schwebte. Inzwischen war ein beglaubigter Bericht nach Peking gelangt, daß Pater Ribiero massakriert worden sei, und keine Expedition wurde ausgeschickt, nach ihm zu suchen.

Als der Portugiese seine Lebensgeister wieder erwachen fühlte, schmiedete er Pläne, um zu Adam Schall zurückzukehren. Aber die Zeit verging und er blieb. In diesem ausgedehnten Weideland änderten sich die Werte und die Art der Betrachtung. Außerdem lagen dreitausend Li zwischen ihm und Peking, eine selbst für sein unerschrockenes Gemüt erschreckend große Entfernung. In aller Ruhe traf er seine Entscheidung. Er sammelte die Handvoll Schäfer in einer kleinen Niederlassung. Er baute eine Kirche. Er wurde der Freund und Hirte – nicht des Königs der Tataren, aber dieser einfachen kleinen Schar.

Seltsam bewegt legte Francis das Tagebuch mit einem Seufzer fort. Sinnend saß er im Dämmerlicht, und viele Bilder zogen an ihm vorüber. Dann stand er auf, ging hinaus zu dem großen Steinhaufen neben der Kirche, kniete nieder und betete an Pater Ribieros Grab.

Eine Woche lang blieb er in dem Dorfe Liu. Überzeugend in einer Art, die niemand verletzen konnte, schlug er eine Ratifizierung aller Taufen und Eheschließungen vor. Er las die Messe. Freundlich ließ er da und dort eine Andeutung fallen, die auf eine Verbesserung dieser und jener Bräuche hinzielte. Es würde lange Zeit erfordern, das Dorf mit den Regeln einer strengen Liturgie vertraut zu machen. Monate – nein, Jahre. Was lag daran? Er begnügte sich damit, nur langsam vorzugehen. Die kleine Gemeinde war so rein und gesund wie ein guter Apfel.

Er redete mit ihnen von vielen Dingen. Am Abend wurde vor Liu-Tschis Haus ein Feuer angezündet, und sobald alle herumsaßen, ließ er sich auf der Türschwelle nieder und sprach zu dem schweigenden Kreis im Schein der Flammen. Am liebsten hörten sie erzählen, wie ihre Religion draußen in der großen, weiten Welt verbreitet war. Er wies nicht auf die heiklen Unterschiede hin, sondern begeisterte sie mit Berichten von den Kirchen Europas, den großen Kathedralen, den Tausenden von Gläubigen, die in St. Peter zusammenströmten, den großen Königen und Fürsten, Staatsmännern und Adeligen, die alle ihr Knie vor dem Herrn des Himmels beugten, demselben himmlischen Vater, den sie hier anbeteten, ihren Freund und Meister. Dieses Gefühl einer großen Gemeinsamkeit erfüllte sie mit freudigem Stolz.

Licht und Schatten huschten über die gespannt lauschenden Gesichter, die voll glücklichen Staunens zu ihm emporsahen. Er meinte, Pater Ribiero an seiner Seite zu fühlen, der ihm geheimnisvoll zulächelte und gar nicht unzufrieden war. In solchen Augenblicken hatte er den heißen Wunsch, Pai-tan fahren zu lassen und sich ganz diesen einfachen Leuten zu widmen. Wie glücklich würde er hier sein! Wie liebevoll würde er dieses Juwel behandeln und zum Erglänzen bringen, das er völlig unerwartet in der Wildnis gefunden hatte! Aber nein – das Dorf war zu klein und abgelegen. Er konnte es nie zum Mittelpunkt wahrer Missionstätigkeit machen. Entschlossen wies er die Versuchung von sich.

Der junge Ta war sein ständiger Begleiter geworden. Er nannte ihn jetzt nur noch Josef, denn diesen Namen hatte der Bursche sich bei seiner Taufe gewünscht. Gestärkt durch den neuen Namen, bat er um die Erlaubnis, bei Father Chisholms Messe zu ministrieren, und obwohl er natürlich kein Sterbenswort Latein konnte, ließ der Priester ihn lächelnd gewähren. Am Vorabend seiner Abreise saß Father Chisholm wieder auf der Türschwelle des Hauses. Josef fand sich als erster Zuhörer der letzten Ansprache ein, doch sein sonst heiteres Gesicht war ernst und kummervoll. Der Geistliche ahnte den Grund dieses Kummers, während er den Knaben betrachtete, und gleichzeitig kam ihm eine glückliche Eingebung.

»Josef! Würde es dir Freude machen, mit mir zu kommen – wenn dein Vater es gestattet? Du könntest mir in vielem behilflich sein.«

Der Junge sprang mit einem Freudenschrei in die Höhe, fiel vor dem Priester auf die Knie und küßte ihm die Hand.

»Herr, ich habe darauf gewartet, daß Sie mich dazu auffordern. Mein Vater ist einverstanden. Ich will Ihnen mit ganzem Herzen dienen.«

»Die Wege können steinig und beschwerlich sein, Josef.«

»Wir werden sie gemeinsam gehen, Herr.«

Father Chisholm hob den jungen Mann auf. Er war freudig bewegt. Er wußte, daß er richtig gehandelt hatte.

Am nächsten Morgen war alles zur Reise bereit. Lächelnd und frisch gewaschen stand Josef mit den Bündeln neben den beiden langhaarigen Bergponys, die er bei Morgengrauen herangetrieben hatte. Eine kleine Gruppe jüngerer Burschen war um ihn versammelt. Doch schon schüchterten die Wunder der Welt, die ihres Gefährten warteten, die andern ein wenig ein. In der Kirche beendete Father Chisholm sein Dankgebet. Als er sich erhob, winkte Liu-Tschi ihn zu einer Art Krypta, die als Sakristei diente. Einer Truhe aus Zedernholz entnahm er einen mit schwerem Gold reich bestickten Chorrock, ein herrliches Stück. An manchen Stellen war die Seide dünn wie Papier, aber das Gewand war vollständig erhalten, unschätzbar und noch gut zu gebrauchen. Der alte Mann lächelte, als er Francis' Gesicht sah.

»Gefällt Ihnen dieses armselige Ding?«

»Es ist wundervoll.«

»Nehmen Sie. Es gehört Ihnen!«

Kein Einspruch konnte Liu-Tschi davon abbringen, ihm dieses prächtige Geschenk zu machen. Es wurde zusammengefaltet, in sauberes Leinen verpackt und in Josefs Bündel gesteckt.

Schließlich mußte Francis ihnen allen Lebewohl sagen. Er segnete sie und versprach immer von neuem, binnen sechs Monaten wiederzukommen. Das nächste Mal würde es leichter sein, wenn er zu Pferd und mit Josef als Führer kam. Schließlich machten sich die beiden auf den Weg, und ihre Ponys kletterten Seite an Seite zum Hochland hinauf. Die Augen des kleinen Dorfes folgten ihnen voll Liebe.

Nun, da er Josef neben sich hatte, schlug Father Chisholm einen lebhafteren Schritt an. Er hatte seinen Glauben wiedergewonnen und fühlte sich wunderbar gestärkt. Sein Herz klopfte freudig und hoffnungsvoll.

3

Seit ihrer Rückkehr nach Pai-tan war der Sommer verstrichen, und nun kam die kalte Jahreszeit ins Land. Mit Josefs Hilfe machte Francis den Stall behaglicher und besserte die Risse mit Lehm und Kaolinerde aus. Zwei hölzerne Bettladen stützten nun die schwächste Wand, und ein flaches eisernes Kohlenbecken auf dem gestampften Boden diente als Herd. Josef, der einen gesunden Appetit besaß, hatte sich schon eine sehenswerte Sammlung von Kochtöpfen zugelegt. Der Bursche war jetzt weniger engelhaft, gewann aber bei näherer Bekanntschaft. Er schwatzte gern, war glücklich, wenn man ihn lobte, und manchmal auch recht eigensinnig, besonders was die Leichtigkeit betraf, mit der er reife Zuckermelonen aus der Handelsgärtnerei unten an der Straße verschwinden ließ.

Francis war noch immer entschlossen, ihre ärmliche Behausung so lange nicht aufzugeben, bis sich der Weg klar vor ihm abzeichnete. Nach und nach schlichen ein paar schüchterne Seelen in den Raum in der Netzmacherstraße, der ihm als Kapelle diente. Als erste kam verschämt eine alte zerlumpte Frau, die verstohlen ihren Rosenkranz aus den Falten des Sackes zog, den sie an Stelle eines Mantels umhängen hatte. Sie sah aus, als ob ein einziges Wort sie zu eiliger Flucht veranlassen würde. Francis hielt sich zurück und tat, als sähe er sie gar nicht. Am nächsten Morgen erschien sie wieder, mit ihrer Tochter.

Die jämmerliche geringe Zahl seiner Anhänger entmutigte ihn nicht. Sein Entschluß stand unerschütterlich fest, weder mit Geld noch mit Schmeicheleien eine Bekehrung zu erkaufen.

Seine Apotheke hingegen gedieh prächtig. Offensichtlich hatte man seine Abwesenheit von der kleinen Klinik bedauert. Bei seiner Rückkehr fand er eine schwer zu beschreibende Menschenansammlung vor Hungs Tür. Seine Urteilsfähigkeit und auch sein Geschick wuchsen mit seiner Erfahrung. Er kam mit Krankheiten verschiedenster Art in Berührung: Koliken und Husten, Darmentzündungen, Hautkrankheiten, schrecklichen Eiterungen von Augen und Ohren, das meiste eine Folge von Schmutz und Übervölkerung. Es war erstaunlich, was man bei den Leuten mit Sauberkeit und mit einem einfachen bitteren Tonikum erreichen konnte. Ein Körnlein Kaliumpermanganat war sein Gewicht in Gold wert.

Eben als seine mageren Vorräte auszugehen drohten, kam die Antwort auf seinen Bittbrief an Dr. Tulloch – eine große vernagelte Kiste voll mit Scharpie, Woll- und Gazebinden, Jod, Antiseptika, Rizinusöl und Chlorodyn, und ganz zuunterst lag ein zerknittertes, von einem Rezeptblock abgerissenes, vollgekritzeltes Blatt:

»Eure Heiligkeit, ich habe mich immer für den künftigen Tropenarzt gehalten! Und wo ist Dein Doktordiplom? Laß gut sein – heile, was Du kannst, und was Du nicht heilen kannst, bring' um. Hier hast Du eine Tüte Zaubermittel, um Dir dabei zu helfen.«

Es war ein ordentlich vollgepacktes Kästchen für Erste Hilfe mit Lanzetten, Scheren und Pinzetten. Eine Nachschrift lautete: »Nur damit Du informiert bist: ich werde Dich bei der Britischen Ärztekammer, beim Papst und bei Tschung-lung-su anzeigen.«

Francis mußte lächeln – Willi konnte nun einmal seine Scherze nicht lassen. Aber dabei war er vor Dankbarkeit den Tränen nahe. Dieser Ansporn, seine Bemühungen und das wohltuende Zusammenleben mit Josef gaben ihm einen neuen, erregenden Auftrieb. Nie in seinem Leben hatte er härter gearbeitet oder besser geschlafen.

Eines Nachts im November aber lag er in einem leichten, immer wieder gestörten Schlummer und wurde nach Mitternacht plötzlich hellwach. Es herrschte eine durchdringende Kälte. Im Dunkeln konnte er Josefs tiefe und friedvolle Atemzüge hören. Er lag einen Augenblick und versuchte, seinem Unbehagen mit Vernunft beizukommen. Aber es gelang ihm nicht. Vorsichtig stand er auf, um den schlafenden Burschen nicht zu wecken, und schlüpfte aus dem Stall in den Compound hinaus. Die eiskalte Nachtluft war schneidend scharf wie eine Rasierklinge, und jeder Atemzug verursachte einen stechenden Schmerz. Es standen keine Sterne am Himmel, doch von dem gefrorenen Schnee ging ein seltsames, weißes Leuchten aus. Die Stille schien sich hundert Meilen weit auszudehnen. Sie war erschreckend.

Da war ihm, als höre er durch diese Stille einen schwachen, unbestimmbaren Schrei. Es mußte eine Täuschung sein! Wieder lauschte er, konnte aber nichts hören. Aber als er sich umwandte, um in den Stall zurückzukehren, wiederholte sich der Laut, der wie das schwache Krächzen eines sterbenden Vogels klang. Unschlüssig blieb er stehen und ging dann langsam über den knirschenden Schnee in die Richtung, aus der das Geräusch gekommen war.

Außerhalb des Compounds, fünfzig Schritte weiter weg, stieß er auf ein hartes, dunkles Etwas – steifgefroren, das Gesicht im Schnee, lag dort am Boden eine Frau. Sie war tot, aber unter ihr, geborgen im Gewand an ihrer Brust, sah er ein Kind sich regen.

Er bückte sich und hob das kleine Geschöpf in die Höhe, das weich war, aber kalt wie ein Fisch. Francis' Herz schlug, als wollte es zerspringen. Er lief zum Stall zurück, rutschte aus, fiel beinahe hin und rief mit lauter Stimme nach Josef.

Als frisches Holz im Becken prasselte und Licht und Hitze ausstrahlte, neigten der Geistliche und sein Diener sich über das Kind. Es war nicht älter als zwölf Monate und richtete seine fragenden, dunklen Augen ungläubig auf die Wärme des Feuers. Von Zeit zu Zelt wimmerte es.

»Es ist hungrig«, sagte Josef.

Sie wärmten etwas Milch und gossen diese in ein Kännchen, das sonst am Altar Verwendung fand. Dann riß Father Chisholm einen sauberen Leinenstreifen ab und zwängte ihn wie einen Docht in den engen Hals des Gefäßes. Das Kind saugte gierig. In fünf Minuten war die Milch ausgetrunken und das Kind eingeschlafen. Der Priester wikkelte es in eine Decke.

Er war tief bewegt. Seine eigentümlichen Vorahnungen in dieser Nacht, die Einfachheit, mit der das kleine Wesen aus dem eisigen Nichts in den Stall gekommen war, schienen ihm ein Zeichen Gottes. Die Mutter trug nichts am Leib, woraus man hätte schließen können, wer sie sei, aber ihre von Leiden und Armut gezeichneten Züge hatten einen feinen tatarischen Schnitt. Ein Trupp Nomaden war am Vortag durch die Stadt gezogen, vielleicht hatte sie, von der Kälte überwältigt, nicht Schritt halten können, war zurückgeblieben und gestorben. Er überlegte, welchen Namen er dem Kind geben sollte. Heute wurde das Fest der heiligen Anna gefeiert. Ja, er würde es Anna nennen.

»Morgen, Josef, müssen wir eine Frau finden, die sich dieser Himmelsgabe annimmt.«

Josef zuckte die Achseln. »Meister, ein Mädchen kann man nicht weggeben.«

»Ich werde das Kind nicht weggeben«, sagte Father Chisholm ernst.

Schon stand sein Vorsatz fest: dieser Säugling, der ihm von Gott gesandt worden war, sollte das erste Findelkind in seinem Heim sein. Ja, er mußte Wirklichkeit werden... der Traum, der ihm seit seiner Ankunft in Pai-tan vor Augen schwebte. Natürlich würde er Hilfe brauchen – Schwestern mußten eines Tages kommen – alles lag noch in weiter Ferne. Aber als er neben der verglühenden roten Asche auf dem Boden saß und das schlafende Kind betrachtete, fühlte er, daß dies ein Unterpfand des Himmels war, daß sein Plan zuletzt gelingen würde.

Josef, dieser preisgekrönte Zuträger aller Neuigkeiten, erzählte Father Chisholm als erster, daß Herrn Tschias Sohn krank sei. Die kalte Jahreszeit wollte kein Ende nehmen, die Kwang-Berge waren noch tief verschneit. Der stets gut aufgelegte Josef blies auf seine starren Finger, während er nach der Messe dem Geistlichen half, die Gewänder abzulegen, und schwätzte unablässig. »Tsch! Meine Hand ist zu nichts zu brauchen, so wie die des kleinen Tschia-Ju.«

Tschia-Ju hatte sich den Daumen geritzt, niemand wußte, woran. Die fünf Elemente seines Leibes gerieten aber dadurch in Unordnung. Die niederen Säfte stiegen empor und flossen alle in einen Arm, der anschwoll, während der Körper des Knaben in verheerendem Fieber brannte. Die drei berühmtesten Ärzte der Stadt pflegten ihn, und man hatte die teuersten Heilmittel angewandt. Nun war ein Bote nach Hsin-Hsiang um das Lebenselixier gesandt worden, einen unschätzbaren Extrakt aus Froschaugen, der nur im Zeichen des Drachen gewonnen wurde.

»Er wird genesen«, schloß Josef und zeigte lächelnd seine weißen Zähne. »Dieses Hao kao hat noch nie versagt... und das ist wichtig für Tschia, da Ju sein einziger Sohn ist.«

Vier Tage später, zur gleichen Stunde, hielten in der Straße der Netzmacher, vor dem Laden mit der Kapelle, zwei geschlossene Sänften. Die eine war leer. Einen Augenblick später stand die hohe Gestalt von Herrn Paos Vetter, in einen wattierten Rock gehüllt, Father Chisholm gegenüber. Der Vetter entschuldigte sich für sein unziemliches Eindringen. Dann forderte er den Geistlichen auf, ihn zu Herrn Tschias Haus zu begleiten.

Bestürzt begriff Francis die ungeheure Bedeutung dieser Einladung und zögerte ein wenig. Enge geschäftliche und verwandtschaftliche Bindungen bestanden zwischen den Familien Pao und Tschia, die beide außerordentlich einflußreich waren. Seit seiner Rückkehr vom Dorf Liu war Francis dem mageren, zurückhaltenden und liebenswürdig zynischen Vetter des Herrn Pao – der übrigens auch Herrn Tschias Vetter war – nicht selten begegnet. Der große Mandarin hatte ihm mehrfach Beweise seiner Achtung gegeben. Daß er ihn aber nun auf eigene Verantwortung plötzlich zu Hilfe rief, war etwas ganz anderes. Als Francis schweigend Hut und Mantel holte, überfiel ihn plötzlich eine beklemmende Angst.

Das Haus der Tschias war sehr still, die vergitterten Veranden leer, der Fischteich noch mit einer dünnen Eisschicht bedeckt. Gedämpft und doch bedeutungsschwer klangen ihre Schritte in den gepflasterten, verlassenen Höfen. Wie schlafende Riesen lehnten sich zwei fest verpackte

Jasminbäume rechts und links an den rotgolden gedeckten Eingang. Aus dem Frauentrakt jenseits der Terrassen tönte unterdrücktes Schluchzen.

Das Krankenzimmer war verdunkelt. Tschia-Ju lag auf einem gewärmten Kang. Drei bärtige Ärzte in langen, weiten Gewändern saßen auf frischen Binsenmatten und beobachteten ihn. Hin und wieder beugte einer der Ärzte sich vor und legte ein Stück Kohle unter den kastenartigen Kang. In einer Ecke des Raumes murmelte ein taoistischer Priester in schiefergrauem Kleid Beschwörungen, zu denen Flöten hinter einer Bambuswand die Begleitung spielten.

Ju war ein hübsches sechsjähriges Kind mit cremefarbener Haut und kohlschwarzen Augen gewesen, das, der strengsten Tradition gemäß, in Ehrfurcht vor den Eltern aufwuchs, vergöttert, aber nicht verzogen wurde. Jetzt lag es regungslos ausgestreckt auf dem Rücken, verzehrt von dem unbarmherzigen Fieber und dem noch nie erlebten Schrecken des Schmerzes. Die Knochen zeichneten sich scharf unter der Haut ab, die trockenen Lippen zuckten, die Augen starrten zur Decke. Eine schmutzige, mit kleinen bedruckten Papierschnitzeln durchsetzte Masse umhüllte den bläulich angelaufenen, bis zur Unkenntlichkeit verschwollenen rechten Arm.

Als Herrn Paos Vetter mit Father Chisholm eintrat, war es einen Augenblick lang still, dann ertönte das taoistische Gemurmel von neuem, während die Ärzte, unbeweglicher als zuvor, am Kang Wache hielten.

Father Chisholm beugte sich über das bewußtlose Kind und legte ihm die Hand auf die glühendheiße Stirne. Die ganze Tragweite dieser ruhigen und leidenschaftslosen Zurückhaltung wurde ihm dabei klar. Im Vergleich zu den Verfolgungen, die ihn erwarteten, wenn er jetzt versagte, waren seine augenblicklichen Schwierigkeiten ein Kinderspiel. Aber der elende Zustand des Kindes und die Schädlichkeit dieser angeblichen Behandlung brachten sein Blut in Wallung. Er begann so rasch und doch so sanft wie möglich, den infizierten Arm von dem Hao kao zu befreien, diesem scheußlichen Umschlag, dem er in seiner kleinen Praxis schon so häufig begegnet war.

Endlich lag der Arm frei und konnte mit warmem Wasser gewaschen werden. Er war aufgetrieben wie eine Eiterblase mit fahl schimmernder Haut. Obwohl sein Herz gegen die Rippen hämmerte, blieb Francis standhaft bei seinem Vorhaben, nahm das kleine Lederetui aus der Tasche, das ihm Tulloch geschickt hatte, und zog die Lanzette aus dem Kästchen. Er wußte, wie groß seine Unerfahrenheit war. Er wußte aber auch, daß das Kind unfehlbar sterben mußte, wenn er sich nicht zum Schneiden entschloß. Alle diese Augen, die ihn nicht zu beachten schienen, fühlte er auf sich gerichtet; er merkte, wie entsetzliche Angst und aufsteigender Zweifel Herrn Paos Vetter packten, der regungslos hinter ihm stand, und sandte ein Stoßgebet zum heiligen Andreas. Dann nahm er seinen ganzen Mut zusammen, ehe er tief, tief und lang, schnitt.

Ein Strom von Eiter schoß aus der Wunde und ergoß sich klatschend in die untergehaltene Tonschale. Es stank entsetzlich, doch noch nie im Leben hatte Francis einen Geruch so dankbar in sich aufgenommen. Mit den Händen preßte er beide Seiten der Wunde zusammen, um möglichst viel von dem Sekret zu entfernen. Als er den Arm auf die Hälfte des Umfangs zusammenschrumpfen sah, wurde er von einer so großen Erleichterung übermannt, daß er sich ganz schwach fühlte.

Nachdem er die Wunde mit sauberer, feuchter Leinwand verbunden hatte, richtete er sich auf und hörte sich selbst in englischer Sprache ganz töricht murmeln: »Mit ein wenig Glück wird er es jetzt wohl schaffen!« Daß er in diesem Augenblick den berühmten Satz des alten Dr. Tulloch gebrauchte, war ein Zeichen, in welcher Anspannung sich seine Nerven befanden. Dennoch bemühte er sich beim Hinausgehen, eine sorglose Haltung zu bewahren und riet Herrn Paos Vetter, der ihn wortlos zur Sänfte begleitete: »Geben Sie ihm kräftige Suppe, wenn er aufwacht. Und kein Hao kao mehr. Ich werde morgen wiederkommen.«

Am nächsten Tag ging es dem kleinen Ju wesentlich besser. Das Fieber war fast verschwunden, er hatte ruhig geschlafen und mehrere Tassen Hühnerbrühe getrunken. Hätte die blitzende Lanzette nicht Wunder gewirkt, so wäre er höchstwahrscheinlich bereits tot gewesen.

»Fahren Sie fort, ihn gut zu nähren.« Father Chisholm lächelte herzlich, als er sich empfahl. »Ich werde ihn morgen wieder besuchen.«

»Ich danke Ihnen.« Herrn Paos Vetter räusperte sich. »Es ist nicht mehr nötig.« Eine peinliche Stille folgte diesen Worten. »Wir sind außerordentlich dankbar. Herr Tschia war tief gebeugt vor Kummer. Jetzt, da sein Sohn sich erholt, erholt auch er sich wieder. Bald wird er imstande sein, sich wieder der Öffentlichkeit zu zeigen!« Die Hände diskret in den Ärmeln verborgen, verneigte sich der Mandarin und war verschwunden.

Heftig ausschreitend ging Father Chisholm die Straße hinunter – die Sänfte hatte er ärgerlich abgelehnt – um seiner tiefen Empörung Herr zu werden. Das nannte sich Dankbarkeit. Ohne ein Wort wurde er hinausgeworfen, nachdem er des Kindes Leben gerettet und dabei vielleicht sogar sein eigenes aufs Spiel gesetzt hatte... Von Anfang bis zum Ende hatte er diesen erbärmlichen Tschia nicht einmal zu Gesicht bekommen, der ihn schon damals auf der Dschunke, am Tage seiner Ankunft, keines Blickes gewürdigt hatte. Er ballte die Fäuste im Kampf mit dem ihm so vertrauten bösen Geist: »O Gott, laß mich ruhig bleiben! Laß diese unglückselige Sünde des Zorns nicht wieder über mich Gewalt bekommen. Laß mich sanftmütig und geduldigen Herzens sein. Schenke mir Demut, o Herr. Schließlich war es dein gütiges Erbarmen, deine göttliche Vorsehung, die den kleinen Knaben gerettet hat. Tu mit mir, was du willst, o Herr. Du siehst, ich bin fügsam. Aber, o Gott –« Doch nun brauste er auf: »Du mußt zugeben, eine verdammte Undankbarkeit war es doch!«

In den nächsten Tagen vermied Francis das Viertel der Kaufleute aufs sorgfältigste. Nicht nur sein Stolz war verletzt worden. Er hörte schweigend zu, wenn Josef von den erstaunlichen Fortschritten im Befinden des kleinen Ju schwatzte, von den reichen Geschenken, die Herr Tschia den weisen Ärzten überreichte, von den Opfergaben für den taoistischen Tempel, dessen Priester es gelungen war, den Dämon zu beschwören, der seinen geliebten Sohn gequält hatte. »Ist es nicht höchst beachtlich, lieber Father, wie viele Quellen durch des Mandarins Großzügigkeit gespeist wurden?«

»Höchst beachtlich«, meinte Father Chisholm trocken, aber es gab ihm einen Stich ins Herz.

Als er eine Woche später seine Apotheke nach einem flauen, ergebnislosen Nachmittag schließen wollte, bemerkte er plötzlich über die Flasche Permanganat hinweg, die er eben bereitete, daß Herr Tschia unauffällig ins Zimmer getreten war.

Francis fuhr auf, sagte aber kein Wort. Der Kaufmann trug seine schönsten Gewänder, einen Talar aus schwerem schwarzen Seidenatlas mit einer gelben Jacke, gestickte Samtstiefel, in dessen einem der dem Zeremoniell entsprechende Fächer steckte, und eine flache Mütze aus feinem Seidenatlas. Sein Gesichtsausdruck war so formell wie würdevoll. Metallhülsen aus Gold schützten seine überlangen Fingernägel. Er sah klug und kultiviert aus und wußte sich vollendet zu benehmen. Auf seiner Stirne lag die leichte Melancholie der Wissenden.

»Ich bin gekommen«, sagte er.

»Das sehe ich!« Francis' Ton war nicht ermutigend. Er fuhr fort mit seinem Glasstäbchen in der violetten Lösung umzurühren.

»Viele Dinge mußten geregelt werden, viele Geschäfte erledigt. Aber nun« – eine resignierte Verneigung – »ich bin hier.«

»Warum?« war alles, was Francis fragte.

Herrn Tschias Gesicht verriet leichte Überraschung. »Natürlich... um ein Christ zu werden.«

Einen Augenblick herrschte Totenstille. Dieser Augenblick hätte herkömmlicherweise den Höhepunkt der mageren, mühseligen Monate bezeichnet, die ersten prächtigen Früchte der Missionsarbeit: hier stand die führende Persönlichkeit unter den Barbaren und neigte ihr Haupt, um die Taufe zu empfangen. Aber in Father Chisholms Gesicht war wenig Frohlocken zu lesen. Er kaute zornig an seiner Lippe, dann fragte er langsam: »Glauben Sie?«

»Nein!« kam es traurig zurück.

»Sind Sie bereit, sich unterrichten zu lassen?«

»Ich habe keine Zeit, mich unterrichten zu lassen.« Eine demütige Verneigung. »Ich habe nur das Verlangen, ein Christ zu werden.«

»Das Verlangen? Sie meinen, daß Sie es wünschen?«

Herr Tschia lächelte ein müdes Lächeln. »Ist es nicht offensichtlich – mein Wunsch, mich zu Ihrem Glauben zu bekennen?«

»Nein, und Sie haben auch nicht den geringsten Wunsch, sich zu meinem Glauben zu bekennen. Warum tun Sie das?« Dem Geistlichen war das Blut in die Wangen gestiegen.

»Zur Vergeltung«, sagte Herr Tschia einfach. »Sie haben mir den größten Dienst erwiesen. Nun muß ich Ihnen den größten Dienst erweisen.«

Father Chisholm machte eine unwillige Bewegung. Weil die Versuchung so verlockend war, weil er ihr so gern nachgegeben hätte und es nicht durfte, darum geriet er jetzt in ärgerliche Erregung: »Es ist nicht gut, was Sie tun. Es ist schlecht. Sie haben weder Neigung noch Glauben. Ich würde Gott betrügen, wenn ich Sie als Christen annehmen würde. Sie schulden mir gar nichts. Gehen Sie jetzt bitte!«

Zuerst traute Herr Tschia kaum seinen Ohren.

»Wollen Sie damit sagen, daß Sie mich abweisen?«

»Wenn man höflich sein will, kann man es so ausdrücken«, grollte Father Chisholm.

Mit dem Kaufmann ging eine ganz unwahrscheinliche Veränderung vor sich. Seine Augen leuchteten auf, sie glänzten, und die Melancholie fiel wie ein Leichentuch von ihm ab. Er mußte sich die größte Mühe geben, um Haltung zu bewahren, und er bewahrte sie, obwohl es aussah, als würde er am liebsten einen Luftsprung machen. Dreimal schlug er förmlich mit der Stirn auf den Boden, und auch seine Stimme behielt er in der Gewalt.

»Ich bedauere, daß ich nicht annehmbar bin. Ich bin gewiß höchst unwürdig. Trotzdem kann ich vielleicht in geringfügiger Weise...« Er brach ab, berührte wiederum dreimal mit der Stirn den Boden und verließ, rückwärts gehend, den Raum.

An diesem Abend saß Father Chisholm mit so ernster Miene beim Kohlenbecken, daß Josef, der schmackhafte Flußmuscheln mit Reis kochte, ihn nur hin und wieder schüchtern ansah. Plötzlich hörte man von draußen das Prasseln eines Feuerwerks. Sechs von Herrn Tschias Dienern brannten es, den Vorschriften des richtigen Verhaltens entsprechend, auf der Straße ab. Dann näherte sich Herrn Paos Vetter, verneigte sich und überreichte Father Chisholm ein Pergament, das in scharlachrotes Papier gehüllt war.

»Herr Tschia bittet, ihm die Ehre zu erweisen, dieses höchst unwürdige Geschenk anzunehmen – die Schenkungsurkunde des Glänzenden-Grünen-Jade-Besitztums mit allen Land- und Wasserrechten und den Rechten auf die karminrote Lehmgrube. Das Besitztum gehört Ihnen für alle Zeiten, ohne Einschränkung. Herr Tschia bittet weiter, Sie möchten die Hilfe von zwanzig seiner Arbeiter so lange in Anspruch nehmen, bis alle Bauten, die Sie zu errichten wünschen, vollendet sind.«

Francis war so überwältigt, daß er kein Wort hervorbrachte. Er sah schweigend in eigentümlicher Spannung Herrn Paos Vetter und Herrn Tschia sich zurückziehen. Dann überflog er in wilder Hast die Urkunde und schrie laut auf vor Freude: »Josef! Josef!«

Josef eilte herbei und fürchtete schon, daß ihnen ein neues Unglück zugestoßen sei. Aber der Ausdruck auf dem Gesicht seines Meisters beruhigte ihn. Sie gingen zusammen zum Hügel der Glänzenden-Grünen-Jade, und dort, im Mondlicht unter den hohen Zedern, sangen sie laut das Magnificat.

Francis blieb mit entblößtem Haupte stehen und sah wie in einer Vision, was er auf diesem edel geschwungenen Land errichten würde. Er hatte gläubig zu Gott gebetet, und sein Gebet war erhört worden.

Der frische Wind machte Josef hungrig, aber er wartete ohne Klage, hing seinen eigenen Träumen nach, wenn er des Priesters verzücktes Gesicht betrachtete, und war froh, daß er die Geistesgegenwart gehabt hatte, seinen Reistopf vom Feuer zu nehmen.

4

Achtzehn Monate später, im Monat Mai, als die ganze Provinz Kansu sich der kurzen, vollendet schönen Zeitspanne zwischen winterlichem Eis und sommerlicher Glut erfreute, überquerte Father Chisholm den gepflasterten Hof seiner neuen Mission von St. Andreas.

Kaum jemals zuvor hatte ihn ein solches Gefühl ruhiger Zufriedenheit durchflutet. Eine Schar weißer Tauben kreiste in der kristallklaren, süß duftenden frischen Luft. Als er den großen indischen Feigenbaum erreichte, der seinem Plan entsprechend jetzt den vorderen Hof der Mission beschattete, warf Francis einen Blick über die Schulter zurück. In diesem mischten sich Stolz und ängstliches Verwundern, als wäre alles nur ein Trugbild, das über Nacht wieder verschwinden konnte.

Aber schön und leuchtend stand alles wirklich vor ihm, der schlanke Bau der Kirche, rechts und links von hohen Zedern bewacht, sein Haus, das die scharlachroten Gitterfenster belebten, daneben das kleine Schulzimmer, der saubere Behandlungsraum, mit einer Tür in der äußeren Mauer, und noch ein anderes Gebäude, halb von den Blättern der Papaya- und Katalpabäume verdeckt, die seinen frisch bepflanzten Garten schützten. Er seufzte lächelnd und segnete das Wunder der ertragreichen Lehmgrube, aus der man jetzt nach vielem versuchsweisen Mischen und Brennen wunderhübsche zartrosa Ziegel gewann, die seine Mission zu einer wahren Symphonie in Zinnober machten. Er segnete die einander folgenden Wunder einzeln und ausführlich, die unerschütterliche Freundlichkeit Herrn Tschias, das geduldige Geschick seiner Arbeiter, seinen robusten Vorarbeiter, der – nahezu – unbestechlich war – sogar das derzeit herrschende strahlende Wetter. Es hatte seiner Eröffnungsfeier in der vergangenen Woche, bei der die Familien Tschia und Pao höflicherweise anwesend waren, zu einem bemerkenswerten Erfolg verholfen.

Nur um einen Blick in das leere Klassenzimmer zu tun, benutzte er den längeren Weg außenherum. Wie ein Schuljunge schaute er sich durch das Fenster die funkelnagelneuen Bilder an den frisch geweißten Wänden an und die glänzenden Bänke, die er, genau wie die Tafel, selbst geschreinert hatte. Es wurde ihm warm ums Herz, wenn er daran dachte, daß die Einrichtung, gerade dieses Raumes, seiner Hände Arbeit war. Aber dann trieb es ihn weiter zum anderen Ende des Gartens. Dort stand neben seiner eigenen Werkstatt, in der Nähe des unteren Gittertors, ein kleiner Ziegelofen. Es gab noch manches zu tun.

Vergnügt warf er seine alte Soutane ab, nahm einen hölzernen Spaten und begann, in verfleckten Hosen, Hemdsärmeln und Hosenträgern, etwas Lehm anzurühren.

Morgen sollten die drei Schwestern kommen. Ihr Haus stand bereit. Kühl, mit Vorhängen versehen und nach Bienenwachs duftend. Aber seinen Stolz, eine abgeschlossene Loggia, in der sie ruhen und meditieren konnten, hatte er noch nicht ganz fertiggestellt. Dazu brauchte er mindestens noch einen Schub Ziegel aus seinem Spezialofen.

Während er die Lehmerde formte, formte er in Gedanken die Zukunft mit.

Nichts war lebenswichtiger als die Ankunft dieser Schwestern. Das hatte er von allem Anfang an erkannt, dafür hatte er gearbeitet, gebetet und Brief um Brief an Father Mealey, ja selbst an den Bischof geschrieben, während die Mission langsam vor seinen Augen emporwuchs. Die Bekehrung erwachsener Chinesen war, seinem Gefühl nach, eine Aufgabe für Erzengel. Rasse, Analphabetentum und die Anziehungskraft einer älteren Religion – das alles waren Hindernisse, die sich mit anständigen Mitteln nur äußerst schwierig beseitigen ließen, und der Allmächtige liebte es gar nicht, in jedem einzelnen Fall um ein Zauberkunststückchen gebeten zu werden. Jetzt allerdings, da seine schöne neue Kirche ihm half, das »Gesicht« zu wahren, wagte sich eine ständig steigende Zahl reumütiger Seelen zur Messe. Zu seiner Gemeinde gehörten etwa sechzig Personen, und wenn sich ihre frommen Stimmen zum Kyrie erhoben, klang es wie der Gesang einer beachtlichen Menschenmenge.

Trotzdem war sein ganzes Augenmerk auf die Kinder gerichtet. Hier kamen ganz wörtlich zwei Kinder auf einen Pfennig. Hungersnot, drückende Armut und die Lehre des Konfuzius, nach der nur das Männliche Bestand hat, machten zumindest die kleinen Mädchen zur am schwersten verkäuflichen Ware auf dem Markt. In kürzester Zeit würde er die Schule voll Kinder haben, die Schwestern sollten sie füttern und pflegen. Hier in der Mission würden sie Reifen spielen und den Ort durch ihr fröhliches Lachen beleben, hier sollten sie ihre Buchstaben und ihren Katechismus lernen. Die Zukunft gehörte den Kindern, und die Kinder... seine Kinder... gehörten Gott!

Er lächelte betreten über derlei Gedanken, während er die Formen in den Ofen schob. Denn daß er ein Mann war, der mit Frauen umzugehen verstand, durfte er nicht behaupten. Dennoch hatte er während der langen einsamen Monate unter den Angehörigen dieser fremden Rasse nach dem tröstlichen Umgang mit seinesgleichen gehungert. Mutter Maria Veronika war zwar gebürtige Bayerin, hatte aber die letzten fünf Jahre im Bon Secours in London verbracht. Und die beiden Schwestern, die sie begleiteten, die französische Schwester Clothilde und Schwester Martha, die Belgierin, waren lange Zeit in Liverpool gewesen. Da sie direkt aus England kamen, würden sie ihm wenigstens einen freundlichen Hauch heimatlicher Luft mitbringen.

Ein wenig ängstlich – denn er hatte sich ungeheure Mühe damit gegeben – überdachte er noch einmal die Vorbereitungen, die er für ihre Ankunft am folgenden Tag getroffen hatte: Abbrennen einiger Feuerwerkskörper – nicht allzu vieler, um den Damen keinen Schreck einzujagen – nach chinesischem Brauch, am Fluß, beim Landungsplatz. Dort würden auch die drei besten Sänften von Pai-tan warten. Sobald sie in der Mission ankamen, mußte Tee gereicht werden. Eine kurze Ruhepause, hierauf der Segen – hoffentlich würden sie an den Blumen ihre Freude haben – und schließlich ein besonders gutes Abendessen.

Fast mußte er lachen, wenn er an die Speisenfolge dieses Nachtmahls dachte. Nun – an das karge alltägliche Einerlei würden die Armen sich früh genug gewöhnen müssen! Seine eigene Eßlust war schmählich gering. Während die Mission in Bau war, nährte er sich von Reis und Bohnenkäse und nahm seine spärlichen Mahlzeiten gedankenlos, auf einem Gerüst stehend ein oder während er gerade mit Herrn Tschias Vorarbeiter einen Plan betrachtete. Jetzt aber hatte er Josef in die Stadt auf die Jagd nach Mangofrüchten, chinesischen Delikatessen und den seltensten aller Leckerbissen, frischen Trappen aus dem nördlich gelegenen Schon-si, geschickt.

Das Geräusch nahender Schritte unterbrach plötzlich seine Überlegungen. Er hob den Kopf. Gerade als er sich umwandte, wurde das Gitter aufgestoßen. Ein zerlumpter Kuli vom Flußufer machte den Führer und wies drei Nonnen herein. Ihre Gewänder waren von der

Reise beschmutzt und in ihren Blicken lag Unsicherheit und Unbehagen. Sie zögerten und schritten dann müde den Gartenweg herauf. Die erste mochte etwa vierzig Jahre alt sein und besaß sowohl Schönheit als auch Würde. Der feine Schnitt des Gesichtes und die großen, ernsten blauen Augen ließen deutlich die edle Abstammung erkennen. Blaß vor Müdigkeit, nur von einer Art innerem Feuer angetrieben, zwang sie sich, weiterzugehen. Sie würdigte Francis kaum eines Blickes, als sie ihn in gutem Chinesisch anredete.

»Bitte führen Sie uns sofort zur Mission, Father.«

Von ihrem offensichtlichen elenden Zustand völlig aus der Fassung gebracht, antwortete er in der gleichen Sprache.

»Man hat Sie erst morgen erwartet.«

»Sollen wir zu diesem gräßlichen Schiff zurückkehren?« Sie schauderte vor unterdrückter Empörung. »Führen Sie uns sofort zu Ihrem Herrn.«

Langsam sagte er englisch: »Ich bin Father Chisholm.«

Ihre Augen, die nach den Missionsgebäuden Ausschau gehalten hatten, kehrten ungläubig zu der gedrungenen Gestalt in Hemdsärmeln zurück. Mit wachsender Bestürzung starrte sie seine Arbeitskleidung, die schmutzigen Hände und kotigen Schuhe an und seine lehmbeschmierte Wange. Er murmelte verlegen: »Es tut mir unendlich leid ... ich bin tief unglücklich, daß man Sie nicht abgeholt hat.«

Einen Augenblick lang gewann ihr Unwille Gewalt über sie. »Am Ende einer Reise von sechstausend Meilen hätte man uns schon in irgendeiner Form willkommen heißen können.«

»Aber ... im Brief stand ausdrücklich –«

Mit einer verhaltenen Gebärde schnitt sie ihm kurz das Wort ab.

»Vielleicht zeigen Sie uns jetzt unsere Wohnung. Meine Begleiterinnen« – stolz überging sie ihre eigene Erschöpfung – »sind am Ende ihrer Kräfte.«

Noch einmal wollte er versuchen, das Mißverständnis aufzuklären, verzichtete aber darauf, als er bemerkte, wie ihn die beiden anderen Schwestern erschrocken anstarrten.

In peinlichem Schweigen ging er voran zu ihrem Haus. Dort blieb er stehen.

»Ich hoffe, Sie werden sich wohlfühlen. Ich werde gleich um Ihr Gepäck schicken. Vielleicht ... vielleicht können Sie heute abend mit mir essen.«

»Danke. Das ist unmöglich.« Ihr Ton war kalt. Noch einmal glitten ihre Augen, die hochmütig die Tränen zurückhielten, über seine erbärmliche Kleidung. »Aber wenn etwas Milch und Früchte für uns erübrigt werden können... morgen werden wir zur Arbeit bereit sein.«

Niedergeschlagen und gedemütigt kehrte Francis langsam in sein Haus zurück, badete und zog sich um. Unter seinen Papieren fand er den Brief aus Tientsin und las ihn noch einmal sorgfältig durch. Das angegebene Datum war der 19. Mai, das war, wie er gesagt hatte, morgen. Er zerriß den Brief in kleine Stücke und dachte an die schöne, völlig sinnlos gewordene Trappe. Er errötete. Die Arme voll von Einkäufen, lief Josef ihm unten in den Weg, sprudelnd vor guter Laune.

»Josef, trage das Obst, das du gekauft hast, zum Haus der Schwestern. Alles andere verteilst du unter die Armen.«

»Aber Herr...« Bestürzt über den Ton, in dem ihm dieser Auftrag erteilt wurde, und über den Ausdruck auf dem Gesicht des Geistlichen, mußte Josef rasch ein paarmal schlucken, dann war all sein Jubel verflogen, und er würgte hervor »Ja, Herr...«

Francis ging zur Kirche. Seine Lippen waren zusammengepreßt, als ob sie einen unerwarteten Schmerz verschlössen.

Am nächsten Morgen hörten die drei Schwestern bei ihm die Messe. Ohne es zu merken, beeilte er sich mit den Schlußgebeten, in der Hoffnung, Mutter Maria Veronika würde draußen auf ihn warten. Sie war nicht da. Sie kam auch nicht zu ihm, um ihre Instruktionen entgegenzunehmen. Er fand sie eine Stunde später schreibend im Schulzimmer. Ruhig stand sie auf.

»Bitte behalten Sie Platz, Ehrwürdige Mutter.«

»Danke.« Sie sprach freundlich, blieb aber stehen, die Feder in der Hand, den Notizblock vor sich auf dem Pult. »Ich habe auf meine Schüler gewartet.«

»Zwanzig kommen heute nachmittag. Ich habe mich seit Wochen bemüht, sie auszusuchen.« Er versuchte, einen leichten, verbindlichen Ton anzuschlagen. »Es scheinen intelligente kleine Dinger zu sein.«

Sie lächelte ernst. »Wir werden unser möglichstes für sie tun.«

»Dann ist da noch die Armenpraxis. Ich hoffe, Sie werden mir dort helfend zur Seite stehen. Mein Wissen ist sehr gering – aber es ist erstaunlich, wieviel selbst ein kleines bißchen hier bewirken kann.«

»Wenn Sie mir die Sprechstunden mitteilen, werde ich dort sein.«

Kurzes Schweigen. Durch die ruhige Höflichkeit hindurch fühlte er deutlich ihre Zurückhaltung. Er schlug die Augen nieder, seine Blicke wanderten verlegen umher und trafen dabei auf eine kleine gerahmte Fotografie, die sie auf dem Pult aufgestellt hatte.

»Was für eine schöne Gegend!« Er sagte es, ohne viel nachzudenken, einfach um die Schranke der unpersönlichen Unterhaltung zwischen ihnen zu durchbrechen.

»Ja, sie ist schön.« Ihre ernsten Augen folgten den seinen zu dem Bild eines prächtigen alten schloßartigen Gebäudes, das sich weiß von einer dunklen Wand von Föhren abhob, Terrassen und Gärten erstreckten sich bis zum Ufer eines Sees hinunter. »Es ist Schloß Arnheim.«

»Ich habe den Namen schon früher gehört. Es ist sicher ein historisches Gebäude. Liegt es in der Nähe Ihres Geburtsortes?«

Zum erstenmal sah sie ihm voll ins Gesicht. Ihr Ausdruck war vollkommen farblos. »Ganz in der Nähe«, sagte sie.

Ihr Ton schnitt dieses Gesprächsthema ein für allemal ab. Es machte den Anschein, als warte sie, daß er nun das Wort ergreifen würde. Als er es nicht tat, sprach sie ziemlich rasch:

»Die Schwestern und ich... haben den ernstlichen Wunsch, für den Erfolg der Mission zu arbeiten. Sie haben nur Ihre Wünsche zu äußern, und wir werden sie ausführen. Gleichzeitig« – eine leise Kälte schlich sich in ihre Stimme – »kann ich mich aber wohl darauf verlassen, daß Sie uns eine gewisse Handlungsfreiheit zugestehen werden.«

Er blickte sie verwundert an. »Was meinen Sie damit?«

»Sie wissen, daß in unserer Ordensregel die Betrachtung eine wichtige Rolle spielt. Wir würden gern so zurückgezogen wie möglich leben.« Sie blickte geradeaus vor sich hin. »Unsere Mahlzeiten allein einnehmen... und unsere abgesonderten Räume beibehalten.«

Er errötete. »Ich habe mir nie etwas anderes vorgestellt. Ihr kleines Haus ist Ihr Kloster.«

»Dann erlauben Sie mir also, alle unsere Klosterangelegenheiten selbst zu regeln?«

Was sie damit meinte, war ihm völlig klar und legte sich wie eine Last auf sein Gemüt. Plötzlich lächelte er trüb.

»Gewiß. Nur bitte ich Sie, mit Geld vorsichtig umzugehen. Wir sind sehr arm.«

»Mein Orden hat unsern Unterhalt auf sich genommen.«

Er konnte die Frage nicht unterdrücken. »Legt Ihr Orden Ihnen nicht heilige Armut auf?«

»Das wohl«, gab sie rasch zurück, »aber nicht Knauserigkeit.«

Keiner von beiden sprach. So standen sie nebeneinander. Sie hatte kurz abgebrochen, hastig Atem geholt und die Finger fest um ihre Feder geschlossen. Sein Gesicht brannte, es widerstrebte ihm, sie anzusehen.

»Ich werde Josef mit einer Aufstellung der Sprechstunden in der Praxis und mit der Gottesdienstordnung herüberschicken. Guten Morgen, Schwester.«

Nachdem er gegangen war, ließ sie sich langsam am Pult nieder, ihr Blick war immer noch starr geradeaus gerichtet, der Ausdruck des stolzen Gesichts undurchsichtig. Dann löste sich eine einzelne Träne und rollte langsam die Wange hinab. Mutter Maria Veronika fand ihre ärgsten Vorahnungen bestätigt. Fast leidenschaftlich tauchte sie die Feder in das Tintenfaß und schrieb weiter an ihrem Brief.

»... Schon ist geschehen, was ich fürchtete, mein lieber, lieber Bruder, und wieder habe ich gesündigt in meinem schrecklichen... meinem unausrottbaren Hohenlohestolz. Aber wer könnte mich darob tadeln? Er war eben hier, die Erde abgewaschen, einigermaßen rasiert – ich konnte die Schnitte des schartigen Rasiermessers auf seinem Kinn sehen – und mit täppischer Autorität gewappnet. Ich merkte gestern sofort, was er für ein Spießer ist. Heute morgen aber hat er sich selbst übertroffen. Sind Sie sich bewußt, lieber Fürst, daß Arnheim historischen Wert hat? Fast mußte ich lachen, als seine Augen an der Fotografie herumtasteten – Du erinnerst Dich, ich habe sie vom Bootshaus aus aufgenommen an dem Tag, an dem wir mit Mutter segeln gingen, und sie hat mich überallhin begleitet – mein einziger irdischer Schatz. Er sagte so ungefähr: ›Auf welcher Cookreise haben Sie es besichtigt?‹ Und mir war sehr danach zumute, zu antworten: ›Ich bin dort geboren!‹ Mein Stolz hat mich davon abgehalten. Hätte ich es aber getan, würde er vermutlich weiter auf seine noch immer kotbespritzten Schuhe gestarrt und gemurmelt haben: ›Ach wirklich! Unser Heiland wurde in einem Stall geboren.‹

Es ist etwas an ihm, weißt Du, das aufreizend wirkt. Erinnerst Du Dich an Herrn Spinner, unsern ersten Hauslehrer... wir haben uns scheußlich gegen ihn benommen... und an seine Art, plötzlich mit tiefem Schmerz, aber demütiger Zurückhaltung aufzublicken? Der hier hat die gleichen Augen. Wahrscheinlich war sein Vater Holzhacker, wie der des Herrn Spinner, und auch er hat sich mühselig, mit hartnäckiger Bescheidenheit hinaufgearbeitet. Ich fürchte die Zukunft, lieber Ernst, die Abgeschlossenheit in diesem fremden, völlig isolierten Ort, die in jeder Hinsicht die Situation verschärft. Man läuft Gefahr, sein angeborenes Weitmaß zu verlieren und in eine Art geistiger Gemeinschaft mit einem Menschen zu geraten, den man instinktiv verachtet. Diese verhaßte familiäre Munterkeit! Ich muß Martha einen Wink geben und auch Clothilde – die auf der ganzen Reise, seit wir Liverpool verließen, ein armseliges krankes Hühnchen war. Ich bin fest entschlossen, freundlich zu sein und bis zur Erschöpfung zu arbeiten. Aber nur völlige Absonderung, völlige Reserviertheit, können...«

Sie brach ab und blickte besorgt und geistesabwesend durchs Fenster.

Father Chisholm merkte bald, daß ihm die beiden anderen Schwestern aus dem Weg gingen und jede Begegnung vermieden.

Clothilde, die noch nicht dreißig, von zarter Gesundheit und flachbrüstig war, hatte blutleere Lippen und lächelte ständig aus Nervosität. Sie war sehr fromm, und wenn sie betete, den Kopf zur Seite geneigt, strömten die Tränen aus ihren blaßgrünen Augen. Die ganz anders geartete Martha indessen hatte die vierzig bereits überschritten, und ein wahres Netz kleiner Falten zog sich um ihre Augen. Sie war untersetzt, kräftig, aus dunkelhäutigem Bauernschlag, rührig, offenherzig und etwas rauh in ihrem Benehmen, so daß man ihr ohne weiteres zutraute, sie würde sich in einer Küche oder auf einem Bauernhof sogleich zu Hause fühlen.

Traf er sie zufällig im Garten, so machte die belgische Schwester einen raschen Knicks, während in Clothildes blasse Wangen eine nervöse Röte stieg und sie mit einem Lächeln davonflatterte. Er wußte, daß sie über ihn tuschelten. Oft drängte es ihn, dem energisch ein Ende zu machen. »Haben Sie doch keine Angst vor mir. Unsere Bekanntschaft hat sehr ungeschickt begonnen. Aber ich bin ein viel besserer Kerl, als es den Anschein hat.«

Doch er hielt sich zurück. Er hatte nicht den geringsten Grund zur Klage. Ihre Arbeit wurde gewissenhaft und absichtlich mit peinlicher Genauigkeit ausgeführt. Neues, wunderbar genähtes Leinen für den Altar tauchte in der Sakristei auf, dazu eine gestickte Stola, die viele Tage geduldiger Arbeit gekostet haben mochte. Aufgerollte, in allen Größen zurechtgeschnittene Bandagen und Verbandmaterial füllten den Vorratskasten im Behandlungsraum.

Die Kinder waren angekommen und im Schwesternhaus, im großen Schlafsaal des Erdgeschoßes, bequem untergebracht worden. Bald summte das Klassenzimmer von ihren kleinen Stimmen oder dem rhythmischen Sing-Sang einer oft wiederholten Lektion. Hinter den Sträuchern verborgen, pflegte er, das offene Brevier in der Hand, zu stehen und zuzuhören. Diese kleine Schule bedeutete viel für ihn, denn er hatte mit unendlich viel Freude auf ihre Eröffnung gewartet. Dennoch betrat er sie jetzt nur selten, wobei er das Gefühl nie los wurde, ein Eindringling zu sein. Er zog sich in sich selbst zurück und nahm die Dinge eben mit trüber Einsichtigkeit hin. Alles war ganz einfach, Mutter Maria Veronika war eine gute, feine und wählerische Frau, die sich ganz an ihre Arbeit verlor. Gegen ihn hatte sie von Anfang an Abneigung empfunden. Solcher Gefühle kann man schwer Herr werden. Schließlich hatte er kein sehr einnehmendes Wesen und hielt sich mit Recht für einen Mann, der mit Frauen nicht umzugehen verstand. Trotz allem blieb es eine schmerzliche Enttäuschung.

An drei Nachmittagen in der Woche kamen sie im Behandlungsraum zusammen, wo Maria Veronika Stunden hindurch an seiner Seite arbeitete. Er bemerkte wohl, daß diese Arbeit ihr Interesse so stark in Anspruch nahm, daß sie darüber häufig ihre Abneigung vergaß. Obwohl sie wenig miteinander sprachen, hatte er bei solchen Gelegenheiten das seltsame Gefühl, kameradschaftlich mit ihr verbunden zu sein.

Eines Tages, einen Monat nach ihrer Ankunft, hatte er eben ein böses Fingergeschwür behandelt, als sie ganz unwillkürlich ausrief: »Sie wären ein ausgezeichneter Chirurg geworden.«

Er wurde rot. »Ich habe immer gern mit meinen Händen gearbeitet.«

»Weil Sie geschickte Hände haben.«

Seine Freude war lächerlich groß. Sie blieb auch weiterhin freundlicher als je zuvor. Als er nach Beendigung der Sprechstunde seine einfachen Heilmittel wegräumte, begann sie: »Ich wollte Sie etwas fragen... Schwester Clothilde kocht gemeinsam mit Schwester Martha alle Mahlzeiten für die Kinder. Sie ist nicht sehr kräftig, und ich fürchte, das ist in letzter Zeit zu viel für sie geworden. Wenn Sie nichts dagegen haben, möchte ich gern eine Hilfe anstellen.«

»Aber natürlich.« Er stimmte sofort zu – beglückt, daß sie ihn gefragt hatte. »Soll ich jemand für Sie suchen?«

»Danke, nein. Ich habe schon ein gutes Paar in Aussicht!«

Als er am nächsten Morgen den Compound überquerte, sah er auf dem Balkon des Klosters die unverkennbaren Gestalten von Hosianna und Philomena Wang, die mit dem Lüften und Bürsten der Matten beschäftigt waren. Jäh blieb er stehen, sein Gesicht verdüsterte sich, dann ging er kurz entschlossen auf das Haus der Schwestern zu.

Er fand Maria Veronika im Wäscheraum beim Zählen der Leintücher. Hastig sagte er : »Es tut mir leid, wenn ich Sie störe. Aber – ich fürchte – Sie werden mit diesen neuen Dienern nicht zufrieden sein.«

Langsam wandte sie sich vom Schrank ab, ihr Gesicht verriet deutlich Unwillen. »Darüber kann ich wohl am besten urteilen?«

»Sie sollen nicht glauben, daß ich mich einmischen möchte. Aber ich muß Sie darauf aufmerksam machen, daß die beiden keineswegs zuverlässige Leute sind.«

Sie verzog den Mund. »Ist das Ihre Nächstenliebe?«

Er wurde blaß. Sie brachte ihn in eine schreckliche Lage. Aber entschlossen fuhr er fort. »Ich muß die Dinge sehen, wie sie sind. Es geht mir dabei um die Mission. Und um Sie.«

»Bitte machen Sie sich keine Sorgen um mich.« Ihr Lächeln war eiskalt. »Ich bin durchaus in der Lage, mich um meine Angelegenheiten selbst zu kümmern.«

»Ich versichere Ihnen, daß diese Wangs wirklich übles Gesindel sind.«

Sie antwortete mit besonderer Betonung: »Ich weiß nur, daß sie wirklich üble Zeiten hinter sich haben. Sie haben mir davon erzählt.«

Er wurde zornig. »Ich kann Ihnen nur raten, die beiden so schnell wie möglich wieder fortzuschicken.«

»Ich werde sie nicht fortschicken!« Ihre Stimme war kalt wie Stahl. Immer hatte sie ihm mißtraut, aber nun durchschaute sie ihn. Weil sie gestern in der Sprechstunde einen Augenblick in ihrer Wachsamkeit nachgelassen hatte, benützte er jetzt rasch diesen lächerlichen Anlaß, um sich einzumischen und seine Autorität zu zeigen. »Sie haben mir bereits zugestanden, daß ich Ihnen über die Verwaltung meines Hauses keine Rechenschaft schuldig bin. Ich muß Sie bitten, Ihr Wort zu halten.«

Er schwieg. Es blieb nichts zu sagen übrig. Er hatte ihr helfen wollen, aber nur einen argen Fehler gemacht. Gestern noch konnte er glauben, ihre Beziehungen hätten sich gebessert. Als er sich jetzt umwandte, wußte er, daß sie schlechter waren als zuvor.

Die Lage begann ihm ernstlich auf die Nerven zu gehen. Es war schwierig, nicht die Miene zu verziehen, wenn die Wangs mehrmals täglich triumphierend an ihm vorübergingen. Als der Juli sich seinem

Ende näherte, brachte Josef ihm eines Morgens sein Frühstück, Tee und Obst. Mit seinem Schafsgesicht – halb strahlend, halb verlegen – betrat er das Zimmer, die Knöchel an seinen Händen waren geschwollen.

»Es tut mir leid, Herr. Ich mußte diesem Lumpen, dem Wang, Hiebe geben.«

Father Chisholm setzte sich heftig auf und blickte streng: »Warum das, Josef?«

Josef ließ den Kopf hängen. »Er sagte viele unfreundliche Worte über uns, daß die Ehrwürdige Mutter eine große Dame sei und wir nichts als Staub.«

»Wir sind alle Staub, Josef.« Der Priester lächelte matt.

»Er sagte ärgere Dinge als das.«

»Wir können auch Ärgeres ertragen.«

»Es handelt sich nicht nur um Worte, Herr. Er ist über alle Maßen aufgeblasen, dieser Wang, und die ganze Zeit schröpft er den Haushalt der Schwestern ganz ungebührlich.«

Das war vollkommen richtig. Da Francis die Wangs abgelehnt hatte, ließ die Ehrwürdige Mutter ihnen gegenüber besondere Nachsicht walten. Hosianna war nun der Majordomus des Schwesternhauses, während Philomena, mit einem Korb am Arm, täglich einkaufen ging, als ob sie die Besitzerin wäre. Kaum hatte Martha am Monatsende die Rechnungen mit dem Bündel Banknoten bezahlt, das ihr die Ehrwürdige Mutter gegeben hatte, eilte das feine Paar auch schon in seinen besten Kleidern zur Stadt, um von den Kaufleuten die turmhohen Provisionsgelder einzusammeln. Es war blanke Räuberei, ein wahrer Greuel für Francis' schottischen Sparsinn.

Streng sah er Josef an: »Ich hoffe, daß du Wang nicht sehr weh getan hast.«

»Oh, ich fürchte, ich habe ihn arg zugerichtet, Herr.«

»Ich bin böse auf dich, Josef. Zur Strafe hast du morgen einen freien Tag und bekommst den neuen Anzug, den du dir schon lange von mir wünschst.«

In der Sprechstunde brach Maria Veronika an diesem Nachmittag ihr übliches Schweigen. Bevor die Patienten hereingelassen wurden, sagte sie zu Francis: »Sie haben also den armen Wang wieder zu Ihrem Opfer ausersehen?«

Er antwortete gerade heraus: »Im Gegenteil. Er hat Sie zu seinem Opfer ausersehen.«

»Ich verstehe Sie nicht.«

»Er raubt Sie aus. Der Mann ist ein geborener Dieb, und Sie muntern ihn dazu noch auf.«

Heftig biß sie sich auf die Lippen. »Ich glaube Ihnen nicht. Ich bin gewohnt, meinen Dienern zu vertrauen.«

»Bitte, wir werden ja sehen.« Damit ließ er die Angelegenheit auf sich beruhen.

In den nächsten Wochen grub die Anspannung tiefe Furchen in sein verschlossenes Gesicht. Es war entsetzlich, in enger Gemeinschaft mit einem Menschen zu leben, der ihn haßte und verachtete – und dabei für dieses Menschen geistliches Wohl verantwortlich zu sein. Maria Veronikas Beichten, die keinerlei Inhalt hatten, waren für ihn eine Qual. Und er nahm an, daß für sie die Qual nicht geringer war. Wenn er ihr die Hostie zwischen die Lippen legte, während ihre langen schmalen Finger das Kommunionstuch hochhielten und die fahle Dämmerung den neuen Tag still verkündete, schien das emporgehobene blasse Antlitz mit den zitternden blaugeäderten Lidern ihm immer noch verächtlich zu trotzen. Er begann schlecht zu schlafen und des Nachts im Garten herumzuwandern. Bisher waren ihre Meinungsverschiedenheiten auf den Bereich beschränkt geblieben, der Maria Veronikas Autorität unterstand. Bedrückt und schweigsamer als je, wartete er auf den Augenblick, da er gezwungen sein würde, seinen eigenen Willen durchzusetzen.

Im Herbst ergab sich diese Notwendigkeit – sie wurde ganz einfach durch die Unerfahrenheit der Oberin herbeigeführt. Dennoch konnte er nicht darüber hinwegsehen. Seufzend ging er zum Schwesternhaus hinüber.

»Ehrwürdige Mutter ...« Zu seinem Ärger merkte er, daß er zitterte. Er stand vor ihr, die Augen auf die denkwürdigen Stiefel gerichtet. »Sie sind an dem jüngst vergangenen Nachmittag mit Schwester Clothilde in der Stadt gewesen?«

Sie sah überrascht drein. »Ja, das stimmt.«

Eine Pause entstand.

Sie war auf der Hut und erkundigte sich ironisch: »Wollen Sie wissen, was wir dort tun?«

»Ich weiß es bereits.« Er sprach so sanft wie möglich. »Sie machen Krankenbesuche bei den Armen der Stadt. Und kommen dabei bis zur Mandschubrücke. Das ist lobenswert, aber, so leid es mir tut, es muß aufhören.«

»Darf ich fragen, warum?« Sie bemühte sich, so ruhig zu bleiben wie er, es gelang ihr aber nicht ganz.

»Ich möchte es Ihnen lieber nicht sagen.«

Ihre feingeschnittenen Nasenflügel wölbten sich. »Wenn Sie eine Tat der Nächstenliebe verbieten ... so habe ich ein Recht ... so bestehe ich auf einer Erklärung.«

»Josef erzählte mir, daß Banditen in der Stadt seien. Wai-Tschu hat wieder zu kämpfen begonnen. Seine Soldaten sind gefährlich.«

Stolz und verächtlich lachte sie heraus.

»Ich habe keine Angst. Die Männer meiner Familie sind seit eh und je Soldaten gewesen.«

»Das ist außerordentlich interessant.« Er blickte sie fest an. »Aber Sie sind kein Mann und Schwester Clothilde auch nicht. Und Wai-Tschus Soldaten entsprechen nicht ganz den Kavallerieoffizieren mit Glacéhandschuhen, die man sicher in den besten bayerischen Familien antrifft.«

Noch nie hatte er in diesem Ton mit ihr gesprochen. Sie wurde erst rot, dann blaß. Ihr Gesicht, ja ihre ganze Gestalt schien sich zusammenzukrampfen. »Ihre Art, die Dinge zu sehen, ist gewöhnlich und feige. Sie vergessen, daß ich mich Gott geweiht habe. Als ich hierher kam, war ich auf alles vorbereitet – Krankheit, Unfall, Unglück, wenn nötig auf den Tod –, aber nicht darauf, mir billiges Gewäsch und sensationelle Geschichten anzuhören.«

Seine Augen blieben auf sie gerichtet und brannten wie zwei Flammen. Unerbittlich sagte er: »Dann wollen wir aufhören, von Sensationen zu sprechen. Es wäre, wie Sie andeuten, nicht viel Aufhebens davon zu machen, wenn man Sie gefangennehmen und fortschleppen würde. Aber es gibt einen gewichtigeren Grund, warum Sie sich Ihrer barmherzigen Ausflüge enthalten sollten. Zwischen der Stellung der Frau in China und derjenigen, die Sie gewohnt sind, besteht ein sehr großer Unterschied. Sie erregen schweres Ärgernis, wenn Sie ohne Schutz durch die Straßen gehen. Vom religiösen Standpunkt ist das für die Arbeit der Mission sehr schädlich. Aus diesem Grund verbiete ich Ihnen ausdrücklich, ohne meine Erlaubnis unbegleitet nach Pai-tan zu gehen.«

Sie errötete, als hätte er sie ins Gesicht geschlagen. Es herrschte tödliches Schweigen. Sie hatte nicht das geringste zu erwidern. Gerade als er sie verlassen wollte, ertönten eilige Schritte auf dem Gang, und

Schwester Martha stürzte ins Zimmer. Ihre Erregung war so groß, daß sie Francis gar nicht bemerkte, der halb verborgen im Schatten der Tür stand. Sie ahnte auch nicht, wie gespannt die Atmosphäre in diesem Augenblick war. Unter dem zerknitterten Nonnenschleier hervor suchte ihr verstörter Blick Maria Veronika. Sie rang die Hände und jammerte laut: »Sie sind weggelaufen ... haben alles genommen ... die neunzig Dollar, die Sie mir gestern gaben, um die Rechnungen zu bezahlen ... das Silber ... sogar Schwester Clothildes Elfenbeinkreuz ... sie sind fort, fort ...«

»Wer ist fort?« Maria Veronikas angespannte Lippen formten die Worte mit entsetzlicher Anstrengung.

»Die Wangs natürlich ... diese gemeinen, schmutzigen Diebe. Ich wußte immer, daß sie Heuchler und Schurken sind.«

Francis wagte nicht, die Mutter Oberin anzublicken. Regungslos stand sie da. Ein eigentümliches Gefühl des Mitleids ergriff ihn, und er schlich sich ungeschickt aus dem Zimmer.

5

Als Father Chisholm zu seinem eigenen Haus zurückkehrte, sah er Herrn Tschia und seinen Sohn am Fischteich stehen und die Karpfen beobachten, als ob sie hier in aller Ruhe auf jemand warteten. Beide hatten warme gesteppte Gewänder an – es war ein »Sechs-Röcke-kalter-Tag« –, die Hand des Knaben ruhte in der des Vaters, und die Dämmerung, die sich langsam aus den Schatten des Feigenbaumes herabsenkte, zögerte – so hätte man glauben mögen –, die beiden einzuhüllen und das liebliche Bild auszulöschen.

Die beiden besuchten die Mission häufig und fühlten sich hier zu Hause. Sie lächelten, als Father Chisholm auf sie zueilte, und begrüßten ihn mit höflicher Förmlichkeit. Nur lehnte Herr Tschia ausnahmsweise des Priesters Einladung ab, ihm in sein Heim zu folgen.

»Wir kommen vielmehr, um Sie in unser Heim einzuladen. Wir verreisen heute abend, um unsern Ruhesitz in den Bergen aufzusuchen. Es wäre die größte Freude für mich, wenn Sie uns begleiten würden.«

Francis war verblüfft. »Der Winter steht doch vor der Tür!«

»Gewiß, mein Freund, haben ich und meine unwürdige Familie bisher nur während der unbarmherzigen Hitze des Sommers unser abgelegenes Landhaus in den Kwangbergen aufgesucht.« Herr Tschia machte höflich eine Pause. »Nun führen wir eine Neuerung ein, die vielleicht noch angemessener sein dürfte. Wir haben viele Klafter Holz und einen großen Vorrat an Lebensmitteln. Glauben Sie nicht, Father, daß es erbaulich sein müßte, ein wenig zwischen jenen schneeigen Gipfeln zu meditieren?«

Mit gerunzelter Stirn suchte Father Chisholm sich im Irrgarten dieser Umschreibungen zurechtzufinden, dann warf er dem Kaufmann einen raschen Blick zu.

»Ist Wai-Tschu im Begriff, die Stadt zu plündern?«

Herrn Tschias Schultern ließen eine leichte Mißbilligung dieser direkten Frage erkennen, aber sein Ausdruck veränderte sich nicht. »Im Gegenteil. Ich selbst habe Wai einen erheblichen Tribut gezahlt und ihn bequem einquartiert. Ich nehme sicher an, daß er gewiß viele Tage lang in Pai-tan bleiben wird.«

Kurzes Schweigen. Die Runzeln auf Father Chisholms Stirn verrieten völlige Ratlosigkeit.

»Wie dem auch sei, mein lieber Freund, es gibt noch andere Gründe, die den weisen Mann gelegentlich veranlassen können, die Einsamkeit aufzusuchen. Ich bitte Sie, mit uns zu kommen.«

Der Priester schüttelte den Kopf. »Ich bedaure, Herr Tschia – ich habe zu viel in der Mission zu tun... Wie könnte ich diesen schönen Ort verlassen, den Sie mir so großzügig geschenkt haben?«

Herr Tschia lächelte liebenswürdig. »Gegenwärtig ist es hier sehr gesund. Sollten Sie sich die Sache jedoch anders überlegen, so unterlassen Sie es nicht, mich davon zu verständigen. Komm, Ju... die Wagen werden jetzt schon beladen sein. Gib dem heiligen Mann nach englischer Art die Hand.«

Father Chisholm schüttelte dem kleinen, warm eingehüllten Knaben die Hand. Dann segnete er beide. Daß aus Herrn Tschias Benehmen deutlich unterdrücktes Bedauern sprach, erfüllte ihn mit Sorge. Mit schwerem Herzen sah er die beiden fortgehen.

Die zwei nächsten Tage verstrichen in einer seltsam gedrückten Stimmung. Von den Schwestern sah er wenig. Das Wetter verschlechterte sich. Mächtige Vogelschwärme flogen nach Süden, der Himmel wurde düster und legte sich wie Blei über alle Lebewesen. Selbst der immer heitere Josef war mißgestimmt, kam zu Francis und äußerte den Wunsch, heimzukehren.

»Es ist lange her, daß ich meine Eltern gesehen habe. Es wäre recht und billig, wenn ich sie besuchen würde.«

Näher befragt, wies er mit der Hand unbestimmt in die Runde und murrte, daß in Pai-tan Gerüchte umgingen von bösen Dingen, die vom Norden, Osten und Westen heranzögen.

»Warte, bis die bösen Geister kommen, Josef, bevor du davonläufst.« Father Chisholm bemühte sich, seinem Diener Mut zu machen. Aber auch sich selbst.

Am nächsten Morgen nach der Frühmesse ging er allein in die Stadt hinunter und begab sich entschlossen auf die Suche nach Neuigkeiten. Die Straßen waren gedrängt voll, das Leben nahm scheinbar ungestört seinen Lauf, aber eine unnatürliche Stille lag über den größeren Gebäuden, und viele der Geschäfte waren geschlossen. In der Straße der Netzmacher fand er Hung dabei, seine Fenster hastig und unauffällig mit Brettern zu vernageln.

»Es läßt sich nicht mehr leugnen, Schang-Fu!« Der alte Ladeninhaber unterbrach seine Beschäftigung, um dem Priester über seine kleinen Brillengläser hinweg einen jammervollen Blick zuzuwerfen. »Es ist die Krankheit... die große Hustenkrankheit, die sie den Schwarzen Tod nennen. Sechs Provinzen sind bereits befallen. Die Leute fliehen mit dem Wind. Gestern abend kamen die ersten nach Pai-tan. Und eine der Frauen fiel diesseits des Mandschutores tot um. Der kluge Mann weiß, was das bedeutet. Ach weh, wenn die Hungersnot über uns kommt, wandern wir, und wenn die Seuche kommt, wandern wir wieder. Das Leben ist nicht leicht, wenn die Götter ihren Zorn zeigen.«

Father Chisholm stieg den Hügel zur Mission hinauf. Ein Schatten lag über seinem Gesicht, er meinte, die Krankheit schon in der Luft zu spüren.

Plötzlich blieb er stehen. Außerhalb der Umfassungsmauer der Mission, gerade auf seinem Weg, lagen drei tote Ratten. Nach des Priesters Ausdruck zu schließen, sah er in diesen steif und starr hingestreckten drei ein übles Vorzeichen. Beim Gedanken an seine Kinder schauderte er unwillkürlich. Er holte selbst Kerosin, schüttete es auf die toten Ratten, zündete das Öl an und schaute zu, wie sie langsam verbrannten. Rasch nahm er dann die Überreste mit Zangen auf und grub sie ein.

In tiefes Nachdenken versunken stand er da. Er befand sich fünfhundert Meilen weit vom nächsten Endpunkt einer telegrafischen Leitung. Ein Bote nach Hsin-Hsiang würde mit einem Boot, ja selbst mit dem raschesten Pony, mindestens sechs Tage unterwegs sein. Und doch mußte er unter allen Umständen eine Verbindung mit der äußeren Welt herstellen.

Auf einmal erhellte sich sein Gesicht. Er sah Josef und führte ihn rasch in sein Zimmer. Tiefernst wandte er sich dem Burschen zu.

»Josef! Ich schicke dich mit einem Auftrag von größter Wichtigkeit fort. Du nimmst Herrn Tschias neues Boot. Sage dem Bootsmann, daß du Herrn Tschias Erlaubnis hast und auch die meine. Ich befehle dir sogar, das Boot zu stehlen, wenn es nötig sein sollte. Verstehst du mich?«

»Ja, Herr.« Josefs Augen leuchteten. »Es wird keine Sünde sein.«

»Wenn du das Boot hast, fährst du so rasch wie möglich nach Hsin-Hsiang. Dort gehst du zu Father Thibodeau in die Mission. Sollte er abwesend sein, gehst du zum Büro der Amerikanischen Öl-Gesellschaft. Suche irgend jemand auf, der Autorität hat. Sage ihm, daß die Seuche über uns gekommen ist, daß wir augenblicklich Arzneimittel, Vorräte und Ärzte brauchen. Dann geh zur Telegrafengesellschaft und gib diese beiden Botschaften auf, die ich dir aufgeschrieben habe. Hier... das sind sie... die erste an das Vikariat in Peking, die zweite an das Allgemeine Unions-Krankenhaus in Nanking. Da hast du Geld. Laß mich nicht im Stich, Josef. Geh jetzt... geh. Und der himmlische Vater sei mit dir!«

Erleichtert atmete Francis auf, als der Bursche, aus dessen intelligentem Gesicht eiserne Entschlossenheit sprach, eine Stunde später, mit einem blauen Bündel auf dem Rücken, den Hügel hinuntertrottete. Um die Abfahrt des Bootes besser beobachten zu können, eilte der Priester zum Glockenturm. Oben angelangt aber verdüsterte sich sein Gesicht wieder. Auf weiter Ebene, die vor ihm lag, sah er zwei schmale Ströme von Tieren und Menschen – die auf diese Entfernung nicht größer als Ameisen wirkten – sich vorwärts bewegen. Einer der Ströme näherte, der andere entfernte sich von der Stadt.

Er konnte nicht zuwarten, sondern stieg herab und ging sofort zur Schule hinüber. In dem hölzernen Gang kniete Schwester Martha und scheuerte die Dielen. Er blieb stehen.

»Wo ist die Ehrwürdige Mutter?«

Sie schob mit ihrer feuchten Hand die Haube zurecht. »Im Klassenzimmer.« Dann zischelte sie wie eine Verschwörerin: »Sie ist in letzter Zeit *sehr* verstört.«

Als er das Klassenzimmer betrat, wurde es dort augenblicklich still. Die Reihen der hellen Kindergesichter jagten ihm auf einmal namenlosen Schrecken ein. Rasch, rasch suchte er mit dieser unerträglichen Angst fertig zu werden.

Maria Veronika wandte ihm ihr blasses, undurchsichtiges Gesicht zu. Er näherte sich ihr und sprach in gedämpftem Ton.

»In der Stadt machen sich Zeichen einer Epidemie bemerkbar. Ich fürchte, die Pest. Sollte das zutreffen, so ist es sehr wichtig, daß wir vorbereitet sind.« Ihr Schweigen ließ ihn eine Pause machen, dann fuhr er fort. »Wir müssen unter allen Umständen versuchen, die Krankheit von den Kindern fernzuhalten. Das bedeutet Isolierung der Schule und des Schwesternhauses. Ich werde sofort dafür sorgen, daß eine Art Barriere errichtet wird. Die Kinder und alle drei Schwestern müssen sich innerhalb dieser Einzäunung halten, und eine der Schwestern muß immer am Eingang Posten stehen.« Wieder machte er eine Pause und zwang sich, ruhig zu bleiben. »Halten Sie das für vernünftig?«

Kalt und unerschrocken sah sie ihn an. »Sehr vernünftig.«

»Gibt es noch irgendwelche Einzelheiten zu besprechen?«

Sie antwortete voll Bitterkeit: »Sie haben uns mit dem Grundsatz der Absonderung ja bereits vertraut gemacht.«

Er nahm diese Bemerkung nicht zur Kenntnis. »Sie wissen, wie die Ansteckung übertragen wird?«

»Ja.«

Sie schwiegen. Er wandte sich zur Tür, betrübt über ihre hartnäckige Weigerung, Frieden zu schließen. »Wenn Gott dieses große Unheil über uns schickt, werden wir hart zusammenarbeiten müssen. Wollen wir nicht versuchen, Persönliches zu vergessen?«

»Es ist entschieden am besten, es zu vergessen.« Sie sprach in ihrem eisigsten Ton – gehorsam nach außen, im Innern jedoch voll der ganzen hoheitsvollen Verachtung ihres Standes.

Er verließ das Klassenzimmer. Ihr Mut, das mußte er zugeben, war bewundernswert, denn die Nachricht, die er ihr gebracht hatte, hätte die meisten Frauen in Angst und Schrecken versetzt. Bei sich dachte er, daß sie wohl alle ihre Kraft und Haltung brauchen würden, bevor der Monat um war.

Eile tat not, davon war er überzeugt, und so überquerte er nochmals den Compound und sandte den Gärtner um Herrn Tschias Aufseher und sechs Männer, die an der Kirche mitgearbeitet hatten. Als sie ankamen, ließ er sie sogleich mit dem Bau eines festen Walles aus Kaolinerde beginnen, der sich um ein von ihm bezeichnetes Gebiet ziehen sollte. Dürre Maisstengel gaben eine ausgezeichnete Barrikade ab. Während diese unter seinen angstvollen Augen in die Höhe wuchs und sich um Schule und Schwesternhaus schloß, hob er am Fuß des Walles einen schmalen Graben aus. Ihn konnte man mit Desinfektionsmitteln füllen, wenn es nötig sein sollte.

Den ganzen Tag wurde gearbeitet, und erst spät in der Nacht war das Werk vollendet. Selbst als die Männer gegangen waren, fand er noch keine Ruhe, eine ständig steigende Flut von Besorgnis drückte ihm fast das Herz ab. Er brachte den größten Teil der Vorräte in die Einfriedung, schleppte Kartoffel- und Mehlsäcke auf seinen Schultern heran, Butter, Speck, Kondensmilch und alle Konservendosen, die in der Mission vorhanden waren. Auch seinen kleinen Vorrat an Arzneimitteln trug er hinüber. Erst dann fühlte er sich bis zu einem gewissen Grad erleichtert. Er schaute auf die Uhr. Drei Uhr morgens. Es stand nicht mehr dafür, sich zu Bett zu legen. Er ging in die Kirche und verbrachte die Stunden bis zum Morgengrauen tief im Gebet.

Beim ersten Schein des Tageslichtes, noch bevor die Mission erwacht war, machte er sich auf den Weg zum Sitz des obersten Beamten. Durch das Mandschutor strömten noch immer Flüchtlinge aus den verseuchten Provinzen ungehindert in die Stadt. Scharenweise hatten sie unter freiem Himmel, im Schutz der Mauer, ihr Lager aufgeschlagen. Als er an den stillen Gestalten vorbeikam, die sich in dem scharfen Wind halb erfroren unter Hüllen aus Sackleinen zusammenkauerten, hörte er das Geräusch quälenden Hustens. Sein ganzes Herz wandte sich diesen armen, erschöpften Menschen zu, so viele waren schon von der Seuche befallen, litten jetzt demütig und duldeten ohne Hoffnung. Der brennende Wunsch, ihnen zu helfen, flammte in seiner Seele auf. Ein alter toter Mann lag da, der Kleider ledig, die er nicht länger brauchte. Sein verrunzeltes, zahnloses Gesicht war zum Himmel emporgekehrt.

Von Mitleid getrieben, erreichte Francis bald das Gerichtsgebäude. Dort aber erwartete ihn neues Unheil. Herrn Paos Vetter war nicht da. Alle Angehörigen der Familie Pao waren abgereist, und die verschlossenen Läden ihres Hauses starrten ihn an wie blinde Augen.

Er seufzte tief auf und betrat schmerzlich betroffen das Gerichtsgebäude. Die Gänge lagen verlassen, im leeren Hauptsaal hallten die Schritte wider wie in einer Gruft. Nur einige Schreiber bekam er zu

Gesicht, die verängstigt dahinschlichen. Einer von ihnen teilte ihm mit, daß man den obersten Beamten zum Begräbnis eines entfernten Verwandten nach Tschien-tin gerufen hatte, das achthundert Li weiter südlich lag. Es wurde dem erschöpften Priester klar, daß alle, bis auf ein paar kleine Angestellte, von Pai-tan »abberufen« worden waren. Die Zivilverwaltung der Stadt hatte zu bestehen aufgehört.

Die Falte zwischen Francis' Augenbrauen glich einer tief eingeschnittenen Wunde. Nur ein Weg stand ihm noch offen, und er wußte, daß er ihn umsonst ging. Trotzdem machte er kehrt und begab sich eilig zum Quartier der Truppen.

Wai-Tschu, der Bandit, hatte die Provinz so vollkommen seiner Herrschaft unterworfen und zog so unbarmherzig freiwilligen Tribut ein, daß die Stellung der regulären Armee sehr fragwürdig geworden war. Stattete der Bandit der Stadt einen seiner regelmäßigen Besuche ab, so pflegte sie sich aufzulösen oder auseinanderzugehen. Auch jetzt standen, als Francis die Kaserne erreichte, nicht mehr als ein Dutzend Soldaten herum, offensichtlich unbewaffnet und in schmutzige, graue Baumwollblusen gekleidet.

Am Tor hielten sie ihn an. Doch gegen das Feuer, das jetzt in seinem Innern lohte, gab es keinen Widerstand. Er erzwang sich den Weg zu einem weiter innen gelegenen Raum, in dem ein junger Leutnant in einer sauberen und eleganten Uniform am papierbespannten Fenster lehnte und seine weißen Zähne mit einem Weidenzweig polierte.

Leutnant Schen und der Priester betrachteten einander, der junge Dandy mit höflicher Zurückhaltung, sein Besucher mit der ganzen düsteren und hoffnungslosen Glut, mit der ihn sein Vorhaben erfüllte.

»Die Stadt ist von einer großen Krankheit bedroht.« Francis zwang sich, seiner Stimme einen ruhigen Klang zu geben. »Ich bemühe mich, jemand zu finden, der den Mut und auch die Macht hat, die ernste Gefahr zu bekämpfen.«

Schen betrachtete den Priester noch immer völlig gelassen. »General Wai-Tschu ist in alleinigem Besitz der Macht. Und er verreist morgen nach Tuen-lai.«

»Das wird denen, die zurückbleiben, die Sache erleichtern. Ich bitte Sie, mir zu helfen.«

Schen zuckte die Achseln. »Nichts würde mir größere Befriedigung bereiten, als ohne jede Aussicht auf Lohn mit dem Schang-Fu zum Wohl der leidenden Menschheit zu arbeiten. Aber ich habe nur fünfzig Soldaten und keinerlei Unterstützung.«

»Ich habe nach Hsin-Hsiang um Unterstützung geschickt.« Francis sprach jetzt rascher. »Sie muß bald eintreffen. Aber inzwischen müssen wir alles tun, was in unseren Kräften steht, um die Flüchtlinge zu isolieren und zu verhindern, daß die Seuche in die Stadt eindringt.«

»Sie ist bereits eingedrungen«, antwortete Schen kühl. »In der Straße der Korbmacher sind mehr als sechzig Fälle. Viele schon tot, der Rest sterbend.«

Wie dringend tat es not, hier einzugreifen! Des Priesters Nerven zitterten in höchster Anspannung, Widerspruch flammte in ihm auf, er wollte sich nicht geschlagen geben. Rasch trat er einen Schritt vor.

»Ich werde diesen Leuten helfen. Wenn Sie nicht mitkommen, gehe ich allein. Aber ich bin sicher, daß Sie mit mir kommen werden.«

Zum erstenmal wurde es dem Leutnant offensichtlich unbehaglich zumute. Er war ein tapferer junger Mann, der sich, trotz seinem gekkenhaften Gehaben, Gedanken über seine Karriere machte und ein Gefühl für persönliche Sauberkeit besaß. Dieses hatte ihn auch veranlaßt, die ihm von Wai-Tschu gebotene Summe als entehrend niedrig abzulehnen. Am Schicksal seiner Mitbürger nahm er nicht den geringsten Anteil und hatte sich bei Ankunft des Priesters gerade müßig überlegt, ob er sich nicht lieber den wenigen Soldaten, die ihm geblieben waren, in der Straße der Gestohlenen Stunden zugesellen sollte. Jetzt fühlte er sich in peinliche Verlegenheit gebracht und wider Willen beeindruckt. Zögernd stand er auf, warf seinen Zweig fort und schnallte langsam den Revolver um.

»Dieses Ding schießt nicht gut. Aber als Symbol unterstützt es den unerschütterlichen Gehorsam meiner höchst getreuen Gefolgsleute.«

Zusammen gingen sie in den kalten grauen Tag hinaus.

In der Straße der Gestohlenen Stunden stöberten sie einige dreißig Soldaten auf und marschierten zu den überfüllten armseligen Behausungen der Korbflechter am Flußufer. Dort hatte die Pest, mit dem Spürsinn einer Schmeißfliege, sich bereits niedergelassen. Die Wohnungen am Fluß bestanden aus Reihen von elenden Pappkartonhütten, die eine über der anderen sich gegen das hohe schlammige Ufer lehnten und von Schmutz, Ungeziefer und der Seuche starrten. Francis sah, daß sich die Ansteckung hier wie eine rasende Feuersbrunst ausbreiten würde, wenn nicht augenblicklich geeignete Maßnahmen getroffen wurden.

Als sie gebückt aus der letzten Hütte in der Reihe herauskrochen, sagte er zu dem Leutnant: »Wir müssen irgendeine Möglichkeit finden, die Kranken unterzubringen.«

Schen überlegte. Der ganzen Geschichte war mehr abzugewinnen, als er erwartet hatte. Dieser fremde Priester hatte viel »Gesicht« gezeigt, als er sich so tief zu den kranken Leuten hinabbeugte. Und Schen bewunderte es sehr, wenn man »Gesicht« zeigte!

»Wir werden den Yamen des Ju-schi, des kaiserlichen Registrators beschlagnahmen.« Viele Monate lang war Schen in heftiger Fehde mit diesem Beamten gelegen, der ihn um seinen Anteil an der Salzsteuer betrogen hatte. »Ich bin überzeugt, daß sich das Haus meines abwesenden Freundes glänzend als Spital eignet.«

Sie begaben sich sofort zum Yamen des Registrators. Er war groß, prächtig eingerichtet und lag im besten Teil der Stadt. Um sich Einlaß zu verschaffen, bediente Schen sich eines einfachen Mittels, er trat die Tür ein. Während Francis mit einem halben Dutzend Soldaten zurückblieb, um die Aufnahme der Kranken einigermaßen vorzubereiten, ging Schen mit den übrigen fort. Bald kamen die ersten Fälle auf Tragbahren an und wurden auf zusammengelegte Matten reihenweise auf den Boden gebettet.

Als Francis in dieser Nacht, erschöpft von einem langen Tag voll Arbeit, den Hügel zur Mission hinaufstieg, übertönte das Geschrei wilder Zecher und vereinzelte Schüsse die schwache, unaufhörliche Musik des Todes. Hinter ihm plünderten Wai-Tschus Banditen die verrammelten Läden. Bald aber wurde es in der Stadt wieder still. In dem ruhigen Licht des Mondes konnte er die wüsten Gesellen aus dem Osttor strömen sehen, wie sie ihre gestohlenen Ponys über die weite Ebene trieben. Er war froh, sie abziehen zu sehen.

Als er auf der Höhe ankam, wurde das Licht des Mondes plötzlich schwächer, und es begann endlich zu schneien. Noch bevor er das Gittertor im Kaolinwall erreichte, war die Luft ein einziges Geflatter. Weiche, trockene Flocken wirbelten aus der Dunkelheit heran, legten sich auf Augen und Brauen, drangen zwischen die Lippen wie winzige Hostien und fielen so dicht, daß der Boden innerhalb einer Minute mit einem weißen Teppich bedeckt war. Von Angst verzehrt, blieb er draußen in der weißleuchtenden Kälte stehen und rief leise. Sofort erschien

Mutter Maria Veronika am Tor und hielt eine Laterne in die Höhe, die einen geisterhaften hellen Schein auf den Schnee warf.

Er wagte kaum die Frage zu stellen. »Sind alle gesund?«

»Ja.«

Er fühlte sich dermaßen erleichtert, daß sein Herzschlag aussetzte. Wartend blieb er stehen und wurde sich plötzlich seiner Müdigkeit bewußt und der Tatsache, daß er den ganzen Tag nichts gegessen hatte. Dann sagte er: »Wir haben in der Stadt ein Spital eingerichtet... Nichts Besonderes... aber das beste, das wir zuwege bringen konnten.« Wieder wartete er, als wäre es nun an ihr, zu sprechen. Zutiefst empfand er, wie schwierig seine Lage war und wie groß die Bitte, die er vorbringen mußte. »Wenn eine der Schwestern entbehrlich wäre... freiwillig sich hinunterwagen würde... um uns bei der Pflege zu helfen... wäre ich sehr dankbar.«

Es entstand eine Pause. Er konnte förmlich sehen, wie ihre Lippen gleichmütig die Antwort formten: »Sie haben uns befohlen, in der Einfriedung zu bleiben. Sie haben uns verboten, die Stadt zu betreten.« Vielleicht hielt sein erschöpftes Gesicht mit den müden Augen, das sie durch das Schneetreiben sah, sie ab, diese Worte zu sprechen. Denn sie sagte: »Ich werde kommen.«

Eine große Last fiel ihm vom Herzen. Mochte sie ihm gegenüber in ihrer Feindseligkeit beharren – sie war unvergleichlich tüchtiger als Martha oder Clothilde. »Es bedeutet, daß Sie Ihre Wohnung in den Yamen verlegen müssen. Ziehen Sie sich warm an und nehmen Sie alles mit, was Sie brauchen.«

Zehn Minuten später hielt er ihre Reisetasche in der Hand. Schweigend gingen sie zusammen zum Yamen hinunter, in großem Abstand voneinander hinterließen ihre Füße dunkle Spuren in dem frischen Schnee.

Am nächsten Morgen waren sechzehn von den in Yamen eingelieferten Kranken tot. Aber dreimal so viele wurden eingeliefert. Die Wirkung der Lungenpest übertraf die des stärksten Giftes. Wie von Keulenschlägen getroffen fielen die Menschen um und waren tot, bevor der nächste Morgen dämmerte. Das Blut schien zu gerinnen, die Lungen wurden zerstört, und der dünne weißgefleckte Auswurf wimmelte von tödlichen Keimen. Oft lag nur eine Stunde zwischen eines Mannes unbekümmertem Lachen und dem Grinsen, das seine Totenmaske verzerrte.

Die Akupunktur, eine Methode, welche die drei Ärzte von Pai-tan gegen die Epidemie anwandten, hatte völlig versagt. Am zweiten Tag hörten sie auf, die Glieder ihrer Patienten mit Nadeln zu durchbohren, und zogen sich diskret in Gegenden zurück, wo sie eine gesündere Praxis ausüben konnten.

Am Ende der Woche war die Stadt von einem Ende bis zum anderen verseucht. Die sonst so gleichmütigen Leute wurden von einer Welle der Panik ergriffen. Karren, Sänften, überlastete Maultiere und drängendes aufgeregtes Volk verstopften die südlichen Ausgänge der Stadt.

Die Kälte nahm zu. Ein Gifthauch schien über dem unglücklichen Land zu liegen, über der Stadt und jenseits von ihr. Obwohl Francis durch Mangel an Schlaf und Überarbeitung ganz benommen war, ahnte er doch, daß das Unglück von Pai-tan nur ein Teil einer weit größeren Tragödie war. Doch da ihn keine Nachrichten erreichten, konnte er die Ungeheuerlichkeit des Unheils nicht ermessen. Das Land war in einer Ausdehnung von hunderttausend Meilen verseucht, eine halbe Million Tote lag unter dem Schnee. Er konnte auch nicht wissen, daß die Augen der zivilisierten Welt sich voll Anteilnahme auf China gerichtet hatten, daß rasch zusammengestellte Expeditionen aus Amerika und England eingetroffen waren, um die Krankheit zu bekämpfen.

Das bange Warten quälte ihn täglich mehr. Noch immer ließ Josef nichts von sich sehen und hören. Würde die Hilfe aus Hsin-Hsiang sie denn nie erreichen? Jeden Tag stapfte er ein dutzendmal zum Landungsplatz hinunter, um flußabwärts nach dem Boot Ausschau zu halten.

Zu Beginn der zweiten Woche tauchte Josef dann plötzlich auf, müde und erschöpft, aber mit schwachem Lächeln. Der Auftrag war ausgeführt. Ungezählte Hindernisse hatten sich ihm in den Weg gestellt. Das Land war in Aufruhr, Hsin-Hsiang ein Ort der Qual, die Mission von der Seuche verheert. Aber er hatte nicht nachgegeben. Er hatte seine Telegramme abgeschickt, sein Boot in einer Biegung des Flusses verborgen und dort tapfer ausgeharrt. Nun brachte er einen Brief. Mit schmutziger, zitternder Hand zog er ihn heraus. Ein Doktor, der den Father kannte, ein alter und hochgeschätzter Freund des Fathers, würde mit dem Hilfsboot nachkommen!

Eine seltsam tolle Vorahnung ließ Father Chisholm, bebend vor Erregung, den Brief aus Josefs Händen nehmen. Er öffnete ihn und las:

Hilfsexpedition Lord Leighton, Kansu.

Lieber Francis!

Seit fünf Wochen bin ich schon mit der Leighton-Expedition in China. Das wird Dich nicht allzusehr überraschen, wenn Du Dich meiner jugendlichen Sehnsucht nach den Decks in See stechender Frachter erinnerst und nach den exotischen Dschungeln jenseits des Ozeans. Offen gestanden war ich selbst der Meinung, all diesen Unsinn längst vergessen zu haben. Als sie aber daheim nach Freiwilligen für die Hilfsexpedition zu suchen begannen, mußte ich plötzlich zu meinem eigenen Erstaunen feststellen, daß ich mich gemeldet hatte. Es war gewiß nicht der Wunsch, ein Nationalheld zu werden, der mich zu diesem unsinnigen Schritt verleitet hat. Vermutlich war es die lang hinausgezögerte Reaktion auf die Eintönigkeit meines Lebens in Tynecastle. Und vielleicht, wenn ich das so sagen darf, hat mich auch die Hoffnung dazu getrieben, Dich mit großer Wahrscheinlichkeit wiederzusehen.

Wie dem auch sei, seit wir hier angekommen sind, habe ich mich immer weiter stromaufwärts ins Land hineingearbeitet und getrachtet, in Deine geheiligte Nähe vorzudringen. Dein Telegramm nach Peking wurde an unser dortiges Hauptquartier weitergeleitet, und ich erfuhr am nächsten Tag in Hai-tschang davon. Sofort fragte ich Leighton, der trotz seines Titels ein sehr anständiger Kerl ist, ob ich mich aufmachen und Dir zu Hilfe eilen könnte. Er willigte ein und stellte mir sogar eines der wenigen Motorboote zur Verfügung, die uns noch übriggeblieben sind. Ich bin gerade in Shenhsiang angekommen und sammle Hilfsmittel. Ich werde mich mit Volldampf auf den Weg machen und vermutlich vierundzwanzig Stunden nach Deinem Diener eintreffen. Bis dahin gib gut acht auf Dich. Alles Weitere später.

In Eile

Dein Willi Tulloch

Langsam trat ein Lächeln auf des Priesters Lippen, das erste seit vielen Tagen, und ein geheimes Gefühl tiefinnerer Wärme erfüllte ihn. Sein Erstaunen war nicht groß, es sah Tulloch nur allzu ähnlich, ein solches Unternehmen zu unterstützen. Die bevorstehende Ankunft seines Freundes in Pai-tan aber war ein so unerwarteter Glücksfall, daß er sich dadurch frisch und gestärkt fühlte.

Nur mit Mühe konnte er seine Ungeduld bezähmen. Als am nächsten Tag das Hilfsboot gesichtet wurde, eilte er hastig zum Landungsplatz. Noch bevor das Boot richtig angelegt hatte, sprang Tulloch schon ans Ufer, älter und stärker, aber sonst der gleiche hartschädelige, ruhige Schotte, so nachlässig gekleidet wie immer, scheu, stark und querköpfig wie ein Hochlandstier, einfach und ehrlich wie der handgesponnene Tweed seiner Heimat.

Des Priesters Blick verschleierten Tränen.

»Mensch, Francis, da bist du!« Mehr konnte Willi nicht hervorbringen. Immer wieder schüttelte er dem Freund die Hand, von der eigenen Rührung verwirrt und durch sein nordisches Blut verhindert, ihr offenkundigen Ausdruck zu verleihen. Als käme es ihm zum Bewußtsein, daß doch etwas gesagt werden mußte, murmelte er schließlich: »Als wir noch auf der Hauptstraße von Darrow spazierengingen, haben wir uns auch nicht träumen lassen, daß wir einmal an einem solchen Ort zusammentreffen würden.«

Er versuchte zu lachen, aber es wollte nicht recht gelingen. »Wo hast du deinen Mantel und deine Gummistiefel? Du kannst nicht mitten durch die Pest in solchen Schuhen laufen. Es ist höchste Zeit, daß ich ein Auge auf dich habe.«

»Und auf unser Spital.« Francis lächelte.

»Was?« Der Doktor zog die rötlichen Brauen in die Höhe. »Du hast so etwas wie ein Spital? Das müssen wir uns anschauen.«

»Sobald du willst.«

Tulloch gab der Mannschaft des Bootes Anweisung, ihm mit den Vorräten zu folgen, und machte sich an des Priesters Seite auf den Weg. Obwohl sein Umfang sich beträchtlich vergrößert hatte, war er doch beweglich geblieben. Die Augen blickten eifrig forschend aus dem roten, verwitterten Gesicht, durch das schütter gewordene Haar sah man auf der rötlichen Kopfhaut eine Menge Sommersprossen, als er seines Freundes kurzen Bericht mit verständnisvollem Nicken begleitete.

Am Ende, beim Eingang des Yamen, bemerkte er trocken, mit einem leichten Zwinkern: »Nicht einmal so übel! Ist das dein Hauptquartier?« Über die Schulter hinweg wies er seine Träger an, die Kiste hineinzuschaffen.

Während einer kurzen Inspektionsrunde durch das Spital wanderten seine Augen prüfend nach rechts und links und blieben schließlich mit besonderer Neugier auf Mutter Maria Veronika haften, die sie jetzt begleitete. Er warf ein kurzen Blick auf Schen, als der junge Dandy hereinkam, und schüttelte ihm dann kräftig die Hand. Schließlich standen sie zu viert am Eingang der langen Zimmerflucht, die den Hauptteil des Spitals bildete, und Tulloch sagte ruhig:

»Ich finde, daß ihr Wunder vollbracht habt. Und ich hoffe, daß ihr von mir keine melodramatischen Mirakel erwartet. Vergeßt alles, was ihr euch vorher vorgestellt habt, und blickt der Wahrheit ins Auge – ich bin nicht der dunkelhaarige hübsche Arzt mit dem tragbaren Laboratorium. Ich bin hier, um mit euch zu arbeiten, als einer von euch, das heißt, kurz gesagt, wie ein Schwerarbeiter. Ich habe nicht einen Tropfen Impfstoff in meiner Tasche – erstens weil er – außer in Romanen – verdammt wenig nützt. Zweitens weil sämtliche Ampullen, die wir nach China mitbrachten, in einer Woche verbraucht waren. Ihr dürftet bemerkt haben«, fügte er milde hinzu, »daß sie die Epidemie nicht zum Erlöschen gebracht haben. Merkt euch das eine: wird man von dieser Krankheit einmal erwischt, so ist praktisch nichts mehr zu machen. Unter diesen Umständen ist, wie mein alter Vater zu sagen pflegte«, er lächelte leicht, »ein Gramm Vorsicht besser als eine Tonne Behandlung. Deshalb werden wir, wenn ihr nichts dagegen habt, unser Augenmerk nicht den Lebenden, sondern den Toten zuwenden.«

In der Stille, die seinen Worten folgte, begannen sie langsam deren Bedeutung zu begreifen. Leutnant Schen lächelte.

»In den Seitenstraßen häufen sich die Kadaver in beunruhigender Weise. Es ist entmutigend, in der Dunkelheit zu stolpern und in die Arme einer völlig abweisenden Leiche zu fallen.«

Francis warf einen raschen Blick auf Maria Veronikas unbewegtes Gesicht. Manchmal war die Sprache des jungen Leutnants etwas deutlich.

Der Doktor hatte sich zur nächststehenden Kiste begeben und hatte mit geübtem Griff ihren Deckel geöffnet.

»Zuallererst müßt ihr eine ordentliche Ausrüstung bekommen. Oh, ich weiß, ihr beide glaubt an Gott. Und der Leutnant an Konfuzius.« Er bückte sich und zog Gummistiefel aus der Kiste. »Aber ich glaube an Prophylaxe.«

Er packte weiter seine Hilfsmittel aus, versah sie alle mit weißen Overalls und Schutzbrillen und beschimpfte sie, weil sie ihre eigene Sicherheit so vernachlässigt hatten. Gelassen und sachlich warf er ihnen in ununterbrochener Folge seine Bemerkungen an den Kopf.

»Versteht ihr denn nicht in eurer verdammten Unschuld... es braucht euch nur einer ins Auge zu husten und ihr seid verloren... es dringt in die Hornhaut ein. Das wußten sie sogar schon im 14. Jahrhundert und trugen zum Schutz ein Visier aus Fischblasen... ein paar Seidenäffchenjäger hatten es aus Sibirien mitgebracht. So, ich werde später wiederkommen und mir Ihre Patienten richtig ansehen, Schwester. Zunächst aber werden Schen, der Pfarrer und ich uns draußen ein wenig umschauen.«

Ständig überlastet, hatte Francis nicht daran gedacht, wie bitter notwendig es gewesen wäre, die Toten rasch zu begraben, damit die Ratten sich nicht an die verseuchten Leichen machen konnten. Jeden einzeln zu bestatten, war in diesem steinharten Boden eine Unmöglichkeit, und außerdem war der Vorrat an Särgen längst erschöpft. Auch hätte aller Holz- und Kohlenvorrat Chinas nicht ausgereicht, die Leichen zu verbrennen, denn nichts, wie Schen richtig bemerkte, brennt schwerer als gefrorenes Menschenfleisch. Es blieb praktisch nur eine Lösung. Sie hoben außerhalb der Mauer eine große Grube aus, bewarfen die Wände mit ungelöschtem Kalk und beschlagnahmten Karren. Von Schens Leuten geführt, holperten die beladenen Karren nun durch die Straßen, um ihre Last in dem Massengrab abzuladen.

Drei Tage später, nachdem die Stadt gesäubert und auch die auf den eisverkrusteten Feldern verstreut liegenden Kadaver – die Hunde dorthin gezerrt und halb verschlungen hatten – gesammelt worden waren, mußte zu strengeren Maßnahmen gegriffen werden. Die Leute hatten die größte Angst, die Geister ihrer Ahnen könnten sich durch ein so unheiliges Grab besudelt fühlen, und begannen, die Körper ihrer Anverwandten, Haufen von verseuchten Leichen, unter den Brettern der Fußböden oder unter den Dächern aus Kaolin zu verstecken.

Auf Anraten des Doktors gab Leutnant Schen einen Erlaß heraus: wer Leichen bei sich verberge, werde mit dem Tod durch Erschießen bestraft. Wenn die Todeskarren durch die Stadt rumpelten, riefen seine Soldaten laut: »Bringt eure Toten heraus, oder ihr werdet selbst sterben.«

In der Zwischenzeit zerstörten sie erbarmungslos Häuser, die Tulloch als Brutstätten der Seuche bezeichnete. Die Erfahrungen, die er hinter sich hatte, und die bittere Notwendigkeit ließen ihn schonungslos vorgehen, wie einen Racheengel. Sie drangen in die Häuser ein, räumten die Zimmer, hieben mit der Axt die Bambuswände nieder, schütteten Kerosin aus und bereiteten einen Scheiterhaufen für die Ratten.

Die Straße der Korbmacher war die erste, die ihnen zum Opfer fiel. Als sie den Rückweg antraten, die Beile noch in der Hand, waren sie über und über beschmutzt und ihre Kleider angesengt. Tulloch blickte den Priester merkwürdig an, der neben ihm müde durch die verlassenen Straßen schritt. Er fühlte sich plötzlich von Gewissensbissen gepeinigt und sagte:

»Das ist deine Arbeit, Francis. Du hast dich so schön abgerackert, daß du demnächst umfallen wirst. Warum gehst du nicht ein paar Tage auf den Hügel hinauf, zu den Kindern zurück, um die du dir solche Sorgen machst?«

»Das wäre ein hübscher Anblick. Der Mann Gottes, der es sich wohl sein läßt, während die Stadt in Flammen steht.«

»Wer würde dich denn schon sehen in diesem gottverlassenen Loch?«

Francis lächelte eigentümlich: »Wir bleiben nicht ungesehen.«

Tulloch ließ das Thema jäh fallen. Vor dem Yamen drehte er sich um und betrachtete verdrießlich den niederen, trüben Himmel, der immer noch rötlich glühte. »Der Brand von London war eine logische Notwendigkeit.« Plötzlich verlor er die Nerven. »Verdammt, Francis, bring dich um, wenn du Lust hast, aber behalte deine Beweggründe für dich.«

Die ständige Anspannung war ihnen allen anzumerken. Zehn Tage lang hatte Francis seine Kleider nicht gewechselt, sie waren steif von gefrorenem Schweiß. Gelegentlich zerrte er seine Stiefel herunter und rieb, Tullochs Anordnung befolgend, die Füße mit Rapsöl ein. Dennoch hatte sich an der großen Zehe des rechten Fußes eine Frostbeule gebildet, deren Entzündung höchst schmerzhaft war. Er fiel fast um vor Müdigkeit, aber immer gab es mehr ... und noch mehr zu tun.

Sie hatten kein Wasser, nur geschmolzenen Schnee, die Brunnen waren ein einziger Eisblock. An Kochen war kaum zu denken. Tulloch indessen bestand darauf, daß alle zusammen das Mittagsmahl einnahmen. Ihr Leben war ein ständig wachsender Alptraum geworden, zu dem irgendein Gegengewicht geschaffen werden mußte. In dieser einen Stunde gab er sich die größte Mühe, fröhlich zu sein, manchmal spielte er auf dem Phonograph, den er mitgebracht hatte, ausgewählte Stücke von Edison Bel, oder er gab aus seinem unerschöpflichen Vorrat schottische Anekdoten und Geschichten von den braven Tynecastlern zum besten. Gelegentlich hatte er den Triumph, Maria Veronikas Lippen ein schwaches Lächeln zu entlocken. Leutnant Schen konnte die Witze nie verstehen, hörte aber mit großer Höflichkeit zu, wenn man sie ihm zu erklären versuchte. Hin und wieder kam er verspätet zum Essen. Obwohl es sich leicht erraten ließ, daß er irgendeine hübsche Dame tröstete, die, wie er selbst, noch unter den Lebenden weilte, ging ihnen der Anblick des leeren Stuhles unerwartet stark auf die Nerven.

Zu Beginn der dritten Woche machten sich bei Maria Veronika Zeichen eines Nervenzusammenbruches bemerkbar. Tulloch klagte, wie wenig Platz auf dem Fußboden im Yamen sei, da bemerkte sie: »Wenn wir Hängematten aus der Straße der Netzmacher holten, könnten wir doppelt so viele Patienten unterbringen und obendrein noch besser.«

Der Doktor stutzte, dann stimmte er in seiner grimmigen Art zu: »Warum bin ich nicht früher darauf gekommen? Das ist eine großartige Idee!«

Bei diesen anerkennenden Worten wurde sie dunkelrot, schlug die Augen nieder und versuchte, ruhig ihren Reis weiterzuessen. Aber es gelang nicht. Ihr Arm begann zu zittern. Er zitterte so heftig, daß ihr die Speise von der Gabel fiel. Sie konnte kein einziges Reiskorn mehr an die Lippen führen. Die Röte vertiefte sich und breitete sich über ihren Hals aus. Sie wiederholte den Versuch zu essen noch einige Male, und immer wieder schlug er fehl. Mit gesenktem Kopf saß sie da und litt unter dem lächerlich beschämenden Vorfall. Endlich stand sie wortlos auf und verließ den Tisch.

Später suchte Father Chisholm sie bei ihrer Arbeit im Frauensaal auf.

Noch niemals war ihm so viel ruhige und mitleidlose Selbstaufopferung begegnet. Sie leistete den Kranken die widerwärtigsten Dienste, Handreichungen, die der niedrigste chinesische Kuli verabscheut hätte. Er wagte nicht, sie anzusehen, so unerträglich war ihr Verhältnis zueinander geworden. Seit vielen Tagen hatte er sie nicht mehr direkt angesprochen.

»Ehrwürdige Mutter, Dr. Tulloch ist der Meinung... wir alle sind der Meinung, daß Sie zuviel gearbeitet haben... daß Schwester Martha herunterkommen sollte, um Sie abzulösen.«

Sie hatte erst eine Spur ihrer Distanziertheit wiedergewonnen. Sein Vorschlag brachte sie in neue Verwirrung. Sie richtete sich auf: »Sie wollen sagen, daß ich nicht genug geleistet habe?«

»Ganz im Gegenteil. Ihre Arbeit ist über alles Lob erhaben.«

»Warum wollen Sie dann versuchen, mich ihr fernzuhalten?«

Ihre Lippen zitterten.

Unbeholfen brachte er hervor: »Wir haben an Sie gedacht.« Sein Ton schien tief zu verletzen. Mit Mühe hielt sie die Tränen zurück und antwortete leidenschaftlich: »Denken Sie nicht an mich. Je mehr Arbeit Sie mir geben ... und je weniger Sympathie ... desto lieber wird es mir sein.«

Darauf war nichts mehr zu erwidern. Er hob die Augen, um sie anzusehen, aber sie blickte starr ins Weite.

Der Schneefall, der eine Woche lang ausgesetzt hatte, setzte plötzlich wieder ein. Ohne Pause fiel Schnee, fiel in Flocken von einer Weichheit und Größe, wie Francis sie noch niemals gesehen hatte. Mit jeder Flocke, die herabschwebte, wuchs die Stille. Still und weiß wuchsen Schneemassen um die Häuser. Schneeverwehungen sperrten die Straßen, behinderten die Arbeit, vermehrten das Leiden der Kranken. Wieder und wieder krampfte Francis' Herz sich zusammen. Alles Gefühl für Zeit, Raum und Angst ging in diesen endlosen Tagen verloren. Er beugte sich über die Sterbenden, half ihnen mit dem tiefen Mitleid in seinen Augen, dabei schwindelte ihm, und wirre Gedanken zogen durch seinen Kopf ... Christus verhieß uns Leiden ... dieses Leben ward uns nur als Vorbereitung für das nächste gegeben ... wenn Gott allen Kummer aus unseren Augen löschen wird, gibt es kein Weinen und Wehklagen mehr.

Sie hielten nun alle Nomaden jenseits der Stadtmauern an, desinfizierten sie und hielten sie so lange in Quarantäne, bis man sagen konnte, daß sie von der Seuche nicht befallen waren. Eines Tages kamen Tulloch und Francis von der Quarantänestation zurück. Der Arzt war völlig aufgerieben und stieß zornig die Frage hervor:

»Kann die Hölle schlimmer sein als das?«

Francis stolperte in einem Nebel von Müdigkeit dahin und antwortete, unheroisch, aber ungebrochen: »Die Hölle ist der Zustand, in dem man zu hoffen aufgehört hat.«

Keiner von ihnen wußte, wann die Epidemie endlich nachließ. Es gab keinen Rückblick auf vollbrachte Arbeit, keine melodramatische Krönung ihrer Bemühungen. Man begegnete in den Straßen nicht mehr den sichtbaren Zeichen des Todes. Wie schmutzige Asche lagen die ärgsten Elendsviertel im Schnee. Die Massenflucht aus den nördlichen Provinzen hörte nach und nach auf. Es war, als ob eine große, dunkle

Wolke, die unbeweglich über ihnen gehangen hatte, endlich langsam nach Süden abzöge.

Tulloch faßte seine Empfindungen in einem einzigen wirren und matten Satz zusammen:

»Dein Gott allein weiß, ob wir etwas geleistet haben, Francis... ich denke...« Er brach ab. Eingefallen und schlapp, machte er zum erstenmal den Eindruck, als sei er einem Zusammenbruch nahe. Dann fluchte er: »Die Zahl der Einlieferungen ist heute wieder heruntergegangen... nehmen wir uns ein paar Stunden frei, sonst werde ich verrückt.«

Am Abend gönnten sich die beiden den ersten kurzen Urlaub vom Spital und stiegen zur Mission hinauf, um die Nacht im Haus des Priesters zu verbringen. Es war zehn Uhr vorbei, ein paar Sterne blinkten schwach an dem dunklen Himmel.

Mit großer Mühe waren sie zum Kamm des schneebedeckten Hügels gelangt. Dort hielt der Doktor inne und betrachtete die Umrisse der Mission, die sich von dem Weiß des Bodens sanft abhob. Ungewöhnlich ruhig sprach er: »Einen wunderschönen Platz hast du da geschaffen, Francis, und ich wundere mich nicht, daß du so hart um die Sicherheit deiner kleinen Bälger gekämpft hast. Wenn meine Arbeit dabei von irgendeinem Nutzen war, so bin ich wirklich heilfroh.« Seine Lippen zuckten. »Es muß erfreulich sein, seine Tage hier mit einer Frau zu verbringen, die so prachtvoll aussieht wie Maria Veronika.«

Der Priester kannte seinen Freund zu gut, um diese Worte übel aufzunehmen. Aber er antwortete mit einem gequälten, schmerzlichen Lächeln:

»Ich fürchte, sie findet es nicht sehr erfreulich.«

»Nein?«

»Du mußt doch bemerkt haben, daß sie mich verabscheut.«

Tulloch schwieg eine Weile und sah den Priester seltsam an.

»Deine gewinnendste Tugend, du heiliger Mann, war immer dein peinlicher Mangel an Eitelkeit.« Er ging weiter. »Jetzt wollen wir aber ins Haus und einen Toddy trinken. Es ist schon allerhand, wenn man sich durch so eine Plage hindurchgearbeitet hat und das Ende absehen kann. Es hebt einen gewissermaßen über das Niveau der Tiere. Aber versuche ja nicht, daraus einen Beweis für die Existenz der Seele abzuleiten.«

Als sie in Francis' Zimmer saßen, fühlten sie sich, trotz aller Erschöpfung, glücklich und hochgestimmt und sprachen bis tief in die Nacht hinein von zu Hause. Tulloch berichtete kurz und satirisch von seiner

Laufbahn. Er hatte nichts getan und nichts erworben, außer einer Vorliebe für Whisky. Jetzt aber hatte er die sentimentalen mittleren Jahre erreicht und war sich seiner Grenzen bewußt geworden. Die große, weite, abenteuerliche Welt hatte sich als Trugbild erwiesen, er sehnte sich nach seinem Heim in Darrow und dem noch größeren Abenteuer des Ehestandes. Mit einem verschämten Lächeln entschuldigte er sich.

»Mein Vater möchte mich gern zu Hause in der Praxis haben. Er möchte mich auch eine Sippe junger Ingersolls aufziehen sehen. Guter alter Knabe, er vergißt nie, von dir zu sprechen, Francis ... von seinem katholischen Voltaire.«

Mit besonderer Liebe erzählte er von seiner Schwester Hanna, die geheiratet hatte und jetzt gut und behaglich in Tynecastle lebte. Ohne Francis anzusehen, fügte er in eigenartigem Ton hinzu:

»Sie hat lange gebraucht, um sich mit dem Zölibat der Geistlichen abzufinden.«

Daß er Judy mit keinem Wort erwähnte, war verdächtig. Von Polly hingegen konnte er nicht genug berichten. Er hatte sie vor sechs Monaten noch frisch und munter in Tynecastle getroffen. »Was für eine Frau!« Über sein Glas hinweg nickte er Francis zu. »Paß auf, sie kann dich noch eines Tages in Erstaunen versetzen. Polly ist, war und wird ein Prachtmensch sein.« Sie schliefen auf ihren Stühlen ein.

Gegen Ende der Woche ließen weitere Zeichen auf ein Nachlassen der Epidemie schließen. Die Totenkarren rumpelten nurmehr selten durch die Straßen, die Geier stießen nicht länger vom Himmel herunter, und der Schneefall hörte auf.

Am folgenden Samstag stand Father Chisholm wieder in der Mission auf seinem Balkon und atmete mit tiefer, seliger Dankbarkeit die eiskalte Luft ein. Sein Standort war günstig, und er konnte die Kinder unschuldig ahnungslos hinter dem hohen Kaolinwall spielen sehen. Er fühlte sich wie ein Mensch, der nach langem und schrecklichem Traum langsam die ersten Strahlen süßen Tageslichtes zu ahnen beginnt.

Plötzlich fiel sein Blick auf einen Soldaten, dessen Gestalt sich dunkel von dem Weiß des Schnees abhob. Eilig strebte er die Straße hinauf, der Mission zu, und Francis glaubte zuerst, es sei einer von Schens Leuten. Dann erkannte er mit einiger Überraschung den Leutnant selbst.

Der junge Offizier besuchte ihn zum erstenmal. Francis' Augen flakkerten unruhig, als er sich umwandte und die Stiege hinuntereilte, um Schen zu begrüßen.

Auf der Schwelle ließ der Anblick von Schens Gesicht den Willkommensgruß auf seinen Lippen ersterben. Es war blaßgelb wie eine Zitrone, angespannt und tödlich ernst. Die Schweißperlen auf der Stirn verrieten, mit welcher Eile der Offizier gekommen war, und er, der es mit seinem Äußeren so peinlich genau nahm, hatte die Bluse nur halb zugeknöpft – eine kaum glaubliche Nachlässigkeit.

Der Leutnant verschwendete keine Zeit. »Bitte kommen Sie sofort zum Yamen. Ihr Freund, der Doktor, ist krank geworden.«

Francis fühlte eine ungeheure Kälte, einen Schreck, als hätte ihn ein eisiger Windstoß getroffen. Ein Schauder überlief ihn. Er starrte Schen an. Nach einiger Zeit, die ihm sehr lang erschien, hörte er sich sagen: »Er hat zuviel gearbeitet. Er ist zusammengebrochen.«

Um Schens harte, dunkle Augen zuckte es kaum merklich. »Ja, er ist zusammengebrochen.«

Wieder trat ein Schweigen ein. Dann wußte Francis, daß es das Schlimmste war. Er wurde blaß. Wie er ging und stand, eilte er mit dem Leutnant davon.

Sie legten den halben Weg zurück, ohne ein Wort zu sprechen. Dann berichtete Schen kurz, mit einer militärischen, jedes Gefühl ausschaltenden Genauigkeit, was geschehen war. Dr. Tulloch hatte müde ausgesehen, als er nach Hause kam, und wollte sich etwas zu trinken holen. Während er das Getränk einschenkte, mußte er plötzlich husten und hielt sich am Bambustischchen fest. Sein Gesicht war schmutziggrau, bis auf den pflaumenfarbenen Schaum auf seinen Lippen. Als Maria Veronika ihm zu Hilfe eilte, lächelte er ihr schwach und eigenartig zu, bevor er zusammenbrach: »Jetzt ist es Zeit, nach dem Priester zu schikken.«

Als sie den Yamen erreichten, senkte sich milder grauer Nebel über die schneebedeckten Dächer wie eine müde Wolke. Sie traten rasch ein. Tulloch lag in dem kleinen hinteren Zimmer auf seinem schmalen Feldbett, mit einer gesteppten Decke aus purpurroter Seide zugedeckt. Die tiefe, satte Farbe der Decke ließ seine entsetzliche Blässe noch stärker hervortreten und das Gesicht bleigrau wirken. Es war für Francis eine Qual, zu sehen wie rasch das Fieber sein Werk getan hatte. Willi hätte ein Fremder sein können, so unglaublich eingeschrumpft und elend lag er da, wie nach Wochen schwersten Siechtums. Zunge und Lippen waren geschwollen, die Augäpfel glasig und blutunterlaufen.

Neben dem Bett kniete Maria Veronika und erneuerte die Schneepackung auf der Stirn des Kranken. Mit aller Anspannung hielt sie sich gerade aufrecht, äußerste Selbstbeherrschung ließ ihre Züge starr erscheinen. Sie erhob sich, als Francis und der Leutnant eintraten, ohne ein Wort zu sagen.

Francis ging zum Bett hinüber. Schreckliche Angst füllte sein Herz. In all diesen Wochen war der Tod ihnen zur Seite gegangen, vertraut und selbstverständlich, ein grauenhafter Begleiter durch den Alltag. Nun aber lag sein Schatten auf einem Freund, und der Schmerz, der nach Francis griff, war unbekannt und furchtbar.

Tulloch war noch bei Bewußtsein, in seinen blutunterlaufenen Augen schimmerte das Licht des Erkennens. »Ich kam her, um Abenteuer zu erleben.« Er versuchte zu lächeln. »Jetzt habe ich eins, glaube ich.« Als eine Art Nachsatz fügte er einen Augenblick später mit halbgeschlossenen Augen hinzu: »Mensch, bin ich schwach.«

Francis setzte sich zu Häupten des Bettes auf einen niedrigen Schemel. Schen und Maria Veronika standen am andern Ende des Zimmers.

Die tiefe Stille, das schmerzliche Gefühl des Wartens waren unerträglich und wuchsen noch mit der furchtbaren Empfindung, unbefugt in das Geheimnis des Unbekannten einzudringen.

»Ist es so bequem für dich?«

»Es könnte schlimmer sein. Gib mir einen Tropfen von dem japanischen Whisky. Der wird mir weiterhelfen. Mensch, was ist das für eine gräßliche konventionelle Art zu sterben ... ich, der ich die schönen Erzählungen in Büchern immer verdammt habe.«

Als Francis ihm einen Schluck Alkohol gegeben hatte, schloß er die Augen und schien zu ruhen. Aber bald verfiel er in leichtes Irrereden.

»Noch einen Schluck, mein Junge. Gut, gut, das ist der richtige Tropfen. Viel hab' ich getrunken in meinem Leben, rings in den Elendsvierteln von Tynecastle. Und jetzt mache ich mich auf den Heimweg nach dem guten alten Darrow. An den Ufern, am Allanwasser, wenn der süße Frühling floh ... Erinnerst du dich, Francis ... es ist ein hübsches Lied. Sing es, Hanna. Lauter, sing lauter ... ich kann dich im Dunkeln nicht hören.« Francis biß die Zähne zusammen und versuchte, mit dem Aufruhr in seiner Brust fertig zu werden. »So ist es richtig, Euer Ehrwürden. Ich werde mich ruhig halten und Kräfte sparen ... Es ist doch ... eine merkwürdige Angelegenheit ... einmal müssen wir alle an die Startlinie.«

Der Priester kniete betend neben dem Bett. Er betete um Hilfe, um eine Eingebung. Aber er war seltsam benommen, eine Art Starre hatte ihn überfallen. Die Stadt draußen wirkte gespenstisch in ihrer Stille. Langsam begann es zu dämmern. Maria Veronika erhob sich, um die Lampe anzuzünden, und kehrte dann in ihren Winkel am andern Ende des Zimmers zurück, wo kein Lichtstrahl sie traf. Ihre Lippen bewegten sich nicht, aber durch ihre Finger glitten unablässig die Perlen des Rosenkranzes.

Tulloch ging es schlechter, seine Zunge war schwarz, seine Kehle so verschwollen, daß es eine Qual war, seinen Brechanfällen zuzusehen.

Aber plötzlich schien er wieder zu sich zu kommen, matt öffneten sich seine Augen.

»Wieviel Uhr ist es?« Seine Stimme krächzte heiser. »Bald fünf... zu Hause haben wir um diese Zeit Tee getrunken. Weißt du noch Francis, wie die ganze Meute bei uns um den großen, runden Tisch saß...?« Eine Weile blieb es still. »Du wirst dem alten Herrn schreiben und ihm sagen, daß sein Sohn brav gestorben ist. Seltsam... ich kann noch immer nicht an Gott glauben.«

»Ist das jetzt wichtig?« Was sagte er da? Francis wußte es nicht. Er weinte bitterlich, und in seiner beschämenden Schwäche drängten die Worte in blinder Verwirrung aus ihm heraus. »Er glaubt an dich.«

»Täusche dich nicht... ich bin kein reuiger Sünder.«

»Alles menschliche Leid ist ein Akt der Reue und Buße.«

Der Priester sagte nichts mehr. Wieder herrschte Schweigen. Tulloch streckte schwach seine Hand aus und ließ sie auf Francis' Arm fallen.

»Mann Gottes, noch nie hab' ich dich so lieb gehabt wie jetzt... weil du nicht versuchst, mich in den Himmel hineinzutreiben. Siehst du –«, seine Lider sanken müde herab, »ich hab' so scheußliches Kopfweh.«

Die Stimme versagte. Er lag erschöpft auf dem Rücken und atmete rasch und oberflächlich, den Blick nach oben gekehrt, als hielte er ihn auf etwas gerichtet, das weit jenseits der Decke lag. Seine Kehle war zusammengeschnürt, er konnte nicht einmal mehr husten.

Das Ende nahte. Maria Veronika kniete jetzt am Fenster, kehrte den anderen den Rücken zu und blickte unbeweglich in die Dunkelheit. Schen stand am Fußende des Bettes, sein Gesicht war zur Maske erstarrt.

Plötzlich bewegten sich Willis Augen, in denen immer noch ein letzter Funke flackerte. Francis sah, daß er vergeblich zu flüstern versuchte. Er kniete nieder, schlang seinen Arm um den Nacken des sterbenden Mannes und brachte seinen Kopf ganz nahe an des andern Mund. Zuerst konnte er nichts hören. Dann kamen schwach die Worte: »Unser Kampf... Francis... mehr als sechs Pennies zur Vergebung meiner Sünden.«

Tullochs Augenhöhlen füllten sich mit tiefen Schatten. Er überließ sich einer unaussprechlichen Müdigkeit. Der Priester fühlte den letzten Seufzer mehr, als daß er ihn hörte. Das Zimmer war plötzlich viel stiller. Immer noch hielt er den Körper im Arm, wie eine Mutter ihr Kind, und begann einfach mit halberstickter Stimme das De Profundis.

»Aus Abgrundtiefen, Herr, schrei' ich zu dir, erhör' mein Rufen... denn bei dem Herrn ist gnädiges Erbarmen, bei ihm ist Heil in Fülle.«

Endlich stand er auf, schloß dem Toten die Augen, legte die schlaffen Hände zusammen.

Als er das Zimmer verließ, sah er Schwester Maria Veronika noch immer am Fenster knien. Er blicke den Leutnant an, als wäre alles ein Traum. Und in einer Art trüber Überraschung bemerkte er, daß Schens Schultern krampfhaft zuckten.

6

Die Pest war vorbeigezogen, aber tiefe Gleichgültigkeit legte sich über das verschneite Land. Die Reisfelder waren gefrorene Seen. Die wenigen übriggebliebenen Bauern konnten den so unbarmherzig unter Schnee und Frost begrabenen Boden nicht bearbeiten. Nirgends regte sich Leben. In der Stadt krochen die Überlebenden wie nach einem schmerzlichen Winterschlaf hervor und begannen stumpf, ihre täglichen Verrichtungen wieder aufzunehmen. Kaufleute und Beamte waren noch nicht zurückgekehrt. Es hieß, daß viele Straßen in entfernten Provinzen völlig unpassierbar seien. Niemand konnte sich eines gleich elenden Wetters entsinnen. Die Pässe, so wurde berichtet, seien blokkiert, und von den Kwangbergen brausten die Lawinen herab und sahen aus der Ferne wie Wolken reinen weißen Rauches aus. Der Fluß war in seinem Oberlauf eine einzige gefrorene Fläche, eine große graue Wüstenei, über die der Wind pulverigen Schnee in trostloser Öde dahinjagte. Weiter unten war ein Kanal frei. In der Strömung unter der Mandschubrücke krachten und dröhnten große Eisschollen aneinander. Not und Bedrängnis gab es in jedem Haus, und die Hungersnot lauerte nicht weit entfernt.

Ein Dampfboot hatte die Fahrt durch die Eisschollen gewagt und war von Hsin-Hsiang flußaufwärts gekommen. Es brachte Nahrungsmittel und Medikamente von der Leighton-Expedition und ein Paket mit Briefen, die lange liegengeblieben waren. Nach kurzem Aufenthalt fuhr es wieder ab und nahm die überlebenden Mitglieder der Gruppe Tulloch mit zurück nach Nanking.

Die Post, die das Boot gebracht hatte, enthielt eine Mitteilung, die an Wichtigkeit alle andern übertraf. Mit dem Brief in Händen kam Father Chisholm langsam vom Ende des Missionsgartens herauf, wo ein kleines, hölzernes Kreuz Dr. Tullochs Grab bezeichnete. Der Besuch, der ihm angekündigt wurde, beschäftigte ihn sehr. Seine Arbeit, so hoffte er, war zufriedenstellend – auf seine Mission konnte er jedenfalls mit Recht stolz sein. Wenn nur das Wetter umschlagen, wenn es nur rasch, in den nächsten vierzehn Tagen, tauen würde!

Als er die Kirche erreichte, kam Mutter Maria Veronika gerade die Treppe herunter. Er mußte es ihr mitteilen – obwohl es so weit gekommen war, daß er sich vor den nicht sehr häufigen Anlässen fürchtete, die ihn zwangen, das Schweigen zwischen ihnen zu brechen.

»Ehrwürdige Mutter... der Administrator der Ausländischen Missions-Gesellschaft, Kanonikus Mealey, macht eine Inspektionsreise durch die chinesischen Missionen. Er hat die Heimat vor fünf Wochen verlassen und wird in etwa einem Monat ankommen... um auch uns einen Besuch abzustatten.« Er machte eine Pause. »Ich dachte, es wird Ihnen lieb sein, dies rechtzeitig zu erfahren... falls Sie ihm irgend etwas vorzulegen wünschen.«

Sie hatte sich warm eingehüllt, ihr Atem wurde zu einer Wolke von Reif, und hinter diesem Schleier hob sie den Blick, undurchsichtig wie immer. Dabei schrak sie leicht zusammen. Sie sah den Priester so selten aus größter Nähe, daß die Veränderungen, die in den letzten Wochen mit ihm vorgegangen waren, ihr erst jetzt deutlich zu Bewußtsein kamen. Er war mager und abgezehrt. Die Knochen traten aus seinem Gesicht hervor, die Haut spannte sich straff darüber, und seine Wangen waren so hohl, daß die Augen größer schienen und von eigentümlicher Leuchtkraft. Sie gab einer schrecklichen Anwandlung nach. »Ich werde ihm nur eine einzige Sache vorlegen.« Sie sprach, ohne zu überlegen. Die Neuigkeit, die sie so plötzlich erfahren hatte, hob aus den geheimsten Winkeln ihrer Seele einen tief verborgenen Gedanken ans Tageslicht. »Ich werde um meine Versetzung in eine andere Mission ersuchen.«

Es dauerte lange, bevor Francis wieder zu sprechen begann. Die Überraschung war für ihn nicht allzu groß, und doch beschlich ihn eiskalt das Gefühl der Niederlage. Er seufzte. »Sind Sie so unglücklich hier?«

»Glück hat damit nichts zu tun. Wie ich Ihnen sagte, habe ich mich darauf gefaßt gemacht, alles zu erdulden, als ich Gott mein Leben weihte.«

»Auch das erzwungene Beisammensein mit jemandem, den Sie verachten?«

Sie errötete vor Trotz und Stolz. Heftig klopfte ihr Herz und zwang sie fortzufahren. »Offensichtlich mißverstehen Sie mich völlig. Es handelt sich um etwas, das aus anderen Bereichen kommt... aus geistigen.«

»Aus geistigen? Können Sie mir das erklären?«

»Ich habe das Gefühl« – sie holte rasch Atem – »daß Sie mich in Unruhe versetzen... was mein inneres Leben... meine geistlichen Überzeugungen betrifft.«

»Das ist allerdings sehr ernst.« Ohne ihn wahrzunehmen, starrte er auf den Brief, den er in seinen mageren Händen herumdrehte. »Das schmerzt mich... ebensosehr wie es Sie schmerzen muß, es auszusprechen. Aber vielleicht haben Sie mich mißverstanden. Worauf spielten Sie mit Ihren Worten an?«

»Meinen Sie, ich habe eine Liste vorbereitet?« Trotz ihrer Selbstbeherrschung fühlte sie, wie immer größere Erregung sich ihrer bemächtigte. »Um Ihre ganze Haltung handelt es sich... Um einige Bemerkungen zum Beispiel, die Sie machten, als Dr. Tulloch im Sterben lag... und auch später, als er tot war.«

»Bitte fahren Sie fort.«

»Er war ein Atheist, und doch versprachen Sie ihm in gewissem Sinn, daß er in der Ewigkeit seinen Lohn erhalten würde... ihm, der nicht glaubte.«

Er sagte rasch: »Gott beurteilt uns nicht nur nach unserem Glauben... sondern auch nach unsern Taten.«

»Er war kein Katholik... nicht einmal ein Christ!«

»Wen wollen Sie als einen Christen bezeichnen? Einen, der in sieben

Tagen einmal zur Kirche geht und an den übrigen sechs lügt, lästert und seine Mitmenschen betrügt?« Ein leichtes Lächeln trat auf seine Lippen. »So hat Dr. Tulloch nicht gelebt. Und gestorben ist er ... indem er andern half ... wie Christus selbst.«

Hartnäckig wiederholte sie: »Er war Freidenker.«

»Meine Tochter, die Zeitgenossen unseres Herrn Jesu Christi hielten ihn für einen entsetzlichen Freidenker ... sie haben ihn deshalb getötet.«

Nun war sie blaß geworden und völlig fassungslos. »Es ist unverzeihlich, einen solchen Vergleich zu ziehen – empörend!«

»Glauben Sie ...? Christus war ein sehr duldsamer Mann – und voll Demut.«

Die Röte stieg ihr wieder ins Gesicht. »Er stellte gewisse Gesetze auf, denen Ihr Dr. Tulloch nicht gehorchte. Das wissen Sie. Sie haben ihm am Ende, als er bewußtlos war, nicht einmal die Letzte Ölung gegeben!«

»Nein, ich tat es nicht. Vielleicht hätte ich es tun sollen.« Niedergeschlagen stand er da, in sorgenvolles Nachdenken versunken. Dann schien sein trüber Sinn sich wieder aufzuhellen. »Aber der liebe Gott kann ihm trotzdem vergeben.« Einfach und offenherzig fragte er: »Haben Sie ihn nicht auch lieb gehabt?«

Sie zögerte und schlug die Augen nieder. »Ja ... wie konnte man anders?«

»Dann wollen wir die Erinnerung an ihn nicht zum Anlaß einer Auseinandersetzung werden lassen. Es gibt etwas, das die meisten von uns vergessen. Christus lehrte es. Die Kirche lehrt es ... obwohl man es kaum für möglich hält, wenn man hört, wie viele von uns heute sprechen. Keiner, der guten Glaubens ist, kann je verloren sein. Keiner. Buddhisten, Mohammedaner, Taoisten ... die schwärzesten Kannibalen, die je einen Missionar verschlungen haben ... wenn sie ihrem eigenen Denken und Fühlen nach aufrichtig sind, so werden sie gerettet werden. Das ist Gottes wunderbare Gnade. Warum sollte es ihm nicht Freude machen, einen anständigen Agnostiker mit einem Augenzwinkern vor dem Richterstuhl zu begrüßen. ›Siehst du, hier bin ich, trotz allem, was man dich zu glauben gelehrt hat. Tritt ein in das himmlische Königreich, das du ehrlich geleugnet hast.‹« Francis setzte zu einem Lächeln an, seufzte aber, als er ihr Gesicht sah und schüttelte den Kopf. »Ich bin über Ihre Gefühle aufrichtig betrübt. Ich weiß, daß es schwer ist, mit mir auszukommen, und daß mein Glaube vielleicht ein wenig sonderbar ist. Aber Sie haben hier großartige Arbeit geleistet... die Kinder lieben Sie... und während der Pest...« Er brach ab. »Ich weiß, daß wir uns nicht sehr gut vertragen haben... aber es wäre ein schwerer Schlag für die Mission, wenn Sie uns wirklich verlassen würden.«

Seltsam eindringlich, mit innigster Demut sah er sie an. Er wartete auf ein Wort von ihr.

Sie setzte ihren Weg ins Refektorium fort und überwachte dort die Austeilung des Abendbrotes für die Kinder. In ihrem eigenen kahlen Zimmer ging sie später ruhelos auf und ab, ihre Erregung war noch immer nicht abgeklungen. Plötzlich ließ sie sich mit einer Gebärde der Verzweiflung nieder und begann, einen neuen Absatz in einem jener langen Briefe, in denen sie Tag für Tag ihrem Bruder von ihrem Tun und Lassen berichtete. Für sie waren diese Briefe Buße, Trost und zugleich eine Möglichkeit, ihren Gefühlen Luft zu machen.

Nachdem sie die Feder zur Hand genommen hatte, machte es den Anschein, als wäre sie gefaßter, als beruhige es sie zu schreiben.

»Ich habe ihm gerade gesagt, daß ich um meine Versetzung ansuchen muß. Ganz plötzlich kam das, ein Ausbruch alles dessen, was ich unterdrückt hatte, und wohl auch so etwas wie eine Drohung. Ich war erstaunt über mich selbst und erschreckt über die Worte, die aus meinem Mund kamen. Und doch konnte ich nicht widerstehen. Sobald die Gelegenheit sich bot, wollte ich ihn schrecken, ihn treffen. Aber mein lieber, lieber Ernst, ich bin dadurch nicht glücklicher geworden... Nach jener einen Sekunde des Triumphs, in der ich Bestürzung und Schreck in seinem Gesicht sah, bin ich jetzt nur noch unruhiger, noch verzweifelter. Ich blicke hinaus auf die endlose Öde dieser grauen Wüstenei – die so verschieden ist von unserer gemütlichen Winterlandschaft mit ihrer köstlichen Luft, den Schlittenglöckchen und dem Gewirr der Dächer. Ich möchte weinen – weinen, als ob mir das Herz brechen sollte.

Sein Schweigen vernichtet mich – diese Fähigkeit, stoisch alles zu erdulden, alles durchzukämpfen, ohne ein Wort zu sagen. Ich habe dir erzählt, wie er während der Pestepidemie gearbeitet hat, wie er inmitten der scheußlichen Krankheit, von jähem, grauenhaften Tod bedroht, sich so sorglos bewegte, als ginge er auf der Hauptstraße seines gräßlichen schottischen Dorfes spazieren. Als sein Freund, der Doktor, starb, hielt er ihn in den Armen, ohne sich um die Ansteckungsgefahr zu kümmern, so daß bei dem letzten Hustenanfall seine Wange ganz mit geronnenem Blut bespritzt wurde. Und der Ausdruck seines Gesichtes... dieses Mitleid, diese völlige Selbstlosigkeit... ergriff mein Herz zutiefst. Nur mein Stolz bewahrte mich davor, in seiner Gegenwart in Tränen auszubrechen! Dann aber wurde ich ärgerlich. Was mich am meisten verdrießt, ist, daß ich ihn in einem meiner Briefe an Dich verächtlich genannt habe. Ich habe mich geirrt, Ernst – was für ein Zugeständnis von Deiner halsstarrigen Schwester! – ich kann ihn nicht länger verachten. Statt dessen verachte ich mich. Ihn aber hasse ich. Und ich will, ich will nicht, daß es ihm gelingt, mich auf die Ebene seiner schrecklichen Einfalt hinunterzuziehen.

Die zwei andern hier hat er beide erobert. Sie lieben ihn – das ist eine weitere Demütigung, die ich hinnehmen muß. Martha, die törichte Bäuerin, die nur Blasen an den Füßen, aber kein Hirn im Kopf hat, ist bereit, alles zu verehren, was eine Soutane trägt. Doch die schüchterne, zurückhaltende Clothilde, die beim kleinsten Anlaß rot wird, ein sanftes, liebes, gefühlvolles Geschöpf, ist eine richtige Anbeterin geworden. Während sie gezwungenermaßen in Quarantäne lebte, nähte sie eine dicke, gesteppte Bettdecke, weich und warm, ein wirklich schönes Stück. Sie übergab es seinem Diener Josef mit dem Auftrag, die Decke auf des Fathers Bett zu legen – sie ist viel zu verschämt, um in Hörweite von ihm das Wort ›Bett‹ auch nur zu flüstern. Josef lächelte: ›Es tut mir leid, Schwester, ein Bett gibt es nicht!‹ Es scheint, daß er auf dem nackten Boden schläft und sich nur mit seinem Mantel zudeckt, einem grünlichen Kleidungsstück unbestimmbaren Alters, das er heiß liebt. Er streichelt die abgeschabten, zerfransten Ärmel und sagt stolz: ›Den habe ich tatsächlich schon gehabt, als ich in Holywell studierte!‹

In der Überzeugung, daß er zu wenig auf sich sieht, haben Martha und Clothilde, schüchtern und beunruhigt, seine Küche untersucht. Sie brachten mich beinahe zum Lachen, als sie mit dem Ausdruck empörter Klatschbasen zu mir kamen und erzählten – was ich schon wußte – daß er nichts als schwarzes Brot, Kartoffeln und Bohnenquark ißt.

›Josef hat den Auftrag, einen Topf Kartoffeln zu kochen und diese in einen Korb zu schütten‹, quäkte Clothilde. ›Er nimmt eine kalte Kartoffel, wenn er hungrig ist, und taucht sie in Bohnenquark. Oft sind sie schon ganz schimmlig, bevor der Korb geleert ist.‹

›Ist das nicht schrecklich?‹ antwortete ich kurz. ›Aber manche Mägen haben eine gute Küche eben nie kennengelernt – es ist für sie kein Unglück, sie zu entbehren.‹

›Ja, Ehrwürdige Mutter‹, murmelte Clothilde und zog sich errötend zurück. Sie würde eine Woche lang Buße tun, um ihn einmal ordentliches Essen zu sich nehmen zu sehen. O Ernst, Du weißt, wie ich die geschäftigen und kriecherischen Nonnen verabscheue, die in Gegenwart eines Priesters die Augen verdrehen und in unterwürfiger Verzückung dahinschmelzen. Nie, niemals will ich auf dieses Niveau hinuntersinken. Ich habe es in Koblenz geschworen, als ich den Schleier nahm, und noch einmal in Liverpool... und ich werde diesen Schwur halten... sogar in Pai-tan. Aber Bohnenquark! Du wirst diesem Zeug nie begegnen. Ein dünner, rosafarbener Brei, der nach abgestandenem Wasser und gekautem Holz schmeckt!« Ein unerwartetes Geräusch ließ Maria Veronika den Kopf heben. »Ernst... man kann es kaum glauben... es regnet...« Sie hörte zu schreiben auf, als sei es ihr unmöglich, jetzt weiterzufahren, und legte die Feder langsam nieder. In ihren dunklen Augen stand das Mißtrauen gegen sich selbst, während sie die ungewohnten Regentropfen, die wie schwere Tränen am Fensterglas herunterrannen, betrachtete.

Vierzehn Tage später regnete es immer noch. Ein trüber, talgfarbener Himmel hatte seine Schleusen geöffnet und ließ unaufhörlich eine wahre Sintflut herniederfallen. Große Tropfen durchlöcherten die oberste Kruste des gelblichen Schnees. Er schien niemals vergehen zu wollen... dieser Schnee. In großen gefrorenen Platten glitt er immer noch rasch und unvorhergesehen vom Kirchendach und landete jäh in dem schmutzigen Brei auf dem Boden. In kleinen Bächen schoß der Regen über die graubraunen Schneemassen, grub sich tiefe Kanäle und unterspülte deren Ränder, die dann einbrachen und klatschend ins Wasser fielen.

Bedeutungsvoll wie der Gipfel des Ararat tauchte schließlich der erste Flecken brauner Erde auf. Weitere Flecken kamen hervor, strebten zueinander und bildeten eine Landschaft von bleichem Gras und grindigem Grund, den die Flut völlig zerrissen und ausgehöhlt hatte. Und immer noch regnete es. Die Dächer der Mission gaben schließlich nach und wurden undicht. Das Wasser stürzte in wahren Katarakten aus den Dachrinnen. Bleich und elend saßen die Kinder im Schulzimmer, während Schwester Martha Eimer aufstellte, wo es am ärgsten tropfte. Schwester Clothilde war entsetzlich erkältet, saß am Pult und hielt ihre Stunden unter dem Regenschirm der Ehrwürdigen Mutter ab.

Der lockere Boden des Missionsgartens konnte dem gemeinsamen Angriff von Regen und tauendem Schnee keinen Widerstand leisten. In gelben wirbelnden Fluten wurde er den Hügel hinuntergeschwemmt, und obenauf trieben ausgerissene Saretapflanzen und Oleanderbüsche. Karpfen aus dem Fischteich schossen erregt in den Wassern umher. Langsam wurden die Bäume untergraben. Einen ganzen schmerzlich langen Tag standen die Lychee- und Katalpabäume aufrecht auf ihren nackten Wurzeln, die wie blasse Fühler herumtasteten, ehe sie langsam umstürzten. Dann kamen die jungen Maulbeerbäume und die bezaubernden, blühenden Pflaumenbäume an die Reihe. Diese fielen gerade an dem Tag, an dem auch die untere Mauer weggespült wurde. In der schlammigen Wüstenei standen schließlich nurmehr die kräftigen Zedern und der riesige Feigenbaum aufrecht.

Am Nachmittag vor Kanonikus Mealeys Ankunft betrachtete Father Chisholm, der sich zum Kindersegen begab, bekümmert die trostlose Verwüstung. Er wandte sich an den Gärtner Fu, der neben ihm stand.

»Ich habe um Tauwetter gefleht. Unser Herrgott hat mich bestraft, indem er es sandte.«

Wie die meisten Gärtner war Fu kein fröhlicher Mensch. »Der große Schang-Fu, der von jenseits der Meere kommt, wird viel Böses von uns denken. Ach, wenn er nur meine Lilien im letzten Frühling gesehen hätte!«

»Wir wollen nicht den Mut verlieren, Fu. Der Schaden läßt sich wieder gutmachen.«

»Meine Pflanzungen sind verloren«, antwortete Fu düster. »Wir werden wieder ganz von vorn beginnen müssen.«

»Das ist das Leben ... wieder von vorn zu beginnen, wenn alles verlorenging.«

Trotz seiner aufmunternden Worte war Francis selbst äußerst niedergeschlagen, als er die Kirche betrat. Während er vor dem beleuchteten Altar kniete und der Regen unablässig auf das Dach trommelte, schien ihm, als höre er durch das Tantum Ergo der kindlich hohen Stimmen unter sich Wasser rauschen. Aber zu lange schon hatte ihm dieser Klang in den Ohren getönt. Der Gedanke, was für einen trostlosen Anblick die Mission seinem Besucher am folgenden Tage bieten würde, bedrückte ihn. Er bemühte sich, diesen Alpdruck abzuschütteln.

Der Gottesdienst war beendet. Josef hatte die Kerzen ausgelöscht und die Sakristei verlassen, während Father Chisholm langsam durch den Gang zwischen den Bänken schritt. Feuchte Dämpfe hingen in dem weißgetünchten Raum. Schwester Martha hatte die Kinder über den Hof zum Abendessen geführt. Aber die Ehrwürdige Mutter und Schwester Clothilde knieten immer noch betend auf den feuchten Brettern. Er ging schweigend an ihnen vorüber, blieb dann aber plötzlich stehen. Clothilde mit ihrem rinnenden Schnupfen war ein Bild des Jammers, und Maria Veronikas Lippen hatten sich vor Kälte zusammengezogen. Ein merkwürdiges Gefühl sagte ihm, daß man keiner von ihnen gestatten sollte, länger hierzubleiben.

Er trat zu ihnen: »Es tut mir leid, aber ich möchte die Kirche jetzt schließen.«

Einen Augenblick lang rührte sich keine der beiden. Sie waren überrascht, denn es entsprach nicht seiner Art, sie in ihrer Andacht zu stören. Dann aber erhoben sie sich still und gehorsam und gingen voran zum Ausgang. Er verschloß die Tür und folgte ihnen durch den Regen in die Dämmerung.

Einen Augenblick später hörten sie ein dumpfes Grollen, das zu einem laut dröhnenden unterirdischen Donner anschwoll. Auf Schwester Clothildes Schrei drehte Francis sich rasch um und sah, wie der schlanke Bau seiner Kirche in Bewegung geriet. Feucht glitzernd, schwankte er graziös im schwindenden Licht, dann ergab er sich, wie eine widerstrebende Frau. Francis' Herz stand vor Entsetzen still. Mit einem ohrenbetäubenden Krachen brachen die unterhöhlten Fundamente ein. Eine Wand gab nach, der Kirchturm knickte ein, der Rest war ein unüberschaubares Durcheinander von brechenden Balken und splitterndem Glas. Dann lag die Kirche, seine schöne Kirche, vernichtet vor seinen Füßen.

Einen Augenblick stand er, vom Schmerz betäubt, wie angewurzelt still, ehe er zu den Trümmern rannte. Der Altar lag zerschmettert, das Tabernakel hatte ein Balken völlig zersplittert. Er konnte nicht einmal die geweihten Hostien retten. Und seine Gewänder, die kostbare Ribieroreliquie, alles war in Fetzen. Während er barhaupt im strömenden Regen stand, drang aus dem Gewirr erschreckter Stimmen, das ihn umgab, Schwester Marthas laute Klage an sein Ohr.

»Warum ... warum ... warum ... ist das über uns gekommen?« Sie stöhnte und rang die Hände. »O Gott im Himmel! Was hättest Du uns Schlimmeres antun können?«

Ohne sich zu rühren, mehr um seinen eigenen Glauben zu stärken als den ihren, brachte er die Worte hervor:

»Zehn Minuten früher ... und wir wären alle getötet worden.« Es war nichts mehr zu machen. Sie überließen die Trümmer der Dunkelheit und dem Regen.

Pünktlich um drei Uhr kam am nächsten Tag Kanonikus Mealey an. Wegen des reißenden Hochwassers war seine Dschunke in einem Seitenarm des Flusses, fünf Li unterhalb von Pai-tan, vor Anker gegangen. Es gab keine Sänften, nur einige Schubkarren, mit langen Griffen versehen wie Pflüge und mit kräftigen hölzernen Rädern. Seit der Pest wurden sie von den wenigen übriggebliebenen Trägern zur Beförderung ihrer Fahrgäste benützt. Für einen Mann von Würde war es eine schwierige Situation. Aber es gab keinen andern Ausweg, der Kanonikus erreichte die Mission kotbespritzt und mit baumelnden Beinen in einem Schubkarren.

Von dem bescheidenen Empfang, den Schwester Clothilde eingeübt hatte – die Kinder sollten zum Willkommen ein Lied singen und kleine Fähnchen schwenken –, wurde abgesehen. Father Chisholm hatte von seinem Balkon Ausschau gehalten und eilte dem Besuch nun zum Tor entgegen.

»Mein lieber Father!« rief Mealey, streckte die steifen Glieder und ergriff mit großer Wärme Francis' Hände. »Dies ist der glücklichste Augenblick seit vielen Monaten – dieses Wiedersehen mit dir. Ich sagte dir ja, daß ich eines Tages den ganzen Orient durchwandern würde. Nun, da die Augen der Welt voll Interesse auf das leidende China gerichtet sind, war es unumgänglich nötig, den Entschluß zur Tat werden zu lassen!« Er brach ab, das Bild der Verwüstung, das sich ihm über Francis' Schulter hinweg bot, ließ seine Augen aus den Höhlen treten. »Wie denn ... ich begreife nicht. Wo ist die Kirche?«

»Das ist alles, was von ihr übriggeblieben ist.«

»Dieser Abfallhaufen ... Du hast von einem prächtigen Gebäude berichtet.«

»Wir hatten einige Schicksalsschläge zu erdulden«, sagte Francis ruhig.

»Das ist aber wirklich unverständlich ...«

Francis unterbrach ihn mit einem gastfreundlichen Lächeln. »Wenn du gebadet und dich umgezogen hast, werde ich dir alles erzählen.«

Eine Stunde später saß Anselm, noch leicht gerötet von seinem Bad, in einem neuen Rohseidenanzug bei Tisch und rührte mit gekränkter Miene in der heißen Suppe.

»Ich muß gestehen, daß es die größte Enttäuschung meines Lebens ist... hierherzukommen, zu diesem Vorposten...« Er brachte einen Löffel Suppe an seine feisten, gespitzten Lippen. In den letzten Jahren hatte er beträchtlich zugenommen. Er war jetzt dick, breitschultrig und stattlich, hatte immer noch eine glatte Haut und klare Augen, und seine mächtigen Hände konnten nach Wunsch Herzlichkeit oder salbungsvolle Feierlichkeit ausdrücken. »Ich hatte mich so herzlich darauf gefreut, in deiner Kirche ein Hochamt zu zelebrieren. Diese Fundamente müssen schlecht gelegt worden sein.«

»Es ist ein Wunder, daß sie überhaupt gelegt wurden.«

»Unsinn! Du hast eine Menge Zeit gehabt, dich hier entsprechend einzurichten. Was soll ich um Himmels willen den Leuten zu Hause erzählen?« Er lachte kurz und schmerzlich. »Ich versprach sogar in der Londoner Hauptgeschäftsstelle der Ausländischen Missions-Gesellschaft einen Vortrag zu halten – ›St. Andreas oder: Gott im dunkelsten China.‹ Ich habe meinen Zeiss-Plattenapparat mitgebracht, um Bilder in London projizieren zu können. Es bringt mich... uns alle... in eine sehr unangenehme Lage.«

Es blieb eine Weile still.

»Ich weiß natürlich, daß du Schwierigkeiten gehabt hast«, fuhr Mealey halb ärgerlich, halb zerknirscht fort. »Aber wem bleiben sie erspart? Ich kann dir versichern, daß auch wir welche hatten. Besonders in letzter Zeit, seit die beiden Abteilungen vereinigt wurden... nach Bischof Mac Nabbs Tod.«

Father Chisholm erstarrte wie in jähem Schmerz.

»Er ist tot?«

»Ach ja, endlich war es soweit mit dem alten Herrn. Lungenentzündung – diesen März. Er hatte seine beste Zeit hinter sich, war schon ziemlich wirr und seltsam, wir fühlten uns alle recht erleichtert, als es zu Ende ging, sehr friedlich übrigens. Der Koadjutor, Bischof Tarrant, wurde sein Nachfolger. Er macht sich prächtig!«

Wieder blieb es still. Father Chisholm bedeckte die Augen mit der Hand. Der Rostige Mac war nicht mehr... unerträglich schmerzte die

Fülle von Erinnerungen, die über ihn hereinbrach: jener Tag am Stinchar, der prachtvolle Lachs, die freundlichen, klugen Augen, die so durchdringend blicken konnten und so warm, wenn ihm in Holywell bang ums Herz war, die ruhige Stimme im Studierzimmer in Tynecastle, bevor er die große Reise antrat: »Halte durch, Francis, für Gott und das gute alte Schottland.«

Freundlich und großzügig gab Anselm seinen Gedanken Ausdruck: »Nun, es wird uns wohl nichts übrigbleiben, als den Dingen ins Auge zu sehen. Jetzt, wo ich einmal hier bin, werde ich mein möglichstes tun, für dich alles wieder in Ordnung zu bringen. Was das Organisieren betrifft, habe ich eine ganze Menge Erfahrung. Es wird dich vielleicht interessieren, gelegentlich zu hören, wie ich der Gesellschaft auf die Beine geholfen habe. Durch meine Anrufe in London, Liverpool und Tynecastle brachte ich dreißigtausend Pfund zusammen – und das ist erst der Anfang.« Ein zufriedenes Lächeln entblößte seine gesunden Zähne. »Sei nicht so niedergeschlagen, mein Lieber. Ich bin nicht ungebührlich streng... Als erstes werden wir einmal die Ehrwürdige Mutter zum Mittagessen bitten, sie scheint eine tüchtige Frau zu sein, und dann werden wir eine richtige Parochialkonferenz am runden Tisch abhalten!« Francis riß sich mit Anstrengung von den lieben Erinnerungen an die fast vergessenen Tage los. »Die Ehrwürdige Mutter legt keinen Wert darauf, ihre Mahlzeiten außerhalb des Schwesternhauses einzunehmen.«

»Du hast sie bloß nicht entsprechend aufgefordert.« Mealey umfaßte des andern magere Gestalt mit einem Blick herzlichen Mitleids. »Armer Francis! Man kann kaum von dir erwarten, daß du mit Frauen umzugehen verstehst. Sie wird kommen... überlaß das nur mir!«

Am folgenden Tag erschien Maria Veronika tatsächlich zum Mittagessen. Anselm hatte ausgezeichnet geschlafen, den ganzen Morgen einer energischen Inspektion gewidmet und war jetzt in bester Stimmung. Sein Besuch im Schulzimmer hatte ihn mit großem Wohlwollen erfüllt, und er begrüßte die Ehrwürdige Mutter, obwohl er sich erst vor fünf Minuten von ihr getrennt hatte, mit würdevoller Überschwenglichkeit.

»Ehrwürdige Mutter, es ist wirklich eine große Ehre für uns. Ein Glas Sherry? Ich versichere Sie, er ist gut – heller Amontillado. Vielleicht etwas lange unterwegs«, er strahlte, »da er mit mir von zu Hause kam, vielleicht etwas überfeinert... aber man entbehrt ungern, woran man den Gaumen in Spanien gewöhnt hat.«

Sie setzten sich zu Tisch.

»Nun, was bietest du uns, Francis? Keine chinesischen Geheimnisse, will ich hoffen, keine Suppe aus Vogelnestern oder Püree mit Eßstäbchen. Ha! Ha!« Mealey lachte herzlich, während er sich gekochtes Huhn nahm. »Ich muß allerdings zugeben, daß ich eine gewisse Vorliebe für die Küche des Orients habe. Auf der Überfahrt – sie war übrigens recht stürmisch, vier Tage lang erschien niemand am Tisch des Kapitäns als meine Wenigkeit – wurde uns ein ganz köstliches chinesisches Gericht vorgesetzt: Chow-mein.«

Mutter Maria Veronika hob die Augen vom Tischtuch. »Ist Chowmein ein chinesisches Gericht? Oder die amerikanische Abart des chinesischen Brauchs, alle Reste zu sammeln?«

Mit leicht geöffnetem Mund starrte er sie an. »Meine liebe Ehrwürdige Mutter! Chow-mein! Wie denn...« Er warf einen Blick auf Francis, fand dort keinen Beistand und lachte wieder. »Seien Sie jedenfalls versichert, daß ich meins gekaut habe. Ha! Ha!«

Er wandte sich um – so konnte er sich besser von dem Salat nehmen, den Josef herumreichte – und fuhr fort: »Auch abgesehen vom Essen ist der Orient ungeheuer reizvoll! Wir Menschen aus dem Okzident sind zu leicht geneigt, die Chinesen als eine durchaus mindere Rasse anzusehen. Was mich betrifft, will ich jedem Chinesen die Hand schütteln, vorausgesetzt, daß er an Gott glaubt und...« hier sprudelte er vor Heiterkeit... »an Karbolseife!«

Father Chisholm warf rasch einen Blick auf Josefs Gesicht. Es blieb ausdruckslos, nur die Nasenflügel spannten sich leicht.

»Und nun«, Mealey hielt plötzlich inne und schlug dann den Ton salbungsvoller Feierlichkeit an. »Nun haben wir wichtige Dinge auf unserer Tagesordnung. Als Junge, Ehrwürdige Mutter, hat mich der gute Father dieser Mission häufig in eine Klemme gebracht. Jetzt ist es meine Aufgabe, ihm aus dieser herauszuhelfen.«

Die Konferenz brachte kein greifbares Ergebnis. Es sei denn, eine bescheidene Aufzählung alles dessen, was Anselm zu Hause erreicht hatte.

Seiner Freiheit waren durch keine Tätigkeit in einer Pfarre Grenzen gesetzt, und so hatte er sich völlig der Arbeit für die Missionen gewidmet, immer des Heiligen Vaters eingedenk, dem die Verbreitung des Glaubens besonders am Herzen lag und der mit Freuden bereit war, diejenigen zu unterstützen, die für sein Lieblingsprojekt so selbstlos eintraten.

Es dauerte nicht lange, bis er Anerkennung fand. Er begann im Land herumzureisen und in den großen englischen Städten Predigten voll leidenschaftlicher Beredsamkeit zu halten. Dank seiner genialen Fähigkeit, Freunde zu sammeln, blieb keine einzige Verbindung von Wichtigkeit ungenützt. Kam er von Manchester oder Birmingham zurück, so setzte er sich sogleich hin und schrieb eine Reihe bezaubernder Briefe. Diesem dankte er für eine reizende Einladung zum Mittagessen, jenem für den großzügigen Beitrag zum Fonds der Missions-Gesellschaft. Bald nahm seine Korrespondenz einen solchen Umfang an, daß er einen Sekretär ganztägig damit beschäftigte.

Rasch kam der Augenblick, da London ihn als vornehmen Besucher zur Kenntnis nahm. Sein Debüt auf der Kanzel von Westminster erregte Aufsehen. Die Frauen hatten ihn immer schon vergöttert. Nun belegten ihn die altjüngferlichen Betschwestern der Kathedrale mit Beschlag, die in ihren reich ausgestatteten Häusern südlich des Hydeparks Katzen und Geistliche sammelten. Seine Umgangsformen waren stets sehr gewinnend gewesen. Im gleichen Jahr ernannte ihn der Athenaeum-Klub zum auswärtigen Mitglied. Und das plötzliche Anschwellen des Beutels der Missions-Gesellschaft trug ihm direkt von Rom ein höchst ehrenvolles Zeichen der Wertschätzung ein.

Als man ihn zum jüngsten Kanonikus der nördlichen Diözese machte, wurde ihm dieser nur von wenigen mißgönnt. Sogar die Zyniker, die seinen großartigen Aufstieg auf eine zu stark entwickelte Tätigkeit der Schilddrüse zurückführten, erkannten seine Geschäftstüchtigkeit an. Er war bei aller Überschwenglichkeit durchaus kein Schwärmer. Für Zahlen hatte er einen guten Kopf und verstand, mit Geld umzugehen. Innerhalb von fünf Jahren gründete er zwei neue Missionen in Japan und ein Seminar für Eingeborene in Nanking. Die neuen Büros der A. M. G. in Tynecastle waren imposant, völlig schuldenfrei und funktionierten ausgezeichnet.

Kurz, Anselm hatte etwas aus seinem Leben gemacht. Nun, da ihm auch noch Bischof Tarrant zur Seite stand, war Aussicht vorhanden, daß sein bewundernswertes Werk sich weiter entfalten würde.

Zwei Tage nach seiner offiziellen Zusammenkunft mit Francis und der Ehrwürdigen Mutter hörte der Regen auf, und wäßrige Sonnenstrahlen tasteten sich schwachen Fühlern gleich zur vergessenen Erde hinunter. Mealey war strahlend guter Laune. Scherzend wandte er sich an Francis.

»Ich habe das gute Wetter mitgebracht. Manche Leute folgen der Sonne nach. Mir aber folgt die Sonne.«

Er machte seine Kamera bereit und begann ungezählte Bilder aufzunehmen. Seine Energie kannte keine Grenzen. Am Morgen sprang er aus dem Bett und rief »Boy! Boy!«, damit ihm Josef das Bad richte. Die Messe las er im Schulzimmer. Nach einem herzhaften Frühstück machte er sich auf den Weg, einen Tropenhelm auf dem Kopf, einen kräftigen Stock in der Hand und die Kamera an der Hüfte baumelnd.

Er unternahm viele Ausflüge und stocherte sogar in der Asche von Pai-tans Pesthöhlen unauffällig nach Souvenirs. Wo immer er auf so eine rauchgeschwärzte Stätte der Verwüstung stieß, murmelte er ehrfürchtig: »Gottes Hand.« Dann blieb er wieder plötzlich an einem Stadttor stehen und hielt seinen Begleiter mit dramatischer Gebärde zurück. »Warte! Das muß ich kriegen. Das Licht ist ausgezeichnet.«

Am Sonntag kam er in sehr gehobener Stimmung zum Essen. »Mir ist gerade eingefallen, daß ich den Vortrag doch halten kann. Man muß das Thema nur vom Gesichtspunkt: Gefahren und Schwierigkeiten auf dem Felde der Mission behandeln. Arbeit während Pest und Hochwasser! Heute früh konnte ich eine großartige Aufnahme von den Ruinen der Kirche machen. Das wird ein Bild! Beschriftung: ›Auch was Sein ist, schlägt der Herr!‹ Ist das nicht herrlich?«

Am Vorabend seiner Abreise aber änderte sich Anselms Benehmen, und sein Ton war ernst, als er mit dem Missionspriester nach Tisch auf dem Balkon saß.

»Ich habe dir für die Gastfreundschaft zu danken, Francis, die du einem Wanderer gewährt hast. Aber ich bin nicht sehr glücklich über dich. Ich kann mir nicht vorstellen, wie es dir gelingen soll, die Kirche wieder aufzubauen. Die Gesellschaft kann dir das Geld nicht geben.«

»Ich habe nicht darum gebeten.« Die Anspannung der letzten vierzehn Tage begann, sich auf Francis auszuwirken, seine Selbstdisziplin ließ nach.

Mealey warf ihm einen durchdringenden Blick zu. »Wenn du nur mehr Erfolg bei den bessergestellten Chinesen gehabt hättest, bei den reichen Kaufleuten. Wenn nur dein Freund, Herr Tschia, das Licht des Glaubens erblickt hätte.«

»Er hat es aber nicht.« Father Chisholm war ungewöhnlich kurz angebunden. »Überdies hat er überreichlich gegeben. Ich werde nicht einen Tael mehr von ihm verlangen.«

Anselm zuckte verärgert die Achseln. »Das ist natürlich deine Sache. Aber ich muß dir etwas ganz offen sagen: ich bin über deine Führung der Mission schmerzlich enttäuscht. Nimm nur die Zahl deiner Bekehrungen. Sie ist mit unsern anderen Statistiken nicht zu vergleichen. Auf der graphischen Darstellung im Hauptquartier stehst du zuunterst.«

Father Chisholm starrte geradeaus und preßte die Lippen fest aufeinander. Dann antwortete er mit ungewohnter Ironie: »Ich vermute, daß die persönlichen Fähigkeiten der Missionare sich voneinander unterscheiden.«

»Ja, und auch ihr Enthusiasmus.« Anselm, der satirische Bemerkungen nicht ertrug, zürnte nun. »Warum lehnst du es so hartnäckig ab, Katecheten anzustellen? Es ist überall der Brauch. Wenn du drei aktive Leute hättest, mit einem Monatsgehalt von vierzig Taels, würden dich eintausend Taufen nur fünfzehnhundert chinesische Dollars kosten!«

Francis antwortete nicht. Er betete inbrünstig, es möge ihm gelingen, sich zu beherrschen und diese Demütigung als verdient hinzunehmen.

»Du wirst mit deiner Aufgabe hier nicht fertig«, fuhr Mealey fort. »Du selbst lebst auf zu armselige Art. Du solltest versuchen, auf die Eingeborenen Eindruck zu machen, dir eine Sänfte, Diener halten, in größerem Stil auftreten.«

»Da irrst du dich.« Francis' Worte kamen ruhig und sicher. »Die Chinesen hassen jede bloße Schaustellung. Sie nennen es ti-mien. Priester, die sich damit abgeben, gelten als unehrenhaft.«

Anselm errötete ärgerlich. »Du sprichst von ihren eigenen niederen Heidenpriestern, nehme ich an.«

»Spielt das eine Rolle?« Father Chisholm lächelte schwach. »Viele dieser Priester sind gute und edle Menschen.«

Die Stille war voll unterdrückter Spannung. Anselm zog seinen Mantel fester um sich, mit einer Gebärde, die zugleich empört und abschließend wirkte.

»Darauf ist natürlich nichts mehr zu sagen. Ich muß gestehen daß deine Haltung mich tief betrübt. Sogar die Ehrwürdige Mutter ist davon betroffen. Von allem Anfang an war ich mir darüber klar, wie wenig sie mit dir übereinstimmt.« Er stand auf und begab sich in sein Zimmer.

Francis blieb noch lange Zeit in dem immer dichter werdenden Nebel sitzen. Die letzte Bemerkung hatte ihn am meisten getroffen, schmerzhaft bestätigte sich seine Vorahnung. Nun konnte er nicht mehr daran zweifeln, daß Maria Veronika ihr Ansuchen um Versetzung vorgebracht hatte.

Am nächsten Morgen nahm Kanonikus Mealey Abschied. Er kehrte nach Nanking zurück, wollte eine Woche dort im Vikariat verbringen und dann nach Nagasaki reisen, um sechs Missionen in Japan zu besichtigen. Seine Koffer waren gepackt, eine Sänfte wartete, die ihn zur Dschunke bringen sollte, er hatte den Schwestern und den Kindern Lebewohl gesagt. Nun stand er reisefertig in der Halle, eine Sonnenbrille auf der Nase, seinen Tropenhelm mit dem grünen Gazeschleier auf dem Kopf, und unterhielt sich zum letztenmal mit Father Chisholm.

»Also, Francis!« Es fiel Mealey sichtlich schwer, verzeihend die Hand auszustrecken. »Wir wollen als Freunde scheiden. Nicht jedem ist die Gabe der Rede verliehen. Ich nehme aber an, daß du es im Grunde deines Herzens gut meinst.« Er warf sich in die Brust. »Seltsam! Es juckt mich, fortzukommen. Das Reisefieber steckt mir im Blut. Good-bye. Au revoir. Auf Wiedersehen. Und nun – Gott segne dich!«

Er ließ den Moskitoschleier fallen und bestieg die Sänfte. Die Träger beugten sich stöhnend, hoben ihn auf die Schultern und trabten davon. Am eingestürzten Tor der Mission lehnte er sich aus dem Fenster der Sänfte und ließ grüßend sein weißes Taschentuch flattern.

Als die Sonne versank, machte Father Chisholm seinen Abendspaziergang. Er liebte diese Stunde besonders, wenn die Dämmerung herniedersank und nur der Hall ferner Geräusche die Stille unterbrach. In tiefen Gedanken gelangte er heute zu den Trümmern der Kirche, setzte sich auf einen zerbrochenen Stein und dachte an seinen alten Lehrer – irgendwie sah er den Rostigen Mac immer noch mit den Augen eines Schuljungen – und an dessen Aufforderung, tapfer durchzuhalten. Wenig Kampfgeist war jetzt in ihm. Diese letzten vierzehn Tage, die ständige Anstrengung, seines Besuchers gönnerhaften Ton schweigend zu ertragen, hatten ihn völlig ausgehöhlt. Vielleicht befand Anselm sich doch im Recht. War er, Francis, nicht ein Versager in den Augen Gottes und der Menschheit? So wenig hatte er geleistet – und von dem

Wenigen, Unzulänglichen, mühsam Errungenen lag nun fast alles in Trümmern. Wie sollte es weitergehen? Niedergeschlagenheit und Hoffnungslosigkeit bemächtigten sich seines Gemütes.

Mit gesenktem Kopf saß er da und hörte nicht, daß sich ihm Schritte näherten. Maria Veronika mußte sich bemerkbar machen.

»Störe ich Sie?«

Er schrak auf und blickte sie an. »Nein... nein. Wie Sie sehen« – er konnte ein scheues Lächeln nicht unterdrücken – »bin ich beim Nichtstun.«

Sie verharrte schweigend. Undeutlich verschwamm ihr blasses Gesicht in der Dämmerung. Er konnte nicht wahrnehmen, daß ein Nerv in ihrer Wange zuckte, aber er fühlte die seltsam verkrampfte Starrheit ihrer Gestalt. Als sie sprach, klang ihre Stimme farblos. »Ich habe Ihnen etwas zu sagen. Ich...«

»Ja?«

»Ohne Zweifel ist dies demütigend für Sie. Aber ich muß es Ihnen sagen. Es – es tut mir leid.« Die Worte, die sie sich abrang, wurden rascher und brachen sich schließlich in einer wahren Sturzflut Bahn. »Ich bedaure tief und aufrichtig mein Benehmen Ihnen gegenüber. Von unserer ersten Begegnung an habe ich mich schmählich und sündhaft betragen. Der Teufel des Stolzes war in mir. Seit jeher steckt er in mir, seit ich als kleines Mädchen meinem Kinderfräulein Spielzeug an den Kopf warf. Seit Wochen habe ich schon den Wunsch, zu Ihnen zu kommen... es Ihnen zu sagen... aber mein Stolz, meine hartnäckige Bosheit hielten mich zurück. In den vergangenen zehn Tagen habe ich in meinem Herzen geweint, um Sie... was mußten Sie für Nichtachtung und Demütigung von diesem groben, weitläufigen Priester erdulden, der nicht wert ist, Ihnen die Schuhriemen zu lösen. Ich hasse mich, Father Chisholm – verzeihen Sie, verzeihen Sie mir...« Die Stimme versagte ihr, sie schlug die Hände vors Gesicht und lag schluchzend vor ihm auf den Knien.

Der Himmel hatte alle Farbe verloren, nur hinter den Berggipfeln glomm noch ein schwaches Licht. Auch das verlosch rasch, und die Dämmerung hüllte sie barmherzig ein. Lange Zeit verstrich, eine einzelne Träne rollte über ihre Wange...

»Sie wollen also die Mission jetzt nicht verlassen?«

»Nein, nein...« Ihr schien das Herz zu brechen. »Wenn Sie mir erlauben, zu bleiben. Noch nie kannte ich jemand, dem ich so sehr zu dienen wünschte... Sie haben das beste... das edelste Gemüt, das ich kennenlernte.«

»Still, meine Tochter. Ich bin ein unbedeutendes Geschöpf... Sie hatten recht... ein gewöhnlicher Mensch...«

»Haben Sie Erbarmen mit mir, Father.« Ihr Schluchzen verklang erstickt am Boden.

»Und Sie sind eine große Dame. Aber in Gottes Augen sind wir beide Kinder. Wenn wir zusammenarbeiten könnten... und einander helfen...«

»Ich werde mit all meinen Kräften helfen. Eines zumindest kann ich tun. Es ist so leicht für mich, an meinen Bruder zu schreiben. Er wird die Kirche wieder aufbauen... die Mission wiederherstellen. Er hat große Besitzungen, er wird es gern tun. Wenn Sie mir nur helfen wollten... helfen, meinen Stolz zu besiegen.«

Lange blieb alles still. Sie schluchzte jetzt leiser. Da wurde ihm warm ums Herz. Er nahm ihren Arm, um ihr aufzuhelfen, aber sie wollte nicht aufstehen. So kniete er neben ihr nieder und blickte, ohne zu beten, in die klare und friedvolle Nacht hinaus. Dort gewahrte er, durch Jahrhunderte von ihnen getrennt, im Schatten eines Gartens, einen anderen armen und gewöhnlichen Menschen, der auch kniete und sie beide im Auge behielt.

7

An einem sonnigen Vormittag des Jahres 1912 war Father Chisholm damit beschäftigt, den Honigertrag aus den Waben zu schleudern und von dem Wachs zu scheiden. Seine Werkstatt, in bayerischem Stil am Ende des Küchengartens erbaut, schmuck und praktisch, mit der fußgetriebenen Drechselbank und den säuberlich aufgereihten Werkzeugen, bereitete ihm immer noch die gleiche herzliche Freude wie an dem Tag, an dem Mutter Maria Veronika ihm den Schlüssel überreicht hatte. Heute durchzog den Raum der süße Duft geschmolzenen Zuckers. Ein großer Topf mit kühlem, gelbem Honig stand auf dem Boden inmitten frischer Hobelspäne. Auf der Bank setzte sich in der flachen Kupferpfanne das braungelbe Wachs ab, aus dem er morgen seine Kerzen ziehen würde. Und was für Kerzen! – die gleichmäßig und süßduftend brannten. Nicht einmal zu St. Peter würde man ihresgleichen finden!

Mit einem zufriedenen Seufzer trocknete er sich die Stirn, in seinen kurzen Nägeln hafteten noch Klümpchen des dicken Wachses. Dann schulterte er den mächtigen Honigtopf, zog die Tür hinter sich zu und machte sich auf den Weg zur Mission. Er war glücklich. Wenn er morgens erwachte, die Stare in der Dachrinne zwitscherten und der kühle Tau des Morgens noch an den Gräsern hing, dachte er immer wieder, daß es keine größere Seligkeit geben könne, als zu arbeiten – viel mit seinen Händen, ein wenig mit seinem Kopf, am meisten aber mit seinem Herzen – und so, auf diese einfache Art, zu leben, nahe der Erde, die ihm niemals sehr weit vom Himmel entfernt schien.

Die Provinz blühte und gedieh, das Volk vergaß Hochwasser, Pest und Hungersnot und lebte in Frieden. Fünf Jahre waren vergangen, seit man die Mission dank der Großzügigkeit des Fürsten Ernst von Hohenlohe wieder hatte aufbauen können, und sie entwickelte sich seither ruhig und stetig. Die Kirche war größer und widerstandsfähiger als die erste. Voll bitterer Gewissensbisse hatte er weder Verputz noch Stuck verwendet, sondern sie dauerhaft nach dem klösterlichen Vorbild gebaut, das die Königin Margarete vor Jahrhunderten in Schottland eingeführt hatte. Er gewann ihre wohl ausgewogene Strenge, den einfachen Glockenturm und die von Gratbogen gestützten Schiffe so lieb, daß er sie, trotz ihrer Schlichtheit, am Ende der andern Kirche vorzog. Und sicher war sie noch obendrein.

Die Schule war vergrößert und ein neues Kinderheim dem Gebäude angegliedert worden. Der Ankauf zweier angrenzender Rieselfelder erlaubte die Errichtung einer kleinen Musterfarm mit Schweinekoben, Kuhstall und Hühnerhof, auf dem Martha mit ihren dünnen Beinen, in Holzschuhen und geschürztem Gewand, herumspazierte, Körner streute und vergnügt auf flämisch gluckste.

Seine Gemeinde umfaßte jetzt zweihundert Gläubige, von denen nicht einer gezwungen vor dem Altar kniete. Das Waisenhaus war dreimal so groß geworden, und nun begannen sich die ersten Früchte seiner Geduld und seines Weitblicks zu zeigen. Die älteren Mädchen halfen den Schwestern, die Kleineren zu versorgen, einige waren schon Novizen, andere würden bald in die Welt hinausgehen. Ja, voriges Jahr zu Weihnachten hatte er das älteste Mädchen, es war neunzehn Jahre alt, an einen jungen Bauern in Liu verheiratet. Er lächelte schwach über die Folgen seiner Schlauheit. Unlängst hatte er dem Dorf Liu einen priesterlichen Besuch abgestattet, eine frohe und erfolgreiche Reise, von der er erst in der vergangenen Woche zurückgekehrt war, und da nahm ihn die junge Frau beiseite und bat ihn mit niedergeschlagenen Augen, bald zu einer neuen Taufe wiederzukommen.

Als er den schweren Honigtopf auf die andere Schulter schob – dreiundvierzig war er jetzt, ein kleiner, gebeugter Mann, dem die Haare ausfielen und an dessen Gelenken schon der Rheumatismus nagte –, streifte ein Jasminzweig seine Wange. So schön wie heuer war der Garten selten gewesen. Auch das verdankte er Maria Veronika. Eine gewisse Geschicklichkeit war seinen Händen wohl zuzubilligen, man konnte aber durchaus nicht behaupten, daß sie den richtigen »Gartenverstand« hatten. Die Ehrwürdige Mutter hingegen zeigte ein ganz unerwartetes Geschick für die Pflanzenzucht. Samen waren aus ihrer deutschen Heimat gekommen und ganze Bündel von Setzlingen, sorgsam in Sackleinen verpackt. Ähnlich seinen flinken weißen Tauben flatterten ihre Briefe mit der Bitte um diesen oder jenen Ableger in die berühmten Gärten nach Kanton und Peking und pünktlich kam, was sie verlangte. Die Schönheit, die ihn jetzt umgab, dieses sonnendurchflutete Sanktuarium voll von lebhaftem Gezwitscher und Gesumme war ihr Werk.

Ihre Kameradschaft war diesem köstlichen Garten nicht unähnlich. Wenn er seinen Abendspaziergang machte, pflegte er sie hier zu treffen, grobe Handschuhe an den Händen, wie sie eifrig die vollen, weißen Päonien schnitt, eine hängende Klematis aufband oder goldene Azaleen goß. Hier besprachen sie dann kurz, was der Tag gebracht hatte. Manchmal schwiegen sie auch. Wenn die Leuchtkäfer durch den Garten flitzten, war jeder seines Weges gegangen.

Als er sich dem oberen Tor näherte, sah er die Kinder zu zweien und zweien über den Hof zum Essen marschieren. Er lächelte und beschleunigte seine Schritte. Als er anlangte, saßen sie schon an dem langen niedrigen Tisch in dem neuen Anbau neben dem Schlafsaal: vierzig kleine blauschwarze Köpfe und leuchtend gelbe Gesichtchen. Maria Veronika hatte an dem einen Ende Platz genommen. Clothilde an dem andern. Martha schöpfte mit Hilfe der chinesischen Novizen dampfende Reissuppe in ein Regiment von Schalen. Anna, das Findelkind, das er selbst aus Schnee und Eis geholt hatte, war ein hübsches Mädchen geworden. Sie teilte die Schalen aus, aber ihr Gesicht trug dabei wie gewöhnlich einen Ausdruck finsterer Verschlossenheit.

Als er eintrat, wurde es still. Der jungenhaft-verschämte Blick, den er der Ehrwürdigen Mutter zuwarf, bat um Nachsicht, während er den Honigtopf triumphierend auf den Tisch stellte.

»Heute gibt es frischen Honig, Kinder! Was für ein Jammer! Sicher mag ihn keines von euch!«

Sofort erhob sich lauter Protest, der wie das Geschnatter kleiner Äffchen klang. Er unterdrückte ein Lächeln und sah sich mit kummervollem Kopfschütteln den Jüngsten an, einen würdevollen kleinen Mandarin von drei Jahren, der an seinem Löffel sog und das weiche kleine Hinterteil träumerisch auf der Bank hin und her schob.

»Ich kann mir nicht denken, daß ein gutes Kind an so abgründiger Verderbtheit Freude findet! Sag mir, Symphorion« – es war schrecklich, was für hochtönende Heiligennamen die Neubekehrten immer für ihre Kinder aussuchten – »sag mir Symphorion... möchtest du nicht lieber den schönen Katechismus lernen, statt Honig zu essen?«

»Honig!« antwortete Symphorion träumerisch. Er starrte das gefurchte, braune Gesicht an, das sich über ihn beugte. Von seiner eigenen Kühnheit überrascht, brach er plötzlich in Tränen aus und fiel von der Bank.

Father Chisholm hob ihn lachend auf. »Komm, komm! Du bist ein guter Junge, Symphorion. Gott liebt dich. Und weil du die Wahrheit gesagt hast, sollst du doppelt soviel Honig bekommen.«

Er fühlte Maria Veronikas Blick vorwurfsvoll auf sich ruhen. Sicher würde sie ihm zur Tür folgen und ihm zuflüstern: »Father... wir müssen an die Disziplin denken!« Aber was machte das schon. Die Zeiten waren längst vorbei, da er verwirrt und unglücklich draußen vor dem Schulzimmer gestanden, auf das Geschwirr der kleinen Stimmen gelauscht und sich gefürchtet hatte, mit kühler Unfreundlichkeit empfangen zu werden. Heute durfte er den Kindern seine ganze, lächerlich große Liebe und Zärtlichkeit ungehindert zeigen – das war, wie er es nannte, sein patriarchalisches Vorrecht.

Wie er es erwartet hatte, begleitete Maria Veronika ihn aus dem Zimmer, aber obwohl ein dunkler Schatten ihr Gesicht verdüsterte, machte sie ihm nicht den leisesten Vorwurf. Statt dessen bemerkte sie nach einigem Zögern: »Josef erzählte heute morgen eine seltsame Geschichte.«

»Ja. Der Halunke möchte sich verheiraten... das ist natürlich. Aber er liegt mir in den Ohren, wie schön und angenehm ein Pförtnerhaus wäre... das man am Tor der Mission errichten müßte... natürlich nicht für Josef oder Josefs Frau, sondern einzig und allein zum Nutzen der Mission.«

»Nein, es handelt sich nicht um das Pförtnerhaus.« Sie lächelte nicht, sondern biß sich auf die Lippen. »Anderswo wird gebaut, in der Straße der Laternen – Sie wissen, wie zentral sie liegt – und zwar etwas, das größer als alles ist, was wir zustande gebracht haben.« Sie sprach in einem eigentümlich bitteren Ton. »Dutzende von Arbeitern sind angekommen und Schuten voll mit weißen Steinen von Hsin-Hsiang. Nichts fehlt. Dabei wird das Geld ausgegeben, glauben Sie mir, wie es nur amerikanische Millionäre zuwege bringen. Bald wird dort der schönste Gebäudekomplex von Pai-tan stehen, mit Schulen für Knaben und Mädchen, Spielplätzen einer öffentlichen Reisküche, unentgeltlicher Apotheke und einem Spital mit einem ständigen Arzt!« Sie brach ab und blickte ihn verwirrt, mit Tränen in den Augen an.

»Was für ein Komplex?« Automatisch stellte er die Frage, ihre Antwort schon dumpf ahnend.

»Die Gebäude einer andern Mission. Protestantisch. Die amerikanischen Methodisten.«

Es blieb lange still. Nie war ihm in der Weltabgeschiedenheit seines Postens in den Sinn gekommen, daß hier jemand eindringen könnte. Schweigend und bekümmert verließ ihn die Ehrwürdige Mutter, die von Clothilde ins Refektorium zurückgerufen wurde.

Langsam ging er auf sein Haus zu, die ganze Heiterkeit des Morgens schwand. Wo blieb jetzt seine mittelalterliche Festung? Im Handumdrehen fühlte er sich in seine Kindheit zurückversetzt. Damals war es ihm als eine Ungerechtigkeit erschienen, wenn ein anderer Junge beim Beerenpflücken auf einen verborgenen Busch stieß, den er entdeckt hatte, und diesen mit rauher Hand der Früchte beraubte. Nun hatte er die gleiche Empfindung. Er kannte den Haß, der sich zwischen rivalisierenden Missionen entwickelte, die häßlichen Eifersüchteleien, vor allem den kleinlichen Streit um Punkte der Glaubenslehre, die Angriffe und Gegenangriffe, die gröblichen Androhungen, die den christlichen Glauben für die duldsamen chinesischen Gemüter zu einem wahren Teufelsturm von Babel machten, in dem jeder aus Leibeskräften schrie: »Hier ist der wahre Glaube! Seht, hier, hier!« Aber wo war er wirklich? Blickte man näher hin, gab es nichts als Wut, Geschrei und Verwünschung.

Zu Hause fand er Josef, der sich mit dem Staubwedel in der Hand in der Halle herumtrieb, Arbeit vortäuschte und sichtlich darauf brannte, die Neuigkeit laut jammernd zu beklagen.

»Hat der Father vom Kommen dieser hassenswerten Amerikaner gehört, die den falschen Gott verehren?«

»Schweig still, Josef!« Der Priester antwortete scharf. »Sie verehren nicht den falschen Gott, sondern den gleichen wahren Gott wie wir. Wenn du je wieder solche Dinge sagst, wirst du dein Pförtnerhaus nie bekommen!«

Leise grollend zog Josef sich zurück.

Am Nachmittag begab Father Chisholm sich nach Pai-tan und konnte sich in der Straße der Laternen mit eigenen Augen von dem Schicksalsschlag überzeugen. Ja, der Bau der neuen Mission war begonnen worden. Rasch wuchs er unter den Händen vieler Trupps von Maurern, Zimmerleuten und Kulis empor. Er beobachtete eine Reihe von Arbeitern, die schwankend über einen Brettersteg gingen und Körbe voll der feinsten glasierten Ziegel aus Su-tschin trugen. Er sah, hier wurde nach wahrhaft fürstlichem Maßstab vorgegangen.

Während er so dastand und seine Gedanken ihm Gesellschaft leisteten, bemerkte er plötzlich Herrn Tschia an seiner Seite. Ruhig begrüßte er den alten Freund.

Sie sprachen darüber, wie schön das Wetter sei und wie ausgezeichnet Handel und Wandel im allgemeinen gediehen, und Francis spürte dabei, daß des Kaufmanns Gehaben mehr als die übliche Freundlichkeit ausdrückte.

Nachdem den Vorschriften der Höflichkeit Genüge getan war, bemerkte Herr Tschia auf einmal ganz arglos: »Es ist erfreulich, zu beobachten, wie hier das Gute im Übermaß heranwächst, obwohl viele dazu neigen werden, es als überflüssig anzusehen. Was mich betrifft, finde ich großes Vergnügen daran, in anderen Missionsgärten spazierenzugehen. Zudem hat der Father viel Unbill erfahren, als er vor vielen Jahren hierher kam.« Er ließ auf sanfte und suggestive Art eine kurze Pause eintreten. »Selbst einem so wenig einflußreichen und wenig hochgestellten Bürger wie mir kommt es höchst wahrscheinlich vor, daß die neuen Missionare bei ihrer Ankunft so abscheulich behandelt werden könnten, daß sie sich höchst bedauerlicherweise gezwungen sehen würden, wieder abzureisen.«

Ein Schauder überlief Father Chisholm, als die unerhörte Versuchung an ihn herantrat. Die Zweideutigkeit, die gewaltsame Selbstunterschätzung in des Kaufmanns Worten waren bedeutsamer als die schrecklichste Drohung. Herrn Tschia standen viele geheime und unterirdische Wege zur Verfügung, um geschickt die größte Macht im ganzen Bezirk auszuüben. Francis wußte, daß er nur vor sich hin zu sehen und zu antworten brauchte: »Es wäre sicherlich ein großes Unglück, wenn den Missionaren bei der Ankunft ein Mißgeschick zustieße ... Aber wer sollte es verhindern, wenn es dem Himmel so gefällt?«, um die drohende Invasion seiner Gemeinde von vornherein zum Scheitern zu verurteilen. Aber er schrak zurück und verabscheute sich ob dieses Gedankens. Er fühlte, wie ihm der kalte Schweiß auf die Stirn trat, und er sprach so ruhig wie er konnte:

»Es gibt viele Tore, die in den Himmel führen. Wir betreten ihn durch das eine, diese neuen Prediger durch ein anderes. Wie können wir ihnen das Recht versagen, auf ihre Weise den Weg der Tugend zu gehen? Wenn sie es wünschen, dann sollen sie herkommen.«

Er sah nicht das Aufleuchten in Herrn Tschias sonst so ruhigem Auge und den Blick, der mit besonderer Achtung auf ihm ruhte. Immer noch zutiefst verwirrt, nahm Francis von seinem Freund Abschied und ging den Hügel hinauf, nach Hause. Er betrat die Kirche und setzte sich – er war müde – vor das Kruzifix des Seitenaltars. Das dornengekrönte Antlitz vor Augen, betete er still um Ausdauer, Weisheit und Langmut.

Ende Juni war die Methodistenmission nahezu vollendet. Bei aller Seelenstärke hatte Father Chisholm es nicht über sich gebracht, die einzelnen Stadien des Baues zu verfolgen, sondern bedrückt die Straße der Laternen gemieden. Aber als Josef, der seine Rolle als Überbringer unheilvoller Nachrichten beibehielt, mit der Neuigkeit ankam, die beiden fremden Teufel seien jetzt angekommen, seufzte der kleine Priester, zog seinen einzigen guten Anzug an, nahm den Schirm mit dem Schottenmuster und raffte all seinen Mut für diesen Besuch zusammen.

Als er an der Tür läutete, hallte der Klang der Glocke von leeren Wänden wider, die noch aufdringlich nach frischer Farbe und Mörtel rochen. Erst nachdem er eine Minute unschlüssig unter dem grünen Glasvordach gewartet hatte, hörte er drinnen eilige Schritte, und die Tür wurde von einer kleinen verwelkten Frau mittleren Alters geöffnet, die einen grauen Tuchrock und eine hochgeschlossene Bluse trug.

»Guten Tag. Ich bin Father Chisholm. Ich wollte mir erlauben, Sie in Pai-tan willkommen zu heißen.«

Nervös zuckte sie zusammen, und flüchtiges Erschrecken trat in ihre blaßblauen Augen.

»Ach ja. Bitte kommen Sie herein. Ich bin Mrs. Fiske. Wilbur... mein Mann... Dr. Fiske... ist noch oben. Es tut mir leid, wir sind ganz allein und noch nicht fertig mit der Einrichtung!« Bedauernd protestierte er gegen ihre Einladung, aber sie beschwichtigte ihn rasch: »Nein, nein... Sie müssen hereinkommen.«

Er folgte ihr über die Treppe in ein hohes, kühles Zimmer, in dem ein Mann von vierzig Jahren glatt rasiert, mit kurzgeschnittenem Schnurrbart und ebenso winzig klein wie sie, auf einer Trittleiter saß und mit großer Sorgfalt Bücher in die Regale stellte. Vor seinen intelligenten, kurzsichtigen Augen, die entschuldigend dreinblickten, trug er starke Gläser. Seine dünnen kleinen Schenkel steckten in bauschigen Knickerbockerhosen aus Baumwollstoff, die ihnen ein unbeschreibliches Pathos verliehen. Als er von der Leiter herunterkletterte, stolperte er und fiel beinahe.

»O Wilbur, gib acht!« Ihre Hände vollführten eine flattrige und zugleich beschützende Bewegung. Dann machte sie die beiden Männer miteinander bekannt. »Nun wollen wir uns setzen... wenn es geht.« Sie versuchte zu lächeln, aber es mißlang. »Es ist zu dumm, daß wir unsere Möbel noch nicht hier haben... aber in China gewöhnt man sich an alles.«

Sie setzten sich, und Father Chisholm sagte freundlich:

»Ihr Haus ist wirklich ausnehmend schön!«

»Ach ja.« Dr. Fiskes Worte klangen wie eine Abbitte. »Wir haben sehr viel Glück gehabt. Herr Chandler, der Ölmagnat, war uns gegenüber äußerst großzügig.«

Ein peinliches Schweigen. Der Priester fühlte sich überrumpelt, weil die beiden so gar nicht seinen ängstlichen Erwartungen entsprachen. Er selbst war gewiß kein Riese, aber die Natur hatte die beiden Fiskes mit einem solchen Minimum an körperlicher Substanz ausgestattet, daß auch die leiseste Angriffslust versiegte. Der kleine Doktor hatte das sanfte, ja schüchterne Aussehen eines Bücherwurms, und ein abbittendes Lächeln spielte um seine Lippen, als hätte es Angst, sich endgültig darauf niederzulassen. Seine Frau war im hellen Licht deutlicher zu sehen, ein zartes Geschöpf von liebenswerter Standhaftigkeit, mit blauen Augen, die stets bereit waren, Tränen zu vergießen. Ihre Hände tasteten abwechselnd an ihrer dünnen goldenen Kette herum und an einem Tuff brauner Haare, deren lockige Fülle von einem Netz zusammengehalten wurde. Francis bemerkte mit einem leichten Erschrecken, daß sie eine Perücke trug.

Dr. Fiske räusperte sich plötzlich und sagte schlicht: »Wie unangenehm muß es Ihnen sein, daß wir hierherkommen!«

»O nein... nicht im mindesten.« Jetzt war es der Priester, der verlegen dreinsah.

»Wir haben auch einmal die gleiche Erfahrung gemacht. Wir waren tief im Land drinnen, an einem wunderhübschen Ort in der Provinz Schan-si. Ich wollte, Sie hätten unsere Pfirsichbäume dort gesehen! Neun Jahre lang hatten wir das alles für uns allein. Dann kam ein anderer Missionar. Kein katholischer Priester«, fügte er rasch hinzu. »Aber doch... wir haben es recht übel vermerkt, nicht wahr, Agnes?«

»Ja, mein Lieber, das taten wir.« Sie nickte zittrig. »Am Ende sind wir auch darüber hinweggekommen. Wir sind alte Veteranen, Father.«

»Sind Sie schon lange in China?«

»Über zwanzig Jahre! Als lächerlich junges Paar kamen wir an unserem Hochzeitstag herüber. Wir haben dieser Aufgabe unser Leben geweiht.« Die feuchten Augen strahlten auf, ein eifriges Lächeln vertrieb die Tränen. »Wilbur, ich muß Father Chisholm Johns Bild zeigen.« Sie stand auf und holte stolz eine Fotografie in silbernem Rahmen, die auf dem leeren Kaminsims stand. »Das ist unser Junge, das Bild wurde in Harvard aufgenommen, bevor er als Rhodes-Stipendiat nach Oxford kam. Er ist immer noch in England, ja... er arbeitet in unserer Niederlassung bei den Docks von Tynecastle.«

»Tynecastle!« Vor diesem Namen zerstob die gezwungene Höflichkeit in alle Winde. Francis lächelte. »Dort ganz in der Nähe bin ich zu Hause.« Beglückt blickte sie ihn an, erwiderte das Lächeln, drückte die Fotografie mit zärtlichen Händen an die Brust.

»Ist das nicht unglaublich? Letzten Endes ist die Welt doch winzig klein.« Rasch stellte sie das Bild auf den Kamin zurück. »Jetzt bringe ich gleich Kaffee und ein paar von meinen selbstgebackenen Kuchen... ein altes Familienrezept.« Wieder ließ sie keinen Widerspruch gelten. »Das macht mir gar keine Mühe. Ich sehe immer darauf, daß Wilbur um diese Zeit eine kleine Stärkung nimmt. Der Zwölffingerdarm hat ihm zu schaffen gemacht, und wenn ich nicht auf ihn aufpasse – wer sollte es sonst?«

Er hatte die Absicht gehabt, fünf Minuten zu bleiben, und blieb länger als eine Stunde.

Sie kamen aus Neu-England, aus der Stadt Biddeford, im Staate Maine, wo sie geboren worden und aufgewachsen waren und geheiratet hatten. Ihr ganzes Leben wurde von den strengen Grundsätzen ihres Glaubens beherrscht, nach den Grundsätzen ihres eigenen strengen Glaubens. Als sie von ihrer Jugend erzählten, sah Francis flüchtige Bilder an sich vorüberziehen, die ihn ungemein ansprachen, eine kalte, spröde Landschaft mit großen, salzigen Strömen, die, von silbernen Birken gesäumt, zur nebeldampfenden See flossen. Vorüber an weißgestrichenen Holzhäusern zwischen Ahorn und Sumach, der im Winter in samtigem Rot erglühte, während der Kirchturm mit seinen Glokken schlank und weiß über das Dorf ragte und dunkle, schweigende Gestalten in den eisigen Straßen ihren stillen Alltag lebten.

Die Fiskes aber hatten einen anderen und härteren Weg erwählt. Sie hatten gelitten. Beide waren fast an der Cholera gestorben. Während des Boxeraufstandes, der vielen Missionaren das Leben kostete, verbrachten sie sechs Monate in einem schmutzigen Gefängnis, unter der ständigen Drohung, hingerichtet zu werden. Sie waren einander, sie waren ihrem Sohn in der rührendsten Weise zugetan. Bei aller Zittrigkeit sorgte Mrs. Fiske mütterlich und standhaft für ihre beiden Männer.

An Hand zahlreicher, sorgfältig und zärtlich bewahrter Erinnerungsstücke ließ sich Agnes Fiskes Lebensweg verfolgen, der trotz ihrer Vorfahren voll reinster Romantik gewesen war. Bald zeigte sie Francis einen Brief ihrer lieben Mutter, der ein Vierteljahrhundert alt war und das Rezept für die berühmten Kuchen enthielt, weiter eine Locke vom Köpfchen ihres John, die sie in ihrem Medaillon trug. Oben in ihrer Kommode lagen noch viele solcher Andenken: Bündel vergilbter Briefe, ihr welkes Brautbukett, ein Milchzahn, den ihr Junge verloren hatte, das Band, das sie trug, als sie zum erstenmal einer geselligen Zusammenkunft der Biddeforder Kirchengemeinde beiwohnte...

Ihre Gesundheit war schwach, und sobald das neue Wagnis hier begonnen, das Haus eingerichtet war, wollte sie sechs Monate Ferien machen und ihren Sohn in England besuchen. Schon jetzt drang sie in Father Chisholm, ihr alle Aufträge zu geben, die sie in der Heimat für ihn erledigen könne, und bewies ihren guten Willen damit aufs schönste.

Als er sich endlich verabschiedete, begleitete sie ihn zum äußeren Tor, während Dr. Fiske unter dem Vordach stehenblieb. Ihre Augen füllten sich mit Tränen. »Ich kann Ihnen gar nicht sagen, wie erleichtert, wie glücklich ich über Ihren Besuch bin, über die Güte, über die Freundlichkeit, die Sie uns erwiesen haben... vor allem Wilburs wegen. In unserer letzten Station machte er eine schmerzliche Erfahrung... der Haß wurde geschürt, die Bigotterie war schrecklich. Es wurde schließlich so arg, daß ihn ein junger Rohling von... Missionar auf dem Weg zu einem Kranken niederschlug und so lange auf ihn einhieb, bis er bewußtlos war. Man warf ihm vor, er wolle die unsterbliche Seele des Mannes stehlen!« Sie versuchte ihre Erregung zu meistern. »Wir wollen einander helfen. Wilbur ist ein wirklich geschickter Arzt. Nehmen Sie seine Dienste in Anspruch, wann immer es nötig ist.« Rasch drückte sie ihm die Hand und kehrte um.

Father Chisholm war in einer merkwürdigen Gemütsverfassung, als er nach Hause ging. Er hörte ein paar Tage lang nichts von Fiskes. Aber am Sonnabend kam eine ganze Menge kleiner hausgebackener Kuchen in St. Andreas an. Als er diese, noch warm und in eine weiße Serviette geschlagen, zu den Kindern ins Refektorium brachte, wurde Schwester Martha böse. »Glaubt diese Neue, daß wir nicht backen können?«

»Sie tut ihr möglichstes, um freundlich zu sein, Martha. Und auch wir müssen das versuchen.«

Seit einigen Monaten litt Schwester Clothilde an einer äußerst schmerzhaften Hautreizung. Von Zinksalbe bis zur Karbollösung hatte man schon die verschiedenartigsten Einreibungen versucht, aber ohne jeden Erfolg. Die Qual wurde so groß, daß sie eine Novene abhielt, um Heilung zu erbitten. In der darauffolgenden Woche sah Father Chisholm, wie sie ihre roten, wunden Hände aneinanderrieb, um den qualvollen Juckreiz zu stillen. Er runzelte die Stirn, bezwang sein eigenes Widerstreben und schickte Dr. Fiske eine Botschaft.

In der nächsten halben Stunde schon erschien der Doktor, untersuchte die Patientin ruhig in Gegenwart der Ehrwürdigen Mutter, gebrauchte keine hochtönenden Ausdrücke, lobte, was man bisher getan hatte, und bereitete selbst eine Medizin, die alle drei Stunden einzunehmen war. Dann ging er wieder bescheiden fort. Nach zehn Tagen war der häßliche Ausschlag verschwunden, und Schwester Clothilde fühlte sich wie neugeboren. Aber die erste Freude war kaum vorüber, da befielen sie Skrupel, die sie im Beichtstuhl vorbrachte.

»Father... so innig betete ich zu Gott... und nun...«

»... war es der protestantische Missionar, der Sie heilte?«

»Ja, Father.«

»Meine Tochter... lassen Sie sich in Ihrem Glauben nicht beirren. Gott hat Ihr Gebet erhört. Wir sind alle nur seine Werkzeuge... jeder einzelne von uns.« Er lächelte plötzlich. »Vergessen Sie nicht, was der alte Lao-tse sagt – ›Religionen gibt es viele, aber nur eine Vernunft – wir alle sind Brüder.‹«

Am gleichen Abend, als Francis im Garten spazierenging, sagte Maria Veronika fast unwillig zu ihm:

»Dieser Amerikaner ist ein guter Arzt.«

Er nickte. »Und ein guter Mensch.«

Die Arbeit gedieh in beiden Missionen, ohne daß es zu irgendwelchen Schwierigkeiten kam. Es war in Pai-tan genügend Platz für beide, und beide waren ängstlich bestrebt, kein Ärgernis zu geben. Jetzt zeigte es sich, wie klug Father Chisholm gehandelt hatte, als er sich entschloß, keine »Reis-Christen« in seine Gemeinde aufzunehmen. Nur ein einziges Mitglied wanderte zur Straße der Laternen und wurde mit einem kurzen Brief zurückgeschickt: »Lieber Chisholm, der Überbringer ist ein schlechter Katholik, würde aber ein noch schlechterer Methodist sein. Immer Ihr Freund in unser aller Gott, Wilbur Fiske, M. D. – P. S. Wenn einer Ihrer Leute der Pflege im Krankenhaus bedarf, schicken Sie ihn herüber. Er wird keine geheimnisvollen Hinweise auf die Fehlbarkeit der Borgias erhalten!«

Dem Priester wurde warm ums Herz. Lieber Gott, dachte er, Güte und Duldsamkeit – wenn wir diese beiden Tugenden pflegten, wie wundervoll würde deine Erde sein!

Fiske machte von seinen Fähigkeiten nicht viel Aufhebens, und erst nach und nach entpuppte er sich als ein Archäologe und Chinakenner ersten Ranges, der die Archive geheimnisvoller Gesellschaften in der Heimat mit hochwissenschaftlichen Aufsätzen belieferte. Sein Stekkenpferd war Tschien-lung-Porzellan, und was er aus dem 18. Jahrhundert an »famille noire« gesammelt und mit sanfter List zusammengetragen hatte, war wirklich sehenswert. Wie so manche etwas zu klein geratenen Pantoffelhelden hatte er viel für Diskussionen übrig, und es dauerte gar nicht lange, da standen er und Francis auf so gutem Fuß, daß sie in klugen Worten, mit viel Geschick auf beiden Seiten und manchmal leider auch mit steigender Heftigkeit über gewisse Punkte debattierten, die ihre Glaubensbekenntnisse voneinander unterschieden. Gelegentlich vertraten sie ihre einander entgegengesetzten Meinungen mit solchem Feuereifer, daß sie sich mit einem verkniffenen Zug um den Mund trennten – der kleine Doktor konnte recht unangenehm werden, wenn man ihn reizte. Aber das ging bald vorüber.

Einmal, nach einem solchen Zwist, traf Fiske den Missionspriester. Jäh blieb er stehen. »Mein lieber Chisholm, ich habe über eine Predigt nachgedacht, die ich seinerzeit aus dem Mund von Dr. Elder Cummings, unserm hervorragenden Theologen, hörte. Er erklärte darin: ›Das größte Übel heutzutage ist das ständige Wachstum der römischen Kirche durch die ruchlosen und diabolischen Intrigen ihrer Priester.‹ Ich möchte Sie gern davon in Kenntnis setzen, daß ich, seit ich die Ehre Ihrer Bekanntschaft habe, der Meinung bin, Ehrwürden Cummings habe reinen Unsinn gesagt.«

Francis lächelte grimmig, schlug in seinen theologischen Büchern nach und begrüßte den Doktor zehn Tage später förmlich.

»Mein lieber Fiske, in Kardinal Cuestas Katechismus steht schwarz auf weiß die aufschlußreiche Stelle: ›Der Protestantismus ist in seiner Ausübung unmoralisch, lästert Gott, erniedrigt den Menschen und gefährdet die Gesellschaft.‹ Ich möchte Sie davon in Kenntnis setzen, daß ich bereits, bevor ich die Ehre Ihrer Bekanntschaft hatte, der Meinung war, die Worte des Kardinals seien unentschuldbar!« Den Hut lüftend schritt er feierlich hinweg.

Chinesen aus der Nachbarschaft dachten, der »lachengeschüttelte, kleine fremde Methodistenteufel« habe völlig den Verstand verloren.

Gegen Ende Oktober, an einem stürmischen Tag, traf Father Chisholm die Frau des Arztes auf der Mandschubrücke. Mrs. Fiske kam vom Einkaufen zurück, hielt mit der einen Hand die Netztasche, mit der andern drückte sie ihren Hut fest auf den Kopf.

»Du meine Güte!« rief sie vergnügt, »ist das ein Sturm! Er bläst den ganzen Staub in meine Haare. Ich werde sie heute abend wieder ordentlich waschen müssen.«

Francis lächelte nicht – diese kleine Schwäche, dieser einzige Flecken auf einer makellosen Seele, war ihm kein Geheimnis mehr. Arglos ergriff sie jede nur mögliche Gelegenheit, ihre schreckliche Perücke als echte, herrliche Haarfülle hinzustellen. Die liebenswürdige kleine Lüge rührte sein Herz.

»Ich hoffe, bei Ihnen ist alles wohlauf.«

Sie lächelte, den Kopf zur Seite geneigt, in ständiger Sorge um ihren Hut. »Mir geht es ausgezeichnet. Aber Wilbur ist schlechter Laune – weil ich morgen abreise. Er wird sehr allein sein, der arme Kerl. Sie allerdings sind ja immer allein – was für ein einsames Leben Sie führen!« Sie machte eine kurze Pause. »Jetzt, da ich nach England fahre, sagen Sie mir doch bitte, ob ich irgend etwas für Sie tun kann. Ich werde für Wilbur neue warme Unterwäsche für den Winter besorgen – nirgends bekommt man so gute Wollsachen wie in England. Soll ich Ihnen auch welche mitbringen?«

Er schüttelte lächelnd den Kopf; dann kam ihm plötzlich ein seltsamer Gedanke. »Wenn Sie eines Tages nichts Besseres zu tun haben... besuchen Sie doch bitte meine gute alte Tante in Tynecastle. Sie heißt Polly Bannon. Warten Sie, ich schreibe Ihnen die Adresse auf.«

Er kritzelte die Adresse mit einem Bleistiftstümpfchen auf ein Stück Papier, das von einem Paket in ihrer Einkaufstasche stammte. Sie stopfte es in ihren Handschuh.

»Was soll ich ihr bestellen?«

»Sagen Sie ihr, wie gut es mir geht und wie glücklich ich bin... und was das hier für ein prächtiger Ort ist. Sagen Sie ihr, daß ich – nach Ihrem Gatten – der bedeutendste Mann in China bin.«

In ihren Augen stand ein warmes Leuchten. »Vielleicht werde ich ihr mehr erzählen, als Sie denken. Frauen haben eine besondere Art, sich auszusprechen, wenn sie zusammenkommen. Auf Wiedersehen. Trachten Sie Wilbur gelegentlich zu besuchen. Und geben Sie acht auf sich!«

Sie schüttelte ihm die Hand und ging weiter, eine arme, schwache Frau mit eisernem Willen.

Er nahm sich fest vor, Dr. Fiske aufzusuchen. Aber die Wochen vergingen, und nie glaubte er, eine freie Stunde zu haben. Da war die Sache mit Josefs Wohnung, die in Ordnung gebracht werden mußte, und als das hübsche Pförtnerhaus fertig stand, kam die Hochzeit, eine Trauung mit feierlichem Hochamt, bei der sechs der kleinsten Kinder die Brautschleppe trugen. Sobald Josef und die junge Frau entsprechend installiert waren, kehrte Francis mit Josefs Vater und Brüdern in das Dorf Liu zurück. Lange schon hatte er von einem Vorposten, einer zweiten kleinen Mission in Liu geträumt. Man sprach davon, daß eine große Handelsstraße durch die Kwangberge geplant sei. Es war wohl möglich, daß ihm später einmal ein junger Priester helfend zur Seite stand, einer, der von diesem neuen Zentrum in den Hügeln aus arbeitete. Er hatte den merkwürdigen Einfall, seine Pläne dadurch zu fördern, daß er den Bereich der Kornfelder um das Dorf vergrößerte, und traf mit seinen Freunden in Liu das Abkommen, daß sie noch weitere sechzig Mu Hochland urbar machen sollten.

Alle diese Angelegenheiten hatten ihn ehrlich in Atem gehalten, und doch machte er sich selbst die heftigsten Vorwürfe, als er etwa fünf Monate später unerwartet mit Fiske zusammentraf. Der Doktor aber war guter Laune und strahlte von verhaltener, merkwürdig scherzhafter Lebendigkeit, die nur eine einzige Schlußfolgerung zuließ.

»Ja«, kicherte er, zwang sich dann aber zu angemessenem Ernst. »Sie haben ganz recht, meine Frau wird zu Beginn des nächsten Monats wieder bei mir sein.«

»Das freut mich. Es ist eine lange Fahrt, wenn man allein reisen muß.«

»Sie hatte das Glück, eine Mitreisende zu finden, mit der sie sich ausgezeichnet verträgt.«

»Ihre Frau ist ein sehr liebenswürdiger Mensch.«

»Und hat ein großes Talent«, Dr. Fiske hatte offenbar erneut gegen unziemliche Heiterkeit anzukämpfen, »ihre Nase in anderer Leute Angelegenheiten zu stecken. Sie müssen mit uns zu Abend essen, wenn sie ankommt.«

Father Chisholm ging selten aus, seine Lebensweise gestattete es nicht, aber jetzt zwangen ihn seine Gewissensbisse, die Einladung anzunehmen. »Danke, ich komme gern.«

Drei Wochen später mahnte ihn ein sorgfältig geschriebenes Kärtchen aus der Laternenstraße an seine Zusage. Nicht gerade entzückt las er die Worte: »Erwarten Sie sicher heute abend, sieben Uhr dreißig.«

Das traf sich nicht sehr glücklich, da die Vesper um sieben Uhr abgehalten wurde. Aber er verlegte das Amt um eine halbe Stunde, ließ durch Josef eine Sänfte holen und machte sich am Abend in aller Form auf den Weg.

Die Methodistenmission war hell erleuchtet und sah ungewöhnlich festlich aus. Als er im Hof aus seiner Sänfte stieg, hoffte er, daß es sich um keine große oder lang dauernde Gesellschaft handeln würde. Er war nicht ungesellig, aber in den letzten Jahren spielte sich sein Leben immer mehr im eigenen Innern ab, und der echt schottische Zug zur Zurückhaltung, den er von seinem Vater geerbt hatte, ließ ihn Fremden gegenüber in zunehmendem Maß auf der Hut sein.

Als er den oberen Raum betrat, der heute bunt mit Blumen und Girlanden aus farbigem Papier geschmückt war, fand er zu seiner Erleichterung nur den Hausherrn und die Hausfrau vor. Sie standen zusammen am Kamin, die Wangen von der Wärme im Zimmer leicht gerötet, und sahen aus wie Kinder vor Beginn eines Festes. Aus des Doktors dicken Brillengläsern schossen zur Begrüßung funkelnde Blitze, während Mrs. Fiske rasch auf Francis zutrat und seine Hand ergriff.

»Wie freue ich mich, Sie wiederzusehen, Sie armes, vernachlässigtes und irregeleitetes Geschöpf!«

Die Herzlichkeit ihrer Begrüßung war nicht zu verkennen. Sie schien geradezu außer sich zu sein. »Sie sind wohl froh, wieder hier zu sein! Aber Sie haben doch sicher auch eine wundervolle Reise gehabt.«

»O ja, eine wundervolle Reise. Unserm lieben Sohn geht es ausgezeichnet. Wie schön wäre es, wenn er heute abend bei uns sein könnte.« Sie plauderte weiter, frischweg wie ein junges Mädchen, und ihre Augen leuchteten vor Aufregung. »Ich habe Ihnen ja so viel zu erzählen. Aber Sie werden alles hören... Sie werden es hören... wenn unser zweiter Gast hereinkommt.«

Unwillkürlich zog er die Augenbrauen fragend in die Höhe.

»Ja, heute abend sind wir zu viert. Eine Dame, die... trotz der Verschiedenheit unserer Ansichten... mir eine ganz besonders liebe Freundin wurde. Sie ist hier zu Besuch.« Sie stockte, als sie seine Verblüffung bemerkte, und brachte dann nervös stotternd hervor: »Mein lieber, guter Father, Sie dürfen mir nicht böse sein.« Sie wandte sich zur Tür und klatschte in die Hände. Es war das verabredete Signal.

In diesem Augenblick öffnete sich die Tür, und Tante Polly trat ins Zimmer.

8

An diesem Septembertag des Jahres 1914 schenkten in der Klosterküche weder Tante Polly noch Schwester Martha dem Gewehrfeuer, das von den Hügeln herüberklang, die geringste Beachtung. Es war ein vertrautes Geräusch. Während Martha in ihren blitzsauberen Kupferpfannen das Abendessen bereitete, stand Polly am Fenster und bügelte einen Stoß leinener Schwesternhauben. Die beiden waren in drei Monaten so unzertrennlich geworden wie zwei braune Hennen in einem fremden Hühnerhof. Eine schätzte der anderen Fähigkeiten. Martha hatte erklärt, Pollys Häkelarbeiten seien die feinsten, die sie je gesehen habe, während Polly Marthas Kreuzstichstickereien befühlte und zum erstenmal im Leben zugab, sie seien feiner als die ihren. Und die beiden hatten natürlich ein Gesprächsthema, das ihnen nie ausging.

Während Polly nun das Leinen befeuchtete und das Eisen sachkundig an die Wange hielt, um dessen Hitze zu prüfen, meinte sie sorgenvoll: »Er sieht wieder sehr schlecht aus.« Mit einer Hand legte Martha Holz im Herd nach, mit der andern rührte sie nachdenklich die Suppe um. »Was kann man anders erwarten? Er ißt ja nichts.«

»Ich erinnere mich, als junger Mann hatte er immer Freude am Essen.«

Die belgische Schwester zuckte resigniert die Schultern. »Von allen Priestern, die ich kenne, ist er der schlechteste Esser. Wenn ich daran denke, wie viele gute Esser ich gekannt habe! Da war unser Abbé in Metiers, der aß sechs Gänge Fisch in der Fastenzeit. Ich habe da meine eigene Theorie. Wenn man wenig ißt, zieht sich der Magen zusammen. Nachher wird es einem unmöglich, mehr zu essen.«

Polly war damit nicht einverstanden. Sie schüttelte sanft den Kopf. »Als ich ihm gestern ein paar frisch gebackene Haferkuchen brachte, sah er sie an und sagte: ›Wie kann man essen, wenn in nächster Umgebung dieses Zimmers Tausende hungrig sind?‹«

»Lächerlich! Die sind immer hungrig. In diesem Land ist es üblich, Gras zu essen.«

»Aber nun, sagte er, wird es schlimmer werden, weil ringsum so viel gekämpft wird.«

Schwester Martha kostete die Suppe, ihren berühmten pot-au-feu, und ihr Gesicht drückte kritische Zustimmung aus. Doch als sie sich Polly zuwandte, verzog sie es zur Grimasse. »Hier wird immer gekämpft. Genauso wie immer gehungert wird. Banditen gibt es in Paitan zum Frühstückskaffee. Sie knallen ein paarmal mit den Flinten – so wie Sie es jetzt hören. Dann kauft die Stadt sich los, und sie gehen nach Hause. Sagen Sie, hat er meine Haferkuchen gegessen?«

»Er aß einen und hat ihn auch sehr gelobt. Den Rest mußte ich der Ehrwürdigen Mutter für unsere Armen geben.«

»Der gute Father wird mich noch zur Verzweiflung bringen.« Außerhalb ihrer Küche war Schwester Martha sanft wie ein Lamm, aber jetzt sah sie so finster drein, als ob sie der gewaltigsten Zornausbrüche fähig sei. »Immer nur geben und geben! Bis einem die Haut platzt vor lauter Anstrengung. Soll ich Ihnen erzählen, was sich im letzten Winter ereignet hat? Eines Tages war er in der Stadt, als es schneite. Da zog er seinen Mantel aus, den schönen neuen Mantel, den wir Schwestern ihm aus bestem, importiertem Wollstoff genäht hatten, und gab ihn einem ohnehin schon halb erfrorenen Taugenichts. Ich hätte ihm schon meine Meinung gesagt, da können Sie sicher sein. Aber die Mutter Oberin wies ihn nur zurecht. Er sah sie mit seinen erstaunten Augen an, die einem im Innersten wehtun. ›Warum denn nicht? Was hat es für einen Sinn, das Christentum zu predigen, wenn wir nicht wie Christen leben? Unser Herr Jesus hätte dem Bettler seinen Mantel gegeben. Warum sollte ich es nicht tun?‹ Als die Ehrwürdige Mutter ihm sehr erbost antwortete, daß dieser Mantel doch ein Geschenk von uns sei, lächelte er und zitterte dabei vor Kälte, wie er so dastand: ›Dann sind eben Sie die guten Christen – nicht ich.‹ Ist das nicht unglaublich? Sie würden es nicht für möglich halten, wenn Sie wie ich in einem Lande aufgewachsen wären, in dem das Haushalten mit seinen Sachen oberstes Gesetz ist. Genug davon! Setzen wir uns, essen wir unsere Suppe. Wenn wir warten wollten, bis diese gierige Kinderschar fertig ist, wird uns noch schlecht vor Schwäche.«

Das Fenster hatte keinen Vorhang, und als Father Chisholm aus der Stadt zurückkam, sah er die beiden beim Mittagessen sitzen. Für einen Augenblick wich der sorgenvolle Zug um seinen Mund einem schwachen Lächeln.

Seinen anfänglichen Befürchtungen zum Trotz wurde Pollys unerwarteter Besuch zu einem großen Erfolg, denn sie fügte sich auf geradezu wunderbare Weise in den Rahmen der Mission und unterhielt sich hier in der gleichen stillen Art, wie etwa auf einem kurzen Wochenendausflug nach Blackpool. Weder Klima noch Jahreszeit konnten ihr etwas anhaben. Ohne viel zu reden, spazierte sie zu ihrem Lieblingsplatz im Küchengarten und saß dort stundenlang strickend inmitten der Kohlköpfe. Kerzengerade aufgerichtet ließ sie, die Ellbogen fest an den Leib gedrückt, ihre Nadeln blitzen, spitzte die Lippen, und zufriedene Behaglichkeit leuchtete ihr aus den Augen, wenn die gelbe Missionskatze, halb unter ihren Röcken verborgen, laut schnurrend ihr zu Füßen lag. Sie war der erklärte Liebling des melancholischen alten Gärtners Fu, der Mittelpunkt, zu dem alle seine Wege ihn immer wieder zurückführten. Bald zeigte er ihr die wohlgeratenen Produkte seines Gemüsegartens, um sich an ihrem Lob zu weiden, bald sagte er an Hand von An- und Vorzeichen das Wetter voraus.

Den Schwestern gegenüber bewahrte sie eine gewisse Zurückhaltung und nahm niemals das geringste Vorrecht in Anspruch. Die Fähigkeit, zu schweigen, und die schlichte, einfache Lebenshaltung verhalfen Polly zu einem instinktiven, wohltuenden Taktgefühl. Nie zuvor war sie glücklicher gewesen. Ihr größter Wunsch ging hier in Erfüllung, sie sah Francis bei seiner Missionsarbeit, und schließlich war es ja auch ein wenig ihrem eigenen, bescheidenen Beitrag zu danken, daß er sich als Priester Gottes diesem edlen Werk widmen durfte. Allerdings hätte sie es sich nie einfallen lassen, einen solchen Gedanken laut auszusprechen. Obwohl ihr Aufenthalt ursprünglich nur zwei Monate hätte dauern sollen, wollte sie nun bis Januar bleiben.

Bloß eines tat ihr leid, wie sie es naiv ausdrückte, daß es ihr nicht möglich gewesen war, früher im Leben diese Reise anzutreten. Obwohl sie Ned so lange treulich gedient hatte, war sie durch seinen Tod doch nicht aller Verantwortung ledig. Noch blieb die ständige Angst um Judy, dieses launische, sprunghafte Geschöpf, das immer wieder etwas Neues im Kopf hatte. Nach ihrem ersten Posten in der Stadtverwaltung von Tynecastle nahm sie noch ein halbes Dutzend Anstellungen als Sekretärin an, fand jede im Anfang großartig und binnen kurzem ekelhaft. Vom Geschäftsleben wandte sie sich dem Lehrberuf zu, aber die Schule langweilte sie bald, und sie trug sich sogar vorübergehend mit dem Gedanken, in ein Kloster einzutreten. Damals, mit siebenundzwanzig Jahren, entdeckte sie plötzlich, daß es ihre eigentliche Berufung sei, Krankenschwester zu werden, und sie ließ sich für eine Probezeit in das Personal des Allgemeinen Krankenhauses von Northumberland aufnehmen. Dieser Umstand hatte Polly die Reise ermöglicht – aber leider schien ihre Freiheit nur von beschränkter Dauer. Die harten Anforderungen der Probezeit entmutigten Judy schon jetzt, nach vier Monaten. Immer wieder kamen Jammerbriefe, in denen sie ihrem Ärger Luft machte und andeutete, Tante Polly müsse bald zurückkehren, um sich ihrer armen, verlassenen Nichte anzunehmen.

Nur stückweise erfuhr Francis, wie Pollys Leben zu Hause eigentlich verlief – es dauerte lange, denn sie war nicht geschwätzig –, aber als er die einzelnen Teile endlich zusammengefügt hatte, erschien sie ihm beinahe wie eine Heilige. Nur war an ihrer Haltung nichts von der Starrheit einer Gipsfigur. Sie hatte ihre Schwächen, und ihre besondere Gabe, gerade das Unpassendste zu tun, war nicht geringer geworden. So war es ihr zum Beispiel mit bemerkenswerter Initiative und in dem ehrlichen Wunsch, Francis bei seiner Arbeit zu helfen, tatsächlich gelungen, zwei irrende Seelen nochmals zu bekehren. Als sie eine ihrer gemessenen Wanderungen durch Pai-tan unternahm, hatten die beiden sich unterwürfig an sie und ihre Geldbörse geheftet, und es kostete Francis nicht geringe Mühe, sie von Hosianna und Philomena Wang zu befreien.

Schon der Trost, den er aus ihren täglichen Gesprächen schöpfte, war für Francis Grund genug, diese erstaunliche Frau besonders zu schätzen. Jetzt, da er sich auf einmal schweren Prüfungen gegenüber sah, klammerte er sich geradezu an ihren gesunden Menschenverstand.

Als er zu seinem Haus kam, standen Schwester Clothilde und Anna auf der Veranda und warteten auf ihn. Er seufzte. Würde er sich denn nie in Muße mit den Nachrichten auseinandersetzen können, die er erhalten hatte?

Clothildes blasses Gesicht war hektisch gerötet. Wie ein Gefängniswärter stand sie neben dem Mädchen und hielt dessen Arm fest. Ihre Hand war frisch verbunden. Trotzige Auflehnung verdunkelte Annas Augen. Sie duftete nach Parfüm.

Clothilde holte tief Atem, als Francis sie fragend ansah. »Ich mußte die Ehrwürdige Mutter bitten, Anna hierher bringen zu dürfen. Schließlich steht sie in der Korbflechterei unter meiner Obhut.«

»Ja und, Schwester Clothilde?« Father Chisholm bemühte sich, möglichst ruhig und geduldig zu sprechen. Schwester Clothilde zitterte vor nervöser Entrüstung.

»Ich habe ihr so viel nachgesehen. Frechheit, Ungehorsam und Faulheit. Ich habe beobachtet, wie sie die andern Mädchen aufhetzte. Und wie sie stahl! Jawohl, sogar jetzt riecht sie weithin nach Miss Bannons Eau de Cologne. Diese letzte Sache aber –«

»Ja, Schwester?«

Das Rot auf Schwester Clothildes Wangen vertiefte sich. Sie litt wesentlich mehr als das verdorbene Mädchen.

»Sie hat begonnen, nachts auszugehen. Sie wissen, daß sich gerade jetzt Soldaten im Ort herumtreiben. Die ganze letzte Nacht war sie mit einem von Wai-Tschus Leuten fort, ihr Bett ist unberührt geblieben. Und als ich ihr heute morgen Vorhaltungen machte, fuhr sie auf mich los und biß mich.«

Father Chisholm richtete die Augen auf Anna. Wer konnte es fassen, daß aus dem kleinen Kind, das er in jener Winterlandschaft wie ein Geschenk des Himmels in den Armen gehalten hatte, das trotzige, unbotmäßige Weib geworden war? Sie zählte noch keine zwanzig Jahre, aber mit ihrer vollen Brust, den finster blickenden Augen, den Lippen, die wie reife Früchte lockten, wirkte sie vollkommen erwachsen. Immer war sie anders gewesen als die andern Kinder, unbekümmert, draufgängerisch, niemals fügsam. Er dachte, diesmal behält das Lesebuch nicht recht – Anna ist kein Engel geworden.

Die schwere Last auf seiner Seele machte seine Stimme sanft. »Hast du mir nichts zu sagen, Anna?«

»Nein.«

»Nein, Father«, zischte Schwester Clothilde. Anna warf ihr einen mürrischen, von Haß erfüllten Blick zu.

»Nach allem, was wir für dich zu tun versuchten, Anna, ist es bedauerlich, daß du es uns auf diese Weise lohnst. Bist du nicht glücklich hier?«

»Nein, das bin ich nicht.«

»Warum?«

»Ich habe ja nicht darum gebeten, ins Kloster aufgenommen zu werden. Sie haben mich nicht einmal gekauft. Um nichts und wieder nichts bin ich hierhergekommen. Und ich habe das Beten satt.«

»Aber du betest doch nicht die ganze Zeit. Du hast deine Arbeit.«

»Ich habe keine Lust, Körbe zu flechten.«

»Dann werden wir eine andere Beschäftigung für dich finden.«

»Was für eine? Nähen? Soll ich mein ganzes Leben lang nähen?«

Father Chisholm zwang sich zu einem Lächeln. »Natürlich nicht. Wenn du all diese nützlichen Dinge gelernt hast, wird sicher einer unserer jungen Leute dich heiraten wollen.«

Um ihren Mund zuckte ein höhnisches Lächeln, das deutlich sagte: »Mir geht es um etwas Aufregenderes, als um Ihre netten jungen Leute.«

Er schwieg, dann sagte er leicht verbittert, weil ihr gänzlicher Mangel an Dankbarkeit ihn verletzte: »Niemand will dich gegen deinen

Willen hier halten. Aber du mußt bleiben, bis es in dieser Gegend wieder ruhiger geworden ist. Es ist möglich, daß große Not die Stadt befällt. Ja, es ist möglich, daß große Not und Unruhe über die ganze Welt kommt. Solange du hier bist, bist du sicher. Aber du mußt dich nach unseren Vorschriften richten. Geh jetzt mit der Schwester und gehorche ihr. Wenn ich erfahre, daß du es nicht tust, werde ich sehr böse sein.«

Er entließ beide, und als Clothilde sich umwandte, sagte er: »Bitten Sie die Ehrwürdige Mutter, zu mir zu kommen, Schwester Clothilde.« Er sah ihnen nach, wie sie den Hof überquerten, und ging langsam in sein Zimmer. Als ob nicht schon genug auf ihm lastete!

Als Maria Veronika fünf Minuten später bei ihm eintrat, stand er am Fenster und blickte auf die Stadt hinunter. Schweigend wartete er, bis sie bei ihm stand. Dann erst sagte er: »Meine liebe Freundin, ich habe zwei böse Nachrichten für Sie. Erstens, daß es wahrscheinlich zu einem Krieg kommen wird – bevor das Jahr um ist.«

Sie sah ihn ruhig an, ohne zu sprechen. Er drehte sich rasch um und blickte ihr ins Gesicht.

»Ich komme gerade von Herrn Tschia. Der Krieg ist unvermeidlich. Jahrelang stand die Provinz unter der Herrschaft von Wai-Tschu. Sie wissen, daß er die Bauern bis zum Weißbluten ausgepreßt hat mit seinen Steuern und Zwangseintreibungen. Zahlten sie nicht, so wurden ihre Dörfer zerstört – ganze Familien ausgerottet. Aber wenn Wai-Tschu auch eine Bestie ist, so gelang es den Kaufleuten von Pai-tan bisher immer noch, ihn mit Geld abzufinden.« Father Chisholm holte Atem. »Jetzt aber kommt ein anderer Kriegsherr in unsere Gegend – General Nai-an vom unteren Jangtse. Es heißt, daß er es nicht so arg treibt wie Wai – sogar unser alter Freund Schen ist zu ihm übergegangen. Aber er will Wais Provinz haben, das heißt das Vorrecht, die Leute hier auszusaugen. Er will in Pai-tan einmarschieren. Es ist unmöglich, beide Heerführer abzufinden. Nur vom Sieger kann die Stadt sich loskaufen, und so müssen die Truppen miteinander kämpfen.«

Sie lächelte ein wenig. »Ich habe das meiste schon gewußt. Warum scheint Ihnen das alles heute so verhängnisvoll?«

»Vielleicht weil Krieg in der Luft liegt.« Seltsam bedrückt sah er sie an. »Außerdem wird es ein erbitterter Kampf werden.«

Ihr Lächeln vertiefte sich. »Weder Sie noch ich fürchten eine Schlacht.«

Eine Weile blieb es still. Er wandte den Blick ab. »Natürlich denke ich auch an uns selbst. Hier außerhalb der Stadtmauern sind wir sehr exponiert, und wenn Wai Pai-tan angreift, sind wir mitten im Kampfgebiet. Aber mehr noch denke ich an das arme, hilflose, hungrige Volk. Ich habe gelernt, die Leute hier von ganzem Herzen zu lieben. Sie wollen nur, daß man sie in Frieden läßt, daß sie dem Boden abringen dürfen, was sie für ihr einfaches Dasein brauchen, um ruhig zu Hause mit ihren Familien zu leben. Jahrelang wurden sie von dem einen Tyrannen unterdrückt. Weil jetzt ein anderer auf dem Schauplatz erscheint, drückt man ihnen Gewehre in die Hand, ja auch in die Hände der Männer, die zu unserer Gemeinde gehören, Fahnen werden geschwenkt, schon erhebt sich das übliche Kampfgeschrei – Freiheit und Unabhängigkeit. Der Haß wird geschürt, und dann werden auf Wunsch zweier Diktatoren die armen Geschöpfe übereinander herfallen. Zu welchem Zweck? Ist das Gemetzel vorbei, hat sich der Rauch verzogen und das Schießen aufgehört, dann gibt es noch mehr Steuern, noch mehr Unterdrückung, und das Joch ist schwerer als zuvor.« Er seufzte. »Muß man da nicht die arme Menschheit betrauern?«

Eine gewisse Abwehr lag in ihrer kurzen Bewegung. »Sie haben keine große Meinung vom Kriegführen. Es gibt doch gewiß auch gerechte und glorreiche Kriege. Die Geschichte beweist es. Die Angehörigen meiner Familie haben in vielen von ihnen gestritten.«

Lange Zeit antwortete er nicht. Als er sich ihr endlich wieder zuwandte, hatten die Falten auf seiner Stirn sich tiefer eingekerbt. Schwer und langsam fielen seine Worte. »Es ist merkwürdig, daß Sie in diesem Augenblick davon sprechen.« Wieder schwieg er und wandte die Augen ab. »Unsere kleine Verwirrung hier ist nur das Echo einer weit größeren Unordnung.« Es fiel ihm schwer, unendlich schwer, fortzufahren. Aber er zwang sich, weiterzusprechen. »Herrn Tschias Geschäftsfreunde haben von Hsin-Hsiang mit einem eigenen Kurier die Nachricht geschickt. Deutschland ist in Belgien einmarschiert und im Krieg mit Frankreich und England.«

In der kurzen Pause, die folgte, veränderte sich ihr Gesicht. Sie sprach kein Wort, sondern stand schweigend da und hielt unnatürlich starr den Kopf aufrecht.

Schließlich sagte er: »Auch die andern werden es bald erfahren. Aber wir dürfen nicht zulassen, daß sich für uns in der Mission dadurch irgend etwas ändert.«

»Nein, das dürfen wir nicht.« Ganz mechanisch antwortete sie, als wäre ihr Blick fest auf einen Punkt gerichtet, der Tausende von Meilen weit entfernt lag.

Einige Tage später jedoch erschien das erste Anzeichen, eine kleine belgische Flagge, mit farbigen Fäden eilig auf ein Stück Seide genäht und weithin sichtbar in Schwester Marthas Schlafzimmerfenster aufgestellt. Am selben Tag kam Martha auch früher als sonst voll ungewohnten Eifers von der Apotheke ins Schwesternhaus gelaufen und gluckste nervös vor Befriedigung. Die Zeitungen, die sie aus ganzer Seele herbeigesehnt hatte, waren gekommen. Es handelte sich um Nummern der »Intelligence«, einer amerikanischen Tageszeitung, die in Shanghai erschien und in großen Stößen ungefähr einmal im Monat eintraf. Hastig, mit zitternden Fingern, zwischen Furcht und Hoffnung schwankend, riß Martha am Fenster die Verpackung auf.

Ein paar Augenblicke lang blätterte sie nur eilig die Seiten um. Dann schrie sie empört auf.

»Diese Ungeheuer! O mein Gott, es ist entsetzlich!« Ohne den Kopf zu heben, winkte sie Clothilde heftig zu, die rasch, von der gleichen magnetischen Kraft angezogen, ins Zimmer gekommen war. »Lesen Sie nur, Schwester Clothilde! Sie sind in Löwen – die Kathedrale liegt in Trümmern – zusammengeschossen von ihrer Artillerie. Und Metrieux – zehn Kilometer von meinem Heimatdorf – ist dem Erdboden gleichgemacht. O du lieber Gott! Die schöne, blühende Stadt!«

Innig verbunden in gemeinsamem Leid, neigten sich die beiden Schwestern über die Zeitungen und begleiteten ihre Lektüre mit Ausrufen des Entsetzens.

»Sogar der Altar ist zerschossen!« Martha rang die Hände. »Metrieux! In unserm hohen Karren fuhr ich mit meinem Vater hin, als ich ein kleines Ding von sieben Jahren war. Was gab es dort für einen Markt! Zwölf graue Gänse haben wir damals gekauft... schöne, fette Gänse... und jetzt...«

Mit weit aufgerissenen Augen las Clothilde von der Marneschlacht. »Sie metzeln unser tapferes Volk nieder. Eine solche Schlächterei, eine solche Gemeinheit!«

Obwohl die Ehrwürdige Mutter den Raum betreten und sich ruhig am Tisch niedergelassen hatte, bemerkte Clothilde sie nicht. Nur Martha erblickte sie aus einem Augenwinkel und geriet außer sich.

Sie wies mit dem Finger auf einen Absatz und sagte mit zitternder Stimme, halb erstickt vor Entrüstung: »Hören Sie das an, Schwester Clothilde. Aus zuverlässiger Quelle erfahren wir, daß das Kloster von Löwen durch die Deutschen geschändet wurde.«

Clothilde war blaß wie Elfenbein. »Im Deutsch-Französischen Krieg war es genauso. Sie sind unmenschlich. Kein Wunder, daß man sie in dieser guten amerikanischen Zeitung schon die Hunnen nennt.« Das Wort kam fauchend von ihren Lippen.

»Ich kann Ihnen nicht gestatten, in dieser Weise von meinem Volk zu sprechen.«

Clothilde fuhr herum und hielt sich erschrocken am Fensterrahmen fest. Aber Martha war vorbereitet.

»Ihr Volk, Ehrwürdige Mutter? Ich würde mich an Ihrer Stelle nicht so stolz zu ihm bekennen. Zu Mördern von Frauen und kleinen Kindern.«

»Die deutsche Armee besteht aus Ehrenmännern. Ich glaube kein Wort von dem, was dieses ordinäre Blatt schreibt. Es ist nicht wahr.«

Martha stemmte die Hände gegen die Hüften, ihre rauhe, bäuerliche Stimme krächzte vor Erbitterung. »Ist es vielleicht auch nicht wahr, daß Ihre Armee von Ehrenmännern unbarmherzig ein kleines friedliches Land überfallen hat, wie dieses ›ordinäre Blatt‹ berichtet?«

Die Ehrwürdige Mutter war jetzt noch blasser als Clothilde.

»Deutschland muß seinen Platz an der Sonne haben.«

»Und darum töten sie und plündern, sprengen Kathedralen in die Luft und zerstören Marktflecken, wo ich als Kind hinfuhr, weil sie die Sonne haben möchten und den Mond, diese habgierigen Schweine –«

»Schwester!« Die Ehrwürdige Mutter stand auf, würdevoll sogar noch in höchster Erregung. »Es gibt auf dieser Welt so etwas wie Gerechtigkeit. Weder Deutschland noch Österreich ist jemals Gerechtigkeit widerfahren. Und vergessen Sie nicht, daß mein Bruder eben jetzt dabei ist, das neue deutsche Schicksal zu schmieden. Daher verbiete ich, als Ihre Vorgesetzte, Ihnen beiden, Schmähworte der Art zu gebrauchen, wie sie gerade Ihre Lippen besudelten.«

Unerträglich dehnte sich die Pause, die diesen Worten folgte. Maria Veronika schickte sich an, das Zimmer zu verlassen. Als sie eben die Tür öffnen wollte, rief Martha: »Ihr großartiges Schicksal ist noch nicht geschmiedet. Die Alliierten werden den Krieg gewinnen.«

Kalt und mitleidig lächelnd ging Maria Veronika hinaus.

Die Fehde entbrannte immer heftiger, angefacht durch die Nachrichten, die hin und wieder bis zu der entlegenen, selbst von keinem Krieg bedrohten Mission durchsickerten. Obwohl die französische und die belgische Schwester nie viel für einander übrig gehabt hatten, waren sie jetzt ein Herz und eine Seele. Martha spielte die Beschützerin der schwächeren Clothilde, war um ihre Gesundheit besorgt, brachte ihr Mittel gegen den quälenden Husten und ließ ihr von jedem Gericht das beste Stück zukommen. Sie strickten gemeinsam in aller Öffentlichkeit Pulswärmer und Socken für die tapferen *blessés*. Über den Kopf der Ehrwürdigen Mutter hinweg pflegten sie mit vielen Seufzern und Anspielungen von ihren geliebten Ländern zu sprechen – sorgfältig, sehr sorgfältig darauf bedacht, keinen Anlaß zu einem Ärgernis zu geben. Und Martha äußerte dann immer mit besonderer Betonung: »Wir wollen einen Augenblick hinübergehen und für unsere Sache beten.«

Maria Veronika ließ das alles stolz und wortlos über sich ergehen. Auch sie betete für den Sieger. Father Chisholm konnte die drei in einer Reihe knien sehen, die Gesichter inbrünstig zum Himmel erhoben, im Gebet um den Sieg der Heere, die einander feindlich gegenüberstanden. Er aber beobachtete besorgt und kummervoll, wie Wais Streitkräfte zwischen den Hügeln hin und her marschierten, hörte, daß Naian endgültig die Mobilmachung befohlen hatte, und betete um Frieden... um Sicherheit für seine Leute... und genügend Nahrung für die Kinder.

Es dauerte nicht lange, da begann Schwester Clothilde ihrer Klasse die Marseillaise beizubringen. Sie tat es heimlich, immer wenn die Ehrwürdige Mutter in der Korbflechterei am anderen Ende der Mission beschäftigt war. Die Kinder ahmten glänzend nach und lernten das Lied rasch. Und eines Morgens, als Maria Veronika sichtlich bedrückt und müde langsam über den Hof kam, erscholl aus dem offenen Fenster von Clothildes Klassenzimmer laut und herzhaft die französische Nationalhymne, während die Begleitung dazu auf dem Klavier gehämmert wurde:

Einen Augenblick wurden Maria Veronikas Schritte unsicher, doch dann richtete sich ihre Gestalt straff auf, und jedes Zeichen von Mattigkeit verschwand. Sie nahm ihre ganze Kraft und Seelenstärke zu Hilfe und schritt hocherhobenen Hauptes weiter.

Eines Nachmittags, gegen Ende des Monats, war Clothilde wieder in ihrer Klasse. Die Kinder hatten wie jeden Tag die Marseillaise gesungen und eben die Katechismusstunde beendet. Schwester Clothilde hatte sich seit kurzem angewöhnt, nach dieser Stunde zu sagen:

»Kniet nieder, liebe Kinder, wir wollen ein kleines Gebet für die tapferen französischen Soldaten sprechen.«

Gehorsam knieten die Kinder nieder und sprachen ihr drei »Gegrüßet seist du, Maria« nach.

Clothilde wollte ihnen eben das Zeichen zum Aufstehen geben, als sie mit gelindem Schreck bemerkte, daß die Ehrwürdige Mutter hinter ihr stand. Maria Veronika war ruhig und freundlich. Über Schwester Clothildes Schulter hinweg richtete sie den Blick auf die Klasse.

»Und nun, Kinder, ist es nur recht und billig, daß ihr das gleiche Gebet für die tapferen deutschen Soldaten sprecht.«

Clothildes Gesicht nahm eine schmutziggrüne Farbe an. Fast machte es den Eindruck, als würde sie ersticken.

»Das ist mein Klassenzimmer, Ehrwürdige Mutter.«

Maria Veronika beachtete sie nicht. »Beginnen wir, liebe Kinder, für die tapferen Deutschen. Gegrüßet seist du, Maria, voll der Gnaden...«

Clothildes Brust hob sich, die blassen Lippenen entblößten die enggestellten Zähne. Mit einer krampfartigen Bewegung holte sie aus und schlug ihrer Vorgesetzten ins Gesicht.

Einen Augenblick herrschte atemlose Stille. Dann brach Clothilde in Tränen aus und stürzte schluchzend aus dem Zimmer.

Maria Veronika zuckte nicht mit der Wimper. Mit dem gleichen freundlichen Lächeln wie zuvor sagte sie zu den Kindern gewandt:

»Schwester Clothilde fühlt sich nicht wohl. Ihr habt gesehen, wie sie an mich anprallte. Ich werde die Stunde zu Ende führen. Aber zuerst, Kinder, drei ›Gegrüßet seist du, Maria‹ für die tapferen deutschen Soldaten.«

Als die drei Gebete gesprochen waren, ließ sie sich gelassen hinter dem Pult nieder und öffnete das Buch.

Unerwartet betrat Father Chisholm an diesem Abend die Apotheke und überraschte Schwester Clothilde, die sich gerade eine reichliche Dosis Chlorodyn eingoß. Sie fuhr herum, als sie seine Schritte hörte, und hätte beinahe das volle Meßglas fallen lassen. Ihre Wangen färbten sich hektisch rot. Der Zwischenfall in der Klasse hatte ihre Nerven bis zum Zerreißen angespannt.

Sie stammelte: »Ich nehme ein wenig für meinen Magen. Es gab in diesen Tagen viel Aufregung.« Die Dosis und ihr Benehmen verrieten ihm, daß sie das Mittel zur Beruhigung verwendete.

»Ich würde es an Ihrer Stelle nicht zu häufig nehmen, Schwester. Es enthält ziemlich viel Morphium.«

Als sie gegangen war, schloß er die Flasche im Giftschrank ein. Dann stand er in der leeren Apotheke, Angst vor den ihnen bevorstehenden Gefahren quälte ihn. Die Sinnlosigkeit des fernen, schrecklichen Krieges lastete auf ihm, und langsam spürte er, wie der Zorn über den wahnwitzigen Haß dieser Frauen in ihm aufstieg. Er hatte immer noch gehofft, sie würden zur Einsicht kommen. Aber das war nicht geschehen. Er preßte die Lippen zusammen und entschloß sich zu handeln.

An diesem Tag berief er die drei Schwestern nach der Schule zu sich. Er ließ sie vor seinem Tisch stehen, sein Gesicht war ungewöhnlich ernst, und die Worte, die er gebrauchte, klangen beinahe scharf.

»Ihr Betragen in einer Zeit wie dieser betrübt mich tief. Es muß aufhören. Sie haben keinerlei Berechtigung dazu.«

Einen Augenblick blieb es still. Clothilde zitterte vor Kampfeslust. »Doch, wir haben die Berechtigung.« Sie suchte in der Tasche ihres Gewandes und drückte ihm aufgeregt einen zerknitterten Zeitungsausschnitt in die Hand. »Bitte, lesen Sie das. Es stammt von einem Kirchenfürsten.«

Er überflog den Ausschnitt und las ihn dann laut und langsam vor. Es war der Bericht über eine Proklamation, die Kardinal Amette auf der Kanzel von Notre-Dame in Paris verlesen hatte. »Geliebte Brüder, Waffenkameraden Frankreichs und seiner glorreichen Alliierten, der allmächtige Gott ist auf unserer Seite. Gott verhalf uns in der Vergangenheit zu unserer Größe. Er wird uns in der Stunde der Not wieder helfen. Auf dem Schlachtfeld steht Gott unsern tapferen Soldaten zur Seite, gibt ihren Waffen Kraft und gürtet sie wider den Feind. Gott schützt die Seinen, Gott wird uns den Sieg verleihen...«

Er brach ab, er wollte nicht weiterlesen.

Eisiges Schweigen breitete sich aus. Clothildes Kopf bebte nervös vor Triumph, und Marthas Gesicht trug den Ausdruck verbissener Rechthaberei. Maria Veronika gab sich indessen nicht geschlagen. Stolz zog sie aus der schwarzen Stofftasche an ihrem Gürtel einen säuberlich gefalteten Ausschnitt.

»Die vorgefaßte Meinung irgendeines französischen Kardinals kenne ich nicht. Hier ist die gemeinsame Erklärung der Erzbischöfe von Köln, München und Essen an das deutsche Volk.« Kalt und hochmütig las sie: »Geliebtes Volk unseres Vaterlandes, Gott ist mit uns in diesem höchst gerechten Kampf, der uns aufgezwungen wurde. Wir befehlen euch daher im Namen Gottes, bis zum letzten Blutstropfen für die Ehre und den Ruhm unseres Landes zu streiten. Gott in seiner Allwissenheit und Gerechtigkeit weiß, daß wir im Recht sind, und Gott wird uns...«

»Genug jetzt.«

Francis unterbrach sie, er rang um Selbstbeherrschung, in heißen Wellen überspülten Zorn und Verzweiflung seine Seele. Hier vor ihm lag die ganze Quintessenz menschlicher Bosheit und Heuchelei. Der Widersinn des Lebens schien plötzlich mit aller Macht über ihn hereinzubrechen. Seine Hoffnungslosigkeit drückte ihn zu Boden.

Eine Weile blieb er sitzen, den Kopf in die Hand gestützt, dann sagte er leise: »Gott weiß, Gott muß krank werden von all diesem Geschrei nach Gott!«

Überwältigt von seiner Erregung sprang er plötzlich auf und ging im Zimmer auf und ab. »Ich kann die Widersprüche von Kardinälen und Erzbischöfen nicht mit noch mehr Widersprüchen widerlegen. Ich vermesse mich auch nicht, es zu versuchen. Ich bin ein Niemand – ein unbedeutender schottischer Priester, der mitten im wildesten China am Rand eines Banditenkrieges sitzt. Sehen Sie denn nicht den Wahnsinn und die Niederträchtigkeit der ganzen Sache ein? Wir, die heilige katholische Kirche – ja, alle großen Kirchen der Christenheit –, dulden diesen Weltkrieg. Wir gehen noch weiter – wir geben ihm unsern Segen. Mit dem apostolischen Segen und einem scheinheiligen Lächeln schicken wir Millionen unserer getreuen Söhne hinaus, damit sie zu Krüppeln geschossen oder niedergemetzelt werden, damit sie an Leib und Seele Schaden nehmen, damit sie einander töten und vernichten. Stirb für dein Vaterland, und alles wird dir vergeben werden! Für König und Kaiser! Von zehntausend schmucken Kanzeln herab wird es verkündet: ›Gebt Cäsar, was Cäsars ist...‹« Er brach ab und stand mit geballten Fäusten da, ein seltsames Feuer in den Augen. »Heutzutage gibt es keinen Cäsar mehr – nur Finanzleute und Staatsmänner, die Diamanten aus afrikanischen Minen und Gummi aus dem versklavten Kongo haben wollen. Christus hat immerwährende Liebe gepredigt. Er lehrte, daß alle Menschen Brüder sind. Er bestieg nicht den Gipfel des Berges und rief: ›Töte! Töte! Zieh aus, von Haß getrieben, und stoße das Bajonett deinem Bruder in den Leib!‹ Nicht seine Stimme erklingt heute in den Kirchen und Kathedralen der Christenheit, sondern die Stimme von Liebedienern und Feiglingen.« Father Chisholms Lippen zitterten. »Wie können wir im Namen des Gottes, dem wir dienen, hierherkommen, in diese fremden Länder, die wir heidnisch nennen, und uns anmaßen, die Menschen zu einer Lehre zu bekehren, der wir mit jeder unserer Taten Hohn sprechen? Ist es da ein Wunder, wenn sie über uns spotten? Das Christentum – die Religion der Lügen! Des Klassenhasses, des Völkerhasses, des Hasses um des Geldes willen. Die Religion der gottlosen Kriege!« Wieder brach er ab, der Schweiß stand ihm auf der Stirn, seine Augen waren dunkel vor Qual. »Warum ergreift die Kirche nicht die Gelegenheit? Was wäre das für eine Möglichkeit, sich als lebendige Brücke Christi zu erweisen! Statt Haß und Feindschaft zu predigen, in jedem Land, mit den Zungen aller ihrer Würdenträger, aller ihrer Priester zu rufen: ›Legt eure Waffen nieder. Du sollst nicht töten. Wir befehlen euch, nicht zu kämpfen.‹ Ja, es würde Verfolgungen geben, und viele würden hingerichtet werden. Aber das wären Märtyrer, keine Mörder. Die Toten würden unsere Altäre schmücken, nicht entweihen.« Seine Stimme wurde leiser, sein Benehmen ruhiger, beinahe prophetisch sprach er: »Die Kirche wird um ihrer Feigheit willen leiden. Wer eine Schlange an seinem Busen nährt, wird eines Tages von ihren giftigen Zähnen gebissen werden. Die Waffengewalt segnen heißt, die Zerstörung heraufbeschwören. Vielleicht kommt der Tag, an dem große militärische Kräfte sich lossagen und gegen die Kirche wenden, um von deren Kindern Millionen zu verführen und sie selbst wieder, wie einen zaghaften Schatten, in die Katakomben zu verbannen.«

Gedrückte Stille herrschte, als er schwieg. Martha und Clothilde ließen die Köpfe hängen, als wären sie gegen ihren Willen tief bewegt. Aber in Maria Veronikas Haltung lag etwas von der Arroganz, die sie in der ersten Zeit ihrer Fehde gezeigt hatte. Ein Schimmer von Spott verlieh ihrem kühlen, klaren Blick einige Härte.

»Das war eine sehr eindrucksvolle Rede, Father... durchaus der Kathedralen würdig, die Sie in Verruf brachten... Aber sind Ihre Worte nicht recht leer, wenn Sie nicht danach leben... hier in Pai-tan selbst?«

Das Blut stieg ihm in die Stirn, aber er beruhigte sich rasch und antwortete ohne Unwillen.

»Ich habe allen Männern meiner Gemeinde feierlich verboten, an der sündigen Auseinandersetzung, die uns droht, teilzunehmen. Ich habe sie schwören lassen, daß sie sich mit ihren Familien hinter die Mauern der Mission zurückziehen, wenn es zum Kampf kommt. Was für Folgen das auch nach sich ziehen mag, ich werde die Verantwortung tragen.«

Die drei Schwestern sahen ihn an. Ein leises Beben ging über Maria Veronikas ruhiges, kaltes Antlitz. Als sie jedoch hintereinander das Zimmer verließen, merkte Father Chisholm wohl, daß sie nicht versöhnt waren. Mit einem Male überfiel ihn namenlose Angst. Er hatte das seltsame Gefühl, als hinge die Zeit in der Schwebe, in schicksalhafter Erwartung des Kommenden.

9

An einem Sonntagmorgen weckte ihn ein Geräusch, das er seit vielen Tagen befürchtet hatte – das dumpfe Dröhnen feuernder Artillerie. Er sprang auf und lief ans Fenster. Auf den westlichen Hügeln, in einer Entfernung von etlichen Meilen, hatten sechs leichte Feldhaubitzen angefangen, die Stadt zu beschießen. Rasch zog er sich an und eilte hinunter. Im selben Augenblick kam Josef von der Veranda hereingestürzt.

»Es hat begonnen, Herr. General Nai-an ist vergangene Nacht in Pai-tan einmarschiert, und Wais Streitkräfte greifen ihn an. Schon sind einige unserer Leute vor den Toren.«

Er warf einen kurzen Blick über Josefs Schultern. »Laß sie sofort herein.«

Während sein Diener zurückging, um die Tore aufzuschließen, eilte Francis hinüber zum Kinderheim. Die Kleinen saßen alle um den Frühstückstisch und waren erstaunlich unbekümmert. Nur ein oder zwei der kleineren Mädchen wimmerten ein bißchen, wenn es plötzlich in der Ferne krachte. Er ging um die langen Tische herum und zwang sich zu lächeln. »Das sind bloß Raketen, Kinder. Ein paar Tage lang wird es ganz große Raketen geben.«

Die drei Schwestern standen abseits am oberen Ende des Refektoriums. Maria Veronika war ruhig wie eine Marmorfigur, doch Clothilde merkte er sofort an, wie sehr sie sich ängstigte. Um Haltung wahren zu können, verkrampfte sie die Hände in ihren langen Ärmeln. Bei jedem Kanonenschuß wurde sie blaß. Ihretwillen deutete er auf die Kinder und scherzte: »Wenn wir sie nur die ganze Zeit hier sitzen und essen lassen könnten!«

Allzu rasch fiel Schwester Martha schnatternd ein: »Ja, ja, dann wäre es leicht.« Gerade als Clothildes verkrampftes Gesicht sich bemühte zu lächeln, donnerten in der Ferne wieder Geschütze.

Kurz danach verließ Father Chisholm das Refektorium und ging hastig zum Pförtnerhaus hinüber, wo Josef und Fu an den weitgeöffneten Toren Wache hielten. Da strömten die Mitglieder seiner Gemeinde herein, alte und junge, mit ihren Habseligkeiten, arme, unwissende Geschöpfe, verschreckt, eifrig bestrebt, sich in Sicherheit zu bringen, der Inbegriff leidender Menschheit. Das Herz ging ihm über bei dem Gedanken, daß er ihnen Zuflucht bieten konnte. Die starken Ziegelmauern würden ein guter Schutz sein. Er segnete die Eitelkeit, die ihn veranlaßt hatte, sie möglichst hoch zu bauen. Eigentümlich zärtlich und gerührt beobachtete er ein altes zerlumptes Weiblein, von dessen verwittertem Gesicht man ablesen konnte, mit welcher Geduld sie ein langes Leben voll Entbehrungen ertragen hatte. Sie stolperte mit ihrem Bündlein herein, ließ sich still in einem Winkel des überfüllten Compounds nieder und begann sorgsam eine Handvoll Bohnen in einer Konservendose zu kochen, die einmal voll Kondensmilch gewesen war.

Fu stand unerschütterlich an Francis' Seite, aber das Gesicht des tapferen Josef hatte die gewohnte Farbe verloren. Seit seiner Heirat war eine Wandlung mit ihm vorgegangen, er war nicht länger ein sorgloser Junge, sondern ein Gatte und Vater und mußte die Verantwortung tragen, die jeder Besitz auferlegt.

»Sie sollten sich beeilen«, murrte er unruhig, »wir müssen die Tore schließen und verbarrikadieren.«

Father Chisholm legte seinem Diener die Hand auf die Schulter. »Erst, wenn sie alle innerhalb unserer Mauern sind.«

Josef zuckte die Achseln. »Wir werden Schwierigkeiten haben. Einige der Männer, die hereinkamen, hat Wai ausheben lassen. Er wird nicht erfreut sein, wenn er entdeckt, daß sie lieber hier sind, statt zu kämpfen.«

»Dennoch werden sie nicht kämpfen«, antwortete der Priester fest. »Sei nicht mutlos, Josef. Komm, zieh unsere Fahne auf, während ich das Tor bewache.«

Brummend ging Josef davon. Wenige Minuten später entfaltete sich die Flagge der Mission, ein blaßblauer Seidenstreifen mit einem Andreaskreuz von dunklerem Blau, und flatterte am Fahnenmast. Father Chisholms Herz klopfte stärker vor Stolz und Freude. Es war ein erhebendes Gefühl, denn dieses Zeichen stand für den Frieden und guten Willen allen Menschen gegenüber, es war eine neutrale Flagge, eine Flagge allumfassender Liebe.

Nachdem der letzte Nachzügler angekommen war, schlossen sie vorläufig einmal die Tore. In diesem Augenblick lenkte Fu die Aufmerksamkeit des Priesters auf eine Zederngruppe, die links von ihnen, in einer Entfernung von rund dreihundert Metern, noch auf dem zur Mission gehörenden Grund und Boden stand. Zwischen diesen Bäumen tauchte unerwartet das lange Rohr einer Kanone auf. Undeutlich, halb von Zweigen verdeckt, konnte er die raschen Bewegungen einiger Soldaten unterscheiden, die Gräben aushoben und die Stellung befestigten. Sie trugen die grüne Bluse der Anhänger Wais. Obwohl er von solchen Dingen wenig verstand, schien ihm die Kanone eine viel mächtigere Waffe zu sein als die gewöhnlichen Feldhaubitzen, die bisher in Tätigkeit gewesen waren. Noch während er sie anstarrte, blitzte ein Feuerschein auf, dem unmittelbar eine schreckliche Detonation folgte, und ein Geschoß sauste heulend über ihre Köpfe hinweg.

Ihre Lage hatte sich somit katastrophal verschlechtert. Auf die ohrenbetäubenden Schüsse der neuen großen Kanone antwortete aus der Stadt eine Nai-an-Batterie mit ungenügender Reichweite. Es regnete kleine Geschosse auf die Mission, die nicht bis zur Zederngruppe gelangten. Eins schlug im Küchengarten ein und warf eine Erdfontäne empor. Die Menge, die sich im Compound zusammendrängte, antwortete sofort mit einem Schreckensschrei, so daß Francis herbeieilte, um seine Herde vom offenen Hof in die Kirche zu führen, die größere Sicherheit bot.

Lärm und Verwirrung wuchsen ständig. Die Kinder waren im Schulzimmer in wilden Aufruhr geraten. Die Ehrwürdige Mutter brachte es indessen fertig, die Panik einzudämmen. Ruhig lächelnd übertönte sie den Lärm der platzenden Geschosse, versammelte die Kinder um sich, ließ sie die Finger in die Ohren stecken und aus voller Seele singen.

Nachdem sie sich etwas beruhigt hatten, wurden sie rasch über den Hof in die Kellerräume des Klosters geführt. Josefs Frau und seine beiden Kinder befanden sich bereits dort. Merkwürdig war der Anblick all dieser kleinen gelben Gesichter im Halbdunkel zwischen den Vorräten von Öl, Kerzen und süßen Kartoffeln, unter den langen Regalen, auf denen Schwester Martha ihr Eingemachtes verwahrte. Das Pfeifen der Geschosse war hier unten weniger deutlich zu hören. Doch von Zeit zu Zeit gab es einen dumpfen Schlag, und das Gebäude erzitterte bis in seine Grundfesten.

Während Polly mit den Kindern im Keller blieb, hasteten Martha und Clothilde hinauf, um ihnen Essen zu bringen. Clothilde, das ewige Nervenbündel, war jetzt beinahe von Sinnen. Beim Überqueren des Compounds streifte ein verirrtes Metallstückchen leicht ihre Wange.

»O Gott!« rief sie und sank zu Boden. »Ich bin zu Tode getroffen!« Sterbensbleich begann sie Reue und Mitleid zu erwecken.

»Unsinn!« Martha schüttelte sie heftig an den Schultern. »Kommen Sie und bringen Sie diesen unglückseligen Würmern den Brei.«

Josef hatte Father Chisholm in die Apotheke geholt. Eine der Frauen war an der Hand leicht verwundet worden. Er stillte die Blutung, verband die Wunde und schickte Josef und die Patientin zur Kirche hinüber. Er selbst eilte ans Fenster und beobachtete ängstlich die Wirkung der Einschläge, die auffliegenden Trümmer, wenn die Geschosse aus Wais Kanone in Pai-tan explodierten. Obwohl es seinem innersten Wesen entsprach, keine Partei zu ergreifen, konnte er nun den schrecklichen Wunsch nicht unterdrücken, der verruchte Wai möge besiegt werden.

Wie er so stand, erblickte er mit einemmal eine Abteilung von Naians Soldaten, die aus dem Mandschutor einen Ausfall machte. Einer Schar grauer Ameisen gleich, fluteten etwa zweihundert Leute heraus und begannen in lockerer Schwarmlinie den Hügel zu ersteigen.

Er beobachtete sie in schrecklicher Spannung. Zuerst kamen sie in kleinen, jähen Vorstößen rasch heran. Deutlich hoben sie sich von dem ruhevollen Grün des Hügels ab. Das Gewehr in der Faust, sprang jeder von ihnen tief gebückt ein paar Schritte vorwärts und warf sich dann wieder heftig auf den Boden.

Die Kanone Wais fuhr fort, die Stadt zu beschießen. Die grauen Gestalten näherten sich. Sie krochen jetzt auf dem Bauch und quälten sich in der glühenden Sonne mühsam den Hügel hinauf. Hundert Schritt von dem Zedernwäldchen entfernt, blieben sie, eng an den Abhang gepreßt, volle drei Minuten liegen. Dann gab ihr Führer das Zeichen. Mit einem Schrei sprangen sie auf und stürmten gegen die Stellung an.

Rasch legten sie die Hälfte des Weges zurück. Noch ein paar Sekunden, und sie hatten ihr Ziel erreicht. Da zerriß hartes Knattern die klare Luft.

Drei Maschinengewehre waren im Zypressenwäldchen versteckt gewesen. Während ihre Geschosse knatternd einschlugen, schienen die vorwärtsstürmenden grauen Gestalten verblüfft anzuhalten und dann vor Erstaunen umzusinken. Einige fielen vornüber, andere auf den Rücken, andere wiederum verharrten einen Augenblick auf den Knien, als beteten sie. Es war fast komisch, auf wie viele Arten sie umsanken, dann lagen sie still im Sonnenschein. Das Knattern der Maschinengewehre hörte auf. Still war es überall, warm und ruhig, bis das Dröhnen der großen Kanone wieder einsetzte und alles von neuem zum Leben erweckte – mit Ausnahme der reglosen kleinen Gestalten auf dem grünen Hügel.

Father Chisholm stand wie erstarrt, während sein Inneres von Qualen verzehrt wurde. Das war der Krieg. Dieses Marionettenspiel der Vernichtung, millionenfach vergrößert, ging jetzt auf den fruchtbaren Ebenen Frankreichs vor sich. Er schauderte und begann inbrünstig zu beten: »O Herr, laß mich leben und sterben für den Frieden.«

In seinem Jammer entdeckte er plötzlich, daß sich auf dem Hügel noch etwas regte. Einer der Nai-an-Soldaten war nicht tot. Langsam und mühselig schleppte er sich den Abhang herunter, auf die Mission zu. Man konnte deutlich beobachten, wie er immer schwächer und seine Bewegungen immer langsamer wurden. Schließlich blieb er völlig erschöpft auf der Seite liegen, keine fünfzig Meter vom oberen Tor entfernt.

Francis überlegte: er ist tot... das ist nicht der Augenblick, den Helden zu spielen, wenn ich hinausgehe, bekomme ich eine Kugel in den Kopf... ich darf das nicht tun. Aber noch während er dachte, hatte er bereits die Apotheke verlassen und war zum oberen Tor gegangen. Beinahe beschämt öffnete er das Tor. Glücklicherweise sah niemand von der Mission ihm bei diesem Gang zu. Er trat hinaus auf den Hügel, in den hellen Sonnenschein.

Die kleine schwarze Gestalt und ihr langer schwarzer Schatten waren nun geradezu aufreizend deutlich zu sehen. Wenn auch die Fenster der

Mission leer standen, so fühlte er doch, daß viele Augen ihn aus dem Zypressenwäldchen verfolgten. Er wagte es nicht, sich zu beeilen.

Der Atem des verwundeten Soldaten kam stoßweise wie ein Schluchzen. Schwach preßte er die Hände gegen den zerfetzten Leib. Ängstlich, fragend richteten sich seine Augen auf Francis.

Dieser lud ihn auf den Rücken und trug ihn in die Mission. Er stützte ihn gegen die Mauer, während er das Tor wieder schloß, dann zog er ihn vorsichtig in den Schutz der Häuser. Nachdem er ihm zu trinken gegeben hatte, suchte er Maria Veronika auf und bat sie, im Behandlungsraum ein Lager zu richten.

Am Nachmittag wurde ein zweiter erfolgloser Versuch gemacht, die Stellung zu stürmen. Und als die Nacht gekommen war, brachten Father Chisholm und Josef noch weitere fünf Verwundete herein. Der Behandlungsraum glich einem Lazarett.

Ohne Unterbrechung wurde am nächsten Morgen weitergeschossen. Der Lärm nahm kein Ende. Die Stadt erlitt schwere Schäden, und es sah ganz so aus, als ob in der westlichen Mauer bereits eine Bresche entstanden wäre. Plötzlich sah Francis an der Ecke des Westtores, etwa eine Meile entfernt, die Hauptmacht Wais gegen den zerschossenen Wall stürmen. Entmutigt dachte er: jetzt sind sie in der Stadt. Aber er konnte es nicht genau sehen.

Der Rest des Tages verging in quälender Ungewißheit. Am Spätnachmittag befreite er die Kinder aus dem Keller und seine Gemeinde aus der Kirche, um sie frische Luft schöpfen zu lassen. Zumindest war ihnen nichts geschehen. An dieser einfachen Tatsache richtete er sich auf, als er nun unter sie trat und ihnen Mut zusprach.

Er beendete seine Runde und merkte dann, daß Josef neben ihm stand und sein Gesicht zum ersten Male unverkennbare Spuren von Angst zeigte. »Herr, es ist ein Bote da von der Wai-Kanone im Zedernwald.«

Drei Wai-Soldaten spähten am Haupteingang durch die Gitterstäbe, während ein Offizier neben ihnen stand, den Father Chisholm für den Kommandanten der Geschützstellung hielt. Ohne zu zögern, schloß Francis das Tor auf und trat hinaus.

»Was wünschen Sie von mir?«

Der Offizier war ein kleiner stämmiger Mann in mittleren Jahren, mit plumpen Gesichtszügen und dicken, aufgeworfenen Lippen. Er atmete durch den offenen Mund und ließ dabei die fleckigen Zähne in seinem Oberkiefer sehen. Er trug die übliche spitze Mütze und die grüne Uniform mit Ledergürtel, an dem eine grüne Quaste hing. Seine Wickelgamaschen steckten in zerrissenen Tuchschuhen.

»General Wai erweist Ihnen die Ehre verschiedener Forderungen. Erstens haben Sie es zu unterlassen, verwundeten Feinden Schutz zu gewähren.«

Francis stieg eine nervöse Röte ins Gesicht. »Die Verwundeten richten keinen Schaden mehr an. Sie sind kampfunfähig.«

Der Offizier nahm diesen Einwand gar nicht zur Kenntnis. »Zweitens gewährt General Wai Ihnen den Vorzug, etwas zu seinem Nachschub beizusteuern. Ihr erster Beitrag wird in achthundert Pfund Reis und allen amerikanischen Konserven bestehen, die Sie in Ihren Vorratsräumen haben.«

»Unsere Vorräte sind bereits sehr knapp.« Obwohl er den Entschluß gefaßt hatte, ruhig zu bleiben, fühlte Francis, daß der Zorn ihn packte. Er sprach erregt. »Sie können uns nicht derart berauben.«

Wie zuvor schenkte der Kanonenhäuptling auch diesem Einwand keine Beachtung. Mit gespreizten Beinen stand er halb abgewendet da und sprach jedes Wort wie eine Beleidigung über die Schulter.

»Drittens müssen alle Ihre Schutzbefohlenen den Compound hier räumen. General Wai ist der Meinung, daß Sie Deserteuren seiner Streitkräfte Zuflucht gewähren. Trifft das zu, so werden sie erschossen. Alle andern kampffähigen Männer haben sofort in die Wai-Armee einzutreten.«

Diesmal protestierte Father Chisholm nicht. Er hielt sich aufrecht, sein Gesicht war blaß, die Hände ballten sich zu Fäusten, und nur seine Augen flammten vor Empörung. Die Luft vor ihm zitterte wie ein roter Nebelschleier. »Nehmen wir an, ich würde mich weigern, diese überaus bescheidenen Forderungen zu erfüllen?«

Fast ging ein Lächeln über das unbewegliche Gesicht vor ihm. »Das, glauben Sie mir, wäre ein Fehler. Ich hätte dann, zu meinem größten Bedauern, unsere Kanone gegen Sie zu richten und binnen fünf Minuten Ihre Mission mit allem, was drin ist, in unansehnlichen Staub zu verwandeln.«

Eine Weile blieb es still. Die drei Soldaten schnitten Gesichter und winkten einigen der jüngeren Frauen im Compound zu. Francis sah das Bild seiner Lage so kalt und klar vor sich, als wäre es in Stahl gestochen. Wollte er nicht alles der Vernichtung preisgeben, mußte er sich diesen unmenschlichen Forderungen gegenüber nachgiebig zeigen. Doch diese Nachgiebigkeit wäre gewiß nur die Einleitung zu größeren und immer größeren Forderungen. Wilder Zorn übermannte ihn. Sein Mund wurde trocken, er hielt seine Augen gesenkt.

»General Wai muß begreifen, daß es einige Stunden in Anspruch nehmen wird, diese Vorräte für ihn herzurichten... und auch meine Leute darauf vorzubereiten... daß sie fortmüssen. Wieviel Zeit gibt er mir?«

»Bis morgen«, antwortete der Offizier rasch. »Vorausgesetzt, Sie bringen mir persönlich vor Mitternacht eine ausreichende Menge Konserven in den Geschützstand und fügen genügend Bargeld hinzu, damit man von einem angemessenen Geschenk sprechen kann.«

Wieder blieb es still. Francis fühlte, wie die dunkle Flut in seinem Herzen anschwoll und ihn fast erstickte. Er log mit gepreßter Stimme: »Ich habe keine Wahl. Ich werde heute nacht Ihr Geschenk bringen.«

»Ich lobe Ihre weise Einsicht. Ich werde Sie erwarten. Und ich rate Ihnen, Ihr Versprechen zu halten.«

Mit beißender Ironie hatte der Offizier diese Worte gesprochen. Er verneigte sich vor dem Priester, rief seinen Leuten einen Befehl zu und marschierte vierschrötig in Richtung der Zederngruppe ab.

Zitternd vor Wut kehrte Francis in die Mission zurück. Das Klirren des schweren Eisengitters, das hinter ihm zufiel, löste eine ganze Kette fieberhafter Reaktionen in seinem Hirn aus. Was für ein Narr war er gewesen, sich in seinem Dünkel einzubilden, ihm würde diese Versuchung erspart bleiben. Ihm, dem Pazifisten, der sanft wie die Taube war! Er biß die Zähne zusammen, während Welle um Welle einer erbarmungslosen Empörung über die eigene Unzulänglichkeit ihn durchflutete. Brüsk ließ er Josef und eine Gruppe schweigender Gestalten stehen, die in seinem Gesicht schüchtern Antwort auf ihre Befürchtungen suchten.

Gewöhnlich begab er sich in die Kirche, wenn er Sorgen hatte, aber diesmal konnte er nicht sein Haupt beugen und gefügig murmeln: O Herr, ich will dulden und mich in deinen Willen ergeben. Er ging in sein Zimmer und warf sich ungestüm in den Korbsessel. Diesmal zügelten weder Sanftmut noch Duldsamkeit die wild erregten Gedanken. Er stöhnte, als er an seine wackere Friedenspredigt dachte. Was würde jetzt aus seinen schönen Worten – was würde aus ihnen allen werden?

Ein anderer Gedanke hakte sich quälend in ihm fest – wie unnötig, wie irrsinnig war Pollys Anwesenheit in der Mission, zu einem solchen Zeitpunkt. Insgeheim verwünschte er Mrs. Fiske, die sich so geschäftig eingemischt und seine arme, alte Tante in diese ungewohnte Drangsal gebracht hatte. O Gott! Die Sorgen und Kümmernisse der ganzen Welt schienen auf seinen schwachen, gebeugten Schultern zu lasten. Er sprang auf. Nein, von Wais Drohung, die ihn zur Raserei brachte, konnte und wollte er sich nicht zum Nachgeben zwingen lassen, auch nicht von der noch gefährlicheren Drohung mit der Kanone, die in seiner fiebrigen Einbildung wuchs und wuchs, um schließlich in gigantischer Größe zum Symbol aller Kriege, zum Inbegriff aller brutalen Waffen zu werden, die je der Mensch zur Vernichtung des Menschen erfunden hatte.

Während er noch erregt und schweißüberströmt im Zimmer auf und ab lief, klopfte es leise an die Tür. Polly trat ein.

»Ich möchte dich nicht stören, Francis... aber wenn du einen Augenblick erübrigen kannst...« Sie lächelte schwach, ihre Liebe gab ihr das Vorrecht, bei ihm einzudringen.

»Was gibt es, Tante Polly?« Es kostete ihn große Mühe, sich nichts anmerken zu lassen. Vielleicht brachte sie weitere Nachrichten, eine neue Botschaft von Wai.

»Ich wollte dich bitten, das da zu probieren, Francis. Ich möchte nicht, daß es zu weit wird. Es soll dich doch im Winter schön warm halten.« Seine blutunterlaufenen Augen sahen sie eine wollene Haube hervorholen, die sie ihm strickte.

Francis wußte nicht, ob er lachen oder weinen sollte. Das war echt Polly! Zweifellos würde sie noch beim Krachen der einstürzenden Welt Zeit finden, ihm eine Tasse Tee anzubieten. Es blieb nichts anderes übrig, als sich zu fügen. Er stand still und ließ sich von ihr die halbfertige Haube über den Kopf ziehen.

»Sieht ganz ordentlich aus«, murmelte sie kritisch, »nur um den Hals ist sie vielleicht ein bißchen zu weit.« Den Kopf zur Seite geneigt, den Mund mit der langen runzligen Oberlippe leicht gespitzt, zählte sie mit ihrer beinernen Stricknadel die Maschen. »Achtundsechzig. Ich werde vier abnehmen. Danke, Francis. Ich hoffe, ich habe dich nicht gestört.«

Tränen wollten ihm in die Augen steigen. Er hatte ein nahezu unwiderstehliches Verlangen, seinen Kopf auf ihre Schulter zu legen und hemmungslos in einem fort zu schreien: »Tante Polly! Ich bin in einer schrecklichen Lage. Was, um Gottes willen, soll ich tun?«

Statt dessen blickte er sie lange an. Er murmelte: »Polly, machst du dir keine Sorgen wegen der Gefahr, in der wir hier alle schweben?«

Sie lächelte leise: »Wer sich Sorgen macht, wird früh alt. Außerdem ... sorgst du nicht für uns?«

Ihr unerschütterlicher Glaube an ihn war wie ein Hauch reiner Luft. Er sah, wie sie ihre Arbeit zusammenlegte, ihm in gewohnter Weise zunickte und sich schweigend zurückzog. Hinter ihrer Unbekümmertheit, ihrer Alltäglichkeit, verbarg sich eine Art tieferer Einsicht. Francis war nicht mehr im Zweifel, was er tun mußte. Er nahm Hut und Mantel und begab sich heimlich zum unteren Tor.

In der tiefen Dunkelheit draußen vor der Mission konnte man nicht die Hand vor den Augen sehen. Aber keines Hindernisses achtend, ging er rasch auf die Straße der Glänzenden Grünen Jade hinunter, auf die Stadt zu.

Am Mandschutor wurde er plötzlich angehalten. Eine Laterne leuchtete ihm ins Gesicht, während Soldaten ihn durchsuchten. Er rechnete damit, erkannt zu werden – denn schließlich war er stadtbekannt –, aber das Glück meinte es noch besser mit ihm. Einer der drei Soldaten gehörte zu den Leuten Schens, die während der ganzen Pestepidemie mit ihm gearbeitet hatten. Der Mann bot sich sofort als Bürge an und erklärte sich nach einem kurzen Wortwechsel mit seinen Kameraden bereit, ihn zum Leutnant zu bringen.

Die Straßen waren verlassen, zum Teil durch Trümmer verstopft und bedrückend still. Aus dem ferner gelegenen östlichen Teil hörte man das Knattern einer Salve. Während der Priester seinem rasch dahintrottenden Führer folgte, hatte er ein eigentümlich erheiterndes Schuldgefühl.

Schen bewohnte sein altes Zimmer im Quartier der Truppen und gönnte sich gerade, völlig angekleidet, eine kurze Ruhe auf demselben Feldbett, auf dem sich einst Dr. Tulloch ausgestreckt hatte. Seine Wangen waren unrasiert, seine Wickelgamaschen weiß von angetrocknetem Schlamm, und unter seinen Augen lagen tiefe Schatten der Müdigkeit. Als Francis eintrat, richtete er sich auf seinem Ellbogen auf.

»Sieh an!« sagte er. »Ich habe von Ihnen geträumt, mein Freund, und von Ihrer prächtigen Niederlassung auf dem Hügel.«

Er glitt vom Bett herunter, schraubte den Docht der Lampe höher und ließ sich am Tisch nieder. »Wollen Sie eine Tasse Tee? Nein? Ich auch nicht. Aber ich freue mich, Sie zu sehen. Es tut mir leid, daß ich Sie General Nai-an nicht vorstellen kann. Er führt einen Angriff im Ostsektor... oder läßt vielleicht einige Spione erschießen. Er ist ein sehr aufgeklärter Mann.«

Francis setzte sich zum Tisch, schwieg aber. Er kannte Schen gut genug, um zu wissen, daß man erst ihn reden lassen mußte. Heute nacht hatte der Leutnant entschieden weniger zu sagen als gewöhnlich. Er warf dem Priester vorsichtig einen Blick zu. »Warum sprechen Sie Ihren Wunsch nicht aus, mein Freund? Sie sind hier, um Hilfe zu erbitten, die ich Ihnen nicht gewähren kann. Vor zwei Tagen hätten wir in Ihrer Mission sein sollen, aber der einzige Unterschied wäre gewesen, daß uns diese niederträchtige Sorana gemeinsam in Stücke zerrissen hätte.«

»Sie meinen die Kanone?«

»Ja, die Kanone«, antwortete Schen mit höflicher Ironie. »Seit einer Reihe von Jahren ist sie mir allzu gut bekannt... Sie stammt von einem französischen Kanonenboot. General Hsiä besaß sie zuerst. Mit großer Mühe habe ich sie ihm zweimal weggenommen, aber jedesmal kaufte er sie meinem Kommandanten wieder ab. Dann hatte Wai eine Konkubine aus Peking, die ihn zwanzigtausend Silberdollar kostete. Sie war eine sehr schöne armenische Dame namens Sorana. Als er aufhörte, sie mit den Augen der Liebe zu betrachten, tauschte er sie bei Hsiä gegen die Kanone ein. Sie haben gesehen, wie wir gestern versuchten, uns ihrer zu bemächtigen. Es ist unmöglich... die Stellung befestigt... das Gelände offen... und nur eine Piff-Paff-Batterie zu unserer Unterstützung. Vielleicht verlieren wir ihretwegen den Krieg, und gerade in dem Augenblick, in dem ich bei General Nai-an immer höher in Gunst komme.«

Einen Augenblick blieb es still. Dann sagte der Priester: »Angenommen, es wäre möglich, sich der Kanone zu bemächtigen?«

»Nein, nein. Führen Sie mich nicht in Versuchung.« Schen schüttelte den Kopf mit schlecht verhehlter Bitterkeit. »Aber wenn ich jemals in die Nähe dieser schändlichen Waffe komme, dann werde ich sie ein für allemal erledigen.«

»Wir können ganz in die Nähe der Kanone kommen.«

Bedächtig hob Schen den Kopf und blickte Francis prüfend an. Eine leichte Erregung belebte ihn. Er wartete.

Father Chisholm lehnte sich vor, seine Lippen bildeten nur einen schmalen Strich. »Der Wai-Offizier, der die Mannschaft an der Kanone befehligt, hat mir gedroht, die Mission in Grund und Boden zu schießen, wenn ich ihm nicht bis Mitternacht Lebensmittel und Geld in die Stellung bringe...«

Die Augen auf Schen gerichtet, wollte Francis fortfahren – dann brach er ab. Er sah, daß es keiner Worte mehr bedurfte. Eine Minute lang herrschte Stille. Hinter Schens glatter Stirn arbeitete es. Schließlich lächelte er – zumindest verzogen die Muskeln seines Gesichtes sich zu einem Lächeln. Doch in seinen Augen war von Heiterkeit nichts zu sehen.

»Mein Freund, ich muß Sie auch weiterhin als ein Geschenk des Himmels betrachten.«

Ein Schatten verdunkelte des Priesters gespannte Züge. »Ich denke heute nacht nicht an den Himmel.«

Schen nickte, ohne diese Bemerkung erfaßt zu haben. »Jetzt hören Sie zu, ich werde Ihnen sagen, wie wir es anstellen müssen.«

Eine Stunde später verließen Francis und Schen das Quartier und gingen durch das Mandschutor auf die Mission zu. Schen hatte seine Uniform mit einer abgetragenen blauen Bluse und einem Paar Kulihosen vertauscht, die bis zum Knie aufgerollt waren. Ein flacher Strohhut bedeckte seinen Kopf. Auf dem Rücken trug er einen großen Sack, der fest mit Bindfaden vernäht war. Zwanzig seiner Leute folgten ihm schweigend in einer Entfernung von etwa dreihundert Schritten.

Als sie ungefähr die Hälfte der Glänzenden-Grünen-Jade-Straße hinter sich hatten, berührte Francis den Arm seines Begleiters. »Jetzt ist die Reihe an mir.«

»Es ist nicht schwer.« Schen hob das Bündel sorgsam auf die andere Schulter. »Und ich bin vielleicht etwas mehr an solche Dinge gewöhnt als Sie.«

Sie erreichten die schützenden Mauern der Mission. Kein Licht drang heraus. Nur in schattenhaftem Umriß sah er die Gebäude, die alles einschlossen, was er liebte. Dunkel und preisgegeben lagen sie da. Es war vollkommen still. Plötzlich hörte er aus dem Pförtnerhaus den melodischen Schlag der amerikanischen Wanduhr, die er Josef als Hochzeitsgeschenk gegeben hatte. Automatisch zählte er die Schläge. Elf Uhr.

Schen hatte seinen Leuten die letzten Instruktionen erteilt. Einer der Männer, die an der Mauer kauerten, unterdrückte einen Husten, dessen Echo den Anschein weckte, als halle es über den ganzen Hügel. Schen stieß flüsternd einen kräftigen Fluch aus. Die Leute waren ohne jede Wichtigkeit. Nur was er und der Priester zu tun hatten, zählte. Francis fühlte, wie seines Freundes Blick sich in der Dunkelheit auf ihn richtete.

»Sie wissen genau, was sich ereignen wird?«

»Ja.«

»Sobald ich in den Benzinkanister schieße, wird er in Flammen aufgehen und das Cordit zur Explosion bringen. Vorher aber, noch bevor ich den Revolver hebe, müssen Sie anfangen, sich zurückzuziehen. Sie müssen sich ziemlich weit entfernen, denn es wird eine sehr heftige Erschütterung geben.« Er schwieg einen Augenblick. »Gehen wir jetzt, wenn Sie bereit sind. Doch um der Liebe Ihres Herrn im Himmel willen, kommen Sie mit der Fackel nicht zu nahe an den Sack.«

Francis nahm allen Mut zusammen, zog Streichhölzer aus der Tasche und ließ die Rohrfackel aufflammen. Dann hielt er sie hoch empor, trat aus dem Schutz der Missionsmauern und ging geradewegs auf das Zedernwäldchen zu. Schen folgte ihm wie ein Diener, trug den Sack auf dem Rücken, als ob er unter der Last stöhnte, und war darauf bedacht, möglichst geräuschvoll zu sein.

Die Entfernung war nicht groß. Am Rand des Wäldchens machte Francis halt und rief in das Dunkel der Bäume, die ihn schweigend zu beobachten schienen: »Ich bin gekommen, wie man es verlangt hat. Bringt mich zu eurem Befehlshaber.«

Eine kurze Spanne des Schweigens folgte, dann regte es sich plötzlich dicht hinter ihnen. Francis fuhr herum und sah zwei von Wais Leuten im Lichtkreis der qualmenden Fackel stehen.

»Sie werden erwartet, Zauberer. Gehen Sie weiter und fürchten Sie sich nicht allzusehr.«

Durch ein schreckliches Gewirr flacher Laufgräben und scharf zugespitzter Bambuspfähle wurden sie in die Mitte des Wäldchens geleitet. Hier setzte des Priesters Herzschlag einen Augenblick aus. Hinter einem Wall aus Erde und Zedernzweigen stand die Langrohr-Kanone, sorgfältig bewacht von der ringsherum aufgestellten Mannschaft.

»Haben Sie alles gebracht, was von Ihnen gefordert wurde?«

Francis erkannte die Stimme seines abendlichen Besuchers. Diesmal log er ohne besondere Mühe.

»Ich habe eine große Menge Konserven mitgebracht... die sicher Ihren Gefallen finden werden.«

Schen zeigte den Sack vor und rückte näher, ein ganz klein wenig näher an die Kanone heran.

»Gar so groß ist die Menge nicht.« Der Befehlshaber der Bedienungsmannschaft trat ins Licht. »Haben Sie auch das Geld?«

»Ja.«

»Wo ist es?« Der Hauptmann befühlte das obere Ende des Sackes.

»Dort nicht!« Francis sprach hastig, voll Erschrecken. »Ich habe das Geld in meiner Brieftasche.«

Der Hauptmann ließ sich von seiner Überprüfung des Sackes ablenken. Mit einem gierigen Aufleuchten in den Augen blickte er Francis an. Eine Anzahl Soldaten war herbeigekommen, die alle den Priester angafften.

»Hört mich an!« Francis machte verzweifelte Anstrengungen, ihre Aufmerksamkeit zu fesseln. Er konnte sehen, wie Schen sich unmerklich in den Schatten zurückzog, näher, immer näher an die Kanone heran. »Ich ersuche euch – ich bitte euch – uns in der Mission unbehelligt zu lassen.«

Des Hauptmanns Gesicht drückte Verachtung aus. Er lächelte spöttisch. »Sie sollen unbehelligt bleiben... bis morgen.« Im Hintergrund lachte jemand. »Dann werden wir eure Frauen unter unseren Schutz nehmen.«

Francis stählte sein Herz für das Kommende. Schen hatte, als wäre er vom Tragen erschöpft, den Sack unter dem Verschlußstück der Kanone abgeladen. Dann tat er, als wische er sich den Schweiß von der Stirn, und machte ein paar Schritte auf den Priester zu. Noch mehr Soldaten hatten sich angesammelt und wurden langsam ungeduldig. Francis bemühte sich krampfhaft, Zeit für Schen zu gewinnen.

»Ich zweifle nicht an Ihren Worten, aber es wäre mir viel daran gelegen, von General Wai selbst eine Zusicherung zu erhalten.«

»General Wai ist in der Stadt. Sie werden ihn später sehen.«

Der Hauptmann war kurz angebunden und trat näher, um endlich das Geld in Empfang zu nehmen. Aus dem Augenwinkel sah Francis, wie Schens Hand unter die Bluse fuhr. Jetzt kommt es, dachte er. Im gleichen Augenblick hörte er den lauten Knall des Revolvers und den Einschlag der Kugel, die den Kanister im Innern des Sackes getroffen hatte. In größter Spannung wartete er auf die Detonation. Doch unbegreiflicherweise kam es zu keiner Explosion. Rasch hintereinander feuerte Schen noch drei Schüsse auf den Kanister ab. Francis sah das

Benzin die ganze Sackleinwand durchtränken. Es wurde ihm ganz elend vor Enttäuschung, und doch waren seine Gedanken schneller als die dumpfen Schüsse: Schen hatte sich geirrt, die Kugeln entzündeten das Benzin nicht, oder vielleicht hatten sie nur Kerosin in die Kanne geschüttet. Er sah jetzt, wie Schen in die Menge schoß, wie er sich bemühte, eine Ladehemmung seines Revolvers zu beheben, wie er hoffnungslos nach seinen Leuten schrie. Die Ereignisse überstürzten sich wie die Gedanken. Francis fühlte eine letzte, alles mit sich reißende Welle von Zorn und Verzweiflung über sich hereinbrechen. Bedächtig, als würfe er die Angel nach dem Lachs, holte er aus und schleuderte seine Fackel.

Seine Treffsicherheit war großartig. Das hell leuchtende Licht zog wie ein Komet einen Bogen durch die Nacht und fiel mitten auf den benzingetränkten Sack. Augenblicklich schlug ihm ein Meer von Lärm und Licht entgegen. Er fühlte bloß noch, wie die Erde unter einem blendenden Blitzschlag barst und ein sengend heißer Windstoß ihn, unter fürchterlichem Krachen, nach rückwärts in tiefstes Dunkel riß. Noch nie zuvor hatte er das Bewußtsein verloren. Er glaubte zu fallen, immer weiter in einen leeren schwarzen Raum hinein. Er griff nach einem Halt und fand keinen. Er fiel in Vernichtung und Vergessen.

Als er zu sich kam, lag er ausgestreckt auf freiem Feld, schwach, aber unverletzt, und Schen zog ihn an den Ohrläppchen, um ihn zur Besinnung zu bringen. Undeutlich sah er den roten Himmel über sich. Das ganze Zypressenwäldchen stand in Flammen, knisternd und krachend wie ein Scheiterhaufen.

»Ist die Kanone erledigt?«

Schen hörte auf, ihn in die Ohren zu zwicken, und richtete sich erleichtert auf.

»Ja, sie ist erledigt, und einige dreißig von Wais Soldaten sind mit ihr in die Luft geflogen.« Weiß leuchteten die Zähne aus seinem versengten Gesicht. »Mein Freund, ich gratuliere Ihnen. Ich habe in meinem ganzen Leben noch nie so prächtig töten sehen. Noch etwas von der Art, und Sie haben mich zum Christentum bekehrt.«

Die nächsten Tage brachten eine schreckliche Verwirrung über Father Chisholms Geist und Herz. Die körperliche Reaktion auf sein Abenteuer warf ihn beinahe aufs Krankenlager. Er war kein Held romantischer Erzählungen, sondern ein untersetzter, kurzatmiger kleiner

Mann weit über die Vierzig. Er fühlte sich unsicher und schwindlig. Sein Kopf schmerzte ihn unablässig, so daß er sich mehrmals täglich in sein Zimmer schleppen und die hämmernden Schläfen in das laue Wasser der Waschschüssel tauchen mußte. Und mehr noch als die körperlichen Leiden quälte ihn die Seelenangst, ein Gewirr von Reue und Triumph, ein tiefes, unablässiges Staunen, daß er, ein Priester Gottes, die Hand erhoben hatte, seine Mitbrüder zu töten. Obgleich es um die Sicherheit seiner Gemeinde gegangen war, konnte er für sich selbst darin kaum eine Rechtfertigung erblicken. Die schlimmste Qual bereitete ihm die Erinnerung an seine Bewußtlosigkeit. Ein Stich durchfuhr ihn jedesmal, wenn er daran dachte, wie er unter dem Schock der Explosion die Besinnung verlor. War so der Tod? Ein völliges Vergessen...

Einzig Polly ahnte, daß er in jener Nacht die Mission verlassen hatte. Schweigsam und abgezehrt stand er vor ihr und fühlte, wie ihr ruhiger Blick von seiner Gestalt zu den verkohlten Stümpfen der Zedern schweifte, die von der ganzen Geschützstellung übriggeblieben waren. Unendliches Verständnis lag in dem banalen Satz, den sie ihm sagte:

»Da hat uns jemand einen guten Dienst erwiesen, als er diese Plage aus dem Weg räumte.«

An den Rändern der Stadt und in den östlichen Hügeln gingen die Kämpfe weiter. Am vierten Tag drang die Nachricht in die Mission, daß sich das Kriegsglück gegen Wai kehre.

Am Ende dieser Woche war der Himmel grau verhängt, und schwere Wolken ballten sich zusammen. Am Samstag ebbte das Schießen in Pai-tan ab, und man hörte nur noch da und dort eine Gewehrsalve. Father Chisholm hielt von seinem Balkon aus Ausschau und sah, wie sich Gestalten in den grünen Uniformen der Wai-Armee reihenweise vom Westtor zurückzogen. Viele von ihnen hatten ihre Waffen weggeworfen, aus Angst, gefangengenommen und als Rebellen erschossen zu werden. Francis wußte, daß dies ein Zeichen war für Wais Niederlage und seine Unfähigkeit, mit General Nai-an einen Vergleich zu schließen.

Einige dieser versprengten Soldaten sammelten sich hinter der oberen Mauer der Mission, wo sie vor Blicken aus der Stadt durch ein paar Bambussträucher geschützt waren. Man konnte in der Mission hören, wie sie unentschlossen und offenbar zu Tode erschrocken miteinander sprachen.

Gegen drei Uhr nachmittags kam Schwester Clothilde wieder völlig außer sich zu Father Chisholm gelaufen, der keine Ruhe fand und im Hof auf und ab ging.

»Anna wirft Lebensmittel über die obere Mauer.« Laut jammernd beklagte sie sich. »Gewiß ist ihr Soldat da oben... sie haben miteinander gesprochen.«

Seine eigenen Nerven waren jetzt bis zum Zerreißen gespannt. »Es ist kein Unrecht, denen Nahrung zu geben, die ihrer bedürfen.«

»Aber er ist einer dieser entsetzlichen Halsabschneider. Ach, du lieber Himmel, wir werden noch alle in unseren Betten ermordet werden!«

»Denken Sie nicht so viel an Ihren eigenen Hals.« Ärgerlich stieg ihm die Röte ins Gesicht. »Als Märtyrer kommt man leicht in den Himmel.«

Bei Einbruch der Dämmerung quollen die geschlagenen Streitkräfte Wais in Massen aus den Toren der Stadt. Sie kamen über die Mandschubrücke und strömten in größter Verwirrung die Glänzende-Grüne-Jade-Straße hinauf, an der Mission vorbei. Die Flucht drückte den schmutzigen Gesichtern der Männer ihren Stempel auf.

Die folgende Nacht war finster und unruhig. Schreie und Schüsse, das Galoppieren von Pferden und das Aufflammen von Fackeln weit unten in der Ebene erfüllten sie. Seltsam trüb gestimmt beobachtete der Priester das alles vom unteren Tor der Mission aus. Wie er dastand, hörte er plötzlich hinter sich vorsichtige Schritte. Er wandte sich um. Halb hatte er es erwartet: einen Missionsmantel bis unters Kinn zugeknöpft, ein Bündel in der Hand, schlich Anna heran.

»Wo gehst du hin, Anna?«

Mit einem unterdrückten Schrei fuhr sie zurück, gewann aber sogleich ihre Starrköpfigkeit und Frechheit wieder.

»Das ist meine eigene Sache.«

»Willst du es mir nicht sagen?«

»Nein.«

Er war ruhiger Stimmung, seine Haltung hatte sich geändert. Was nützte es, hier noch weiter Zwang anzuwenden?

»Du hast dich entschlossen, uns zu verlassen, Anna. Das ist klar. Und nichts, was ich sagen oder tun kann, wird dich von deinem Entschluß abbringen.«

Sie sagte bitter: »Diesmal haben Sie mich erwischt. Aber das nächste Mal wird es Ihnen nicht gelingen.«

»Es muß kein ›nächstes Mal‹ geben, Anna.« Er sperrte das Tor auf. »Es steht dir frei, zu gehen.«

Er spürte ihr überraschtes Auffahren, den Blick ihrer dunklen Augen. Dann packte sie ohne ein Wort des Dankes oder des Abschieds ihr Bündel, schoß durch das Tor davon und verlor sich alsbald in der Menge, die die Straße erfüllte.

Barhäuptig stand er da, während der lärmende Haufen an ihm vorüberzog. Der Auszug hatte sich nun in ungeordnete Flucht verwandelt. Plötzlich verstärkte sich das Geschrei, und er sah eine Gruppe berittener Männer. Rasch kamen sie näher, indem sie sich einen Weg durch den Strom der Fußgänger, der sie behinderte, bahnten. Als sie das Tor erreichten, brachte einer der Reiter sein schäumendes Pony mit einem Ruck zum Stehen. Im Licht der Fackeln tauchte das Bild von etwas unvorstellbar Bösem vor dem Priester auf, ein Totenkopfgesicht mit schmalen Augenschlitzen und niedriger, fliehender Stirn. Der Reiter schrie ihm haßerfüllt eine Beleidigung entgegen und hob dann drohend die Hand. Francis rührte sich nicht. Daß er so furchtlos stehenblieb, schien den andern zu verwirren. Während er einen Augenblick zögerte, erhob sich hinter ihm drängend Geschrei: »Weiter, weiter, Wai... nach Tu-en-lai... sie kommen!«

Wai ließ die bewaffnete Hand sinken. Er gab seinem Tier die Sporen, beugte sich im Sattel vor und spie dem Priester haßerfüllt ins Gesicht. Dann verschlang ihn die Nacht.

Klar und sonnig brach der nächste Morgen an, und die Glocken der Mission läuteten fröhlich. Fu war aus eigenem Antrieb auf den Turm geklettert. Mit dem langen Strang schwang er sich hinauf und hinunter, wobei sein dünner Bart vor Vergnügen wippte. Mit strahlenden Gesichtern standen die meisten Flüchtlinge bereit, um wieder nach Hause zurückzukehren, sie warteten nur noch auf ein Abschiedswort des Fathers. Alle Kinder hüpften lachend im Compound herum, beaufsichtigt von Martha und Maria Veronika, die ihre Streitigkeiten soweit beigelegt hatten, daß sie nurmehr drei Schritt voneinander entfernt standen.

Sogar Clothilde spielte mit. Sie war die Lustigste von allen, ließ einen Ball springen und rannte kichernd mit den Kleinen umher. Polly saß aufrecht an ihrem Lieblingsplätzchen im Gemüsegarten und wickelte eine Strähne Wolle auf, als wäre das Leben ein unveränderliches, ruhiges Einerlei.

Als Father Chisholm langsam die Stufen seines Hauses herunterkam, ging Josef ihm freudig entgegen, sein pausbäckiges Kindlein auf dem Arm. »Es ist vorbei, Herr! Die Nai-ans haben gesiegt. Der neue General ist ein wahrhaft großer Mann. Kein Krieg mehr in Pai-tan. Er verspricht es. Frieden für uns alle, solange wir leben.« Zärtlich, triumphierend schwenkte er das Baby auf und ab. »Keine Kämpfe für dich, mein kleiner Josua, keine Tränen mehr und kein Blut. Friede! Friede!«

Es gab keine Erklärung für die grenzenlose Traurigkeit, die wie ein Messer in des Priesters Herz drang. Liebkosend nahm er des Babys zarte, goldfarbene Wange zwischen Daumen und Zeigefinger. Er unterdrückte einen Seufzer und lächelte. Alle liefen jetzt zu ihm, seine Kinder, seine Leute, alle die er liebte – die er gerettet hatte, indem er den Grundsatz preisgab, der ihm am teuersten war.

10

Ende Januar erntete Pai-tan die ersten glorreichen Früchte des Sieges. Francis war sehr erleichtert, daß Tante Polly dieser Anblick erspart blieb. Sie hatte sich vor einer Woche auf den Rückweg nach England gemacht, und wenn der Abschied auch schwerfiel, wußte er in der Tiefe seines Herzens doch, daß sie recht daran tat, Pai-tan zu verlassen.

Als er am Morgen zur Apotheke hinüberging, dachte er mit Sorgen an die Ausdehnung der »Reisschlange«. Die ganze Mauer der Mission entlang hatten gestern die Bittenden gestanden. Wütend über seine Niederlage hatte Wai im Umkreis von vielen Meilen alles bis auf den letzten Getreidehalm niedergebrannt. Die Ernte an süßen Kartoffeln war dieses Jahr schlecht. Die Reisfelder, die nur von den Frauen bestellt wurden, während die Männer und auch die Wasserochsen eingezogen waren, hatten kaum die Hälfte des gewöhnlichen Ertrags geliefert. Alles war knapp und teuer. In der Stadt hatte sich der Wert von Konserven verfünffacht. Die Preise stiegen täglich.

Francis eilte in das von Menschen überfüllte Gebäude. Alle drei Schwestern standen dort, ein hölzernes Maß in der Hand, ein schwarzlackiertes Gefäß mit Reis vor sich und schöpften ohne Unterlaß die Körner heraus, um sie hundertgrammweise in die emporgehobenen Schalen zu schütten.

Er sah ihnen zu. Seine Leute waren geduldig und verhielten sich still.

Aber das ständige Rinnen der trockenen Körner klang wie anhaltendes leichtes Zischen. Leise sagte er zu Maria Veronika: »So können wir nicht fortfahren. Ab morgen müssen Sie die Rationen auf die Hälfte herabsetzen.«

»Gut.« Sie nickte zustimmend, ohne die Augen von dem Reisbehälter zu heben. Die Anspannung der vergangenen Wochen ist auch an ihr nicht spurlos vorübergegangen, dachte Francis, ganz blaß sieht sie aus.

Ein- oder zweimal ging er zum äußeren Tor und zählte die Leute. Zu seiner Erleichterung begann sich die Reihe endlich zu lichten. Da ging er zurück und stieg in den Vorratskeller hinab, um noch einmal den Lebensmittelbestand zu überprüfen. Glücklicherweise hatte er vor zwei Monaten bei Herrn Tschia eine inzwischen getreulich ausgeführte Bestellung gemacht. Dennoch war der Vorrat an Reis und süßen Kartoffeln, die sie in großen Mengen verbrauchten, beängstigend klein geworden.

Er überlegte hin und her. Immer noch waren in Pai-tan Lebensmittel erhältlich, allerdings zu enormen Preisen. Zum erstenmal in der Geschichte der Mission faßte er den Entschluß, die Gesellschaft daheim telegrafisch um einen Zuschuß zu bitten.

Eine Woche später erhielt er telegrafisch die Antwort:

»Jegliche Geldanweisung völlig unmöglich. Bedenke gütigst, daß wir Krieg haben. Ihr nicht und deswegen mehr als glücklich. Bin überhäuft mit Rot-Kreuz-Arbeit. Beste Grüße, Anselm Mealey.«

Ohne eine Miene zu verziehen zerknüllte Francis das grüne Formular. An diesem Nachmittag raffte er alle verfügbaren Geldmittel der Mission zusammen und ging in die Stadt. Aber jetzt war es zu spät – er konnte nichts mehr kaufen. Der Getreidemarkt war geschlossen. In den größten Geschäften gab es nurmehr spärliche Reste leicht verderblicher Ware, einige Melonen, Rettiche und kleine Flußfische.

Beunruhigt ging er zur Mission in der Straße der Laternen und führte dort ein langes Gespräch mit Dr. Fiske. Auf dem Rückweg machte er einen Besuch bei Herrn Tschia.

Herr Tschia hieß Francis willkommen. Sie tranken miteinander Tee in dem vergitterten kleinen Kontor, in dem es nach Gewürzen, Moschus und Zedernholz roch.

»Ja«, stimmte Herr Tschia ernsthaft zu, nachdem sie sich lange über die Lebensmittelknappheit unterhalten hatten, »es ist eine Angelegenheit, die einem einige Sorge bereiten kann. Herr Pao ist in die Hauptstadt gereist, um zu versuchen, von der neuen Regierung gewisse Zusicherungen zu erhalten.«

»Mit einiger Aussicht auf Erfolg?«

»Mit jeder nur möglichen Aussicht.« Dann fügte der Mandarin hinzu – und es klang zynischer als alles, was Francis je von ihm gehört hatte: »Aber Zusicherungen sind keine Zuwendungen.«

»Es hieß doch, im Kornspeicher läge eine Reserve von vielen Tonnen Getreide.«

»General Nai-an hat jeden Scheffel für sich in Anspruch genommen und die Stadt von allen Nahrungsmitteln entblößt.«

»Er kann doch unmöglich zusehen«, sagte Father Chisholm stirnrunzelnd, »wie die Leute verhungern. Was hat er ihnen nicht alles versprochen, wenn sie für ihn kämpften.«

»Nun hat er in sanften Worten der Meinung Ausdruck gegeben, daß ein leichter Rückgang der Bevölkerung der Gemeinde nur zum Vorteil gereichen würde.«

Sie schwiegen. Dann äußerte Father Chisholm: »Ein Segen, daß Dr. Fiske mit reichlicher Unterstützung rechnen kann. Sein Hauptquartier in Peking hat ihm drei volle Dschunkenladungen zugesagt.«

»Ach!«

Wieder blieb es eine Weile still.

»Sie haben Ihre Zweifel?«

Herr Tschia antwortete mit seinem sanften Lächeln. »Es sind zweitausend Li von Peking nach Pai-tan. Und auf diesem langen Weg gibt es viele hungrige Leute. Meiner unmaßgeblichen Meinung nach, mein hochgeschätzter Freund, müssen wir uns auf sechs Monate größter Not vorbereiten. Derartiges Unglück gibt es in China immer wieder. Aber was macht es schon? Wir werden vielleicht ums Leben kommen, aber China bleibt.«

Am nächsten Morgen mußte Father Chisholm die »Reisschlange« abweisen. Die Maßnahme schnitt ihm ins Herz, aber er war gezwungen, die Tore zu schließen. Er trug Josef auf, ein Schild mit dem Hinweis zu malen, daß Leute in höchster Not ihren Namen im Pförtnerhaus hinterlassen konnten. Er wollte die einzelnen Fälle dann selbst prüfen.

In sein Haus zurückgekehrt, machte er sich daran, einen Plan für die Rationierung innerhalb der Mission auszuarbeiten, den er in den folgenden Wochen in Kraft treten ließ. Zunächst wunderten sich die Kinder, dann wurden sie unruhig und reizbar, und schließlich glitten sie in eine Art ungläubige Stumpfheit hinüber. Sie wollten ständig schlafen, verlangten aber bei jeder Mahlzeit nach mehr. Am meisten schienen sie unter dem Mangel an Zucker und anderen Kohlehydraten zu leiden. Sie nahmen ständig ab.

Aus der Methodistenmission hörte man keine Silbe von der Nahrungsmittellieferung. Die Dschunken waren jetzt schon drei Wochen überfällig, und Dr. Fiskes Befürchtungen traten so offen zutage, daß niemand mehr sich falsche Hoffnungen machen konnte.

Seit mehr als einem Monat war seine öffentliche Reisküche geschlossen. Träge, völlig teilnahmslos, schlichen die Leute von Pai-tan dahin. Ihre Gesichter waren erloschen und ihre Bewegungen kraftlos.

Und dann begann es und nahm langsam immer mehr zu, das zeitlose Wandern, das so alt ist wie China selbst, der schweigende Auszug von Männern, Frauen und Kindern, die sich von der Stadt nach Süden wandten.

Als Father Chisholm dieses Anzeichen gewahrte, krampfte sich sein Herz zusammen. Ein schreckliches Zukunftsbild stieg vor ihm auf: seine Gemeinde, abgezehrt, ausgemergelt und dem Hungertod verfallen. Rasch zog er die Lehre aus dem Anblick der Prozession, die eben langsam vor seinen Augen begonnen hatte.

Wie in den Tagen der Pest rief er Josef zu sich und schickte ihn mit einer dringlichen Botschaft davon.

Am Morgen nach Josefs Abreise kam er ins Refektorium und befahl, den Kindern eine Extraportion Reis zu geben. In der Speisekammer fand sich noch eine letzte Schachtel mit Feigen. Er ging den Tisch entlang und steckte jedem Kind einen süßen, klebrigen Bissen in den Mund.

Diese Anzeichen besserer Ernährung hoben die Stimmung der kleinen Gemeinschaft beträchtlich. Aber Martha, mit einem Blick auf den fast leeren Vorratskeller, murmelte verblüfft:

»Was liegt in der Luft, Father? Ich bin sicher... da ist irgend etwas los...«

»Samstag werden Sie es erfahren, Martha. Bitte sagen Sie inzwischen der Ehrwürdigen Mutter, daß wir bis zum Ende der Woche die Extraportionen Reis beibehalten.«

Martha ging, seinem Auftrag entsprechend, aber seltsamerweise konnte sie die Ehrwürdige Mutter nirgends finden.

Maria Veronika ließ sich den ganzen Nachmittag nicht blicken. Sie erschien nicht, um den Webunterricht abzuhalten, den sie jeden Mittwoch in der Korbflechterei gab. Um drei Uhr war sie unauffindbar. Vielleicht war es ein Versehen. Kurz nach fünf Uhr betrat sie das Refektorium, um dort ihren Pflichten wie gewöhnlich nachzugehen. Sie war blaß und gab keine Erklärung für ihre Abwesenheit. In der Nacht jedoch, im Kloster, wurden Clothilde und Martha durch ein Geräusch geweckt und in Bestürzung versetzt, das zweifellos aus Maria Veronikas Zimmer kam.

Entsetzt sprachen sie am nächsten Morgen im Flüsterton darüber, während sie in einer Ecke der Waschküche beisammenstanden und die Ehrwürdige Mutter beobachteten, die aufrecht und würdevoll, aber viel langsamer als früher, über den Hof schritt.

»Endlich ist sie gebrochen.« Marthas Worte schienen ihr in der Kehle steckenzubleiben. »Heilige Jungfrau, haben Sie heute nacht gehört, wie sie weinte?«

Clothilde drehte ein Stück Leinwand in den Händen. »Vielleicht hat sie Nachricht von einer schweren Niederlage der Deutschen, von der wir noch nichts gehört haben.«

»Ja, vielleicht... es muß auf alle Fälle etwas Schreckliches sein.« Marthas Gesicht verdüsterte sich plötzlich. »Wenn sie nicht eine verwünschte ›Boche‹ wäre – täte sie mir beinahe leid.«

»Ich habe sie noch niemals weinen sehen.« Clothilde sann nach, unsicher zupften ihre Finger an dem Wäschestück. »Sie ist eine stolze Frau. Es muß ihr doppelt schwerfallen.«

»Hochmut kommt vor dem Fall. Hätte sie mit uns gefühlt, wenn wir zuerst nachgegeben hätten? Dennoch muß ich gestehen – ach was! Wir wollen jetzt weiterbügeln.«

Am Sonntagmorgen näherte sich in aller Frühe eine kleine Kavalkade der Mission. Sie kam auf gewundenen Pfaden von den Bergen herunter, und Father Chisholm, den Josef von ihrer Ankunft verständigt hatte, eilte zum Pförtnerhaus, um Liu-Tschi und seine drei Begleiter aus dem Dorf Liu willkommen zu heißen. Er drückte die Hände des alten Schäfers, als wollte er sie nie mehr loslassen. »Das ist wahre Güte und Freundschaft! Der liebe Gott wird es Ihnen vergelten.«

Kindlich erfreut über die warme Herzlichkeit des Empfangs lächelte Liu-Tschi. »Wir wären schon früher gekommen. Aber wir haben lange gebraucht, um die Ponys zusammenzutreiben.«

Sie führten vielleicht dreißig von den stämmigen, langhaarigen Hochlandponys mit sich, hatten sie gezäumt, aber nicht gesattelt, und große Tragkörbe an beiden Seiten festgeschnallt. Zufrieden kauten die Pferdchen an den Büscheln von trockenem Gras, die man ihnen hingestreut hatte. Des Priesters Herz schlug freudig. Er drang in die vier Männer, jetzt die Erfrischungen zu sich zu nehmen, die Josefs Frau im Pförtnerhaus bereithielt, und sich nach dem Essen gründlich auszuruhen.

Er fand die Ehrwürdige Mutter in der Wäschekammer, schweigend mit der Ausgabe frischen, weißen Leinens beschäftigt. Sie reichte Martha, Clothilde und einer der älteren Schülerinnen die Tisch- und Bettwäsche und die Handtücher für die nächste Woche. Francis versuchte nicht länger, seine Freude und Befriedigung zu verbergen.

»Ich muß Sie auf eine Veränderung vorbereiten. Da wir hier von der Hungersnot bedroht sind, übersiedeln wir in das Dorf Liu. Dort werden Sie reichlich zu essen finden, das verspreche ich Ihnen.« Er lächelte. »Sie, Schwester Martha, werden gewiß viele neue Zubereitungsarten für Berghammelfleisch entdecken, ehe Sie wieder zurückkehren. Ich weiß, daß Ihnen das Freude machen wird. Und was die Kinder betrifft... für sie wird es ein schöner Ferienaufenthalt.«

Einen Augenblick waren alle starr vor Überraschung. Dann begannen beide, Martha und Clothilde, in der Vorfreude auf die Unterbrechung des einförmigen Lebens und das Abenteuer zu lächeln.

»Sie glauben jetzt bestimmt, daß wir in fünf Minuten mit Sack und Pack bereitstehen«, murmelte Martha liebenswürdig und richtete, zum erstenmal seit vielen Wochen, ihren Blick suchend auf die Ehrwürdige Mutter, als ob sie deren Zustimmung erwarte.

Es war die erste schwache Geste der Versöhnung. Aber Maria Veronika stand da und ließ sie unbeantwortet.

»Ja, Sie müssen sich beeilen.« Father Chisholms Worte klangen beinahe fröhlich. »Die Kleinsten müssen in die Tragkörbe gepackt werden. Die andern müssen abwechselnd gehen und reiten. Die Nächte sind jetzt warm und schön. Und Liu-Tschi wird für euch sorgen. Wenn ihr euch heute auf den Weg macht, könnt ihr das Dorf in einer Woche erreicht haben.«

Clothilde kicherte. »Wir werden aussehen wie ein jüdischer Stamm beim Auszug aus Ägypten.«

Der Priester nickte. »Ich gebe Josef einen Korb mit, voll von meinen

Pfauentauben. Jeden Abend muß er eine fliegen lassen, damit ich erfahre, wie ihr vorwärtskommt.«

»Was!« riefen Clothilde und Martha wie aus einem Mund. »Sie kommen nicht mit uns!«

»Ich werde euch vielleicht später folgen.« Francis war glücklich, daß sie ihn zu brauchen schienen. »Sehen Sie, jemand muß doch in der Mission bleiben. Die Ehrwürdige Mutter und Sie beide werden die Pioniere sein.«

Maria Veronika sagte langsam: »Ich kann nicht mitgehen.«

Es blieb eine Weile still. Zuerst dachte er, sie beharrte noch immer in ihrem Groll und wolle deswegen die beiden andern nicht begleiten. Aber ein Blick auf ihr Gesicht belehrte ihn eines Besseren.

Er wollte ihr zureden: »Es wird eine hübsche Reise werden. Und die Veränderung würde Ihnen guttun.«

Sie schüttelte langsam den Kopf. »Ich werde eine weitere Reise machen müssen ... und zwar sehr bald.«

Das Schweigen dauerte diesmal länger. Sie stand regungslos da und sagte dann tonlos, ohne irgendein Gefühl zu verraten: »Ich muß nach Deutschland zurückkehren ... und die Übergabe ... meines Besitzes ... an unseren Orden veranlassen.« Ihr Blick schweifte in die Ferne. »Mein Bruder ist im Kampf gefallen.«

Vorher war die Stille tief gewesen, nun aber erfüllte tödliches Schweigen den Raum. Als erste brach Clothilde in heftiges Schluchzen aus. Dann ließ Martha, wie ein Tier in der Falle, den Kopf in tiefem Mitgefühl hängen. Father Chisholm blickte voll tiefer Trauer von einer zur andern und ging schweigend aus dem Zimmer.

Zwei Wochen nach der Ankunft der ganzen Gruppe in Liu war – so unfaßbar es ihm auch schien – der Tag von Maria Veronikas Abreise gekommen. Die letzte Nachricht, die ihn mit der Taubenpost vom Dorf erreicht hatte, lautete, daß die Kinder strotzend vor Gesundheit in der frischen Höhenluft herumtollten. Father Chisholm hatte allen Grund, sich zu seinem rettenden Einfall zu beglückwünschen. Doch als er an Maria Veronikas Seite zum Landungssteg hinunterging, war er verzweifelt, und ein Gefühl grenzenloser Verlassenheit überkam ihn.

Zwei Träger hatten, vor ihnen hergehend, das Gepäck an langen, über die Schulter gelegten Stangen hinuntergeschafft und legten es jetzt in den Sampan. Er stand mit Maria Veronika auf dem Landungsplatz, hinter ihnen lag in stiller Schwermut die Stadt, vor ihnen, mitten im Fluß, zur Abfahrt bereit, die Dschunke. Das bräunliche Wasser, das an ihren Bauch schlug, dehnte sich weithin, bis an den grauen Horizont.

Francis konnte seine Gefühle nicht in Worte fassen. Wieviel bedeutete ihm diese gütige, vornehme Frau, ihre Hilfsbereitschaft, ihr Zuspruch, ihre Kameradschaft. Unabsehbar, von gemeinsamer Arbeit erfüllt, hatte die Zukunft vor ihnen gelegen. Nun ging Maria Veronika fort, unerwartet, fast verstohlen, wie eingehüllt von Dunkel und Scham.

Schließlich seufzte er und blickte sie traurig lächelnd an. »Auch wenn mein Land mit dem Ihren Krieg führt, denken Sie immer daran, ich bin nicht Ihr Feind.«

Es sah ihm ähnlich, so gar nichts aus seinen Gefühlen zu machen! Ja alles, was sie an ihm so bewunderte, war derart in dieser zurückhaltenden Erklärung beschlossen, daß ihr Vorsatz ins Wanken geriet, stark und ruhig zu bleiben. Als ihre Blicke noch einmal über die schmächtige Gestalt, das hagere Gesicht, die schütteren Haare schweifte, füllten sich ihre schönen Augen mit Tränen.

»Mein lieber... lieber Freund... ich werde Sie niemals vergessen.«

Warm und fest drückte sie ihm die Hand und stieg rasch in das kleine Boot, das sie zur Dschunke hinüberbringen sollte.

Auf seinen alten schottischen Schirm gelehnt stand er da, kniff die Augen zusammen, weil das glitzernde Wasser ihn blendete, und blickte ihr nach, bis das Schiff zu einem gleitenden, immer winziger werdenden Fleck am Horizont wurde.

Ohne ihr Wissen hatte er in ihr Gepäck die kleine spanische Madonna gelegt, die Father Tarrant ihm einst geschenkt hatte. Es war der einzige, von ihr oft bewunderte Wertgegenstand, den er besaß.

Er wandte sich um und ging schwerfällig nach Hause. Im Garten, den sie geschaffen und so sehr geliebt hatte, blieb er stehen und empfand dankbar, wie still und friedvoll es hier war. In der Luft hing der Duft der Lilien. Fu, der alte Gärtner, sein einziger Gefährte in der verlassenen Mission, beschnitt eben die Azaleensträucher mit zarter, kundiger Hand. Francis fühlte sich tief erschöpft, zuviel hatte er mitgemacht in letzter Zeit. Ein Abschnitt seines Lebens war zu Ende, und zum erstenmal wurde ihm deutlich bewußt, daß er alt wurde. Er setzte sich auf die Bank unter den großen Feigenbaum und stützte die Ellbogen auf den

Tisch aus Kiefernholz, den Maria Veronika dort hatte aufstellen lassen. Der alte Fu schnitt an seinen Azaleen herum und tat, als bemerke er nicht, wie Francis seinen Kopf einen Augenblick später auf die Arme sinken ließ.

11

Immer noch spendeten die mächtigen Blätter des Feigenbaums ihm Schatten, während er am Gartentisch saß und die Seiten seines Tagebuches umwandte. Mußte es da nicht wie eine seltsame Täuschung anmuten, daß seine Hände dabei leise zitterten und ihre Adern blau hervortraten? Der alte Fu sah ihm freilich nicht mehr zu, es sei denn durch einen Spalt des Himmels. An seiner Stelle beugten zwei junge Gärtner sich jetzt über das Azaleenbeet, während Father Tschu, sein chinesischer Priester, klein, mild und ernst, in respektvoller Entfernung mit seinem Brevier auf und ab ging und die freundlichen braunen Augen hin und wieder mit der Zuneigung eines Sohnes auf ihn richtete.

Wie das Funkeln goldenen Weines zitterte die trockene Luft in der Augustsonne über dem Compound der Mission. Vom Spielplatz tönte das fröhliche Geschrei der Kinder herüber, es war die Zeit der Vormittagspause: elf Uhr. Seine Kinder... oder vielmehr – er verzog das Gesicht – seiner Kinder Kinder. Wie rasend schnell, ja wie rücksichtslos war die Zeit über ihn hinweggeeilt, hatte ihm ein Jahr ums andere in den Schoß geschüttet, viel zu rasch, um sie richtig zu ordnen.

Seine Augen schweiften weit in die Ferne, aber rund und lächelnd schoben sich jetzt ein vergnügtes, rotbackiges Gesicht und darunter ein großes Glas Milch in sein Blickfeld. Er zwang sich zu einem Stirnrunzeln, als Mutter Maria von der Gnade sich ihm näherte. Denn es ärgerte ihn, daß sie darauf bestand, ihn zu verzärteln und damit wieder an sein Alter zu erinnern. Er war doch erst siebenundsechzig... schön, in einem Monat würde er achtundsechzig sein... was war das schon... wenn man es noch mit jedem Jüngling aufnahm.

»Habe ich Ihnen nicht gesagt, daß Sie mir das Zeug nicht bringen sollen?«

Sie lächelte beruhigend – sie war ein kräftiges, geschäftiges, mütterliches Wesen. »Heute haben Sie es nötig, Father, wenn Sie darauf bestehen, diese lange und überflüssige Reise zu unternehmen.« Sie ließ einen Augenblick verstreichen. »Ich sehe nicht ein, warum Father Tschu und Dr. Fiske sich nicht allein auf den Weg machen können.«

»So, Sie begreifen das nicht?«

»Nein, wirklich nicht.«

»Liebe Schwester, das ist höchst betrüblich. Ihr Verstand muß schwer gelitten haben.« Sie lachte nachsichtig und versuchte, ihn zu beschwatzen.

»Soll ich Josua sagen, daß Sie sich entschlossen haben, zu Hause zu bleiben?«

»Sagen Sie ihm, daß die Ponys in einer Stunde gesattelt sein sollen.«

Er sah, wie sie beim Fortgehen vorwurfsvoll den Kopf schüttelte. Wieder lächelte er ein wenig und kostete den Triumph eines Mannes aus, der seinen Willen durchgesetzt hat. Dann trank er seine Milch und hatte es jetzt, da sie fort war, nicht einmal nötig, dabei eine Grimasse zu schneiden. Geruhsam blätterte er weiter in seinem Tagebuch. In der letzten Zeit war ihm das zur Gewohnheit geworden, es machte ihm Vergnügen, die Vergangenheit wieder heraufzubeschwören, indem er die Seiten an irgendeiner Stelle aufschlug.

Merkwürdigerweise öffnete sich das Buch heute bei den Eintragungen vom Oktober 1917.

»Obwohl sich die Lebensbedingungen in Pai-tan gebessert haben, die Reisernte gut war und meine Kleinen heil und sicher von Liu zurückgekehrt sind, war ich in letzter Zeit recht niedergeschlagen. Heute aber hat ein ganz unscheinbarer Vorfall mich unsäglich beglückt.

Ich war vier Tage fort gewesen. Der Apostolische Präfekt erachtete es für gut, in Hsin-Hsiang alljährlich eine Konferenz abzuhalten. Ich hatte geglaubt, als entlegenster Vorposten des Vikariats vor solchen Festen sicher zu sein. Wir Missionare leben so weit voneinander entfernt, und unsere Zahl ist so gering – es gibt nur Father Surette, den Nachfolger des armen Thibodeau, die drei chinesischen Priester aus Kansu und Father Van Dwyn, den Holländer aus Rakai –, daß das Zusammentreffen kaum die lange Fußreise zu lohnen schien. Aber da saßen wir und ›tauschten unsere Ansichten aus‹. Und natürlich wetterte ich, ohne mir ein Blatt vor den Mund zu nehmen, gegen die Methoden ›aggressiver Christianisierung‹, geriet in Eifer und zitierte Herrn Paos Vetter: ›Ihr Missionare kommt mit eurem Evangelium und geht mit unserm Land!‹. Ich fiel bei Father Surette in Ungnade, einem rührigen Priester, der mit seinen Muskeln prahlt. Er hat sie dazu benützt, all die hübschen kleinen buddhistischen Schreine an den Straßen im Umkreis von zwanzig Li rings um Hsin-Hsiang zu zerstören, und nimmt außerdem den erstaunlichen Rekord für sich in Anspruch, an einem Tag 50.000 Stoßgebete gen Himmel gerichtet zu haben.

Bei der Rückreise war ich voller Gewissensbisse. Wie oft mußte ich schon in dieses Tagebuch schreiben: ›Wieder einmal versagt. Lieber Gott, hilf mir, meine Zunge im Zaum zu halten!‹ Und in Hsin-Hsiang dachten alle von mir: Was für ein komischer Kauz!

Um mich zu kasteien, hatte ich auf dem Boot auf eine Kabine verzichtet. An Deck saß ein Mann mit einem Käfig voll fetter Ratten neben mir, die er nach und nach unter meinen scheelen Blicken verzehrte. Dazu regnete es heftig, ja es goß in Strömen, und ich fühlte mich verdientermaßen entsetzlich elend.

Als ich dann in Pai-tan das Schiff mehr tot als lebendig verließ, sah ich eine alte Frau, die auf dem triefend nassen, verlassenen Landungsplatz auf mich wartete. Als sie näherkam, erkannte ich meine Freundin, die alte Mutter Hsu, die damals im Compound in der Milchdose Bohnen gekocht hatte. Sie ist das ärmste, bedauernswerteste Geschöpf in meiner Gemeinde.

Zu meinem Erstaunen leuchtete ihr Gesicht bei meinem Anblick hell auf. Sie erzählte rasch, sie hätte mich so sehr vermißt, daß sie drei Nachmittage lang im Regen hier gestanden habe, um meine Ankunft abzuwarten. Sie zog sechs kleine Opferkuchen aus Reismehl und Zukker hervor, die nicht gegessen, sondern vor Buddhastatuen gelegt werden... die gleichen Statuen, die Father Surette zertrümmerte. Eine komische Geste... Aber welche Freude, zu wissen, daß man wenigstens einem Menschen teuer ist... und unentbehrlich...

Mai 1918. An diesem schönen Morgen ist der erste Trupp meiner jungen Siedler nach Liu abgezogen, im ganzen vierundzwanzig – diskret kann ich noch hinzufügen, zwölf von jeder Sorte –, die Begeisterung war groß, und unsere gute Ehrwürdige Mutter Maria von der Gnade nickte viele Male verständnisvoll und gab ihnen manchen praktischen Wink auf den Weg mit. Wie übel habe ich die Ankunft der guten Mutter aufgenommen, wie konnte ich es nicht lassen, sie immer wieder verdrießlich mit Maria Veronika zu vergleichen. Aber sie ist ein prächtiger Mensch, tüchtig und fröhlich, und hat für eine geweihte

Nonne einen erstaunlichen Einblick in die Erfordernisse des ehelichen Lebens.

Die alte Meg Paxton, das Fischweib, pflegte mir tröstend zu sagen: ›Du bist nicht so dumm, wie du ausschaust.‹ Ich bin wirklich ganz stolz auf meinen Einfall, Liu zu kolonisieren – und zwar mit den besten, die in der St.-Andreas-Mission aufwuchsen. Es gibt hier einfach nicht genug Arbeitsmöglichkeiten für unsere jungen Leute. Und es wäre eine hirnverbrannte Dummheit, sie zuerst aus dem Rinnstein aufzulesen, um sie dann, wenn sie erzogen sind, freundlich lächelnd wieder hineinzustoßen. Für Liu aber wird sich eine Zufuhr von frischem Blut nur günstig auswirken. Es gibt Land in Fülle, und das Klima ist sehr belebend. Sobald die Einwohnerzahl groß genug ist, werde ich auch einen jungen Priester dort ansiedeln. Anselm muß mir einen schicken, ich werde ihm so lange mit meinen Bitten in den Ohren liegen, bis er es tut...

Heute abend bin ich von der Aufregung und den Feierlichkeiten ganz müde – diese Massentrauungen sind kein Spaß, und feierliche chinesische Ansprachen der Ruin für meine Stimmbänder. Vielleicht rührt meine Niedergeschlagenheit daher, vielleicht aber auch aus meiner körperlichen Verfassung im allgemeinen. Ich hätte Erholung wirklich nötig, mir ist recht flau zumute. Die Fiskes sind abgereist, um während ihres üblichen sechsmonatigen Urlaubs ihren Sohn zu besuchen, der jetzt in Virginia lebt. Ich vermisse sie sehr. Reverend Ezra Salkins, der sie vertritt, läßt mir erst zum Bewußtsein kommen, was für ein Glück es ist, so reizende und liebenswerte Nachbarn zu haben. Schang-Fu Ezra ist keines von beiden – ein großer Mann mit ständig strahlendem Gesicht, mit dem Händedruck eines Rotariers und einem Lächeln, das zerfließt wie der Speck in der Pfanne. Dröhnend rief er, während er mir fast die Fingerknochen zerquetschte: ›Was ich tun kann, um Ihnen zu helfen, Bruder, soll geschehen, was es auch sei.‹

Die Fiskes würde ich gern als meine Ehrengäste in Liu sehen. Aber Ezra gegenüber lasse ich von meiner Einladung kein Wort verlauten. In genau sechzig Sekunden wäre das Grab Father Ribieros voll von gedruckten Zetteln: Bruder, bist du gerettet? O pfui! Wie sauertöpfisch und griesgrämig bin ich! Das ist sicher der Pflaumenkuchen, den mir Mutter Maria beim Hochzeitsessen aufgeschwatzt hat...

Ein langer Brief Mutter Maria Veronikas vom 10. Juni 1922 hat mich wahrhaft glücklich gemacht! Nach mancherlei Wechselfällen, nach den Prüfungen des Krieges und den Demütigungen des Waffenstillstandes, wurde sie endlich mit der Ernennung zur Oberin des Sixtinischen Klosters in Rom belohnt. Es ist das Mutterhaus ihres Ordens, ein schönes altes Gebäude auf den Abhängen zwischen dem Corso und dem Quirinal, mit dem Blick auf die Saporelli und die herrliche Kirche der Santi Apostoli. Das Amt ist von höchster Bedeutung, aber sie verdient es auch. Sie scheint zufrieden... mehr, voll des inneren Friedens. Ihr Brief bringt mir soviel vom Duft der Heiligen Stadt – das könnte eine von Anselms Phrasen sein! –, die seit jeher das Ziel meiner innigsten Wünsche war, daß ich gewagt habe, einen Plan ins Auge zu fassen. Mein Krankenurlaub wurde nun schon zweimal aufgeschoben – wenn er mir endlich gewährt wird, was soll mich daran hindern, nach Rom zu fahren, mir die Sohlen auf den Mosaikböden von St. Peter abzulaufen und Mutter Maria Veronika zu besuchen? Als ich Anselm im April zu seiner Ernennung zum Dompfarrer von Tynecastle gratulierte, versicherte er mir in seiner Antwort, daß ich binnen sechs Monaten einen Hilfspriester bekommen und mir der ›so nötige Urlaub‹ vor Ablauf des Jahres bewilligt werden würde.

Eine Welle ganz lächerlicher Erregung rieselt durch meine sonnengebleichten Knochen, wenn ich daran denke, daß mir solches Glück beschieden sein könnte. Genug! Ich muß beginnen zu sparen, um mir einen neuen Anzug zu kaufen. Was würde die gute Äbtissin von Santi Apostoli sagen, wenn sich herausstellte, daß der kleine Ziegelbrenner, der sich auf ihre Bekanntschaft beruft, einen Flicken auf seinem Hosenboden hat...

17. September 1923. Atemlose Erregung! Heute kam mein neuer Priester an, endlich habe ich einen Kollegen, und das ist fast zu schön, um wahr zu sein.

Anselms umfangreiche Episteln ließen mich zuerst auf einen stämmigen jungen Schotten hoffen, womöglich mit Sommersprossen und rotem Haar, aber spätere Äußerungen hatten mich auf einen eingeborenen Father aus dem Seminar in Peking vorbereitet. Mein Sinn für Humor war immer schon etwas eigenartig, und so sagte ich den Schwestern nichts von dem, was bevorstand. Wochenlang hatten sie sich darauf vorbereitet, den jungen Missionar aus der Heimat zu verwöhnen –

Clothilde und Martha wünschten sich einen mit gallischem Einschlag und einem Bart, aber die arme Mutter Maria von der Gnade hatte sogar eine eigene Novene für einen Iren abgehalten. Nie werde ich den Ausdruck ihres ehrlichen irischen Gesichtes vergessen, als sie in mein Zimmer stürzte, um mir mit purpurrot angelaufenen Wangen die Tragödie zu verkünden: ›Der neue Father ist ein Chinese!‹

Father Tschu macht den Eindruck eines prächtigen kleinen Kameraden, er ist nicht nur ruhig und freundlich, er besitzt auch in hohem Maß jenes ungewöhnlich reiche Innenleben, das ich an den Chinesen immer bewundere. Auf meinen seltenen Pilgerfahrten nach Hsin-Hsiang traf ich einige eingeborene Priester, und stets machten sie einen tiefen Eindruck auf mich. Wollte ich mich hochtrabend ausdrücken, würde ich sagen, daß die Guten unter ihnen die Weisheit des Konfuzius mit der Güte Christi zu vereinigen scheinen.

Und nun fahre ich im nächsten Monat nach Rom... mein erster Urlaub in neunzehn Jahren. Ich bin wie ein Schuljunge in Holywell, der am Ende des Semesters auf sein Pult schlägt und singt:

In zwei Wochen schon, ich schwöre,
Geht zu Ende die Misere.

Ich bin neugierig, ob Mutter Maria Veronika den Geschmack an guten Ingwerstengeln verloren hat. Ich werde ihr ein Glas voll mitbringen und es darauf ankommen lassen, daß sie mir sagt, sie sei zu Makkaroni übergegangen. Ach, wie ist das Leben heiter. Durch mein Fenster sehe ich die jungen Zedern sich mit wilder Freude im Winde wiegen. Ich muß jetzt wegen meiner Fahrkarte nach Shanghai schreiben. Hurra!

Oktober 1923. Gestern kam das Telegramm, das meine Reise nach Rom verhinderte, und ich bin jetzt eben von meinem Abendspaziergang am Fluß zurückgekommen, wo ich lange Zeit in einem leichten Nebel stand und den Kormoranfischern zusah. Es ist eine traurige Art, Fische zu fangen, vielleicht betrachte ich sie aber auch mit traurigen Augen. Die großen Vögel tragen einen Ring um den Hals, der sie daran hindert, den Fisch zu verschlucken. Sie hocken lässig am Heck des Bootes, als ob die ganze Sache sie entsetzlich langweile. Plötzlich ein Eintauchen, ein Aufspritzen, und schon kommt der große Schnabel wieder hervor, aus dem ein zuckender Fischschwanz ragt. Dann läuft wellenförmig eine krampfhafte Schluckbewegung durch den ganzen Hals. Hat man sie von ihrer Beute befreit, so schütteln die Vögel verzweifelt den Kopf. Dabei aber sehen sie aus, als hätten sie aus ihren Erfahrungen nichts gelernt. Schließlich hocken sie wieder da, brüten düster vor sich hin und sammeln Kräfte für eine neue Enttäuschung.

Weiß Gott, auch meine eigene Stimmung war düster und niedergeschlagen genug. Wie Haar ringelte sich das Unkraut am Ufer, über das der Nachtwind das schieferfarbene Wasser in kleinen Wellen trieb. Als ich dort stand, dachte ich seltsamerweise nicht an Rom, sondern an die Gewässer von Tweedside und sah mich selbst barfüßig in ihren kristallklaren Fluten mit einer Weidenrute nach Forellen angeln.

Ich ertappte mich in letzter Zeit immer häufiger dabei, wie ich in den Erinnerungen meiner Kindheit lebe, alles steht so deutlich vor meinen Augen, als wäre es gestern gewesen. Das ist ein sicheres Zeichen herannahenden Alters! Ich träume sogar zärtlich und sehnsüchtig – klingt das nicht unglaublich? – von meiner Jugendliebe, meiner einzigen, geliebten Nora.

Wie man sieht, ist die tiefe Enttäuschung bereits in das sentimentale Stadium übergegangen und wird also bald ganz überwunden sein. Aber als das Telegramm ankam, war es, um mit der alten Meg zu sprechen, ›schwer zu schlucken‹.

Jetzt habe ich mich fast damit abgefunden, unweigerlich und endgültig in meinem Exil zu bleiben. Es wird schon stimmen, daß eine Europareise den Missionspriester bloß verwirrt. Schließlich haben wir uns ja, ohne jeden Rückhalt, der Sache verschrieben. Ich bin hier auf Lebenszeit und werde mich am Ende in dem kleinen Eckchen Schottland zur Ruhe legen, wo Willi Tulloch schläft.

Überdies ist es nur recht und billig, Anselms Reise nach Rom für wichtiger anzusehen als die meine. Zwei solche Ausflüge kann die Gesellschaft aus ihren Mitteln nicht bestreiten. Und er kann dem Heiligen Vater weit besser von den Fortschritten ›seiner Truppen‹ – wie er uns nennt – erzählen. Wo meine Zunge steif und unbeholfen bliebe, wird seine Beredsamkeit bezaubern – wird Geld und Unterstützung für alle Missionsgesellschaften hervorlocken. Er hat versprochen, mir ausführlich über seine Tätigkeit zu berichten. Nun muß ich Rom eben aus zweiter Hand genießen, die Audienz beim Heiligen Vater nur in meiner Phantasie erleben, mit Maria Veronika bloß im Geist zusammentreffen. Ich konnte mich nicht dazu entschließen, einen kurzen Urlaub in Manila zu verbringen, wie Anselm es vorgeschlagen hat. Die Fröhlichkeit wäre mir bloß beschwerlich gefallen, und ich hätte über den einsamen kleinen Mann lachen müssen, der rund um den Hafen strich und sich einbildete, auf den pontinischen Hügeln zu wandeln...

Einen Monat später... Father Tschu hat bereits seinen Sitz im Dorf Liu aufgeschlagen, und unsere Tauben fliegen hin und her, mit himmlischer Schnelligkeit. Welche Freude, daß mein Plan sich so herrlich verwirklichen ließ. Ob Anselm wohl davon sprechen wird, wenn er den Heiligen Vater sieht! Ein paar Worte nur über das kleine Juwel, mitten in der großen Wildnis, das einst vergessen dort lag... vergessen von allen... außer von Gott...

22. November 1928. Wie kann man ein erhabenes, ein erschütterndes Erlebnis mit ein paar Worten ausdrücken – in einem armseligen, dürren Satz? In der vergangenen Nacht ist Schwester Clothilde gestorben. In diesen flüchtigen Aufzeichnungen über mein eigenes, unvollkommenes Dasein habe ich mich nicht sehr häufig und ausführlich mit dem Tod beschäftigt.

So schlief Tante Polly vor zwölf Monaten in Tynecastle ein und wachte nicht mehr auf. Sie starb friedlich, reich an Jahren und reiner Güte, und als mir Judys tränenverschmierter Brief die Nachricht brachte, trug ich nichts anderes in dieses Buch ein als ›Polly gestorben. 17. Oktober 1927‹. Den Tod der Menschen, deren tiefe Güte wir kennen, nehmen wir hin in seiner Unvermeidbarkeit. Andere aber gibt es... selbst wir abgebrühten, alten Priester werden manchmal erschüttert, als sei uns eine Offenbarung zuteil geworden.

Clothilde hatte einige Tage, wie es den Anschein machte, leicht gekränkelt. Doch als man mich kurz nach Mitternacht holte, entsetzte ich mich über die Veränderung, die mit ihr vorgegangen war. Sofort wollte ich Josua, Josefs Sohn, sagen lassen, er möchte zu Dr. Fiske laufen. Aber Clothilde hielt mich mit einem eigentümlichen Ausdruck davon ab. Sie deutete mit seltsamem Lächeln an, daß Josua sich den Gang sparen könne. Sie sagte sehr wenig, und doch war es genug.

Vor zehn Jahren hatte ich sie scharf getadelt, weil sie unerklärlicherweise immer wieder Chlorodyn nahm. Als ich mich daran erinnerte, hätte ich über meine Kurzsichtigkeit weinen können. Ich habe nie genug an Clothilde gedacht. Ihr verkrampftes Benehmen, an dem sie ja keine Schuld trug, ihre krankhafte Angst vor dem Erröten, vor andern Menschen, vor den eigenen allzusehr in Anspruch genommenen Nerven, ließ sie dem oberflächlichen Blick wenig anziehend, ja lächerlich erscheinen. Man hätte daran denken müssen, welche Kämpfe es kostet, einer solchen Veranlagung Herr zu werden, wie häufig der Sieg nur im Verborgenen errungen wird. Statt dessen dachte man lediglich an die Niederlagen, die offen zutage traten.

Seit achtzehn Monaten litt sie an einem bösartigen Gewächs, das aus einem chronischen Magengeschwür hervorgegangen war. Als sie von Dr. Fiske erfuhr, daß es dagegen kein Mittel gab, ließ sie ihn schwören, nichts davon zu sagen, und begann einen Kampf, von dem kein Heldenlied kündet. Bevor man mich rief, hatte der erste böse Blutsturz sie auf das Lager geworfen. Um sechs Uhr morgens hatte sie den zweiten, dem sie ganz ruhig erlag. Dazwischen sprachen wir... aber ich wage nicht, etwas von unserm Gespräch festzuhalten. In einzelnen Brocken, ohne Zusammenhang, würde es sinnlos erscheinen... eine leichte Beute für spöttische Bemerkungen... mit einem Naserümpfen aber verbessert man nicht die Welt.

Wir sind alle sehr bestürzt, vor allem Martha. Genau wie ich ist sie kräftig und zäh wie ein Maultier und wird in alle Ewigkeit durchhalten. Aber die arme Clothilde! Vielleicht spannte sie, in ihrer Bereitschaft zum letzten Opfer, die Saiten ihres sanften Wesens zu stark an, so daß diese manchmal einen Mißton gaben. Zu sehen, wie der Friede sich auf ein Gesicht herabsenkt, wie der Tod ruhig hingenommen wird, ohne jede Angst... wie adelt das eines Menschen Herz.

30. November 1929. Heute ist Josefs fünftes Kind zur Welt gekommen. Wie doch die Zeit verfliegt! Wer hätte sich träumen lassen, daß in meinem scheuen, braven, geschwätzigen, empfindsamen Jungen das Zeug zu einem Patriarchen steckt? Seine früh entwickelte Vorliebe für Zukker hätte mich vielleicht warnen sollen. Er ist unleugbar eine richtige Persönlichkeit geworden – geschäftig, etwas unter dem Pantoffel, ein wenig wichtigtuerisch, sehr kurz angebunden mit Besuchern, die ich seiner Meinung nach nicht empfangen soll – ich habe selbst recht Angst vor ihm... Eine Woche später. Weitere lokale Neuigkeiten... Herrn Tschias Galastiefel sind am Mandschutor aufgehängt worden. Das ist hierzulande eine ungeheure Ehre... und ich freue mich für meinen alten Freund. Streng, großzügig, beschaulich, hat er immer dem gedient, was ewig ist, der Vernunft und dem Schönen.

Gestern ist Post eingetroffen. Noch ehe ich von Anselms ungeheurem Erfolg in Rom erfuhr, war mir klar gewesen, daß er in der Kirche zu hohen Ehren gelangen würde. Nun ist seine Arbeit für die Mission endlich vom Vatikan entsprechend belohnt worden. Er ist der neue Bischof von Tynecastle. Vielleicht wird unsere sittliche Haltung durch nichts schwerer auf die Probe gestellt als durch den Erfolg eines andern. Der Glanz tut uns weh. Aber das Alter naht heran, und meine Augen sind unempfindlicher geworden. Anselms Ruhm schmerzt mich nicht, ich bin im Gegenteil recht froh, weil ich weiß, daß er selbst überströmend glücklich ist. Eifersucht ist eine abscheuliche Eigenschaft. Man sollte immer daran denken, daß auch die Erfolglosen alles haben, solange Gott ihnen bleibt.

Ich wollte, ich könnte mir meine Großmut zur Ehre anrechnen. Aber es ist nicht Großmut, sondern bloß das Bewußtsein, welcher Unterschied zwischen mir und Anselm besteht... welche lächerliche Anmaßung es gewesen wäre, hätte ich selbst nach dem Bischofsstab gestrebt. Wir begannen unsere Laufbahn an derselben Startlinie, aber Anselm hat mich weit, weit überholt. Er hat seine Fähigkeit voll entwickelt und ist jetzt, wie ich dem ›*Tynecastle Chronicle*‹ entnehme, ein ›ausgezeichneter Sprachforscher, ein bedeutender Musiker, ein Schutzherr von Kunst und Wissenschaft in der Diözese, mit einem großen Kreis einflußreicher Freunde‹. Wie schön! Ich hatte nie mehr als sechs Freunde in meinem ereignislosen Dasein, und alle, bis auf einen, waren einfache Leute. Ich muß Anselm schreiben und ihn beglückwünschen, zugleich aber betonen, daß ich mich nicht auf unsere Freundschaft berufen werde und nicht beabsichtige, um Beförderung zu bitten. Via Anselmo! Ich bin traurig, wenn ich daran denke, wieviel du aus deinem Leben gemacht hast – und wie wenig ich aus dem meinen. Ich habe nur den Kopf häufig... und kräftig angerannt, in meinem Ringen um Gott.

30. Dezember 1929. Nahezu einen Monat lang habe ich nichts in dieses Tagebuch eingeschrieben... kein Wort, seit ich die Nachrichten von Judy erhielt. Immer noch fällt es mir schwer, auch nur in groben Umrissen zu schildern, was sich zu Hause abspielte... und hier, in meinem Innern.

Ich hatte mir geschmeichelt, mich still, ja glücklich mit der Endgültigkeit meines Exils abgefunden zu haben. Noch vor vierzehn Tagen war ich auffallend selbstzufrieden. Ich hatte eben besichtigt, was in letzter Zeit zur Mission hinzugekommen war, die vier Reisfelder am

Fluß, die ich im Vorjahr kaufte, den vergrößerten Viehhof jenseits des weißen Maulbeerbaumwäldchens und die neue Ponyfarm. Dann ging ich in die Kirche, um den Kindern beim Aufbau der Weihnachtskrippe zu helfen. Das tue ich besonders gern. Ließ mich doch mein ganzes Leben lang – der gemeine Spötter würde es vermutlich einen unterdrückten Vaterinstinkt nennen – die Liebe zu den Kindern nicht los. Gleichgültig, ob es sich um das liebe Christkind handelt oder den armseligsten gelben Findling, der je in dieser Mission zu St. Andreas unterkroch.

Wir hatten eine prächtige Krippe gemacht, mit einem schneebedeckten Dach aus echter Watte, und stellten gerade Ochs und Esel rückwärts im Stall auf. Ich hielt noch allerhand Überraschungen bereit, farbige Lichter und einen schönen kristallenen Stern, der am geschmückten Himmel prangen sollte. Ich betrachtete die strahlenden Gesichter rings um mich, lauschte dem aufgeregten Geplapper – dies war einer der Augenblicke, in denen man Unruhe und Zerstreutheit in der Kirche wohl gestatten darf – und sah die Weihnachtskrippen in allen christlichen Kirchen der Welt vor mir, durch die das liebliche Fest der Geburt soviel Weihe erhält. Ist es nicht als Fest der Mutterschaft selbst für die, die nicht glauben können, von einem besonderen Glanz umgeben?

In diesem Augenblick eilte einer der größeren Jungen, den Mutter Maria von der Gnade geschickt hatte, mit dem Telegramm in die Kirche. Schlimme Nachrichten erreichten uns wahrscheinlich schnell genug, auch wenn wir sie nicht mit der Geschwindigkeit des Blitzes um die Erde jagen. Mein Ausdruck muß sich beim Lesen jäh verändert haben. Eins der kleinsten Mädchen begann zu weinen. Das Licht in meiner Brust war erloschen.

Man mag es für unsinnig halten, daß ich mir dies so zu Herzen nehme. Judy war ein halbes Kind, als ich sie vor meiner Abreise nach Pai-tan zum letztenmal sah. Aber ich habe in Gedanken ihr ganzes Leben mitgelebt. Und daß ihre Briefe so selten kamen, machte diese bedeutungsvoll, wie Perlen am Rosenkranz.

Erbarmungslos wurde Judy von dem verhängnisvollen Erbe vorwärtsgetrieben. Sie wußte nie genau, was sie eigentlich wollte oder wohin ihr Weg sie führte. Aber solange Polly an ihrer Seite war, konnte sie nicht zum Opfer ihres Wankelmuts werden. Während des ganzen Krieges ging es ihr ausgezeichnet, wie vielen andern jungen Frauen, die für hohen Lohn in den Munitionsfabriken arbeiteten. Sie kaufte sich einen Pelzmantel und ein Klavier – wie gut erinnere ich mich des Briefes, der mir diese erfreuliche Nachricht brachte – und hielt durch in dem Gefühl, ständig von Angriffen aus der Luft bedroht zu sein. Das war ihre beste Zeit. Als der Krieg zu Ende ging, war sie über dreißig, die Arbeitsmöglichkeiten wurden spärlich, nach und nach ließ sie den Gedanken an eine erfolgreiche Laufbahn fallen, teilte mit Polly das geruhsame Leben und die kleine Wohnung in Tynecastle, und man konnte hoffen, daß sie mit zunehmender Reife auch eine größere Ausgeglichenheit finden würde.

Dem andern Geschlecht gegenüber – so machte es den Anschein – war Judy stets von eigenartigem Mißtrauen erfüllt, und der Gedanke an eine Heirat hatte für sie nie etwas Verlockendes gehabt. Als Polly starb, war sie vierzig; und jeder nahm an, sie würde ledig bleiben. Kaum acht Monate nach dem Begräbnis aber war Judy verheiratet... und nicht viel später verlassen.

Vor dem Klimakterium tun Frauen die seltsamsten Dinge, diese Tatsache ist sattsam bekannt. Aber das war nicht die Erklärung für die jämmerliche Komödie. Polly hatte Judy etwa zweitausend Pfund hinterlassen, genug, um ihr ein bescheidenes jährliches Einkommen zu sichern. Erst als Judys Brief bei mir eintraf, konnte ich mir zusammenreimen, wie es dazu kam, daß sie ihr ganzes Kapital abhob und ihrem ernsten, aufrechten Gatten, einem ›echten‹ Gentleman, aushändigte, den sie offenbar in einer Pension in Scarborough kennengelernt hatte.

Diese Geschichte ist so alt wie die Menschheit, und sicher lassen sich Bände darüber schreiben... man kann sie dramatisch behandeln... analytisch... im vornehmen viktorianischen Stil... vielleicht auch mit dem verstohlenen Lächeln derer, die in der Leichtgläubigkeit unserer menschlichen Natur eine ergiebige Quelle der Erheiterungen sehen. Der kurze Epilog aber stand in zehn Worten auf dem Telegrammformular, das ich vor der Weihnachtskrippe in Händen hielt. Dieser verspäteten, nur kurz dauernden Verbindung war ein Kind entsprungen. Und Judy war gestorben, als sie ihm das Leben gab.

Wenn ich es jetzt überlege, dann ist mir, als hätte sich von Anfang an ein dunkler Faden durch das lockere Gewebe von Judys zusammenhanglosem Leben gezogen. Sie selbst war der sichtbarste Beweis, nicht für die Sünde – wie ich dieses Wort hasse und ihm mißtraue! –, sondern für die menschliche Schwäche und Dummheit. In ihr verkörperte sich der Grund, die Erklärung für unsere Anwesenheit auf dieser Erde, der tragische Beweis, daß der Tod als Erbteil auf uns allen lastet. Und nun wird auf andere Art, aber mit der gleichen traurigen Folgerichtigkeit, diese unerbittliche Tragödie fortgesetzt.

Ich bringe es nicht über mich, an das Schicksal dieses unglücklichen Kindes zu denken, um das niemand sich kümmert als die Frau, die Judy beistand. Sie hat mir auch die Nachricht geschickt. Es fällt nicht schwer, ihr im Verlauf der Ereignisse ihren Platz anzuweisen, sie muß eine jener bereitwilligen Frauen sein, die werdende Mütter in beschränkten, nicht ganz eindeutigen Verhältnissen bei sich aufnehmen. Ich muß sofort antworten... ihr etwas Geld schicken, die geringe Summe, über die ich verfüge. Wenn wir uns der heiligen Armut weihen, sind wir von einem eigenartigen Egoismus erfüllt. Wir denken dabei nicht an die entsetzlichen Verpflichtungen, die uns vom Leben auferlegt werden können. Arme Nora... arme Judy... armes namenloses kleines Geschöpf...

19. Juni 1930. Die Frühsommersonne leuchtet über diesem herrlichen Tag, und der Brief, den ich heute bekam, läßt mein Herz leichter schlagen. Das Kind wurde Andreas getauft, nach unserer Mission, die hier im Verborgenen blüht, und ich bin in meiner senilen Eitelkeit über diese Nachricht so erfreut, als ob ich der Großvater des kleinen Kerlchens wäre. Dieser Verwandtschaftsgrad wird mir vielleicht, ob ich will oder nicht, zufallen. Der Vater ist von der Bildfläche verschwunden, und wir werden keinen Versuch machen, ihm auf die Spur zu kommen. Wenn ich aber jeden Monat eine bestimmte Summe anweise, will diese Frau Stevens für Andreas sorgen. Wieder kann ich mich eines Lächelns nicht erwehren – meine priesterliche Laufbahn ist ein Gewirr der absonderlichsten Vorfälle gewesen... Doch ein Kind auf eine Entfernung von achttausend Meilen aufzuziehen, wird wohl der Gipfel des Absonderlichen bleiben!

Einen Augenblick! Mit dem Ausdruck ›meine priesterliche Laufbahn‹ habe ich an einen wunden Punkt gerührt. Neulich hatte ich mit Dr. Fiske eine unserer freundschaftlichen Auseinandersetzungen, ich glaube über das Fegefeuer, und er erklärte hitzig – denn ich gewann immer mehr Boden: ›Sie argumentieren wie eine Versammlung, die sich aus Angehörigen der Hochkirche und primitiven Wanderpredigern zusammensetzt!‹

Das hat mir arg zu schaffen gemacht. Es mag wohl sein, daß meine Erziehung und das bißchen unberechenbarer Einfluß, den der liebe, alte

Daniel Glennie in früher Jugend auf mich ausübte, mich allzu weitherzig gemacht haben. Ich liebe meine Religion, in die ich hineingeboren wurde, die ich nach bestem Wissen und Gewissen seit über dreißig Jahren lehre und die mich unfehlbar zur Quelle aller Freude und immerwährender Glückseligkeit führt. Hier in meiner Einsamkeit aber hat sich meine Anschauung immer mehr vereinfacht und mit zunehmenden Jahren geklärt. All die verwickelten, spitzfindigen kleinen Kniffe und Finten der Doktrin habe ich säuberlich verpackt und beiseite geräumt. Ich kann offengestanden nicht daran glauben, daß irgendein Geschöpf Gottes in alle Ewigkeit im Höllenfeuer braten soll, weil es am Freitag ein Hammelkotelett gegessen hat. Wenn wir uns an die beiden Grundforderungen halten – Gott zu lieben und unsern Nächsten –, sind wir doch gewiß auf dem rechten Weg? Und wird es nicht langsam Zeit, daß die verschiedenen Kirchen dieser Welt aufhören, einander zu hassen... und sich vereinen? Die Welt ist ein einziger lebender Körper, dessen Wohl von den Milliarden von Zellen abhängt, die er umschließt... und jede dieser winzigen Zellen ist ein Menschenherz...

15. Dezember 1932. Heute ist der neue Schutzpatron dieser Mission drei Jahre alt geworden. Ich hoffe, daß er seinen Geburtstag vergnügt verlebte und nicht zuviel von dem Zuckerwerk aß, das ich ihm aus Burleys Laden in Tweedside habe schicken lassen.

1. September 1935. Ach, lieber Gott, laß mich kein allzu törichter alter Mann sein... dieses Tagebuch wird mehr und mehr zu einem einfältigen Bericht über ein Kind, das ich nie gesehen habe und nie sehen werde. Ich kann nicht zurückkehren, und der Kleine kann nicht herkommen. Vor diesem Wahnsinn scheut sogar meine Hartnäckigkeit zurück... obgleich ich allen Ernstes bei Dr. Fiske Erkundigungen einzog. Doch er meinte, ein englisches Kind in so zartem Alter würde in diesem Klima zugrunde gehen.

Gleichwohl muß ich gestehen, daß ich in Sorge bin. Liest man zwischen den Zeilen ihrer Briefe, so hat man den Eindruck, als ob es mit Frau Stevens in letzter Zeit etwas bergab gegangen wäre. Sie ist nach Kirkbridge übersiedelt – soweit ich mich erinnere, eine nicht sehr einnehmende Baumwollstadt in der Nähe von Manchester. Auch ihr Ton hat sich verändert, und ich beginne mich zu fragen, ob ihr nicht das Geld, das sie bekommt, wichtiger ist als Andreas. Der Gemeindepfarrer allerdings hat ihr ein ausgezeichnetes Zeugnis ausgestellt. Und bis jetzt hat sie sich wunderbar benommen.

Natürlich liegt der Fehler bei mir. Ich hätte Andreas einer unserer ausgezeichneten katholischen Anstalten anvertrauen und damit in gewisser Weise seine Zukunft sichern können. Aber irgendwie... er ist mein einziger ›Blutsverwandter‹, die lebendige Erinnerung an meine geliebte, dahingegangene Nora... ich kann und will nicht so unpersönlich verfahren... es ist wahrscheinlich meine eingefleischte Verschrobenheit, die mich gegen alle Bürokratie ankämpfen läßt. Nun... wenn es so ist... müssen wir... Andreas und ich... die Folgen tragen... wir stehen in Gottes Hand, und er wird...«

Father Chisholm wollte weiterblättern, aber seine Aufmerksamkeit wurde in diesem Augenblick von den Ponys abgelenkt, die er im Compound stampfen hörte. Er war unschlüssig, lauschte, halb widerwillig, daß er sich nun aus seiner ungewohnt träumerischen Stimmung reißen mußte. Aber der Lärm nahm zu, und kräftige Stimmen mischten sich hinein. Francis' Mundwinkel sanken ergeben herab. Er schlug die letzte Eintragung im Tagebuch auf, nahm seine Feder und fügte noch einen Absatz hinzu.

»30. April 1936. Ich bin gerade im Begriff, mit Father Tschu und den Fiskes zur Liu-Siedlung aufzubrechen. Father Tschu kam gestern hier an, weil er mich wegen eines jungen Hirten um Rat fragen wollte. Er fürchtet, daß der Bursche Pocken hat, und hält ihn in der Siedlung isoliert. Ich beschloß, selbst mit ihm zurückzureiten – mit unsern guten Ponys ist es auf dem neuen Pfad nur eine Reise von zwei Tagen. Dann baute ich den Gedanken noch weiter aus. Da ich dem Ehepaar Fiske wiederholt versprochen hatte, ihnen unser Musterdorf zu zeigen, meinte ich, wir könnten sehr gut zu viert hinaufreiten. Es ist die letzte Gelegenheit, mein seit langem fälliges Versprechen einzulösen. Dr. Fiske kehrt mit seiner Frau Ende des Monats nach Amerika zurück. Eben rufen sie nach mir. Sie freuen sich auf den Ausflug... unterwegs wird Fiske wegen seiner Unverschämtheit von mir noch etwas zu hören bekommen... Wanderprediger... na warte!«

12

Schon näherte sich die Sonne dem kahlen Grat der Hügel, die das enge Tal umschlossen. Father Chisholm ritt an der Spitze der heimkehrenden Schar, in Gedanken mit Liu beschäftigt, wo sie Father Tschu mit Medikamenten für den kranken Hirten zurückgelassen hatten. Bevor sie die Mission erreichten, würden sie noch einmal Nachtlager im Freien aufschlagen müssen, und Francis hatte sich bereits damit abgefunden, als er bei einer Biegung des Weges auf drei Männer in schmutzigen Baumwolluniformen stieß, die mit gesenktem Kopf, das Gewehr im Arm, dahintrotteten.

Es war ein vertrauter Anblick, die Provinz wimmelte von irregulären, entlassenen Soldaten, die sich zu Banden zusammentaten und mit geschmuggelten Waffen herumzogen. Mit einem gemurmelten »Friede sei mit euch!« ritt er an ihnen vorüber und verlangsamte die Gangart, damit die andern ihm nachkämen. Aber als er sich umwandte, sah er zu seiner Überraschung helle Angst auf den Gesichtern der beiden Träger aus der Methodistenmission und jähen Schreck in den Augen seines eigenen Dieners.

»Sie sehen aus, als ob sie zu Wai gehörten.« Josua wies auf die Straße vor ihnen. »Und dort sind noch andere.«

Erstarrend drehte der Priester sich nochmals um. Etwa zwanzig graugrüne Gestalten näherten sich ihnen auf dem schmalen Pfad, wobei sie eine weiße, träge über dem Boden schwebende Staubwolke aufwirbelten. Von den bereits im Schatten liegenden Hügeln kamen mindestens nochmals zwanzig Soldaten in Schwarmlinie herunter. Francis tauschte rasch einen Blick mit Fiske. »Machen wir, daß wir weiterkommen!«

Einen Augenblick später trafen die beiden Gruppen aufeinander. Father Chisholm lächelte, grüßte mit den gewohnten Worten und ließ sein Pony in der Mitte des Pfades gleichmäßig weiter abwärts traben. Die Soldaten gafften blöde und gaben ihm automatisch den Weg frei. Der einzige Berittene, ein junger Kerl mit einer spitzen Mütze, hatte seine Autorität durch einen am Ärmel falsch angenähten Korporalstreifen erhöht. Unentschlossen brachte er sein zottiges Pony zum Stehen.

»Wer sind Sie? Wohin gehen Sie?«

»Wir sind Missionare, die nach Pai-tan zurückkehren.« Father Chisholm gab ruhig, über die Schulter gewendet, Antwort und ritt dabei weiter, den andern voran. Schon waren sie fast durch das schmutzige, verwundert gaffende Gesindel hindurchgekommen. Mrs. Fiske und der Doktor hielten sich dicht hinter Francis, dann kamen Josua und die beiden Träger.

Der Korporal war seiner Sache nicht ganz sicher, gab sich aber doch halb zufrieden. Schon wurde die Begegnung zu einer Alltäglichkeit, die keinerlei Gefahren barg, als plötzlich der ältere der beiden Träger den Kopf verlor. Er stieß an einen Gewehrkolben, ließ mit einem lauten Schreckensschrei sein Bündel fallen und rannte den Hügel hinunter, um sich im Gebüsch zu verbergen.

Father Chisholm unterdrückte einen unwilligen Ausruf. Einen Augenblick noch standen alle unschlüssig und regungslos in der hereinbrechenden Dämmerung. Dann krachte ein Schuß und noch einer und wieder einer. Ganze Salven hallten von den Hügeln wider. Als die tiefgebückte blaue Gestalt des Trägers im Gebüsch verschwand, erscholl ein lautes Geschrei der Wut und Enttäuschung. Nun standen die Soldaten nicht mehr dumpf und verblüfft herum, sie drängten sich um die Missionare und schrien wütend und erbittert auf sie ein.

»Sie müssen mit uns kommen«, sagte sofort der Korporal, genau wie Father Chisholm es vorausgesehen hatte.

»Wir sind nur Missionare«, protestierte Dr. Fiske erregt. »Wir haben keinerlei Besitz. Wir sind ehrliche Leute.«

»Ehrliche Leute laufen nicht fort. Sie müssen mitkommen, zu unserm Führer Wai.«

»Ich gebe Ihnen die Versicherung –«

»Wilbur!« ruhig mischte Mrs. Fiske sich ein. »Du wirst es nur noch schlimmer machen. Es ist nutzlos.«

Eng zusammengedrängt, auf allen Seiten von Soldaten umgeben, wurden sie den Weg ungestüm zurückgetrieben, den sie eben gekommen waren. Nach etwa fünf Li bog der junge Offizier nach Westen ab in ein ausgetrocknetes Bachbett, das steinig und vielfach gewunden in die Hügel hinaufführte. Am Ende der Schlucht machte die Abteilung halt.

Hier oben lagen vielleicht hundert verwahrloste Soldaten umher und ruhten sich aus. Sie rauchten, kauten Betel, kratzten aus ihren Achselhöhlen Läuse und zwischen ihren nackten Zehen getrockneten Schlamm hervor. Auf einem flachen Stein saß mit unterschlagenen Beinen Wai-Tschu, lehnte sich mit dem Rücken an die Felswand der

Schlucht und nahm vor einem kleinen Dungfeuer sein Abendessen zu sich.

Wai war jetzt etwa fünfundfünfzig, plump und dickbäuchig, unbeweglicher und in seiner Unbeweglichkeit noch bösartiger als früher. Sein öltriefendes langes Haar war in der Mitte gescheitelt und fiel über die ständig gerunzelte Stirn, deren tief herabgezogene Falten die schrägen Augen zu Schlitzen verengten. Vor drei Jahren hatte ihm eine Kugel Vorderzähne und Oberlippe wegrasiert. Die Narbe war abscheulich. Dennoch erkannte Francis sogleich den Reiter wieder, der ihm in jener Nacht des Rückzugs vor dem Tor der Mission ins Gesicht gespien hatte. Bis jetzt war der Priester durch die Gefangennahme nicht aus der Ruhe gebracht worden. Nun aber fühlte er, wie sein Herz sich jäh zusammenkrampfte, denn auch in dem ausdruckslosen Blick dieser halbverborgenen, unmenschlichen Augen stand deutlich das Erkennen.

Während der Korporal ihm wortreich von den näheren Umständen der Verhaftung berichtete, fuhr Wai fort, mit unergründlichem Ausdruck zu essen, und schob sich mit den beiden Eßstäbchen aus dem Napf, den er an das Kinn preßte, unaufhörlich Reis und kleine Stücke Schweinefleisch in den Rachen. Plötzlich hasteten zwei Soldaten den Hang herauf, die den flüchtigen Träger mit sich zerrten. Mit einem letzten Ruck stießen sie den Unglücklichen in den vom Feuer erleuchteten Kreis. Dicht vor Wai fiel er auf die Knie. Seine Arme waren an einem Stock auf den Rücken gebunden, er keuchte und plapperte, rasend vor Angst.

Wai fuhr fort zu essen. Dann nahm er ganz beiläufig seinen Revolver aus dem Gürtel und schoß. Mitten in seinem flehentlichen Bitten fiel der Träger vornüber, ein Zucken ging durch den auf dem Boden liegenden Körper. Aus dem zerschmetterten Schädel quoll eine weiche, rosarote Masse. Noch ehe der betäubende Widerhall verklungen war, hatte Wai sein Mahl wieder aufgenommen.

Mrs. Fiske hatte leise aufgeschrien. Die ringsum lagernden Soldaten hoben einen Augenblick den Kopf, nahmen von dem Zwischenfall aber sonst keinerlei Notiz. Die beiden, die den Träger hergebracht hatten, schleiften jetzt seinen Leichnam fort und beraubten ihn systematisch der Schuhe, der Kleider und einer Anzahl Kupfermünzen. Der Priester fühlte sich betäubt und elend, flüsterte aber Dr. Fiske zu, der sehr blaß neben ihm stand:

»Bleiben Sie ruhig ... lassen Sie sich nichts anmerken ... oder es ist hoffnungslos für uns alle.«

Sie warteten. Seit diesem kalten, sinnlosen Mord lauerte überall Entsetzen. Auf ein Zeichen Wais wurde der zweite Träger vorwärts getrieben und auf die Knie geworfen. Francis wollte sich der Magen umdrehen. Aber Wai wandte sich unpersönlich an die ganze Gesellschaft und sagte nur:

»Dieser Mann, euer Diener, wird sofort nach Pai-tan gehen und euren Freunden mitteilen, daß ihr zeitweilig in meiner Obhut seid. Es ist Brauch, eine solche Gastfreundschaft mit einer freiwilligen Gabe zu lohnen. Übermorgen mittag werden ihn zwei meiner Leute, einen halben Li vom Mandschutor entfernt, erwarten. Er wird ohne jede Begleitung kommen.« Wai blickte ins Leere. »Und wir wollen hoffen, daß er die freiwillige Gabe mitbringt.«

»Es ist nicht sehr gewinnbringend, uns zu Ihren Gästen zu machen.« Dr. Fiskes Stimme bebte vor Entrüstung. »Ich habe Ihnen schon gesagt, daß wir keine irdischen Güter besitzen.«

»Für jede Person werden fünftausend Dollar gefordert. Nicht mehr.«

Fiske atmete erleichtert auf. Die Summe war wohl groß, aber für eine reiche Mission wie die seine nicht unerschwinglich.

»Dann gestatten Sie meiner Frau, mit dem Boten zurückzukehren. Sie wird dafür sorgen, daß das Geld ausbezahlt wird.«

Wai tat, als ob er nicht gehört habe. Einen bangen Augenblick lang fürchtete der Priester, sein Freund würde nun eine Szene machen. Aber Fiske stolperte zu seiner Frau zurück. Der Bote wurde fortgeschickt, nachdem ihm der Korporal alles nochmals nachdrücklich eingeschärft hatte, und sprang in großen Sätzen den Abhang hinunter. Darauf erhob sich Wai und ging, während seine Leute sich zum Abmarsch bereitmachten, zu seinem Pony hinüber. Er schlenderte so gelassen auf das Tier zu, daß die nackten Füße des Toten, die unter einem Erdbeerstrauch hervorragten, wie eine Sinnestäuschung wirkten.

Man brachte die Ponys der Missionare, die vier Gefangenen wurden gezwungen aufzusteigen und dann mit langen Hanfstricken aneinandergebunden. In die sinkende Nacht hinein setzte sich die Kavalkade in Bewegung. Der Galopp, der angeschlagen wurde, machte eine Unterhaltung unmöglich. Father Chisholm blieb seinen Gedanken überlassen, die hauptsächlich um den Mann kreisten, der sie jetzt wegen des Lösegeldes gefangenhielt.

Das Dahinschwinden seiner Macht hatte Wai in letzter Zeit zu mancherlei Exzessen verleitet. Früher war er der traditionelle Kriegsherr gewesen, hatte die Provinz mit einer Armee von dreitausend Soldaten beherrscht, mußte von den Stadtgemeinden mit reichen Spenden abgefunden werden, durfte Abgaben und Steuern erheben und in feudalem Luxus in seiner durch starke Mauern geschützten Festung in Tu-en-lai leben. Langsam aber war er ins Elend gekommen. Auf der Höhe seiner traurigen Berühmtheit hatte er für eine Konkubine aus Peking fünfzigtausend Taels bezahlt, jetzt fristete er sein Dasein mit kleinen Raubüberfällen und lebte von der Hand in den Mund. Er war in zwei regelrechten Schlachten von benachbarten Söldnerheeren entscheidend geschlagen worden, hatte zuerst mit den Min-tuans gemeinsame Sache gemacht, dann ganz plötzlich, in böser Absicht, mit der Gegenseite, den Yu-tschitui. Im Grunde kam seine zweifelhafte Hilfe niemandem sehr erwünscht. Total herabgekommen, voll Heimtücke, kämpfte er nur mehr für die eigenen Interessen, und seine Leute liefen in Scharen davon. Je geringfügiger seine Unternehmungen wurden, desto größer wurde seine Grausamkeit. Seitdem seine Gefolgschaft auf die demütigende Zahl von zweihundert Soldaten zusammengeschrumpft war, waren Plündern und Brennen bei ihm an der Tagesordnung, und von seinen Streifzügen sprach man mit Schaudern. Wie ein gefallener Engel nährte er seinen Haß mit dem verlorenen Glanz und war der ganzen Menschheit feind.

Die Nacht nahm kein Ende. Sie überquerten eine niedrige Hügelkette, ritten über Furten durch zwei kleine Flüsse, plantschten eine Stunde lang durch tiefgelegenes Sumpfland. Im übrigen konnte Father Chisholm nur aus der Stellung des Polarsterns schließen, daß sie sich in westlicher Richtung bewegten, denn die Gegend war ihm völlig unbekannt. In seinem Alter hatte er sich an eine ruhigere Gangart gewöhnt, und der Galopp schüttelte seine Knochen durcheinander, bis sie klapperten. Er indessen dachte voll Mitleid, daß auch die Fiskes das Geschüttel um Gottes willen erdulden mußten. Josua, der arme Junge, war wohl geschmeidig, aber so jung, daß er sich gewiß schrecklich ängstigte. Der Priester nahm sich vor, dem Knaben bei der Rückkehr in die Mission das Rotschimmel-Pony zu schenken, das er sich seit sechs Monaten heimlich wünschte. Er schloß die Augen und betete kurz um Schutz und Sicherheit für ihre kleine Schar.

Als der Morgen dämmerte, befanden sie sich zwischen Felsblöcken, auf windverwehtem Sand, in einer menschenleeren Wüstenei, in der nur da und dort gelbliches Gras wuchs. Eine Stunde später aber hörten sie Wasser rauschen, und bald sahen sie hinter einer Böschung die zerstörte Zitadelle von Tu-en-lai; einen Haufen verfallener Schlammziegelhäuser an einem steilen Felshang, umschlossen von einer zinnenbewehrten, während vieler Belagerungen verschrammten und versengten Mauer, und weiter unten, am Flußufer, die alten glasierten Pfeiler eines dachlosen Buddhistentempels.

Innerhalb der Mauer stiegen alle ab, und Wai begab sich wortlos in sein Haus, das einzige bewohnbare Gebäude. Die Morgenluft war scharf. Fröstelnd standen die Missionare, immer noch durch Stricke aneinandergefesselt, auf dem harten, trockenen Schlammboden des Hofes, als sich eine Schar von Frauen und älteren Männern herandrängte. Sie kamen aus den kleinen Höhlen, die wie Bienenwaben die Felswand durchlöcherten, und betrachteten, gemeinsam mit den Soldaten, unter lautem Geschnatter die Gefangenen.

»Wir wären dankbar für Essen und Ruhe!« Father Chisholm wandte sich an die ganze Gesellschaft.

»Essen und Ruhe.« Die Worte wurden wiederholt und unter den Zuschauern von Mund zu Mund als kurioser Spaß weitergegeben.

Geduldig fuhr der Priester fort. »Ihr seht doch, wie müde die Missionarsfrau ist.« Mrs. Fiske hielt sich wirklich kaum mehr aufrecht. »Vielleicht könnte ein guter Mensch ihr heißen Tee bringen.«

»Tee... heißen Tee«, kam das Echo aus der Menge, die sich näherschob.

Sie waren jetzt auf Reichweite an die Missionare herangekommen, und plötzlich griff ein alter Mann aus der vordersten Reihe mit affenartiger Behendigkeit nach des Doktors Uhrkette. Das war das Signal für eine allgemeine Plünderung – Geld, Brevier, Bibel, Ehering, der alte silberne Bleistift des Priesters –, binnen drei Minuten hatte man der kleinen Gruppe bis auf Schuhe und Kleider alles weggenommen.

Schon war die Balgerei vorüber, als das dunkle Glitzern der Jetschnalle an Mrs. Fiskes Hutband einer Frau ins Auge fiel. Sofort griff sie danach. Der schrecklichen Gefahr bewußt, in der sie schwebte, wehrte Mrs. Fiske sich verzweifelt mit einem schrillen Schrei des Entsetzens. Umsonst. Schnalle, Hut und Perücke wurden mit einem Griff heruntergerissen, und ihr kahler Kopf leuchtete wie eine Speckkugel in grotesker und schrecklicher Nacktheit im unbarmherzigen Tageslicht.

Einen Augenblick blieb es still. Dann brach eine wahre Flut von Spott und höhnischem Gekreisch über sie herein. Mrs. Fiske schlug die Hände vors Gesicht und begann bitterlich zu weinen. Zitternd versuchte der Doktor, den Schädel seiner Frau mit dem Taschentuch zu bedecken, aber die bunte Seide wurde ihm weggerissen. Arme Frau, dachte Father Chisholm und wandte mitleidig die Augen ab.

Da erschien der Korporal auf der Bildfläche, und die Heiterkeit endete so rasch, wie sie begonnen hatte. Die Menge zerstreute sich, während man die Missionare in die Höhle führte, die mit einer schweren, eisenbeschlagenen Tür versehen war. Sie wurde zugeschlagen und verriegelt. Man ließ die Gefangenen allein.

»Wenigstens sind wir hier unter uns«, sagte Father Chisholm.

Dann verging geraume Zeit, ohne daß jemand sprach. Der kleine Doktor saß auf der Erde, den Arm um seine weinende Frau gelegt, und sagte schließlich dumpf: »Es war der Scharlach. Sie hat ihn gleich im ersten Jahr bekommen, als wir in China waren. Sie hat sehr darunter gelitten. Wir haben uns sehr bemüht, es keinen Menschen merken zu lassen.«

»Niemand wird etwas davon erfahren«, log der Priester rasch. »Josua und ich sind verschwiegen wie das Grab. Wenn wir nach Pai-tan zurückkehren, kann der – der Schaden doch wieder behoben werden.«

»Hörst du, Agnes? Bitte laß das Weinen, mein geliebtes Herz.«

Das erstickte Schluchzen ließ nach, um schließlich ganz aufzuhören. Langsam hob Mrs. Fiske ihre verweinten Augen, zwei rotgeränderte Kreise in einem Straußenei.

»Sie sind sehr freundlich«, würgte sie hervor.

»Etwas hat man mir offenbar gelassen. Wenn es Ihnen inzwischen dienlich sein kann ...« Father Chisholm zog ein großes kastanienbraunes Tuch aus der Innentasche seines Rockes.

Verschämt und dankbar nahm sie es in Empfang, band es sich wie eine Morgenhaube um den Kopf und knüpfte hinter dem Ohr eine Schmetterlingsschleife.

»Siehst du, Liebling.« Fiske tätschelte ihren Rücken. »Jetzt schaust du wieder ganz normal aus.«

»Wirklich, Lieber?« Ein schwaches, beinahe kokettes Lächeln erschien auf ihren Lippen. Ihre Lebensgeister hoben sich wieder. »Nun wollen wir einmal sehen, was sich tun läßt, um diesen elenden Yaufang in Ordnung zu bringen.«

Es ließ sich aber nicht viel machen, die Höhle war nur drei Meter tief und enthielt nichts als ein paar Tonscherben und feuchtkalte Dunkelheit. Licht und Luft drangen nur durch die Spalten des verbarrikadierten Eingangs. Ein Grab konnte nicht trostloser sein. Da sie aber völlig erschöpft waren, streckten sie sich auf dem Fußboden aus und schliefen ein.

Erst am Nachmittag wachten sie wieder auf, als die Tür sich knarrend öffnete. Ein Strahl hellen Sonnenlichts drang in die Höhle. Dann trat eine Frau mittleren Alters herein und brachte einen Krug mit heißem Wasser und zwei Laibe Brot. Sie schaute zu, wie Father Chisholm den einen Dr. Fiske reichte und den andern schweigend mit Josua teilte. Etwas in ihrer Haltung, in ihrem dunklen, recht verdrossenen Gesicht veranlaßte den Priester, sie aufmerksam zu betrachten.

»Ach!« Er fuhr auf, als er sie erkannte. »Du bist es, Anna!« Sie antwortete nicht. Dreist hielt sie seinem Blick stand, wandte sich dann um und ging hinaus.

»Kennen Sie diese Frau?« fragte Fiske rasch.

»Ich bin nicht ganz sicher. Doch, natürlich bin ich sicher. Sie war eines der Mädchen unserer Mission und... und lief fort.«

»Das spricht nicht gerade für Ihre Erziehung.« Zum erstenmal lag in Fiskes Ton einige Schärfe.

»Wir werden sehen.«

In dieser Nacht schliefen alle schlecht. Das Mißbehagen wuchs mit jeder Stunde der Gefangenschaft. Abwechselnd legten sie sich neben die Tür, denn dort war es wenigstens möglich, die dunstig feuchte Luft von draußen einzuatmen. Immer wieder jammerte der kleine Doktor: »Dieses gräßliche Brot! Ach, du lieber Himmel, es hat mein Duodenum zu einem Knoten zusammengezogen.«

Am nächsten Tag, um die Mittagsstunde, kam Anna wieder mit heißem Wasser und einer Schale Hirse. Father Chisholm hütete sich, sie noch einmal mit ihrem Namen anzureden.

»Wie lange sollen wir hier eingeschlossen bleiben?«

Zuerst schien sie nicht antworten zu wollen, dann sagte sie gleichgültig: »Die beiden Männer sind nach Pai-tan gegangen. Wenn sie zurückkommen, werden Sie freigelassen.«

Dr. Fiske warf unwirsch ein: »Können Sie uns nicht besseres Essen beschaffen und ein paar Decken? Wir werden es bezahlen.«

Sie schüttelte den Kopf und zog sich zurück, die Frage hatte sie verscheucht. Aber nachdem sie die Tür verschlossen hatte, sagte sie durch die Balken: »Zahlen Sie mir, wenn Sie wollen. Aber Sie brauchen nicht lange zu warten. Was ist schon dabei!«

»Nichts!« stöhnte Fiske, sobald sie gegangen war. »Ich wollte, sie hätte meine Eingeweide.«

»Laß dich nicht gehen, Wilbur.« Mahnend drang Mrs. Fiskes Stimme aus dem Dunkel. »Denke daran, daß wir Ähnliches schon einmal durchgemacht haben.«

»Damals waren wir jung. Nicht alte Scherben, die endgültig heimfahren wollen. Und dieser Wai... auf uns Missionare hat er es besonders scharf... weil wir die bewährte alte Ordnung auf den Kopf gestellt haben, in der sich Verbrechen bezahlt machten.«

Sie ließ nicht locker: »Wir müssen bei guter Laune bleiben. Kommt, wir müssen uns zerstreuen. Nicht reden – sonst fangt ihr beide an, über Religion zu streiten. Ein Spiel wäre das richtige. Das dümmste, das uns einfällt! Wir werden ›Mann, Frau und Kind‹ spielen. Josua, bist du wach? Gut. Dann hör zu, ich will euch erklären, wie es geht.« Mit heroischem Eifer spielten sie Personen erraten. Josua bewies erstaunliches Geschick. Dann aber brach Mrs. Fiskes helles Lachen mit einemmal ab, sie wurden sehr still und versanken in bedrückende Teilnahmslosigkeit; Augenblicke unruhigen Schlummers folgten, in denen sie sich angstvoll, verstört hin und her warfen.

»Lieber Gott, sie müssen doch endlich zurück sein.« Unablässig wiederholte Dr. Fiske am nächsten Tag diesen Satz. Gesicht und Hände fühlten sich heiß an. Er fieberte aus Mangel an Schlaf und frischer Luft. Aber erst am Abend verkündeten lautes Geschrei und Hundegebell, daß noch zu später Stunde jemand eingetroffen war. Diesem Ausbruch folgte wieder lastendes Schweigen.

Endlich näherten sich Schritte, die Tür wurde aufgerissen. Auf Kommando krochen sie auf Händen und Knien heraus. Die Frische der Nachtluft, das Gefühl, wieder im Freien zu sein, versetzte sie fast in einen Taumel der Erleichterung.

»Gottlob!« rief Fiske. »Jetzt geht es uns wieder gut.«

Eine Schar Soldaten eskortierte sie zu Wai-Tschu.

Er saß in seiner Behausung auf einer Kokosmatte, eine Lampe und eine lange Pfeife neben sich. Der hohe, verfallene Raum war durchtränkt von dem leicht bitteren Geruch des Mohns. Wai zur Seite stand ein Soldat mit einem schmutzigen, blutbefleckten Lappen um den Arm.

Fünf andere Leute seiner Truppe, darunter auch der Korporal, hatten mit Rohrstöcken bewaffnet an der Wand Aufstellung genommen.

Die Gefangenen wurden hereingeführt. Totenstille breitete sich aus. Wai betrachtete sie lange und eindringlich. Die Grausamkeit in dem starren Gesicht war mehr zu fühlen als zu sehen.

»Die freiwillige Gabe ist nicht bezahlt worden.« Er sprach eintönig und völlig unbewegt. »Als sich meine Leute der Stadt näherten, um sie in Empfang zu nehmen, wurde der eine getötet und der andere verwundet.«

Dem Priester lief ein Schauer über den Rücken. Was er befürchtet hatte, war eingetroffen. Er sagte:

»Wahrscheinlich wurde die Botschaft gar nicht bestellt. Der Träger hatte Angst und rannte fort, nach Hause, nach Schan-si, ohne nach Pai-tan zu gehen.«

»Sie sind zu redselig. Zehn Streiche auf die Beine.«

Father Chisholm hatte das erwartet. Die Züchtigung war hart, denn das lange kantige Rohr, das ein Soldat handhabte, zerfleischte ihm Oberschenkel und Schienbein.

»Der Bote war unser Diener.« In Mrs. Fiskes Ton lag unterdrückte Empörung, und hochrote Flecken brannten auf ihren blassen Wangen. »Es ist nicht die Schuld des Schang-Fu, wenn er fortgelaufen ist.«

»Auch Sie sind redselig. Zwanzig Schläge ins Gesicht.«

Man schlug sie mit der flachen Hand kräftig auf beide Wangen, während der Doktor neben ihr zitternd die Fäuste ballte.

»Sagen Sie mir doch, da Sie so klug sind, warum man meinen Boten aufgelauert und sie aus dem Hinterhalt überfallen hat, wenn Ihr Diener fortgelaufen ist?«

Father Chisholm hätte gern gesagt, daß die Garnison in Pai-tan sich in diesen Zeiten ständig in Alarmzustand befand und auf jeden Anhänger Wais schoß, der sich blicken ließ. Er wußte, daß dies die Erklärung war. Aber es schien ihm klüger, den Mund zu halten.

»Jetzt sind Sie nicht so redselig. Zehn Schläge auf die Schultern für unnatürliches Schweigen.«

Wieder wurde er geschlagen.

»Lassen Sie uns zu unsern Missionen zurückkehren«, Fiske begann aufgeregt zu gestikulieren wie ein hysterisches Weib. »Ich gebe Ihnen mein feierliches Ehrenwort, daß Sie ohne jeden Verzug ihr Lösegeld bekommen.«

»Ich bin kein Dummkopf!«

»Dann schicken Sie einen andern Ihrer Soldaten mit einer Botschaft, die ich jetzt gleich schreiben werde, in die Straße der Laternen. Schikken Sie ihn unverzüglich hin.«

»Damit auch er ermordet wird? Fünfzehn Schläge für die Annahme, daß ich ein Dummkopf bin.«

Während man ihn schlug, brach der Doktor in Tränen aus. »Sie können einem leid tun«, brachte er schluchzend hervor. »Ich vergebe Ihnen, aber Sie tun mir leid, aus tiefstem Herzen bedaure ich Sie.«

Es gab eine Pause. Fast ließ sich in Wais zusammengezogenen Pupillen ein dumpfes Aufflackern der Befriedigung erkennen. Er wandte sich Josua zu. Der Bursche war gesund und kräftig. Wai brauchte dringend Rekruten.

»Sag einmal, bist du bereit, alles gutzumachen, indem du dich anwerben läßt, unter meiner Flagge dienst?«

»Ich weiß die Ehre zu schätzen«, sagte Josua ruhig, »aber es ist unmöglich.«

»Schwöre deinem fremden Teufelsgott ab, und du wirst frei ausgehen.«

Father Chisholm durchlebte einen Augenblick grausam-banger Erwartung und machte sich schon bereit, den Schmerz und die Demütigung zu ertragen, falls der Bursche nachgab.

»Frohen Herzens werde ich für den wahren Herrn des Himmels sterben.«

»Dreißig Streiche, weil er ein halsstarriger Lump ist.«

Josua gab keinen Laut von sich. Mit niedergeschlagenen Augen ertrug er die Züchtigung. Kein Stöhnen entrang sich seinen Lippen. Aber Father Chisholm zuckte bei jedem Schlag zusammen.

»Wollen Sie Ihrem Diener jetzt nicht lieber raten, in sich zu gehen?«

»Niemals!« antwortete der Priester fest, und der Mut des Knaben strahlte in seiner Seele wie ein helles Licht.

»Zwanzig Streiche auf die Beine wegen sträflicher Widerspenstigkeit.«

Beim zwölften Schlag, der seine Schienbeine direkt traf, gab es einen kurzen, scharfen Knacks. Ein wahnsinniger Schmerz durchzuckte das gebrochene Bein. O Gott, dachte Francis, das ist das Ärgste an alten Knochen, sie halten nichts mehr aus.

Wai betrachtete sie abschätzend. »Ich kann Sie nicht länger beschützen. Wenn das Geld morgen nicht eintrifft, habe ich das dunkle Gefühl, daß Ihnen Schlimmes widerfahren könnte.«

Mit ausdruckslosem Gesicht sandte er sie fort. Father Chisholm konnte kaum über den Hof humpeln. Im Yau-fang ließ Mrs. Fiske ihn sich setzen und zog ihm kniend Schuh und Socken aus. Der Doktor hatte sich inzwischen gefaßt und richtete das Bein ein.

»Ich habe nichts zum Schienen, nichts als diese Fetzen.« Seine Stimme klang hoch und zittrig. »Es ist ein komplizierter Bruch. Wenn Sie sich nicht ruhig halten, kann es böse Folgen haben. Fühlen Sie nur, wie meine Hände beben. Lieber Gott, steh uns bei! Wir fahren doch nächsten Monat nach Hause. Wir sind nicht so...«

»Bitte, Wilbur.« Mit einer sanften Berührung beruhigte sie ihn. Schweigend legte er den Verband an. Sie sagte noch: »Wir müssen versuchen, guten Mutes zu bleiben. Wenn wir jetzt nachgeben, was soll dann erst morgen mit uns geschehen?«

Vermutlich war es gut, daß sie sie in Gedanken darauf vorbereitete.

Am nächsten Morgen führte man die vier in den Hof, wo die Bevölkerung von Tu-en-lai, vor Freude über das bevorstehende Schauspiel leise schnatternd, Aufstellung genommen hatte. Man band ihnen die Hände auf den Rücken und steckte einen Bambusstab zwischen ihren Armen hindurch. Dann ergriffen zwei Soldaten den Stab an den beiden Enden, hoben die Gefangenen auf und trugen sie in einer Prozession sechsmal – in immer enger werdenden Kreisen – um den Platz. Schließlich hielten sie bei einem Haus, vor dessen mit Geschoßeinschlägen übersäter Wand Wai seinen Sitz eingenommen hatte.

Das gebrochene Bein schmerzte so sehr, daß Father Chisholm ganz übel wurde. Doch ärger als unter dem Schmerz und der sinnlosen Erniedrigung litt er unter seiner entsetzlichen Niedergeschlagenheit. Der Gedanke, daß Geschöpfe Gottes aus Blut und Tränen anderer achtlos ein Freudenfest machten, brachte ihn fast zur Verzweiflung. Er hatte gegen die schreckliche Einflüsterung anzukämpfen, daß Gott niemals solche Menschen geschaffen haben könne... daß es Gott vielleicht gar nicht gäbe.

Er sah, daß mehrere Soldaten Gewehre trugen, und hoffte, ein rasches, barmherziges Ende sei nahe. Aber nach einer Weile drehte man sie auf ein Zeichen Wais mit dem Gesicht zur Erde und zerrte sie an Armen und Beinen – einen steilen Pfad hinunter an ein paar Booten vorbei, die auf dem schmalen Kiesstreifen des Ufers lagen – zum Fluß.

Vor den Augen der versammelten Menge schleifte man sie durch das Wasser, um sie dort, wo der Fluß ungefähr fünf Fuß tief war, an einen Pflock zu binden.

Der Aufschub der befürchteten Hinrichtung kam so unerwartet, der Gegensatz zu der dumpfschmutzigen Höhle war so überwältigend, daß sich zunächst ganz von selbst ein Gefühl der Erleichterung einstellte. Das kalte, kristallklare Bergwasser wirkte geradezu wohltuend. Die Schmerzen im Bein des Priesters hörten auf. Mrs. Fiske lächelte schwach. Ihr Mut war herzergreifend. Ihre Lippen formten die Worte: »Wenigstens werden wir hier sauber.«

Nach einer halben Stunde aber änderte sich das alles vollkommen. Father Chisholm wagte nicht, seine Gefährten anzusehen. Der Fluß, der zuerst bloß erfrischend gewesen war, wurde kälter und kälter, verlor seine angenehme, betäubende Wirkung und preßte den Leib und die unteren Gliedmaßen wie in einem eisigen Schraubstock zusammen. Jeder Herzschlag, der sich mühte, das Blut durch kalt und steif gewordene Adern zu pumpen, durchpulste den Körper mit tödlicher Qual. Der Kopf aber, zu dem alles Blut drängte, trieb körperlos in rötlichem Nebel. Seine Sinne trübten sich, aber noch war der Priester bestrebt, den Grund für diese Folter zu finden. Unklar erinnerte er sich, daß sie die »Wasserprobe« hieß und daß der Tyrann Tschang diesem von der Tradition geheiligten Sadismus als erster gehuldigt hatte. Da es üblich war, diese Tortur immer wieder zu unterbrechen, war sie für Wais Zwecke sehr geeignet. Vermutlich hatte er die Hoffnung auf das Lösegeld noch nicht ganz aufgegeben. Francis unterdrückte ein Stöhnen. Wenn die Vermutung stimmte, war das Ende der Leiden nicht abzusehen.

»Es ist erstaunlich«, zähneklappernd versuchte der Doktor zu sprechen, »dieser Schmerz... ein richtiges Schulbeispiel für Angina pectoris... zeitweilig unterbrochene Blutzufuhr durch das verengte Gefäßsystem. O du mein Heiland!« Er begann zu wimmern. »O Gott, Herr der Heerscharen, warum hast du uns verlassen? Meine arme Frau... Gottlob ist sie ohnmächtig. Wo bin ich...? Agnes... Agnes...« Er verlor das Bewußtsein.

Mit unendlicher Mühe wandte der Priester den Blick auf Josua. Seine blutunterlaufenen Augen konnten den Kopf des Burschen kaum wahrnehmen. Wie vom Rumpf abgetrennt sah er aus. Der Kopf eines jungen Johannes des Täufers auf einer von Blut triefenden Schüssel. Armer

Josua – und armer Josef! Wie würde er seinen Ältesten vermissen! Francis sagte sanft:

»Mein Sohn, dein Mut und dein Glaube – sind mir eine große Freude.«

»Es ist nicht der Rede wert, Herr.«

Ein kurzes Schweigen. Der Priester war tief bewegt und kämpfte mit großer Anstrengung gegen die Erstarrung, die ihn zu überwältigen drohte.

»Was ich dir sagen wollte, Josua, wenn wir zur Mission zurückkommen, sollst du das Rotschimmel-Pony haben.«

»Glaubt der Herr, daß wir jemals zur Mission zurückkehren werden?«

»Wenn nicht, Josua, wird der liebe Gott dir ein noch viel schöneres Pony geben, auf dem du im Himmel herumreiten kannst.«

Wieder war es eine Weile still. Josua sagte leise:

»Ich glaube, Father, das kleine Pony in der Mission wäre mir lieber.«

Das Rauschen in Francis' Ohren wurde immer stärker, und das Gespräch ging in dunklen Wellen unter. Als er zu sich kam, lagen sie alle bereits wieder, zu einem feuchten Haufen übereinandergeworfen, in der Höhle. Während er noch versuchte, sich zurechtzufinden, hörte er, wie Fiske in dem jämmerlichen Klageton, in den er jetzt immer verfiel, seiner Frau sagte:

»Wenigstens sind wir heraus... aus diesem gräßlichen Fluß.«

»Ja, Wilbur, ja mein Lieber, wir sind heraus. Aber wenn ich mich in dem Rohling nicht sehr täusche, werden wir morgen wieder drinnen stehen.« Ihr Ton war so sachlich, als ob sie sich mit ihm über sein Abendessen unterhielte. »Wir dürfen uns nichts vormachen, liebes Herz. Wenn er uns am Leben ließ, geschah es nur, um uns auf eine möglichst grausame Art umzubringen.«

»Hast du... keine Angst, Agnes?«

»Nicht die mindeste, und auch du darfst keine haben. Du mußt diesen armen Heiden... und dem Father... zeigen, wie brave christliche Neu-Engländer sterben.«

»Liebe Agnes... du bist eine tapfere Frau.«

Der Priester fühlte, wie sie ihren Arm eng um ihren Mann schlang. Er war tief erschüttert, war von neuem leidenschaftlich um seine Gefährten besorgt, diese drei grundverschiedenen Menschen, von denen jeder in seiner Art gleich lieb war. Gab es keine Möglichkeit zu entkommen? Die Zähne zusammengebissen, die Stirn an den Boden gepreßt, dachte er fieberhaft nach. Als eine Stunde später die Frau mit einer Schüssel Reis hereinkam, stellte er sich zwischen sie und die Tür.

»Anna! Leugne nicht, daß du Anna bist! Empfindest du denn gar keine Dankbarkeit für alles, was man für dich in der Mission getan hat? Nein« – sie versuchte sich an ihm vorbeizudrängen – »ich werde dich nicht gehen lassen, bevor du mich angehört hast. Du bist immer noch ein Kind Gottes. Du kannst nicht zusehen, wie man uns langsam umbringt. Ich befehle dir in seinem Namen, uns zu helfen.«

»Ich kann nichts tun.« In der dunklen Höhle war es unmöglich, ihr Gesicht zu sehen. Ihre Stimme klang mürrisch und unterwürfig zugleich.

»Du kannst sehr viel tun. Laß die Tür unverschlossen. Niemand wird daran denken, dir die Schuld zu geben.«

»Was soll das nützen? Alle Ponys werden bewacht.«

»Wir brauchen keine Ponys, Anna.«

Ungläubig tönte es zurück: »Wenn Sie Tu-en-lai zu Fuß verlassen, werden Sie am nächsten Tag wieder eingefangen.«

»Wir werden ein Boot nehmen... und uns flußabwärts treiben lassen.«

»Unmöglich.« Heftig schüttelte sie den Kopf. »Die Stromschnellen sind viel zu gefährlich.«

»Es ist besser, in den Strudeln zu ertrinken als hier.«

»Es geht mich nichts an, wo Sie ertrinken«, antwortete sie zornig aufflammend, »und es ist nicht meine Sache, Ihnen in irgendeiner Weise beizustehen.«

Unvermutet streckte Dr. Fiske im Dunkeln die Hand aus und ergriff die ihre. »Hören Sie, Anna, fassen Sie meine Finger und geben Sie acht. Sie müssen es zu Ihrer eigenen Sache machen. Verstehen Sie? Lassen Sie die Tür heute nacht offen.«

Es blieb eine Weile still.

»Nein.« Sie zögerte und zog langsam ihre Hand zurück. »Heute nacht kann ich nicht.«

»Sie müssen.«

»Ich werde es morgen tun... morgen... morgen.«

Ihr Benehmen war seltsam verändert, in einem plötzlichen Ausbruch von Wildheit stürzte sie mit gesenktem Kopf aus der Höhle. Die Tür fiel hinter ihr mit einem lauten Knall zu.

Noch drückender lastete nun das Schweigen. Niemand nahm an, daß die Frau ihr Wort halten würde. Und selbst wenn sie es im Sinn hatte, wog ihr Versprechen wenig im Vergleich zu dem, was ihnen morgen bevorstand.

»Ich bin ein kranker Mann«, murmelte Fiske grämlich und legte den Kopf an die Schulter seiner Frau. Sie hörten, wie er in der Finsternis seine eigene Brust abklopfte. »Meine Kleider sind noch triefend naß. Hörst du... hier klingt es ganz dumpf... Lungenentzündung. O Gott, und ich dachte immer, die Foltern der Inquisition hätten nicht ihresgleichen.«

Irgendwie ging auch diese Nacht vorüber. Grau und kalt kam der Morgen heran.

Als das erste Licht durch die Spalten drang und man im Hof Geräusche hörte, richtete Mrs. Fiske sich auf, einen Ausdruck höchster Entschlossenheit auf dem spitzigen, totenblassen Gesicht, das noch immer von dem zerknitterten Kopftuch umrahmt wurde. »Father Chisholm, Sie sind der älteste Geistliche hier. Ich bitte Sie, ein Gebet zu sprechen, bevor wir hinausgehen, vielleicht unserem Martyrium entgegen.«

Er kniete an ihrer Seite nieder. Sie falteten alle vier die Hände. Er betete, so gut er konnte, besser, als er jemals in seinem Leben gebetet hatte. Dann kamen die Soldaten und holten sie.

In ihrem geschwächten Zustand schien der Fluß ihnen noch kälter als am Tag zuvor. Fiske brach in hysterisches Geschrei aus, als man ihn hineintrieb. Für Father Chisholm wandelte sich alles zu einem nebelhaften Traumbild.

Untertauchen, sagten seine wirren Gedanken, Reinigung durch das Wasser, ein Tropfen, und du wärest erlöst. Wie viele Tropfen gab es hier? Millionen und aber Millionen... vierhundert Millionen Chinesen, die alle darauf warteten, erlöst zu werden, jeder mit einem Tropfen Wasser...

»Father! Lieber, guter Father Chisholm!« Mrs. Fiske rief ihn an, glasig leuchteten ihre Augen in plötzlicher fiebriger Fröhlichkeit. »Sie beobachten uns vom Ufer aus. Wir wollen es ihnen zeigen. Ein Beispiel geben. Singen wir etwas. Welches Lied haben wir gemeinsam? Natürlich, das Weihnachtslied. Mit dem lieblichen Text. Josua... Wilbur... wir wollen alle singen.«

Sie begann mit hoher, zitternder Stimme:

»Ihr Kinderlein, kommet, o kommet doch all...«

Mit den andern fiel er ein:

»Zur Krippe her kommet, in Bethlehems Stall.«

Spätnachmittag. Wieder waren sie in der Höhle. Der Doktor lag auf der Seite. Sein Atem ging rasselnd. Triumphierend sagte er:

»Lobärpneumonie. Ich wußte es gestern schon. Dumpfes Rasselgeräusch in den Lungenspitzen. Es tut mir leid, Agnes, aber ich bin recht froh darüber.«

Niemand sprach ein Wort. Mit bleichen, aufgedunsenen Fingern strich sie sanft über seine heiße Stirn, lange, lange Zeit, bis Anna in die Höhle trat.

Sie blieb in der Tür stehen und betrachtete die vier halb widerwillig, halb verdrossen. Schließlich sagte sie: »Ich habe den Männern Ihr Essen gegeben. Sie finden das einen herrlichen Spaß. Gehen Sie rasch, bevor die Leute ihren Irrtum entdecken.«

Einen Augenblick war es totenstill. Father Chisholm fühlte, wie das Herz in seinem gemarterten, erschöpften Körper heftig schlug. Es war kaum zu fassen, daß sie die Höhle aus eigenem freiem Willen verlassen konnten. Er sagte: »Gott segne dich, Anna. Du hast ihn nicht vergessen, und er hat dich nicht vergessen.«

Sie antwortete nicht, sondern starrte ihn nur mit ihren dunklen unergründlichen Augen an, in denen er niemals zu lesen vermocht hatte, nicht einmal in jener ersten Nacht im Schnee. Dennoch erfüllte es ihn mit heller Freude, daß sie nun vor Dr. Fiske seine Erziehung so deutlich rechtfertigte. Sie blieb noch einen Augenblick stehen, dann verschwand sie schweigend.

Vor der Höhle war es stockdunkel. Francis konnte Gelächter und leise Stimmen im nächsten Yau-fang hören. In Wais Haus jenseits des Hofes brannte Licht. Die Ställe und Unterkünfte der Soldaten, die sich daran anschlossen, waren schwach beleuchtet. Ein plötzliches Hundegebell traf seine gequälten Nerven wie ein Schlag. Die Hoffnung, die an einem so schwachen Faden hing, war wie ein neuer Schmerz, der ihn in seiner Heftigkeit zu überwältigen drohte.

Vorsichtig versuchte er, sich auf die Füße zu stellen. Es war unmöglich. Schwer fiel er wieder zu Boden, und der Schweiß trat ihm auf die Stirn. Er konnte sein Bein, das auf das Dreifache angeschwollen war, einfach nicht gebrauchen.

Flüsternd wies er Josua an, den halb bewußtlosen Doktor auf den Rücken zu nehmen und vorsichtig zu den Sampans hinunterzutragen.

Gemeinsam mit Mrs. Fiske machte der Bursche sich auf den Weg, und Francis sah, wie er, tief gebeugt unter der sackartigen Last, sich geschickt in dem dunklen Schatten der Felsen hielt. Das schwache Rollen eines losen Steines drang an sein Ohr und schien ihm laut genug, die Toten aufzuwecken. Nach einer Weile erst wagte er wieder zu atmen. Niemand außer ihm hatte es gehört. Fünf Minuten später kam Josua zurück. Auf des Knaben Schulter gestützt, schleppte er sich langsam und von Schmerzen gepeinigt den Pfad hinunter.

Fiske lag schon ausgestreckt auf dem Boden eines Bootes, seine Frau kauerte neben ihm. Der Priester setzte sich ins Heck. Mit beiden Händen hob er sein nutzloses Bein und räumte es aus dem Weg wie ein Stück Holz, dann stützte er sich mit dem Ellbogen gegen den Bootsrand. Josua kletterte nach vorn und begann das Seil zu lösen, während Father Chisholm im Heck das Stechruder ergriff und sich zum Abstoßen bereit machte.

Plötzlich ertönte von der Höhe des Felshanges ein Ruf, dann noch einer, man hörte Leute herumlaufen. Überall wurde es lebendig, Geschrei erhob sich, Hunde begannen heftig zu bellen. Dann flammten oben in der Finsternis zwei Fackeln auf und kamen, von schrillen Stimmen und erregten, klappernden Schritten begleitet, rasch den Pfad, der zum Fluß führte, herunter.

In seiner Herzensangst saß Francis wie erstarrt, nur seine Lippen bewegten sich. Aber er sagte kein Wort. Josua zog und zerrte an dem verschlungenen Tau. Er erkannte die Größe der Gefahr, auch wenn kein Befehl ihn zu größerer Anstrengung trieb.

Wild keuchend riß der Junge endlich das Tau los und fiel hintenüber gegen die Ruderbank. Im gleichen Augenblick fühlte Father Chisholm, wie das Boot frei dahintrieb, und nahm alle Kraft, die ihm geblieben war, zusammen, um es in die Strömung hinauszulenken. Als er aus dem seichten Wasser heraus war, drehte es sich erst ziellos herum, dann begann es stromabwärts zu gleiten. Am Ufer tauchten nun neben und hinter ihnen im Schein der Fackeln kleine Gruppen laufender Menschen auf. Ein Schuß ertönte, dem eine unpräzise abgefeuerte Salve folgte. Schwirrend peitschte das Blei das Wasser. Schneller und schneller glitten sie dahin, fast waren sie schon außer Schußweite. Fiebernd vor Erleichterung hielt Father Chisholm den Blick auf das undurchdringliche Dunkel geheftet, das vor ihnen lag. Nurmehr ganz vereinzelt fielen Schüsse. Doch in der Finsternis schlug plötzlich etwas, wie ein schwerer Stein, gegen seinen Kopf. Dieser schwankte unter dem heftigen Anprall, ohne daß Father Chisholm einen Schmerz verspürte. Er hob die Hand und griff in sein feuchtes Gesicht. Eine Kugel hatte den Oberkiefer durchschlagen und war durch die rechte Wange wieder ausgetreten. Er sagte kein Wort. Das Schießen hörte auf. Sonst war niemand getroffen worden.

Mit furchterregender Schnelligkeit riß der Fluß sie jetzt mit sich. Francis war vollkommen überzeugt, daß dieser schließlich in den Hwang münden würde, daß es gar keine andere Möglichkeit gäbe. Er beugte sich zu Fiske, und als er sah, daß der Doktor bei Bewußtsein war, gab er sich Mühe, ihn ein wenig aufzumuntern.

»Wie fühlen Sie sich?«

»Ganz behaglich, wenn man bedenkt, daß ich im Sterben liege.« Er unterdrückte ein kurzes Husten. »Es tut mir leid, daß ich mich wie ein altes Weib benommen habe, Agnes.«

»Bitte, Lieber, sprich jetzt nicht.«

Traurig richtete der Priester sich wieder auf. Fiskes Leben ging zu Ende. Seine eigene Widerstandskraft war nahezu geschwunden. Am liebsten wäre er in Tränen ausgebrochen.

Bald verkündete das zunehmende Rauschen, daß sie sich den Stromschnellen näherten. Es war, als löschte das Tosen alles aus, was er bisher noch wahrnehmen konnte. Er vermochte nichts mehr zu sehen. Mit seinem einzigen Ruder hielt er das Boot in Fahrtrichtung. Als sie in die Tiefe schossen, empfahl er ihre Seelen Gott. Er kümmerte sich nicht, er wußte nicht, wie das Boot durch die Finsternis und das Getöse kam. Das Dröhnen betäubte ihn. Während sie hin- und hergeschleudert wurden, auf- und abtauchten, klammerte er sich an das nutzlose Ruder. Zeitweise glaubten sie ins Leere zu fallen, als ob das Boot seinen Boden verloren hätte. Wenn es splitternd und krachend plötzlich stillstand, dachte er gleichgültig, sie müßten sinken. Doch wieder riß es sie weiter, wirbelte sie hinunter in die Tiefe, schäumendes Wasser schlug über ihnen zusammen. Immer wenn er dachte, sie hätten die Strudel hinter sich, erhob neues Dröhnen sich vor ihnen, kam näher und verschlang sie. An einer Biegung wurde das Flußbett so eng, daß sie mit Wucht gegen das felsige Ufer schlugen und niederhängende Zweige von den Bäumen rissen, um dann wieder hüpfend, kreisend, krachend weitergeschleudert zu werden. Auch sein Kopf wirbelte, schwirrte, fand sich nicht mehr zurecht und sank hinunter, immer tiefer, tiefer.

Weit unten in der friedlichen Stille ruhigen Wassers kam er langsam wieder zur Besinnung. Ein schwacher Streifen morgendlicher Dämmerung lag vor ihnen und säumte ein breites Stück idyllisch sanften Gewässers. Er hatte keine Ahnung, welche Entfernung sie zurückgelegt haben mochten, obwohl er ahnte, es müßten viele, viele Li sein. Nur eines wußte er genau, sie hatten den Hwang erreicht, auf dessen breitem Rücken sie nun ruhig Pai-tan entgegentrieben.

Er versuchte, sich zu bewegen, aber es gelang ihm nicht, seine Schwäche hielt ihn gefangen. Das gebrochene Bein war schwerer als Blei, in dem zerschossenen Kiefer tobte es wie von rasenden Zahnschmerzen. Mit namenloser Anstrengung drehte er sich schließlich um und zog sich mit den Händen langsam am Bootsrand entlang. Das Licht nahm ständig zu. Schlaff und zusammengesunken kauerte Josua am Bug, aber sein Atem ging regelmäßig. Er schlief. Auf dem Boden des Sampan lag Fiske neben seiner Frau. Ihr Arm stützte seinen Kopf, ihr Körper schützte ihn vor dem eingedrungenen Wasser. Sie war wach, ruhig und gefaßt. Als er sie ansah, fühlte der Priester eine große, ehrfürchtige Verwunderung in sich aufsteigen. Sie hatte die größte Ausdauer und Leidensfähigkeit von allen bewiesen. Seine unausgesprochene Frage beantwortete sie mit einem traurig verneinenden Blick. Er sah, daß ihr Mann in den letzten Zügen lag.

Fiskes Atem kam stoßweise und setzte zeitweilig ganz aus. Unaufhörlich murmelte er vor sich hin, seine Augen starrten weit offen ins Leere. Plötzlich aber glomm in ihnen schwach und unsicher ein Licht auf, er schien Francis zu erkennen. Schattenhaft zeichnete eine Bewegung sich auf seinen Lippen ab – ein Nichts, aber in diesem Nichts lag die Andeutung eines Lächelns. Sein Gemurmel nahm zusammenhängende Formen an.

»Bilden Sie sich nichts ein... mein Lieber... wegen Ihrer Anna.« Keuchend holte er Atem. »Nicht so sehr Ihre Erziehung, als...« Wieder rang er nach Luft. »Ich habe sie bestochen.« Ein leises Lachen flakkerte auf. »Mit der Fünfzig-Dollar-Note, die ich immer in meinem Schuh trug.« Schwach triumphierend machte er eine Pause. »Aber Gott segne Sie trotzdem, mein Lieber.« Nachdem er diesen letzten Trumpf ausgespielt hatte, schien ihm wohler zu sein. Er schloß die Augen. Als plötzlich die Sonne emporstieg, merkten sie, daß er gestorben war.

Father Chisholm kehrte ans Heck zurück und sah zu, wie Mrs. Fiske dem Toten die Hände faltete. Betäubt blickte er auf seine eigenen Hände. Eigentümlich erhabene rote Flecken bedeckten die beiden Handrücken und ließen sich wie Schrotkörner unter der Haut hin und her schieben. Ein Insekt muß mich gestochen haben, während ich schlief, dachte er.

Später, als die Morgennebel sich hoben, entdeckte er flußabwärts in einiger Entfernung die flachen Boote von Kormoranfischern. Er schloß seine schmerzenden Augen. Der Sampan trieb dahin... trieb im goldenen Sonnenglanz auf die Fischer zu.

13

Sechs Monate später saßen die beiden neuen Missionspriester, Father Stephen Munsey, M. B., und Father Jerome Craig am Nachmittag bei Kaffee und Zigaretten beisammen und besprachen ernsthaft die Vorbereitungen.

»Es muß alles tadellos sein. Gottlob sieht es aus, als ob das Wetter schön bliebe.«

»Und beständig.« Father Jerome nickte. »Ein Segen, daß wir die Musikkapelle haben.«

Sie waren jung, gesund, voller Lebenskraft und durchdrungen von einem unerschütterlichen Glauben an sich und an Gott. Father Munsey, der amerikanische Priester, der als fertiger Arzt von der Universität Baltimore kam, war mit seiner stattlichen Länge von sechs Fuß der Größere der beiden. Dafür hatte sich Father Craig – dank seiner breiten Schultern – einen Platz in der Boxmannschaft von Holywell errungen. Craig war wohl Engländer, hatte aber einen erfreulichen Schuß amerikanischer Energie mitbekommen, als er im St.-Michael-College in San Francisco zwei Jahre lang einen Vorbereitungskurs für die Missionstätigkeit absolvierte. Dort hatte er auch Father Munsey kennengelernt. Die beiden waren einander von Anfang an sympathisch und nannten sich bald freundschaftlich »Steve« und »Jerry«, das heißt, mit Ausnahme der Augenblicke, in denen sie sich ihrer Würde bewußt wurden und einen förmlicheren Ton anschlugen. »Hallo, Jerry, alter Knabe, spielst du heute nachmittag Basketball? – Ach richtig, und bitte, Father, wann lesen Sie morgen die Messe?« Daß sie zusammen nach Pai-tan geschickt worden waren, hatte ihren Freundschaftspakt endgültig besiegelt.

»Ich habe Mutter Maria von der Gnade gebeten herzukommen.« Father Steve schenkte sich frischen Kaffee ein. Er hatte gutgeschnittene männliche Züge, war zwei Jahre älter als Craig und zugegebenermaßen der Führer des Gespanns. »Es sind nur noch ein paar Einzelheiten mit ihr zu besprechen. Heiter und entgegenkommend, wie sie ist, wird sie eine große Hilfe für uns sein.«

»Ja, sie ist eine großartige Person. Was meinst du, Jerry, wie wir den Laden hier in Schwung bringen werden, wenn wir uns erst einmal allein überlassen sind.«

»Psst! Sprich nicht so laut«, mahnte Father Steve. »Der alte Knabe ist nicht so taub, als man glaubt.«

»Er ist wirklich ein Fall für sich.« Über Father Jerrys derbe Züge breitete sich ein Lächeln der Erinnerung. »Ich weiß natürlich, daß du ihn durchgebracht hast. Aber in seinem Alter, mit einem gebrochenen Bein, einem zerschmetterten Kiefer und den Pocken als Draufgabe fertig zu werden – allerhand Hochachtung! –, es spricht für seinen Mut und seine Zähigkeit.«

»Er ist noch entsetzlich schwach«, meinte Munsey ernst. »Es hat ihn furchtbar mitgenommen. Hoffentlich wird ihm die lange Seereise gut bekommen.«

»Ein verteufelter Kerl – Verzeihung, Father, ein alter Sonderling, meine ich. Erinnerst du dich, wie Mrs. Fiske das Himmelbett herüberschickte, bevor sie nach Hause fuhr? Und was wir für Mühe hatten, ihn hineinzulegen, obwohl er sterbenskrank war? Weißt du noch, wie er immer wieder sagte: ›Wie kann ich Ruhe finden, wenn ich bequem liege?‹« Jerry lachte.

»Und die andere Geschichte, wie er Mutter Maria von der Gnade die Fleischbrühe an den Kopf –« Father Steve unterdrückte ein Grinsen. »Nein, nein, Father, wir müssen wirklich unsere Zungen hüten. Schließlich ist er gar nicht so übel, wenn man ihn richtig zu nehmen versteht. Einen kleinen Vogel muß jeder kriegen, der über dreißig Jahre allein hier draußen gelebt hat. Gott sei Dank, daß wir zu zweit sind. Herein!«

Lächelnd und rotbackig trat Mutter Maria von der Gnade ein, und ihre Augen strahlten freundlich und vergnügt. Sie war sehr glücklich über ihre neuen Priester, die sie in Gedanken unwillkürlich zwei nette Jungen nannte. Sie würde sie bemuttern. Der Mission tat diese Zufuhr von frischem, jungem Blut sehr gut. Und Mutter Maria fand es auch eine ihr angemessene Aufgabe, eines ordentlichen Priesters Wäsche durchzusehen und richtiges warmes Unterzeug zu stopfen.

»Guten Tag, Ehrwürdige Mutter. Können wir Sie zu dem Getränk verführen, das ermuntert, aber nicht berauscht? Sehr schön. Zwei Stück Zucker? Auf Ihre Vorliebe für Süßigkeiten werden wir in der Fastenzeit ein Auge haben müssen. Was also die morgigen Abschiedsfeierlichkeiten für Father Chisholm betrifft...«

Ernst und freundschaftlich sprachen sie eine halbe Stunde miteinander. Mit einem Mal war es, als spitzte Mutter Maria von der Gnade die Ohren. Der Ausdruck mütterlicher Besorgnis auf ihrem Gesicht vertiefte sich. Sie lauschte angestrengt, dann schnalzte sie bekümmert mit der Zunge.

»Hören Sie ihn herumgehen? Ich nicht. Gott steh mir bei, ich bin sicher, daß er ausgegangen ist, ohne uns ein Wort zu sagen.« Sie erhob sich. »Entschuldigen Sie mich, bitte. Ich muß herausbekommen, was er vorhat. Wenn er jetzt geht und sich nasse Füße holt, war alles umsonst.«

Auf seinen alten, zusammengerollten Schirm gestützt, hatte Father Chisholm eine letzte Pilgerfahrt durch die Mission von St. Andreas angetreten. So geringfügig die Anstrengung war, sie machte ihn unglaublich müde, er seufzte heimlich und stellte fest, wie wenig er nach dieser langen Krankheit taugte.

Er war ein alter Mann. Der Gedanke erschütterte ihn, denn in seinem Herzen fühlte er sich so wenig verändert, so ganz und gar der gleiche. Und morgen mußte er Pai-tan verlassen. Unvorstellbar! Dabei war er entschlossen gewesen, seine alten Knochen am Ende des Missionsgartens neben Willi Tulloch zur Ruhe zu legen. Wendungen aus dem Brief des Bischofs fielen ihm ein: »... vermagst es nicht mehr, besorgt um Deine Gesundheit, in dankbarster Anerkennung beende Deine Arbeit auf dem Felde der Mission...« Nun, Gottes Wille geschehe!

Er stand jetzt in dem kleinen Friedhof. Geisterhaft brach eine Flut lieber Erinnerungen über ihn herein, als er auf die hölzernen Kreuze blickte – auf dem Grab Willi Tullochs, Schwester Clothildes, des Gärtners Fu und eines Dutzend anderer. Jedes ein Ende und ein Anfang zugleich, die Meilensteine ihrer gemeinsamen Lebensreise.

Er schüttelte den Kopf wie ein altes Pferd, das auf sonnigem Feld von Insekten umschwirrt wird. Er durfte sich wirklich nicht seinen Träumereien überlassen. Über die niedrige Mauer hinweg blickte er auf das neue Weideland. Josua probierte mit dem Rotschimmel-Pony alle Gangarten durch, während vier seiner jüngeren Brüder ihm bewundernd zusahen. Auch Josef war nicht weit entfernt. Dick und selbstzufrieden mit seinen fünfundvierzig Jahren, brachte er sorgsam den Rest seiner neunköpfigen Kinderschar vom Nachmittagsspaziergang nach Hause und schob gemächlich den Korbwagen des Jüngsten dem Pförtnerhaus zu. Gab es einen deutlicheren Beweis für die Unterjochung edler Männlichkeit, dachte der Priester, und ein schwaches Lächeln trat auf seine Lippen.

So unauffällig wie möglich hatte er seinen großen Rundgang gemacht, denn er ahnte, was ihm morgen bevorstand. Die Schule, der Schlafraum, das Refektorium, die Räume für die Herstellung von Schnüren und Matten, der kleine Anbau, den er letztes Jahr eröffnet hatte, damit blinde Kinder dort die Korbflechterei erlernen könnten. Ach... warum sollte man mit der Aufzählung dieser mageren Errungenschaften fortfahren? In der Vergangenheit hatte er eine gewisse Leistung darin erblickt. In seiner derzeitigen, melancholischen Stimmung betrachtete er sie als ein Nichts. Mit steifen Gliedern wandte er sich um. Aus der neuen Halle klang das ominöse Geröchel leise angespielter Blechinstrumente. Wieder unterdrückte er ein säuerliches Lächeln, oder war es gar ein finsterer Blick? Diese jungen Christen mit ihren umstürzlerischen Ideen. Erst gestern abend, als er – natürlich vergeblich – versuchte, sie in die Topographie der Gemeinde einzuführen, hatte er den Arzt flüstern hören: Flugzeug. Wo sollte das hinführen! Auf dem Luftweg brauchte man zum Dorf Liu zwei Stunden. Auf seiner ersten Reise war er zu Fuß zwei Wochen lang unterwegs gewesen.

Jetzt sollte er wohl besser umkehren, denn der Nachmittag wurde empfindlich kühl. Er wußte, daß man ihn mit Recht wegen seines Ungehorsams schelten würde. Trotzdem stützte er sich fester auf seinen Schirm und ging langsam den Hügel der Glänzenden-Grünen-Jade hinunter bis zu der öden Stelle, wo seine erste, vergessene Mission gestanden hatte. Überall am Compound wucherten Bambusstauden, das an den Fluß stoßende Stück Land war zu einem Sumpf geworden, aber immer noch stand der Stall aus Lehmziegeln.

Er bückte sich und trat unter das halbverfallene Dach. Sogleich überfielen ihn die Erinnerungen mit neuer Gewalt, er sah einen jungen Priester vor sich, der ohne großes Wissen, aber voll Eifer und voller

Pläne, mit seinem einzigen Gefährten, einem chinesischen Jungen, vor dem Kohlenbecken hockte. Er dachte an die erste Messe, die er hier auf seinem lackierten Blechkoffer zelebriert hatte, ganz für sich allein, ohne Glocke, ohne Ministranten, und der Gedanke riß an den straff gespannten Saiten seines Innern. Steif und ungeschickt kniete er nieder und bat Gott, ihn weniger nach seinen Taten als nach seinen Absichten zu richten.

Wieder zur Mission zurückgekehrt, sperrte er das Seitenpförtchen auf und ging leise die Treppe hinauf. Er hatte Glück; niemand sah ihn nach Hause kommen. Er wollte »das große Getue« vermeiden, wie er es nannte, das Hin- und Herlaufen, klappernde Türen, Wärmeflaschen und heiße Suppen, die ihm besorgt aufgenötigt wurden. Doch als er die Tür seines Zimmers öffnete, sah er zu seiner Überraschung, daß Herr Tschia auf ihn wartete. Sein verunstaltetes, nun vor Kälte graues Gesicht strahlte plötzlich. Alle Förmlichkeiten außer acht lassend, drückte er seinem alten Freund herzlich die Hand.

»Ich hoffte, Sie würden kommen.«

»Wie hätte ich mich enthalten können zu kommen?« Herr Tschia sprach mit trauriger, seltsam unsicherer Stimme. »Mein lieber Father, ich brauche Ihnen nicht zu sagen, wie sehr ich Ihre Abreise bedauere. Unsere Freundschaft hat mir viel bedeutet.«

Der Priester antwortete ruhig: »Auch ich werde Sie sehr vermissen. Ihre Güte und Ihre Wohltaten waren überwältigend groß.«

»Es ist weniger als nichts«, Herr Tschia wollte von den Dankesbezeigungen nichts hören, »gemessen an dem unschätzbaren Dienst, den Sie mir erwiesen haben. Und habe ich nicht immer meine Freude an dem Frieden und der Schönheit Ihres Missionsgartens gehabt? Ohne Sie wird es traurig sein in diesem Garten.« Sein Ton wandelte sich, klang fröhlicher. »Aber Sie werden vielleicht... wenn Sie wieder genesen sind... nach Pai-tan zurückkehren?«

»Nie mehr.« Der Priester lächelte schwach. »Wir müssen dem Wiedersehen im himmlischen Jenseits entgegenharren.«

Das sonderbare Schweigen, das diesen Worten folgte, brach Herr Tschia einigermaßen befangen. »Da die Zeit, die wir noch zusammen verbringen können, beschränkt ist, wäre es vielleicht angezeigt, uns einen Augenblick über das Jenseits zu unterhalten.«

»Meine ganze Zeit ist solchen Gesprächen gewidmet.«

Herr Tschia zögerte ungewöhnlich verlegen, bevor er von neuem begann. »Ich habe mir nie sehr tiefgründige Gedanken über das Leben nach dem Tode gemacht. Aber wenn ein solches Leben existiert, dann wäre es mir sehr angenehm, auch in jenen Reichen Ihrer Freundschaft teilhaftig zu sein.«

Trotz seiner langjährigen Erfahrung wurde sich Father Chisholm der Bedeutung dieser Worte nicht bewußt. Er lächelte, antwortete aber nicht, so daß Herr Tschia, zu seinem größten Unbehagen, gezwungen war, sich deutlicher auszudrücken.

»Mein Freund, ich habe oft gesagt, es gibt viele Religionen, und jede hat ihr Tor zum Himmel.« Ein schwaches Rot färbte die dunkelgetönte Haut. »Nun hege ich allem Anschein nach den außerordentlichen Wunsch, ihn durch Ihr Tor zu betreten.«

Tiefe Stille. Father Chisholms gebeugte Gestalt war zu völliger Unbeweglichkeit erstarrt.

»Ich kann nicht glauben, daß Sie das ernsthaft meinen.«

»Vor vielen, vielen Jahren, als Sie meinen Sohn heilten, war es mir nicht ernst. Aber damals wußte ich noch nichts von der Art Ihres Lebens... von Ihrer Geduld, Ihrer Ruhe, Ihrem Mut. Die Güte einer Religion erkennt man am besten aus der Güte ihrer Anhänger. Mein Freund... durch Ihr Beispiel haben Sie mich bezwungen.«

Father Chisholm griff sich an die Stirn, die Geste war ihm eigen, wenn ihn tiefe Bewegung erfaßte. Oft hatte er sich Vorwürfe gemacht, daß er Herrn Tschia damals nicht in die christliche Gemeinschaft aufgenommen hatte, weil sein Glaube nicht aus ehrlichem Herzen kam. Jetzt sagte er langsam: »Den ganzen Tag über hat die Asche der Fehlschläge, des ständigen Versagens, meinen Mund bitter gemacht. Ihre Worte haben die Glut in meinem Herzen von neuem entzündet. Um dieses einen Augenblickes willen fühle ich, daß meine Arbeit nicht vergeblich war. Dennoch sage ich Ihnen... tun Sie es nicht aus Freundschaft, sondern nur, wenn Sie den Glauben haben.«

Herr Tschia antwortete fest. »Ich bin entschlossen. Ich tue es aus Freundschaft und weil ich glaube. Sie und ich, wir sind wie Brüder. Ihr Gott muß auch der meine sein. Dann werde ich, selbst wenn Sie morgen abreisen müssen, zufrieden sein und wissen, daß in unseres Herrn Garten unsere Seelen sich eines Tages wieder begegnen werden.«

Zuerst war der Priester unfähig, ein Wort hervorzubringen. Er bemühte sich, seine tiefe Ergriffenheit zu verbergen. Er reichte Herrn

Tschia die Hand. Mit leiser, unsicherer Stimme sagte er: »Wir wollen hinunter in die Kirche gehen...«

Warm und heiter brach der nächste Morgen an. Lautes Singen weckte Father Chisholm. Er schob die Decken von Mrs. Fiskes Himmelbett beiseite und humpelte zum offenen Fenster. Unter seinem Balkon standen zwanzig kleine Mädchen aus der Volksschule, keines älter als neun Jahre, weiß gekleidet und mit blauen Schärpen, und brachten ihm ein Ständchen. O strahlender Mor... Er schnitt ihnen ein Gesicht. Am Ende der zehnten Strophe rief er hinunter:

»Das genügt. Lauft, und holt euch euer Frühstück.«

Sie hörten auf und lächelten, die Notenblätter in Händen, zu ihm empor. »Gefällt es Ihnen, Father?«

»Nein... Ja, aber jetzt ist Frühstückszeit.«

Sie begannen von neuem und sangen das ganze Lied noch einmal mit ein paar Extrastrophen, während er sich rasierte. Bei den Worten »auf deinen frischen Wangen« schnitt er sich. Er sah rasch sein Bild in dem winzigen Spiegel an, der Schuß und die Pocken hatten tiefe Narben hinterlassen, jetzt kam noch der blutige Schnitt dazu! Milde dachte er, du meine Güte, was bin ich für ein gräßlicher Geselle geworden, ich muß mich heute wenigstens gut benehmen.

Der Frühstücksgong erklang. Die beiden jungen Priester erwarteten Father Chisholm munter, ehrerbietig und lächelnd. Der eine stürzte herbei, um ihm den Sessel zurechtzurücken, der andere, um den Deckel vom Reisgericht zu heben. Sie waren so darauf bedacht, ihm alles zuliebe zu tun, daß sie kaum stillsitzen konnten. Er grollte: »Wollt ihr jungen Narren gütigst damit aufhören, mich wie eure Urgroßmutter an ihrem hundertsten Geburtstag zu behandeln?«

Wir müssen den alten Knaben bei guter Laune erhalten, dachte Father Jerry. Er lächelte liebevoll. »Aber Father, wir behandeln Sie genau wie einen von uns. Natürlich gebühren dem Pionier, der die ersten Pfade bahnte, gewisse Ehrungen, und ihnen können Sie sich nicht entziehen. Das werden Sie auch nicht wollen. Es ist der Lohn, der Ihnen selbstverständlich zukommt, daran ist nicht zu zweifeln.«

»Ich zweifle sehr stark daran.«

Father Steve sagte herzlich: »Machen Sie sich nur keine Sorgen, Father. Ich weiß, wie Ihnen zumute ist, aber Sie können sich auf uns verlassen. Sehen Sie, Jerry – ich meine Father Craig – und ich haben Pläne ausgearbeitet, um Ausmaß und Wirkungskreis von St. Andreas zu verdoppeln. Wir werden zwanzig Katecheten anstellen – und sie gut bezahlen –, wir werden in der Laternenstraße eine Reisküche eröffnen, der Ihrer methodistischen Freunde genau gegenüber. Das wird ihnen schon in die Nase fahren.« Er lachte gutmütig und beruhigend. »Es wird richtiger, ehrlicher, handfester Katholizismus sein. Warten Sie nur, bis wir unser Flugzeug bekommen. Warten Sie, bis wir Ihnen die Diagramme unserer Bekehrungsstatistik schicken. Warten Sie, bis –«

»Die Bäume in den Himmel wachsen«, sagte Father Chisholm träumerisch.

Die beiden jungen Priester tauschten einen verständnisinnigen Blick. Father Steve sagte freundlich:

»Sie werden nicht vergessen, auf der Heimreise Ihre Medizin zu nehmen, Father? Einen Eßlöffel ex aqua dreimal täglich. In Ihrem Koffer ist eine große Flasche voll.«

»Nein, dort ist sie nicht. Ich habe sie hinausgeworfen, bevor ich zum Frühstück kam.« Mit einem Mal begann Father Chisholm zu lachen und lachte, bis es ihn schüttelte. »Meine lieben Kinder, kümmert euch nicht um mich. Ich bin ein alter Streithammel. Ihr werdet es großartig machen, wenn ihr nicht zu selbstsicher seid ... wenn ihr mit Güte und Duldsamkeit vorgeht und wenn ihr vor allem nicht versucht, jedem alten Chinesen beizubringen, wie man mit Stäbchen ißt.«

»Aber ... ja ... ja, natürlich, Father.«

»Seht her! Ich kann keine Flugzeuge zur Verfügung stellen, aber ich möchte euch ein nützliches, kleines Andenken hinterlassen. Ich bekam es von einem alten Priester geschenkt, und es hat mich auf fast allen meinen Reisen begleitet.« Er stand vom Tisch auf und holte aus der Ecke des Zimmers den Schirm mit dem Schottenmuster, den der Rostige Mac ihm geschenkt hatte. »Er genießt ein gewisses Ansehen unter den Prunkschirmen von Pai-tan. Vielleicht bringt er euch Glück.«

Father Jerry nahm ihn behutsam in Empfang, als handle es sich um eine Art Reliquie.

»Danke, Father, danke vielmals. Was für hübsche Farben. Ein chinesisches Muster?«

»Etwas viel Schlimmeres, fürchte ich.« Der alte Priester lächelte und schüttelte den Kopf. Mehr wollte er nicht sagen.

Father Munsey legte die Serviette nieder und machte seinem Kollegen heimlich ein Zeichen. Die Organisationslust blitzte aus seinen Augen. Er stand auf.

»Wenn Sie Father Craig und mich für einen Augenblick entschuldigen wollen, Father. Es wird spät, und Father Tschu muß jeden Augenblick eintreffen ...«

Sie verschwanden rasch.

Um elf Uhr sollte Father Chisholm abreisen. Er ging in sein Zimmer zurück. Nachdem er seine bescheidenen Habseligkeiten zusammengepackt hatte, blieb ihm immer noch eine Stunde zum Herumwandern Zeit. Er stieg hinunter und wandte sich ganz von selbst der Kirche zu. Als er aus dem Haus trat, blieb er ehrlich ergriffen stehen. Schweigend und ordentlich stand seine ganze Gemeinde, nahezu fünfhundert Leute, im Hof, um ihn zu erwarten. Die Abordnung aus dem Dorf Liu, unter Führung von Father Tschu, stand auf der einen Seite, die älteren Mädchen und Handwerker auf der andern, ihm gegenüber aber seine geliebten Kinder, beaufsichtigt von Mutter Maria von der Gnade, Martha und den vier chinesischen Schwestern. Aufmerksam waren aller Augen auf ihn gerichtet, liebevoll hingen sie an seiner unscheinbaren Gestalt, und er fühlte, wie sein Herz sich mit einem Mal zusammenzog.

Es wurde lautlos still. Aus Josefs Nervosität ging deutlich hervor, daß er mit der ehrenvollen Aufgabe, die Ansprache zu halten, betraut worden war. Wie durch Zauber waren unversehens zwei Stühle da. Während der alte Father auf dem einen Platz nahm, stieg Josef unsicher auf den anderen, verlor fast das Gleichgewicht und entrollte dann das scharlachrote Schriftstück.

»Höchst ehrwürdiger und verdienstvoller Jünger unseres Herrn im Himmel, mit äußerster Betrübung sehen wir, deine Kinder, dich über die fernen Meere entschwinden ...«

Die Ansprache unterschied sich in keiner Weise von hundert andern Lobpreisungen, die man in früheren Zeiten geduldig über sich hatte ergehen lassen, nur daß die Tränen diesmal reichlich flossen. Josef hatte zwar ein paarmal heimlich vor seiner Frau Proben abgehalten, aber hier im Freien, auf dem Hof, wollte es ihm nicht gelingen. Er begann zu schwitzen, und sein dicker Bauch wackelte. Lieber, armer Josef, dachte Father Chisholm, blickte angestrengt auf seine Schuhe hinunter und erinnerte sich an den schlanken Jungen, der vor dreißig Jahren unermüdlich neben seinem Reittier hergelaufen war.

Als die Ansprache vorüber war, stimmte die ganze Gemeinde das Gloria laut an. Sie sangen es wunderschön, der Priester hielt den Blick immer noch auf seine Schuhe gerichtet, als die hellen Stimmen zum

Himmel stiegen, und fühlte, wie ihn die Rührung immer mehr übermannte. Lieber Gott, betete er, hilf, daß ich mich nicht lächerlich mache.

Aus der Korbflechterei für die Blinden hatte man das jüngste Mädchen ausgewählt, um ihm das Abschiedsgeschenk zu überreichen. In schwarzem Rock und weißer Bluse näherte sie sich, unsicher und doch von ihrem Instinkt und Mutter Marias geflüsterten Anweisungen unbeirrbar geleitet. Als sie vor Father Chisholm niederkniete und ihm den geschmückten, vergoldeten Meßkelch mit dem scheußlichen Muster entgegenhielt, den man brieflich in Nanking bestellt hatte, waren seine Augen so blind wie die ihren. »Gott segne dich, mein Kind«, murmelte er. Mehr brachte er nicht heraus.

Dann schob sich Herrn Tschias Prunksänfte in sein verschwimmendes Blickfeld. Hände, deren Besitzer er nicht sah, halfen ihm beim Einsteigen. Sobald der Zug formiert war und sich unter dem Krachen der Knallfrösche in Bewegung setzte, fiel die neue Schulkapelle mit dröhnender Marschmusik ein.

Während Father Chisholm auf den Schultern der Männer höchst feierlich den Hügel hinunterschwankte, versuchte er, seine Aufmerksamkeit auf die absonderlich herausgeputzte Musikkapelle zu richten. An der Spitze von zwanzig, in himmelblauen Uniformen steckenden Schulbuben, die sich die Seele aus dem Leib bliesen, stolzierte eine kleine achtjährige chinesische Tambourmajorin mit schneeweißem Tschako, hohen weißen Stiefeln und schwang ihr Stöckchen. Doch Francis hatte heute seinen ausgesprochenen Sinn für das Lächerliche eingebüßt. In der Stadt drängten sich an jeder Tür freundliche Gesichter. An jeder Straßenkreuzung begrüßten ihn neue Knallfrösche. Als er sich der Landungsstelle näherte, wurden Blumen auf seinen Weg gestreut.

Herrn Tschias Boot erwartete ihn an den Stufen, ruhig liefen bereits die Motoren. Die Sänfte wurde abgesetzt, und er stieg aus. Nun war es soweit. Sie umringten ihn und sagten ihm Lebewohl, die beiden jungen Priester, Father Tschu, die Ehrwürdige Mutter, Martha, Herr Tschia, Josef, Josua ... alle, alle waren da. Einige Frauen der Gemeinde weinten und knieten nieder, um seine Hand zu küssen. Er hätte gern zu ihnen gesprochen, brachte aber kein Wort hervor.

Tränenblind stolperte er an Bord des Schiffes. Als er sich umwandte, um alle noch einmal zu sehen, wurde es plötzlich ganz still. Auf ein verabredetes Zeichen begann der Chor der Kinder seine Lieblingshymne, das Veni Creator. Das hatten sie bis zuletzt aufgespart.

Komm, Schöpfer Geist, kehr bei uns ein...

Immer hatte er die edlen Worte dieser schönsten Kirchenhymne geliebt, die Karl der Große im 9. Jahrhundert schrieb. Nun sangen alle, die an der Landungsstelle standen.

Zünd an in uns dein Gnadenlicht,
Gieß Lieb' ins Herz, die ihm gebricht...

O du meine Güte, dachte er, und er gab endlich seinen Gefühlen nach, das ist lieb, das ist wirklich schön von ihnen... aber auch schrecklich unfair! Und sein Gesicht zuckte krampfhaft.

Als das Schiff abstieß und er die Hand hob, um alle zu segnen, strömten die Tränen über sein verunstaltetes Gesicht.

V
RÜCKKEHR

1

Seine Exzellenz, Bischof Mealey, war sehr, sehr verspätet. Zweimal schon hatte ein netter junger Priester der bischöflichen Kanzlei durch die Tür des Empfangszimmers geguckt und mitgeteilt, daß Seine Exzellenz und Seiner Exzellenz Sekretär bei einer Versammlung zurückgehalten würden und immer noch unabkömmlich seien. Father Chisholm blinzelte grimmig über die Seiten des *Tablet* hinweg.

»Pünktlichkeit ist die Höflichkeit der Prälaten!«

»Seine Gnaden ist sehr in Anspruch genommen.« Mit einem unsicheren Lächeln zog sich der junge Priester zurück. Er wußte nicht recht, was er von diesem alten Knaben aus China halten sollte, und fragte sich beinahe, ob es ratsam sei, ihn mit dem Silber allein zu lassen. Er war für elf Uhr bestellt worden. Jetzt zeigte die Uhr halb eins.

Da saß er nun im selben Raum, in dem er auf seine Unterredung mit dem Rostigen Mac gewartet hatte. Wie lange war das her? Du lieber Himmel... sechsunddreißig Jahre! Er schüttelte traurig den Kopf. Es hatte ihm Spaß gemacht, das nette Bürschchen einzuschüchtern, aber er war keineswegs in kämpferischer Stimmung. Er fühlte sich recht schwach heute morgen und war entsetzlich nervös. Er hatte eine Bitte an den Bischof. Es war ihm höchst zuwider, Gefälligkeiten zu erbitten, aber dieses eine Mal mußte er es tun, und sein Herz hatte einen Freudensprung gemacht, als er die Einladung zu der Unterredung erhielt. Man schickte sie ihm in das kleine Hotel, in dem er seit seiner Ankunft in Liverpool wohnte.

Tapfer glättete er seinen zerknitterten Rock und zupfte an seinem abgenutzten Kragen. Er war wirklich gar nicht so alt, und eine Menge Tatkraft steckte noch in ihm. Zweifellos würde Anselm ihn auffordern, zum Mittagessen zu bleiben. Dann wollte er frisch und munter sein, seine schändliche Zunge im Zaum halten, Anselms Geschichten anhören, über seine Späße lachen und sich nicht für zu gut halten, ein paar, oder vielleicht sogar viele, Schmeicheleien anzubringen. Er hoffte zu Gott, der Nerv in seiner zerschossenen Wange würde nicht wieder anfangen zu zucken, denn dann sah er wie ein kompletter Narr aus.

Es war zehn Minuten vor eins. Endlich entstand draußen im Gang aufgeregte Bewegung, und dann trat Bischof Mealey in das Zimmer. Möglicherweise hatte er sich beeilt, jedenfalls kam er mit großer Lebhaftigkeit herein, blickte Francis strahlend an und wußte offenbar ziemlich genau, wie spät es inzwischen geworden war.

»Mein lieber Francis, es ist herrlich, dich wiederzusehen. Du mußt die kleine Verspätung entschuldigen. Nein, ich bitte dich, steh nicht auf. Wir wollen uns hier unterhalten. Es ist... es ist hier viel netter, als in meinem Zimmer.«

Energisch zog er einen Sessel heran und ließ sich leicht und ungezwungen neben Father Chisholm am Tisch nieder. Als er ihm die fleischige gepflegte Hand liebevoll auf den Arm legte, dachte er: Du lieber Himmel, wie alt und schwach er geworden ist!

»Und wie steht es in dem lieben Pai-tan! Es blüht und gedeiht ganz gut, wie Monsignore Sleeth mir sagt. Ich erinnere mich noch genau, wie ich in dieser gramgebeugten Stadt stand, inmitten von Seuche, Tod und Zerstörung. Wahrlich, die Hand Gottes lag schwer auf diesem Ort. Ja, das waren Tage, da ich Pionierarbeit leistete, Francis. Ich sehne mich manchmal nach ihnen zurück. Jetzt«, er lächelte, »bin ich nur ein Bischof. Findest du, daß ich mich sehr verändert habe, seit wir uns an jenen fernen Ufern trennten?«

Francis betrachtete seinen Freund voll Bewunderung. Kein Zweifel – Anselm Mealey hatte in all den Jahren sehr gewonnen. Er war spät zu richtiger Reife gelangt, aber nun verlieh sein Amt ihm Würde, und sein Überschwang war zu Verbindlichkeit geworden. Er sah blendend aus und trug den Kopf hoch erhoben. Immer noch leuchteten samtdunkle Augen in dem weichen, vollen Priestergesicht. Er war gut erhalten, besaß noch seine eigenen Zähne und eine straffe, elastische Haut.

Francis sagte schlicht: »Ich finde, daß du nie besser ausgesehen hast.«

Angenehm berührt, neigte der Bischof das Haupt: »O tempora!

O mores! Wir sind beide nicht jünger geworden. Aber ich habe mich nicht allzu schlecht gehalten. Offen gestanden, glaube ich, daß die Leistungsfähigkeit wesentlich von einer guten Gesundheit abhängt. Wenn du wüßtest, was ich alles auf mich nehmen muß. Man hat mich auf eine genau vorgeschriebene Diät gesetzt. Und ich habe einen Masseur, einen rauhen Schweden, der mir buchstäblich die Gottesfurcht in den Leib knufft... Ich fürchte«, sagte er plötzlich in ehrlicher Besorgnis, »daß du gar nicht auf dich achtgegeben hast.«

»Ich fühle mich wie ein alter Lumpensammler neben dir, Anselm, so wahr mir Gott helfe... Aber in meinem Herzen bin ich jung geblieben... oder versuche es wenigstens. Und ich glaube, daß ich doch noch ganz brauchbar sein kann. Ich... ich hoffe, daß du mit meiner Arbeit in Pai-tan einigermaßen zufrieden bist.«

»Mein lieber Father, deine Bemühungen waren wirklich heroisch. Natürlich sind wir ein wenig enttäuscht über die Zahlen. Monsignore Sleeth hat mir erst gestern gezeigt...« Die Stimme klang durchaus wohlwollend: »In den ganzen sechsunddreißig Jahren hast du weniger Bekehrungen zu verzeichnen als Father Lawler in fünf. Bitte, glaube ja nicht, daß ich dir einen Vorwurf machen will – das wäre wirklich zu unfreundlich. Wenn du einmal Zeit hast, müssen wir das alles gründlich besprechen. Inzwischen –«, sein Blick streifte die Uhr, »können wir vielleicht irgend etwas für dich tun?«

Einen Augenblick blieb es still, dann antwortete Francis leise: »Ja... Euer Gnaden, Sie können... etwas für mich tun... Ich möchte eine Pfarre.«

Fast wäre der Bischof aus seiner gütigen, wohlwollenden Haltung gefallen. Er hob die Brauen, als Father Chisholm nun ruhig und eindringlich fortfuhr: »Gib mir Tweedside, Anselm. In Renton ist eine Stelle frei... in einer größeren und besseren Gemeinde. Versetze den Priester aus Tweedside nach Renton. Und laß mich... laß mich heimkehren.«

Das Lächeln erstarrte auf dem schönen Gesicht des Bischofs und war nun weit weniger entgegenkommend. »Mein lieber Francis, es scheint, daß du meine Diözese verwalten willst.«

»Ich habe einen bestimmten Grund, mit dieser Bitte zu dir zu kommen. Ich wäre so dankbar...« Zu seinem Entsetzen bemerkte Father Chisholm, daß seine Stimme ihm nicht mehr gehorchte. Er brach ab und fügte dann heiser hinzu: »Bischof Mac Nabb hat versprochen, ich würde eine Pfarre bekommen, wenn ich je wieder heimkehrte.« Er begann in seiner Rocktasche zu kramen. »Ich habe seinen Brief...«

Anselm hob die Hand. »Man kann nicht von mir erwarten, daß ich mich nach den Briefen meines verstorbenen Vorgängers richte.« Er schwieg, dann fuhr Seine Gnaden höflich und zuvorkommend fort: »Natürlich werde ich mir deine Bitte durch den Kopf gehen lassen. Aber ich kann nichts versprechen. Tweedside war mir immer sehr teuer. Wenn einmal die Last der neuen Kathedrale von meinen Schultern genommen ist, habe ich selbst daran gedacht, mir dort einen Ruhesitz zu errichten – ein kleines Castel Gandolfo.« Er machte eine Pause – sein scharfes Ohr hatte das Geräusch eines vorfahrenden Wagens gehört und kurz darauf Stimmen in der Halle draußen. Taktvoll warf er einen Blick auf die Uhr, um dann freundlich, aber wesentlich rascher hinzuzusetzen: »Nun... das liegt alles in Gottes Hand. Wir werden sehen, wir werden schon sehen.«

»Wenn ich es dir erklären dürfte«, warf Francis ein. »Es... liegt mir sehr viel daran... ein Heim für jemanden zu schaffen.«

»Das mußt du mir ein andermal erzählen.« Wieder fuhr ein Wagen vor, das Stimmengewirr verstärkte sich. Der Bischof raffte sein violettes Gewand zusammen, sein Ton war honigsüß vor Bedauern. »Es ist wirklich ein Pech, Francis, daß ich jetzt fort muß. Dabei habe ich mich so auf ein langes und interessantes Gespräch mit dir gefreut. Um eins findet ein offizielles Essen statt, bei dem der Bürgermeister und die Stadträte meine Gäste sind. Politische Angelegenheiten, wie immer, leider... Schulkommission, Wasserkommission, Finanzen... ein quid pro quo... ich bin augenblicklich der reinste Makler... aber es macht mir Spaß, Francis, es macht mir Spaß!«

»Ich würde dich nur noch eine Minute in Anspruch nehmen...«

Sanft hatte sich der Bischof erhoben. Den Arm leicht um Father Chisholms Schulter gelegt, geleitete er ihn liebevoll zur Tür. »Ich kann dir nicht sagen, welche Freude es mir bereitet hat, dich zu Hause willkommen zu heißen. Keine Sorge, wir werden mit dir in Fühlung bleiben. Und nun muß ich dich verlassen. Auf Wiedersehen, Francis... Gott segne dich.«

Draußen kam ein ganzer Strom großer, dunkler Limousinen die Auffahrt herauf zum säulengeschmückten Eingang des Palastes. Unter einem Biberhut glitt ein purpurrotes Gesicht an dem alten Priester vorbei, noch andere Gesichter, hart und aufgeblasen, Kragen aus Pelz, goldene Amtsketten. Schneidend blies ein feuchter Wind. Seine alten, die Sonnenwärme gewöhnten Knochen schauderten in dem dünnen Tropenanzug, den er trug. Als Francis sich zum Gehen wandte, rutschte ein Wagenrad gegen den Randstein. Kot spritzte auf und traf ihn ins Auge. Er wischte ihn mit der Hand fort, die Jahre versanken vor seinen Blikken, und er dachte mit einem schwachen, grimmigen Lächeln: Nun ist Anselms Kotbad gerächt.

Kälte schlich sich in seine Brust, aber mitten in seiner Enttäuschung, in der immer stärker fühlbaren Schwäche, loderte ein helles unauslöschliches Feuer. Er mußte so rasch wie möglich eine Kirche finden. Auf der gegenüberliegenden Seite der Straße ragte die mächtige Wölbung der neuen Kathedrale zum Himmel, eine Million Pfund Sterling, die sich in Stein und Marmor verwandelt hatten. Eilig hinkte er auf sie zu.

Eine breite Treppe führte zum Eingang, er stieg hinauf, dann hielt er plötzlich inne. Vor ihm, auf der obersten Stufe, hockte ein zerlumpter Krüppel im Wind, auf dem nassen Stein. An seiner Brust war ein Schildchen angeheftet: »Bitte helfen Sie einem ehemaligen Soldaten.«

Francis betrachtete die gekrümmte Gestalt. Er holte den einzigen Schilling heraus, den er in der Tasche hatte, und legte ihn in die blecherne Schale. Die zwei Soldaten, die niemand mehr brauchen konnte, sahen sich schweigend an, dann wandten beide ihre Blicke ab.

Er betrat die Kathedrale. Schönheit und Stille herrschten in dem weitläufigen Raum, der auf Marmorsäulen ruhte und reich mit Eichenholz und Bronze geschmückt war. Nach welchem gewaltigen und komplizierten Entwurf war dieses Gotteshaus errichtet, in dem die Kapelle seiner Mission in einem Winkel des Querschiffes Platz gefunden hätte, ohne aufzufallen oder nur bemerkt zu werden. Er ließ sich nicht einschüchtern, schritt nach vorn zum Hochaltar, kniete nieder und betete mit ungebrochenem Mut.

»O Herr, dieses eine Mal – geschehe nicht dein Wille, sondern der meine.«

2

Fünf Wochen später unternahm Father Chisholm die lange aufgeschobene Reise nach Kirkbridge. Als er den Bahnhof verließ, war gerade Essenszeit, und die Baumwollspinnereien des großen Industriezentrums spien Scharen von Arbeitern aus. Hunderte von Frauen hatten ihre Tücher über den Kopf gezogen, eilten im strömenden Regen nach Hause und wichen lediglich der Straßenbahn aus, die dann und wann über das schmierige Pflaster rumpelte.

Am Ende der Hauptstraße fragte er nach dem Weg, bog rechts ab, kam an dem riesigen Denkmal eines ortsansässigen Baumwollmagnaten vorbei und gelangte in ärmlichere Gegenden, auf einen schmutzigen Platz, der von hohen Wohnhäusern umschlossen war. Er überquerte den Platz und betrat ein Gäßchen, das voll Gestank und so eng war, daß sich auch am schönsten Tag kein Strahl Sonne hinein verirren konnte. Trotz seiner freudigen Erregung wurde dem Priester das Herz schwer. Er war auf Armut gefaßt, aber nicht auf das... Er dachte: Was habe ich angerichtet in meiner Dummheit und Nachlässigkeit! Hier lebt man wie auf dem Grund eines Brunnenschachtes.

Aufmerksam sah er die Nummern über den Eingangstüren an, fand die richtige und begann, die Treppen hinaufzusteigen. Im Stiegenhaus gab es weder Licht noch Luft, die Fenster waren verschmutzt, die Gasbrenner verstopft, ein geplatztes Abwasserrohr hatte einen Treppenabsatz überschwemmt.

Im dritten Stock stolperte er und wäre beinahe gefallen. Ein Kind saß auf der Treppe, ein Junge. Der Priester starrte durch das trübe Dunkel auf die kleine rachitische Gestalt, die den schweren Kopf in die Hand stützte, wobei sie den spitzen Ellbogen gegen das Knie stemmte. Die Haut war wie durchsichtig. Obwohl der Junge nicht mehr als sieben Jahre sein konnte, machte er den Eindruck eines alten, müden Mannes.

Da hob das Kind den Kopf. Durch eine zerbrochene Scheibe fiel ein schwacher Lichtstrahl auf sein Gesicht, so daß Francis es zum erstenmal deutlich sehen konnte. Er stieß einen unterdrückten Schrei aus, und eine Welle tiefster Bewegung schlug über ihm zusammen. Er fühlte sie, wie ein Schiff den Anprall einer mächtigen Woge. Die Ähnlichkeit des blassen, emporgewandten Gesichtchens mit dem Noras war unverkennbar. Vor allem die Augen, die riesengroß daraus hervorblickten, ließen sich nicht verleugnen.

»Wie heißt du?«

Kurzes Schweigen. Dann antwortete der Junge: »Andreas.«

Hinter der Wohnungstür gab es einen einzigen Raum. Eine schmutzige Matratze lag auf dem nackten Boden, auf der mit unterschlagenen Beinen eine Frau saß und nähte, wobei sie die Stiche mit der Geschwindigkeit eines Automaten aneinanderreihte. Neben ihr, auf einer umgedrehten Eierkiste, stand eine Flasche. Möbel waren nicht vorhanden, nur ein Wasserkessel, etwas Sackleinen und ein zersprungener Krug. Über der Eierkiste lag ein Haufen halbfertiger Hosen aus grobem Serge.

In seiner Trübsal konnte Francis kaum sprechen. »Sind Sie Frau Stevens?« Sie nickte. »Ich bin... ich bin wegen des Jungen gekommen.«

Nervös ließ sie die Arbeit in den Schoß fallen, ein armes Geschöpf, nicht alt und auch nicht schlecht, aber von Not und Mißgeschick völlig zermürbt. »Ja, ich habe Ihren Brief erhalten.« Jammernd fing sie an, zu erklären, wie sie in diese Lage gekommen war, entschuldigte sich, brachte gänzlich unwichtige Beweise dafür vor, daß ein Unglück nach dem andern sie so tief hatte sinken lassen.

Ruhig unterbrach er ihren Redefluß, die Geschichte stand deutlich genug in ihrem Gesicht geschrieben. Er sagte: »Ich werde ihn gleich heute mit mir nehmen.«

Vor so viel Ruhe senkte sie den Blick auf ihre geschwollenen Hände. Ungezählte Nadelstiche hatten die Finger mit blauen Pünktchen übersät. Obwohl sie es zu verbergen trachtete, versetzte seine Haltung sie in größere Erregung als jeder Vorwurf. Sie begann zu weinen.

»Sie dürfen nicht glauben, daß ich ihn nicht gern habe. Er hat mir schon in manchem geholfen. Und ich habe ihn so gut behandelt wie möglich. Aber es war ein verzweifelter Kampf.« In plötzlichem Trotz sah sie auf und schwieg.

Zehn Minuten später verließ er das Haus. Neben ihm marschierte Andreas, ein in Papier eingeschlagenes Paket an seine Hühnerbrust gepreßt. Der Priester war tief aufgewühlt, vielerlei ging ihm durch den Kopf. Er spürte des Kindes dumpfe Erregung angesichts der unerwarteten Reise, meinte aber, es würde sich am ehesten beruhigen, wenn er schwieg. Innige Freude ergriff nach und nach von ihm Besitz, und er dachte: Gott schenkte mir mein Leben, ließ mich aus China heimkehren... um dieses Kindes willen!

Sie gingen zum Bahnhof, ohne ein Wort miteinander zu wechseln.

Im Zug sah Andreas zum Fenster hinaus, rührte sich kaum, und seine Beinchen baumelten über die Kante des Sitzes. Er war sehr verwahrlost, ganze Krusten von Schmutz bedeckten den dünnen, blassen Hals. Ein- oder zweimal blickte er Francis von der Seite an, sah aber gleich wieder weg. Es war unmöglich, seine Gedanken zu erraten, nur in der Tiefe seiner Augen lag ein Schimmer von Angst und Mißtrauen.

»Du brauchst dich nicht zu fürchten.«

»Ich fürchte mich nicht.« Die Unterlippe des Jungen zitterte.

Nachdem der Zug den Rauch von Kirkbridge hinter sich gelassen hatte, ging es rasch über offenes Land am Flußufer entlang. Langsam verbreitete sich ein Ausdruck tiefen Staunens über des Knaben Gesicht. Er hatte es sich niemals träumen lassen, daß Farben so leuchtend sein können, so ganz anders als das Bleigrau der Elendsviertel. Felder und offene Weideflächen wichen jetzt einer wilderen Landschaft. Wälder erhoben sich darin, in deren grünem Dickicht Zungenfarne wuchsen und glitzerndes Wasser in kleinen Schluchten eilends dahinschoß.

Gegen drei Uhr nachmittags kamen sie in Tweedside an. Völlig unverändert, als hätte er sie gestern erst verlassen, lag die alte Stadt am Flußufer zusammengedrängt und wärmte sich in strahlendem Sonnenschein. Als die vertrauten Wahrzeichen der Stadt in sein Blickfeld glitten, zog Francis' Kehle sich in schmerzlicher Freude zusammen. Sie verließen den kleinen Bahnhof und gingen zum Pfarrhaus von St. Columban.

VI
DAS ENDE VOM ANFANG

Aus dem Fenster seines Zimmers blickte Monsignore Sleeth stirnrunzelnd in den Garten hinunter. Einen Korb in der Hand, stand Miss Moffat neben Andreas und Father Chisholm und sah zu, wie Douglas das Gemüse für das Essen ausstach. Das Gefühl inniger Zusammengehörigkeit, das die kleine Gruppe stillschweigend umgab, schien ihn mehr denn je aus diesem Kreis auszuschließen und bestärkte ihn nur in seinem Entschluß. Auf dem Tisch hinter ihm lag der fertige Bericht, den er auf seiner Reiseschreibmaschine geschrieben hatte – das Dokument war kurz, bündig und klar und enthielt erdrückendes Beweismaterial. In einer Stunde fuhr er nach Tynecastle zurück. Es würde noch am heutigen Abend in des Bischofs Händen sein.

Nun hatte er zwar die lebhafte, tiefinnere Befriedigung, eine Sache erledigt und abgeschlossen zu haben, aber es ließ sich nicht leugnen, daß die vergangene Woche in St. Columban nicht gerade einfach gewesen war. Es gab da manches, das ihn verärgert, ja sogar verwirrt hatte. Abgesehen von einer Gruppe um die fromme, aber wirklich sehr fette Mrs. Glendenning empfanden die Gemeindemitglieder eine gewisse Achtung vor ihrem exzentrischen Pfarrer, ja man konnte sogar sagen, daß sie ihm zugetan waren. Gestern hatte er sich gezwungen gesehen, mit einer Abordnung scharf ins Gericht zu gehen, die ihn aufsuchte, um eine Loyalitätserklärung für ihren Pfarrer abzugeben. Als ob er nicht wüßte, daß jeder an seinem Geburtsort Anhänger hat! Den Höhepunkt erreichte seine Erbitterung jedoch am selben Abend, als der einheimische presbyterianische Geistliche auftauchte und nach einem verlegenen Geräusper seiner Hoffnung Ausdruck zu geben wagte, daß Father Chisholm »sie nicht verlassen würde« – die »Stimmung« in der Stadt wäre in letzter Zeit so ausgezeichnet gewesen . . . ausgezeichnet.

Während er noch in Gedanken versunken dastand, löste sich unten die Gruppe vor seinen Augen auf, und Andreas lief zum Gartenhaus, um seinen Drachen zu holen. Der alte Mann war versessen darauf, Drachen zu machen, große Papierdinger mit wehenden Schwänzen, die – das mußte Sleeth widerwillig zugeben – wie ungeheure Vögel durch die Luft flogen. Am Dienstag hatte er die beiden überrascht, wie sie mit surrender Schnur an den Wolken zu hängen schienen und versucht, Einwendungen zu machen.

»Aber Father Chisholm! Halten Sie das für einen würdigen Zeitvertreib?«

Der alte Mann hatte gelächelt – hol ihn der Kuckuck, nie lehnte er sich auf, immer nur dieses sanfte, ruhige Lächeln, das einen zum Wahnsinn trieb.

»Die Chinesen halten es dafür. Und sie sind ein sehr würdevolles Volk.«

»Es ist einer ihrer heidnischen Bräuche, nehme ich an!«

»Jedenfalls ein sehr harmloser.«

Obwohl seine Nase in dem scharfen Wind blau anlief, blieb er abseits stehen und sah den beiden zu. Der alte Priester verband offenbar das Vergnügen mit einer Belehrung. Von Zeit zu Zeit hielt er die Schnur, während der Junge, im Gartenhaus sitzend, etwas nach Diktat schrieb. Hierauf wurde das vollgekritzelte Papier an der Schnur befestigt und unter lautem Jubel zum Himmel hinaufgeschickt.

Schließlich übermannte ihn die Neugier. Er nahm die letzte dieser Botschaften dem erregten Jungen aus der Hand. Die Worte waren klar und orthographisch richtig geschrieben. Er las: »Ich gelobe feierlich, gegen alles zu kämpfen, was dumm, bigott und grausam ist. Gezeichnet ANDREAS. P. S. Duldsamkeit ist die höchste aller Tugenden. Als nächstes kommt die Demut.«

Bevor er das Blättchen zurückgab, betrachtete er es lange Zeit unfreundlich und wartete sogar mit verschlossenem Gesicht auf das nächste. »Unsere Gebeine mögen vermodern und zur Erde der Felder werden, aber der Geist erhebt sich aus ihnen und setzt hoch oben sein Leben in strahlendem Glanz fort. Gott ist der gemeinsame Vater aller Menschen.«

Besänftigt blickte Sleeth Father Chisholm an. »Sehr schön. Ist das nicht ein Wort des heiligen Paulus?«

»Nein.« Der alte Mann schüttelte entschuldigend den Kopf. »Es stammt von Konfuzius.«

An diesem Abend brach er unglücklicherweise eine Auseinandersetzung vom Zaun, der der alte Mann mit verblüffendem Geschick auszuweichen wußte. Zum Schluß riß Sleeth die Geduld, er rief herausfordernd:

»Sie haben einen sehr merkwürdigen Begriff von Gott.«

»Wer von uns hat überhaupt einen Begriff von Gott?« Father Chisholm lächelte. »Unser Wort ›Gott‹ ist ein Wort der menschlichen Sprache... und drückt die Ehrfurcht vor unserem Schöpfer aus. Wenn wir diese Ehrfurcht besitzen, werden wir Gott schauen... seien Sie unbesorgt.«

Zu seinem Ärger fühlte Sleeth, daß er errötete. »Sie scheinen sehr wenig Achtung vor unserer heiligen Kirche zu haben.«

»Im Gegenteil... mein ganzes Leben lang war ich glücklich zu fühlen, daß sie mich in den Armen hielt. Die Kirche ist unsere große Mutter, sie führt uns an... eine Schar Pilger, die durch die Nacht wandert. Aber vielleicht gibt es noch andere Mütter. Und vielleicht gibt es sogar ein paar arme, einsame Pilger, die allein nach Hause stolpern.«

Diese Äußerungen waren nur ein Bruchteil des abendlichen Gesprächs, das Sleeth ernstlich in Verwirrung brachte und zur Ursache eines schweren, erschreckenden verzerrten Traums wurde, der ihn in dieser Nacht heimsuchte. Er träumte, daß, während das Haus schlief, sein eigener und Father Chisholms Schutzengel sich für eine Stunde wegstahlen und ins Wohnzimmer hinuntergingen, um etwas zu trinken. Chisholms Engel war ein schmächtiger Cherub, sein eigener jedoch ein ältliches Geschöpf mit unzufriedenen Augen und ärgerlich gesträubten Federn. Während die beiden, die Flügel auf die Sessellehnen gestützt, ihre Gläser leerten, unterhielten sie sich über ihre derzeitigen Schutzbefohlenen. Chisholm wurde zwar der Sentimentalität geziehen, kam aber sonst gut davon. Er hingegen... er wurde geradezu in der Luft zerrissen. Er schwitzte im Schlaf, als er vernahm, wie sein Engel ihn abschließend verwünschte. »Einer der ärgsten, die ich je in Obhut hatte... pedantisch, voller Vorurteile, überehrgeizig und, was das Schlimmste ist, ein langweiliger Patron.«

Sleeth fuhr aus dem Schlaf auf und fand sich in der Dunkelheit seines Zimmers. Was für ein widerwärtiger, ekelhafter Traum. Er schauderte zusammen. Sein Kopf schmerzte. Es fiel ihm nicht ein, solchen Alpträumen Bedeutung zuzubilligen, die nichts weiter waren als scheußliche Verdrehungen dessen, was man in wachem Zustand gedacht hatte.

Sie durften keineswegs mit den guten, Wahrheit kündenden Träumen, die in der Bibel stehen – wie etwa der von Pharaos Weib –, verglichen werden. Heftig wies er den Traum von sich, wie einen unreinen Gedanken. Aber jetzt bohrte es doch in ihm: »Pedantisch, voller Vorurteile, überehrgeizig und, was das schlimmste ist, ein langweiliger Patron.«

Er hatte offensichtlich Andreas' Absichten mißdeutet, denn das Kind holte aus dem Gartenhaus nicht etwa seinen Drachen, sondern einen großen geflochtenen Korb, in den es nun mit Douglas' Hilfe frischgepflückte Pflaumen und Birnen legte. Nachher kam der Junge, den länglichen Korb am Arm, auf das Haus zu.

Sleeth hatte den unerklärlichen Wunsch, sich irgendwo zu verbergen. Er fühlte, daß die Gabe für ihn bestimmt war. Das nahm er übel und wurde dennoch, auf unbestimmte, völlig lächerliche Art, dadurch aus der Fassung gebracht. Als es an der Tür klopfte, mußte er sich mit Gewalt zusammennehmen.

»Herein!«

Andreas trat ein und stellte die Früchte auf die Kommode. Beschämt und unsicher, wie einer, dem man mißtraut, richtete er die Botschaft aus, die er den ganzen Weg die Treppen hinauf memoriert hatte: »Father Chisholm hofft, daß Sie diese Früchte mitnehmen werden – die Pflaumen sind sehr süß –, und die Birnen sind die letzten, die wir ernten werden.«

Monsignore Sleeth sah den Jungen scharf an und fragte sich, ob der geheime Doppelsinn dieser einfachen Schlußworte beabsichtigt war.

»Wo ist Father Chisholm?«

»Unten. Er erwartet Sie.«

»Und mein Wagen?«

»Douglas hat ihn eben für Sie zum Haupteingang gebracht.«

Da keine Antwort erfolgte, näherte sich Andreas unschlüssig der Tür.

»Warte!« Sleeth richtete sich auf. »Glaubst du nicht, daß es angezeigt... daß es überhaupt höflicher wäre... wenn du die Früchte hinuntertragen und in meinen Wagen stellen würdest?«

Der Junge errötete heftig und wandte sich gehorsam um. Als er den Korb von der Kommode herunterhob, fiel eine Pflaume auf den Boden und rollte unter das Bett. Puterrot bückte sich Andreas und holte sie so ungeschickt hervor, daß die dünne Haut platzte und der Saft ihm über die Finger lief. Sleeth beobachtete ihn mit einem kalten Lächeln.

»Mit der kann man nicht mehr viel anfangen... was meinst du?«

Keine Antwort.

»Ich frage was du meinst?«

»Nein, Sir.«

Sleeths eigentümlich säuerliches Lächeln vertiefte sich. »Du bist ein ausnehmend verstocktes Kind. Ich habe dich die ganze Woche beobachtet. Verstockt und schlecht erzogen. Warum siehst du mich nicht an?«

Mit ungeheurer Anstrengung wandte der Knabe seine Augen vom Boden empor. Er zitterte wie ein nervöses Füllen, als er Sleeths Blick begegnete.

»Es ist ein Zeichen von schlechtem Gewissen, wenn man einem Menschen nicht gerade in die Augen schauen kann. Abgesehen davon, daß es eine Unart ist. Sie werden dir in Ralstone bessere Manieren beibringen müssen.«

Wieder ein Schweigen. Des Knaben Antlitz war totenblaß. Monsignore Sleeth lächelte noch immer. Er befeuchtete seine Lippen.

»Warum antwortest du nicht? Schweigst du, weil du nicht in das Heim willst?«

Der Junge stammelte: »Ich will in kein Heim.«

»Aha! Auch du möchtest immer das Rechte tun, nicht wahr?«

»Ja, Sir.«

»Dann wirst du in das Heim gehen. Ich kann dir sogar mitteilen, daß du sehr bald hingehen wirst. Stell jetzt die Früchte in den Wagen. Wenn du dazu imstande bist, ohne alle fallen zu lassen.«

Nachdem der Junge gegangen war, stand Monsignore Sleeth regungslos, die Lippen zu einem geraden, unbeweglichen Spalt verzogen. Die Arme hielt er gestreckt nach unten, die Hände waren zu Fäusten geballt.

Mit dem gleichen starren Ausdruck trat er an den Tisch. Nie hätte er sich einer solchen Grausamkeit für fähig gehalten. Aber nun hatte gerade sie alle Dunkelheit von seiner Seele genommen. Ohne zu zögern, mit größter Selbstverständlichkeit, nahm er den sorgfältig zusammengestellten Bericht und vernichtete ihn. Methodisch und ungestüm zugleich rissen seine Finger alle Blätter ein paarmal durch. Die zerknüllten Papierfetzen warf er zu Boden, damit sie niemand mehr zusammensetzen könne. Dann sank er stöhnend auf die Knie.

»O Herr«, schlicht und flehend klang seine Stimme, »laß mich etwas von diesem alten Mann lernen. Und, lieber Gott, laß mich kein langweiliger Patron sein.«

Am Nachmittag, sobald Monsignore Sleeth abgereist war, schlüpften Father Chisholm und Andreas vorsichtig aus der Hintertür des Hauses. Noch waren die Augen des Jungen verschwollen, aber sie glänzten vor Erwartung, und sein Gesicht sah endlich wieder ruhig und fröhlich aus.

»Gib acht auf die Kapuzinerkresse, mein Söhnchen.« Flüsternd wie ein Verschwörer, trieb Francis den Jungen vorwärts. »Wir haben heute, weiß Gott, genug auszustehen gehabt, jetzt braucht nicht auch noch Douglas über uns zu kommen.«

Während Andreas im Blumenbeet nach Würmern grub, ging der alte Mann zum Geräteschuppen, holte die Angelruten für die Forellen heraus und wartete am Gartentor. Als das Kind atemlos mit einer Blechbüchse daherkam, lachte er leise in sich hinein.

»Bist du nicht ein Glückspilz, daß du mit dem besten Fischer von ganz Tweedside auf Forellenfang gehen darfst? Der liebe Gott schuf die kleinen Fische, Andreas... und uns sandte er her, damit wir sie fangen.«

Hand in Hand gingen sie den Fußweg zum Fluß hinunter. Die beiden Gestalten wurden immer kleiner und verschwanden schließlich ganz.